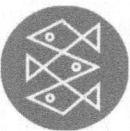

Jessieanna arbeitet in der kalifornischen Kosmetikfirma ihrer Großmutter. Allerdings möchte sie dort einiges verändern: Ihr großer Wunsch ist, eine Pflegelotion herzustellen, die nicht nur auf die Haut, sondern auch auf die Seele wirkt. Doch der perfekte Duft dafür will ihr nicht gelingen.

Als ihr Vater darauf besteht, dass sich Jessieanna nach einer schweren Lungenerkrankung in seiner alten Heimat auskuriert, ist sie alles andere als begeistert. Was soll sie in der Fremde auf der kalten Nordseeinsel Amrum? Dafür müsste sie ihre Hochzeit mit Ryan verschieben!

Doch auf der Insel gibt es jemanden, der ihr zu der fehlenden Komponente für ihre Lotion verhelfen könnte. Aber wie soll sie ihm sein Geheimnis entlocken? Bei ihren Bemühungen hilft ihr Lian, der sie völlig unerwartet in Verwirrung stürzt. Wird es überhaupt eine Rückkehr in ihr altes Leben geben? Und wen liebt sie jetzt wirklich?

Patricia Koelle ist eine Berliner Autorin mit Leidenschaft fürs Meer – und fürs Schreiben, in dem sie ihr immerwährendes Staunen über das Leben, die Menschen und unseren sagenhaften, unwahrscheinlichen Planeten zum Ausdruck bringt. Bei FISCHER Taschenbuch lieferbar ist die Ostsee-Trilogie mit den Bänden ›Das Meer in deinem Namen‹, ›Das Licht in deiner Stimme‹ und ›Der Horizont in deinen Augen‹, außerdem der alleinstehende Roman ›Die eine, große Geschichte‹. ›Wenn die Wellen leuchten‹ ist der erste Band ihrer Nordsee-Trilogie, die auf Amrum spielt, ›Wo die Dünen schimmern‹ der zweite.

Weitere Informationen finden Sie auf www.fischerverlage.de

Patricia Koelle

Wo die Dünen schimmern

Roman

FISCHER TASCHENBUCH

6. Auflage, 2025

Originalausgabe

Erschienen bei FISCHER Taschenbuch
Frankfurt am Main, Juni 2018

© 2018 S. Fischer Verlag GmbH, Hedderichstr. 114,
60596 Frankfurt am Main
Die Nutzung unserer Werke für Text- und Data-Mining
im Sinne von § 44b UrhG behalten wir uns explizit vor.
Satz: Fotosatz Amann, Memmingen
Druck und Bindung: GGP Media GmbH, Pößneck
ISBN 978-3-596-29763-4

Kontaktadresse nach EU-Produktsicherheitsverordnung:
produktsicherheit@fischerverlage.de

*Für alle, die auf der Suche
nach Hoffnung sind.*

*Und für alle, die sie nie
aufgegeben haben.*

Jessieanna

2004

Kalifornien

1

Solange du etwas bewegst

»Was fällt Ihnen ein? Ich habe bereits die Polizei gerufen!«

Sie war so in ihr Werk vertieft, dass sie den Hausbesitzer nicht hatte kommen hören. Gerade versetzte sie dem Windrad einen Probeschwung, um zu sehen, ob es leicht genug lief. Es war eines ihrer besten, die Flügel mit bunten Stoffen in den Farben des Sommers bespannt. Dieses Modell war nicht für die Ewigkeit gemacht, aber umso mehr dafür, einen Winter lang Farbe in die grauen Monate zu bringen. Und in diesen Vorgarten, der so langweilig war wie das dazugehörige Gebäude. Nirgendwo ein bunter Fleck, nicht ein einziger Strauch, nur gerade langweilige Linien und lebensfeindliche Ordnung.

»Einbruch, Sachbeschädigung und das Hinterlassen von Müll!«, knurrte die kalte Stimme des Hausherrn hinter ihr. »Da kommt einiges zusammen!«

»Warum denn Einbruch? Sie haben nicht einmal einen Zaun!« Sie drehte sich um und sah erleichtert, wie im Hintergrund Bob Deston gerade aus seinem Polizeiauto stieg. Der Mann, der ihr mit verschränkten Armen und wutrotem Kopf gegenüberstand, konnte nicht wissen, dass Bob ein alter Bekannter war.

»Ich wollte Sie nicht belästigen«, sagte sie höflich, um Zeit zu gewinnen. »Gefällt Ihnen das Windrad nicht? Es ist doch schön und bringt Bewegung in Ihren Vorgarten. Oder vielleicht mag Ihre Frau es?«

»Einbruch, Sachbeschädigung und das Hinterlassen von Müll! Nichts sonst.« Der Mann wies empört auf das kleine Loch, das die Stange des Windrads in seinen Rasen gebohrt hatte.

»Na, ganz so schlimm scheint es mir nicht zu sein. Wir werden uns sicherlich einig.« Bob Deston tippte an seine Uniformmütze. »Guten Tag, Mr Piers.«

»Endlich! Gut, dass Sie da sind. Ich hoffe, Sie werden diesem Unfug ein Ende bereiten und die junge Dame mitnehmen.«

Bob seufzte. »Jessieanna Jessen! Natürlich. Wer sonst?«

»Hallo, Mr Deston.« Sie schenkte ihm ein strahlendes Lächeln.

Der erboste Herr blickte von ihr zu dem Polizisten. »Wiederholungstäterin, was? Polizeibekannt, ja?«

»Allerdings. Doch Sie sagten ja selbst, es handelt sich um Unfug. Ich bin mir sicher, Miss Jessen wird das störende Objekt sofort entfernen und sich entschuldigen. Aber wir sprechen hier nicht von Müll, wissen Sie. Miss Jessen ist Künstlerin. Die Stadt Lorisville hat ihr gerade eine Menge dafür bezahlt, ein großes Windrad in ihrem Stadtpark aufzustellen.«

»Ach wirklich?« Der Hausbesitzer musterte das Objekt des Anstoßes und schien zu überlegen, ob er es womöglich zu Geld machen konnte, da es auf seinem Grund und Boden stand.

Jessieanna beeilte sich, die Stange aus dem Rasen zu ziehen und das Loch wieder zuzudrücken. Außer ein paar geknickten Grashalmen sah man nichts mehr. Und die waren von der kalifornischen Sonne ohnehin längst verbrannt. Aufgrund der Dürre war das Gießen im Sommer oft verboten.

»Es tut mir leid, dass ich Farbe in Ihren Garten bringen wollte. Einen schönen Tag noch.«

»Also wirklich, Jessieanna.« Bob stemmte die Arme in die Seiten, als sie in der Deckung des Polizeiautos auf der Straße standen. »Du warst zehn Jahre alt, als ich dich das erste Mal aus dem Garten eines Fremden holen musste. Das ist jetzt sechzehn Jahre her, und ich habe aufgehört zu zählen, wie oft es in dieser Zeit vorkam. Bist du nicht endlich zu erwachsen dafür?«

»Ach, Bob. Man kann nie zu alt sein, um ein bisschen Leben und Farbe in der Welt zu verteilen. Du hast doch selbst immer bunte Bonbons in der Tasche, falls jemand Trost braucht.«

»Stimmt. Aber du bekommst jetzt keins! Ich kann das nicht auch noch belohnen.« Jetzt hatte sie ihn endlich zum Lächeln gebracht. »Und nach Hause fahren muss ich dich wohl auch nicht mehr.«

»Nö. Aber danke für das Angebot. Grüßen Sie Ihre Frau, Bob.«

Sie winkte ihm nach und überlegte, wo sie das Windrad jetzt unterbringen sollte. Es war wichtig, eine Stelle dafür zu finden. Je mehr Windräder sie im Städtchen Junco und der Umgegend verteilte, desto mehr stieg die Wahrscheinlichkeit, dass Katriona nicht sterben würde. Zumindest redete sie sich das ein, um sich nicht ganz so hilflos zu fühlen. Es war das Einzige, was sie tun konnte.

Sie legte das Windrad vorsichtig auf die Rückbank ihres Autos und fuhr los. Zwei Blocks weiter entdeckte sie einen Garten, der auch keinen Zaun hatte, wie es hier üblich war, aber, von Blumenbeeten gesäumt, ein ganz anderes Bild bot als der vorhin. Sie stieg aus und steckte das Rad zwischen ein paar letzte Herbstastern. Der kühle Oktoberwind fing sich sofort darin und wirbelte es fröhlich um seine Achse.

Jessieanna betrachtete es zufrieden und stieg wieder ein. Am Haus öffnete sich ein Fenster. Eine weißhaarige Frau beugte sich heraus. »Wie schön! Vielen Dank!«, rief sie und winkte.

»Geht doch«, sagte Jessieanna zu der schimmernden Schnecke, die in der Mitte ihres Steuerrads klebte. Es war ein Fossil, das ihr Vater ihr geschenkt hatte. Ein versteinerter Ammonit, der sich im Laufe der Jahrmillionen in Opal verwandelt hatte. Er leuchtete in allen Regenbogenfarben, wenn ihn Licht traf.

Jessieanna gab Gas. Ein weiteres Windrad hatte sie noch im Kofferraum. Ein paar Stunden Tageslicht waren übrig, auch wenn es zunehmend grauer wurde und der Wind auffrischte. Dieses Rad musste unbedingt an den Strand. Dafür war es gemacht.

Außerdem war es möglicherweise eine Gelegenheit, nach Katriona zu sehen. Es war genauso ein Tag, an dem sie am Strand sein würde. Weil das ihr Platz war und weil es, wie sie behauptete, wesentlich besser gegen ihre Krankheit half als alle Chemotherapien, mit denen die Ärzte sie bombardierten.

Die Fahrt zum Strand dauerte eine gute halbe Stunde. Während Jessieanna sich durch den dichter werdenden Nebel um die Kurven kämpfte, dachte sie an Bobs Worte. Ja, es stimmte, sie war gerade zehn gewesen, als sie das erste Mal Windräder verteilte. Schief und krumm waren die noch gewesen und hielten meistens nicht länger als ein paar Windstöße, aber gedreht hatten sie sich alle. Sie konnte kaum glauben, dass das schon so lange her war.

Sie wusste noch haargenau, wie sie sich gefühlt hatte, damals im Krankenhaus. Ein verschrecktes Kind, das gegen seine Leukämie kämpfte, ohne zu verstehen, was das war. Der unsichtbare Feind im Körper, den man nicht hören und nicht verstehen konnte, füllte sie mit einem Entsetzen, für das es keine Worte gab. Sie hatte die Sorge in den Gesichtern ihrer Eltern gesehen und Schuld gespürt, ohne zu wissen warum und was sie dagegen tun konnte. Sie hatte sich schwach und hilflos und eingesperrt gefühlt, wütend und traurig zugleich.

Und dann kam Katriona.

Katriona setzte sich neben sie auf die Bank im Krankenhausflur und lächelte sie an, und auf einmal fühlte sich Jessieanna leichter und nicht mehr allein. Katriona war viel älter als sie, irgendwo Mitte vierzig. Sie war groß und schlank und hatte kein einziges Haar auf dem Kopf, und sie war so wunderschön, dass Jessieanna in diesem Augenblick die Angst davor vergaß, die letzten ihrer eigenen Haare zu verlieren. Sie wünschte sich nur, dass es bald so weit war und sie dann so schön wäre wie Katriona.

Diese große Frau sagte kein Wort. Sie lächelte nur, und dann zauberte sie eine Handvoll Strohhalme und Zahnstocher aus ihrer großen Tasche und eine Rolle Garn. Aus einer herumliegenden Zeitschrift riss sie einige bunte Seiten heraus. Während Jessieanna gebannt zusah und die eiligen Schritte der Ärzte im Flur und das unerbittliche Licht der Neonlampen um sich herum gar nicht mehr wahrnahm, bastelten Katrionas lange, geschickte Finger ein Windrad. »Hier«, sagte sie schließlich mit einer weichen, melodischen Stimme und drückte Jessieanna ihr Werk in die Hand. »Siehst du, du kannst deinen Arm schwenken oder damit rennen oder einfach pusten. Dann dreht es sich. Dafür musst du nicht auf den Wind warten.« Sie wurde aufgerufen und erhob sich. »Vergiss nie, solange du etwas bewegst, bist du frei und lebendig!«

In den folgenden Wochen gab es keinen Tag, an dem Jessieanna nicht in irgendeiner Form dafür sorgte, dass sich das Rad drehte, egal, wie schlecht ihr war oder wie schwach sie sich fühlte. Es gab ihr das Gefühl, dass etwas weiterging und dass sie nicht völlig hilflos war. Manchmal kam Katriona sie besuchen, oder sie trafen sich im Flur oder sogar im Garten. Sie wurden Freundinnen, und die Jahre, die zwischen ihnen lagen, spielten keine Rolle, denn sie teilten ein Schicksal. Sie teilten auch die Hoffnung, und aus der Hoffnung wurde Wahrheit. Es fand sich ein Knochenmarkspender für Jessieanna, und bei Katriona schlug die Therapie an. Als der Sommer kam, ließen sie beide das Krankenhaus hinter sich, nicht aber ihre Freundschaft. Die Haare wuchsen wieder, dunkelblond bei Jessieanna, schwarz bei Katriona; und auch Jessieanna wuchs. Als Teenager lief sie mit allen Problemen zu Katriona, die man in diesem Alter nicht mit seinen Eltern besprechen möchte. Katriona war die große Schwester, die sie nie hatte, wurde die Vertraute in allen Lebenslagen und gleichzeitig die Freundin, mit der man den besten Unfug treiben konnte.

Niemand hatte kürzlich auf Jessieannas Verlobungsfeier so lange und so ausgelassen getanzt und sich so sehr mit ihr gefreut wie Katriona. Obwohl sie so viel älter war als die meisten der Partygäste, sah sie hinreißend aus. Alle bewunderten sie. Sie füllte den gesamten Raum mit sprühender Energie.

Zwei Wochen später musste Katriona wieder in die Klinik. Nach all den Jahren war der Krebs zurückgekehrt. Jessieanna besuchte sie und brachte ihr ein Windrad. Doch Katriona hielt es nicht lange im Krankenhaus. Sie bestand darauf, die Therapie ambulant zu machen, und verbrachte so viel Zeit wie möglich an ihrem Lieblingsplatz. Am Strand.

Jessieanna wollte nicht akzeptieren, dass ihrer Freundin und Ratgeberin diesmal möglicherweise die Zeit ausging. Eine Welt ohne Katriona konnte und mochte sie sich nicht vorstellen. Darum nahm sie sich vor, die Gegend mit Windrädern zu pflastern. Gegen so viel Fröhlichkeit und Bewegung würde der Tod nicht ankommen! Jedes bunte Rädchen war eine Kampfansage, ein Ausrufezeichen der Hoffnung.

Ein Eichhörnchen hüpfte von einem Baum auf die Straße. Aus ihren Gedanken aufgeschreckt, stieg Jessieanna auf die Bremse und atmete erleichtert auf, als das Hörnchen unbeschadet davonsprang.

Zwei Kurven später parkte sie an der Steilküste, zog den Extrapullover über, der auf der Rückbank lag, klemmte sich das Windrad unter den Arm und stieg die Holztreppe zum Strand hinunter. Der Wind schlug ihr den Zopf ins Gesicht, und sie stopfte ihn ungeduldig unter ihren Kragen. Tief sog sie den Geruch nach Nebel, Meer, Sand, Tang und nassen Steinen ein. Sie war ein Geruchsmensch. Unter dem Geruch hatte sie damals als Kind in der Klinik am meisten gelitten. Er erzählte von Schmerzen, Tod und Sterilität. Nur Katriona roch anders, auch dort, nach Geißblatt, Zitrone und Leben. Sie hatte der kleinen Jessieanna ein Fläschchen Parfüm geschenkt, damit sie gegen die tote Luft eine Waffe besaß.

In Jessieannas Tasche vibrierte ihr Handy. Mühsam wurstelte sie es unter ihrem Anorak hervor und spähte auf das Display, das in der nassen Luft sofort beschlug.

Sehen wir uns heute noch? Love you, Ryan

Jessieanna steckte das Windrad in den Sand, um die Hände frei zu haben und ihre Antwort tippen zu können.

Klar, um acht bei mir. Pizza! Love, J

Erst als sie am Fuß der Treppe angekommen war, fiel ihr ein, dass sie das Windrad oben vergessen hatte. Aber warum sollte es nicht genau dort bleiben? Wind war da genug, und es mochte die Spaziergänger erfreuen. Dieses war das Modell mit langen Bändern, die knatterten, wenn eine Bö damit spielte.

Jessieanna hatte seit damals nie aufgehört, Windräder zu basteln. Je älter sie wurde, desto ausgefeilter ihre Modelle. Sie benutzte Stoff oder Aluminium, Folie, Papier, Glas oder Drahtgeflecht, klebte, lötete, nagelte, nähte oder schweißte, je nachdem, welche Idee und welcher Zweck ihr gerade in den Kopf kam. Sie meldete unter dem Namen *Windfinder* ein kleines Gewerbe an und verkaufte ihre Werke erst gelegentlich, dann immer häufiger. Am liebsten aber verschenkte sie sie oder stellte sie an den verrücktesten Orten auf, um Bewegung und Farbe in die Tage zu bringen. An langweiligen und an traurigen Orten, aber auch an den schönen, um sie zu feiern.

Katriona trieb währenddessen ihr eigenes Spiel mit dem Wind, doch größer und verrückter als Jessieanna.

Die Holztreppe, die in einem endlosen Zickzack von der Uferstraße hinunter zum tiefer liegenden Strand führte, war gleichzeitig eine Brücke über den Towhee River, der hier ins Meer floss. Der war heute ungewöhnlich breit, der Wind hatte Wasser aus dem Meer heraufgedrückt. Jessieanna musste die Schuhe ausziehen, damit sie nicht nass wurden. Amüsiert betrachtete sie ihre Zehen im schweren Sand, deren Nägel sie heute Morgen mit der Farbe »Sunny Strawberry« lackiert hatte. Sie schienen das einzig Bunte in dieser verwischten Herbstlandschaft zu sein. Hier unten war es noch nebliger und windiger.

»Katriona?« Keine Antwort, nur die watteweiche Stille des Nebels, die sich gegen das Brandungsrauschen stemmte. Sie spähte in die wabernden Schwaden. Hier unten konnte man kaum erkennen, wo der Strand aufhörte und das Meer begann. Die Felsen waren undeutliche Schatten, die in Gruppen auf dem Strand und im Wasser standen wie eine unschlüssige Menschenmenge. Hatte sich da nicht eine Gestalt bewegt? Jessieanna kniff die Lider zusammen, als eine Bö ihr Staub ins Gesicht blies.

»Jessieanna hat nicht nur auf der Nase Sommersprossen, sondern auch in den Augen«, hatte ihr Vater einmal gesagt. »Das kommt davon, weil sie immer dort zu finden ist, wo es am meisten Wind und Sand gibt.« Tatsächlich zeigten sich in ihrer graugrünen Iris braune Punkte.

»Daddy, warum sind die Sommersprossen denn auch im Winter in meinen Augen?«, hatte sie gefragt, als sie klein war.

»Weil immer Sommer ist, wenn du lachst«, sagte er und stupste ihr mit dem Finger auf die Nase.

Hoffentlich kam Daddy bald von seiner Dienstreise zurück. Jessieanna vermisste ihn. Wenn er da war, fühlte sich nichts so schlimm an. Er war für sie von klein auf die Achse ihrer Welt gewesen, und er hatte diese Welt zu einem magischen Ort für sie gemacht. Vielleicht, weil er mit weit über fünfzig nicht nur ein anerkannter Wissenschaftler war, sondern auch ein Peter Pan, der nie ganz erwachsen wurde. »Das ist die Voraussetzung für einen Wissenschaftler«, pflegte er zu sagen. »Du musst leidenschaftlich neugierig bleiben und dich ewig mit verrückten Theorien und scheinbar nebensächlichen Kleinigkeiten beschäftigen können.«

Jessieanna kämpfte sich einige Schritte vorwärts. Merkwürdig, dieser zähe Nebel bei dem Wind, der ihn eigentlich hätte fortblasen müssen.

Ursprünglich hatte man diesen Strand nach einem Heiligen benannt wie so vieles hier, doch im Volksmund hieß er nur Ghost Beach, Geisterstrand, und das aus gutem Grund. An Tagen wie diesen, die nicht selten waren, drehte der Wind die Nebelfetzen zwischen den Felsformationen oftmals in Wirbel, die Gespenstern ähnelten. Ein Grund, warum hier gern Halloweenparties gefeiert wurden. Jessieanna liebte es jedoch, wenn niemand hier war. So wie jetzt. Weit und breit nur Nebel und das Rauschen des Pazifiks, dessen Wellen im ewigen Rhythmus gegen die bizarren Steine donnerten.

Katriona war wohl nicht hier. Sehr vernünftig bei dem feuchten Wetter. Jessieanna wollte gerade umkehren, als sie hastig beiseitespringen musste.

Wie aus dem Nichts tauchte eine riesige Form aus dem Weiß auf, als hätte sich einer der Felsen vom Boden gelöst und wälze sich mit hoher Geschwindigkeit auf sie zu. Doch das war kein Felsen. Das war …

»Hope!« Eine von Katrionas drei gewaltigen Windskulpturen, die sich auf ihren vielen Beinen wie lebendige Wesen bewegten.

Wenn Hope weiter so auf die Treppe zuraste, würde sie daran zerschellen. Das würde Katriona nie zulassen. Wo war sie nur?

Katrionas Skulpturen waren mehr als mannshoch und bestanden aus leichtem Holz, Kunststoffröhren, Segeltuch und Gummi. Die Idee hatte sie sich bei einem niederländischen Künstler namens Theo Jansen abgeschaut und abgewandelt. »Windwanderer« nannte Katriona ihre Werke, und genau das waren sie, denn der Wind ließ sie über den Strand laufen, als wären es lebendige Wesen. Darum hatten sie auch Namen. *Hope*, *Energy* und *Tomorrow*. Hoffnung, Energie und Morgen. Hope war breit. »Sie wälzt alle Zweifel nieder«, sagte Katriona. Energy drehte sich über den Sand wie eine Art Windmühle. Und Tomorrow war hoch und hatte Flügel, mit denen sie zwar nicht fliegen konnte, aber die sich auf und ab bewegten, als würde sie es jeden Augenblick lernen. »Der Zukunft Flügel verleihen, darum geht es«, war Katrionas Erklärung gewesen.

Sie hatte einen Schuppen am Strand gemietet, in dem sie die Skulpturen gebaut hatte und sie unterstellte, nachdem sie fertig waren. An geeigneten Tagen brachte sie sie hinaus und sah ihnen zu, wie sie über den Strand wanderten. Es war dasselbe Prinzip wie mit den Windrädern, nur größer. *Solange du etwas bewegst, lebst du.*

Sie waren ein großartiger, majestätischer Anblick. Nur steuern konnte man diese Wesen nicht. Man musste nebenherlaufen oder -joggen, je nach Windstärke, und sobald sie drohten, ins Meer zu geraten oder auf einen Stein zu prallen, musste man ihnen einen sanften Schub geben, damit sie die Richtung wechselten.

Genau das tat Jessieanna jetzt mit Mühe und folgte dann Hope zurück in die Richtung, aus der diese gekommen war. Sie wusste, was die Windwanderer Katriona bedeuteten. Freiwillig würde sie sie nie in Gefahr geraten lassen!

»Katriona?« Sie brüllte aufs Geratewohl in den Nebel und wurde von einem schwachen Ruf belohnt.

»Hier! Hast du Hope gefunden?«

Katriona lehnte an einem Stein. Sie war blass und außer Atem.

»Was ist? Ist dir nicht gut?« Jessieanna war erschrocken.

Katriona winkte ab. »Geht schon wieder. Der Wind war nur stärker, als ich dachte, und Hope ist mir entwischt. Ich konnte ihr nicht mehr folgen.«

»Komm, wir bringen sie in den Schuppen, und dann fahre ich dich nach Hause. Du bist doch zu Fuß hier, nicht wahr?«

»Natürlich.«

Gemeinsam steuerten sie Hope in Richtung Schuppen und sperrten sie ein.

»Wie froh bin ich, dass du sie gerettet hast!«, sagte Katriona. »Ich hänge an den dreien. Sie sind ein Stück von mir. Wenn ich ihnen zusehe, fühle ich mich frei und gesund. Frei von meiner Sterblichkeit und meinem Körper. Erst an dem Tag, an dem die Ärzte mir keinerlei Hoffnung mehr machen können, werde ich sie freilassen. An einem wundervoll stürmischen Tag, und ihnen zusehen, wie sie an den Felsen zerschellen oder in den Wellen. Es wird ein grandioses Finale! Wie eine Seebestattung, wild und endgültig. Du musst mir nur versprechen, dass du dann die Kunststoffteile aufsammelst, damit sie nicht ins Meer geraten.«

»Versprochen«, sagte Jessieanna und schluckte den Kloß in ihrem Hals hinunter. »Aber so weit sind wir noch lange nicht!«

»Nein. Ich wollte es nur mal gesagt haben.« Katriona lächelte. In diesem Augenblick kämpfte sich spätes Sonnenlicht durch den Nebel, ließ ihn aufleuchten und traf auf Katrionas Kopf, auf dem sich seit einiger Zeit wieder einmal kein einziges Haar befand. Jessieanna sah ein zweites Mal hin. Etwas glänzte da.

»Kat, was ist das? Das sieht phantastisch aus. Tattoos?«

»Nicht unter der Haut. Das sind täuschend echte Sticker zum Draufrubbeln. Klasse, oder?«

Goldene Blumen und Vögel bildeten ein schimmerndes, trotziges, filigranes Muster und wirkten lebendig, sobald Katriona den Kopf drehte.

»Großartig!« Etwas von Jessieannas Bedrückung verflog in diesem Augenblick wieder, und noch mehr davon, als sie wenig später gemütlich im warmen Auto saßen.

»Weißt du, wovon ich träume?«, fragte Katriona. »Von den Bratäpfeln deiner Mutter zu Weihnachten!«

Jessieanna lachte auf. »Das verstehe ich. Ich freue mich auch schon darauf. Soll ich sie fragen, ob sie uns jetzt schon welche macht?«

»Nein. Auf gar keinen Fall. Die Vorfreude ist fast das Wichtigste daran.«

Jessieanna schmunzelte, als sie an ihre Eltern dachte. Es gehörte zu den Familiengeschichten, die immer wieder gerne erzählt wurden, dass ihr Vater gleich nach seinem Heiratsantrag eine Bedingung daran geknüpft hatte. »Wir können aber nur heiraten, wenn du mir versprichst, dass wir immer Weihnachten in deutscher Tradition feiern.«

Zum Glück hatte ihre Mutter, die auch einen deutschen Elternteil hatte, sich einverstanden erklärt. Und so hatte Weihnachten bei Jessens immer einen Heiligabend und zwei Feiertage statt einem, und es gab echte Kerzen an einem echten Tannenbaum, auch wenn die amerikanischen Freunde die Hände zusammenschlugen über diese Leichtsinnigkeit, die sie für unerhört hielten.

Als Jessieanna Katriona längst abgesetzt hatte und schon fast zu Hause angekommen war, lag ihr noch immer der Geschmack der Bratäpfel auf der Zunge, und das nur, weil Katriona davon gesprochen hatte. Jessieanna überlegte ernsthaft, ob sie für sich und Ryan nach der Pizza zwei Äpfel in den Ofen schieben sollte. Sie konnte ja das Rezept ein wenig verändern und die Äpfel Spätherbstäpfel nennen statt Weihnachtsäpfel.

Ihr Handy klingelte. Bestimmt Ryan. Ungeduldig fuhr sie an den Straßenrand.

Doch nicht Ryans Name stand auf dem Display. *Simon Holloway* erschien darauf.

Simon! Der Kollege ihres Vaters. Und ihr Komplize in einer Angelegenheit, auf der ihre ganze berufliche Hoffnung ruhte. Allerdings ruhte sie schon so lange, dass vermutlich nichts zu machen war. Jessieanna hatte aufgehört zu zählen, wie viele langwierige Experimente bereits gescheitert waren. Wenn es Simon nicht gelang, würde es niemand hinbekommen.

Jessieanna starrte auf den Namen. So exzentrisch Simon auch war, sein Feierabend blieb ihm heilig. Er telefonierte niemals nach fünfzehn Uhr.

Ein kalter Klumpen formte sich in ihrem Magen. War etwas mit ihrem Vater?

Hastig drückte sie die Taste. »Simon? Was ist?«

»Jessieanna?« Seine helle Stimme dröhnte ungewöhnlich laut in ihrem Ohr. »Du musst sofort herkommen! Ich habe etwas gefunden! Es könnte sein, dass … du musst es dir ansehen! Jetzt!«

2

Was in der Luft liegt

Jessieanna lächelte zärtlich vor sich hin, während sie den Wagen so riskant um die Kurven lenkte, wie es nur jemand wagte, der hier aufgewachsen war. »Du musst es dir ansehen!«, hatte Simon gesagt. Jeder andere hätte von Riechen gesprochen, denn es ging um einen Duft. Doch Simon war nicht nur ein genialer Chemiker, er war auch ihr Patenonkel. Er kannte sie, seit sie ein Baby war, und verstand sie ebenso gut wie ihr Vater. Er war es, der zuerst erkannt hatte, dass sie Synästhetikerin war.

Simon hatte es der kleinen Jessieanna so erklärt: »In deinem Kopf gibt es so was wie Inseln für die verschiedenen Sinne. Für das Riechen, Schmecken, Fühlen, Sehen, Hören. Jeder Sinn hat eine Insel für sich.« Simon malte dabei mit einem Filzstift bunte Kringel auf einen Zettel. Und weil er Simon war, zeichnete er auf die Kringel auch hier eine Palme, dort eine Muschel, da eine Schildkröte. »Aber bei manchen Menschen gibt es eine Brücke zwischen zwei Inseln. Das ist dann eine Verbindung zwischen zwei Sinnen. Bei dir ist es das Riechen und das Sehen. Auf dieser Brücke können die Eindrücke hin und her spazieren und machen feine Dinge miteinander. Du kannst dich darüber freuen, auch wenn es nicht jeder verstehen wird.«

Seitdem freute sie sich tatsächlich und betrachtete als ein Geschenk, was manche als »merkwürdig« oder »Spinnerei« abtaten. Jessieanna konnte einen Sonnenuntergang riechen und den Duft eines Parfüms sehen. Wenn ihr die Verkäuferin eines auf das Handgelenk sprühte, sah sie gelbe, apricotfarbene oder grüne Farbwirbel aufsteigen. Ein Sonnenuntergang roch mal nach Vanille, mal nach Zimt, oder auch wie Chili und Pfeffer.

Jetzt platzte sie vor Neugier zu erfahren, ob Simon tatsächlich endlich gefunden hatte, was sie schon so lange suchte. Sie hatte ihr Ziel klar vor Augen, nur auf die richtige Formel waren sie noch nie gekommen. Jessieanna wusste genau, welche Farben dieser Duft haben musste. Als sie mit Schwung auf dem Parkplatz des Wilkie-Westerberg-Insituts einbog, merkte sie, dass sich ihre Finger am Steuerrad vor Anspannung völlig verkrampft hatten. Sie schüttelte die Hände aus, atmete tief durch und hätte dann doch fast vergessen, die Handbremse anzuziehen. Was angesichts der Lage des Instituts am Hang keine gute Idee gewesen wäre. Von hier aus blickte man über die Bucht, in der Jessieannas Vater Pinswin Jessen und sein Lehrer Professor Westerberg einst die Fossilienfunde gemacht hatten, die ihren wissenschaftlichen Ruf begründeten. Professor Westerberg und sein Sponsor Quentin Wilkie hatten das Institut gegründet. Es war klein, aber weltweit anerkannt.

Jessieanna war es so vertraut wie das Wohnzimmer ihrer Eltern. Sie schlüpfte durch eine Kellertür und steuerte direkt auf Simons Labor zu.

Im ganzen Haus herrschte Stille. Außer Simon war niemand mehr hier. Er saß an seinem Tisch und drehte nachdenklich ein Fläschchen hin und her.

»Schön, dass du da bist«, sagte er, rutschte von seinem Stuhl und richtete sich zu seiner ganzen Größe eines Zehnjährigen auf. Seine Augen funkelten. »Putz dir die Nase! Das hier musst du genießen.«

Simon war kleinwüchsig, aber einer der hellsten Köpfe des Instituts. Das Mobiliar in seinem Labor war seiner Körpergröße angepasst. Als Kind hatte sich Jessieanna darin pudelwohl gefühlt, weil sie endlich an alles herankam, was eigentlich ausschließlich für Erwachsene bestimmt war. Als sie dann begann, ihren Patenonkel zu überragen, erschien ihr das Labor immer mehr wie etwas aus einem Märchen, eine filigrane Welt für sich, ein Chor aus Düften und Farben und Möglichkeiten. Eine Hexenküche, und Simon war der Magier, der ihr das Tor zur Zukunft öffnete. Er wusste, was Jessieanna das Riechen bedeutete. Dass es ihre Welt bunt, lebendig und aufregend machte.

Ihre Großmutter Juniper Denton, die Jessieanna als Kind »die Sommeroma« getauft hatte, war da anders. Sie führte eine erfolgreiche Kosmetikfirma und war eine tüchtige, sachliche Geschäftsfrau. Ihr war wichtig, dass sich ein Produkt verkaufen ließ, ganz gleich, wie es roch. Sie lehrte Jessieanna das Handwerk, brachte ihr alles über die Herstellung von Bodylotions bei, von Seifen und allem, was dazugehört. Jessieanna lauschte ihr meist nur mit halbem Ohr, weil die Farben und die Gerüche um sie herum viel zu spannend waren, um sie in ihre sachlichen Einzelteile zu zerlegen. Und doch wollte sie als Erwachsene unbedingt auch damit zu tun haben und studierte Lebensmittel- und Biotechnologie. Seitdem arbeitete sie zeitweise in Junipers Firma und akzeptierte stillschweigend deren Erwartung, dass Jessieanna die Firma eines Tages übernehmen würde.

Juniper war für Jessieanna die Sommeroma, weil sie die Winter meist in Florida verbrachte. Es tat ihren Knochen gut. Der alte Kindername war zur lieben Gewohnheit geworden, schließlich musste man die Omas irgendwie unterscheiden, wenn man von ihnen sprach. Jessieanna hegte den Verdacht, dass Juniper plante, irgendwann ganz in Florida zu bleiben. Hoffentlich nicht allzu bald! Jessieanna war noch lange nicht bereit, sich zu entscheiden, ob sie diese Firma wirklich übernehmen wollte.

Durch ihre Großmütter hatte Jessieanna schon als Kind begriffen, wie unterschiedlich die Sichtweisen der Menschen sein können. Denn Großvater Reinhard war nach seiner Scheidung von Juniper wieder nach Deutschland zurückgekehrt, hatte die Konditorei seines Vaters übernommen und ein zweites Mal geheiratet, nämlich Oma Inga. So hatte Jessieanna auch eine Winteroma. Die wohnte in Deutschland und kam gern im Winter zu Besuch nach Kalifornien, weil sie fand, dass die kalifornische Sonne ihr wohltat. Florida dagegen war ihr viel zu heiß.

Wieder eine andere Meinung zu Temperaturen hatten Jessieannas Großeltern väterlicherseits, Boje und Beeke Jessen. Die waren ihr halbes Leben lang in der Welt herumgereist, von Australien und Afrika bis Südamerika und Kanada. Doch als sie alt wurden, ließen sie sich auf Island nieder.

»Wir wollen unsere letzten Jahre nicht faul im Liegestuhl unter Palmen verbringen. Wir wollen die Nordlichter sehen«, sagte Beeke. Vorher waren sie eine Weile in Kalifornien gewesen, so dass Jessieanna sie kennenlernen konnte. Erst nach ihrem neunzigsten Geburtstag waren sie kurz nacheinander gestorben, so dass sie sich unter den Nordlichtern sicher wohl gefühlt hatten.

Ihre diversen Großeltern blieben für Jessieanna stets ein Beispiel dafür, dass es nicht nur eine Wahrheit gab.

Die verrückten Experimente, die Jessieanna mit Simon veranstaltete, hielt Winteroma Inga für gefährlich und Sommeroma Juniper für Zeitverschwendung. Doch Jessieanna und Simon waren nie glücklicher, als wenn sie die abenteuerlichsten Dinge zusammenmischen konnten.

Die Düfte waren für Simon nur ein Hobby, das er Jessieanna zuliebe betrieb. Eigentlich war er dafür eingestellt, Mittel zu erfinden, mit denen man die Dinosaurierknochen, die Pinswin und seine Kollegen ausgruben, säubern, flicken und haltbar machen konnte. Simons Erfolge hatten einiges dazu beigetragen, dass das Institut so bekannt war.

Jessieanna beugte sich jetzt zu Simon herab, damit sie auf Augenhöhe waren. Obwohl sie sah, dass er ihre Reaktion kaum erwarten konnte, machte er es feierlich. Er hielt ihr die Flasche vor die Nase, hob den Zeigefinger, wischte sich die Hände noch einmal an einem Taschentuch ab, schraubte den Deckel langsam ab. Jessieanna glaubte fast, einen Trommelwirbel zu hören.

An dem Deckel war eine Pipette. Feierlich ließ Simon einen Tropfen gelbe Flüssigkeit auf einen kleinen Schwamm fallen und reichte ihn Jessieanna. Als sie sich den Schwamm auf der flachen Handfläche unter die Nase hielt, ging es ihr, wie es so unendlich oft draußen in der Natur geschehen war, wenn genau dieser geliebte Duft aus dem aufgerissenen, durstigen Boden aufstieg. Wenn er von den Zehenspitzen bis zur Kopfhaut ein stummes Jubeln durch ihren Körper jagte, eine Glückseligkeit und eine Gewissheit, dass sie lebendig waren, sie und die Erde, und dass genau dies der Duft des Lebens war.

Damals, als sie mit elf Jahren als geheilt aus der Klinik entlassen wurde, war genau so ein Tag gewesen. Ein Tag, an dem nirgends mehr ein grüner Grashalm zu sehen war, der heiße Windstaub über den Boden trieb, in dem sich unzählige Risse auftaten. Die Haut der Erde war voller Schorf und wirkte, als würde sie nie wieder heilen. Die Luft war so trocken, dass keinerlei Geruch mehr darin unterwegs war, außer der nach totem Staub. Selbst die Blätter an den Bäumen hingen wie altes Papier und hatten ihre Farbe vergessen.

Und dann, als die Familie auf halbem Weg über den Parkplatz war, fielen die ersten Regentropfen. Sie fielen auf Jessieannas Genick, auf ihre bloßen verschwitzten Schultern und ihre nackten Knie. Sie wuschen den Klinikgeruch endgültig aus ihren Haaren und aus ihrem Herzen und spülten die Hoffnung frei und die Gewissheit, dass sie leben würde. Sie trafen auf die Erde und befreiten diesen Duft, der nach den Monaten im Krankenhaus so einzigartig war, dass Jessieanna für immer süchtig danach wurde. Der Regen heilte den Boden, denn die Risse schlossen sich, und die Haut der Erde wurde wieder jung. Ein Blitz erhellte den Himmel, bevor sie hastig ins Auto sprangen. Jessieanna war es, als ob der Himmel ein Foto machte, ein Bild, das diesen Geruch des Lebens für immer in ihr Hirn und ihr Herz brannte.

Diesen Duft des Lebens wollte sie eines Tages selbst herstellen, denn sie war sich sicher, dass er nicht nur die Erde und ihre eigene Angst heilen konnte, sondern auch allen anderen Menschen helfen. Jenen, die sie in der Klinik hatte zurücklassen müssen, und auch denen, die sich nicht zum Arzt wagten, obwohl ihnen etwas fehlte, manchmal auch an der Seele.

Dieser Duft hatte unzählige unverwechselbare Farben, die sich zusammen mit dem Glück in ihr ausbreiteten, ein Sturm aus Frühlingsblau und Wiesengrün, Erdbraun und Sonnenblumengelb, klar und doch mit Zwischentönen, denen sie erst noch auf die Spur kommen musste.

»Petrichor!«, flüsterte sie andächtig.

»Ja«, bestätigte Simon mit einem triumphierenden Blitzen in den Augen. »Petrichor.«

Das Wort schien in dem stillen Labor von Regal zu Regal zu springen, zwischen den glänzenden Glasflaschen widerzuhallen und einen kleinen Freudentanz aufzuführen, bevor die Ruhe in den Raum zurückkehrte.

Petrichor. Als Jessieanna das Wort zum ersten Mal gehört hatte, dachte sie, es ginge um einen frommen Gesangsverein. Wie so oft hatte Simon es ihr erklärt. *Petros* war das griechische Wort für Steine und *Ichor* war die Flüssigkeit, die angeblich einst in den Adern der griechischen Götter floss. Zwei australische Forscher hatten den Geruch so getauft, der entsteht, wenn Regen auf trockene Erde fällt. Jessieanna war sehr einverstanden mit dieser Bezeichnung. Sie fand das passend erhaben für ihren Lieblingsduft.

»Aber woraus besteht der Petrichor, Simon?«

»Bestimmte Pflanzen sondern in Trockenzeiten ein Öl ab, das vom Boden aufgenommen wird. In diesem Boden gibt es außerdem Mikroorganismen, die eine bestimmte Art von Alkohol produzieren. Dazu kommen noch Mineralien. Steinstaub. Wenn es dann regnet, werden das Öl, der Alkohol und die Mineralien zusammen in die Luft freigesetzt, und wir nehmen es als Geruch wahr. Menschen sind sehr empfindlich dafür. Schon eine winzig kleine Menge fällt uns auf.«

»Dann müsste es doch ganz einfach sein, ihn in ein Parfüm und eine Lotion einzubauen. Bekommst du das hin, Simon?«

Sie hatte grenzenloses Vertrauen, dass Simon alles erreichen konnte.

Simon zupfte nachdenklich an seinem Ohrläppchen. »Gerade die Dinge, die einfach erscheinen, sind es selten.«

Zwar waren sie, wie sich nach einer Recherche herausstellte, nicht die Ersten, die auf die Idee kamen, diesen Geruch in einem Parfüm zu verwenden. Aber es war noch nie so richtig gelungen.

Petrichor war nur ein Element in Jessieannas geplanter Körperlotion, ein wichtiges zwar, aber nicht das alleinige. Ihr Duft sollte sich über die Seele legen wie eine Creme über gestresste Hände, die Risse darin heilen und alles wieder geschmeidig machen. Auch als es nur eine Hoffnung war, dass Simon erfolgreich sein würde, arbeitete sie an den anderen Faktoren der Zusammensetzung.

»Du hast es geschafft, Simon!« Jessieanna sog den Duft tief ein, betupfte mit dem Schwamm ihre Handgelenke und schnupperte erst an dem einen, dann dem anderen, als ihre Haut die Öle wärmte und zur Entfaltung brachte. Sie sprang auf, drehte ein paar vorsichtige Pirouetten zwischen den Regalen mit den Glasflaschen und beugte sich dann wieder hinab, um Simon zu umarmen. »Ich freu mich wie ein Itsch!«

Das war ein alter Familienspruch, den Pinswin aus seiner Heimat mitgebracht hatte. Wenn man sich freute wie ein Itsch, war man glücklicher, als man mit normalen gebräuchlichen Worten ausdrücken konnte. Was genau ein Itsch war, wusste niemand. Jeder stellte ihn sich anders vor. Jessieanna hatte schon als Kind immer einen breit lächelnden, grasgrünen Seehund vor Augen.

»Dann bin ich zufrieden«, sagte Simon.

»Wird es schwer, das in größeren Mengen herzustellen?«

»Nicht einfach, aber auch nicht so kompliziert, wie ich gedacht habe. So, und jetzt fort mit dir, Mädchen, ich versäume noch das Basketballspiel!« Simon wandte sich ab, gerührt über Jessieannas Freude. Sie schmunzelte. Immer musste er den sachlichen Wissenschaftler spielen, dabei war er manchmal von geradezu kindlicher Sentimentalität.

»Hoffentlich kommt Daddy bald nach Hause. Ich kann es gar nicht erwarten, ihn daran riechen zu lassen.«

»Der hält es doch auch nicht lange ohne euch aus. Hier.« Simon drückte ihr ein größeres Fläschchen in die Hand. »Damit kannst du herumprobieren. Es in deine Lotion einarbeiten und schauen, was passiert.«

»Simon, du bist der Beste! Das werde ich zu Hause sofort machen.« Jessieanna konnte es kaum erwarten. In diesem Augenblick piepste ihr Handy.

Wo bleibst du?, schrieb ihre Mitbewohnerin Elaine. *Hast du Ryan vergessen? Er wartet hier auf dich, aber ich habe noch anderes zu tun, als ihn zu unterhalten, auch wenn er hinreißend ist.*

»Oje.« Jessieanna macht ein schuldbewusstes Gesicht.

»Hast du wieder deinen Traumprinzen vergessen?«, fragte Simon, während er das Institut abschloss.

Sie lächelte ihn an. »Weißt du doch. Mit dir zusammen entfällt mir alles andere. Ich werde Ryan bestechen und auf dem Heimweg etwas von Joeys Meeresfrüchtesalat besorgen müssen. Pizza genügt da nicht. Zum Glück ist er so geduldig. Einer der Gründe, warum ich ihn liebe. Tschüss, Simon, du Zauberer. Ich wusste immer, dass du es kannst!«

Jetzt würde alles gut werden, dachte sie, als sie noch waghalsiger bergab um die Kurven sauste als zuvor, obwohl es inzwischen dunkel war. Das, was sie ihre »Zuversichtslotion« nannte, bis ihr eines Tages das genau richtige Wort dafür einfiel, würde bald fertig werden und Katriona bei der Gesundung helfen. Und wenn alles gut lief, würde das vielleicht die Grundlage dafür sein, dass Jessieanna sich erfolgreich selbständig machen konnte und weder auf ihre Großmutter noch auf den Verkauf ihrer Windräder angewiesen wäre.

An Joeys Restaurant hielt sie an und erwarb drei großzügige Portionen seines legendären Salats. Niemand hatte genau entschlüsselt, was für Gemüse, Obst, Gewürze und Meerestiere sich darin befanden, aber Tatsache war, dass nicht nur Ryan ihn zu jeder Tages- und Nachtzeit essen konnte. Dieser Leckerbissen beruhigte fast jedes gereizte Gemüt. Der Duft ließ Jessieannas Magen knurren. Im Auto breiteten sich chilirote, paprikagelbe und petersiliengrüne Wölkchen aus.

Ihren Wohnungsschlüssel hatte sie wieder einmal verlegt. Elaine rollte mit den Augen, als sie ihr öffnete, doch ihre strenge Miene heiterte sich auf, als Jessieanna ihr die Salatschachteln in die Hand drückte.

Hinter Elaine erschien Ryan im Flur. Jessieanna hüpfte stürmisch in seine Arme. »Stellt euch vor, Simon hat es geschafft!«

Sie hielt erst Ryan, dann Elaine die Flasche vor die Nase. »Hier! Riecht mal! Was erkennt ihr?«

Ryan legte den Kopf schief und blickte verwirrt. »Dünger? Kompost?«

Jessieanna runzelte die Stirn. »Nicht ganz.« Na ja. Ryan war ein Mann. Außerdem war der Petrichor in so purer Dosierung natürlich ziemlich intensiv.

»Und du?«, fragte sie Elaine.

»Hmm … Nasser Hund? Na ja, Natur jedenfalls«, beeilte sich Elaine zu korrigieren, als sie Jessieannas vorwurfsvollen Blick sah.

»Es wird ja nur eine Komponente sein. Gemischt mit anderen. Lasst uns essen.«

Die beiden würden schon noch begreifen, worum es ging. Jessieanna ließ sich weder ihre Euphorie noch ihren Appetit verderben. Sorgfältig stellte sie das Fläschchen auf ihren Schreibtisch und machte sich mit den anderen über den Salat her. »Tut mir sehr leid, dass ich so spät bin, Ryan.«

»Nicht schlimm«, sagte er mit vollem Mund. »Immerhin hat mir das diesen Genuss eingebracht. Wollen wir nachher noch in den Club gehen? Heute wird Livemusik gespielt. Die anderen Jungs kommen auch. Roy hat eine tolle Band entdeckt. Sagt er.«

Jessieanna überlegte. Im Grunde hatte sie keine Lust auf Cocktails und einen Haufen übermütiger Basketballer. Sie konnte es kaum erwarten, mit dem Petrichor herumzuexperimentieren. Andererseits war es bei so etwas besser, wenn man ausgeschlafen und konzentriert war. Und es gab schließlich etwas zu feiern. Simon hatte den Duft des Lebens hergestellt! Wenn das kein Grund war, tanzen zu gehen.

»Klar, machen wir. Ich mach mich nur schnell fertig.«

»Warte.« Er streckte einen langen Arm nach ihr aus.

Elaine seufzte und begann, das Geschirr fortzuräumen. »Wenn man euch so sieht, kann man neidisch werden. Da kümmere ich mich lieber um den Haushalt.«

»Nur weil du einmal eine Woche lang keinen Freund hast?«, neckte Jessieanna sie aus Ryans sicherer Umarmung heraus.

Elaine warf lachend eine Serviette nach ihr. »Drei! Es sind schon drei Wochen. Unerträglich.«

»Mehr werden es bestimmt nicht«, sagte Ryan und stibitzte noch ein Stück Ananas vom Teller, als Elaine vorbeiging. »Komm doch mit in den Club, Ben war letztes Mal zutiefst enttäuscht, dass du nicht dabei warst.«

»Ach wirklich? Na sicher doch. Wenn ihr mich mitnehmt.« Sie deponierte das Geschirr in der Spüle und vergaß ihre Haushaltspflichten prompt.

Petrichor, Petrichor, Petrichor, klang es zu dem Rhythmus der Musik in Jessieannas Kopf, als sie über die Tanzfläche wirbelte. Sie fühlte sich glücklich und einsam zugleich. Sie kannte sie alle, die Jungs aus Ryans Mannschaft. Die *Junco Foxes*, die ganz oben in der Landesliga mitspielten. Alle waren Kameraden, Freunde, man konnte sich auf sie verlassen und mit ihnen lachen. Aber keiner von ihnen würde auch nur ansatzweise verstehen, worum es Jessieanna ging. Ihre Träume von Wind und Düften waren ihnen so fremd wie die Vorstellung, dass man einen Sonnenuntergang riechen konnte. Außer Ryan natürlich.

Ryan war anders. Ryan war Basketballer, aber er war auch Wissenschaftler. Er hatte einst bei Pinswin ein Praktikum gemacht und war als Assistent im Institut hängengeblieben, weil er sich als unersetzlich erwiesen hatte. Es stellte sich heraus, dass niemand so geschickt Dinosaurierknochen zusammenpuzzeln und zu einem Ganzen zusammenbauen konnte wie er. Ryan hatte einen siebten Sinn dafür, aus einem Haufen kleiner Stücke herauszulesen, in welche Form sie gehörten.

Als Jessieanna ihn das erste Mal sah, stand sie unbemerkt in der Tür des großen Saales und beobachtete ihn dabei. Seine Hände, die so groß waren und doch so geschickt mit den Spuren der Urzeit umgingen, sein Gesicht, das so entrückt war, während er sich konzentrierte. Neunzehn war sie damals gewesen, und er zweiundzwanzig. Er war das einzig Lebendige in dem dämmrigen Raum, geballte Energie im Schein einer kleinen Lampe. Dank ihrer Nase konnte sie ihn riechen, über die ganze Entfernung hinweg, eine Mischung aus Aftershave, Steinstaub, den Gummihandschuhen, die er trug, und dem ihm eigenen Duft. Es war ein Geruch aus warmen Orange- und Erdtönen, die ihn umgaben, sichtbar nur für Jessieanna.

Als er endlich aufsah und sie bemerkte, entstand in genau diesem Augenblick eine Verbindung zwischen ihnen, ehe auch nur ein Wort fiel, haltbarer und glänzender als all die Spinnweben in den Ecken des Instituts. Ryan war so abgelenkt, dass ihm ein Knochen aus der Hand fiel und auf dem schwarzweiß gekachelten Boden zerschellte. Später sagte er, das wäre sicher das erste Urzeitwesen, das sich wegen einer Liebe des 3. Jahrtausends nach Christi den Arm gebrochen hätte.

Und nun würden Jessieanna Jessen und Ryan Petersen heiraten, im Mai, wenn Ryan sein Studium abgeschlossen hatte und die Wiesen gerade noch grün waren, nicht von der kalifornischen Sonne verdorrt.

Die Winteroma hatte versprochen, ausnahmsweise der Hitze zu trotzen und im Sommer zu kommen, um die Hochzeitstorte persönlich nach einem alten Rezept der Familienkonditorei zu backen. Und das, obwohl die Torten eher Großvaters Spezialität waren. Oma Inga war auf Bonbons spezialisiert.

Vielleicht konnte sie bei der Hochzeit schon ihre neue Lotion mit dem Duft des Petrichor an ihre Gäste verteilen, fiel Jessieanna mit einem aufgeregten Freudenkribbeln im Bauch ein. Nur an ihre Freunde natürlich, denn bis ein neues Produkt ordnungsgemäß getestet und zugelassen wurde, verging wesentlich mehr Zeit.

Mit Mühe holte sie sich aus ihrem Tagtraum wieder in die Realität zurück, als sie feststellte, dass sie bereits überlegte, welchen Namen sie dem Produkt geben sollte. Vielleicht etwas aus Peter Pan?

Ryan nannte Jessieanna oft zärtlich »Windy«, in Anlehnung an das altbekannte Märchen, in dem Peter Pan dem Mädchen Wendy das Fliegen beibrachte und sie mitnahm in sein Nimmerland, in dem man nicht erwachsen werden musste. Ryan fand, das passe gut auf sie beide, weil das Bauen von Windrädern und das Zusammenpuzzeln kleiner Tierknochen nicht unbedingt als besonders verantwortliche Berufe angesehen werden konnten.

Ryan verstand sie so gut und unterstützte sie, wo er konnte. Jessieanna liebte es, wenn er an einem Haufen Knochen herumbastelte und sie an ihrer Lotion herumkochte und die kameradschaftliche Stille dabei zwischen ihnen lag wie ein Schatz.

Dafür, dass er nicht so eine feine Nase hatte wie sie, konnte er nichts.

Aber tanzen, das konnte er, und sie ließ sich von ihm zu der Musik herumwirbeln, die aus der offenen Tür des Clubs über den Hang hinunter über den Strand in das Meer trieb. Dort schluckte das schäumende Anrollen der pazifischen Wellen die Töne, und Jessieanna stellte sich vor, wie diese Musik ihre Hoffnungen und ihre Träume mit sich hinuntertrug und dem Nachtwind anvertraute.

Joeys legendärer Meeresfrüchtesalat

600 g gemischte Meeresfrüchte
1 EL und 3 EL Olivenöl
1 Prise Cayennepfeffer
1 EL Currypulver
2 EL Zitronensaft
Salz, Pfeffer aus der Mühle
1 gelbe Paprika
2 Tomaten
1 Papaya
glatte Petersilie

Meeresfrüchte gründlich waschen und danach trocken tupfen. In einer Pfanne in 1 EL Olivenöl anbraten, bei mittlerer Temperatur immer wieder wenden. Abkühlen lassen.

Aus 3 EL Olivenöl, Zitronensaft und Gewürzen eine Vinaigrette bereiten. Obst und Gemüse würfeln, mit Meeresfrüchten vermischen. Vinaigrette darübergeben, mit gehackter Petersilie bestreuen.

3

Das Mischen der Träume

Jessieanna wachte davon auf, dass sie husten musste.

Hastig stand sie auf und schloss die Tür ihres Zimmers. Elaine durfte sie keinesfalls hören! Ärgerlich musterte sie ihr Taschentuch und entsorgte es hastig. Die Gefahr, dass Elaine die verräterischen Spuren darin entdeckte, sollte gar nicht erst entstehen.

Sie hätte wohl nicht im Nebel herumrennen dürfen. Eine heiße Dusche mochte helfen, aber dafür war es zu früh. Das würde Elaine erst recht auf den Plan rufen. Draußen war es noch stockdunkel. Jessieanna trank ein Glas Wasser, wickelte sich in die Bettdecke und nahm ihre Ukulele zur Hand. Diesen Trick hatte ihr einmal eine Ärztin beigebracht, die in ihrer Freizeit Musikerin war.

»Abhusten ist gut, aber steigere dich nicht so hinein. Vieles passiert im Kopf. Wenn der Hustenreiz stärker ist als du, musst du ihm mit etwas begegnen, das die Lunge beruhigt. Lenke dich ab. Konzentriere dich auf etwas völlig anderes. Lege deine Finger auf die Saiten, konzentriere dich auf die Griffe. Lausche den Akkorden nach. Atme dabei tief, aber nicht zu tief. Passe deine Gedanken den Tönen an, dem reinen Klang, in dem Ruhe liegt. Wenn er verklungen ist, lege deine Finger auf andere Saiten, spiele einen neuen Akkord. Denke nicht an den Husten, lass ihn einfach nicht wiederkehren! Du hast keine Zeit für ihn. Du bist mit deinem Instrument beschäftigt. Lass dich von den Tönen tragen, und dein Atem wird wieder kräftig. Was in deinem Geist passiert, hilft deinem Körper.«

Jessieanna konzentrierte sich. Der A-Akkord. Einen Finger auf die dritte Saite im ersten Bund drücken. Ein zweiter Finger gehörte auf die vierte Saite am zweiten Bund. Mit der anderen Hand über die Saiten streichen, einmal herunter, einmal herauf. Den hellen Tönen nachlauschen, die klingen wie der Sonnenaufgang, der noch nicht stattgefunden hat. Sie sind ein Versprechen, diese Töne. Ein Versprechen, dass der Tag kommen wird und auch der nächste Atemzug. Jetzt der C-Akkord, ganz leicht. Nur einen Finger auf die erste Saite im dritten Bund. Der D-Akkord, drei Finger, alle im zweiten Bund.

Jessieanna war nicht sonderlich musikalisch, aber die Ukulele war ihr eine Freundin geworden. Sie konnte auch Melodien darauf spielen, doch in der Not halfen die Akkorde am besten.

Der Husten beruhigte sich. An Schlaf war jedoch nicht mehr zu denken. Sie suchte in ihrem Schrank nach einem extrawarmen Pullover. Der Husten hatte sich den allerungünstigsten Zeitpunkt ausgesucht, denn sie wollte heute unbedingt mit Simons wundervollem Produkt in ihrem eigenen kleinen Experimentierraum im Hause ihrer Eltern arbeiten. Aber wenn ihre Mutter sie husten hörte, würde sie es Pinswin erzählen, und das wollte Jessieanna unbedingt vermeiden. Ihre Mutter neigte nicht zur Hysterie, aber Pinswin machte sich beim kleinsten Anlass Sorgen um seine Tochter.

Seit jener lang vergangenen Zeit in der Klinik war zwar die Leukämie besiegt, aber Jessieanna hatte damals, geschwächt durch Krankheit und Therapie, einen schweren Infekt, der eine chronische Bronchitis zur Folge hatte. Sie ignorierte das meist, doch ihre Eltern, Freunde und Ärzte mahnten sie ständig, vorsichtig zu sein, kein Risiko einzugehen und auf ihre Gesundheit zu achten.

Am Strand im Nebel herumzurennen gehörte nicht zu den Empfehlungen. Wenn sie jetzt jemand husten hörte, würde sie sich überall Schelte einholen. Jessieanna war froh über die Ablenkung, als ihr Telefon klingelte. Es war Katriona. Die war selbst leichtsinnig und würde sie nicht wegen ihres Verhaltens tadeln.

Aber ihre Freundin war in Gedanken und bemerkte Jessieannas kratzige Stimme sowieso nicht. »Ich habe gerade einen hochinteressanten Artikel in der Zeitung gelesen«, sagte Katriona ohne Einleitung. Sie war es gewöhnt, ihre verrücktesten Gedankengänge mit Jessieanna zu teilen. »Zwei Wissenschaftler haben herausgefunden, dass menschliche Zellen und Neutronensterne genau dieselbe Struktur haben! Eine Struktur, die aussieht wie Parkdecks. Ich wusste zwar, dass die Atome in unseren Körpern vor Billionen von Jahren in den Sternen gemacht wurden. Aber ich konnte es mir nicht konkret vorstellen. Endlich habe ich ein inneres Bild dazu! Himmlische Parkdecks. Herrlich.«

»Toll. Und warum beschäftigt dich das gerade?« Jessieanna goss sich ein weiteres Glas Wasser ein und stellte zu ihrer Erleichterung fest, dass sie wieder besser Luft bekam. Vielleicht lag es an der unerwarteten Vorstellung von himmlischen Parkdecks.

»Weil es mir dadurch auf einmal wirklich erscheint, dass wir aus Sternenstaub bestehen. Ich stelle mir vor, wenn ich sterbe, werde ich nicht wieder nur zu Staub, sondern zu Sternenstaub.

Ich werde auf dem Strand herumliegen und glitzern, und wenn du im Mondschein spazieren gehst, wirst du mich dort sehen. Und die Sterne am Himmel sind meine Cousins und Cousinen.«

Jetzt fror Jessieanna wieder, trotz des warmen Pullovers.

»Aber du wirst nicht sterben!«, sagte sie streng in den Hörer. »Jedenfalls nicht in den nächsten Jahren.«

»Sicher. Nur für den Fall. Aber du musst nicht so ernst gucken. Ich wollte, dass du über die Parkdecks lächelst.«

»Tu ich ja. Woher willst du wissen, wie ich gucke?«

»Ich kann es hören. Hab einen schönen Tag, ich muss los.«

Nachdenklich legte Jessieanna auf. Es schien dringender denn je, dass sie ihr Projekt zum Erfolg führte.

Stirnrunzelnd betrachtete sie die lange Reihe Nagellack-fläschchen im Bad. Sie wählte meist jeden Morgen eine neue Farbe, als Motto für den Tag. Manchmal als Ausdruck ihrer Freude, manchmal als Kampfansage. Sie lackierte nur die Nägel der großen Zehen und selten den Zeigefinger, alles andere dauerte ihr zu lange. Die Farbe war ein Statement, ihre Fahne, die sie hochhielt, egal, was da kam. Heute griff sie erst nach einer rotbraunen Variante namens »Wüstenhitze«. Vielleicht vertrieb das den Husten. Doch dann entschied sie sich für das Fläschchen mit den blausilbernen Glitzerpartikeln. Das war für besondere Tage, und dies war ein besonderer Tag, denn Simon hatte den Duft des Lebens hergestellt, und heute würde sie ihn in ihr Rezept einbauen.

Aber es war wie verhext. Erst rief jemand von der Bank an, und sie musste ewig telefonieren, um eine schiefgegangene Überweisung zu klären. Dann meldete sich eine Kundin aus der Firma, die Juniper an Jessieanna verwiesen hatte. Sie wollte eine Beratung bezüglich einer Pflegeserie und erzählte erst einmal eine halbe Stunde von ihren Enkelkindern. Jessieanna musste sich streng daran erinnern, dass der Kunde immer König ist. Als sie endlich auflegen konnte, klingelte die Vermieterin an der Tür, mit dem Klempner, der nach Monaten unbedingt heute bei einstelligen Temperaturen die kaputte Klimaanlage reparieren wollte.

Als Jessieanna endlich aufbrechen konnte, war es schon spätnachmittags.

Das Haus ihrer Eltern stand ein wenig außerhalb des Ortes. Es war modern, aus Holz und viel Glas, und fügte sich gut in die Landschaft ein. Ihre Mutter brauchte jede Menge Licht zum Leben und zum Arbeiten. An diesem dunklen Tag brannten drinnen bereits die Lampen, als Jessieanna vorfuhr. Wie tröstlich erhellt das vertraute Heim zwischen den Eichen lag, als könnte nichts es erschüttern! Sie blieb einen Moment im Auto sitzen, nahm noch einen Schluck Wasser und atmete tief durch. Alles in Ordnung. Kaum ein Hustenreiz. Sie fühlte in ihrer Tasche nach dem kostbaren Fläschchen von Simon. Was ihre Mutter wohl von dem Geruch halten würde? Hoffentlich sagte sie nicht auch etwas von nassen Hunden.

»Hi, Mom.«

»Hallo, Schatz. Schön, dich zu sehen.« Savannah blickte über ihre Brille und lächelte ihre Tochter an. Jessieanna beugte sich zu ihr herunter und betrachtete die Miniaturlandschaft, die unter den geschickten Händen ihrer Mutter entstand. »Woran arbeitest du?«

»Es soll eine Landschaft aus dem Tertiär werden. Was meinst du, sehen diese Bäume glaubwürdig aus? Bitte, sag ja. Dieser

Schaukasten für das Kendall-Museum muss übermorgen fertig sein.«

»Besser geht's nicht. Sind das echte Blätter, die du da angeklebt hast?«

»Ja. Getrocknete Farnblättchen. Jedes einzelne mit einer Pinzette und einem Tropfen Kleber angebracht und hinterher mit Haarspray fixiert, damit sie nicht zerfallen. Aber die Stämme sind aus Modelliermasse. Allerdings mit einem Holzanteil.«

»Die Dinosauriereier auch?«

»Nein. Die sind aus Speckstein.«

»Toll. Das eine sieht aus, als ob es jeden Moment schlüpft. Ich könnte schwören, dass es gerade gewackelt hat.«

Savannah lachte. »Das macht mir Mut. Es liegt wohl daran, dass die Risse darin echt sind. Wolltest du etwas Bestimmtes? Ich wollte mir gerade Kaffee machen und einen Muffin, willst du auch?«

»Gute Idee. Wenn Daddy nicht da ist, vergisst du ja meistens zu essen.«

»Ich verhungere schon nicht. Was gibt es Neues?«

Jessieanna folgte ihrer Mutter in die Küche.

»Hier. Riech mal. Was meinst du?«

Savannah beugte sich über das Fläschchen, Kuchen in der einen und Gabeln in der anderen Hand. »Wow! Jessieanna! Das ist ...«

»Sag jetzt bitte nicht ›Nasser Hund‹«, flehte Jessieanna.

Savannah lachte. »Diese Diagnose stammt von Elaine, richtig? Nein, es ist eindeutig der Geruch von Regen auf trockener Erde. Ein warmer Sommertag. Die allerersten Tropfen. Das erlösende Gewitter. Ihr habt es geschafft! Wie wunderbar!«

»Ja, nicht wahr? Ich wollte schnell in meine Hexenküche und mit dem Rezept herumprobieren.«

»Gern. Ich freue mich, wenn es nicht so still im Haus ist. Aber lass uns erst essen. Machst du den Kaffee?«

»Lieber einen Smoothie.« Vitamine, dachte Jessieanna. Es darf keine Erkältung werden.

»Noch besser.«

Den gelbgrünen Geschmack von Ananas noch auf der Zunge, sah sie sich in ihrem Reich um. Es war ihr altes Kinderzimmer, aus dem alles Kindliche und Pubertäre längst verschwunden war. Nur ihr Bett stand noch da. Keine Poster von Walfischen, von Leonard Cohen oder Enya mehr an der Wand, sondern solche mit chemischen Formeln. Kein Puppenhaus mehr, stattdessen ein Regal mit getrockneten Kräutern und Samentütchen, Cremedosen, Reagenzgläsern und Mörsern.

Nur eines ihrer kostbarsten Besitztümer stand noch an seinem Ehrenplatz in der dunkelsten Ecke, beleuchtet von einem eigenen dezenten Spotlight. Es war zu persönlich, darum hatte sie es nicht mit in ihre neue Wohnung genommen, als sie mit Elaine in den Ort zog, um selbständig und näher an der Uni zu sein. Sie wollte nicht, dass die Bemerkungen von Fremden, nicht einmal von Elaine und Ryan, den Zauber der Kindheit vertrieben. Jetzt schaltete sie die Lampe ein, stand davor und betrachtete die so seltsam lebendige Miniaturszene mit all der alten Ehrfurcht. Nichts von der Schönheit war verlorengegangen. Ihre Mutter war nun einmal eine Künstlerin, sonst wären ihre Schaukästen in den Museen nicht so beliebt. Wenn ihre Mutter eine Landschaft darstellte, seien es Teepflückerinnen in Indien, Goldsucher in

Alaska oder Mikroorganismen aus der Tiefsee, dann konnten Schulkinder und Erwachsene gleichermaßen das Dargestellte nicht nur sehen, sondern geradezu erleben. Es wirkte, als würden sich die Figuren bewegen, als könnte man sie im nächsten Moment sprechen hören oder sehen, wie sie auf nackten Füßen mit ihren schweren Lasten durch die Hügel zogen.

Doch bei diesem Geschenk, das sie Jessieanna zu ihrem siebten Geburtstag gemacht hatte, hatte sich Savannah selbst übertroffen.

Im Hintergrund lagen winzige Inseln auf einem abendlichen Horizont und spiegelten sich im Meer, zusammen mit den flammend rosarot gefärbten Wolken am Himmel. Das Meer war ruhig, nur wenige Schaumkronen brachen sich im Vordergrund am Strand, auf dem Fußabdrücke und einige Muschelschalen zu erkennen waren. Zwei Möwen segelten in einem Aufwind, doch sie waren winzig im Vergleich zu dem riesigen Fisch, der gerade aus dem Wasser sprang. Er war so groß wie ein kleiner Wal, doch er hatte einen langen spitzen Oberkiefer, eine gewaltige, steil aufgestellte Rückenflosse und zwei Seitenflossen fast wie ein Rochen. Er segelte auf diesen Flossen, als wöge er fast nichts. Das Wasser, das von seiner Haut zurück ins Meer lief, funkelte blau und malte Muster auf die stille Oberfläche. Es funkelte deshalb, weil der Fisch große ringförmige Schuppen auf der Haut trug, und jede einzelne davon schimmerte in diesem fremdartigen, magischen Blau. Der Blick aus seinem riesigen dunklen Auge traf den Betrachter genau in den eigenen, sanft und unergründlich und erhaben und doch beinahe mit einem humorvollen Zwinkern.

Der Töveree Fisk.

Wenn Jessieanna als Kind nicht schlafen konnte, erzählte ihr Pinswin die Geschichte vom Töveree, und Jessieanna wurde nicht müde, sie zu hören. Pinswin und Jessieanna waren darum gleichermaßen begeistert von Savannahs Geschenk.

»Ich habe die Geschichte nun auch so oft gehört, dass ich genau gespürt habe, wie der Töveree aussehen muss«, hatte Savannah etwas verlegen gesagt, Pinswin geküsst und durch die kurzen, widerspenstigen Haare gewuschelt, denen er seinen Namen verdankte. Pinswin, der Igel. »Er hat sich geradezu aufgedrängt. Ich bekam das Tier nicht mehr aus dem Kopf, bis ich es aus der Modelliermasse geformt und angemalt hatte.«

»Da siehst du es«, hatte Pinswin gesagt. »Der Töveree macht etwas mit einem. Deshalb kann ich auch nicht aufhören, nach ihm zu forschen.«

»Ich weiß«, hatte Savannah gesagt und sich an ihn gelehnt. »Anfangs dachte ich, du tust es für deine Schwester. Aber das ist es nicht. Nicht nur.«

Genau das war es, was den Töveree auch für Jessieanna spannend machte. Als Tochter eines Wissenschaftlers hatte sie früh gelernt, dass man die Realität von der Phantasie unterscheiden musste. In der Wissenschaft galt nur, was gründlich erwiesen war. Doch beim Töveree schien es anders zu sein. Er war nur eine Geschichte, eine alte Sage, und doch hatte es ihn wohl gegeben. Im Besitz von Pinswins Schwester Filine und ihrer Tochter Rhea befand sich tatsächlich eine Schuppe des Töveree, deren Echtheit allerdings viele anzweifelten. Und in den Aufzeichnungen ihres Urgroßvaters stand, dass er den Zauberfisch persönlich gesehen hatte. Geschichte und Wissenschaft schienen sich hier zu treffen. Pinswin musste es nur noch beweisen.

Jessieanna sah in den Schaukasten und träumte sich für einen Augenblick zurück in ihr Kinderbett. Pinswins Gewicht drückte die Kante der Matratze nach unten, auf der er saß und die Decke um sie feststopfte. Sein Blick ruhte ebenso wie Jessieannas auf dem blauschimmernden Fisch im Schaukasten.

»Einer unserer Vorfahren war Steuermann auf einem alten Handelsschiff, als es bei Nacht in einen furchtbaren Sturm geriet«, drang Pinswins tiefe Stimme durch das dämmrige Zimmer. »Das Schiff drohte, auf Grund zu laufen und auseinanderzubrechen. Da sahen der Kapitän, der Steuermann und ein Matrose im Ausguck den riesigen Fisch auftauchen. Er schwamm neben ihrem Schiff her und erleuchtete mit seinem blauen Schimmer das Wasser so tief und so weit, dass sie trotz Unwetter und Dunkelheit sehen konnten, wo sie waren und wo die gefährlichen Felsen lagen. Selbst die Wellen schienen sich zu beruhigen. Als sie wieder auf sicherem Kurs fuhren, blickte ihnen der Fisch noch einen Moment in die Augen und tauchte dann ab. Hätten sie es nicht alle gesehen, hätten sie es für eine Erscheinung gehalten, von Angst und Müdigkeit hervorgerufen. Später stellten sie fest, dass es noch mehr Seeleute gab, auf anderen Schiffen, die den Töveree gesehen haben wollten.«

Jessieanna drehte den Zipfel der Bettdecke zwischen den Fingern und wünschte sich inständig, der große blaue Fisch käme auch einmal an der kalifornischen Küste vorbeigeschwommen.

»Und dann hast du Tante Filine was versprochen.« Ohne diesen Teil war diese Gutenachtgeschichte für Jessieanna nicht vollständig.

»Ja. Meine Schwester war als Kind von dieser Sage fasziniert. Unser Vater nahm sie einmal mit nach Hamburg. Sie kehrten in einer Kneipe ein, nachdem er seine Geschäfte erledigt hatte. Die kleine Filine schlief auf der Bank am Tisch, doch sie wachte auf und sah, wie ein Matrose unserem Vater seinen Talisman zeigte. Es handelte sich um eine ungewöhnlich große, ringförmige Schuppe, und er schwor, dass sie vom Töveree stammte. Wer immer eine solche Schuppe besäße, hätte einen Glücksbringer, der ihn vor allen Gefahren bewahrte.« Pinswin lehnte sich zurück und schlang die Hände um die Knie, und selbst in der Dunkelheit wusste Jessieanna, die ihre Stoffschildkröte fest an sich drückte, dass er versonnen in die Ferne blickte.

»Die glückbringenden Eigenschaften waren es nicht, was Filine so in den Bann zog, sondern das bläuliche silberne Schimmern, das von dem kleinen Gegenstand ausging wie ein Zauber. Seitdem ließ es ihr keine Ruhe. Sie wollte ihre eigene Schuppe finden, irgendwo draußen im Watt mussten doch noch mehr davon sein. Wir schlossen einen Pakt, nicht zu ruhen, bevor wir diese Schuppe gefunden hätten und herausfinden würden, warum es den Töveree nicht mehr gibt. Denn seit vielen Jahren hatte ihn niemand mehr zu Gesicht bekommen, und unser älterer Cousin Skem behauptete steif und fest, der Töveree wäre tot. Er wollte allerdings nie verraten, woher er das wusste. Filines Tochter Rhea, deine Cousine, hat auch nie aufgegeben. Sie wollte für ihre Mutter unbedingt die Schuppe finden, und am Ende ist es ihr tatsächlich gelungen.«

»Aber du suchst immer noch nach dem Töveree. Nach den Knochen«, sagte Jessieanna schläfrig. »Ja«, sagte Pinswin und löschte das Licht. »Denn wenn es ihn gegeben hat, muss er wie all die anderen Dinosaurier und Tiere Spuren hinterlassen haben. Irgendwo liegt sein Skelett oder wenigstens ein Teil davon, und irgendwann werde ich es entdecken und mehr über ihn herausfinden. Wie und wann er gelebt hat und was er gefressen hat. Mit welchen anderen Lebewesen er verwandt ist.«

»Aber vielleicht lebt er auch noch und schwimmt im Meer«, sagte Jessieanna. Sie schloss die Augen und glaubte zu sehen, wie der Zauberfisch aus dem Schaukasten heraussprang und sich auf den Weg in das weite Meer machte.

»Wer weiß! Vielleicht«, sagte Pinswin und küsste sie auf die Stirn. »Schlaf gut, mein Engel.«

»Daddy? Hat die Schuppe deiner Schwester Glück gebracht?«

»Ach, weißt du.« Pinswin blieb in der Tür stehen, eine große, beruhigende Silhouette vor dem Licht im Flur, jemand, der mit beiden Beinen sicher auf dem Boden stand und trotzdem zu träumen wagte. »Es war wie so oft. Es stellte sich heraus, dass sie ihr Glück schon ganz allein gefunden hatte. Glück kommt nicht davon, was man hat oder was einem geschieht. Glück kommt daher, wie man sein Leben und die Menschen und Dinge um einen herum betrachtet und was für Entscheidungen man trifft.«

»Dann muss Mama sehr glücklich sein«, sagte Jessieanna.

»Das hoffe ich. Aber warum glaubst du das, Schatz?«

»Weil sie alles schön betrachtet. Deswegen sind auch ihre Schaukästen so schön.«

Bring mir Glück, Töveree, dachte sie jetzt, als sie zärtlich das Abbild des Fisches betrachtete, der die Magie in ihre Kindheit gezaubert hatte. Dieser Fisch stand dafür, dass man träumen durfte, dass auch ein gestandener Mann und Wissenschaftler wie Pinswin an Dinge glaubte, die nicht sofort oder möglicherweise nie zu erklären waren. Er stand dafür, dass man solche fixen Ideen verfolgen durfte, ohne sich dafür schämen zu müssen und ohne den Glauben daran zu verlieren, egal, wie oft man scheiterte.

Entschlossen stellte sie Simons Fläschchen auf ihren Arbeitstisch und suchte die anderen Komponenten für ihre Körperlotion zusammen, auf die sie sich bisher festgelegt hatte.

Das Wichtigste war eine kleine Blume, die so bescheiden und unscheinbar war, dass man sie hier *Timidity* nannte, Schüchternheit. Sie war nur wenige Zentimeter hoch und ihre filigranen Blüten hingen so an den dünnen Stängeln, dass sie nach unten zum Boden blickten. Das Kraut wucherte unter Bäumen und in Senken, als wollte es sich verstecken. Es hatte für niemanden eine Bedeutung, so dass es in den wenigsten Pflanzenführern zu finden war.

Doch als Jessieanna eines Tages mit dem Fuß in einer Wurzel hängen geblieben und buchstäblich auf die Nase geflogen war, hatte sie einen Geruch wahrgenommen, der so angenehm war, dass sie die Schmerzen im Knöchel nicht mehr spürte und für eine längere Weile vergaß, überhaupt aufzustehen. Sie lag nur da und atmete diesen Duft ein. Die Blüten waren so unscheinbar, dass sie sie zunächst nicht entdeckte, obwohl sie mit der Nase darin lag. Die Blütenblätter waren beinahe transparent und passten sich daher der Farbe der Umgebung an. Zuerst konnte Jessieanna gar nicht glauben, dass dieser starke Geruch von diesen winzigen Blüten stammen konnte. Doch es war eindeutig. Sie pflückte eine Handvoll, nahm sie mit nach Hause und stellte fest, dass noch Tage danach, als die Blüten längst vertrocknet waren, dieser Duft in der Luft hing, nur jetzt noch intensiver und mit einer eigenartigen Wehmut darin. Selbst Jessieanna, die sonst jedem Duft eine Farbe zuordnen konnte, fand es in diesem Falle schwierig. Es war eine Ahnung von allen Farben auf einmal, aber nur Spuren davon. Wie ein Akkord auf der Ukulele. Erst zusammen ergaben die verschiedenen Töne beziehungsweise Farben einen Sinn. Und was für einen! Er ließ sie nicht mehr los. Sie war sich sicher, dass dies der richtige Anfang für ihre Lotion war. Zusammen mit dem Petrichor und noch ein paar wenigen anderen Elementen musste es genau das werden, was sie schon so lange suchte.

»O ja«, sagte Katriona, als Jessieanna sie an den Blüten riechen ließ. »Ein Duft nach Hoffnung, Lächeln und Morgenlicht. Mir würde das schon genügen.«

»Ich mache dir ein Kräutersäckchen davon, das kannst du unter dein Kissen legen und zwischen die Wäsche. Aber es genügt nicht! Es ist ein schöner Duft, aber er hat allein keine Fähigkeiten, die eine Heilung unterstützen und die Seele aufrichten.«

Jessieanna hatte einige große Gläser von diesen Blüten getrocknet, um vorbereitet zu sein. Auch stellte sie damit einen Kräutersud her. Von diesem gab sie jetzt einige Tropfen in eine Schüssel, die sie ebenso wie einige andere Schüsseln, den Pürierstab und ein Glas mit kochendem Wasser desinfiziert hatte. In einem Wasserbad auf der doppelten elektrischen Kochplatte erhitzte sie langsam Jojobaöl, Sandelholzöl und Bienenwachs, bis das Wachs geschmolzen und eine gleichmäßige Flüssigkeit entstanden war.

Sandelholz war einer der Gerüche, dem heilende Kräfte nachgewiesen worden waren. Aber das war nicht neu, und es genügte ihr nicht. Fehlen durfte er in ihrer Komposition dennoch nicht, schon weil sie ihn so mochte. Er hatte die Farbe einer Waldlichtung während einer Sommerabenddämmerung.

In einem zweiten Wasserbad erhitzte sie den Kräutersud und löste darin einige Tropfen Honig auf. Sie hatte herausgefunden, dass die Timidity-Blüten ihr Aroma wesentlich besser entfalteten, wenn sie mit den Enzymen im Honig kombiniert wurden, am besten mit dem Honig aus den Blüten des Kalajastrauches.

Zusammen mit diesem Honig hatte sie die Verträglichkeit der Timidity-Blüten in einer Versuchslotion getestet. Erst im Labor der Firma, dann von Simon auf chemischem Wege, dann an sich selbst und an allen Freunden, die sich dazu bereit erklärten. Es gab viele, da der Duft so angenehm war. Gegen die Timidity-Blüten zeigte niemand allergische Reaktionen, und auch in der einschlägigen Literatur waren sie nirgends als Allergen aufgeführt.

Als das Wachs-Öl-Gemisch bereit war, gab sie es sehr langsam in einem dünnen Strahl zu dem Kräutersud, während sie alles mit einem Pürierstab mischte. Zum Schluss rührte sie mit angehaltenem Atem einige Tropfen von Simons Petrichor-Essenz dazu. Das Ergebnis füllte sie in das Glas, lief hinunter und stellte es behutsam in den Kühlschrank.

Ihr war flau im Magen, so sehr hatte sie sich konzentriert und so gespannt war sie auf das Ergebnis. Nun brauchte sie Geduld. Solange das Gemisch noch warm war, konnte sie nicht feststellen, ob es gelungen war. Was, wenn sich die Zutaten wieder voneinander trennten, weil sie sich nicht vertrugen? Oder die Dosierung falsch war? Wenn der Petrichor mit den anderen Elementen reagierte und einen ganz anderen Geruch entwickelte?

Jetzt, da sie nicht mehr beschäftigt war, kamen die Zweifel.

Sie telefonierte eine Weile mit Ryan, goss die Topfpflanzen im Haus, die ihre Mutter wie immer über der Arbeit vergessen hatte, warf einen Blick in Savannahs Studio, um festzustellen, dass diese noch immer in ihr Werk vertieft war, und begab sich schließlich zurück in die Küche, um aus den Resten im Kühlschrank einen Salat und ein Sandwich zu zaubern. Sie stellte einen Teller in Reichweite von Savannah, erntete ein abwesendes Lächeln dafür und zog sich wieder in die Küche zurück, wo sie ein Eis vom letzten Sommer aus dem Tiefkühlfach mopste, um ihre Nerven zu beruhigen.

Gespannt öffnete sie die Kühlschranktür, doch wie erwartet, war die Masse kaum fester geworden. So schnell ging das nun einmal nicht. Sie würde bis morgen warten müssen.

»Ich schlafe heute Nacht hier, ich habe ein Experiment laufen«, sagte sie zu ihrer Mutter und drückte ihr einen Kuss auf die Stirn. »Vergiss du auch nicht, ins Bett zu gehen.«

»Mmmhhh«, war die einzige Antwort.

Jessieanna las noch eine Weile, ohne sich konzentrieren zu können, löschte schließlich das Licht und kuschelte sich unter ihre Decke, die ein wenig muffig roch. Gedankenverloren betrachtete sie den Töveree in seinem Schaukasten. Schade, dass sie sich nicht die Glücksschuppe ihrer unbekannten Cousine Rhea ausleihen konnte!

»Dann bring mir eben bitte trotzdem Glück«, flüsterte sie in Richtung des schimmernden Fisches. »Es ist für Katriona und alle, die es brauchen, weißt du.« Sie schloss die Augen.

Doch der Schlaf wollte und wollte nicht kommen. Sie hörte der Uhr zu, wie sie die Sekunden heruntertickte, und dachte an ihren Vater.

Pinswin, der nie aufgegeben hatte, nach seinem Traum zu suchen, nach einem Beweis, dass es den Töveree gegeben hatte und er kein Seemannsgarn war und dass die Glücksschuppen nicht, wie es manche behaupteten, nur aus Blech waren.

Pinswin, der daran glaubte, dass Traum und Wirklichkeit, Hoffnung und Machbares keine zwei verschiedenen Dinge sein mussten.

Pinswin, der noch viel früher als Jessieanna angefangen hatte zu träumen und zu glauben. Der die Schultern straffte und tief durchatmete und sich aufmachte, eine Antwort zu finden, auch dann, wenn alle anderen zweifelten und ihm seine Träume und seine Entdeckungen Angst machten.

Pinswin

1943

Amrum

4

Ganz neue Seiten

Heute Nacht würden sie die Schuppe des sagenhaften Fisches wohl nicht mehr finden. Pinswins Füße waren müde. Er besaß nicht die endlose Geduld seiner Schwester, die den angeblichen Glücksbringer unbedingt haben wollte.

»Für eine Achtjährige hat Filine eine beachtliche Ausdauer«, hatte seine Mutter kürzlich zu Oma Hilla gesagt. »Pinswin ist da anders. Aber sie sind ja keine eineiigen Zwillinge.«

Ausdauer hin oder her, Pinswin hatte genug. Es war spät. Schließlich waren sie heimlich aus ihren Betten abgehauen, und genau dorthin wollte er jetzt zurück.

»Lass uns nach Hause gehen.«

Doch Filine hörte nicht zu. Sie schlurfte immer noch mit ihren nackten Füßen plätschernd durch die Priele, drehte hier eine Austernschale um, dort eine Miesmuschel, in der Hoffnung, darunter die Schuppe zu finden.

Missmutig trat Pinswin mit den Zehenspitzen in einen Haufen aus Muscheln und Sand, so dass er in alle Richtungen auseinanderflog. Doch was war das? Es sah nicht aus wie eine Muschel und auch nicht wie ein Stein, sondern wie eine Scherbe aus Keramik. So wie neulich, als er eine Vase heruntergeworfen hatte. Nur dass dieses Stück viel älter aussah. Er bückte sich und hob sie auf. Da waren nicht so hässliche Muster drauf wie bei der Vase. Feine weiße Zeichen sahen im hellen Mondlicht fast aus wie Buchstaben. Er fuhr mit dem Finger über die raue Oberfläche, betastete dann vorsichtig die scharfe Bruchkante. Warum nur kribbelte auf einmal eine Aufregung in seinem Magen, als hätte er gerade die Wunderschuppe gefunden oder als wäre dies der Beginn eines großen Abenteuers?

Pinswin liebte Abenteuergeschichten, und doch störte ihn eines daran. Die meisten waren erfunden. Es steckte keine Wahrheit dahinter. Am liebsten mochte er die Geschichten von den Walfängern, denn die Walfänger hatte es wirklich gegeben. Früher waren auch von Amrum aus viele Seeleute zum Walfang aufgebrochen. Unter seinen eigenen Vorfahren waren welche gewesen. Aber an diesen Geschichten störte Pinswin etwas anderes, denn er mochte es nicht, wie mit den Walen umgegangen wurde. Wale sollten nicht sterben müssen. Sie waren großartige Lebewesen.

Deswegen gefiel auch ihm die Sage vom Töveree. Er wusste zwar noch nicht, ob er glauben sollte, dass es diesen Fisch wirklich gegeben hatte. Aber immerhin bestand die Möglichkeit, dass etwas Wahres an der Geschichte war. Auch wenn Boje Jessen, der Vater der Zwillinge, steif und fest behauptete, dass die Schuppe, die Filine in der Kneipe gesehen hatte, nur aus billigem Blech gewesen war.

Nachdenklich betrachtete er die Scherbe. Sie sah seltsam aus. Alt. Nicht wie ein Teil von dem Geschirr, das man im Laden kaufen konnte. Er hockte sich hin und betrachtete die Muschelsteine und Tangfetzen, die in dem Haufen gewesen waren, noch einmal genauer, schüttelte den Tang aus und tastete im Sand herum. Da! Eine zweite Scherbe kam zum Vorschein, und eine dritte. Mehr nicht, sosehr er auch suchte. Sorgsam wickelte er sie alle in ein Taschentuch und steckte sie ein. Da hörte er Filine aufschreien.

»Pinswin, da! Ein Gunger! Hark Olufs vielleicht!«

Pinswin blickte auf und sah im Dunst über dem Watt, das das Mondlicht reflektierte, eine große Gestalt auf sie zukommen. Er kniff die Augen zusammen. »Ach, Filine. Immer siehst du überall Gespenster! Das ist doch Skem.«

»Was macht ihr denn hier draußen im Dunkeln?«, erkundigte sich sein älterer Cousin verwundert.

»Guck mal, Skem, was ist das?«, fragte Pinswin statt einer Antwort und reichte ihm eine Tonscherbe.

Skem drehte sie hin und her. »So etwas findet man immer wieder einmal. Vor fast dreihundert Jahren, in einer Sturmflut, die man die ›Große Mandränke‹ nannte, sind an der Küste viele Siedlungen untergegangen. Das hier war einmal eine Schüssel oder ein Becher, aus dem vor vielen hundert Jahren jemand getrunken hat. Oder mit dem jemand Handel getrieben hat.« Skem gab die Scherbe zurück. Pinswin steckte sie behutsam wieder ein, als sei sie aus Gold.

Bilder schossen durch seinen Kopf, kurz, flüchtig wie ein Möwenschrei im Wind. Bilder von einem Mann in einem Umhang mit einem Gürtel und einer Schnalle an der Schulter. Er trug komische Schuhe und einen Rucksack und trat durch eine Tür in ein niedriges Haus herein. Dazu musste er den Kopf einziehen. Eine Frau in einem langen Rock reichte ihm einen dampfenden Becher, und der Becher trug dieselben Zeichen wie die Tonscherben. Pinswin glaubte, Stimmen zu hören, doch er konnte sie nicht verstehen. Und wieder kribbelte diese Aufregung in seinem Bauch.

»Die Erde ist ein Buch, weißt du«, sagte Skem zu Pinswin. »Baumringe kennst du, nicht wahr?«

»Klar. Jedes Jahr bekommt ein Baum einen Ring im Stamm, weil er wächst. Wenn man die Ringe zählt, weiß man, wie alt der Baum ist. Manche Ringe sind dicker, weil es ein gutes Jahr mit viel Regen war. Wenn es dem Baum schlechtgeht, gibt es nur einen dünnen Ring.«

»Genau. In jedem Baumstamm steht eine Geschichte geschrieben. Nur nicht mit Worten. Und so ist es mit der Erde auch. Die Zeit legt Schichten darauf. Wie Seiten in einem Buch. Die Lebewesen und alles um sie herum hinterlassen Spuren darin. Die Häuser, die sie bauen, das Wetter, die Asteroiden, die vom Himmel fallen, die Erdbeben und Fluten und alle möglichen anderen Dinge. Wer schlau ist, kann Kapitel aus dieser Geschichte lesen. Wenn du mehr darüber erfahren willst, frag Drees. Der kann dir eine Menge darüber erzählen. Und jetzt ab ins Bett mit euch!«

Zu Hause war Pinswin auf einmal nicht mehr müde. Stattdessen versuchte er, seine Scherben zusammenzusetzen. Und tatsächlich, nachdem er sie mit seiner Zahnbürste von Krusten und Seepocken befreit und sie lange hin und her gedreht hatte, fand er heraus, dass sie wie Puzzlestücke ineinanderpassten. Es gab ein paar kleine Lücken, wo etwas abgebrochen war, aber das war nicht schlimm. Mit Klebstoff setzte er sie zusammen und stützte das Gebilde sorgfältig so, dass es in Ruhe trocknen konnte.

Dann holte er sich Bleistift und Papier und versuchte, sich anhand der angedeuteten Form auszumalen, wie der ganze Becher ausgesehen hatte, als er noch neu war. Oder war es doch eine Vase?

Gleich morgen würde er zu Drees gehen. Pinswin konnte es gar nicht erwarten, mehr über seinen Fund herauszufinden.

Drees und Lentje gehörte der Kiosk am Strand. Sie vermieteten Strandkörbe, verkauften Kekse, Kuchen, Kaffee und Würstchen. Sie hatten schon immer hier gelebt und wussten alles, was auf der Insel geschah.

Filine tobte mit den Klassenkameraden in den Wellen, doch Pinswin hatte anderes im Sinn.

»Wo ist Drees?«, fragte er Lentje, nachdem diese eine Großfamilie mit Eis versorgt hatte und ihn hinter dem Tresen bemerkte. Er konnte gerade darüber gucken.

»Der repariert da hinten einen Strandkorb. Magst du auch ein Eis?«

»Danke. Ich hab kein Geld. Ich will nur Drees was fragen.«

»Geht aufs Haus.«

»Dann lieber Kakao. Danke.«

»Bringst du Drees auch einen? Das ist lieb.«

Mit den dampfenden Bechern in der Hand machte Pinswin sich auf die Suche nach Drees. Die Becher waren aus Pappe. Er fragte sich, was der Mann wohl dazu sagen würde, der einmal den Scherbenbecher benutzt hatte.

Drees war damit beschäftigt, einen lockeren Griff an einem Strandkorb festzuschrauben. Mit einem freundlichen Lächeln blickte er auf.

»Hallo, Pinswin. Das ist ja nett. Genau, was ich gerade brauche.«

»Ja. Lentje macht den besten Kakao der Welt.«

Drees schlürfte behaglich. »Das ist zwar ein nettes Kompliment von dir, aber wissenschaftlich nicht haltbar. Behaupte nie etwas, von dem du nicht weißt, ob es stimmt. Du hast woanders in der Welt noch nie Kakao getrunken.«

»Na und, dann ist es eben der beste Kakao der Insel.«

»Da hast du nun wieder recht. Wie geht's denn so?«

»Skem hat gesagt, ich kann dich was fragen.«

»Soso, dann bin ich neugierig. Was möchtest du denn fragen?«

»Guck mal. Das habe ich im Watt gefunden.« Pinswin holte seinen Schatz vorsichtig aus dem Beutel, in den er ihn gesteckt hatte. »Skem sagt, die sind ganz alt. Er sagt, das ist ein Becher, aus dem jemand vor ein paar hundert Jahren getrunken hat. Oder der hat so was verkauft, weil er ein Händler war, und sein Schiff ist untergegangen. Oder sein Dorf, als die Flut kam.«

»Oh, zeig mal. Da warst du aber aufmerksam. Die meisten Leute sehen so etwas gar nicht oder denken, es ist Müll.«

»Aber wenn es eine wahre Geschichte hat, dann ist es doch kein Müll. Dann ist es spannend. Viel spannender als erfundene Geschichten.«

Drees blickte ihn scharf an. »Findest du? Das gefällt mir. So geht es mir auch. Ich finde die Wahrheit ungeheuer spannend. Hast du das selbst zusammengeklebt?«

»Ja. Hab ich was falsch gemacht?«

»Nein. Man kann es noch besser machen, auch mit einem anderen Klebstoff, den man nicht so sieht. Es ist besser, wenn man das den Experten überlässt. Aber für den Anfang hast du das prima gemacht. Du hast die Teile genau richtig zusammengesetzt. Wir machen noch einen Archäologen aus dir!«

»Was ist ein Archologe?«

»Archäologe. Die Archäologie ist die Lehre von den Altertümern. Archäologen sind Wissenschaftler, die sich für die Menschen und ihre Hinterlassenschaften interessieren und sie aus der Erde buddeln, um ihre Geschichten zu erfahren.«

»Au ja. Das will ich auch werden. Skem sagt, die Erde ist ein Buch.«

Drees lächelte. »Stimmt. Aber das Buch fängt schon an, bevor es die Menschen überhaupt gab. Die ersten Kapitel werden von den Paläontologen gelesen. Paläontologie ist die Wissenschaft von den Lebewesen. Zum Beispiel die Dinosaurier. Du hast bestimmt schon einmal einen versteinerten Seeigel im Watt gefunden.«

»Nein. Nur lebendige. Ich wusste nicht, dass es welche aus Stein gibt.« Gleich nachher würde er sich auf die Suche machen. »Drees, kann man denn Archologe und Palontologe zusammen werden, wenn man groß ist? Ich will alle Kapitel von dem Erdebuch lesen.«

»Lieber Pinswin, deine Neugier in allen Ehren, aber niemand kann alle Kapitel lesen. Das Buch ist Millionen Jahre lang. Sehr viele Menschen müssen zusammenarbeiten, um es allmählich verstehen zu lernen. Gib mal den Hammer rüber, bitte.« Drees schlug einen Nagel in ein widerspenstiges Stück Flechtwerk am Strandkorb. »Archäologe *und* Paläontologe werden kann man natürlich, aber dann muss man sehr viel lernen. Ich habe einen Freund in Hamburg, einen Professor, der ist beides. Aber wir schweifen ab. Du wolltest etwas über diesen Becher wissen.« Drees fischte in seiner Tasche herum und setzte sich eine Brille auf. »Ein schönes Muster! Ähnliche Scherben habe ich auch schon gefunden, auch größere Stücke. Du kannst mich gern am

Sonntag besuchen, wenn der Kiosk geschlossen ist. Dann zeige ich sie dir.«

»Au ja. Wann hat denn der Mann gelebt, der das gemacht hat?«

»Ich bin mir ziemlich sicher, dass dieser Becher von einem Töpfer der sogenannten Trichterbecherkultur hergestellt wurde. Die haben in der Steinzeit gelebt. Das ist ungefähr fünftausend Jahre her.«

»Das ist ja noch viel länger, als Skem gesagt hat!« So viel Zeit konnte Pinswin kaum begreifen.

»Warum heißen die so komisch?«

»Sie heißen so, weil die Gefäße, die sie herstellten, ein wenig so aussahen wie ein Trichter.«

»Ich habe aufgemalt, wie der Becher vielleicht war, als er noch ganz war.« Pinswin hielt sein Blatt hoch.

»Nein, nicht ganz. Schau mal, so wird er ausgesehen haben.« Mit einem Bleistift korrigierte Drees die Linien. Unten war der Becher bauchig, und dann kam noch mal ein Oberteil, das wie ein Trichter aussah.

»Ach so. Und die Menschen – sahen die aus wie wir?«

»Ja, im Großen und Ganzen schon. Sie trugen natürlich andere Kleidung. Aus Fell und Leder. Wenn du mich besuchen kommst, kann ich dir Bücher über diese Menschen zeigen oder eine Weile ausleihen, wenn du willst. Da sind Zeichnungen drin.«

»Du meinst, Bücher, die keine ausgedachte Geschichte sind, sondern echte?«

»Völlig echt. Sie erzählen nur von dem, was wir schon sicher wissen. Schau mal hier.« Drees wies auf ein wellenförmiges

Muster oben am Rand des Gefäßes. »Das hat der Töpfer mit seinem Fingernagel gemacht.«

Pinswin blickte auf die kleinen Bögen im Ton, dann auf seinen eigenen Daumennagel. Sein Herz klopfte. Die Spuren eines Fingers im Ton zu sehen, des Fingers eines Mannes, der vor fünftausend Jahren gelebt hatte, das machte diesen Mann geradezu unheimlich lebendig. So, als ob er gerade gestern erst die Muster in den Becher gedrückt hätte. Das fühlte sich merkwürdig an. Für einen Moment wurde Pinswin beinahe schwindelig, als ob all die vielen tausend Jahre durcheinandergekommen wären. So wie in den Prielen, wenn sie nach der Ebbe wieder vollliefen und eine Strömung darin entstand. Die Strömung wirbelte die Sandkörner dann alle durcheinander, und was unten lag kam nach oben. Andächtig legte Pinswin seinen eigenen Fingernagel in einen der kleinen Bögen. Er passte nicht ganz, er war noch zu klein.

Ganz bestimmt wollte er Archäologe werden, wenn er groß war. Bis dahin konnte er schon mal anfangen, noch mehr alte Sachen zu suchen. Am Sonntag würde Drees ihm zeigen, was man alles finden konnte.

»Drees, wie kommen denn die Scherben nun ins Watt?«

»Also, die Steinzeitmenschen aus der Trichterbecherkultur hatten Vorfahren, das war eine andere Kultur, mit deren Namen ich dich jetzt nicht verwirren möchte. Von ihnen hat man bis zu vierzig Meter lange Muschelhaufen gefunden. Das waren sozusagen ihre Abfallhaufen. Da haben sie alles hineingeworfen, die Muschelschalen und Knochen, die von ihren Mahlzeiten übrig waren, kaputtes Werkzeug und eben auch Geschirr. Darin findet man noch heute ihre Hinterlassenschaften. Diese Haufen erzählen uns viel. Und die Menschen der Trichterbecherkultur haben diese Haufen einfach weiterbenutzt. In Dänemark gibt es welche, und auch an der deutschen Küste befindet sich einer. Und du weißt ja, das Meer bewegt alles. Flut und Ebbe und die Stürme und Strömungen spülen Dinge hierhin und dorthin. Das ist nur ein Beispiel, wodurch man Dinge finden kann. Du weißt sicher, es gibt hier auf der Insel aus späterer Zeit Hügelgräber. Die sind aus der Bronzezeit, auch von den Wikingern. Und aus der Eisenzeit hat man Siedlungsspuren gefunden.«

»Alles bei uns«, sagte Pinswin andächtig. »Meinst du, da sind noch mehr Sachen übrig, die ich finden kann?«

»Es ist immer was übrig. Das Meer legt Dinge frei und verschluckt sie wieder. Alles ändert sich ständig. Da gibt es für jeden was zu finden, wenn er die Augen offen hält. Aber weißt du, was man an alten Dingen findet, muss man den Experten melden.«

»Du meinst, man darf es nicht behalten?«

»Wenn es nicht von großer wissenschaftlicher Bedeutung ist, schon. Nur die wichtigen Funde kommen ins Museum oder werden genauer untersucht. Aber melden muss man trotzdem alles, damit es für die Forschung zur Verfügung steht. Es gehört allen Menschen, weißt du. Ich habe eine Liste zu Hause von meinen Funden und melde sie regelmäßig bei einem Professor in Hamburg. Dabei sind wir Freunde geworden. Wenn du willst, setze ich deine Scherben mit deinem Namen auch auf die Liste. Dann bist du schon beinahe ein richtiger Archäologe.« Drees lächelte Pinswin an und stand etwas mühsam auf. »So, ich muss jetzt Lentje ablösen. Bis Sonntag, wenn du magst.«

Ob Pinswin mochte? Was für eine Frage!

Bis dahin gab es viel zum Nachdenken. Da hatte er sich gerade so geärgert, dass die Abenteuerbücher alle nur erfunden waren. Und jetzt stellte sich heraus, dass er sein ganzes Leben lang auf einem riesigen Buch herumspaziert war, das die Wahrheit erzählte! Und um es zu lesen, gab es Archologen – nein, Archäologen – und Paläontologen. Das klang geheimnisvoll, wie die Namen von Zauberern.

Wenn der Töveree gelebt hatte, würden die Paläontologen sicher etwas darüber wissen. Der große Fisch hatte dann doch bestimmt auch Spuren in das Buch der Erde geschrieben.

Im Augenblick interessierten Pinswin die Menschen mit den Bechern und Fingernägeln mehr als der Töveree. Aber er hatte Filine versprochen, die Schuppe zu finden und zu erforschen, was mit dem Töveree passiert war.

Also würde er sich um beides kümmern müssen.

Das Leben schien auf einmal ungeheuer aufregend.

Eines Tages würde er große Dinge finden.

Und ob man das mit dem Melden und Abgeben wirklich immer so genau nehmen musste?

Der Mann, der seine Fingerabdrücke auf dem Becher hinterlassen hatte, war ja zum Beispiel schon lange tot. Da war es doch kein Stehlen, wenn Pinswin den Becher behielt, der sowieso kaputt war.

Schließlich waren die Vorfahren der Jessens wie die meisten Amrumer nicht nur Krabbenfischer und Walfänger, sondern auch Strandräuber gewesen, als das noch überlebensnotwendig war. Ein bisschen Strandräuber war bestimmt noch in ihm drin.

Jessieanna

2004

Kalifornien

5

Überraschung im Dunkeln

Irgendwo draußen jagten sich Wildkatzen. Jessieanna wachte früh von dem Fauchen und Schreien auf. Es war noch stockdunkel. Sie schlurfte ins Bad und hustete aus, was sich nachts in ihrer Lunge angesammelt hatte. Es traf sich gut, dass ihre Mutter, wenn sie in die Nacht hineingearbeitet hatte, morgens wahrscheinlich nicht einmal von Löwengebrüll aufgewacht wäre. Sie würde den Husten nicht hören. Zum Glück trat der meist nur morgens auf. Jessieanna trank einige Schlucke Wasser, schlüpfte hastig in ihre Kleider und schlich sich in die Küche. Mit klopfendem Herzen öffnete sie den Kühlschrank, nahm ihre Mischung von gestern heraus und trug das Glas zum Fenster.

Erst atmete sie einige Male tief die frische Luft von draußen ein, um ihre Nase zu reinigen, dann schraubte sie den Deckel auf, steckte den Finger in die Lotion und verteilte sie auf ihrem Handrücken. Es fühlte sich gut an. Sie zögerte einen Moment, bevor sie daran roch.

Erst stieg Freude in ihr auf. Dann kam die Enttäuschung. Sie probierte es noch einmal an ihrer anderen Hand, am Handgelenk über dem Puls. Dann steckte sie die Nase direkt ins Glas.

Schließlich gestand sie sich ein, dass sie noch nicht am Ziel ihrer Träume war.

Die Lotion war gut in der Konsistenz und durchaus wohltuend. Der Geruch nach Petrichor war deutlich. Nicht zu stark und nicht zu schwach. Er war echt und ehrlich und fügte sich gut mit den anderen Düften zusammen. Der Geruch der Timidity-Blüte und auch die dezenten Kräuter unterstützten ihn hervorragend. Das Ganze ergab einen warmen, goldbraunen Duft mit Spuren von Grün, erdig und sommerlich.

Und trotzdem war es noch nicht richtig! Ganz gewiss war es eine wunderbare Körperlotion mit dem besten Duft, den Jessieanna bis jetzt hergestellt hatte. Sie hätte sich freuen sollen. Aber sie wusste mit ihrem ganzen Instinkt, dass hier noch etwas Wichtiges fehlte. Der Petrichor sprach von Lebenskraft und Erneuerung, Wachstum und Hoffnung, genau wie der Regen nach einer Trockenperiode, wenn er auf die Erde fällt. Doch es lag noch viel zu viel Ernst in dem Duft und in dem Gefühl, das er hervorrief. Es fehlte etwas, das für Leichtigkeit und Lebensfreude stehen würde, etwas mit Musik und einem Lächeln und mit Flügeln darin. Etwas, das die Farbe des Duftes heller machte.

Eine Weile saß Jessieanna auf der Fensterbank und sah hinaus in den Morgen, der über den Hügeln einen neuen Tag in die Dunkelheit pinselte. Orange, Silber, Grün, Hellblau. Aus irgendeinem Grund roch der Sonnenaufgang nach Pfefferminz.

Immerhin war sie ihrem Ziel näher gekommen. Es fehlte nur noch diese eine Komponente. Sie hatte gedacht, es wäre der Petrichor, und das war vollkommen richtig gewesen. Nur war er noch immer nicht das letzte Puzzleteil.

Nun, sie hatte jetzt das zweitletzte Puzzleteil! Sie würde das letzte auch noch finden. Der Haken war nur, dass sie nicht einmal wusste, wonach sie suchen sollte.

Wieder dachte sie an ihren Vater. Wie oft hatte er schon nach etwas geforscht, ohne einen Anhaltspunkt zu haben, und wie oft hatte er es am Ende gefunden, oder wenigstens einen Hinweis darauf.

»Geduld, Jessieanna, du musst mehr Geduld haben! Alles, was an dieser Welt so aufregend ist, hat Millionen Jahre gebraucht, bis es so weit war.«

Er hatte recht, aber bei seinen Fossilien war es ja auch nicht schlimm, wenn sie noch ein paar Jahre länger unentdeckt in der Erde lagen. Doch Jessieanna ging es um die Lebenden. Vor allem um Katriona. Wie um Himmels willen sollte sie Geduld haben, wenn die Zeit so drängte?

Natürlich würde die Lotion Katriona nicht heilen. Selbst wenn der Duft eines Tages genauso wurde, wie Jessieanna es sich erträumte, war eine Lotion noch lange keine Medizin und sollte es auch nicht sein. Sie konnte nur die Heilung unterstützen. Etwas für die Seele tun, für das Körpergefühl. Kraft geben und Zuversicht. Aber es war das Einzige, was Jessieanna tun konnte. Und das wollte sie sobald wie möglich.

Sie erinnerte sich an die Zeit in der Klinik. Jemand hatte Katriona ein Parfüm mitgebracht. »Ich fühle mich zum ersten Mal seit Monaten wieder wie eine Frau«, hatte Katriona mehr zu sich als zu Jessieanna gesagt. »Nicht nur wie die Patientin Nummer drei aus Zimmer hundertacht.« Obwohl sie noch ein Kind war, hatte Jessieanna an dem Parfüm geschnuppert und genau gewusst, was Katriona meinte. Aber das war nur ein Parfüm gewesen. Wenn ihrer Freundin das schon einen solchen seelischen Aufwind geschenkt hatte, dann musste der genau richtige Duft doch umso mehr helfen können.

»Dranbleiben! Da hilft nur dranbleiben«, sagte Simon immer, wenn etwas schiefging.

Um den Kopf freizubekommen, machte sich Jessieanna einen Kaffee und kehrte in ihr Zimmer zurück. Im Schrank suchte sie nach einem Holzstab, nach stabiler Pappe, buntem Papier, Nadel und Faden. Während der Himmel immer heller wurde und das sanfte Winterlicht sich ausbreitete, bog sie Flügel zurecht und bezog sie mit Papier, auf jedem ein anderes Muster. So entstand ein Windrad, das genauso leicht und fröhlich aussah, wie sie ihre Lotion und deren Duft haben wollte.

Solange du etwas bewegst, lebst du. Solange du etwas bewegst, gehen die Dinge voran, und es gibt Hoffnung.

Mit jedem fertiggestellten Flügel wurde Jessieanna zuversichtlicher. Sie war so weit gekommen. Gerade dann, wenn sie es am wenigsten erwartete, würde ihr die Lösung einfallen. Und bis dahin würde sie diesen erdigen, goldbraunen Duft nach Petrichor selbst genießen.

Als sie fertig war, duschte sie, cremte sich mit ihrer neuen Kreation ein, machte sich ein Frühstück, deckte den Tisch für Savannah und legte einen Zettel mit lieben Wünschen für den Tag neben den Teller.

Nachmittags erwartete Juniper sie wegen einer langweiligen Sitzung in der Firma. Aber der Vormittag gehörte ihr. Ryan war beim Training.

Sie wusste genau, wo der richtige Platz für ihr neues Windrad war. Und wenn sie Glück hatte, hatte sie genau dort auch einen Einfall, der ihr weiterhelfen würde. Sie kannte mehrere magische Plätze, und an diesem war sie lange nicht mehr gewesen.

Die Autofahrt beruhigte sie. Der schmale Pfad in den Wald hinein war noch da, nur ein wenig zugewuchert. Am Himmel wechselten sich die Wolken mit Blau ab. Zwischen Farnen, Felsen, Nadelbäumen und Gebüsch folgte Jessieanna dem Weg bergauf. Das Windrad hielt sie hoch, damit es nicht irgendwo hängen blieb und kaputtging, bevor es seinen Platz finden konnte. Sie musste lächeln, weil das wahrscheinlich ziemlich verrückt aussah. Zum Glück war sie allein hier. Um diese Jahreszeit waren die Wege nicht gerade überlaufen.

Dort, wo alles noch im Schatten lag, spitzte Frost weiß auf den Gräsern, nun, da sie höheres Gelände erreicht hatte. Aber auch die Sonne stieg, und auf einmal funkelte und glitzerte jeder einzelne kleine Kristall um Jessieanna herum, an jedem Blatt und jedem winterkahlen Ast. Es tat ihr fast leid, einen Fuß vor den anderen zu setzen. Das Knirschen, das von den Kristallen erzählte, die unter ihren Schritten zerbröselten, war das einzige Geräusch in der Stille, bis sie endlich das Wasser rauschen hörte.

Dann stand sie am Ufer des Flusses, der hier an den Hängen des Mount Shasta seinen Anfang nahm. Viele Bäche rieselten herab und vereinigten sich irgendwo zum Sacramento River.

An Jessieannas Lieblingsplatz stürzte ein Wasserfall eine moosige Steinwand herunter, an die sich Farne klammerten. Darunter hatte das Wasser eine riesige flache Mulde ausgewaschen. Genau in der Mitte erhob sich ein Felsen, der von Moosen und Flechten bewachsen war. Er war hoch und verwittert, voller Vorsprünge und Kerben, zum Klettern wie gemacht. Die Bäume standen dicht um die Wasserfläche herum, so dass kaum ein Sonnenstrahl die Oberfläche erreichte. Doch die Felseninsel wurde an der Spitze vom Licht wie eine Fackel erleuchtet. Rötlich schimmerte hier der im Schatten dunkle Felsen, hellgrün leuchtete das Moos, und die Wassertropfen darin funkelten wie winzige Seifenblasen in allen Farben.

Jessieanna zog Schuhe und Strümpfe aus, krempelte die Hosen hoch und watete durch das flache, eisige Wasser zu ihrem Felsen. Herrlich, wie es nadelscharf an ihren Füßen prickelte und sie von den Zehen bis zu den Haarspitzen hellwach machte! Kristallklar fühlte sie sich gleich wieder im Kopf, und in der Seele machte es ihr Mut. Bis ganz nach oben auf den Stein kletterte sie, wo sie wusste, dass man in einer Vertiefung gut sitzen konnte und Halt für die Füße hatte.

An einem Zacken brachte sie mit dem Draht aus ihrer Hosentasche ihr Windrad an, das sich sofort zu drehen begann und mit seinen Farben vom Frühling sprach. Alle Bauteile waren gut kompostierbar. Wenn es irgendwann herabstürzte, von Regen durchweicht, würde es bald spurlos im Schlamm verschwinden, ohne der Umwelt zur Last zu fallen.

Jessieanna atmete tief ein. Nirgendwo roch es so wie hier, nach Moos und Feuchtigkeit und glasklarem Wasser, das direkt aus dem Himmel zu kommen schien, nach Sonne auf einem Berghang und nach den Mineralien, die das Wasser aus den Steinen spülte. Jessieanna legte den Kopf in den Nacken und sah hinauf zu der Stelle, wo es über die Felskante stürzte.

Die schrägen Sonnenstrahlen brachen sich darin und malten Regenbögen in die Luft. Silberner Nebel hüllte die Farne hinter dem Wasserfall ein und machte sie durchscheinend wie Kirchenfenster. Mit dem Wind trieb der feine Nebel hin und wieder auch zu Jessieanna herüber wie eine sanfte, kühle Berührung im Gesicht. Sie schloss die Augen und lauschte dem Rauschen, das um sie her floss. Hinter ihrem Rücken toste es laut, und zu ihren Füßen wurde es in der Ferne leiser. Sie stellte sich vor, ihre Enttäuschung würde sich darin auflösen und fortgetragen werden, ebenso ihre Ungeduld.

Als sie sich besser fühlte, öffnete sie die Augen und beobachtete, wie sich das Windrad drehte und, inzwischen auch von Tropfen überzogen, Lichtfünkchen in alle Richtungen schickte. Jessieanna roch an ihrer Haut. Sie konnte noch immer Petrichor wahrnehmen. Der Duft passte nicht recht zu dieser Umgebung. Und trotzdem, inmitten all dieser Magie einer anderen Art machte es Jessieanna noch immer glücklich, den Petrichor zu riechen. Er berührte das Innerste ihrer Seele. Doch was war es nun, das fehlte? Sie konnte diesem Teil des Geruchs, den sie vermisste, ohne ihn zu kennen, nicht einmal eine Farbe zuordnen. Nur eine Grundstimmung.

Es musste ein Duft sein, der zu dem Gefühl passte, das sie damals hatte, als sie in der Klinik erfuhr, dass alles gut werden würde. Als es wieder aufwärtsging. Als sie wusste, dass sie eines Tages wieder tanzen, rennen und lachen würde und es eine Zukunft gab.

Der Duft musste dieses und auch das Gefühl auslösen, das sie hatte, wenn sie hier oben auf der Felsspitze saß mit der Sonne im Gesicht und Regenbögen um sich herum, während der Fluss sein eigenes Lied sang.

Das Gefühl, wenn sie mit Katriona am Strand beobachtete, wie die Skulpturen im Wind liefen, ein harmonisches Ganzes aus Leichtigkeit und Bewegung und purer Freude.

Ja, sie wusste genau, was fehlte, aber sie wusste nicht, wo sie anfangen sollte, danach zu suchen. Trotzdem war ihr jetzt leichter zumute. Lange saß sie reglos, bis es ganz ruhig in ihr war. Dann kletterte sie vorsichtig vom Felsen, blickte noch einmal zum Windrad hinauf und watete ans Ufer.

Auf dem Weg zurück nach Junco war es schon so warm, dass sie ihre Jacke auszog. An einer Bude aß sie einen Hotdog und kam gerade noch rechtzeitig in die Firma.

»Da bist du ja!« Juniper musterte sie kritisch und zog Jessieannas Kragen glatt. Mit krauser Nase schnupperte sie an Jessieanna. »Du riechst merkwürdig. Hast du im Garten gearbeitet?«

»Ich war spazieren.« Jessieanna trat einen Schritt zurück. Sie wollte Juniper jetzt nichts von dem Petrichor verraten. Die würde nur darüber spotten.

In der Sitzung machte sie ein interessiertes Gesicht, während sie Ausführungen verschiedener Männer mit Bügelfalten lauschte, die von Marketing sprachen und von neuen Trends und effektiveren Verpackungen. Währenddessen überlegte sie, ob sie ihren Vater vielleicht auf seine nächste Dienstreise begleiten und irgendwo ganz anders nach neuen Zutaten suchen sollte. Hatte Pinswin nicht davon gesprochen, dass er demnächst auf die Bahamas musste? Zu einem Kongress? Sie stellte sich türkisfarbenes Wasser vor, weißen Sand und tropische Blüten. Möglich, dass es dort etwas gab, das ihr weiterhalf.

»Wie findest du die Vorschläge zu den neuen Verpackungen?«, fragte Juniper, als der Raum sich endlich geleert hatte und Jessieanna ein Fenster aufreißen konnte. Draußen wurde es dämmrig.

»Oh, ich muss darüber nachdenken.« Jessieanna überlegte

fieberhaft. Wovon war noch die Rede gewesen? »Ich bin mir nicht sicher, ob diese Farbe wirklich im Trend liegt.« Der Bluff funktionierte. Juniper runzelte die Stirn und nickte.

»Da bin ich mir auch nicht sicher. Aber Grün und Apricot sind freundliche Farben. Die müssten eigentlich immer funktionieren. Ich möchte keinerlei Risiko eingehen.«

Ich weiß, dachte Jessieanna. Du bist in deinem ganzen Leben noch nie ein Risiko eingegangen, wenn es um Geld ging.

»Kommst du mit zu mir?«, fragte Juniper. »Wir könnten Sushi bestellen und Pläne schmieden.« Auf einmal tat sie Jessieanna leid. Juniper wirkte alt und einsam, was sonst gar nicht ihre Art war. Zum Glück klingelte das Handy und enthob sie der Notwendigkeit einer Antwort.

»Windydarling, könntest du ins Institut kommen?« Ryan klang ungewöhnlich aufgeregt. »Ich weiß, wir waren zu Hause verabredet, aber ich habe etwas Merkwürdiges gefunden, das ich dir zeigen möchte.«

»Was denn gefunden? Du meinst bei der Arbeit?«

»Ja. Da ist etwas, was deinen Vater sehr interessieren könnte. Aber ich brauche deine Meinung. Ich möchte ihm nicht umsonst Hoffnung machen.«

»Ich verstehe doch nichts von Knochen. Frag lieber Simon.« Sie sah genau vor sich, wie er am anderen Ende lächelte.

»Ich möchte aber deine Meinung hören. Du hast einen guten Instinkt, was Formen angeht.«

»Okay. Ich bin in zwanzig Minuten bei dir.« Sie legte auf. »Tut mir leid, Granny, aber ich kann nicht. Ein andermal, ja?« Sie nahm sich vor, dieses Versprechen auch wahrzumachen, am besten gleich morgen.

»In Ordnung. Danke für deine Teilnahme an der Sitzung. Geh nur und grüß deinen Verlobten von mir.« Juniper hatte zum Glück eine Schwäche für Ryan.

Sie fand Ryan im sogenannten »Verlies«, einem düsteren Kellerraum, in dem jede Menge Kisten und Kartons mit älteren Funden untergebracht waren. Er stand an einem Arbeitstisch und sortierte Knochen. An der Art, wie er seine Augenbrauen zusammenzog, mit dieser kleinen Welle darin, die sie so mochte, sah sie, dass er sich über etwas heftig den Kopf zerbrach. Seine Stirn glättete sich, als er aufblickte und sie sah.

»Schön, dass du da bist.« Er küsste sie, hielt sie fest und küsste sie noch einmal, als sie neugierig über seine Schulter auf den Tisch blicken wollte. »*Sehr* schön, dass du da bist! Du bist das einzig Lebendige hier unten.«

»Was machst du? Wie lange treibst du dich schon hier herum? Du frierst ja.« Sie spürte die Gänsehaut auf seinen Armen. Ihr dagegen war gar nicht kalt, denn der vertraute Geruch an seinem Hals trug wie immer warme Gelb-, Orange- und Brauntöne in sich.

»Ich hatte einen merkwürdigen Traum heute Nacht. Von der Kiste B5 im Regal IV/9. Frag mich nicht, wie man so genaue Zahlen träumen kann. Jedenfalls hatte ich den Drang, noch einmal hineinzusehen. Sie stammt aus einer Tauchexpedition, die dein Vater zusammen mit seinem Professor machte, kurz nachdem er in Kalifornien ankam. Sie fanden in einer Höhle nahe unter der Wasseroberfläche eine Menge hineingeschwemmter Fischsaurierfossilien. Es sind auch Flugsaurier dabei und einige kleinere Säugetiere. Alles durcheinander. Man nimmt an, dass sie Opfer eines Sturms waren und mit einer Flutwelle in die Höhle gedrückt wurden, die damals noch nicht unter dem Meeresspiegel lag.« Ryan wies auf eine offene Kiste, die neben dem Arbeitstisch stand. Jessieanna sah ein wildes Durcheinander von Steinplatten und dunklen Stücken, die auf den ersten Blick überhaupt keinen Sinn ergaben und auf gar keinen Fall so wirkten, als könnten sie Teile von ehemaligen Lebewesen sein.

Nun, es war ja auch Millionen Jahre her. Unvorstellbar.

»Ja, ich weiß. Ein Riesenchaos.« Ryan lächelte. »Es fand sich auch nichts von Bedeutung darunter. Nichts Unbekanntes, Bahnbrechendes. Deswegen ist die Kiste hier im Archiv gelandet. Und deswegen ist dein Vater gerade in Montana bei einer Ausgrabung, bei der man wesentlich vielversprechendere Fischfossilien zutage fördert.«

»Ja, er ist ganz aus dem Häuschen. Wir haben gestern mit ihm telefoniert. Angeblich hat er eine neue Sorte Flugsaurier gefunden. Und einen irre großen Aal mit Füßen.«

»Ja. Aber möglicherweise habe ich in dieser alten Kiste etwas gefunden, was ihm noch viel besser gefallen wird. Machst du bitte mal das Licht aus?«

»Warum denn das?«

»Du wirst schon sehen. Mach einfach aus.«

Sie schlängelte sich zwischen den Kisten zur Tür, schaltete das Licht aus und tastete sich zurück zu Ryan, wobei sie mit der Hüfte gegen die Tischkante stieß. »Autsch. Noch ein blauer Fleck im Dienste der Wissenschaft. Oh! Was ist das?«

»Wenn ich das wüsste. Das wollte ich dir zeigen. Ich habe schon oft mit einem Lumineszenz-Mikroskop gearbeitet. Das benutzt ein besonderes Licht, in dem bestimmte Mineralien und

Fossilien ein Leuchten zurückstrahlen, das einem dabei hilft, sie besser zu sehen oder auch zu datieren. Aber das hier habe ich so noch nie gesehen.«

Der Raum war jetzt vollständig dunkel. Nirgendwo brannte ein Lämpchen.

Doch mitten auf dem Arbeitstisch leuchtete etwas in einem blauen Licht. Erst wirkte es gespenstisch kühl, doch je länger Jessieanna hinsah, desto wärmer und angenehmer wirkte der Schein auf sie. Dieses Blau roch nach einer Winternacht auf dem Meer, glasklar und frisch, ein wenig unheimlich und geheimnisvoll. Jessieanna beugte sich über den Tisch. Nur eine Handvoll Knochen. Zwei davon waren rundlich, aus der Wirbelsäule vielleicht, ein anderes wirkte wie die Hand eines Tieres, an der allerdings nur noch zwei Finger waren. Ein Teil wirkte wie eine lange gebogene Stricknadel und das letzte wie … »Ist das ein Stück Kiefer? Und gehören die alle zusammen?«

»Ich glaube, ja. Es sieht aus wie ein Stück eines Kiefers, aber leider habe ich den Rest nicht finden können. Es könnte ein langer schmaler, spitz zulaufender Oberkiefer sein.«

Das blaue Leuchten war nicht besonders stark, aber in dem dunklen Raum doch so hell, dass sie in Ryans Gesicht die unterdrückte Aufregung erkennen konnte.

»Du meinst, wie bei einem Schwertfisch?«

»Ja. Aber das hier ist kein Schwertfisch. Die Form stimmt nicht, und die anderen Knochen passen nicht dazu. Auch die Größe passt nicht. Das hier war etwas Größeres. Und noch nie haben die Knochen eines Schwertfisches von sich aus geleuchtet.«

»Wie hast du das entdeckt? Warum hat man das nicht vorher bemerkt?«

»Ich habe ein wenig Wasser über ein paar Knochen gegossen, um Sand abzuspülen. Dabei ist mir etwas in die Steckdose gespritzt, und irgendwann ist die Sicherung herausgeflogen. Darum war es dunkel. Ich dachte erst, ich hätte einen Stromschlag bekommen und würde halluzinieren. Die Knochen leuchten nur, wenn sie feucht sind. Die Feuchtigkeit hat die Biolumineszenz in ihnen geweckt. Pinswin hat dir sicherlich von dem Meeresleuchten erzählt, das er aus seiner Kindheit kennt, und auch von einigen tropischen Stränden, an denen er seither gewesen ist. Kleine Mikroorganismen, die sich bei Wärme im flachen Wasser vermehren und durch die Bewegung der Wellen zum Leuchten angeregt werden, färben das Meer am Strand blau. Es ist eine Verteidigungsmaßnahme, die Fressfeinde verjagen soll. Ein chemischer Vorgang. Etwas Ähnliches passiert offensichtlich hier. Schau!« Er fuhr mit dem Finger über den feuchten Knochen, und das Leuchten wurde für einen Augenblick heller.

Ja, Jessieanna erinnerte sich, dass Pinswin gerne davon erzählte, wie er als Kind mit seiner Schwester in den blau leuchtenden Wellen getobt hatte. Wie im Märchen, hatte er gesagt.

»Er und ich haben immer geglaubt, dass euer Töveree, wenn es ihn denn gegeben hat, in seinen Schuppen auch diese Fähigkeit zur Biolumineszenz trägt.«

»Aber ich denke, das funktioniert nur bei Wärme. Im Sommer. Der Töveree ist immer nur im Winter gesichtet worden.«

»Ja. Angeblich. Die Überlieferung muss ja nicht genau sein.«

Langsam begriff Jessieanna, worauf er hinauswollte. Jetzt hatte sie doch eine Gänsehaut. »Du willst mir jetzt aber nicht sagen, dass du glaubst, diese Knochen gehören zum Töveree?«

»Wer weiß? Vielleicht hatten nicht nur seine Schuppen diese

Eigenschaft. Vielleicht auch seine Knochen. Möglicherweise sind die Schuppen sogar knöchern.«

Ein seltsam graugelber Geruch lag in der Luft. Jessieanna nieste. Es musste der nasse, staubige Kalk sein.

»Aber – aber wenn es Mikroorganismen sind, würden sie doch nicht mehr leben und leuchten, nachdem der Fisch schon so lange tot ist und die Knochen hier unten im Trockenen gelegen haben!«

»Klingt unwahrscheinlich«, gab er zu. »Aber das Leuchten ist real. Ich sehe es. Du siehst es. Es gibt nichts, was es nicht gibt. Hast du schon mal vom Bärtierchen gehört? Das ist auch winzig klein. Man kann es einem Vakuum oder Radioaktivität aussetzen, bei minus 272 Grad einfrieren, auf 170 Grad erhitzen, jahrzehntelang trocknen oder hungern lassen, und es überlebt trotzdem.«

»Glaubst du also, dass es ihn schon in der Urzeit gegeben hat?«

»Wer weiß. Dein Vater hat sich bei der Suche nach Hinweisen auf ihn hauptsächlich auf Lebewesen der Neuzeit konzentriert. Wale, Schwertfische, Haie, Delphine, Mantas. Vielleicht hätte er früher ansetzen sollen. Diese Knochen könnten eine Spur sein. Wenn es den Töveree Fisk gegeben hat, muss er Vorfahren gehabt haben. Er muss zu einer Ordnung gehören. Der Beschreibung nach ist er ein Knochenfisch. Wie der Schwertfisch. Ist dir der Quastenflosser ein Begriff?«

Jessieanna dachte nach. »Ja. Pinswin hat im Plattenkalk schon einige gefunden. Er ist eines der bekanntesten lebenden Fossilien. Wie der Ginkgobaum. Man dachte, er sei ausgestorben, aber dann hat man doch noch lebende Exemplare entdeckt. Es war eine Sensation. Aber der sieht nicht aus wie der Töveree.«

»Nein. Aber wenn ich diesen Knochenbau von den wenigen Bruchteilen her richtig deute«, Ryan tippte mit dem Finger andächtig auf das Kieferstück, »dann könnte er mit dem Quastenflosser verwandt sein. Hier, diese Flosse. Wahrscheinlich eine Bauch- oder Seitenflosse. Sie hat Knochen. Sie muss Muskeln gehabt haben. Die Überlieferung sagt, der Töveree konnte aus dem Wasser springen und ein ganzes Stück segeln, als ob er fliegen könnte. Dazu wird er Muskeln gebraucht haben. Und er muss Luft bekommen haben. Er könnte ein *Ceratodus*, ein Lungenfisch, gewesen sein! Das sind die engsten Verwandten des Quastenflossers. Sie hatten eine Lunge und Kiemen und konnten unter und über Wasser atmen. Wir haben welche mit ähnlichen Knochenteilen aus dem Trias gefunden. Es gibt immer noch Nachfahren, nur nicht so groß.«

»Meinst du – meinst du damit, es könnte ihn doch noch geben? Den Töveree?«

»Angeblich hat man ihn doch in der ersten Hälfte des letzten Jahrhunderts noch gesehen. Aber nur ein einziges Exemplar, und das nur ganz selten. Könnte es nicht sein, dass er wie die Quastenflosser noch existiert? Ein bisschen wie George, diese uralte einsame Schildkröte auf den Galapagosinseln. Der Letzte seiner Art.«

»Der Töveree, ein lebendes Fossil?« Das würde die geheimnisvolle Sage erklären, die einerseits wahr und andererseits unwahrscheinlich klang. »Aber Quastenflosserfossilien hat man viele gefunden. Warum nicht den Töveree, wenn deine These stimmt?«

»Vielleicht lebt er ganz woanders, und das gesichtete Exemplar hatte sich nur verirrt. So wie Wale manchmal in die Ostsee geraten. Möglicherweise lebt er in der Tiefsee. Das würde seine angeblich großen Augen erklären. Die Wesen der Tiefsee sind doch noch so unerforscht, da gibt es ständig Überraschungen.«

»Aber wenn es hier nur ein einziges verirrtes Exemplar gab, hat man es über mehrere Jahrzehnte oder sogar Jahrhunderte gesehen. Das geht doch nicht.«

»Doch. Das geht. Grönlandhaie zum Beispiel können über vierhundert Jahre alt werden.«

»Oh.« Das musste Jessieanna erst mal verdauen. »Wirklich? Stell dir vor, man findet doch noch mal einen Töveree. Wie bei dem Quastenflosser! Warte, bis mein Vater von deiner Entdeckung hört! Wollen wir ihn anrufen?«

Was für ein merkwürdiger Tag. Erst die große Enttäuschung heute früh. Jetzt diese wundervolle Überraschung. Wenn diese Knochen tatsächlich ein Hinweis auf den Töveree waren, würde es Pinswin seinem Traum endlich einen Schritt näher bringen. Er hätte es verdient. Er war ihr Anker in der Welt, ihre unerschütterliche Säule. Von klein auf ihr Held, der jede Lebenslage meisterte. Sie sah ihn vor sich, wie er in den Raum stürmte, sein Lächeln, seine hochstehenden Haare, von denen jedes einzelne vor Energie und Begeisterung zu vibrieren schien. Seine breiten Schultern, an die man sich so gut anlehnen konnte.

Auch sie selbst machte das blaue Leuchten wieder zuversichtlich. »Töveree Fisk« bedeutete zwar in Pinswins Heimat so viel wie »Zauberfisch«, aber Jessieanna hatte ihn immer heimlich ihren »Mutfisch« genannt. Sie dachte an ihn, wenn ihre Schulkameraden sie auslachten, und sie tröstete sich mit dem Gedanken an ihn, wenn sie zum Zahnarzt musste. Es half immer.

»Nein, lass uns Pinswin lieber überraschen.« Ryan bettete die

Teile sorgfältig in einen mit Watte ausgelegten Kasten. »Er kommt ohnehin in den nächsten Tagen nach Hause. Vielleicht irre ich mich, und dann macht er sich falsche Hoffnungen. Außerdem ist es eindrucksvoller, wenn man es sieht, meinst du nicht?« Er wollte einen Deckel auf den Kasten legen, zögerte dann und sah Jessieanna zweifelnd an. »Glaubst du, ich könnte recht haben? Stell dir doch bitte einmal diese Knochenstücke in dem Töveree vor, den deine Mutter gebastelt hat. Ich weiß, es sind nur wenige, aber stell dir trotzdem einmal das Ganze bildlich vor. Meinst du, es könnte passen?«

Jessieanna stellte sich den großen, eleganten und doch massiven Körper vor, der zum Sprung ansetzte, die gewaltigen Flossen, die wie Segel rechts und links den Fisch durch die Luft trugen. Den langen spitzen Oberkiefer.

»Ja. Natürlich! Das könnte sehr gut passen!« Jetzt sprudelte die Aufregung in ihr hoch. Es war fast, als ob das Tier im Schaukasten vor ihren Augen lebendig wurde.

»Es ist nur eine wilde These. Eine Vermutung«, warnte Ryan. Er schloss den Kasten in einem Schrank ein und steckte den Schlüssel in die Tasche.

»Aber es ist mehr, als wir je hatten! Ist vielleicht noch mehr in der Kiste?«

»Bis jetzt habe ich nichts gefunden. Aber ich will morgen die anderen Kisten aus der Zeit und von dem Fundort durchsehen.«

»Jessieanna? Ryan? Ach, da seid ihr!«

Beide fuhren zusammen. Simon stand in der Tür. Wie gewöhnlich hatten sie ihn nicht kommen hören. Er war so leicht, dass man seine Schritte auf dem Steinboden kaum hörte.

»Ich habe euch gesucht.«

Simon stand schweigend da, und Jessieanna fiel auf, dass er noch kleiner wirkte als sonst. Als wäre er am liebsten gar nicht da.

»Warum denn, Simon? Was ist?«, fragte Ryan schließlich. »Komm, lass uns hinausgehen, ich habe für heute genug von diesem muffigen Raum.«

Im grellen Neonlicht des Flures sahen sie, dass Simon blass war. Seine Hände, die im Vergleich zu seinem restlichen Körper unverhältnismäßig groß waren, umklammerten seine Aktentasche wie einen Rettungsring.

»Jessieanna, dein Vater. Pinswin«, sagte er, als wäre diese Erklärung nötig.

Jessieanna spürte, wie sie ebenso weiß im Gesicht wurde wie Simon.

»Was ist mit ihm? Simon, was ist los?«

Simon räusperte sich. »Es gab einen Erdrutsch auf der Grabung in Montana. Eine Höhle wurde verschüttet.« Seine Stimme war leise, kaum hörbar, und doch glaubte Jessieanna, ein Echo den langen kalten Flur entlanglaufen zu hören.

»Pinswin wird vermisst.«

Pinswin

1949

Amrum

6

Schätze und Spuren

Pinswin rannte durch das nächtliche Watt, als wäre der Geist von Hark Olufs hinter ihm her. Er keuchte, und seine Lunge schmerzte, aber er hatte keine Zeit, sich auszuruhen. Bald kam die Flut wieder und würde vielleicht für immer verschlingen, was er entdeckt hatte.

Mitternacht war längst vorüber, aber seine Müdigkeit war verschwunden. Jede Zelle seines Körpers kribbelte vor Aufregung. Er musste Drees holen! Drees und seine Kamera. Drees musste diese Entdeckung festhalten, bevor das Meer zurückkehrte.

Vorhin noch waren seine Schwester und ihr Freund Nathan Paleske bei Pinswin gewesen. Sie waren nach langer Zeit endlich mal wieder zusammen nachts umhergestreift. Schließlich hatten sie sich als Kinder geschworen, die Schuppe des Töveree Fisk zu finden, die Glück bringen sollte. Auch wenn sie jetzt mit vierzehn kaum noch daran glaubten, lieferte die Suche doch einen wunderbaren Vorwand, sich in lauen Mondnächten heimlich herumzutreiben.

Jetzt aber hatten Filine und Nathan anderes vor. Es lag allein bei Pinswin, dafür zu sorgen, dass ein Sachverständiger sich um den Fund kümmerte, den der Frühlingssturm freigelegt hatte.

Weit hinten lagen die Lichter der Halligen und einiger Schiffe wie eine Kette auf dem Horizont. Mondlicht spiegelte sich in den Prielen und auf dem nassen Sand und tauchte alles in ein kühles silbernes Licht, das ausreichte, um sich zurechtzufinden. Pinswin achtete kaum darauf, wohin er trat. Einmal landete er bis über die Knie in einem tiefen Priel. Er schimpfte vor sich hin, befreite sich aus dem Schlick und rannte weiter auf den Leuchtturm zu, dessen langer Lichtfinger über die Insel kreiste und seltsame Muster in die Dünen malte.

Pinswin musste mehrere Male Sturm klingeln, bevor Drees oben ein Fenster öffnete.

»Was ist denn los? Wer ist da?« Seine Stimme war schlaftrunken. Schließlich war er nicht mehr der Jüngste. Doch darauf konnte Pinswin keine Rücksicht nehmen. Immerhin lagen Drees diese Dinge ebenso am Herzen wie ihm selbst.

Als Drees damals Pinswins Scherbenfunde seinem Freund, dem Experten in Hamburg, gemeldet hatte, schrieb jener Professor Westerberg dem kleinen Pinswin persönlich einen Brief, bedankte sich für seine Aufmerksamkeit und ermutigte ihn, weiterhin im Sinne der Wissenschaft die Augen offen zu halten. Pinswin war tief beeindruckt und hielt sich an diese Empfehlung. Zusammen mit Drees legte er in der Umgebung der Hügelgräber Werkzeug aus Feuerstein frei, eine Beilklinge aus Granit, Bernstein- und Knochenperlen. Im Watt fanden sie weitere Scherben, ein Stück Lapislazuli, das in der Bronzezeit gern als Gastgeschenk verwendet worden war, und Münzen aus dem Mittelalter.

Er hatte viel von Drees gelernt und war sogar einmal mit ihm zu Besuch bei dem Professor gewesen, der an Pinswin Gefallen fand, ihm Bücher schenkte und ihn durch die Sammlung des Instituts führte. Beim Abschied wuschelte ihm der Gelehrte durch die Haare. »Wenn du größer bist, nehme ich dich mal mit auf Expedition, du kleiner, wissbegieriger Igel«, sagte er.

»Professor Westerberg hat keine Kinder, denen er etwas beibringen kann«, erklärte Drees später. »Ich glaube, er freut sich sehr über dein Interesse.«

»Warum hat er keine Kinder?«

Drees schmunzelte. »Er hat keine Frau. Er sagt, es gibt keine Frau, die sich für die staubigen und kaputten alten Sachen interessiert, mit denen er seine Tage verbringt.«

»Heißt das, wenn man Archäologe wird, kann man keine Familie haben?«

Drees lachte. »Das glaube ich nicht. Darüber brauchst du dir wirklich noch keine Gedanken zu machen.«

Pinswin tat der Professor leid. Er bemühte sich, gut zuzuhören, die Bücher zu lesen und schlaue Fragen zu stellen, damit der Professor das Gefühl hatte, dass wenigstens Pinswin sich für ihn interessierte. Erst später bemerkte er, dass er sich damit selbst einen Gefallen getan hatte, denn das Fachwissen des Professors setzte sich in Pinswins Gedächtnis fest, ohne dass er es absichtlich gelernt hätte.

Deshalb war sich Pinswin jetzt ziemlich sicher, dass das, was die Gewalt des Frühlingssturms im Watt ans Tageslicht gebracht hatte, von Bedeutung war.

Die Brandung hatte einen tiefen Priel ausgespült und dabei so viel Sand fortgerissen, dass ein Stück bröckelnde Steilwand entstanden war. Sie würde nicht lange Bestand haben.

»Ich bin's, Drees! Pinswin! Bitte zieh dich warm an, bring deine Kamera mit und komm herunter!«

»Was ist passiert? Ist jemand in Gefahr?«

»Nicht *jemand*. Ich habe *etwas* gefunden. Schnell, bevor die Flut steigt!«

»Gut, dann geh du in den Schuppen und hole die beiden Laternen. Die großen mit den starken Batterien.« Drees schien jetzt wach zu werden. Pinswin hörte, wie er das Fenster schloss, und machte sich auf den Weg zum Schuppen. Probehalber knipste er die Laternen an. Wunderbar. In ihrem Licht würde man viel mehr sehen, als er mit seiner kleinen Taschenlampe im Mondlicht entdeckt hatte.

»Pinswin, Junge, das ist ja unglaublich!« Spätestens jetzt war Drees hellwach. Er trug seine Kamera mit Stativ auf der Schulter. Sein Schatten, den der Mond auf den Sand warf, wirkte gespenstisch, wie ein Außerirdischer mit Antennen aus einer schlechten Science-Fiction-Geschichte. Eigenartig modern mitten unter den Spuren des Mittelalters.

»Du hast recht mit deiner Vermutung. Diese Scherben stammen von Dachziegeln, nicht von Tongefäßen. Sieh mal, dieser ist fast vollständig erhalten.«

»Und diese schwarzen Striche. Wie Grundrisse. Sie haben doch damals Häuser aus Grassoden gebaut, nicht wahr?«

»Ja. Du hast gut aufgepasst. Diese Muster sind typisch dafür. Hier dieser Kreis. Das muss ein Brunnen gewesen sein. Und das hier vielleicht ein Fischteich …« Drees schritt aufgeregt auf und ab, entrollte ein Maßband und schickte Pinswin mit dem Ende hierhin und dorthin, während er selbst eifrig Zahlen in sein Notizbuch kritzelte. »Halt mir mal die Lampe, Junge.« Pinswin sah, wie Drees eine Zeichnung anfertigte, hier ein Quadrat, dort ein Rechteck, da der Kreis.

»Und hier, schau, Drees. Ich habe es vorhin mit Zweigen markiert. Das ist Leder, oder? Es ist schwarz und verrottet, aber es hat noch Schnallen. Es könnte ein Wams sein.«

»In der Tat, in der Tat«, murmelte Drees und zupfte an dem unheimlichen Ding herum.

Pinswin sah den Wamsträger vor sich. Hörte das Leder quietschen, als ein Mann mittleren Alters sich bei der Ernte bückte. Hatte er das Kleidungsstück an einem heißen Sommertag zur Seite gelegt, weil er schwitzte, und es dann auf dem Ackerboden, der später Meer wurde, vergessen? Oder hatte es die Flut aus seinem Haus getragen?

»Und hier. Eine Armspange aus Bronze, meinst du nicht?«

»Tatsächlich. Bitte, hilf mir, das Stativ aufzustellen. Ich muss das alles aufnehmen! Im Bild festhalten.«

Der eine Fuß des Stativs traf auf etwas Hartes. Pinswin wühlte im Sand, um es zu entfernen, und fand etwas Merkwürdiges. Es war aus Keramik, dunkel glasiert und hatte Löcher. Er konnte mit der Form nichts anfangen. Da Drees so sehr mit seiner Kamera beschäftigt war, steckte er es vorerst in die Tasche. Er konnte Drees später fragen.

Die nächste Stunde war hektisch. Hierhin und dorthin schickte Drees ihn, um die Lampen so auf die Steilwand und die umgebende Fläche zu richten, dass er die schwarzen Linien aus jeder Perspektive fotografieren konnte. Immer wieder musste Pinswin das Maßband danebenlegen oder den Zollstock.

»Die Flut steigt, Drees, wir müssen bald los!«

»Ja. Gleich. Nur noch drei Aufnahmen.«

Sie hatten schon fast zusammengepackt, da fiel Pinswin ein, dass er fast das Wichtigste vergessen hatte. »Drees, Filine hat vorhin noch etwas entdeckt. Einen Grabstein! Sieh, dort. Er hat sogar noch Buchstaben.«

»Wirklich? Das wird ja immer besser.« Drees beugte sich über den dunklen Stein, der schief und halbversunken im Sand lag. Die Buchstaben waren verwittert und zum Teil weggebrochen, doch einige noch lesbar.

»M..rta Gös..i..g. Geboren 1604.« Die Ecke mit dem Sterbedatum war nicht mehr vorhanden.

»Drees? Drees, was ist?« Pinswin bekam es fast mit der Angst zu tun, denn Drees stand wie vom Donner gerührt. Erst als Pinswin ihn an der Schulter fasste, löste er sich aus seiner Erstarrung.

»Marta Gössling! Ich glaube, ich ahne, was ihr gefunden habt. Ich muss aber erst mit Professor Westerberg telefonieren. Weißt du, was? Ich glaube, du hast ihm gerade einen Traum erfüllt!«

Doch Pinswin hatte jetzt nur noch die Flut im Auge. »Wir müssen nach Hause, Drees. Du kannst es mir dort erklären. Wir schaffen es sonst nicht mehr durch die Priele. Sie laufen voll.«

»Du hast recht. Pass bloß auf die Ausrüstung auf. Nichts darf nass werden. Diese Aufnahmen sind viel zu wichtig!«

Zu Hause machte Lentje, die in Pantoffeln und einem hellgrünen Nachthemd wie ein gutmütiges Gespenst wirkte, ihren berühmten Kakao. Inzwischen waren auch Filine und Nathan wieder zu ihnen gestoßen.

Drees musste wirklich sehr aufgeregt sein, denn er scheute sich nicht, den Professor aus dem Schlaf zu klingeln, obwohl es vier Uhr morgens war. Beim ersten Versuch hatte er keinen Erfolg.

»Macht nichts. Wir versuchen es gleich noch einmal.«

»Drees, schau mal. Das habe ich noch im Schlick gefunden. Was ist das?« Pinswin reichte Drees das längliche keramische Objekt mit den Löchern. »Es sieht aus wie eine komische Art Flöte, aber es ist zu dick an der einen Seite und hat diesen komischen seitlichen Schnabel. Ein bisschen wirkt es wie ein Raumschiff.«

Drees wendete das Ding hin und her und lächelte. »Stimmt, wie ein Raumschiff. Aber es ist eine Okarina. Das ist tatsächlich eine Art Flöte. Es ist spanische Keramik. Davon hat man hier noch mehr gefunden. Damit wurde in den Häfen gehandelt. Vielleicht war es ein Geschenk für jemanden?«

»Sieh mal hier«, sagte Filine. »Da hat jemand die Buchstaben M. G. eingekratzt. Ob sie in dem Grab gelegen hat, von dem der Grabstein stammt?«

»Drees kennt den Namen. Marta Gössling. Erzähl doch, was wir gefunden haben«, bat Pinswin.

»Also gut. Ihr kennt bestimmt die Sage von dem untergegangenen Rungholt, einer angeblich reichen Stadt, die in einer großen Sturmflut versank. Immer wieder haben Archäologen und Schatzgräber danach gesucht. Doch es gab natürlich nicht nur Rungholt, es gab auch andere Siedlungen in den Gegenden, die untergingen. Sie waren nur nicht so bekannt. Als der Professor einmal bei uns zu Besuch war, erzählte Lentje ihm, dass ihr Vater von einer gewissen Marta Gössling abstammt. Marta war eine Kräuterkundige, eine Heilerin, und stand so gelegentlich unter dem Verdacht der Hexerei. Auch ihr Vater, Willem Gössling, machte von sich reden. Sie wohnten beide in einer Siedlung namens Greenjölk, was so viel wie ›kleines grünes Schiff‹ bedeutet.«

»Warum grün?«, wollte Filine wissen.

»Weil die Erde stellenweise ungewöhnlich fruchtbar war in dem sonst so kargen Land. Es gab eine Kirche im Ort und ein Kloster. Willem Gössling war dort Kantor und spielte die Orgel. Aber nicht nur das, er betreute auch den Friedhof. Als Friedhofsgärtner tat er sich offensichtlich ganz besonders hervor. Man erzählte sich, dass es nicht mit rechten Dingen zuging, wie prachtvoll die Blumen waren, die er auf die Gräber pflanzte, und wie gut die Kräuter gediehen, die seine Tochter Marta in einer Ecke zog. Die Mönche aus dem Kloster verbreiteten üble Geschichten, denn sie waren neidisch. In ihrem Klostergarten gedieh nichts auch nur halb so gut. Es sei denn, sie baten Willem um Hilfe. Selbst reiche Kaufleute kamen angeblich von weit her, um ihre Lieben auf dem Friedhof mit den ungewöhnlichen Blumen begraben zu lassen und sich Medizin von Marta Gössling zu holen.«

»Hat dir das alles dein Vater erzählt, Lentje?«, fragte Filine.

»Nein, ich wusste von ihm nur den Namen von Marta Gössling und der Siedlung Greenjölk. Professor Westerberg gefiel die Geschichte, und er forschte nach. Er fand alte Karten und eine Abschrift aus einem verschollenen Kirchenbuch sowie die Eintragung eines Kaufmanns aus jener Zeit in einem Register. Seitdem war er versessen darauf, Greenjölk zu finden. Doch es ist ihm nie gelungen.«

»Ich versuche noch einmal, ihn zu erreichen. Ich will ihm die Lage der Umrisse der Gebäude und des Brunnens beschreiben, und er kann es mit der alten Karte vergleichen. Aber ich denke, der Grabstein allein ist schon Hinweis genug.«

»Und die Okarina«, sagte Filine.

Drees, schon in der Tür, drehte sich um. »Ich werde den Professor fragen, ob ihr die Okarina als Finderlohn behalten könnt. Ich denke, sie ist nicht so sehr von archäologischem Wert, eher von sentimentalem.«

»Dann gehört sie dir, Pinswin, du hast sie gefunden.« Filine reichte ihrem Bruder das Instrument.

»Ich schenke sie dir. Oder möchtest du sie haben, Lentje? Du bist ja mit Marta verwandt.«

Aber Lentje wehrte ab. »Behaltet sie nur. Mir bedeutet es genug, dass ihr Greenjölk gefunden habt. Es macht meine Vorfahren so lebendig.«

Nachdenklich schlürften sie ihren Kakao, jeder andere Bilder vor Augen.

Pinswin vergaß die Küche um sich herum, die Menschen, die mit ihm am Tisch saßen. Er war wieder draußen in der sandigen Weite, in die jede Flut neue Geschichten schrieb. Sah die Dämmerung über den Horizont kriechen und die Lichter der Schiffe verlöschen, sah Mädchen in langen Röcken und wollenen Umhängen Wasser aus einem Brunnen schöpfen, sah Männer mit merkwürdigen Hüten aufgeregt gestikulieren, sah eine Frau vor einem niedrigen Haus besorgt zum Meer blicken, über dem sich graue Wolken türmten. Es roch scharf und würzig nach dem dunklen Qualm der Salzsiederfeuer. Die Männer sprachen von einer Sturmflut, und die Frau bekam Angst, Angst um die Menschen und um das Dorf, auch um die Kirche, deren Glocke jetzt eindringlich läutete. Ein Mann mit eisgrauem Bart trat eilig zu der Frau hin. Pinswin glaubte, die Worte zu hören, die er sprach: »Marta, ich gehe mit den Männern, den Deich befestigen, denn da braut sich etwas Gewaltiges zusammen! Gib acht auf dich, Tochter. Traue niemandem. Es wird von den Mönchen wieder getuschelt, deine Kräuter könnten Schuld tragen an der Flut, die da drohen soll.«

Merkwürdige Töne drangen laut an Pinswins Ohr, so dass er zusammenzuckte, Kakao verschüttete und jäh aus seinem Tagtraum gerissen wurde. Es war Nathan, der in die Okarina blies. Ob Marta sich damit getröstet hatte, einsam in ihrem Haus, während alle anderen schlecht von ihr sprachen?

Doch Marta war vor der Flut gestorben, fiel Pinswin ein. Sonst hätte es auf dem Friedhof keinen Grabstein für sie gegeben. Sie konnte höchstens dreißig geworden sein.

Drees kehrte zurück, mit funkelnden Augen. »Meine Beschreibung passt tatsächlich zu der alten Karte. Und als der Professor von dem Grabstein und der Okarina hörte, war er völlig überzeugt. Ihr glaubt nicht, wie er sich freut! Er wird morgen zu uns auf die Insel herauskommen, mit Glück gibt es bei der nächsten Ebbe immer noch etwas zu sehen. Für dich hat er zum Dank auch noch eine Überraschung, Pinswin.«

In dieser Nacht konnte Pinswin nicht mehr schlafen. Filine schlich sich zurück ins Bett, aber Pinswin war seltsam wach und machte sich gleich auf den Weg zum Bäcker, der bald öffnen würde. Die Brötchen für die elterliche Pension zu holen war ohnehin seine Pflicht. Hinter den Dünen glitzerte das Meer im rötlichen Morgenlicht. Die Flut war jetzt da, und niemand ahnte, was unter dem Wasser lag.

Vor der Bäckerei stand ein Mädchen und wartete auch darauf, dass die Tür sich öffnete. »Hallo, Pinswin«, sagte sie.

Pinswin starrte sie an und spürte ein Kribbeln im Nacken. Wieso begegnete er ihr ausgerechnet heute?

»Hallo, Leni. Ich wusste nicht, dass du wieder da bist.« Ihre Augen. Dieser Blick. Er hatte ihn nie vergessen, obwohl er nicht wusste, was ihn daran so berührte. Er hätte sie immer ansehen können. Dieses Gefühl war schön und unheimlich zugleich. Beinahe war er sich auch diesmal sicher: Sie konnte so tief in ihn hineinblicken, dass sie alle seine Geheimnisse kannte, die in ihm geschichtet lagen wie versteinerte Muscheln im Kalk. Und es machte ihm nichts aus.

Leni selbst war das größte Geheimnis, und noch etwas anderes.

»Ich besuche nur meine Tante Ida.«

»Geht es dir gut?« Sein alter Beschützerinstinkt kam sofort wieder in ihm hoch. Sie war immer noch so klein und zierlich wie an dem Tag, als er sie das erste Mal gesehen hatte. Nur viel schöner noch.

Damals waren sie Kinder. Nun war etwas anders.

Leni war an jenem Tag der Grund gewesen, dass er etwas gefunden hatte, etwas, das er nicht dem Professor gemeldet hatte. Nicht einmal Drees zeigte er es.

Er hatte es versteckt, weil er es für sich behalten wollte. Er fand es märchenhaft schön. In dem Moment, in dem er es unter ihrem Fuß aus dem Schlamm zog, lag es in seiner Hand, als ob es ihm gehören wollte. Vielleicht war es ja auch gar nicht so alt, dass es für die Wissenschaft interessant war. Aber er hatte es schließlich gefunden, und außerdem erinnerte es ihn für immer an den Tag mit Leni.

Drees hatte nie gesagt, wie rasch man etwas melden musste. Wenn etwas jahrhundertelang in der Erde gelegen hatte, dann konnte es das auch noch einige Jahre länger tun, beschloss Pinswin. Vorerst war dies sein Schatz, so wie die Erinnerung an Leni, die bald darauf nach Bayern zog, ebenso ein Schatz war.

Und jetzt stand sie ausgerechnet an diesem Morgen vor ihm wie eine Mahnung an sein Gewissen.

Denn nach allem, was Drees erzählt hatte, wusste Pinswin nun genau, was er damals gefunden hatte.

Irgendetwas in ihm hielt ihn jedoch noch immer davon ab, es dem Professor oder Drees zu beichten. Es wäre ein Leichtes gewesen, so zu tun, als hätte er das Objekt jetzt erst zusammen mit den anderen Dingen aus Greenjölk gefunden, und nicht vor fünf Jahren. Doch er sagte nichts, auch nicht, als der Professor ihm eröffnete, was die Überraschung war: Pinswin durfte ihn in einen Steinbruch in Süddeutschland begleiten! Drei glückliche Tage lang durfte er in Solnhofen mit Professor Westerberg nach versteinerten Fischen, Muscheln, Seelilien und anderen aufregenden Dingen suchen. Er bekam einen Hammer und einen Meißel, und der Professor zeigte ihm, wie man die Steinplatten behutsam Schicht für Schicht auseinandersprengen konnte.

»Aber immer die Schutzbrille aufsetzen und die Handschuhe anziehen!«, schärfte ihm der Professor ein. »Es können gefährliche Steinsplitter herumfliegen. Achte auch darauf, immer Abstand zu den anderen Menschen zu halten, die hier arbeiten. Du kannst jederzeit kleine Steinlawinen auslösen. Und pass auf, dass du immer festen Halt unter den Füßen behältst und nicht abrutschst.«

Die Sonne brannte heiß auf den goldgelben Kalkstein. Pinswin lief der Schweiß herunter, während er hämmerte und klopfte. Jedes Mal, wenn er Steinplatten auseinanderbrach, hielt er den Atem an. Es war unglaublich spannend, ob etwas zum

Vorschein kam. Zuerst fand er kleine Muscheln, dann einen halben Fisch und schließlich einen ganzen. »Was ist das?«, fragte er den Prozessor aufgeregt, als er etwas entdeckt hatte, das wie eine Mischung aus Seestern und Spinne aussah.

»Das ist ein Schlangenseestern. Ein schönes Stück! Gratuliere.«

Pinswin vergaß alles um sich herum. Für ihn füllte sich das heiße trockene Tal mit Wasser und Lebewesen, mit Seelilien, Fischsauriern, Ammoniten, Flugsauriern. Die zarten uralten Wunder, die unter seinen Händen nach Millionen Jahren wieder das Licht erblickten, sollten ihn nie wieder loslassen. Ungeduldig warf er die Handschuhe weg. Er wollte den rauen warmen Stein spüren, wollte die filigranen Formen darin, die manchmal kaum mehr als ein Schatten waren, ehrfürchtig mit den Fingern berühren. Krabben, die durch urzeitliche Meere geschwommen waren, winzige Quallen, einst zart und durchsichtig und doch erhalten bis heute.

Pinswin war sich nun ganz sicher, dass es das war, was er sein Leben lang tun wollte. Das Buch der Erde öffnete seine Seiten für ihn, und es war die spannendste Geschichte, die er jemals gelesen hatte. Das schönste Stück, das er fand, war eine Libelle, so lang wie sein Unterarm. Ihm war, als würde sie in diesem Moment um seine Ohren flirren. Er hätte schwören können, dass er das Surren ihres Flügelschlags hörte und das silberne Glänzen sah, als sie für einen Moment frei von Zeit der Vergangenheit entstieg, vor ihm in der Luft innehielt und ihm über die Jahrmillionen hinweg von Lebewesen zu Lebewesen in die Augen blickte.

Pinswin

2004

Montana

7

Flügel im Dunkeln

Pinswin hustete und versuchte zu blinzeln. Eine dicke Kruste Staub saß auf seinen Lidern. Er wischte mit seiner ebenso staubigen Hand daran herum, bis er die Augen wieder öffnen konnte, doch das nützte wenig, denn um ihn herum war es stockdunkel. Seine Brust schmerzte auf der linken Seite, als bohre jemand darin herum.

Da war er beinahe siebzig Jahre alt geworden, ohne dass ihm etwas zugestoßen war, und nun hatte ihn seine Unvorsichtigkeit doch noch eingeholt! Hätte er sich an die Warnungen des Professors gehalten und wenigstens die Schutzbrille getragen, würden seine Augen nun nicht so brennen.

Was den Erdrutsch ausgelöst hatte, wusste er nicht, vielleicht eine Hilfskraft oben am Rande des Steinbruchs, die nicht gewusst hatte, dass er hier unten arbeitete. Dass er überhaupt noch lebte, verdankte er der Tatsache, dass er sich unter einem überhängenden Felsen befunden hatte, als die Geröilllawine abging. Mühsam tastete er nach seiner Hosentasche, in der sich immer eine Taschenlampe befand. In ihrem dünnen Lichtfinger sah er, dass er tatsächlich in einem Hohlraum unter dem Felsen gefangen war, rundum verschüttet von Kalksteinplatten und Lehm. Er lag auf dem Rücken. Der Raum war zu niedrig, um sich aufzurichten oder auch nur umzudrehen. Etwas lief seitlich an seiner Stirn herab. Als er die Hand zur Schläfe hob, sah er Blut daran, das sicher von einer Platzwunde am Kopf herrührte. Außer der brennenden Kehle, den tränenden Augen und der schmerzenden Brust fühlte er sich ziemlich gut. Vermutlich ein paar gebrochene Rippen, dachte er. Das Atmen schmerzte, und das Bewegen auch. Er schaltete die Lampe wieder aus, kniff die Augen zusammen und hoffte darauf, dass irgendwo Licht zwischen den Steinen durchdringen und ihm zeigen würde, wo sich ein Durchgang nach draußen am ehesten öffnen ließe, doch die Dunkelheit war vollkommen.

Er lehnte sich zurück und versuchte, ruhig zu atmen. Er musste Sauerstoff sparen! Seine Leute wussten, wo er war. Zumindest hoffte er das. Sein Assistent Jim hatte bestimmt gesehen, wie Pinswin in der Nähe des Felsens gearbeitet hatte. Sie würden sich das nötige Gerät beschaffen und ihn in kurzer Zeit befreien.

Er musste eingedöst sein. Als er aufwachte, hatte er jedes Zeitgefühl verloren. Er fluchte leise vor sich hin, als er feststellte, dass die Uhr an seinem Handgelenk einen Schlag abbekommen hatte. Das Glas war zertrümmert und der Zeiger abgeknickt. Pinswin mochte keine Digitaluhren und auch keine Handys, weswegen er keines bei sich trug.

Dafür hatten sich seine Augen erholt. Der Durst hingegen quälte ihn. Das Atmen schmerzte noch mehr. Er schob den Verdacht beiseite, dass eine gebrochene Rippe seine Lunge verletzt haben könnte.

Um sich die Zeit zu vertreiben, suchte er mit der Taschenlampe den Felsen über ihm ab, der ihn gerettet hatte. Wenn er den Arm hochstreckte, konnte er ihn fast berühren. Als ihn die

Gerölllawine einschloss, hatte er unter dem Felsen gerade den Abdruck eines Tausendfüßlers entdeckt, der in uralter Eleganz erhalten war und wirkte, als ob er jeden Moment eilig in einer Spalte verschwinden würde. Der Tausendfüßler war nun wahrscheinlich für immer verloren, aber stattdessen erblickte Pinswin im Licht der Lampe beinahe direkt über ihm etwas, das ihm wie die Spitze eines filigranen Flügels erschien. Er drehte die Taschenlampe um und kratzte behutsam mit dem Griff an dem sandverschmierten Kalkgestein herum. Doch die dünne Gesteinsschicht, die den Rest des Fossils verbarg, saß fest. Pinswin hatte stets ein Werkzeug dabei, um solche Platten vorsichtig abzusprengen, doch dieses steckte – schmerzhaft spürbar – in seiner linken Gesäßtasche. Es war ihm unmöglich, da heranzukommen, so eng war es um ihn und so weh tat jede Bewegung.

Als ein Krümel herabfiel und ihn genau ins Auge traf, drehte er die Taschenlampe lieber wieder um, betrachtete den geheimnisvollen Flügel noch einen Augenblick und schaltete dann das Licht aus. Wer weiß, wie lange die Batterien halten mussten. Er lauschte in das Dunkel. Die Stille war dick und watteweich wie ein Federkissen, unter dem man ersticken könnte. Pinswin war sich nicht sicher, ob er fror oder schwitzte.

Eine undefinierbare Weile später drang ein Grollen von oben herab, eine leichte Erschütterung. Pinswin runzelte die Stirn. Seine Leute versuchten es offensichtlich mit schwerem Gerät. Er war sich nicht sicher, ob das eine gute Idee war. Der Felsen schien zwar solide, aber ob er fest genug saß, um einen Bagger zu tragen? Und auch das Geröll konnte allzu leicht die Stabilität verlieren und nach innen sacken.

Eine stärkere Erschütterung ließ den Staub, der sich gerade gesetzt hatte, erneut aufsteigen. Pinswin hustete und zwinkerte.

»Damn it, so'n Schiet«, murmelte er mit einer feinen Mischung der beiden Sprachen seines Lebens. Er fragte sich, welche Farbe Jessieanna wohl diesem Geruch zuordnen würde, der hier unten in dem engen Hohlraum herrschte. Giftgrün? Nein, eher schlammig braun mit unheilvollen violetten Blitzen.

In diesem Augenblick traf ihn etwas am Kinn und blieb schwer auf seiner Brust liegen. Er schaltete das Licht wieder ein und betrachtete besorgt seine Umgebung. Noch schien der Felsen zu halten. Aber die Platte, die er vorhin zu entfernen versucht hatte, war jetzt zusammen mit einigen anderen herabgefallen. Sie war es, die ihn getroffen hatte, zum Glück ohne Folgen. Er befreite sich von den Scherben und leuchtete wieder nach oben. Nun war der ganze Flügel sichtbar, eine zarte bräunliche Silhouette im hellen Gestein, als hätte sie soeben jemand gezeichnet. Ebenso deutlich der Kopf, der Körper, die Hälfte des anderen Flügels und der Schwanz.

»Wow! Sapperlot.« Es war eine Libelle. Oder? Doch, eine wundervoll erhaltene Libelle, größer noch als die, die er damals mit dem Professor im Steinbruch gefunden hatte. Jene Libelle hatte ihn damals in dem Entschluss bestärkt, die Wissenschaften von der Vergangenheit zu seinem Beruf, nein, zu seiner Berufung zu machen. Es tröstete ihn auf eine merkwürdige Art, hier und heute wieder einer zu begegnen. Ein solches Exemplar hatte er noch nie gesehen. Sie trug hinten am Schwanz noch drei kleinere Flügel, ebenso filigran und durchsichtig wie die großen.

Das Grollen von oben war verstummt. Jetzt hörte Pinswin ein Hämmern von der Seite, ein Klopfen auf Metall. Wahrscheinlich versuchten sie, ein Rohr zu ihm hindurchzutreiben, ein Rohr, durch das er Sauerstoff bekommen würde und vielleicht Wasser durch einen Schlauch. Doch das Geröll war zu fest ineinander verkeilt. Auch das Klopfen wurde leiser und hörte dann auf. Nun war nur noch ein sehr fernes, leises Knirschen zu vernehmen. Rhythmisch. Sie schaufeln, dachte Pinswin. Das kann dauern, aber es ist der einzige Weg. Er suchte sich einen runden, festen Stein und klopfte damit gegen den Felsen. Vielleicht hörten sie es draußen? Doch er merkte selbst, dass sein Signal leise und hilflos in die Stille fiel und bestimmt nicht nach außen drang. Nachdem er sich die Libelle ganz genau eingeprägt hatte, schaltete er die Lampe wieder aus. Es blieb ihm nichts, als zu warten und möglichst ruhig zu atmen.

Der Durst wurde unerträglich. Seine Kehle brannte immer stärker, und er fühlte, wie sich seine Gedanken verwirrten. Erst war er wieder zurück in jenem Steinbruch seiner Jugend. Der Professor erklärte ihm, dass sie nicht alle unbedeutenden Funde mit nach Hause nehmen konnten. Pinswin war gezwungen, sich zu entscheiden, musste die besten Stücke heraussuchen oder die, die ihm am meisten bedeuteten.

»Das ist etwas, das man zuallererst lernen muss«, sagte Professor Westerberg. »Es wird mit der Zeit nicht leichter. Du wirst dich daran gewöhnen müssen. Wenn du das professionell machen willst, musst du lernen, dich zu entscheiden.« Pinswin sortierte und sortierte, bis er aus einem Halbschlaf aufwachte und merkte, dass er sinnlos mit seinen Händen im Geröll herumtastete.

Er gönnte sich weitere Minuten Licht in Betrachtung der Libelle. Es musste eine unbekannte Art sein! Wenn sie Pinswin endlich herauszogen, musste er daran denken, dass er die anderen sofort darauf hinwies. Dem Fossil durfte nichts geschehen, es musste fotografiert, vermessen, gekennzeichnet, sorgfältig geborgen und ins Institut transportiert werden.

Das war nicht irgendein Fossil, selbst wenn diese Art doch schon bekannt sein sollte. Dieses Insekt hatte ihm in diesen einsamen Stunden Gesellschaft geleistet. Hier zwischen den toten, stillen Steinen und im Dunkeln erzählte es vom Leben und machte Pinswin Mut.

Das leise Knirschen war noch immer zu hören. Pinswin hatte das Gefühl, es wäre näher gekommen. Näher und doch noch erschreckend fern.

Halt, war das eine Stimme, dumpf und leise, aber doch eine menschliche Stimme? Ein Ruf? Nein, das hatte er sich eingebildet. Der Durst ließ ihn halluzinieren, vielleicht auch der Blutverlust.

Doch, da war wieder etwas! Diesmal eine helle Stimme. Kindlich. Sie ließen doch nicht etwa Kinder auf der Baustelle herumrennen? Nein. Er kannte diese Stimme! Sie kam nicht von draußen. Sie kam aus der Vergangenheit. Erschöpft schloss er die Augen, ließ sich treiben. Er hörte sie gern, diese Stimme. Es war so lange her. Er hatte sie furchtbar vermisst.

Leni.

Die Zeit war unzuverlässig hier unten. Sie ging nicht ihren gewohnten Gang. Sie dehnte und stauchte sich und schnellte ihn in einen leeren Raum, so dass er sich nur an dieser Stimme festhalten konnte, an der kindlichen, zarten Stimme, die ihn rief.

Er war nach der Schule am Strand entlanggeschlendert. Der Frühlingstag strahlte hellblau und frisch. Pinswin wünschte sich, Skem wäre noch da und nicht im Krieg. Dann würde er jetzt zu Skems Hütte hinaus auf den Kniepsand laufen, und sie würden so tun, als gäbe es keinen Hunger, keine Not und keine Sorgen, nur das Meer mit dem neuen Licht darauf, das von kommender Wärme sprach. Sie könnten zusammen die Vögel beobachten, die aus ihrem Winterquartier zurückkehrten, die sich balgten und balzten und voller Lebensfreude waren, und Skem würde ihm die Namen derjenigen nennen, die er noch nicht kannte, und ihm alles über ihre Gewohnheiten erzählen.

Aber Skem hatte lange nicht von sich hören lassen, und niemand wusste, ob er noch lebte.

»Hallo! Hallo!«, rief da jemand. Pinswin blickte sich erstaunt um. Der Strand lag doch völlig leer vor ihm. Die Stimme war dünn, hell und hilfesuchend. Ein Mädchen. Ein Kind.

»Hier! Hier bin ich, an den Hölzern.«

Hölzer? Er war verwirrt. Dann entdeckte er sie. Ganz am Ende der verwitterten Buhne, die ins Wasser ragte. Es war Flut. Das Mädchen stand bis zum Bauch im frühlingskalten Wasser. Wahrscheinlich war sie auf den schlüpfrigen Pfählen hinausbalanciert und dann hineingefallen. Aber warum kam sie nicht wieder zurück?

Pinswin kletterte auch auf die Reihe aus Pfählen. Vorher zog er seine Schuhe und Strümpfe aus, so dass er Halt fand, und steckte sie in den Ranzen auf seinem Rücken. Als Inselkind war er schon oft hier geklettert und wäre niemals hineingefallen.

Das Mädchen sah zu ihm auf. Seine Lippen waren blau vor Kälte, aber Pinswins Blick blieb an seinen Augen hängen, die auch blau waren, klar und blau wie der Wriakhörnsee, wenn er im Juni den Himmel spiegelte. Es stand keine Angst darin, auch keine Tränen, vielmehr war ihm, als könnten sie direkt in sein Inneres sehen. Das Mädchen hatte lange braune Zöpfe, aus denen der Wind Strähnen gelöst hatte und ihm ins Gesicht blies.

»Ich bin reingefallen, und jetzt klemmt mein Bein fest«, sagte es sachlich.

Ohne zu zögern rutschte Pinswin auch ins Wasser.

»Welches Bein?«

»Rechts.«

»Nicht erschrecken, ich muss dich anfassen. Ich muss gucken, wo du drinklemmst. Ich heiße Pinswin, und du?«

»Leni.«

»Wie alt bist du?« Sie war einen Kopf kleiner als er. Er schätzte sie auf sechs oder sieben. Warum war sie allein hier draußen?

»Ich bin neun.«

»Na so was. Ich auch.« Er tastete an ihrem Bein entlang nach unten. Ihr schmaler Fuß steckte zwischen zwei Pfählen fest. Behutsam versuchte er, ihn herauszuziehen. Leni biss sich auf die Lippen und schwieg, sah ihn nur mit diesen vertrauensvollen, klaren Augen an.

»Warte.« Er watete ein paar Schritte ins flachere Wasser und kniff die Augen zusammen. Da unten war, was er suchte. Der hellgrüne, glatte Tang, der schleimig war, wenn man ihn anfasste. Pinswin nahm eine Handvoll und rieb die Blätter an Lenis Fuß entlang, schob sie zwischen ihre Haut und das raue Holz. Nun ließ sich der Fuß leicht herausziehen.

»Oh, danke«, sagte Leni, machte aber immer noch ein angestrengtes Gesicht. »Jetzt krieg ich den anderen Fuß nicht mehr aus dem Schlamm. Der ist so tief eingesunken, weil ich die ganze Zeit darauf stehen musste.«

»Warte, das haben wir auch gleich.«

Leni klammerte sich an die Pfähle, während Pinswin vergeblich versuchte, ihr Bein aus dem Schlick zu ziehen. »Moment, ich muss ein bisschen buddeln.« Er holte sich ein Brett, das die Flut angespült hatte, und grub vorsichtig von der Seite. Dabei traf er auf etwas Hartes, das störte. Er hebelte es mit Mühe heraus und hob es auf. Verwundert betrachtete er es. Sein Herz klopfte schneller. Erst hatte er gedacht, ein Kind hätte sein Spielzeug verloren. Aber jetzt sagte ihm sein Instinkt, dass dieses Ding alt war, vielleicht so alt wie die Scherben, die Drees dem Professor gemeldet hatte. Nur war dies hier etwas viel Schöneres! Er wischte den schwarzen Schlick notdürftig mit der Hand ab. Darunter schimmerte etwas Gelblichweißes mit Schnitzereien. Es sah aus wie der Elfenbeinschmuck seiner Mutter. Auch Bernstein erkannte er; und da, wo der Sand gerade frisch an etwas Schwarzem gekratzt hatte, glänzte es silbern.

Das hier war ganz sicher etwas, was dem Professor gemeldet werden musste. Doch in demselben Augenblick, in dem Pinswin dies klarwurde, wusste er auch, dass er es nicht tun würde. Jedenfalls nicht gleich.

Leni hatte nicht sehen können, was er in der Hand hielt. Er stand hinter ihr. Rasch wickelte er seinen Fund in einen seiner langen wollenen Kniestrümpfe und steckte ihn in den Schulranzen. Dann hebelte er rasch ein weiteres Mal mit dem Brett, und Lenis Fuß löste sich.

»Danke, Pinswin«, sagte sie.

»Kannst du laufen?«

»Ich glaub schon. Meine Beine sind nur ein bisschen steif von der Kälte.«

Er stützte sie, bis sie sich auf dem Trockenen befanden, zog seine Jacke aus und rubbelte ihre Beine. Um einen blutigen Kratzer an ihrem Knöchel wickelte er ein Taschentuch. »Ich bring dich lieber nach Hause.«

»Geht nicht«, sagte Leni ruhig. »Das ist viel zu weit weg.«

»Hier auf der Insel ist doch nichts weit. Wo wohnst du denn?«

»Bei Tante Ida. Aber das ist nicht mein Zuhause. Nach Hause darf ich nicht mehr. Da ist der Krieg.«

»Weißt du denn, wo deine Tante Ida wohnt?«

»Klar. Da.« Sie zeigte über die Dünen.

»Fein. Ich muss auch in die Richtung. Wir gehen zusammen, und du zeigst mir, wo sie wohnt.«

Er wusste selbst nicht, warum, aber es erschien ihm unglaublich wichtig, dass Leni nicht noch etwas zustieß. Am liebsten hätte er ihr die Haare aus der Stirn gestrichen, die ihr der Wind ständig in die Augen wehte, und sie wieder festgesteckt. Was war nur los mit ihm? Seine Schwester Filine rannte immer mit unordentlichen Haaren herum, und es hatte ihn noch nie interessiert.

Leni sagte nichts, schob aber ihre dünne Hand in seine.

Hoffentlich sah ihn keiner seiner Schulkameraden. Und doch hoffte er, sie würde die Hand da lassen. Es fühlte sich gut an.

Jetzt aber war da ein Grollen um ihn herum. Das konnte doch nicht sein, dass ein Gewitter aufzog! Der Himmel war blau, und es war Frühling. Doch nein, da war gar kein Himmel. Es war dunkel. Lenis Stimme war auf einmal eine andere, tief und rau, und in seiner Hand lag neben der Erinnerung an Lenis Wärme ein Stein, ein kalter, staubiger Stein.

Warum lag er auf dem Rücken? Mühsam klaubte Pinswin seine Gedanken zusammen. Geröll. Der Geruch und Geschmack nach Staub auf seiner Zunge, die trocken war und sich steif und fremd anfühlte. Jetzt fiel es ihm wieder ein. Er war nicht mehr neun. Er war auch nicht auf Amrum, sondern in Montana, verschüttet unter einem Felsen zusammen mit einer Millionen von Jahren alten Libelle.

Das Grollen war wirklich da – oder eher ein Rasseln und ein Rieseln, und die Stimme, die er hörte, war die seines unermüdlichen Assistenten Jim. Irgendwo fiel eine Ahnung von Licht durch eine Ritze. Es kostete Pinswin alle Kraft, die er noch hatte, aber er hob die Hand mit dem Stein und schlug ihn gegen den Felsen, drei Mal, dann Pause, dann wieder drei Mal.

»Wartet! Seid alle ruhig!« Das war Jim. Das Schaben und Rieseln verstummte. Pinswin klopfte noch dreimal, dann fiel ihm der Stein aus der Hand. Aber er hörte die Freude und Erleichterung in Jims Stimme. »Dahinter ist er! Er lebt! Er lebt! Schnell, beeilt euch. Aber vorsichtig!«

Wenig später war da ein Loch, und das war hell, schrecklich hell. Pinswin erschien es wie der Mond, der in die Dunkelheit schien, die ihn umfangen wollte wie damals der schwarze Schlick Lenis Fuß umfangen hatte und nicht wieder hergeben wollte. Der Mond trug Jims Gesicht.

Pinswin zeigte nach oben, auf die Libelle. »Jim, da.« Aber seine Stimme wollte ihm nicht gehorchen. Es kam nur ein Krächzen heraus. Er versuchte es noch einmal. »Jim, da oben. Wichtiges Fossil. Bitte unbedingt bergen.«

Und dann ging der Mond unter, und Pinswin stürzte in ein grünes Land, in dem Libellen flogen, länger als sein Arm, und ihn mit Lenis Augen ansahen. In der Ferne lag ein Meer, in dem ein schimmernder blauer Fisch seine Bahn zog.

Nach einer langen Zeit war da nur noch das blaue Schimmern. Nur das Licht allein. Der Fisch war verschwunden, und die Helligkeit hatte sich zu einem undeutlichen Punkt im Dunkel zusammengezogen. Pinswin blinzelte, damit der Punkt deutlicher wurde.

»Er wacht auf! Ryan, er wacht auf! Ich wusste, dass es klappt.«

»Jessieanna«, murmelte Pinswin. Sie klang glücklich, seine Tochter. Wie schön. Warum klang sie so glücklich? Sicher wegen Ryan. Ryan war ein guter Junge.

»Und er erkennt mich! Daddy, zum Glück! Ich wusste, dass dich das Leuchten aufweckt. Der Töveree soll doch Glück bringen. Er beschützt die Menschen, heißt es in der Geschichte. Ich glaub jetzt, dass das stimmt. Bloß gut, dass Ryan gerade jetzt die Knochen gefunden hat.«

Pinswin konnte allmählich besser sehen. Er lag in einem Zimmer in einem bequemen Bett. Hier waren keine Steine mehr. Aber warum war es so dunkel? Er konnte Jessieanna und Ryan nur als Silhouetten sehen, die auf seiner Bettkante saßen, eine rechts und eine links. Jessieanna hielt ihm eine Schüssel mit Wasser vor die Nase, und in dem Wasser lagen Knochenstücke. Etwas, das wie ein Wirbel aussah, und vielleicht ein Stück von einem Kiefer.

Die Knochen leuchteten blau, schimmerten geheimnisvoll, genau wie der Töveree in dem Schaukasten, den Savannah einst für Jessieanna gemacht hatte.

Pinswin wollte sich aufsetzen, fiel aber sofort wieder in die Kissen zurück.

Wenigstens funktionierte seine Stimme. Seine Erinnerung auch.

»Was ist los mit mir? Und was sind das für Knochen?« Vor Aufregung spürte er seine Schmerzen kaum.

»Du hast eine Platzwunde am Kopf, eine schwere Gehirnerschütterung, mehrere gebrochene Rippen auf der linken Seite, von denen eine deine Lunge verletzt hat, du warst dehydriert und unterkühlt. Sie haben dich ein paar Tage ins künstliche Koma gelegt. Aber es wird alles gut«, sagte Ryan.

Alles gut. Dann brauchte er darauf keine Gedanken zu verschwenden. Ihm fiel etwas ein. »Die Libelle! Hat Jim die Libelle geborgen?«

»Ja«, sagte Jessieanna. »Es ist eine Art, die noch niemand zuvor gefunden hat. Sie wollen sie nach dir benennen.«

Pinswin lachte. »Bloß nicht. Etwa *Meganeuropsis Pinswinia*?«

»Nein. *Meganeuropsis Jessenia*. Klingt doch gut. Aber guck doch mal, die Knochen, die Ryan gefunden hat!« Jessieanna hielt ihm die Schüssel noch näher ans Gesicht. »Wir haben das Licht ausgeschaltet, damit du sie leuchten siehst. Als du einfach nicht aufwachen wolltest, dachte ich, vielleicht hilft dir das. Wenn da wirklich ein Zauber drin ist und sie vom Töveree sind, dachte ich, es könnte helfen. Und es hat geholfen! Du bist wach!«

Pinswin hob mühsam die Hand und wischte ihr eine Träne von der Wange. »Du musst nicht weinen, Jessieanna. Es geht mir gut.«

»Ich wüsste nicht, was ich ohne dich gemacht hätte«, sagte sie und schnaufte heftig in ein Taschentuch. »Mach so was nie wieder!«

»Erzählt mir lieber alles, ehe ich vor Aufregung wieder ohnmächtig werde. Ich suche jahrzehntelang nach Hinweisen auf den Töveree, und nun seid ihr es, die leuchtende Knochen finden!«

Pinswin war glücklich, noch am Leben zu sein. Er war noch lange nicht fertig hier, in dieser seiner Zeit.

Wegen Jessieanna. Wegen Savannah. Und es gab noch so viel zu entdecken, zu erforschen und herauszufinden.

Zum Beispiel, was aus Leni geworden war.

Jessieanna

2005

Kalifornien

8

Alte Träume

Das hatte sie nun davon, dass Pinswin wieder fit war! An Weihnachten noch hatte er meist im Lehnstuhl sitzen und sich bedienen lassen müssen. Das hatte ihn weit mehr Geduld gekostet, als er besaß. Jessieanna und Savannah waren glücklich gewesen, ihm Kaffee und Kekse bringen zu können, glücklich, einfach weil er noch da war.

Doch jetzt, vier Wochen später, stand er zur Frühstückszeit vor Jessieannas Tür und nahm den Finger nicht von der Klingel.

Dabei war sie im Bad und gerade in diesem Moment mit Abhusten beschäftigt.

Dummerweise öffnete Elaine, und natürlich schickte sie Pinswin in Jessieannas Zimmer, das an das Bad angrenzte, so dass es keinen Ausweg gab.

Blieb nur die Flucht nach vorn. »Hi, Daddy«, sagte sie strahlend, »bist du zum Frühstück gekommen? Was für eine schöne Überraschung.«

Er hatte zum Fenster hinausgesehen, nun drehte er sich um und fixierte sie streng. »Du weißt genau, dass ich um sechs Uhr frühstücke. Und du weißt auch, worüber ich mit dir reden möchte.«

»Wie findest du diese Farbe?« Jessieanna streckte ihm ihren Fuß entgegen. Auf dem Nagel des großen Zehs funkelte »Spring Dream«, ein helles Grün mit Goldfunkeln darin. Sie hatte den

Impuls gehabt, dem Tag damit eine frühlingshafte Wendung zu geben. »Ich finde, sie riecht nach Schmetterlingen.« Schmetterlinge waren so bunt und wechselten bei jeder Beleuchtung die Farbe, dass Jessieanna ihnen nie einen bestimmten Geruch hatte zuordnen können. Wenn sie Schmetterlinge betrachtete, schossen so viele Düfte durch ihr Hirn und mischten sich immer wieder neu, dass der Duft von Schmetterlingen für sie etwas Großes, Eigenständiges war, für das es kein Wort gab. Er war leicht und luftig und lebendig, vergänglich und schmerzlich schön, voller Hoffnung und Musik. Tatsächlich verkörperte der Duft von Schmetterlingen ziemlich genau das, was sie in ihrer aufmunternden Lotion haben wollte.

»Lenk nicht schon wieder ab«, sagte Pinswin. »Wir müssen reden! Ich fühle mich so schuldig.«

Verblüfft ließ Jessieanna den Fuß sinken. Die Schmetterlinge verschwanden schlagartig aus ihren Gedanken. »Wieso das denn? Schuldig woran?«

»An deiner wiedergekehrten Bronchitis. Ich habe es schon in der Klinik gemerkt, gleich, als ich aufgewacht bin. Und seitdem ist das schlimmer geworden, egal, wie sehr du versuchst, es zu verstecken.«

»Aber Daddy, es war nur das feuchtkalte Wetter. Du kannst nun wirklich nichts dafür. Und es ist doch gar nicht schlimm. Im Frühling wird es wieder besser.«

»Wetter, pfff. Jim hat mir erzählt, dass ihr die ganze Nacht im Steinbruch wart. Dass du eigenhändig mitgeschaufelt hast. Da war es kalt und staubig, und du hast bis zur Erschöpfung gearbeitet. Das hättest du deinen Lungen nicht antun dürfen. Eine chronische Bronchitis ist schlimm genug, aber wenn du so wei-

126

termachst, werden dir Medikamente irgendwann nicht mehr helfen können. Der Doc hat uns doch erklärt, dass so etwas zu einer dauerhaften Verengung der Atemwege führen kann. Bitte setze dein Leben nicht unnötig aufs Spiel!« Pinswin fuhr sich durch seine ohnehin abstehenden Haare. »Wäre ich bloß nicht so unvorsichtig gewesen! Wenn Professor Westerberg das erfährt, wird er mir eine seiner Predigten wegen meiner Leichtsinnigkeit halten, als wäre ich wieder dreizehn. Und du musst jetzt dafür büßen.«

»Daddy, das ist Unsinn. Du hattest einen Unfall. Das hätte jedem passieren können. Niemand hat Ryan und mich gezwungen zu kommen.«

Pinswin rollte mit den Augen.

»Daddy, es ist *nicht* deine Schuld! Der Husten war schon lange vorher da!« Mist. Jetzt hatte sie sich verraten.

Pinswin sah noch bekümmerter aus. »Das macht es nicht besser. Du siehst schlecht aus, und du hörst dich schlecht an. Du gehst morgen zu Dr. Timmons. Ich habe bereits einen Termin für dich gemacht.«

»Du vergisst, dass ich kein Kind mehr bin«, widersprach sie heftig.

Pinswin hob gebieterisch die Hand. »Du benimmst dich aber wie eins. Unvernünftig. Ich werde dich begleiten, denn ich muss in dasselbe Ärztehaus zu einer Nachuntersuchung. Und da ist noch etwas. Wie du weißt, fliege ich in zwei Wochen zu einem Kongress auf die Bahamas. Ich möchte, dass du mitkommst. Die Wärme dort wird dir guttun. Und mir auch. Wir werden ein oder zwei Wochen Ferien dranhängen und Tante Birke besuchen. Keine Widerrede.«

Jessieanna war erleichtert. Irgendwie war es schön, die Verantwortung abzugeben und sich wieder wie ein kleines Mädchen behandeln zu lassen. Sie fühlte sich tatsächlich nicht gut. Der Husten ließ sie nicht schlafen. Ebenso die Ungewissheit wegen ihres Projekts. Die ganze Zeit hatte sie ein Ziel gehabt: den Petrichor zu finden. Nun, da sie ihn gefunden hatte und nicht wusste, was genau noch fehlte, fühlte sie sich unruhig und orientierungslos.

»Danke, Daddy. Da hatten wir beide dieselbe Idee. Ich wollte dich sowieso fragen, ob du mich mitnimmst. Vielleicht kann ich auf den Bahamas etwas finden, das mir bei meinem Projekt weiterhilft. Außerdem freue ich mich auf Großtante Birke. Schade, dass sie nicht mehr zu Weihnachten kommt wie früher.«

»Sie ist zu alt. Jetzt sind wir dran.«

Dr. Timmons kannte Jessieanna seit ihrer Kindheit. Sie mochte ihn. Das heißt, sie hätte ihn gemocht, wenn er nicht ständig mit irgendwelchen Anordnungen und schlechten Nachrichten aufwarten würde. Diesmal hörte er sie, wie schon so oft, mit seinem kalten Stethoskop ab, ließ sie tief atmen. Befahl ihr, in ein Taschentuch zu husten, und betrachtete es, bevor er es an seine Assistentin für das Labor weitergab. Wie immer konnte sie nichts in seinem Gesicht lesen außer Gutmütigkeit. Seine Schläfen waren grauer geworden, aber sonst hatte sich selbst in der Praxis nichts verändert. Jedes kleine Instrument lag auf seinem Platz, genau wie vor zwanzig Jahren. Irgendwie beruhigend. Dr. Timmons vertraute auf sein Wissen, seine Erfahrung und seinen Instinkt. Wenn moderne Technik benötigt wurde, überwies er seine Patienten an einen Facharzt.

Schließlich verzog er sich hinter seinen Schreibtisch und notierte etwas in seiner Akte. Sie knöpfte ihre Bluse zu und setzte sich auf den gegenüberliegenden Stuhl.

»Ich weiß, wie sich deine Lunge anhört, wenn es dir gutgeht, und wie sie sich anhört, wenn es dir nicht gutgeht. Jetzt geht es dir nicht gut. Wir müssen etwas unternehmen. Ich habe etwas aufgeschrieben, das du bitte auch nimmst. Aber damit allein ist es nicht getan. Du musst besser auf dich achten.« Seine Stimme war verständnisvoll und dennoch so streng, dass sie sich wieder wie fünf fühlte.

»Mein Vater nimmt mich mit auf die Bahamas. Ein paar Tage Wärme werden es schon richten.«

»Und inhaliere bitte auch. Regelmäßig. Verstanden? Nach dem Aufenthalt auf den Bahamas kommst du sofort wieder her.«

Jessieanna seufzte. »Na klar, Doc. Gegen Sie und meinen Vater habe ich ja keine Chance.«

»Ich meine es ernst, Jessieanna.« Jetzt sah sie doch die Sorge auf seiner Stirn.

»O.k., Doc. Versprochen. Danke.«

Er hatte recht. Sie spürte selbst, dass etwas nicht in Ordnung war. Und sie wollte nicht wieder in die Klinik. Auf gar keinen Fall.

Sie wollte nicht einmal daran denken. Doch die Medikamente packte sie in ihren Koffer. Ganz weit unten, unter die Fläschchen mit Nagellack und das Material für kleine Windräder, ohne das sie nie verreiste. Ganz sicher brauchte Tante Birkes Garten auch ein Windrad. Je weiter Jessieanna ihre kleinen trotzigen Werke verteilte und in den Wind stellte, desto mehr kam hoffentlich in Bewegung. Für Katriona. Solange ihre Lotion noch nicht fertig war, war das das Einzige, was sie tun konnte.

Zu Jessieannas Freude legte Pinswin auf halbem Weg zu den Bahamas einen Zwischenstopp ein, um einen Vortrag vor Studenten zu halten. Es war eine altmodische Universität mit einer gewaltigen Bibliothek. Er hatte Jessieanna schon als Kind einmal mit dort hingenommen. Das war kurz bevor sie ihre Leukämie bekam und ihre Welt aus den Fugen geriet.

Das Schönste an der Bibliothek waren nicht die Bücher. Es war das Foucault'sche Pendel unter der hohen Kuppel in der Mitte des Lesesaales. Voller Ehrfurcht hatte Jessieanna damals davorgestanden, und auch jetzt beeindruckte es sie ungemein. Während Pinswin den Studenten Geschichten aus dem Buch der Erde nahebrachte, saß Jessieanna mit einem ganz anderen alten Buch über Düfte in der Hand neben der gewaltigen glänzenden Messingkugel, die an einem viele Meter langen Seil gemächlich und würdevoll hin und her schwang. Die Glaskuppel, unter der das Pendel hing, war so weit oben, dass man die Befestigung kaum erkennen konnte. Es wirkte, als käme das Seil direkt aus dem Himmel. Verzerrt erkannte sie ihr Spiegelbild in der Kugel und dahinter die Bücherregale um sie herum.

Die Kugel, angetrieben durch ein Magnetfeld, schwang lautlos in einem Kreis aus Messinghütchen hin und her, und wenn nach einer Weile eines der Hütchen dabei umfiel, konnte man daran sehen, dass die Erde sich weitergedreht hatte.

Das kleine Geräusch, das in der Stille der Bibliothek entstand, wenn so ein Hütchen von der Spitze des Pendels getroffen wurde und auf dem Boden ausrollte, hatte etwas Unheimliches, Schicksalhaftes, fand Jessieanna. Sie hätte stundenlang zusehen können. Nirgends sonst war es so spürbar, dass alle Menschen auf einer Kugel lebten, die sich Tag für Tag um sich selbst drehte.

Natürlich konnte man das auch am Sonnenstand erkennen, aber wer dachte schon daran? Man glaubte am Ende doch jeden Tag wieder, dass es die Sonne war, die auf- und unterging, und vergaß dabei, dass stattdessen die Erde selbst sich drehte.

Aber hier, wo sie still vor diesem Pendel saß und beobachtete, wie die Hütchen allein durch die Drehung der Erde umstürzten, wurde es auf einmal erschreckend direkt und gewaltig begreifbar. Das langsame und unerbittliche Umfallen der Hütchen und das leise Klicken auf dem alten Linoleumboden mit dem Rosettenmuster wurden zu einem melancholischen und doch beruhigend ewigen Lied der Zeit.

Damals, als Achtjährige, hatte sie hier mit einem so nachdenklichen Gesicht gestanden, dass Pinswin gesagt hatte: »Einen Penny für deine Gedanken, Jessieanna.«

»Ein Penny reicht nicht für ein Eis, Daddy.«

»O. k. Ein Eis für deine Gedanken.«

»Ich weiß jetzt, was ich werden will, wenn ich groß bin.«

»Da bin ich aber gespannt.«

»Ich möchte diejenige sein, die die Hütchen für die Zeit wieder aufstellt, wenn sie alle umgefallen sind. Das muss doch einer machen, nicht?«

»Ja. Das macht hier einer, bevor die Universität morgens öffnet. Warum möchtest du das gerne machen?«

»Damit die Erde nicht aufhört, sich zu drehen, und die Zeit immer weiterläuft. Darauf muss doch einer aufpassen. Außerdem mag ich, wie das Pendel mit der Erde tanzt. Wie heißt der Beruf, Daddy?«

»Ich glaube, den müssen wir noch erfinden. Bis jetzt macht das jemand, der sowieso hier arbeitet. Aber deine Idee gefällt mir. Wir können ja noch darüber nachdenken, bis du groß bist.«

Nun war sie groß, sogar längst erwachsen, aber das richtige Wort hatte Jessieanna bis heute nicht gefunden, obwohl sie hin und wieder darüber nachdachte. Jetzt sah sie sich verstohlen um. Es war schon spät. Wenn hier irgendwo noch ein Student herumsaß und las, war er jedenfalls nicht in Sichtweite.

Sie legte das Buch weg, stand auf und duckte sich unter der Absperrung hindurch, die den Kranz der Hütchen und das Pendel in ihrer Mitte vor unbefugtem Betreten schützen sollte. Sie achtete darauf, dem Pendel nicht in die Quere zu kommen. Bis auf fünf waren alle Hütchen umgefallen. Sorgfältig und mit einem Kribbeln im Bauch, weil sie ganz bestimmt unbefugt war und trotzdem jeden Handgriff genoss, stellte sie alle sechsundsiebzig anderen Hütchen zärtlich wieder auf. Es fühlte sich an, als könnte sie damit einen ganzen neuen Tag erschaffen und die Erde persönlich weiterdrehen.

Niemand ertappte sie. Sie war allein mit der Stille in dem alten Saal und mit der Drehung der Erde. Gerade weil sie die wissenschaftliche Erklärung kannte, erschien es ihr wie ein Wunder. Es war so unfassbar erstaunlich. Genauso würde es eines Tages mit dem Töveree sein. Wenn man wusste, wie etwas zustande kam, erschien es noch unglaublicher. Weil es die Wahrheit war.

Später würde sich irgendein Angestellter wundern, dass die Hütchen schon wieder aufrecht standen. Aber sie hatte nichts kaputtgemacht, und sie war ganz sicher nicht die Erste, die der Zeit heimlich unter die Arme gegriffen hatte.

Als sie den Saal verließ, um Pinswin zu treffen, fühlte sie sich besser. Es war, als hätte das Pendel eine heilende Wirkung gehabt. Sie hatte zwischen den alten staubigen Büchern kein einziges Mal husten müssen. Vielleicht, weil sie sich einen ebenso alten, aber keineswegs staubig gewordenen Traum erfüllt hatte.

Solange du etwas bewegst, lebst du.

Vielleicht war es das, was sie an dem Pendel so liebte. Es bewegte sich, seit sie denken konnte, und würde es immer weitertun, solange dieses ehrwürdige Gebäude stand.

Als sie auf den Bahamas aus dem Flieger stiegen, geriet Jessieanna in einen Wirbel aus Farben, so viele Gerüche stürmten auf sie ein. Fisch und Früchte, Meer und heißer Sand, Tang und trockene Palmen, Gewürze und Schweiß. Benzin und kühler Obstsaft. Obendrein waren die Menschen hier dermaßen bunt gekleidet, dass jedes Hemd und jedes Kleid für Jessieanna einen zusätzlichen Geruch ausströmten. Himbeeren, Erdbeeren, Kokosnuss. Für einen Augenblick wurde ihr geradezu schwindlig. Pinswin blickte sie besorgt an. »Gib mir die Koffer. Du siehst blass aus. Wir sind gleich im Hotel.«

»Geht schon. Wenn das Hotel einen Pool hat, könnten wir sofort schwimmen gehen. Dann bin ich wieder so gut wie neu.«

»Hier brauchst du keinen Pool. Das Chlor ist nicht gut für dich. Wir gehen im Meer schwimmen. So ein Meer hast du noch nicht gesehen.«

»Warum wohnen wir nicht bei Großtante Birke?«

»Sie wohnt nicht auf New Providence, sondern auf einer Nachbarinsel. Eleuthera. Da fahren wir hin, wenn der Kongress in Nassau zu Ende ist, und dann können wir auch in ihrem Häuschen wohnen. Bis dahin musst du dich mit diesem außerordentlich schicken Strandhotel begnügen. Schlimm?«

Sie zog ihn an seinen kurzen hochstehenden Haaren. »Ich bin froh, dass du wieder ganz der Alte bist.«

Dann stand sie auf dem Balkon und blickte hinunter auf ein Meer in einer Farbe, die noch nicht einmal ihre Zehennägel gesehen hatten. Ein wie von innen heraus glühendes Türkis, das nach Trauben und Vanille roch, mit dunklen Flecken aus Seegras. So glasklar war dieses Wasser, dass sie sich nicht sicher war, ob es vielleicht nur eine Illusion war.

In all den darauffolgenden Tagen änderte sich das nicht. Selbst, wenn sie darin schwamm, war sie sich nicht sicher, ob das Wasser wirklich war oder sie es nur träumte. Es schwammen Fische darin, die selbst so durchsichtig waren wie aus Glas und ihr völlig unwirklich erschienen. Doch das Wasser trug sie, also musste es wirklich sein.

Am schönsten war es bei Sonnenaufgang, wenn alles in sanften rosagoldenen Tönen schimmerte, bevor die Hitze sich über die Insel wälzte. Gelegentlich schwamm mit gemächlichen Flossenschlägen ein Rochen vorbei, als ob er unter Wasser flog. Dann dachte sie an den Töveree. Sie fragte sich, wie er wohl riechen würde, wenn sie ihn sehen könnte. Aus irgendeinem Grund dachte sie dabei an den Duft von Brombeeren, Wacholder und frischem Schnee.

Auch liebte sie es, wenn abends mit gewaltiger Macht ein tropischer Regen niederstürzte und hinterher ein verwunschen wirkender Dampf aus der dichten Vegetation aufstieg.

Einmal ging sie schnorcheln. Am Riff waren die Fische nicht durchsichtig. Sie waren knallbunt gestreift oder gefleckt, sausten in Schwärmen um sie herum, zupften an ihrer Haut oder blickten ihr ernsthaft ins Auge. Was für eine magische, andere Welt.

»Wusstest du, dass man herausgefunden hat, dass die Fische in der Morgen- und Abenddämmerung singen, um den Tag zu begrüßen und zu verabschieden, wie es an Land die Vögel tun?«, fragte Pinswin, als sie sich später unter einer Palme im Liegestuhl ausruhten.

Jessieanna setzte sich vor Erstaunen auf. »Wirklich? Sie singen?«

»Nun ja, man bezeichnet das zumindest so. Sie machen ganz unterschiedliche Geräusche, Pfeifen und Schnalzen, Brummen und Zwitschern. Jede Art drückt sich anders aus, und das Ganze zusammen ergibt einen Chor, eine Melodie des Meeres.«

»Toll!« Der Gedanke gefiel ihr. Je länger sie darüber nachdachte, desto natürlicher schien es ihr. Wenn der Tag über der Wasseroberfläche begrüßt wurde, warum dann nicht auch darunter? Es schien ihr vollkommen richtig. Schade nur, dass das nicht alle Menschen wussten. Und dass man so lange gebraucht hatte, um es zu entdecken.

Einige himmelblaue Tage später stellten sie ihre Koffer am Hafen unter. Bis das Schiff sie zu Tante Birke auf die Insel Eleuthera bringen würde, war noch eine Stunde Zeit. Um sich die Zeit zu vertreiben, schlenderten sie zusammen über einen Markt. Jessieanna konnte sich nicht sattsehen an den fröhlichen Menschen. Lächelnd blieb sie stehen, um einen Schutzmann zu beobachten, der eine adrette blauweiße Uniform trug. Er stand genau neben einer Hütte, an der man kunstvoll mit buntem Bast bestickte Strohtaschen verkaufte. Auf einer der Taschen war genauso ein

Schutzmann in genauso einer Uniform in derselben Haltung abgebildet.

»Das gibt es doch nicht!« Pinswin war einige Schritte vorausgegangen zu einem anderen Verkaufsstand, der Souvenirs aus Muscheln und Seesternen anbot. Sein Ausruf klang so verstört, dass Jessieanna die Strohtasche vergaß, die sie für Savannah hatte kaufen wollen, und zu ihm eilte.

»Daddy, was ist denn?«

9

Farbensturm

Unter dem Strohdach des Verkaufsstandes hingen eine Menge verschiedener Windspiele aus Treibholz und Muscheln, die in der sanften Brise leise gegeneinanderschlugen und erstaunlich glockenhelle Töne erzeugten. Es waren flache, fast durchsichtige Muscheln in Gelb-, Orange-, Violett-, Weiß- und Grautönen bis hin zu Schwarz.

»Das sind Jinglemuscheln. Sie haben einen besonderen Klang. Er wird Sie auch zu Hause noch erfreuen und an diese wunderschönen Inseln erinnern«, erklärte der herbeigeeilte Händler. Doch Pinswin hörte nicht zu. Gebannt starrte er auf ein einziges unter den Windspielen, das für Jessieanna nicht anders aussah als die anderen.

»Wenn du das im Preis drücken möchtest, dann solltest du es nicht so verliebt ansehen«, sagte Jessieanna auf Deutsch zu ihm. »Darum geht es nicht«, sagte Pinswin. »Fällt dir nichts auf?«

»Nein. Es ist hübsch. Genau wie all die anderen.«

»Die größte Muschel ganz unten in der Mitte. Sieh sie dir genau an.«

Der Händler hatte sie zum Glück aufgegeben und kümmerte sich um einen anderen Kunden. Jessieanna betrachtete die Muschel. Sie war rund und flach wie alle, vielleicht noch etwas glatter, aber sie hatte nicht wie die anderen oben ein gebohrtes Loch, durch das der Faden gezogen worden war. Sie war ringförmig.

Sie war auch nicht weiß, orange oder schwarz, sondern hatte einen bläulichen Ton, der an Edelstahl erinnerte. Ein feines Muster aus Kreisen bedeckte die Oberfläche.

Erst war Jessieanna ratlos, dann kam blitzartig die Aufregung. Ein Foto schoss ihr in den Sinn, das Pinswins Zwillingsschwester Filine einmal geschickt hatte.

»Daddy, du glaubst doch nicht … du meinst doch nicht … das könnte … das ist …« Sie berührte die vermeintliche Muschel ehrfürchtig und glaubte, einen leichten elektrischen Schlag zu spüren.

»Doch. Ich meine, das ist eine Schuppe vom Töveree!«, sagte Pinswin jetzt mit Nachdruck, nachdem er sich von seiner Verblüffung erholt hatte. »Ein *Lokkich*, wie sie es in der alten Sprache nannten, ein Glücksbringer. Es klingt verrückt, es hier zu finden, und doch auch wieder nicht. Die Muscheln sind aus dem Meer und die Schuppe logischerweise auch. Man kann sie gut an demselben Ort gefunden haben. Lass dir bloß nichts anmerken. Ich kaufe das Ding. Geh schon mal vor.«

Jessieanna schlenderte unauffällig weiter. Innerlich war sie aufgewühlt. Was hatte das zu bedeuten? Erst fanden Ryan und sie die Knochen ausgerechnet im Keller des Instituts, und nun entdeckte Pinswin hier in der Karibik, wo sie überhaupt nicht gesucht hatten, eine Schuppe des Töveree.

Am nächsten Stand vergaß sie vorübergehend alles andere, denn dort saß eine Frau mit einem breiten Lächeln und einem unglaublich bunten Kleid und verkaufte Duftwässer, geheimnisvolle Pulver und Nagellack. Jessieanna verbrachte eine Viertelstunde damit, Farbtöne mit Namen wie »Bahama Blossom«, »Caribbean Punch« und »Sparkling Laughter« zu erhandeln und an Fläschchen zu schnuppern, die Regenbögen durch ihre Gedanken schickten. Beglückt fand sie ein Pulver, das, wenn sie die Frau richtig verstand, aus gemahlenen Muschelschalen hergestellt war. Es schimmerte mal golden, mal orange, mal perlmuttfarben. Jessieanna erstand ein großes Glas davon. Sie wusste mit absoluter Sicherheit, dass ein kleiner Löffel davon ihrer Lotion einen dezenten Glanz verleihen würde. Wunderbar. Sobald sie zurück war, würde sie in Junipers Labor testen lassen, ob es unbedenklich war.

Pinswin holte sie ein, eine Tüte in der Hand und mit einem so zufriedenen Lächeln, dass Jessieanna ihn zärtlich umarmte.

»Das muss doch etwas zu bedeuten haben, erst die Knochen und jetzt das«, sprach er ihre Gedanken von zuvor aus. »Wenn wir zurück sind, muss ich unbedingt noch einmal in die Höhle, in der wir damals die Knochen gefunden haben.«

»Aber Daddy, die liegt jetzt viel weiter unter Wasser. Das hat Ryan schon festgestellt.«

»Dann tauchen wir eben tiefer.«

»Das können Ryan und Jim machen. Das musst du nicht selbst tun.« In ihr regte sich die Sorge.

Er warf ihr einen amüsierten Seitenblick zu. »Weil ich zu alt bin, meinst du?«

Sie kam um eine Antwort herum, weil sie in diesem Augenblick das Schiff erreichten, das schon beinahe im Ablegen begriffen war.

»Hast du irgendwo ein Zimmer, das man ganz dunkel machen kann?«, fragte Pinswin, kaum dass er sich aus Großtante Birkes Umarmung gelöst hatte.

»Hier? Nein. Hier baut man luftig. Ich kann dir höchstens die Speisekammer anbieten. Falls du da hineinpasst«, sagte Tante Birke und zog amüsiert die Augenbrauen hoch.

»Wo ist die?«

Tante Birke deutete mit dem Daumen über ihre Schulter. »Gleich da hinten ist die Küche. Die Tür zur Speisekammer ist hinter dem Vorhang neben dem Herd.« Pinswin verschwand eilig. Tante Birke wandte sich Jessieanna zu. »Wie schön du geworden bist, Mädchen! Wie groß du geworden bist, kann ich ja nicht mehr sagen.« Sie lächelte.

Jessieanna hatte ein wechselhaftes Verhältnis zu ihrer Sommeroma und ein herzliches zu ihrer Winteroma, aber Großtante Birke war ihr die Liebste unter den Verwandten. Sie war praktisch veranlagt und gleichzeitig manchmal ein bisschen verträumt und versponnen. Jessieanna fühlte sich ihr von ihrem Wesen her am nächsten.

Birke war klein und schmal und wirkte beinahe wie ein Fabelwesen aus einer Geschichte, eine Elfe oder ein Kobold. Trotz ihrer über achtzig Jahre hielt sie sich aufrecht und bewegte sich behände. Sie trug ihre schneeweißen Haare zu einem eleganten Pagenkopf geschnitten, und ihre wachen Augen waren noch immer überraschend blau. Wenn sie lächelte, geschah ein Wunder, denn es zog von diesen achtzig Jahren mindestens sechzig wieder ab. Dieses junge Lächeln mischte sich eigenartig mit den Falten, die verschmitzt von heiterer Weisheit sprachen.

Jessieanna umarmte sie vorsichtig. Birke wirkte viel zerbrechlicher, als sie war. »Wie schön, dich zu sehen! Du hast es toll hier.«

»Komm mit auf die Terrasse. Da ist es noch viel toller. Ich

bringe dir gleich einen Snack. Ihr habt bestimmt Hunger.« Birke fragte nicht, was Pinswin in der Speisekammer wollte. Sie kannte ihren Neffen gut genug, um sich über sein Verhalten nicht zu wundern. Was auch immer er anstellte, es hatte stets mit Wissenschaft zu tun. Das war ganz in ihrem Sinne. Birke war ein Leben lang neugierig gewesen.

Jessieanna ließ sich dankbar in einen Schaukelstuhl sinken. Die Terrasse hatte ein Strohdach und ein Geländer, auf dem sich blankäugige Geckos sonnten.

Pinswin erschien auf der Türschwelle. »Sie leuchtet nicht. Ich muss mich geirrt haben.« Er sah zutiefst enttäuscht aus.

»Hast du daran gedacht, sie feucht zu machen?«, fragte Jessieanna. Sie dachte an das Gefühl, das sie bei der Berührung der seltsamen ringförmigen Scheibe durchfahren hatte. »Ich glaube nicht, dass du dich irrst. Aber das Leuchten kann nicht funktionieren, wenn sie trocken ist. Sie hat in der Sonne gehangen. Filine sagte doch damals, sie leuchten nur, wenn man sie auf der Haut trägt und sie Feuchtigkeit aufnimmt. Oder wenn man sie nass macht. Wie wir die Knochen neulich. Sonst funktioniert das mit der Biolumineszenz nicht.«

Pinswin schlug sich an die Stirn. »Natürlich! Ich werde wohl doch alt.« Er verschwand wieder.

Birke erschien mit einem Tablett. »Frisches warmes Kokosnussbrot und Avocado-Grapefruit-Salat. Leicht und lecker. Bedien dich.«

»Himmlisch!« Es schmeckte wie im Paradies, in dem sie sich offenbar auch befand. Ein grünschimmernder Schmetterling, der größer als ihre Hand war, ließ sich auf ihrem Knie nieder und schlug gelassen mit den Flügeln. Ein Papagei lief auf der

Rückenlehne eines Stuhls hin und her und betrachtete Jessieanna mit schiefgelegtem Kopf. »Pirat! Pirat!«, rief er.

»Nein, Besuch, Chiccharnie. Die Piraten sind schon lange weg«, sagte Birke.

»Chiccharnie?«

»So nennt man die Kobolde, die hier auf den Bahamas leben. Sie wohnen in den Palmen, haben rote Augen und einen Bart und ziehen dich an den Haaren, wenn du sie störst. Sie sind selbstverständlich auch für allen anderen Unfug verantwortlich, der geschieht. Dinge, die verlorengehen, oder kleine Unfälle, die passieren. Schuld sind immer die Chiccharnies. Deswegen passt der Name so gut zu dem Papagei. Ich habe ihn von einem alten Freund geerbt. Er leistet mir Gesellschaft, seit die Kinder so weit fortgezogen sind. Hier in diesem Haus spüre ich zwar immer noch die Anwesenheit meines Mannes, auch wenn er nun schon fünf Jahre tot ist. Wir haben so lange hier zusammengelebt. Er ist mir hier sehr nahe, in jedem Geräusch und jeder Lichtstimmung. Aber Chiccharnie bringt auf andere Art Leben hier herein.«

Jessieanna schloss eine Weile die Augen. Die Sonne war so grell, der Sand so weiß, das Meer in der Ferne so türkis und die Palmen und Büsche um die Terrasse herum so grün. Bougainvillea und Hibiskusblüten glühten feuerrot. Glitzernde blaugrüne Kolibris schwirrten dazwischen herum und waren kaum von den Schmetterlingen zu unterscheiden. So paradiesisch es war, sie könnte hier nicht dauerhaft leben. Dermaßen viele Farben und Gerüche stürmten auf sie ein, dass es fast schmerzte. Alles war so schön, dass es unwirklich erschien, wie eine bunte Glaskugel, die zerspringen würde, wenn sie sie berührte.

Pinswin kam wieder und ließ sich auch auf einen Stuhl fallen, jetzt mit einem glücklichen Lächeln. »Du hattest natürlich recht, Jessieanna. Wenn sie feucht ist, leuchtet sie. Das ist so verrückt! Da drehen Filine und ich als Kinder und Jugendliche jeden Stein im Watt um, nur um diese alte Fischschuppe zu finden. Und dann entdecke ich sie hier, wo ich nicht im Entferntesten daran gedacht habe. Oh, wie himmlisch schmeckt das!« Zwischen großen Bissen Kokosnussbrot erzählte er Birke von den Knochenfunden und der Schuppe.

»Das ist ja ein tolles Ding«, sagte Birke. Natürlich wusste sie alles über den Töveree, schließlich war sie auf Amrum geboren. Jessieanna versuchte währenddessen, einen Hustenanfall zu unterdrücken. Das hier war zwar die Karibik, und sie schwitzte selbst in ihrem Sommerkleid, aber der Fahrtwind auf dem Boot war wohl doch zu viel für ihre Lungen gewesen.

Tante Birke warf ihr einen scharfen Blick zu. Pinswin hörte auf zu erzählen und runzelte besorgt die Stirn.

»Ich hab mich nur verschluckt«, sagte Jessieanna hastig.

Tante Birke ignorierte sie und sah Pinswin eindringlich an. »Junge«, sagte sie mit feiner Missachtung der Tatsache, dass Pinswin beinahe siebzig und nur zwölf Jahre jünger war als sie. »Warum ist das Kind noch nicht im Flieger?«

»Weil sie eine Jessen ist und den dazugehörigen Sturkopf besitzt.«

Jessieanna nahm einen Schluck Wasser und atmete tief durch. Leider war sie nicht die Einzige hier, die dieser Familie von Starrsinnigen angehörte. So schnell würde man sie nicht in Ruhe lassen.

So zierlich sie auch war, so entschlossen und bestimmt war Tante Birkes Tonfall. »Pinswin, du weißt, die jodhaltige Nordseeluft, das Reizklima auf Amrum – nichts ist besser für eine angegriffene Lunge. Gib dem Mädchen einen Sommer auf Amrum, und sie kann wieder atmen. Wenn nicht …« Tante Birke ließ den halben Satz unheilvoll in der Luft baumeln. »Nehmt es als ein Zeichen, dass der Töveree sich gerade jetzt bemerkbar gemacht hat. Er hat uns schon früher auf gute Ideen gebracht, selbst als wir ihn noch für eine Legende hielten.«

Jessieanna hielt das für gar keine gute Idee. Ganz bestimmt würde sie jetzt nicht über den ganzen Ozean auf eine winzige kalte Insel reisen. Sie hatte anderes im Sinn. Auf dem Weg vom Hafen zu Tante Birkes Haus gab es einen Laden, der ein Kleid im Fenster ausstellte. Und dieses Kleid, hatte sie augenblicklich felsenfest beschlossen, würde ihr Hochzeitskleid sein. Sie konnte kaum warten, bis Ryan sie darin sah.

»Wann warst du das letzte Mal auf Amrum?«, fragte Jessianna Birke, um sie abzulenken.

»Nicht mehr, seit ich es verlassen habe. Ich werde genau wie meine Schwester Beeke niemals dorthin zurückkehren«, sagte Birke entschieden. »Für manche von uns ist die Insel das Ei, aus dem wir geschlüpft sind. Wir lassen die Schalen für immer hinter uns. Für andere bleibt es eine lebenslange Liebe.«

»Wirklich? Und was davon trifft auf dich zu, Daddy?«

Pinswin blickte zu Boden und schwieg.

»Beides. Bei ihm ist es beides. Das ist schwer auszuhalten«, erklärte Birke. »Er wagt es nicht, zurückzukehren, weil er befürchtet, dass er sich dann nie wieder trennen kann. Was ist eigentlich aus Leni geworden, Junge? Und warum ist Savannah nicht mit euch gekommen?«

»Weißt du noch, was Birkes Mann manchmal über seine Frau

sagte?«, sagte Pinswin zu Jessieanna. »Sie ist klein, aber gefährlich.«

»Weil sie zu viele Fragen stellt?«

»Man muss neugierig bleiben«, sagte Tante Birke unbekümmert. »Nur solange man gnadenlos neugierig ist, lebt man.«

»Savannah konnte nicht mitkommen, weil sie einen wichtigen Auftrag für das Museum fertigstellen muss. Und Leni ist damals mit den anderen Flüchtlingen nach Bayern umgesiedelt worden, das weißt du doch. Genau wie Nathan Paleske, der Freund von Filine.«

»Habt ihr euch nie wiedergesehen?«, fragte Birke.

»Sie war noch ein paarmal zu Besuch auf Amrum. Danach haben wir den Kontakt verloren.«

»Hmmm.« Tante Birke brummelte etwas Unverständliches vor sich hin. Der Papagei flog auf ihre Schulter. »Sprich deutlich!«, krächzte er.

»Gib Ruhe, Chiccharnie. Ich habe ihm Deutsch beigebracht, damit wenigstens einer die Sprache mit mir spricht. Doch ich habe vergessen, ihm Höflichkeit beizubringen.« Sie gab dem Vogel ein Stück Banane. »Aber wir sind vom Thema abgekommen. Das Mädchen muss nach Amrum!« Sie nahm Pinswin die Schuppe aus der Hand. »Der Töveree gibt Hoffnung. Denk an jenen Winter im Krieg! Der Töveree gibt Hoffnung, und die Insel heilt.«

Jessieanna hatte genug. Sie setzte sich auf. »Jetzt hört mal zu. Für mich ist diese Insel weder das Ei, aus dem ich gekrochen bin, noch die Liebe meines Lebens. Ich kenne sie nicht, und sie klingt nicht besonders attraktiv. Meine Arbeit ist hier, meine Freunde sind es auch, und ich werde in diesem Sommer heiraten. Ich sehe keinerlei Grund, an diesen Plänen etwas zu ändern. Der Doc hat mir Medizin verschrieben. Der Winter hat mir zu schaffen gemacht, aber er ist vorbei. Ihr könnt aufhören, euch Sorgen zu machen und komische Pläne zu entwickeln.«

»Du könntest deine Familie kennenlernen. Filine und ihre Tochter, deine Cousine Rhea. Und deinen Onkel Skem. Wenn du auf Amrum aufgewachsen wärst, wäre Skem dein Patenonkel gewesen, nicht Simon«, meinte Pinswin hoffnungsvoll. »Bist du gar nicht neugierig?«

»Ich bin bisher gut ohne diese Familie ausgekommen. Wenn es dir so wichtig gewesen wäre, wärest du sicher früher mit mir dort hingefahren.«

Verflixt. Wenn ihr Vater, der seriöse und akribische Wissenschaftler, so weich und sentimental und abergläubisch blickte, wie er es jetzt tat, dann war es fast unmöglich, ihm zu widerstehen.

»Schade«, sagte er traurig und nahm die Schuppe wieder an sich. »Ich glaube wirklich, dass du dort gesund werden könntest.«

»Weil dort vor hundert Jahren angeblich mal ein leuchtender Fisch gesehen wurde?«

»Nein. Weil es ein Stück Land und Meer ist wie kein anderes. Du weißt nicht, was du verlierst, wenn du es nicht kennenlernst. Du hast keine Ahnung, was diese Luft mit einer Lunge machen kann und mit deiner Seele und deinem Herzen. Wie das Licht dort aussieht und wie es dich erfüllt. Ich würde es dir so sehr wünschen.« Er wandte sich ab und ging ins Haus.

Jessieanna sah ihm entgeistert nach. Er hatte tatsächlich mit den Tränen gekämpft. Sie hatten schwer in seiner Stimme gelegen und auch in seinen Augenwinkeln.

Sie konnte sich nicht erinnern, ihren Vater jemals weinen gesehen zu haben.

»Es ist nicht nur *dein* Leben, über das du entscheidest, weißt du«, sagte Tante Birke. Sachlich, ohne Vorwurf in der Stimme.

Aber Jessieanna hatte auf einmal ein schlechtes Gewissen ihrer Familie gegenüber. Später würde sie darüber nachdenken. Jetzt gerade schien ihr alles unerträglich. Sie musste hier raus. Irgendwo in den Schatten. Irgendwohin, wo sie ein Stück Klarheit über ihre Zukunft gewinnen würde.

»Tante Birke, würdest du mitkommen? Ich möchte gern mein Hochzeitskleid kaufen.«

Das Kleid war ein Traum aus schlicht geschnittenem edlem Chiffon in einem sanften Meergrün. Die Träger wurden oben von Muscheln zusammengehalten, ebenso der Gürtel, der aus getrockneten Palmenblättern geflochten war. Auch am Ausschnitt befand sich eine Art Spitze, die aus feinem Stroh geflochten war. Dazu gehörten ein Bolero in Aquarelltönen und ein Strohhut mit einem passenden meergrünen Band an einer dezenten Muschelapplikation. Darin konnte sie dieser ganzen Sorge um sie und der Einmischung in ihre Angelegenheiten bestimmt entgegentreten.

Tante Birkes Avocadosalat mit Kokosnussbrot

2 Avocados
2 Grapefruits
1 TL Öl, 1 TL Essig
etwas Salz und Ahornsirup zum Abschmecken

Avocados schälen, halbieren und entkernen. Fruchtfleisch würfeln. Mit Grapefruitstückchen mischen und mit Essig und Öl beträufeln. Zuletzt mit ein wenig Salz und Ahornsirup abschmecken.

1 getrocknete Kokosnuss, feingeraspelt
2 Eier
½ Tasse Backfett (vegetarisch)
2 Tassen Kondensmilch
1 Tasse Zucker, 1 TL Salz
4 Tassen Mehl
1 EL Backpulver

Die geraspelte Kokusnuss zusammen mit Eiern, Backfett, Kondensmilch, Zucker und Salz in einer Schüssel zusammenmixen. Nach und nach Mehl und Backpulver hinzufügen. In einer gefetteten Backform bei 170 Grad Celsius für 20 bis 30 Minuten backen.

10

Unter den Mammutbäumen

Heute waren die Nebelgeister von Ghost Beach in ihren Felsverstecken geblieben. Der Himmel spannte sich unbekümmert lichtblau über den Ozean, die Sonnenwärme lag spürbar auf der Haut. Jessieanna war froh, wieder in Kalifornien zu sein, wo die Farben und Gerüche nicht so überwältigend vielfältig und intensiv wie in der Karibik waren, dass sie ihr Hirn sprengten und ihre Seele verwirrten. Sie saß mit Katriona auf einem Felsen und beobachtete die Skulptur Tomorrow, die in einem sanften Frühlingswind gemächlich den Strand entlangwanderte.

»Das ist doch komplett verrückt. Was soll ich auf einer kalten, fremden Insel? Ich habe wirklich anderes zu tun.« Jessieanna warf mit Muschelschalen auf ein Ziel, das sie in den Sand gezeichnet hatte. »Warte, bis du mein Hochzeitskleid siehst.«

Katriona schlang die Arme um die Knie und lehnte sich zurück. Die abwaschbaren Tattoos, die sie auf ihrem kahlen Kopf trug, waren heute nicht golden, sondern bunt. Gelbe, blaue und rote Blüten wie eine Frühlingswiese. Wenn Katriona die Augenbrauen hochzog wie jetzt gerade, wirkte es, als ob die Blumen sich im Wind bewegten. Ein Duft nach Gras und Honig huschte durch Jessieannas Gedanken.

»Ich finde das nicht verrückt. Ich finde das sehr vernünftig.«

Jessieanna starrte sie entgeistert an. »Jetzt fall du mir nicht auch noch in den Rücken!«

»Niemand fällt dir in den Rücken. Im Gegenteil. Es wäre gut für dich. Ich wäre froh, wenn mich ein halbes Jahr Nordseeluft gesundmachen könnte! Bei Krebs hilft sie leider nicht. Aber für deine Lunge ist sie genau das Richtige. Was hast du dagegen?«

»Schon vergessen? Wir wollen im Mai heiraten. Und ich will unbedingt eine Probeserie von meiner Lotion herstellen. Jetzt mit dem Muschelpulver und dem Petrichor bin ich schon viel weiter als vorher. Ich möchte mit verschiedenen Zutaten eine Testreihe starten. Und weil ich das nicht finanzieren kann und Juniper es nicht finanzieren wird, da sie es für Quatsch hält, muss ich dafür Geld verdienen. Entweder in der Firma Extraschichten schieben oder ein paar kunstvolle Windräder verkaufen. Auf jeden Fall habe ich keine Zeit, irgendwo auf einer langweiligen Insel herumzusitzen, weit weg von Ryan und meiner Familie.« Und von dir, dachte sie. Ich muss doch für dich da sein, wenn es dir schlechtergeht, so wie du immer für mich da warst.

»Wenn ich das richtig verstanden habe, befindet sich ein Teil deiner Familie auf dieser angeblich langweiligen kalten Insel. Ryan liebt dich und wird garantiert noch ein paar Monate länger auf dich warten. Geld verdienen kannst du dort möglicherweise auch, und wenn nicht, wirst du die paar Monate verschmerzen. Deine Gesundheit ist wichtiger. Sonst ist deine Zukunft vielleicht kürzer, als du denkst.« Katriona hatte noch nie ein Blatt vor den Mund genommen. »Und was mich betrifft, die letzten Untersuchungsergebnisse waren gut. Viel mehr als deine Anwesenheit würde mir helfen, wenn ich wüsste, dass du das Bestmögliche für dich tust. Mir geht es besser, aber nicht so gut, dass ich für dich auch noch Kraft übrig habe, wenn es dir schlechtergeht. Du musst dich um dich selbst kümmern. Und ich bitte dich, es zu tun.«

Erst die Tränen ihres Vaters und nun die Bitte Katrionas. Katriona bat sehr selten um etwas. Und der Doc war von der Nordseeidee, die ihm Pinswin natürlich brühwarm unterbreitet hatte, auch nicht mehr abzubringen und gab ihren Eltern somit jede Menge Munition. Savannah hatte zwar geschwiegen, aber sie hatte eine besondere Art von Schweigen, die mehr sagte als jede Predigt. Und Simon hatte Jessieanna nur angesehen, als sie ihm davon erzählt und gehofft hatte, er wäre auf ihrer Seite. Dann hatte er sich umgedreht und war gegangen. Sie fragte sich, wie es sein konnte, dass ein Mann, der ihr nicht einmal bis zur Schulter reichte, es bewerkstelligte, dass sie sich klein und bockig vorkam. Jessieanna fühlte sich wie in einer Falle. Sie schleuderte eine weitere Muschel und verfehlte das Ziel um mehrere Meter.

»Ich werde darüber nachdenken. Mal sehen, was Ryan dazu sagt.« Ryan war ihre letzte Hoffnung. Er war ganz bestimmt nicht dafür, dass die Hochzeit verschoben wurde. Er würde auch nicht wollen, dass sie monatelang fort war. Gerade erst hatte er sehnsüchtig mit einem Strauß in den prächtigsten Farben auf dem Flughafen gestanden und Jessieanna festgehalten, als wollte er sie nie wieder loslassen.

»Du lieber Himmel, hier schickt dich niemand in die Verbannung! Du besuchst ein halbes Jahr deine Familie, die du noch nicht kennst, und danach kannst du gesund und glückstrahlend heiraten.«

»Im November? Nie im Leben. Im Mai oder gar nicht.«

»Einen Mai gibt es jedes Jahr. Du bist wie diese verflixte Skulptur.« Katriona zeigte auf Tomorrow, die direkt auf einen Felsen zuwanderte, an dem sie zerschellen würde, wenn man sie nicht aufhielt. »Du bist so stur, dass du geradewegs in dein Unglück rennst, obwohl es ein Leichtes wäre, eine Zeitlang eine andere Richtung einzuschlagen.« Katriona sprang auf, lief zu Tomorrow und gab ihr einen sanften Stups, so dass sie sicher an dem Felsen vorbeikam.

Jessieanna stand auch auf und klopfte sich den Sand von der Hose. »Ich hab doch gesagt, ich denke drüber nach!«, rief sie gegen das mächtige Rauschen der Wellen an.

»Übrigens, wenn du mir unbedingt helfen willst, hast du einen Nagellack dabei? Die Chemotherapie hat meine Nägel schwarz gemacht«, sagte Katriona, als sie schwer atmend zurückkehrte.

Jessieanna wühlte in ihrer Tasche. »Hier. ›Orange Optimism‹.«

»Wunderbar. Genau das Richtige.« Katriona setzte sich und fing an, ihre Nägel zu bemalen, als wäre es das Wichtigste auf der Welt.

Oben auf der Treppe blickte Jessieanna zurück. Unten schäumte die weiße Brandung gegen die gezackten schwarzen Felsen, die zum Teil im Wasser, zum Teil auf dem Strand emporragten. Der einsame, bizarre Strand, der endlose Himmel darüber und die vertrauten Gerüche. Ihre kranke Freundin. Der Frühling, der ein Versprechen war. Das alles sollte sie zurücklassen? Eintauschen gegen eine kalte, fremde Insel voller Menschen, die sie nicht kannte?

Und doch dachte sie beschämt an die Worte Katrionas, die sich wünschte, dass ihr selbst mit bloßer frischer Luft geholfen werden könnte. Dagegen gab es kein Argument.

Trotzdem, alles in Jessieanna sträubte sich. Es ging ihr doch nicht schlecht. Wenn es wirklich sein musste, konnte sie diese Reise im nächsten Jahr machen. Nur nicht ausgerechnet in diesem Sommer.

Dieser Sommer gehörte Ryan und ihr und dem Beginn ihres gemeinsamen Lebens, gehörte Katriona, gehörte Jessieannas Traum von dem vollendeten Duft, der der Seele Mut und Trost und Leichtigkeit verlieh. Dieser Sommer sollte angefüllt sein mit Stunden am Strand und im Wald und in den Bergen, hier an dem Ort, den sie kannte und liebte, mit den Menschen, die Teil davon waren. Sie wollte keinen davon missen, nicht mal den Polizisten und die unwirschen Nachbarn, die keine Windräder in ihrem Garten ertragen konnten, weil sie ihre Ordnung durcheinanderwirbelten.

Diesen Sommer musste sie auf ihren Vater aufpassen, der älter wurde und nicht weniger unvorsichtig. Wer weiß, was er noch alles vor seinem siebzigsten Geburtstag anstellen wollte!

»Das kann ich doch machen«, sagte Ryan. »Ich werde dafür sorgen, dass er nicht in die Höhle taucht. Ich habe schon einen Kumpel gefunden, einen Sachverständigen, der mich begleiten wird. Dein Vater kann mitkommen, aber er wird nicht tauchen, denn einer muss ja auf dem Boot bleiben und unsere Funde entgegennehmen. Darauf wird er sich einlassen.« Er fuhr mit dem Finger an ihrer geschwungenen Augenbraue entlang und verweilte bei der Sommersprosse am Ende. »Windy, du weißt, ich hänge fast so sehr an ihm wie du. Er ist auch für mich wie ein Vater. Ich werde aufpassen, dass ihm nichts zustößt. Das verspreche ich dir.«

Sie hatte behaglich mit dem Kopf an seiner Schulter gelehnt, aber jetzt richtete sie sich auf und sah ihn an. Sie saßen auf der Schaukelbank, auf der überdachten Holzterrasse des Wochenendhauses ihrer Eltern. Jessieanna hatte Ryan gebeten, sie hinauszufahren.

Sie liebte dieses kleine Holzhaus. Dahinter erhob sich ein sonniger Weinberg. Davor lag ein Tal, fast eine Schlucht, in der die Mammutbäume wuchsen, die für sie stets Gefährten und Zauberwesen zugleich waren. Hier war man allein mit der Stille. Nur die zahllosen Windräder, die Jessieanna im Laufe der Jahre am Zaun befestigt hatte, rasselten leise. In den Weinbergen blühte gelb der wilde Senf zwischen den Reihen der Reben. Aus dem Wald zu ihren Füßen stieg ein würziger goldbrauner Duft mit grünen Sprenkeln auf.

»Willst du mich etwa auch loswerden?« Der Boden unter ihren Füßen schien immer unsicherer zu werden, und das lag nicht daran, dass die Schaukel, durch ihre hastige Bewegung aus dem Gleichgewicht gebracht, an den rostigen Ketten hin und her schwankte.

Er legte die Arme um sie und sah sie ernsthaft aus besorgten braunen Augen an. »Auf gar keinen Fall, Windy, das weißt du. Aber wenn die Nordsee dir guttut und du eine Chance hast, ganz gesund zu werden, dann möchte ich, dass du sie wahrnimmst. Weil ich dich liebe.«

Jessieanna starrte ihn an. Sie fühlte förmlich, wie die Falle endgültig zuschnappte.

»Du hast ja jetzt eine Woche Zeit, darüber nachzudenken«, sagte Ryan besänftigend.

Jessieanna runzelte die Stirn. »Ein ganzer Ozean würde zwischen uns liegen!«

Ryan nahm ihre Hand. »Windy, wir gehören so tief zusammen, wie es die Erde ist, aus der dein Vater seine Schätze gräbt. Das weißt du. Aber ich möchte dir das hier geben.« Er griff in seine Hosentasche und legte etwas Kleines, Schweres auf ihr Knie. »Ich habe es vor ein paar Jahren gefunden, als ich mit Pinswin im Grand Canyon eine Indianersiedlung ausgegraben habe.«

Das Ding war grün und dreieckig und angenehm glatt. Die Kanten waren nicht mehr so scharf, wie sie wahrscheinlich einst gewesen waren. »Eine Pfeilspitze?«

»Genau. Du sollst sie in der Tasche tragen, und sie wird dich beschützen, wenn ich nicht bei dir bin.«

Der Stein war warm in ihrer Hand. Jessieanna steckte ihn ein und lehnte sich wieder an Ryans Schulter. Sie hatte Kopfschmerzen.

»Du redest, als wäre es beschlossene Sache, dass ich gehe.«

»Ach was. Ich meinte, nur für den Fall. Die Pfeilspitze soll dich beschützen, egal, was du tust. Sie wirkt wie eine Kompassnadel. Wenn du sie betrachtest, weist sie deinen Gedanken den richtigen Weg.«

Den Rest des Wochenendes sprachen sie nicht mehr über die Nordsee. Sonntagabend verschwand Ryans VW Käfer um die Kurve, wobei das alte Auto schlimmer hustete als Jessieanna.

Jessieanna sah ihm eine Weile nach, dann ging sie ins Haus. Auf einmal war die Stille größer, als sie es sich gewünscht hatte. Was war nur mit ihr los?

Entschlossen trank sie ein großes Glas Wasser, inhalierte, wie sie es dem Doc versprochen hatte, und machte sich daran, eine neue Probelotion zusammenzumixen. Sie hatte im Wald ein Kraut gefunden, von dem sie annahm, dass es gut passen könnte. Es war zwar nicht genau das, wonach sie suchte, aber vielleicht musste sie sich vorerst mit der zweitbesten Lösung zufriedengeben. Als sie spätabends das fertige Produkt in den Kühlschrank stellte, war sie so müde, dass sie zum ersten Mal seit Wochen durchschlief. Morgens hielt sich ihr Husten in Grenzen.

»Na also, geht doch«, dachte sie zufrieden. Sie öffnete ihre Tasche, um sich eine Strickjacke herauszusuchen. Der Morgen war kühl, und sie wollte hinunter ins Tal zu den Mammutbäumen. Seit sie klein war, hatten diese immer eine Antwort auf jede Frage für sie gehabt, die schweigenden uralten Riesen, die um die hundert beeindruckende Meter hoch waren und um die zweitausend Jahre alt. Nichts erschütterte sie, selbst Waldbrände überlebten sie aufgrund ihrer dicken, faserigen Rinde. Sie trugen nur Narben davon. Wie ein Mensch bei einer Krankheit. Doch der Kern blieb jung und stark und wuchs weiter und ließ sich nicht beirren auf seinem Weg in den Himmel.

Wenn sie so einen Stamm berührte, hatte schon die ganz kleine Jessieanna das Gefühl gehabt, die gesammelte Weisheit dieser Jahrtausende deutlich zu spüren. Wie ein kaum hörbares Rauschen, ähnlich wie wenn man eine Muschel ans Ohr hält, und doch anders. Geheimnisvoller, älter, weiser eben. Eine mächtige Kraft ging von diesen aufrechten Lebewesen aus, deren Wurzeln so stark in der Erde gründeten, dass sie außer dem Alter nichts umwerfen konnte. Sofern nicht der Mensch mit einer Säge kam, natürlich. Zum Glück standen die Bäume unter Schutz.

Etwas von dieser Kraft hatte sich Jessieanna stets bei den Bäumen ausleihen können. Wenn man ganz still bei ihnen saß, sich daran lehnte, mit den Handflächen über die Rinde fuhr, dann ging etwas von der Stärke in sie über.

Als sie die Strickjacke aus der Tasche zog, fiel mit einem Plumps, der merkwürdig vorwurfsvoll klang, ein Buch zu Boden. *Das Land der Spiegel* von Lucas Lichtwarck.

Ein Zettel steckte darin. *Bitte lies das hier oder schau wenigstens hinein. Dein Daddy.*

Lucas Lichtwarck. Den Namen hatte sie schon irgendwo gehört. Ach ja, das war der Lebensgefährte von Pinswins Schwester Filine. Er war Schriftsteller. Sie drehte das Buch um und las den Klappentext. Lucas Lichtwarck sah auf dem Foto jung und sympathisch aus.

Wenn vor Amrum Ebbe ist, bleiben vom Meer nur die Priele zurück, Fluttümpel aller Größen mit und ohne Strömung. In ihnen spiegelt sich der Himmel. Wenn man zwischen ihnen wandert, kann man vor sich selbst niemals weglaufen, denn es ist ein Land voller Spiegel, sagt Lucas Lichtwarck, der als Fremder auf die Insel kam und sie so sehr lieben lernte, dass er sie nicht mehr verließ. Lassen Sie sich verzaubern von seiner einfühlsamen Sprache und den Legenden dieser einzigartigen Insel.

Pinswin ließ wirklich nichts unversucht. Ihrem Vater zuliebe steckte sie das Buch in ihre Schultertasche, zusammen mit einer Decke, einer Saftflasche und einem Sandwich. Wenn sie schon hinunterging in ihre verwunschene, verzauberte Schlucht, wollte sie auch eine Weile dortbleiben.

Kühl war es hier, feucht und moosig. Sie liebte dieses weiche Moos unter ihren Füßen und den federnden Waldboden. Der Himmel war fern, so fern über den unfassbar hohen Baumwipfeln. Mit ihm schien auch die Realität angenehm weit weg. Als Erstes besuchte sie Captain Corian, den uralten Baum, dessen Stamm innen hohl und so groß war, dass sie hineinkriechen konnte. Jetzt war es schwieriger als früher, aber sie passte noch immer hinein, wenn sie sich klein machte. Ganz oben konnte man durch eine Öffnung wie durch ein Fernrohr ein Stück Himmel sehen. Ein Haufen Kieselsteine und Zapfen, die sie einmal gesammelt hatte, lag noch immer dort, und hinter Rindensplittern steckten kleine Papierrollen. Als kleines Mädchen hatte sie einmal etwas von der Klagemauer in Jerusalem gehört, in die die Leute Zettel steckten. Daraufhin hatte sie aus Captain Corians Innerem eine Wunschwand für sich selbst gemacht.

Jetzt rollte sie einen der vergilbten, angeschimmelten Zettel auf. *Ich möchte gesund werden,* stand da in ihrer Kinderschrift. Nun, es war ihr gelungen, und jetzt war sie nach all den Jahren doch beinahe wieder an derselben Stelle. *Ich möchte den liebsten Mann der Welt heiraten.* Auch das wäre ihr beinahe gelungen, und jetzt war es wieder in die Ferne gerückt. *Ich möchte den wunderbarsten Duft der Welt erfinden.* Das immerhin war in Arbeit. *Ich möchte nie weit weg vom Meer sein.* Auf Pinswins kalter Insel würde sie zwar mitten im Meer sein, aber in einem völlig falschen. Jessieanna rollte die Zettel zusammen und steckte sie wieder an ihre alte Stelle. Offensichtlich wurden sie noch gebraucht. Sie suchte in ihrer Hosentasche, fand einen alten Kassenbon und schrieb auf die Rückseite *Ich möchte dort sein, wo ich hingehöre,* rollte ihn zusammen und steckte ihn hinter einen freien Splitter. Dann kroch sie wieder ans Tageslicht und kletterte weiter in die Schlucht hinunter bis zu ihrem Lieblingsplatz. Dass sie unangemessen außer Atem war, als sie unten ankam, ignorierte sie.

Was all die lieben Menschen, die so besorgt um sie waren, nicht verstanden, war genau das, was sie jetzt auf den Bahamas wieder überdeutlich erfahren hatte. Es war nur so schwer zu erklären. Weil es diese Brücke in ihrem Kopf zwischen dem Riechen und dem Sehen gab, stürmten an fremden Orten dermaßen viele Eindrücke auf sie ein, dass es ihr oft zu viel war. Es riss sie in einen Strudel und einen Schwindel und kostete sie, so beglückend es auch manchmal war, unglaublich viel Kraft. Sie fürchtete sich davor, wie es ihr auf Amrum ergehen würde, in einer völlig fremden Landschaft.

Ganz unten in der Schlucht sammelten sich Schmelz- und Regenwasser zu einem fast kreisrunden Teich. Farne wuchsen wie Fransen am Rand, und Schwimmpflanzen mit feinen weißen Blüten trieben über die Oberfläche. Klee bildete einen hellgrünen Ring außen herum.

Jessieanna fand für ihre Decke einen moosigen Platz, legte sich darauf und träumte eine Weile über das Wasser hin. Käfer huschten über die Oberfläche. Ein Entenpärchen gründelte am Ufer.

Schließlich schlug sie das Buch an einer beliebigen Stelle auf.

Bis heute kann ich nicht fassen, wie groß die Weite auf dieser kleinen Insel ist. An manchen Tagen kann man glauben, man stünde mitten in einer Wüste, nur gibt es nicht einmal einen Kaktus. Nichts als Sand in jede Richtung, Sand, den der Wind über den Boden jagt, so dass er dem Wanderer wie Nadeln in die Knöchel sticht. Tatsächlich ist dieser Boden schneller als der Wanderer, immer auf dem Weg woandershin. Diese Weite und der Himmel darüber sind so gewaltig, dass der Mensch sich vollkommen als Nebensache in ihr fühlt. Und gerade dadurch wird er hier frei wie nirgendwo anders. Gerade dann, wenn der Tag so grau ist, dass du nicht weißt, wo der Horizont aufhört und der Himmel beginnt, gerade dann, wenn du glaubst, du kannst den Rest deines Lebens auf diesem Sand vorwärtsgehen und nirgends ankommen, gerade dann merkst du, wie lebendig du bist und dass nichts weiter zählt als nur genau dieser Augenblick und dieser Ort. Mitten in dieser erschreckenden Leere, in der du kaum Farben erkennst, fühlst du dich wie auf den Punkt gebracht, und alles passt auf einmal zusammen.

Jessieanna ließ das Buch sinken, das merkwürdig schwer in ihrer Hand war. Sie ertappte sich bei dem Gedanken, wie diese Landschaft ohne Farben wohl riechen würde. Dennoch klang es überhaupt nicht einladend.

Es war seltsam warm geworden. Sie zog ihre Jacke aus. Eine Bewegung im Teich, die sie aus dem Augenwinkel wahrnahm, ließ sie innehalten. Im letzten Jahr hatte sie sich dort mit einem Fisch angefreundet, dem sie Brotkrümel brachte und der im Herbst eine erstaunliche Größe erreicht hatte. In der freudigen Erwartung, ihn wiederzusehen, beugte sie sich vor und erstarrte.

Da war tatsächlich ein Fisch unter der Oberfläche. Erst ein Schatten nur, dann war da ein Schimmern. Doch dieser Schatten war viel zu groß! Das Schimmern war erst hell, wie eine Spiegelung des Himmels, doch jetzt wurde es eigenartig bläulich, während oben am Himmel Wolken aufzogen und das Wasser dunkler machten. War das ein Seerosenblatt, das der Wind aufgestellt hatte, oder war es eine Rückenflosse?

Jessieanna wischte sich mit zitternder Hand über die Stirn. Sie hätte schwören können, dass für einen Augenblick ein riesiger Fisch mit gewaltigen Seitenflossen und einem langen spitzen Oberkiefer dicht unter der Oberfläche durch den Teich gezogen war, als flöge er.

Und für einen Augenblick, nur eine Sekunde lang, hatte sie der Blick aus einem großen dunkelblauen Auge getroffen, freundlich und streng zugleich.

Es fühlte sich an, als hätte dieser Blick ihr Innerstes berührt.

Sie atmete tief durch und sprang auf. Nichts! Da war nichts. Der Teich lag friedlich da. Sogar die Enten waren verschwunden. Nichts regte sich außer den Wasserkäfern.

Jessieannas Knie fühlten sich weich an. Sie beeilte sich, einen weniger steilen Weg aus der Schlucht hinauf zum Haus zu nehmen. In der Küche trank sie eine Flasche Wasser aus, fasste sich an den schmerzenden Kopf und bemerkte, dass ihre Stirn glühte. Sie wühlte im Schrank und fand die Medikamentenschachtel mit einem Fieberthermometer. Neununddreißig Komma sechs Grad. Fast hätte sie gelacht vor Erleichterung. Natürlich! Wenn man Fieber hatte, konnte man schon mal merkwürdige Dinge sehen.

Sie rief Ryan an und bat ihn, sie abzuholen, packte ihre Tasche, schloss das Haus ab und setzte sich nach draußen, um auf ihn zu warten. Den Wald mochte sie heute nicht mehr sehen und setzte sich lieber auf die hintere Terrasse. Hier breiteten sich frühlingsgrün die Weinberge aus, und außer Raben waren keine Lebewesen zu sehen, die hier nicht hingehörten. Keine Dinosaurier, keine Einhörner und keine Fische.

Wenn doch ein Fabelwesen auftauchte, konnte sie es ja mit Ryans Pfeilspitze erlegen.

Als sie danach greifen wollte, um den glatten kühlen Stein in ihrer Hand zu spüren, bemerkte sie belustigt, dass sie das Fieberthermometer noch immer umklammerte wie einen Talisman. Es sagte ihr, dass sie einfach nur krank war und nicht verrückt.

Und doch, je länger sie auf das vertraute Motorengeräusch des Käfers wartete, desto deutlicher wurde in ihr die Erinnerung an den geheimnisvollen Blick aus der Tiefe, der so eindringlich und seltsam ihr Innerstes getroffen hatte.

Pinswin

1956

Amrum

11

Pinswins Entscheidung

Die Februarnacht war von der Sorte Kälte, die ihren Weg auch unter die dickste Kleidung findet. Doch in der Nähe des großen Feuers war es beinahe zu warm, zumindest von vorne. Pinswin spürte die Glut so heiß im Gesicht wie das Schuldbewusstsein in seiner Seele. Er hatte sich vorgenommen, seiner Familie die Wahrheit zu sagen. Heute Nacht, bei dem traditionellen Grünkohlessen nach dem Biikebrennen.

Das Biikebrennen diente früher der Verabschiedung der Walfänger, jetzt war es ein liebgewonnener Brauch am Ende des Winters, um ihn endgültig zu vertreiben. Hoch waren die Haufen aus Treibholz und anderen brennbaren Dingen auf dem Strand, und hoch loderten die Flammen in den eisigen Sternenhimmel. Eisschollen klirrten gläsern weit draußen in der Brandung. Es roch nach Asche und Rumpunsch und Bratwürstchen.

Pinswin konnte es nicht länger aufschieben, der Familie seinen Entschluss mitzuteilen.

Er war einundzwanzig. Volljährig. Er konnte mit seinem Leben tun, was er für richtig hielt. Und fühlte sich dennoch wie ein Schurke.

Die Entscheidung war getroffen, aber sie zerriss ihn fast.

So heiß wie jetzt die Hitze des Feuers hatte die Sonne in Pinswins Nacken gebrannt, als Professor Westerberg das erste Mal von seinen Plänen erzählte und ihm ein Angebot machte. Es war September, die ersten trockenen Blätter raschelten in den Ecken, und das warme, schräge Licht ließ selbst die kleinen Knochen, die Pinswin sorgfältig mit einem Pinsel aus der Tonerde arbeitete, Schatten werfen. So wirkte alles geheimnisvoll und voller Versprechen. Die frühherbstliche Wärme sammelte sich in der Baugrube, die irgendwo an der Straße nach Kankelau in der Nähe von Groß Pampau lag. Professor Westerberg war gerufen worden, weil man beim Baggern seltsame Knochen gefunden hatte.

Fliegen summten um Pinswin herum, kosteten seinen Schweiß und kitzelten ihn unerträglich. Dabei hatte er keine Hand frei, um nach ihnen zu schlagen. Der Umgang mit den feinen Gräten des fossilen Fisches aus dem Miozän erforderte seine vollste Konzentration. Seit zehn Millionen Jahren lag dieser Fisch fast unversehrt im Buch der Erde. Er, Pinswin, durfte diese Seite nun aufschlagen. Es war keine besondere Fischart. Sie war schon oft gefunden worden. Es war weder ein besonders riesiges noch ein besonders kleines Exemplar. Doch für Pinswin war es etwas Großes. Dass auf den Überresten dieses filigranen Wesens so viele Millionen Jahre gelastet hatten, ohne es zu zerstören, machte es zu einem Wunder. Während er dort saß und Schicht für Schicht mit einer feinen Bürste und dem Pinsel abtrug, wie es ihn der Professor gelehrt hatte, glaubte er die Urnordsee rauschen zu hören und das Sonnenlicht auf der silbernen Haut des flinken Fisches aufblitzen zu sehen, der hier zwischen Tangfahnen auf der Suche nach Beute hin und her schoss, in der Hoffnung, dass ihn kein Raubfisch entdecken würde.

Haifischzähne jedenfalls hatte Pinswin hier auch schon eine

Menge gefunden. Professor Westerberg war ein paar Meter weiter entfernt damit beschäftigt, Knochen zu sichern, von denen er behauptete, sie gehörten einem Wal.

Die Sonne glitzerte auf den Glimmerpunkten im Ton und verwandelte die Wand in ein Meer aus winzigen silbernen Funken. Pinswin kniff gegen die Helligkeit die Augen zu, bis alles verschwamm. Nun sah es wirklich aus wie ein Meer. Und hörte er da nicht den Wal singen? Einsam und melancholisch klang es. Kein Wunder, schließlich war das Tier schon Millionen Jahre tot. Pinswin schüttelte den Kopf, um sich von seiner Vision zu befreien, und versuchte, sich wieder auf die Arbeit zu konzentrieren.

»Das machst du hervorragend, Junge.« Ohne dass Pinswin es bemerkt hatte, war Professor Westerberg herübergeschlendert. »Hör mal, ich habe erfahren, dass ich im nächsten Jahr für einige Zeit nach Amerika gehen werde. Zunächst möchte ich mich mit der Ausgrabung einer alten indianischen Siedlung in Colorado befassen. Danach treffe ich mich mit einem alten Freund, der ein kleines archäologisches Institut aufbauen möchte. Er verfügt über die notwendigen finanziellen Mittel und möchte mich als wissenschaftlichen Direktor. Das wird eine ganz große Sache. Darauf habe ich mein Leben lang gewartet.«

Pinswin ließ den Pinsel sinken und sah seinen Förderer betroffen an. Das Gesicht des Professors lag im Schatten, er konnte nicht darin lesen. Aber seine Gedanken gerieten in ein panisches Kreiseln. Was sollte er ohne den Professor anfangen, der ihm Bücher lieh, ihm die Welt erklärte und ihn mit auf Ausflüge wie diesen mitnahm? Die Zukunft, die so aufregend gewesen war und funkelte wie der Glimmer um ihn herum, schien auf einmal dunkel und tonlos. Ohne die Stimmen längst verlorener Lebewesen und ohne die Spuren seiner Vorfahren, die Fingerabdrücke auf Tongefäßen hinterlassen hatten, die genauso aussahen wie die klebrigen Abdrücke der Finger seiner Schwester auf den Trinkgläsern der elterlichen Pension.

Pinswin fühlte sich völlig unerwartet im Stich gelassen. Beinahe hätte er vor Schreck nicht bemerkt, dass der Professor weitersprach.

»Pinswin, ich wollte dich fragen, ob du dir vorstellen kannst mitzukommen. Ich brauche einen Assistenten. Es gibt ein bescheidenes Gehalt. Und natürlich Kost und Logis.«

Es dauerte eine Weile, bis dieser Satz den Weg in Pinswins Gehirn fand.

Langsam stand er auf, um auf Augenhöhe mit dem Professor zu sein. Tatsächlich überragte er diesen inzwischen um einen halben Kopf. Pinswins Beine waren eingeschlafen und kribbelten schmerzhaft.

»Sie meinen, Sie würden mich mitnehmen? *Mich?* Nach Amerika?«

»Ja, warum nicht?«

»Ich habe nicht mal eine Ausbildung. Nur das Abi.«

»Du bist jung und kräftig, fleißig und neugierig, besitzt ein Gedächtnis wie ein Lexikon und hast mir dein Geschick und deine Fähigkeiten schon mehr als einmal unter Beweis gestellt. Das ist viel mehr wert. Wenn man mir irgendeinen besserwisserischen Jüngling von der Uni schickt, der Blasen an den Fingern bekommt und einen Pinsel nicht von einer Schaufel unterscheiden kann, ist mir nicht gedient. Denk in Ruhe darüber nach. Wenn du mir deine Entscheidung im Dezember mitteilst, genügt mir das. Ich weiß nicht, warum du schaust, als wäre hier gerade ein Brontosaurus vorbeispaziert. Ich hätte dich nicht gefragt, wenn ich dir das nicht zutrauen würde und dich nicht gern dabeihätte.«

Ebenso unvermittelt, wie er gekommen war, kehrte der Professor an seine Arbeit zurück. Pinswin stand wie festgewachsen da und wusste nicht, wohin mit sich. Schließlich befasste er sich wieder mit seinem Fisch, aber die Konzentration war dahin. Mit Mühe sicherte er den Fund.

»Was ist das genau für eine Siedlung, die Sie in Amerika ausgraben wollen?«, fragte er auf dem Heimweg. Der Fahrstil des Professors war gewöhnungsbedürftig, aber dieses Mal bemerkte Pinswin es nicht, weil seine Gedanken so voller Fragen waren.

»Es gibt einen Tafelberg in Colorado, zweitausendsechshundert Meter hoch. Mesa Verde. Dort haben etwa seit sechshundert nach Christi die sogenannten Anasazi gelebt. Erst bauten sie Grubenhäuser, später nutzten sie natürliche Felshöhlen, um daraus Behausungen zu bauen. Es ist schon einiges ausgegraben worden, aber es bleibt noch viel zu entdecken. Sie waren hervorragende Korbflechter und Töpfer, und es gibt Felsgravuren. Besonders die Keramik dürfte dich interessieren. Sie hat interessante geometrische Muster.«

Sechshundert nach Christi. Diese Menschen waren noch wesentlich älter als die, die in Greenjölk gelebt hatten. Ein Geruch nach heißem Stein und kühler Erde huschte durch Pinswins Phantasie. Eine Gruppe langhaariger, braunhäutiger Menschen mit Pfeil und Bogen, ein Mann in einem Lederschurz, der fertiggeformte Keramiktöpfe mit Hilfe eines Vogelknochens mit feinen Mustern versah.

O ja, er wollte ihre Spuren finden, wollte darin lesen. Pinswins Jagdfieber war geweckt.

Zurück auf Amrum lag er schlaflos in seinem Bett, starrte an die Decke und lauschte dem Wind, der um den Giebel heulte und die Äste des alten Baumes gegen die Scheibe schlug, an dem die Zwillinge einst heruntergeklettert waren, um nachts im Watt die Schuppe des Töveree zu suchen.

Selbst wenn er alle romantischen Vorstellungen beiseiteschob, wusste er, dass dies wahrscheinlich die einzige Chance sein würde, die er je bekommen würde. Die einzige Chance, seinem Hunger nach Wissen, seiner schmerzhaft heftigen Neugier auf alles, vor allem auf die Vergangenheit, nachzugeben. Im Januar wurde er volljährig. Und dann? Wenn er hierbliebe, würde er wohl unweigerlich irgendwann die Pension seiner Eltern führen, so wie diese sie von seinem Großvater übernommen hatten. Er könnte auch Lehrer werden in der Inselschule, davon hatte er früher einmal geträumt. Aber der Posten war besetzt, und außerdem müsste er vorher studieren.

»Nein! Das will ich alles nicht!«, sagte er laut zu dem Baum, der ihn nicht verraten würde. Es klang entschlossener, wenn man es laut aussprach.

Er wollte im Buch der Erde lesen, mit den Fingern im Dreck, wollte die Tonscherben und die Knochen unter seinen Händen spüren und nicht jahrelang in Bibliotheken und Hörsälen für eine Prüfung büffeln, in der es hauptsächlich um Theorie ging. Er musste draußen sein in Wind und Luft und die Welt sehen, wo sie anders war. Wollte die Melodie anderer Sprachen hören, die Gesichter fremder Völker sehen. Viele Amrumer hatte seit jeher die Unruhe gepackt, und sie waren in die ganze Welt ausgewandert. Anscheinend steckte das auch in ihm. Doch wie sollte er das seiner Familie beibringen? Filine war nicht nur seine Schwester, sie war seine Zwillingsschwester. Es gab eine besondere Verbindung zwischen ihnen. Sie würde ihn verstehen, doch wie würde es ihr gehen, wenn er nicht da war? Und seine Eltern hatten sich bereits daran gewöhnt, dass er in der Pension mithalf. Sollte er sie nun mit all der Arbeit im Stich lassen, jetzt, da sie älter wurden?

Doch seine Familie war nicht das größte Problem. Noch schlimmer war, dass er sich nicht vorstellen konnte, irgendwo zu sein, wo der Wind den Sand nicht nadelscharf über den Boden jagte, wo das Meer nicht kam und ging und aufregende Klumpen von Miesmuscheln, kleinen Krabben und Seeanemonen hinterließ, wo nicht die Gelege der Wellhornschnecke und die Schaumflocken aus der Gischt mit jeder Bö über den Strand trudelten. Wo im Frühling nicht die Eiderenten auf dem Wriakhörnsee ihr melancholisches *Ahuo* riefen. Er konnte sich nicht vorstellen, irgendwo anders aufzuwachen und nicht das Watt zu riechen, nicht diese Mischung aus Jod und Tang und Schlick, und beim Brötchenholen nicht den Dünenkaninchen zu begegnen, die ihm aus blanken Augen einen kameradschaftlichen Blick zuwarfen, der ihm sagte: *Hallo, Freund, du und ich, wir sind beide Amrumer, hier ist seit jeher unser Ort, und das ist gut so.*

Den ganzen Herbst über half Pinswin fleißig in der Pension. Er hatte ein schlechtes Gewissen, obwohl er noch gar nichts entschieden hatte. Er trug Geschirr hin und her, schleppte die Koffer der Gäste die Treppen hinauf und hinunter und trug dabei genauso schwer an seiner Unentschlossenheit, an seinen Sehnsüchten und seinen Zweifeln. Schließlich suchte er Elvar von Sommerreich auf, der einst aus Ostpreußen geflohen war. Er wohnte in einer hergerichteten alten Scheune, zusammen mit vielen Büchern und seiner ganz eigenen Weisheit und Gelassenheit. Ihm vertraute sich Pinswin oft an, denn Elvar konnte Dinge für sich behalten, wenn man ihn darum bat. Auch wenn er ansonsten gerne plachanderte, wie er es nannte, ein Schwätzchen zu halten.

Elvar hörte sich die Sache an. »Ich denke, du hast keine Wahl«, sagte er schließlich. »Deine Neugier ist geweckt. Sie wird sich niemals wieder schlafen legen. Wenn du diese glückliche Chance nicht ergreifst, wird sie dich dein Leben lang quälen.« Nachdenklich spähte er in seine Pfeife. »Zurückkehren kannst du immer. Ich glaube auch nicht, dass du ein übermäßig schlechtes Gewissen haben musst. Niemand wird es dir verübeln. Deine Eltern treffen ihre eigenen Entscheidungen und deine Schwester ebenso. Du bist nicht für sie verantwortlich. Du bist vielmehr dafür verantwortlich, aus deinem Leben, das dir von ihnen geschenkt wurde, das Beste zu machen! Das Leben ist ein Wunder, und deine allererste Verpflichtung ist, diesem Wunder so gerecht wie möglich zu werden. Dazu gehört, die eigene Neugier tief auszuschöpfen und noch darüber hinauszugehen.«

Pinswin gab ihm recht, wünschte sich jedoch, er hätte dieselbe Überzeugung und Entschiedenheit wie Elvar.

Wenn Leni noch auf der Insel wäre, wenn Leni nicht irgendwo in Bayern leben würde, dann wäre alles einfach gewesen. Dann wäre er geblieben. Er hätte nicht anders gekonnt. Mit Leni wäre diese Insel so groß gewesen wie der Rest der Welt. Mit Leni wäre es hier für seine Neugier nie zu eng geworden. Mehr Abenteuer hätte er nicht gebraucht.

Aber das half ihm jetzt nicht.

Es war zwischen Weihnachten und Silvester, an einem ganz unscheinbaren Tag, als er sich ohne jeden Grund von einem Wellenschlag zum anderen sicher war, dass er mit dem Professor gehen würde, egal, was irgendjemand davon hielt, was auf der Insel getuschelt werden würde und was seine Schwester dazu sagte. Sie würden es schon verstehen. Ohne zu zögern, rief er den Professor an. »Professor Westerberg, Sie können mit mir rechnen. Ich habe mich entschieden.«

»Ich freue mich, Junge. Ich habe es gewusst, doch ich wollte dich nicht bedrängen.«

Pinswin zweifelte nie wieder, aber das änderte nichts daran, dass von nun an jeder Schritt ein Abschied war. Es schien ihm unerträglich, dass er nicht den Frühling in den Farben des Himmels sehen würde, nicht die jungen Birkenblätter und nicht die Rufe der zurückkehrenden Vögel hören. Er würde in diesen Wellen nicht die Kälte spüren können, die so lebendig machte, und er würde den einzigartigen Geruch nach Leben, Salz, Jod und Schlick nicht mehr tief in seine Lungen saugen und Kraft daraus schöpfen können. Er würde nicht mehr sehen, wie das Licht auf dem Kniepsand spielte, auf den trockenen und den feuchten Stellen im Watt und auf den Prielen. Alles war Wehmut und schmerzte.

12

Ein Wink aus der Vergangenheit

Auf einmal war Februar, ohne dass er recht wusste, wie das so schnell hatte geschehen können. Alle waren zum Biikebrennen am Strand versammelt, und das Flackern der Flammen erleuchtete die Gesichter derer, die er lange nicht wiedersehen würde.

»Hach, das ist so schön, jedes Jahr wieder!«, bemerkte Filine, die neben ihm stand, verträumt.

Pinswins Eltern gingen früh nach Hause. Die Jugend blieb länger, schwatzte und tanzte noch. Später, wenn die Feuer heruntergebrannt waren, würde Pinswin mit Filine folgen. Dann, beim traditionellen Grünkohlessen, war der letztmögliche Zeitpunkt für die Wahrheit gekommen. Den richtigen Zeitpunkt hatte er längst verpasst, nun blieb ihm nur noch dieser. Er war sich sicher, dass er den Geruch von Grünkohl für immer damit verbinden würde.

Die Feuer, mit denen man einst die Walfänger verabschiedet hatte, empfand er heute als Abschied für sich selbst, und es schien nur angemessen, dass sie so heiß waren und so hoch brannten wie der Schmerz und die Vorfreude tief in ihm. Die Helligkeit der Flammen in der Dunkelheit der Nacht verjagte die letzten Zweifel aus ihm und verwandelte sie in Gewissheit. Morgen würde sein Abenteuer beginnen.

Als Pinswin und Filine nach Hause kamen, brannte wie erwartet noch Licht in der Küche der Pension »Alriks Kwaas«. Eine sorgsam abgedeckte Schüssel Grünkohl wartete auf dem Tisch. Er strömte einen verlockenden Duft aus, obwohl er kalt war.

Zwei Teller mit zu Schiffen gefalteten Servietten standen daneben.

An der Schüssel lehnte ein Brief.

Pinswin und Filine sahen sich an.

»Was das wohl soll?« Der sonst so wissbegierige Pinswin zögerte, den Brief zu öffnen. In seinem Magen machte sich ein klammes Gefühl breit. Er sah zum Herd, neben den sein Vater jeden Abend sorgfältig seine Armbanduhr legte, ehe er nach oben ins Bett ging. Es war seine Art, den Tag für beendet zu erklären und »Gute Nacht« zu sagen.

Da lag nichts. Pinswin starrte auf die leere Stelle, an der die Oberfläche der Arbeitsplatte von all den Jahren etwas abgewetzt war.

»Nun mach ihn schon auf.« Filine setzte sich und betrachtete den Brief.

»Warum ich?«

»Du bist der Ältere. Das muss ja endlich mal einen Vorteil haben.«

»Die fünf Minuten!« Pinswin setzte sich ebenfalls.

Sie lauschten dem *Ratsch*, das Pinswins Finger unter der Klappe verursachte, als er den Umschlag aufriss. Das Geräusch fiel in die Stille der Küche und schien über die alten Fliesen zu springen wie ein abgerissener Knopf, der zu Boden fällt. Pinswin hörte seine eigene Stimme wie die eines Fremden. Sie wurde zunehmend leiser und ungläubiger, während er vorlas.

Liebe Kinder,

ihr wisst, viele Worte und große Abschiede haben uns nie gelegen. Dass wir stolz auf euch sind, haben wir euch heute gesagt. Das galt immer und wird für immer gelten. Ihr seid nun volljährig. Die Pension habt ihr gut im Griff. Wir haben sie euch überschrieben, die Papiere liegen in der Schublade. Eine Kontovollmacht habt ihr ja bereits.

Jürgen hat uns aufs Festland gebracht. Wenn ihr das hier lest, sitzen wir schon fast in einem Flugzeug. Wir melden uns von unterwegs, aber in den nächsten Jahren werden wir nicht zurückkehren. Unsere Pflicht ist erfüllt, und wir folgen nun endlich unserem Abenteuerdrang. Argumente dagegen gibt es immer, warum also noch länger warten und diskutieren? Diese Art des Abschieds mag nicht anständig sein, doch euch ist ja bekannt, dass wir alle von Strandräubern abstammen.

Wenn ihr Hilfe braucht, wendet euch an Skem oder an Lentje und Drees. Aber ihr seid selbständig und tüchtig und klug, und wir zweifeln nicht daran, dass ihr gut zurechtkommen werdet.

In Liebe, Beeke und Boje

Nach einem Moment ungläubiger leerer Stille sprang Pinswin auf und schlug mit der Faust gegen die Wand.

»Das ist eine Katastrophe!«

»Ach komm. So schlimm ist es nun auch wieder nicht.« Filine hatte Tränen in den Augen, schien aber ansonsten gefasst. »Sie waren immer für uns da. Und sie haben recht. Wir sind erwachsen. Wir werden es schon schaffen.«

»Du hast ja keine Ahnung!« Pinswin faltete den Brief klein zusammen und legte ihn unter die Brotschneidemaschine. »Lass uns ins Bett gehen. Ich habe Kopfschmerzen.«

»Und der Grünkohl?«

»Mir ist der Appetit vergangen, dir nicht?«

Schweigend stellte Filine die Schüssel in den Kühlschrank. Einträchtig gingen sie hinauf. Pinswin öffnete die Tür zu seinem Zimmer und stürmte hinein, kam dann wieder heraus und legte die Arme um seine Zwillingsschwester. »Es tut mir leid. Ich wollte dich nicht anschreien.«

Tröstend erwiderte sie seine Umarmung.

Nachts um drei wanderte Pinswin in seiner Stube hin und her, lauschte auf das regelmäßige Atmen seiner Schwester im Nebenzimmer. Seine Welt stand Kopf.

Wie hatten ihm seine Eltern das antun können, genau diesen Augenblick zu wählen? Doch er brachte es nicht lange fertig, wütend auf sie zu sein. Sie waren ihm nur zuvorgekommen. Schließlich hatte er dieselben Pläne gehabt.

Und wenn er die jetzt nicht umsetzte, würde er wahrscheinlich den Rest seines Lebens Koffer die Treppen herauf- und heruntertragen und im Speisesaal mit Geschirr klappern.

Das war es nicht, was er wollte, und auch nicht das, wovon Filine träumte.

Ihm war, als würden sich mit jeder Minute, die aus der alten Uhr laut in die Stille tickte, das alte Dach der Pension immer tiefer auf ihn herabsenken und die Wände enger werden. Das ungeliebte Gebäude erschien ihm wie eine der sagenhaften Mördermuscheln, die angeblich jene Taucher, die versehentlich einen Fuß darin einklemmten, festhielten, bis sie ertranken.

Das ertrug er nicht. Er würde seine Entscheidung nicht ändern. Ohne ihn würde Filine die Pension nicht weiterführen. Er würde ihr und sich selbst die Freiheit schenken!

Seine Tasche war längst gepackt. Er setzte sich hin und schrieb einen Brief an seine Schwester. Sie würde innerhalb von vierundzwanzig Stunden zwei Abschiedsbriefe bekommen. Danach würde sie in ihrem Leben wahrscheinlich nichts mehr erschüttern. Er kannte sie. Sie war stark. Sie würde wütend auf ihn sein, dann würde sie ihn verstehen und schließlich die Schultern straffen, ihren Weg gehen und ihre Freiheit genießen. Was er jetzt tun würde, war nicht anständig. Aber es war auch nicht falsch.

Noch bevor die Sonne aufging, fand er sich im Hafen auf dem Boot ein, das ihn nach Hamburg bringen sollte.

Die sechzehn langen Stunden, die Pinswin bald darauf in einer Militärmaschine verbrachte, die ihn über den Ozean trug, erschienen ihm unwirklich. Wie der Übergang von seinem alten in ein völlig anderes Leben, wie eine Brücke durch das All oder eine Metamorphose von einer Raupe zum Schmetterling.

Den Flug hatte Professor Westerbergs Partner in Amerika organisiert, da auch einige Kisten mit Material transportiert werden mussten. Die Soldaten an Bord lachten und scherzten und versuchten, Pinswin einzubeziehen.

»You want to play cards, mate?« Doch er war zu erschöpft, um Gebrauch von seinem Schulenglisch machen zu können, und starrte am Ende nur noch aus dem Fenster auf die Schaumkronen der unendlichen dunklen Wasserfläche unter ihm. Warum sollte er mit Unbekannten Karten spielen, wenn er gerade mit seinem Schicksal spielte? Er flog zum ersten Mal in seinem Leben. Dass diese unbeholfen wirkende, lärmende Maschine tatsächlich so frei zwischen Himmel und Erde schweben konnte, erschien ihm unbegreiflich. Er stellte sich vor, wie sie abstürzte und in den Schichten des Sediments auf dem Meeresboden zu einem Fossil im Buch der Erde wurde. Irgendwann würde sie jemand ausgraben und vielleicht Pinswins Überreste finden. Er hatte selbst einmal das Skelett eines Dinosauriers gesehen, in dessen Innerem ein Embryo zu erkennen war. So ähnlich stellte er sich seine Knochen zwischen den metallenen Rippen des Wracks vor. Angst hatte er merkwürdigerweise keine. Es erschien ihm nur alles sehr absurd.

Dieses Gefühl der Unwirklichkeit blieb ihm lange, auch Tage später noch, als er oben auf dem Tafelberg Mesa Verde stand und über dieses unglaublich weite Land blickte. Er war Weite gewöhnt. Amrum war nur ein kleiner Klecks in einer unendlichen Weite aus Pastellfarben, die ineinander verschwammen und alles noch größer machten. Schleswig-Holstein war voller Weite und voller Himmel. Doch dies hier war anders. Dies war keine Baugrube an der Straße nach Kankelau. Das hier war unbeschreiblich. Pinswin hatte sich noch nie so klein gefühlt. Aber auch noch nie so sehr als Teil einer großen ungeheuerlichen Geschichte.

Früher hatte es ihn geärgert, dass seine Abenteuerbücher erfunden waren und nichts mit der Wirklichkeit zu tun hatten. Jetzt war es umgekehrt. Jetzt war wirklich, was vor ihm lag und was es um ihn herum zu entdecken gab. Dafür fühlte er sich selbst fehl am Platz und unwirklich, als hätte er sich selbst nur erfunden.

Das Gefühl blieb auch noch, als er Tage damit verbrachte, in einem der sagenhaften Grubenhäuser der Anasazi Sand zu durchsieben, Pfeilspitzen zu säubern und eine Feuerstelle auszugraben, um die herum die Erde Knochenreste und Scherben mit feinen Mustern freigab. Es war wie so oft, er glaubte die Stimmen der Menschen zu hören, die hier gesessen und gemeinsam gegessen hatten, die lebhaft gestikulierten und miteinander sprachen und sangen. Er roch ihren Schweiß und das Fett, mit dem ein alter Mann seine Bogenschnur behandelte. Sie kamen ihm gegenwärtiger vor als er sich selbst.

Bis er schließlich an einem dunstigen Morgen, an dem das Sonnenlicht die Felsen in rötliche Schattierungen tauchte und aufglühen ließ, vor einer Felsgravur stand, die vor über tausend Jahren ein Mensch dort eingeritzt hatte. Es war eindeutig eine menschliche Figur, die mit ausgebreiteten Beinen fest auf der Erde stand und beide Hände zum Himmel reckte, die Finger gespreizt, wie einer, der sagt: »Ich lebe! Hier bin ich, das Leben wartet auf mich, und ich bin bereit für alles, was da kommt. Die Erde fühlt sich gut an unter meinen Füßen, und der Himmel ist hoch, und mein Platz ist dazwischen.«

Die Figur war voller Leichtigkeit und Körperspannung zugleich und wirkte, als wäre sie gestern erst erschaffen worden. Pinswin stellte sich davor und nahm ihre Haltung ein, hob die Hände genauso wie auf dem Bild, und auf einmal spürte er es: die Gewissheit, die durch ihn hindurchfloss, die Vorfreude, das Glück, in diesem Augenblick genau hier lebendig sein zu dürfen als eines in einer langen Kette von Lebewesen, die Mensch geworden waren. Nach ihm würden weitere kommen, doch der Augenblick und der Ort gehörten ihm, und es war großartig.

Jetzt fühlte sich alles richtig an, und er wunderte sich nicht darüber, dass es ein Zeichner von vor über tausend Jahren war, der ihm den Moment geschenkt hatte, der ihn von nun an in diesem Land zu Hause sein ließ.

Die Liebe zu Amrum und der rauen Nordsee rollte sich in ihm zusammen wie ein glänzender, unzerstörbarer Schatz, wie ein zweites Herz, das für immer in ihm schlug und ihm die Kraft gab, offen zu sein für dieses neue Land. Hier konnte seine Wissbegier galoppieren wie die Bisons auf der Steppe.

Das Versprechen, das er einst Filine gegeben hatte, mehr über den Töveree herauszufinden, würde er nie vergessen. Es band ihn an die Neuzeit. Seine Leidenschaft aber galt der Vergangenheit, die die Menschen zu dem gemacht hatte, was sie waren.

Wochen später stand er am Rand des Grand Canyon und blickte staunend hinunter auf den jadegrünen Colorado River, der dieses Wunder erschaffen hatte. In den rötlichbraunen Sandsteinschichten lagen die Seiten der Erde offen wie noch nie, und jeder Sonnenstand erzählte eine andere Geschichte dazu. Er wusste, dass er eine Gabe hatte, dieses Buch der Erde besonders gut lesen zu können, und er wollte davon erzählen. Darum war er zutiefst begeistert von dem Projekt des neuen kleinen Instituts, das genau dafür gedacht war. Ein Schauer der Aufregung durchfuhr ihn, als er mit Professor Westerberg und Konrad Wilkie in Junco, Kalifornien, in einer riesigen leeren Villa stand. Aus den großen Fenstern blickte man über eine Bucht und die schäumende Brandung des Pazifiks an dunklen Felsen.

»Da unten sind Höhlen in der Steilwand, dort habe ich bereits interessante Fossilien geborgen«, sagte Professor Westerberg. »Sie lagern in Kisten und warten nur darauf, richtig untersucht und zusammengefügt zu werden.«

Die Räume waren hoch und riesig, und es gab unzählige Keller. Stuck war von der Decke gefallen, der Putz bröckelte von den Wänden, und unter dem Fußboden hausten die Mäuse. Und doch waren die Räume voller Versprechen, voller Möglichkeiten. Alle drei sahen sie es bereits vor sich: die Labortische, die Werkzeuge und Scheinwerfer, die Regale voller Funde, einen Hörsaal und einen Raum für eine Ausstellung. Sie würden es möglich machen!

Konrad Wilkie, ein großer, hagerer Mann, durchmaß auf seinen langen Beinen die Räume. Seine Augen funkelten. »Wie ich mir dachte! Genau das Richtige! Die Villa gehörte dem letzten Spross einer alten Kaufmannsfamilie, der mehr als froh war, sie loszuwerden. Ich bringe das Haus und das Geld mit, Sie das Wissen und die Erfahrung, und Pinswin die jugendlich unbefangene Kraft und Energie. Und die nötige Begeisterung und Neugier und die Liebe zu den Wundern, die in der Erde geschrieben stehen, das ist unser aller Kapital. Wir wollen der ganzen Welt davon erzählen, von den vielfältigen Spuren, die unsere Vorfahren und Verwandten, seien es andere Lebewesen oder Menschen, hinterlassen haben. Das wird ein langer Weg, aber es wird!« Unternehmungslustig zog er einen Zipfel morscher Tapete von der Wand. Ein erstaunlich großer Nachtfalter flatterte aufgeschreckt zu der nackten Glühbirne hinauf, die an der Decke baumelte, und drehte dort wilde Runden. »Sag ich doch«, meinte Konrad Wilkie zufrieden. »Es wird groß, und es wird ein Höhenflug!«

Pinswin war nun sicher, dass er den richtigen Weg gegangen und am richtigen Ort angekommen war.

Doch während all der aufregenden Jahre, die darauf folgten

und in denen Pinswin seinen Traum verwirklichte, dachte er immer wieder einmal an die Augenblicke auf dem Schiff am Morgen nach dem Biikebrennen zurück, als der Leuchtturm hinter ihm zu schnell kleiner wurde und nur noch ein Strich war, wie ein erhobener Zeigefinger auf den Dünen. Als der Kniepsand nicht mehr von einem weißen Wellenkamm zu unterscheiden war und der geliebte Geruch des Watts immer schwächer wurde. Das Heimweh, das damals schon begann, der Schmerz, als ob etwas an ihm riss, blieb immer in ihm. Er war sich nicht sicher, ob er woanders auf Dauer würde atmen können. Damals nicht, und auch nach Jahren hier nicht.

Immer wieder gab es Momente, in welchen die Luft in Kalifornien oder anderswo im ganzen großen Amerika für Pinswin nicht genug Sauerstoff und Zauber in sich trug, und dann war ihm, als müsste er ersticken.

Jessieanna

2005

Amrum

Die fremde Familie

Jessieanna fragte sich, ob man von dieser Luft einen Schwips bekommen konnte. Ob sie überhaupt zum Atmen geeignet war oder nur dazu, einem die Sinne zu verwirren?

Vielleicht lag es daran, dass Jessieanna nach der langen Reise völlig übermüdet war. Sie hielt ihre Nase nun schon eine gefühlte Ewigkeit in den scharfen Wind und kam absolut nicht darauf, wonach er roch. In ihrem Kopf tauchten jede Menge Farben auf und verschwanden so eilig wieder wie das Taschentuch, das ihr eine Bö aus der Hand gerissen hatte.

Dabei gab es um sie herum so wenige Farben, dass sie gegen eine tiefe Traurigkeit ankämpfen musste. Das Meer war weder blau noch grün, der Himmel war gleichmäßig schmutzig weiß und der Horizont ein nichtssagender, kaum erkennbarer nebeliger Streifen. Es war wie eine gewaltige Leere um sie herum. So etwas kannte sie nicht. In Kalifornien waren die Farben klar und kräftig und vielfältig, nicht so verwaschen, pastellfarben und verschwommen, als wären sie selbst nur Luft. Selbst der Nebel hatte dort eine Farbe und Gestalt. Hier war es, als wollte diese Leere Jessieanna in sich hineinziehen.

Was wollte sie hier nur? Sie war unterwegs zu Menschen, die sie nicht kannte, in einer Landschaft, die ihr nichts sagte. Alles, was sie liebte, war zu viele Flugstunden und einen ganzen Ozean entfernt und schien bereits jetzt nur noch wie ein Traum. Zu ihrem Ärger stiegen ihr Tränen in die Augen. Sie zwinkerte heftig und versuchte, sich einzureden, dass das nur vom Wind kam.

Der Motor der Fähre unter ihr brummte und ließ den grün gestrichenen, abgeschabten Metallboden vibrieren. Dieses Vibrieren setzte sich unangenehm in ihren Knochen fort, die nach der überstandenen schweren Grippe mit der verschleppten Lungenentzündung manchmal immer noch schmerzten. Sie fröstelte, obwohl Pinswin ihr einen dicken winddichten Parka aufgedrängt hatte. Diese fremde Luft drang nicht nur mühelos durch das hochmoderne, angeblich winddichte Material, sondern direkt bis in Jessieannas Innerstes und fragte, wer sie war, was sie hier wollte und ob sie dafür taugte. Sie war sich nicht sicher, ob sie gerade Antworten darauf hatte.

Der Doc hatte ihr angeboten, sie könnte sich auch woanders auskurieren, aber Pinswin hatte nach dem Schrecken mit der Lungenentzündung die fixe Idee, dass seine Tochter ausschließlich in seiner alten Heimat wirklich gesund werden konnte. Mit Tränen in den Augen hatte er sie immer wieder darum gebeten, und sie hatte ihm das am Ende einfach nicht abschlagen können.

Der Wind drückte diese eigenartige Luft tief in ihre Lungen. Jessieanna hatte das Gefühl, gar nicht mehr selbst atmen zu müssen. Ihre Lungen blähten sich wie von allein. Sie musste husten, aber nur kurz. Danach war sie schon wieder begierig auf diese unsichtbaren Aromen, auf das Rätsel, das sie bargen. Keines davon kam ihr bekannt vor.

»Der Husten hört sich nicht gut an. Trinken Sie etwas Heißes. Hier!«

Die Stimme drang nur allmählich durch ihre Gedanken. War etwa sie gemeint? Jessieanna drehte sich um. Ein großer, schlanker Herr in Anzug und elegantem Mantel blickte sie freundlich an und reichte ihr eine dampfende Tasse mit einer Sahnehaube obendrauf. Der Wind löste eine Flocke von der Spitze und klebte sie auf die Reling, wo sie einen Augenblick saß und dann hinunterwirbelte in die bleigrauen Wellen.

»Aber es ist Ihr Getränk!«

»Der Arzt hat mir ohnehin vom Kaffee abgeraten. Gestatten, Elvar von Sommerreich.« Jetzt sah sie, dass er alt war, obwohl er sich kerzengerade hielt. Sein Lächeln in seinem gepflegten, silberweißen Bart war charmant.

»Jessieanna Jessen. Vielen Dank!«

Diesen Duft kannte sie wenigstens. Dankbar legte sie die Hände um den warmen Becher. Wohlig breitete sich die Wärme in ihrem Magen aus. Es tat so gut, dass sie diesen Elvar von Sowieso beinahe umarmt hätte. Erst jetzt merkte sie, wie müde sie war. Aber das war doch nicht nur Kaffee?

Offenbar bemerkte er die Fragezeichen auf ihrer Stirn.

»Das ist ein Pharisäer. Es ist Rum drin. Die alten Friesen haben das erfunden, weil sie ihre kleine Sünde vor dem Pfarrer verbergen wollten«, erklärte der Herr. »Sagten Sie gerade *Jessen*?«

Jessieanna nahm noch einen Schluck. Die alten Friesen hatten anscheinend gewusst, was gut war. Wahrscheinlich war dieses sündige Getränk genau die richtige Antwort auf solches Wetter. »Ja. Jessieanna Jessen«, wiederholte sie. »Warum?«

»Dann sind Sie Pinswins Tochter, richtig?« Er betrachtete sie mit schiefgelegtem Kopf. »Ich lernte ihn und Filine kennen, als sie sechzehn waren. Man konnte sich damals schon sehr gut mit ihm unterhalten. Er war so wunderbar wissbegierig, der kleine Pinswin. Hatte immer ein Lexikon dabei. Er hat manche Stunde in meiner Scheune verbracht und meine Bücher durchforstet. Wie geht es ihm?«

»Klein ist er nicht mehr«, sagte Jessieanna ein wenig überwältigt.

»Entschuldigung. Ich plachandere gern. Dabei bist du bestimmt erschöpft von der Reise. Nenn mich doch Elvar. Ich glaube, aufgrund der alten Bekanntschaft können wir uns duzen. Wenn du einen väterlichen Freund brauchst, ich stehe gern zu deiner Verfügung.«

»Danke.« Jessieanna nahm entschlossen noch einen Schluck. Langsam wurde sie munter. »Was heißt plachandern?«

»Ein Schwätzchen halten. Es ist Ostpreußisch. Die Sprache meiner Kindheit. Der Krieg hat mich hierher verschlagen. Man könnte auch sagen, dein Onkel Skem hat mich mit hierhergebracht. Diese Landschaft erschien mir damals nach den grünen Wiesen Ostpreußens an der sanften Ostsee zunächst recht befremdlich.« Jessieanna beschlich das Gefühl, dass seine weisen, freundlichen Augen genau sehen konnten, was für Gedanken in ihrem Kopf kreisten. »Aber dann bin ich hier hängengeblieben. Es gab keinen Grund mehr, jemals irgend woandershin zu gehen.«

»Das heißt, Sie sind auf dieser kleinen kalten Insel einfach so glücklich geworden?«

»Nein. Niemand wird einfach so glücklich. Aber sie und ich haben uns zusammengerauft, und dann stimmte alles. Gefällt dir nicht, was du siehst?«

Jessieanna machte eine ungeduldige Geste zum Meer hin. »Ich sehe gar nichts! Nur Grau. Und Weiß. Keine Farben. Und von der Luft wird mir schwindelig.«

Elvar zog seinen Mantel aus und legte ihn auf eine Bank. »Dann setz dich erst mal hin, Mädchen. Ich habe von meinem Freund Skem gehört, du sollst dich auf der Insel auskurieren. Da bist du am richtigen Ort. Ganz gleich, ob du dich auf Dauer mit der Landschaft anfreunden kannst oder nicht, aber sie heilt! Ich weiß, wovon ich spreche. Ich hatte es damals nötig. Sie heilt Körper und Seele, ob du es wünschst oder nicht. Und das ist gut so. Wir sind bald da. Ich nehme an, du wirst bei deiner Cousine wohnen?«

»Ja. Sie heißt Rhea. Aber sie ist über zwanzig Jahre älter als ich, und ich kenne sie überhaupt nicht.« Jessieanna musste wohl etwas verloren geklungen haben, denn Elvar nahm ihr den leeren Becher ab und klopfte ihr tröstend auf die Hand.

»Aber ich. Ich kenne Rhea, seit sie ganz klein war und mit den Krabben sprach. Sie war oft lieber bei mir als in der Schule. Ich denke, sie wird dir guttun.«

»Sie hat die Schule geschwänzt?« Rhea begann, Jessieanna etwas sympathischer zu werden. Sie wusste selbst nicht, was sie eigentlich gegen diese Unbekannte hatte. Es fühlte sich nur einfach nicht richtig an, dass sie Cousinen waren und sich nicht kannten. Sie hätten *zusammen* Schule schwänzen sollen. Aber das hätte schon wegen des Altersunterschiedes nicht geklappt. Trotzdem, ihre Eltern waren Zwillinge. Da mussten sie doch irgendetwas gemeinsam haben! Ob es an Elvar lag oder daran, dass am Horizont auf einmal ein leichter rötlicher Schimmer auftauchte, auf einmal fühlte sie sich etwas hoffnungsvoller. »Glaubst du, dass Rhea mich abholt?«

»Bestimmt. Wenn nicht, bringe ich dich hin.«

»Vielen Dank, Elvar.« Jedenfalls war sie nun nicht mehr allein.

Sie kannte wenigstens schon einen Menschen auf der Insel. »Dauert es noch lange?«

»Etwa zehn Minuten. Du sollst wissen, wenn du dich einmal einsam fühlst, kannst du jederzeit zu mir kommen. Alle Kinder der Insel kommen zu mir, wenn sie einen sicheren Hafen brauchen, in dem sie schmökern, basteln oder einfach nur Zeit verbringen wollen. Übrigens nicht nur die Kinder.« Er lächelte sie an und griff in seine Tasche. »Und alle, die etwas damit anfangen können, bekommen so etwas.«

Er legte eine Kugel in ihre Hand, etwa so groß wie ein Tischtennisball. Sie war aus Holz und in zarten Aquarellfarben lackiert. Jessieanna betrachtete sie interessiert. Die seltsame Murmel fühlte sich gut an. Bewegte sich da etwas im Inneren, wenn man sie drehte?

»Rhea nennt sie Stillekugeln«, erklärte Elvar. »Wenn du sie an einem lauten Ort an dein Ohr hältst, findest du darin Stille, die dir Kraft gibt. Doch wenn du sie drehst, hörst du darin das Flüstern des Sandes, den der Wind über die Dünen jagt und wie Wasser in die Täler rieseln lässt. Auch das Flüstern der kleinen Lebewesen im Watt, wenn Ebbe ist. Es ist die Stimme der Insel, die jederzeit mit dir spricht, wenn du sie benötigst. Es stecken Trost und Stärke darin, wenn du dafür offen bist.«

»Vielen Dank!« Jessieanna lauschte dem leisen Flüstern und steckte die Hand mit der Kugel darin in die Tasche. Elvar hatte recht. Es war tröstlich. Die Kugel wurde warm, und gleichzeitig fühlte sie die kühle Scheibe auf ihrer Haut, die an einem Lederband an ihrem Hals hing.

»Trag du die Schuppe des Töveree. Rhea hat eine, da ist es nur richtig, dass die andere dich begleitet und dir Glück bringt«, hatte Pinswin beim Abschied gesagt und ihr das Band um den Hals gelegt. »Ich hoffe von Herzen, sie hilft dir dabei, ganz gesund zu werden.«

»Aber Daddy, sie bedeutet dir doch so viel, und du hast sie gefunden.«

»Gerade weil sie mir viel bedeutet, sollst du sie haben. So bin ich bei dir.« Er hatte sie so sehr gedrängt, diese Reise zu machen, doch nun hielt er sie fest, als wollte er sie nie loslassen.

»Glauben Sie, ich meine, glaubst du an den Töveree?«, fragte Jessieanna Elvar.

»Hmmm. Der Töveree Fisk«, sagte er gedankenvoll. »Ich hielt das immer für eine gute Geschichte. Dann fand Rhea so eine Glücksschuppe oder jedenfalls das, wovon sie und Filine glauben, es sei eine. Ich sah sie leuchten und fand es faszinierend. Aber das bedeutet noch lange nicht, dass sie von einem sagenhaften Fisch stammt oder dass er existiert oder einst existiert hat. Andererseits«, er sah sinnend in die Ferne, »ausgeschlossen ist es nicht. Ich denke aber, dass dein hartnäckiger Vater eines Tages herausfinden wird, ob es den Fisch gegeben hat oder nicht. Bis dahin warte ich mit meinem Urteil. Es gibt so viele wahre Wunder auf der Welt, dass es für mich keinen großen Unterschied macht, ob dieses hier dazugehört. Wahr oder nicht, der Fisch hat eine wichtige Funktion. Er ist ein Symbol der Hoffnung, und die Menschen sind nun einmal so, dass ihnen Symbole helfen, ihre Gedanken und Gefühle zu ordnen und im Gedächtnis zu behalten.«

Jessieanna schwieg. Dass sie heute hier war, dass sie schließlich in diese Reise eingewilligt hatte, war nicht nur der geballten Überzeugungskraft ihrer Eltern, Simons und Ryans, ihres Arztes und Tante Birkes geschuldet. Auch nicht der Tatsache, dass sie während der vier Wochen, die sie grippekrank im Bett gelegen hatte, selbst Angst um ihre Gesundheit bekam und gewillt war, diese Kur auszuprobieren, wenn sie nur half.

Nein, am Ende war es der Blick des Töveree gewesen, der ihrem eigenen so tief begegnet war, auch wenn es sich nur um eine Fieberhalluzination im Waldtümpel handelte. Sie konnte ihn nicht vergessen. Er ließ ihr keine Ruhe. Der Fisch hatte sie angesehen, als wollte er ihr, und nur ihr, etwas ganz Bestimmtes mitteilen.

Doch hatte Elvar nicht recht? Spielte es überhaupt eine Rolle, ob es den Töveree gab oder nicht? Für Pinswin ja, er war Wissenschaftler. Es war sein Job, solche Dinge herauszufinden. Aber für sie, Jessieanna, war es im Moment nicht wichtig. Sie musste schnell gesund und kräftig werden, damit sie zurück zu Ryan und zu Katriona kam, damit sie heiraten und ihr Projekt weiterverfolgen konnte. Darauf wollte sie sich nun konzentrieren.

Als Kind hatte ihr der Töveree etwas bedeutet. Sie war jeden Abend mit Blick auf den Schaukasten eingeschlafen, den ihr ihre Mutter gezaubert hatte. Da war es kein Wunder, dass ihr Unterbewusstsein während ihres Fieberanfalls Bilder hervorgerufen hatte. Das mochte eine Bedeutung haben oder auch nicht. Sie würde es schon herausfinden.

»Sieh, jetzt kannst du die Insel bereits gut sehen. Und den Leuchtturm! Lass uns langsam hinuntergehen, wir werden bald anlegen.« Elvar reichte ihr die Hand, um ihr aufzuhelfen.

Jessieanna atmete tief durch. Nachdem sie Elvar kennengelernt hatte, war sie wider Willen neugierig auf die anderen Menschen geworden, die ihr hier begegnen würden.

Die Passagiere drängten sich an der Rampe und warteten darauf, dass sie heruntergeklappt würde. Das ungelenke Schiff manövrierte geschickt in den Hafen.

»Siehst du, da ist Rhea! Und Filine.« Elvar legte leicht die Hand an ihren Oberarm und dirigierte sie ein wenig an die Seite, bis der Strom eiliger Menschen an ihnen vorüber war und es stiller wurde. Dann führte er sie über die Straße, wo an einem Zaun eine Dame im Rollstuhl wartete. Daneben stand eine jüngere Frau mit wirren dunklen Locken. Klare graue Augen sahen zu Jessieanna auf, und der Gedanke schoss ihr durch den Kopf, dass in ihnen dieselbe Ruhe wohnte wie in Elvars Stillekugel. Anders Filine, die den Kopf schieflegte und Jessieanna mit hellwachem blaugrünem Blick musterte. Sie hatte lange weiße Haare mit einer grünen, einer hell- und einer dunkelblauen Strähne darin.

Pinswin hatte davon erzählt. »Mit diesen bunten Haarsträhnen hat sie früher schon die Insel schockiert, da war so was noch nicht üblich. Dunkelblau für das Meer, Hellblau für den Himmel, Violett für die Heide. Manchmal Grün für die Frühlingsbirken. Es ist ihre Art, Flagge zu zeigen, sich Mut zu machen. Genau wie deine bunten Zehennägel. Da habt ihr etwas gemeinsam«, hatte er erklärt.

Aber Jessieannas Zehennägel waren unter dicken Socken und warmen Schuhen versteckt, und wenn Elvar nicht neben ihr gestanden hätte, wäre sie sich schon wieder klein und verloren vorgekommen. Doch die Farbe in Filines Haaren war ein Lichtblick.

»Du siehst Pinswin nicht sehr ähnlich, aber du hast seine Sommersprossen auf der Nase«, stellte Filine fest.

»Hallo. Ich soll euch herzlich von ihm grüßen«, sagte Jessieanna.

Filine sah Pinswin auch nicht ähnlich. Bis auf eines. Beide hatten eine für ihr Alter auffällig glatte Stirn. Wie ein sichtbares Zeichen dafür, dass etwas den Geist dahinter jung hielt.

»Du kannst mir ruhig die Hand geben, ich kann meine nur nicht heben«, sagte Filine. Die Hand lag auf ihrem Knie. Jessieanna drückte sie und stellte fest, dass Filine durchaus Kraft in dieser Hand hatte.

»Ich freue mich so, dass wir uns endlich kennenlernen!«, sagte Rhea mit einem Lächeln, das Grübchen in den Ernst auf ihrem Gesicht zauberte. »Darf ich dich umarmen?« Es klang ehrlich, und Jessieanna empfand die Umarmung nicht als aufdringlich, sondern angenehm. Trotzdem war das eine Fremde für sie. Ein Cousinengefühl wollte nicht aufkommen. Aber dafür hatten sie ja noch Zeit genug.

»Du bist bestimmt müde«, sagte Rhea und nahm Jessieanna den Griff ihres Koffers aus der Hand.

Jessieanna sah sich nach dem Auto um. Doch Rhea wuchtete den Koffer auf den Anhänger eines Fahrrads, das an einem Zaun stand. Daneben lehnte ein zweites, das sie nun zu Jessieanna hinschob. »Hier, ich hoffe, Kalle hat den Sattel richtig eingestellt.« Rhea bemerkte Jessieannas verblüfften Gesichtsausdruck. »Du kannst doch Fahrrad fahren, oder? Wir haben kein Auto. Das brauchen wir hier auf der Insel nicht. Alles lässt sich zu Fuß oder mit dem Fahrrad erledigen, und einen Bus gibt es auch. Ist das in Ordnung für dich?«

»Klar.« Jessieanna überlegte, wann sie das letzte Mal Fahrrad gefahren war. Die Entfernungen in Kalifornien waren zu groß dafür. Aber es hieß ja, Fahrradfahren verlernt man nicht. Mutig umklammerte sie den Lenker und stieg auf. Elvar beobachtete sie mit einem verständnisvollen Schmunzeln und griff behände zu, als sie ins Wanken geriet.

»Fahr mir einfach hinterher. Es ist nicht weit«, rief Rhea und war schon auf dem Weg.

»Wir sehen uns morgen, wenn du dich eingewöhnt hast«, sagte Filine. »Schlaf gut in deiner ersten Nacht auf Amrum. Es ist schön, dass du hier bist.« Sie lenkte ihren Rollstuhl in eine andere Richtung.

Jessieanna war sich nicht sicher, ob sie das genauso schön fand, aber da sie sich beeilen musste, Rhea zu folgen, brauchte sie nicht zu antworten, sondern stammelte nur ein hastiges »Auf Wiedersehen«, bevor Elvar ihr einen Schubs gab und sie heftig strampeln musste, um nicht das Gleichgewicht zu verlieren. Nach etwa hundert Metern begann sie, wieder ein Gefühl für dieses ungewohnte Gefährt zu bekommen. Nach weiteren zweihundert Metern fing es an, ihr Spaß zu machen. Der Wind riss an ihren Haaren, jagte die Luft noch tiefer in ihre Lungen, und sie bekam fast das Gefühl, dass sie irgendwann abheben würde wie E. T. in dem alten Film.

Jessieanna vergaß alles andere, weil sie sich auf das Fahren konzentrieren musste. Das tat gut. Der launige Apriltag war wärmer als gedacht. Zehn Minuten später merkte sie, dass sie noch nicht fit war. Der Schweiß lief ihr den Rücken herunter, die Pedale ließen sich immer schwerer treten, und sie hoffte inständig, dass es wirklich nicht mehr weit war, bevor sie sich blamierte.

Sie hatte so sehr auf ihre Balance achten müssen, dass sie von dem Weg nichts mitbekommen hatte. Jetzt bremste Rhea vor einem blau gestrichenen Zaun und stieg ab. Erleichtert tat es ihr

Jessieanna nach. Ihr Abstieg war nicht gerade elegant, aber da Rhea damit beschäftigt war, den Koffer ihres Gastes aus dem Anhänger zu heben, bekam diese nichts davon mit.

»Das ist unser Zuhause. Herzlich willkommen, liebe Cousine. Ich hoffe, du wirst dich so wohl fühlen wie wir.« Jessieanna hörte das Glück in Rheas Stimme, als sie das Gartentor öffnete.

Das Haus war aus alten roten Backsteinen erbaut. Auf dem dunklen Dach wuchsen kreisrunde Flechten in allen Farben, orange, gelb, hellgrün, dunkelgrün, rot. Der Effekt war ungewöhnlich und heiter. Rhea war mit dem Koffer schon die wenigen Treppenstufen hoch, ehe Jessieanna sich fertig umgesehen hatte. An der Seite gab es eine Rampe für Filine.

In dem kleinen Flur war es dämmrig.

»Komm am besten gleich in die Küche, du möchtest bestimmt eine Kleinigkeit essen, bevor du dich ausruhst.«

Jessieanna ließ sich erleichtert auf den Stuhl am Küchentisch fallen, den Rhea ihr zurechtrückte. Staunend sah sie sich um. Die Möbel und die Arbeitsfläche waren aus dunklem Holz. Das brachte die hellen Kacheln an der Wand zur Geltung, auf denen ganze Landschaften zu sehen waren, mit Hügeln und Windmühlen, Segelschiffen, Häusern und Bäumen und Wegen, die in die Weite führten. Alles in zartem Blau gezeichnet.

»Das sind alte Delfter Kacheln aus Holland«, sagte Rhea, die Jessieannas Blick bemerkte. »Ein längst verstorbener Besitzer dieses Hauses hat sie einmal für seine Frau mitgebracht, er war Kapitän, und das war ein Geschenk zum Hochzeitstag. So ist das jedenfalls überliefert. Hier. Ich hoffe, du magst unseren Spezialkakao. Er hilft in allen Lebenslagen.« Sie stellte eine dampfende Tasse vor Jessieannas Nase. Der Duft war unwiderstehlich und gar nicht schokoladenbraun, sondern von einem warmen Orange-gold. Er schmeckte ebenso himmlisch, wie er duftete. Ebenso lecker war die feurige Suppe mit Croutons, die Rhea folgen ließ. Trotzdem brachte Jessieanna nicht viel herunter.

»Du wolltest gar nicht fort von zu Hause, stimmt's?« Rhea warf ihr einen verständnisvollen Blick zu.

Jessieanna fühlte sich ertappt. Trotz des leckeren Essens war gerade eine Welle von Heimweh über sie hinweggegangen, voller Sehnsucht nach Ryan und ihren Eltern, nach der Sonne über grünen Hügeln und alten Eichen. »Woher weißt du das? War ich unhöflich?«

Rhea lachte. »Nein, keine Sorge. Aber ich kenne diesen trotzigen Blick. Ich hatte ihn selbst einmal. Damals waren alle der Meinung, ich müsste mal weg von der Insel. Bis ich einen Sommerjob in Österreich angenommen habe.«

»Hast du es bereut?«

»Nein. Es war gut so. Und ebenso gut und richtig war es, dass ich nach jenem Sommer hierher zurückgekehrt bin. Ich musste nie wieder jemandem beweisen, dass ich freiwillig hier bin, genau an dem Ort, an dem ich sein will. Weder mir noch jemand anderem. Aber die Erfahrung möchte ich nicht missen. Für dich ist jetzt aber vor allem wichtig, dass du gesund wirst. Ich bin sehr zuversichtlich, dass unsere Luft dir helfen kann.«

»Die ist auf jeden Fall ungewöhnlich. Vielen Dank für das leckere Essen.« Jessieanna stand etwas zu hastig auf. Ihr wurde leicht schwindelig. Sie war wohl doch erschöpfter als gedacht und stützte sich für einen Augenblick mit beiden Händen auf den Tisch.

»Oh!« Rhea blickte verblüfft auf die Scheibe an dem Lederband, die aus Jessieannas T-Shirt gerutscht war, als sie sich vorbeugte. Da sie von Jessieannas verschwitzter Haut feucht war, leuchtete sie in der dämmrigen Küche silberblau.

»Eine Schuppe des Töveree!« Rhea griff in ihren eigenen Ausschnitt und zog eine identische Scheibe heraus. »Wie schön!«, flüsterte sie fast. »Ihr habt auch eine gefunden!« Sie hielt ihr Amulett neben das von Jessieanna. Ein Augenblick lang herrschte Stille.

Je länger die beiden Anhänger sich nahe waren, desto heller schienen sie zu leuchten. Jessieanna hätte Rhea gern gefragt, ob sie das auch bemerkte, aber sie wagte es nicht. Dazu waren sie sich zu fremd. Doch seltsam. Zum ersten Mal fühlte Jessieanna eine echte Verbindung zu dieser Frau, mit der sie so eng verwandt war. Überhaupt fühlte sie sich besser, je länger sie auf das Licht der Schuppen blickte.

»Erzählst du mir, woher du sie hast?«, fragte Rhea schließlich ehrfurchtsvoll.

»Sehr gern, aber können wir das bitte auf morgen verschieben? Ich glaube, ich kann keine fünf Minuten länger wach bleiben.«

»Oh, entschuldige! Der Jetlag und die lange Reise. Natürlich. Komm mit, ich zeige dir dein Zimmer. Es ist oben.«

Wieder trug Rhea Jessieannas Koffer. Jessieanna war zu müde, um zu protestieren, und folgte Rhea still die Treppe hinauf. Doch auf halber Höhe blieb sie stehen. »Ist das schön!«

Auf dem Treppenabsatz befand sich ein kreisrundes Glasfenster mit einem Sitz und bunten Kissen darunter. Doch es war nicht einfach nur ein Fenster. Es war eine Sonnenuhr. Der Zeiger war draußen befestigt und warf seinen Schatten auf die Scheibe, die wie eine Torte in zwölf verschiedenfarbige Segmente geteilt war. Jede Stunde hatte eine andere Farbe, und alle Farben zusammen warfen bunte Lichter auf die Treppe und an die Wände. Die Sonne stand schon tief, es war früher Abend, und der Zeiger zeigte auf die blaue Stunde zwischen sechs und sieben.

Rhea drehte sich um. »Ja, ich liebe diese Uhr auch. Und den Sitzplatz.«

Das Zimmer unter der Dachschräge, in das Rhea sie führte, war freundlich weiß gestrichen bis auf eine sonnengelbe Wand, an der ein Bett stand. Dieses war eindeutig einmal ein Boot gewesen, ein rundliches Ruderboot, nun mit einer dicken Matratze darin. Außerdem gab es einen Kleiderschrank und einen Schreibtisch. Heitere Aquarelle hingen an der Wand, aber Jessieanna beschloss, sich erst morgen näher umzusehen.

»Ich hoffe, es gefällt dir«, sagte Rhea. »Wenn du etwas brauchst, ruf einfach. Ach, und wenn du Internet benötigst, hier ist die Steckdose. Drahtlos haben wir noch nicht. Die Informationen für die Konfiguration findest du im Schreibtisch.«

Ein Glück. Sie hatte schon befürchtet, dass es hier gar kein Internet gab. So konnte sie gleich eine E-Mail an Ryan schreiben und war doch nicht ganz verloren an diesem Ende der Welt.

»Ich werde sicher bis morgen früh durchschlafen. Vielen Dank, es ist wunderschön.«

»Gute Nacht«, sagte Rhea und umarmte ihre Cousine noch einmal, bevor sie die Tür leise hinter sich schloss.

Jessieanna überlegte, wann sie aufgehört hatte, sich so allein zu fühlen. War es Elvar gewesen, der ihr das Fahrrad festgehalten hatte? Oder doch der Moment, in dem die beiden Schuppen des Töveree nebeneinander geleuchtet hatten?

Sie warf sich auf ihr Bett, ohne sich auszuziehen. Herrlich weich! Nur einen Moment ausruhen. Sie schloss die Augen.

Als sie diese eine unbestimmte Zeit später wieder öffnete, stellte sie fest, dass über dem Bett eine Dachluke den Blick auf den Himmel freigab. Eine quadratische Glasscheibe mit bunten Ecken. Wie in einer Kirche waren sie aus kleinen Stücken Glas mit einer Bleifassung zusammengesetzt. Jessieanna kniff die Augen zusammen. Der Himmel war dunkelblau, offenbar war der Abend weit fortgeschritten. In den Ecken waren die Jahreszeiten abgebildet, stellte sie fest. Winter, Herbst, Frühling, Sommer, im Uhrzeigersinn. Eine schneebedeckte Düne. Ein Baum mit bunten Blättern. Eine Wiese mit Blumen, ein reifes Feld. Überall gab es noch mehr Details zu entdecken. Farne, Blüten, ein Schmetterling. Von den Farben senkte sich ein sanfter Duft auf ihr Bett herab. Honig und geröstete Kastanien. Winterwind und Erdbeeren.

Doch auch in der Mitte der Scheibe war ein Bild. Eine kreisrunde blaue Scheibe, die Jessieanna an den Tümpel im Wald erinnerte. Drumherum ein Rahmen aus Muscheln und Seesternen, auch eine Krabbe war dort und grüner Seetang.

Jessieanna sah, dass sich ihr Gesicht zur Hälfte darin spiegelte. Sie rückte ein wenig zur Seite. Nun lag der Rahmen um ihr Spiegelbild, das sie nachdenklich ansah, und ließ sie aussehen wie eine Meerjungfrau. Sie war sich nicht sicher, ob sie das nett oder unheimlich fand. Während sie noch darüber nachdachte, schüttelte Jessieanna ein plötzlicher Hustenkrampf. Hastig setzte sie sich auf und rang nach Luft. Sie trank einen Schluck Wasser und atmete tief durch, aber es half nichts. Diese verflixte Luft hatte ihre Lunge offensichtlich gereizt, statt ihr zu helfen. Sie stand auf und wühlte in ihrem Koffer. Zu Hause hatte sie gerade noch daran gedacht, die Ukulele einzupacken. Jetzt setzte sie sich an den Tisch am Fenster und versuchte, sich auf die Akkorde zu konzentrieren, bis ihr Atem sich beruhigte. Leise zupfte sie an den Seiten, fuhr zärtlich mit dem Daumen darüber. Die Töne passten gut in dieses Zimmer, fand sie und fühlte, wie sich ihre Lunge langsam entspannte.

»Was spielst du da?«

Jessieanna fuhr zusammen. Sie hatte gar nicht bemerkt, dass Rhea hereingekommen war. Rheas Ton war scharf, ganz anders als vorhin. »Das ist eine Ukulele, nicht wahr?« Voller Abscheu starrte sie darauf.

»Ja. Es tut mir leid, wenn ich dich gestört habe.«

»Du hast mich nicht gestört. Wir sind noch nicht im Bett. Aber den Klang einer Ukulele kann ich schlecht ertragen.«

Jessieanna stellte das Instrument hastig beiseite. »Es tut mir leid«, wiederholte sie erschrocken.

»Schon gut. Das konntest du nicht wissen.« Rhea verließ eilig den Raum und schloss die Tür fest hinter sich.

Jessieanna zog sich hastig um und verkroch sich unter der Bettdecke. Atmen konnte sie jetzt wieder, aber sie stellte fest, dass sie zitterte. Ob hier alle so merkwürdig waren?

Wenn Rhea ihre Anwesenheit nicht ertrug, konnte sie vielleicht bei Elvar wohnen. In seiner Scheune, die hatte gemütlich und interessant geklungen. Elvar hatte einen sehr ausgeglichenen Eindruck gemacht.

Oder sie konnte den nächsten Flieger zurück nach Amerika nehmen.

Doch als sie im Halbschlaf den Vollmond entdeckte, der hinter der Winterecke am Fenster auftauchte und langsam zu der Frühlingsecke hinüberwanderte, während er die Farben im Glas änderte und schimmern ließ, wusste sie, dass sie in genau diesem Bett noch viele Nächte verbringen wollte.

Irgendwann fühlte es sich an, als ob das Bett wieder ein Boot war und sie auf einem Meer aus Duft und bunten gläsernen Wellen auf einen neuen Horizont zutrug.

Wenn es immer weiterfuhr, kam es vielleicht bis Kalifornien.

Oder kehrte einfach nie zurück, und dann würde die unberechenbare Rhea Jessieanna gar nichts mehr angehen.

Feurige Suppe von Rhea

2 große Dosen Tomaten, abgetropft
1 Paprika rot
1 Peperoni rot
2 Zwiebeln, fein gehackt
4 EL Olivenöl
2 EL Tomatenmark
1,2 l Gemüsebrühe
Salz, schwarzer Pfeffer aus der Mühle
1 Handvoll Basilikum, gehackt
Croutons
etwas Saure Sahne

Die Tomaten zerkleinern. Paprika waschen, entkernen und in feine Würfel schneiden. Peperoni waschen, entkernen und in feine Ringe schneiden. Zwiebeln schälen und fein hacken.

Das Olivenöl in einem großen Topf erhitzen, und die Zwiebeln darin glasig dünsten. Tomatenmark, Tomaten, Paprika und Peperoni hinzufügen und mit andünsten. Mit der Brühe ablöschen, aufkochen und 15 Minuten köcheln lassen.

Mit dem Pürierstab pürieren. Mit Salz und schwarzem Pfeffer würzen. Mit einem Löffel Saurer Sahne, Croutons und gehacktem Basilikum servieren.

14

Onkel Skems Garten

Noch unter die Bettdecke gekuschelt, sah Jessieanna gerührt auf den Monitor ihres Laptops.

Danke für deine E-Mail von gestern. So weiß ich wenigstens, dass du gut angekommen bist!

Du schreibst, es ist kalt. Hier ist es auch viel kälter, seit du fort bist. Ich vermisse dich so sehr! Aber ich bin froh, dass du endlich da bist, wo es dir bessergehen wird. Jeder Tag, den du dort gesünder wirst, bringt uns näher an unsere Zukunft. Bitte sei glücklich dort! Dein Vater liebt diese Insel von ganzem Herzen, ich bin mir sicher, dass auch du etwas dort finden wirst, das dich bereichert. Ich freue mich schon darauf, dass du mir davon erzählst. Ich wünsche dir einen wunderschönen Tag.

Love, Ryan

Es waren nur Worte, und doch war es, als ob Ryan ihr wieder ganz nah wäre. Es tat so gut. Dem Himmel sei Dank für die moderne Technik! Wie unerträglich musste es früher gewesen sein, wenn jemand zum Beispiel auswanderte und es Monate dauerte, bis er mit Glück vielleicht endlich einen Brief seiner Angehörigen von der anderen Seite des Ozeans erhielt.

Sie aber konnte die Worte ihres Liebsten lesen, die er vor ein paar Stunden geschrieben hatte. Jetzt würde er noch fest schlafen. In Kalifornien war es mitten in der Nacht. Hier dagegen leuchtete es hellblau über der Dachluke. Ein Blick auf die Uhr sagte ihr, dass es schon nach neun war. Normalerweise stand sie früh auf. Ihr Zeitgefühl war völlig aus dem Takt. Kein Wunder.

Sie schob das Aufstehen hinaus und antwortete erst Ryan.

Weißt du, wen ich außer dir heute Nacht vermisst habe? Den Kojoten, der am Fluss hinter dem Haus nach Mitternacht immer heult! Wie oft haben wir uns darüber geärgert, aber jetzt hat er mir gefehlt. Hier waren bloß der Wind, der um das Dach pfeift und einsam klingt, und die Rufe von Vögeln, die ich nicht kenne. Nur die Möwen hören sich genauso an wie bei uns am Strand. Immerhin. Sie trösten mich, und das ist nötig, denn ich weiß nicht, ob Rhea mich wirklich hierhaben möchte oder ob ich sie störe. An die Luft, die mir so guttun soll, muss ich mich auch erst noch gewöhnen. Am liebsten würde ich einfach hier im Bett liegen bleiben und die Tage beobachten, wie sie hinter dieser kunstvollen Fensterscheibe hell und wieder dunkel werden.

Ich kann sehen, my love, wie du jetzt ungehalten die Stirn runzelst, genau wie du es tust, wenn ein Knochenteil nicht zum anderen passen will. Im Bett liegen und nichts tun, das sieht mir nicht ähnlich, ich weiß. Deswegen werde ich mich jetzt auch zusammennehmen und den Tag in Angriff nehmen. Ich werde diese merkwürdige Insel erkunden und mit ihren ebenso merkwürdigen Bewohnern reden. Später werde ich dir davon erzählen. Hab du auch einen schönen Tag!

Love always, Jessieanna

Sie fröstelte, als sie die Bettdecke zurückschob. Es war so kalt! Hastig suchte sie sich einen dicken Pullover und hoffte, dass wenigstens das Wasser aus der Dusche warm war. Hier hatte sie Glück und fühlte sich danach wesentlich besser.

Ohne Farbe wollte sie den Tag nicht beginnen. Sie tastete in ihrem Köfferchen nach Nagellack und entschied sich für einen blauvioletten Ton, der sie an Filines gefärbte Haarsträhnen erinnerte. »Mysterious Glacier« stand auf dem Etikett. Als sie fertig war und das kleine Glas zurückstellen wollte, entdeckte sie ein Kuvert, das jemand zwischen die Nagellackfläschchen geklemmt hatte.

Für Jessieanna stand in der Handschrift ihres Vaters darauf. Auf einem winzigen Hocker balancierend, las sie den Brief, während der »Geheimnisvolle Gletscher« auf ihren Zehennägeln langsam trocknete. Wie sehr sie auch Pinswin vermisste! Und wie schön, dass er an sie gedacht hatte. Sicher wollte er ihr noch einmal Mut machen und zum hundertfünfundzwanzigsten Mal erklären, wie wundervoll seine Heimat war. Doch nein. Als hätte Pinswin gewusst, für welchen Nagellack sie sich entscheiden würde, drehte sich gleich der erste Satz um das Wort »Geheimnis«.

Mein liebes Mädchen, ich bin so froh, dass du dich nun endlich entschlossen hast, deinen Lungen das Geschenk der Nordseeluft zu machen, und ich möchte dir zum Dank ein Geheimnis verraten. Als ich neun Jahre alt war, habe ich im Watt durch einen merkwürdigen Umstand etwas gefunden. Einen wertvollen und legendären Gegenstand. Damals wusste ich nicht, was es ist. Später habe ich es erfahren, doch da war ich schon nicht mehr auf der Insel. Du weißt ja, dass man solche Funde melden muss. In diesem einen Fall habe ich es nie getan. Es war, als ob mich etwas zwang, die Sache für mich zu behalten. Noch in der gleichen Nacht habe ich meinen Schatz unbemerkt versteckt, und ich bin mir ziemlich sicher, dass er dort noch immer in Sicherheit ist.

Wenn du es deiner Gesundheit zuliebe den ganzen Sommer auf Am-

rum aushältst, werde ich dir verraten, wo du mein Geheimnis findest. Du kannst diesen Gegenstand behalten oder aber verkaufen, denn er wird eine Summe einbringen, die dir sicherlich das Herstellen deiner Pflegeserie für eine Weile finanzieren kann. Ich weiß, du wirst nicht deswegen auf der Insel bleiben, aber ich kenne dich. Es hilft dir, wenn du ein Ziel hast. Und nur für den Fall, dass du dort kein anderes Ziel findest, wollte ich dir zumindest einen kleinen Leuchtpunkt an das Ende deiner Verbannung setzen, wie du es genannt hast.

Ich hoffe aber, dass du nach einigen Tagen die Zeit auf der Insel mit ihren Menschen und ihrem Meer nicht mehr als Verbannung empfinden wirst, sondern als eine helle Zeit in deinem Leben.

In Liebe, Pinswin

PS: Du fehlst mir jetzt schon sehr.

Lächelnd steckte Jessieanna den Brief zurück in das Kuvert. Auch wenn sie hier nicht geliebt wurde, so war es doch schön, dort vermisst zu werden. Das half. Und ja, ihr Vater kannte sie. Um den materiellen Wert ging es ihr weniger, aber ihre Neugier auf dieses Geheimnis war geweckt, und die Aussicht, am Ende der Zeit eine Antwort auf diese Neugier zu finden war wie ein Zielfähnchen, das ihr helfen würde durchzuhalten.

Die bunten Lichter, die die Sonne durch die Uhr auf den Treppenabsatz warf, hoben Jessieannas Laune. Unten in der Küche klapperte jemand mit Geschirr. Doch es war nicht Rhea. Verblüfft blieb Jessieanna auf der Schwelle stehen. Es war ein großer, schlanker Mann mit silbernen Haaren, der fröhlich ein Handtuch schwang und dabei ein Liedchen pfiff.

»Ach, guten Morgen! Ausgeschlafen?« Sein Lächeln war so

herzlich und fröhlich, dass Jessieanna unwillkürlich strahlend zurücklächelte. »Ja, vielen Dank.«

»Setz dich, du hast bestimmt Hunger. Ich bin Kalle. Rheas Lebensgefährte. Ein schönes Wort, findest du nicht? Ich freue mich immer, wenn ich eine Gelegenheit bekomme, es auszusprechen.«

»Freut mich. Ja, Appetit habe ich tatsächlich. Ich danke Ihnen.« Jessieanna schnupperte. Es duftete herrlich nach Toast.

Er schüttelte ihr die Hand. »Wir können doch Du sagen. Ich bin ja fast so was wie dein Cousin. Herzlich willkommen auf Amrum.« Er lachte. »Wie das klingt! Ich bin selbst erst seit einem Jahr hier. Und jetzt tue ich so, als wäre ich ein Alteingesessener. Es kommt daher, dass ich mich bereits so zu Hause fühle, als wäre ich nie woanders gewesen.«

»Hat es lange gedauert, bis es Ihnen – dir – so ging?« Jessieanna betrachtete staunend das Krabbenbrot mit Spiegelei, das er vor sie stellte. »Vielen Dank. Das sieht lecker aus.«

»Nein. Schon nach wenigen Tagen schien es mir der Ort zu sein, den ich mein Leben lang gesucht hatte, ohne es zu wissen. Aber das heißt noch lange nicht, dass es anderen Menschen auch so gehen muss. Kaffee oder Tee?«

»Kaffee, bitte. Das Brot schmeckt himmlisch.« Tatsächlich ging es ihr von Bissen zu Bissen besser. Auf einmal fühlte sie Unternehmungslust in sich aufsteigen. Nun da ihr Magen nicht mehr knurrte, entdeckte sie einen anderen Hunger in sich. Einen merkwürdigen Hunger auf die ebenso merkwürdige Luft von gestern, die sie gern weiter erforschen wollte. Sie blickte auf, um Kalle nach Rhea zu fragen, und stellte fest, dass er sie seltsam ansah.

»Stimmt etwas nicht?« Unwillkürlich griff sie nach der Serviette und wischte sich den Mund. Kalle lächelte und winkte ab. »Nein. Ich habe gerade deinen Zopf bewundert. Ährentechnik.«

Jessieanna trug ihre Haare lieber offen, aber eingedenk des scharfen Windes, der ihr gestern Strähnen in die Augen geschlagen und dann Knoten hineingedreht hatte, hatte sie sich heute früh für einen festen Zopf entschieden. Sie wunderte sich.

»Bist du Friseur, oder warum kennst du dich damit aus?«

Kalle setzte sich ihr gegenüber an den Tisch. »Nein. Nicht Friseur. Busfahrer. Aber genau so ein Zopf wie dieser war die Ursache dafür, dass ich den Weg hierher und mein Glück mit Rhea gefunden habe.«

»Ein Zopf?« Jessieanna schob den leeren Teller zurück und schlürfte genüsslich den letzten Schluck Kaffee.

»Ja. Ein paar Jahre nach dem Tod meiner Frau erinnerte ich mich eines Tages durch einen Zufall an meine Jugendliebe, die genau so einen Zopf trug. Auf einmal wusste ich wieder, wie es sich anfühlt, wenn man jung ist, wenn man an einem Junimorgen erwacht und es nach Erdbeeren duftet und alles möglich scheint. Ich wollte dieses Gefühl wiederfinden und machte mich auf eine Reise. Und diese Reise führte mich genau hierher. Als ich eben deinen Zopf bemerkte, wurde mir wieder einmal bewusst, wie gut es mir geht und wie dankbar ich dafür bin.«

»Ein Glück, dass du wirklich aufgebrochen bist und nicht nur darüber nachgedacht hast. Ich glaube, das tun nicht viele. Die meisten träumen nur davon.«

»Du hast ja auch eine Reise angetreten«, meinte Kalle.

Jessieanna stand auf und spülte ihren Teller ab. »Ich hatte eigentlich nicht die nötige Entschlusskraft. Man hat mich dazu gedrängt. Aber wenn ich dir so zuhöre, fange ich an zu glauben, dass es vielleicht irgendwann einen Sinn ergibt. Kann ich dich etwas fragen?«

»Aber sicher.« Er trocknete ihren Teller und ihre Tasse ab und stellte sie in ein Regal. Er war so unkompliziert. Es war leicht, mit ihm zu reden.

»Ist es in Ordnung für Rhea, dass ich hier bin, oder tut sie das nur aus Pflichtgefühl?«

Verblüfft sah er sie an. »Wie kommst du darauf? Rhea ist der liebste und gastfreundlichste Mensch, den ich kenne.«

»Gestern Abend war sie wütend auf mich. Ich habe Ukulele gespielt, und das muss sie sehr gestört haben.«

»Ach so. Das hat einen bestimmten Grund. Da fragst du sie am besten selbst. Aber glaube mir, es hat absolut nichts mit dir zu tun. Mach dir keine Sorgen. Am besten machst du jetzt einen schönen Spaziergang. Rhea ist bei der Arbeit. Ihr könnt euch später unterhalten.«

»Das mache ich. Vielen Dank, Kalle.«

Nur ein paar Schritte die Straße hinauf entdeckte sie einen sandigen Pfad, der direkt in die Dünen führte. Solche Dünen kannte sie von zu Hause nicht. Die sanften Hügel mit den bizarren Frisuren aus Gras gefielen ihr. Der Wind zeichnete mit den Grashalmen Kreise auf den Sand. Entschlossen stapfte sie bergauf. Hinter den Dünen lag das Meer, sie hörte es schon rauschen, oder war das nur der Wind? Der Weg war steiler, als sie dachte, und ihre Füße sackten in dem lockeren Sand ein. Schnell geriet sie außer Atem. Fast war sie oben, als sie zusammenzuckte. Ein Kaninchen jagte an ihr vorbei, hielt an und betrachtete sie verwundert.

»Nanu. Wer bist du denn?«, fragte Jessieanna schnaufend. Sie fühlte sich, als hätte sie einer Prüfung standzuhalten, so kritisch, wie das Tier sie beäugte. Dann stampfte es einmal mit dem Hinterfuß auf und setzte seinen Weg fort. Jessieanna wartete, bis sich ihr Atem und ihr Herzschlag beruhigt hatten, und folgte ihm dann. Auf einmal lag das Meer vor ihr. Es war mehr grau als blau, und der Wind jagte die Wellen gegen den Strand. Von einem Land der Spiegel war nichts zu sehen. Offensichtlich war gerade Flut. Eine Treppe führte zum Strand hinunter, doch als Jessieanna den Fuß darauf setzte, drückte der Wind so heftig, dass er sie beinahe umriss. Sie flüchtete sich zurück in den Windschatten und entdeckte einen mit Steinplatten gepflasterten Weg an den Dünen entlang. »Wandelbahn« las sie auf einem Schild. Wie herrlich altmodisch das klang! Nun gut, hier würde sie wandeln, ein wenig geschützt vor dem Wind.

Rechts also das Meer, aufgepeitschte graue Wellen, kleiner, als sie es gewöhnt war. Weit draußen eine Sandbank unter einem Himmel, der sich in der Ferne bezog. Links Häuser, alle unterschiedlich. Stellenweise waren Sandhaufen auf die Wandelbahn geweht, über die sie steigen musste. Möwen flogen tief über sie hinweg. Fahnen knatterten im Wind. Die Leinen schlugen mit metallenem Klappern gegen die Stangen. Unten am Strand kauerten ein paar unerschrockene Feriengäste in den Strandkörben, in Jacken eingemummelt. Die Strandkörbe sahen eigenartig aus, wie Möbel, die man am Strand vergessen hatte.

Jessieanna musterte interessiert die Häuser. Manche waren modern, andere älter. In der Ferne sah sie eine Fähre kommen. Gestern war sie noch Passagier darauf gewesen. Und jetzt? Jetzt war sie hier angekommen, und doch wieder nicht. Noch nicht ganz. Alles fühlte sich so unwirklich an. Und einsam. Sie betrachtete die sturmzerfetzten Fahnen, und dann fiel ihr ein, was sich falsch anfühlte. Seit sie hier war, hatte sie noch nichts mit ihren Händen gemacht. Nichts erschaffen. Sobald sie wieder im Haus war, würde sie Rhea fragen, ob sie nicht Stoffreste und Holzstücke und dergleichen für sie im Keller hatte. Jessieanna musste unbedingt ein Windrad bauen. Diese Landschaft war wie geschaffen für Windräder! *Solange du etwas bewegst, lebst du.* Katrionas Stimme klang durch ihre Gedanken, als wäre sie ganz nahe. Sobald Jessieanna ein Windrad gemacht hatte, würde es ihr bessergehen. Dann würde sie sich endlich angekommen fühlen.

Voller Tatendrang wollte sie gerade umkehren, da fiel ihr Blick auf einen verwitterten Jägerzaun mit einem Tor darin und einer Treppe dahinter, die nach unten in einen tiefliegenden Garten führte. Unten erahnte sie ein Haus, verdeckt von zerzausten Büschen. Daran war zunächst nichts Ungewöhnliches, doch es war das Namensschild am Tor, das Jessieanna auffiel.

Skem Rossmonith, stand da.

Jessieanna blieb unschlüssig stehen. In Gedanken ging sie noch einmal die Familie durch, wie Pinswin sie ihr zu Hause aufgezeichnet hatte. Skem Rossmonith war ein Cousin von Pinswin, allerdings etwa fünfzehn Jahre älter. Er musste also über achtzig sein.

»Skem ist dein Onkel zweiten Grades«, hatte Pinswin erklärt. »Er ist manchmal ein wenig abweisend, aber er ist ein sehr feiner Kerl. Filine und ich haben ihm immer hundertprozentig vertraut. Ihn kann man alles fragen. Man bekommt nur nicht jedes Mal eine Antwort. Doch wenn du etwas über die Insel oder das Watt wissen möchtest und die Tiere, die darin leben, dann ist

Skem der Beste. Niemand hat so viel Ahnung davon wie er. Er soll übrigens der Letzte sein, der den Töveree gesehen hat oder jedenfalls sein Leuchten. Er schwört jedoch, dass der Töveree nicht mehr existiert. Filine ist sich sicher, dass Skem ein dunkles Geheimnis verbirgt. Aber wenn, wird er es wahrscheinlich mit ins Grab nehmen, sonst hätte er es wohl längst verraten.«

Hier also wohnte dieser Onkel. Jessieanna stellte fest, dass sie neugierig auf ihn war. Sie hatte eine Schwäche für schrullige Menschen. Doch ob er sie auch sehen wollte? Schließlich war er ein alter Herr. Aber er hatte Elvar von ihrem Kommen erzählt, fiel ihr ein. Also war er zumindest informiert und vielleicht auch irgendwie interessiert. Mehr als hinausschmeißen konnte er sie ja nicht. Sie spähte über das Tor. Im Garten bewegte sich nichts. Einen Klingelknopf fand sie auch nicht. Kurz entschlossen probierte sie, ob sich das Tor öffnen ließ. Die Klinke war schwergängig, funktionierte aber.

»Hallo?«, rief sie. Als keine Antwort kam, stieg sie entschlossen die kleinen schiefen Stufen hinab, die die Düne herunter in den Garten führten.

Unten sah sie sich staunend um. Der Frühling begann hier doch erst. Die Bäume waren gerade grün geworden. Bis auf Gänseblümchen und Krokusse und ein paar verfrorene Stiefmütterchen in Kübeln hatte sie unterwegs noch kaum Blumen gesehen. Doch hier blühte schon Löwenzahn dick und gelb im Gras, roter Mohn und Margeriten tanzten im Wind. Vergissmeinnicht säumten ein Beet wie ein blauer Bach, rosa und gelbe Lupinen öffneten sich dahinter gerade, und noch einige andere Blumen, die sie nicht kannte.

Wie konnte das sein? Es musste wohl daran liegen, dass der Garten so windgeschützt in der Senke lag, in der sich die Wärme sammelte. Tatsächlich brannte die Sonne gerade spürbar auf ihren Rücken. Jessieanna öffnete ihre Jacke. Am liebsten hätte sie sich mitten in das Gras gesetzt und einfach nur an den Blumen erfreut und an der Stille, die dazwischenlag. Doch das konnte sie in einem fremden Garten, in den sie sozusagen eingebrochen war, wohl nicht tun. Sie wollte an der Tür klopfen. Vielleicht war Skem ja doch zu Hause.

Doch als sie eine Hecke umrundete, entfuhr ihr ein erschrockenes »Oh!«. Fast wäre sie über zwei große nackte Füße gestolpert, die auf dem Ende eines Liegestuhls lagerten.

Sie gehörten zu einem Mann, der in der Größe gut zu seinen Füßen passte. Die Arme hinter dem Kopf verschränkt, lag er entspannt da und betrachtete Jessieanna mit einem seltsam neutralen Blick. Er hatte kluge hellbraune Augen. Weiße Locken umkränzten eine Glatze, auf der ein Schmetterling saß, den er nicht verjagte. Er trug ein Matrosenhemd und eine schlammverkrustete Gärtnerhose.

»Entschuldigung, ich wollte nicht stören«, stammelte Jessieanna. »Ich habe gerufen, aber niemand hat mich hereingelassen. Ich suche Skem Rossmonith.«

»Bin ich. Und du bist Pinswins Tochter.« Es war eine Feststellung, keine Frage. Er machte keine Anstalten aufzustehen.

»Ja. Ich habe zufällig Ihren, deinen Namen auf dem Schild gesehen.«

»Und da wurdest du neugierig. Das ist eine gute Eigenschaft. Du siehst deinem Vater nicht ähnlich, aber man erkennt dich an deiner Körperhaltung. Du bist wie er. Du möchtest in etwas, das dich interessiert, förmlich hineinkriechen, bis du jedes Detail entdeckt und verstanden hast.«

Er bot ihr nicht an, sich zu setzen, also blieb sie stehen. »Kann sein. Wie kommt es, dass hier schon so toll die Blumen blühen?«

»Ich kümmere mich um sie. Außerdem ist es hier windgeschützt.«

»Es muss noch einen anderen Grund geben.« Jessieanna hatte inzwischen noch blühenden Oleander entdeckt und Zitronenbäume in Kübeln, die Früchte trugen. Und zwar Früchte, wie sie sie noch nie gesehen hatte.

»Hartnäckig bist du also auch. Wie Pinswin.« Sein Tonfall ließ nicht erkennen, ob er das gut oder schlecht fand.

»Aber du willst mir den Grund nicht verraten?«

»Warum sollte ich?«

Darauf fand sie nicht gleich eine Antwort. Ja, warum eigentlich?

Sie versuchte etwas anderes, das sie unbedingt wissen wollte. »Stimmt es, dass du den Töveree gesehen hast?«

»Du stellst zu viele Fragen. Pinswin hat sich meist selbst um die Antworten gekümmert.«

»Soll ich wieder gehen?«

»Du sollst gar nichts. Du musst schon selbst wissen, was du willst.«

Finster starrte sie ihn an, unschlüssig. Er war alt. Alte Menschen hatten jedes Recht, brummig zu sein. Er hatte sie auch nicht eingeladen, hier zu sein. Doch sie hatte sich immer einen Onkel gewünscht. Und sie fühlte sich allein. Warum konnte er nicht ein wenig netter zu ihr sein? Tatsache war, dass er ihren wunden Punkt getroffen hatte: Sie wusste nicht wirklich, was sie hier wollte. Im Grunde gar nichts. Sie wollte nur nach Hause zu Ryan und sich um ihre eigenen Dinge kümmern.

Sie ärgerte sich über sich selbst, weil sie sich auf einmal am liebsten ins Gras gesetzt und losgeheult hätte wie ein Kind. So kannte sie sich gar nicht. Die anderen hatten sich geirrt. Diese Insel tat ihr nicht gut!

Wortlos wandte sie sich um, schluckte die Tränen herunter und stapfte wieder auf die Treppe zu. Doch das mit dem Herunterschlucken war wohl irgendwie schiefgelaufen, oder lag es an einer verirrten Böe des Salzwindes, die sich auf einmal in den geschützten Garten mogelte? Sie musste plötzlich husten und konnte nicht wieder aufhören. Immer, wenn sie nach der Luft japste, die angeblich so gesund sein sollte, wurde der Husten noch schlimmer.

Sie setzte sich auf die untere Stufe, schloss die Augen und versuchte, an die Töne der Ukulele zu denken. Sich auf die Griffe für die Akkorde zu konzentrieren, auch wenn sie das Instrument nicht in der Hand hielt. Vielleicht half es ja.

Dann spürte sie eine Hand auf der Schulter. »Hier, trink das!« Es war Skem, der auf einen Stock gestützt neben ihr stand und auf einmal ganz anders klang, besorgt und verständnisvoll. Er drückte ihr ein Glas in die Hand.

Um sich nicht noch einmal zu verschlucken, trank sie vorsichtig. Dann, ungläubig, noch einmal.

Die Flüssigkeit rann wohltuend durch ihre wunde Kehle. Der Duft aus dem Glas fand hellgelb seinen Weg in ihre verkrampften Lungen. Sie spürte dieses Gelb förmlich, wie es ihre Lungenbläschen weitete und befreite und sich darin ausbreitete wie die Hoffnung persönlich. Die Angst zu ersticken löste sich und wandelte sich in Leichtigkeit. Sie konnte wieder atmen. Ungläubig probierte sie es, ein, aus, noch tiefer ein. Der Hustenreiz blieb verschwunden.

»Oh!«, sagte sie staunend und setzte zu einer Frage an.

»Sei still und trink aus«, befahl Skem.

Widerspruchslos folgte sie dieser Anweisung. Es schmeckte einfach zu gut. Zitronen. Es musste eine Art Zitronenlimonade sein. Aber es schmeckte nicht wie die Zitronen, die sie kannte! Da war eine wilde Salznote darin und noch viel mehr, das sie nicht ergründen konnte. Der Duft war nicht nur gelb, es zogen auch erdige und Orangetöne hindurch und ein merkwürdiges Silberfunkeln.

»Danke, Skem. Du hast mich gerettet.« Sie stand auf. »Soll ich das Glas in die Küche bringen?«

Er entriss es ihr fast. »Nicht nötig. Das schaffe ich schon noch selbst.«

»Was war das für ein tolles Getränk, Skem?«

»Wen kümmert das. Hauptsache, es hat geholfen. Du solltest besser auf dich aufpassen, Mädchen. Gut, dass du hier bist. Ob du es einsiehst oder nicht, die Nordsee ist genau das, was du brauchst. Und ich brauche jetzt meine Ruhe.«

»Ich gehe schon. Trotzdem danke. Darf ich denn wiederkommen?«

»Sagte ich nicht schon, dass du zu viele Fragen stellst?« Skem würdigte sie keines Blickes mehr, sondern humpelte mühsam ins Haus.

Aber sie musste wiederkommen!

Denn was auch immer in Skems Limonade gewesen war, es war genau das, was ihrer Zuversichtslotion fehlte.

Ausgerechnet hier und jetzt, wo sie nichts in dieser Richtung erwartet und nicht mal danach gesucht hatte, war sie auf das gestoßen, was sie gesucht hatte. Sie wusste es in dem Augenblick, als der Duft zum ersten Mal ihre Nase traf, und sie spürte, was er mit ihr machte.

Dies war das perfekte Gegengewicht zu der emotionalen Wucht und erdigen Lebendigkeit des Petrichor. Dieser ungewöhnliche Zitronenduft mit dem süßsalzigen Geheimnis darin gab die nötige Leichtigkeit, die Frische, das Helle: die Glücksnote.

Unschlüssig sah sie Skem nach. Sollte sie ihm hinterhergehen? Oder würde ihn das nur aufregen? Er brauchte Ruhe, hatte er gesagt. Besser, sie respektierte das und bändigte ihre verflixte Ungeduld. Sie war ja noch eine Weile hier. Am besten würde sie erst mehr über Skem in Erfahrung bringen. Sie würde mit Elvar sprechen. Der war doch sein Freund. Vielleicht auch mit Filine. Die schien zugänglicher als Rhea und kannte Skem schließlich schon länger.

»Er ist es wert, dass man ihm eine Chance gibt«, sagte eine fröhliche Männerstimme hinter Jessieanna. Sie fuhr zusammen. Auf diesem Sandboden hörte man es nicht, wenn jemand kam. Unheimlich war das.

»Hallo, ich bin Lian. Ich kümmere mich ein wenig um Skem, seit er nicht mehr so gut allein zurechtkommt. Kann ich irgendwie helfen?«

Sie drehte sich um.

Und sah in die grünsten Augen, die ihr jemals begegnet waren.

15

Cousinen

Jessieanna hatte einen Haustürschlüssel bekommen, aber während sie noch an dem ungewohnten Schloss herumfummelte, wurde die Tür von innen aufgerissen.

»Jessieanna, gut, dass du da bist! Ich habe auf dich gewartet. Es tut mir leid, dass ich heute so früh weg musste. Ich will mich unbedingt bei dir entschuldigen.« Mit großen Augen sah Rhea zu Jessieanna auf. »Ich war gestern gar nicht nett zu dir. Ich möchte dir gerne erklären, warum.«

»Das war doch nicht schlimm. Die Ukulele war bestimmt zu laut.«

»Nein, es hatte einen ganz anderen Grund. Ich möchte dir etwas zeigen und etwas erzählen. Würdest du so lieb sein und deine Ukulele herunterholen? Ich mach uns inzwischen etwas zu trinken.«

»Wenn du das möchtest.« Jessieanna war verwundert, aber auch neugierig. Kurze Zeit später kam sie mit der Ukulele in die Küche, wo Rhea zwei Gläser auf einem Tablett angeordnet hatte, die köstlich dufteten. Goldbraune Wölkchen entstiegen ihnen. In solchen Augenblicken war sie dankbar für ihre besondere Gabe, Gerüche als Farben wahrzunehmen.

»Der Kakao nach Lentjes Rezept. Lentje war die Frau, der dieses Haus gehörte, bevor sie es uns verkauft hat. Ich muss dir gleich noch mehr über sie erzählen. Komm mit.« Rhea führte

Jessieanna in den hinteren Teil des Flurs und öffnete eine Tür. Doch Jessieanna blieb vor einem Bild stehen.

»Oh! Der Töveree!«

Es war ein Gemälde, in seinen Blautönen so lebendig und plastisch, dass verschiedene Gerüche von Blaubeeren bis Flieder durch Jessieannas Gedanken huschten. Der Töveree im Sprung aus dem Wasser, grandios und würdevoll, die runden Schuppen blausilbern leuchtend auf seiner Haut und der Blick aus dem großen dunkelblauen Auge genau so, wie sie ihn aus ihrer Fieberversion am Teich in Erinnerung hatte. Sie glaubte förmlich, das Meer unter ihm rauschen zu hören und die Tropfen des Wassers auf ihrer eigenen Haut zu spüren, die der riesige Fisch bei seinem Sprung verspritzte. »Wer hat das gemalt? Es ist großartig! Als hätte der Künstler diesen Fisch selbst gesehen.«

Rhea stellte sich neben Jessieanna. »Ja, ich liebe dieses Bild auch. Eine alte Freundin von mir hat es für uns gemalt. Henny Badonin. Sie war eine großartige Künstlerin. Sie war älter als ich und ist leider schon verstorben. Auch das Bild von unserer Familienpension Alriks Kwaas hat sie gemalt. Es ist auf den Werbeprospekten zu sehen.«

»Das Haus, in dem Pinswin und Filine aufgewachsen sind?«

»Ja, genau das. Ich zeige es dir bei Gelegenheit. Wenn es dich interessiert.«

»Sehr gerne. Wem gehört es denn jetzt?«

»Noch der Familie, aber es ist verpachtet. An eine Familie Tenig.«

»Warum führt ihr es nicht selbst?«

»Es ist kein glückliches Haus. Egal, wer es bewirtschaftet und wie gut, wir haben keine Stammgäste. Es ist zwar meist ausgebucht, aber niemand kommt ein zweites Mal. Keiner weiß, warum. Ich habe diese Pension selbst tatsächlich eine Zeitlang geführt. Aber es war nicht wirklich mein Ding. Manchmal helfe ich dort noch aus.«

Kein glückliches Haus? Seltsam, davon hatte Pinswin nie etwas erwähnt. Jessieanna wurde neugierig. Aber sie wollte nicht unhöflich sein. »Entschuldige, Rhea. Du wolltest mir etwas anderes zeigen.«

»Ja. Hier entlang, bitte.«

Jessieanna folgte ihrer Cousine in einen Raum, der ganz am Ende des Flurs lag.

Drinnen blieb sie vor Verblüffung mit offenem Mund stehen. »Oh!«, brachte sie schließlich heraus.

»Ist es nicht phantastisch?« Der Ton in Rheas Stimme war eine Mischung aus Stolz, Ehrfurcht und Liebe.

Kein Wunder. In einem solchen Raum war Jessieanna noch niemals gewesen. Wenn die alte Pension kein glückliches Haus war, so war das hier das genaue Gegenteil. Ein glücklicher Raum! Ein Raum, der von Licht und Farben dermaßen durchflutet war, dass Jessieanna von den Düften, die ihr in die Nase stiegen, schwindelig wurde. Es war wie mit den Schmetterlingen. Ein Regenbogen aus Gerüchen, aus so vielen Duftnoten gewebt, dass es beinahe Musik war.

Der Raum war leer bis auf zwei alte blaue Schaukelstühle, einen bizarren Sessel aus geschnitztem Holz, einigen Sitzkissen und einem Beistelltisch. Unregelmäßige Steinfliesen, von vielen Schritten blankgewetzt, bildeten den Fußboden. Am anderen Ende bestand die ganze Wand aus drei hohen Glasfenstern, die oben in Bögen endeten. Das mittlere war höher als die beiden anderen. Wie Kirchenfenster. Doch sie zeigten keine Kirchenmotive. Unten gab es einen Streifen, in dem Osterglocken und Rittersporn und Mohn blühten.

Der Bereich darüber war breiter und stellte eine Dünenlandschaft dar, mit Gras auf den Hügeln, in dem man den Wind sah. Sogar ein Kaninchen saß dort mit gespitzten Ohren. Der große Rest der Scheibe darüber war blau und bestand unten aus tiefblauem Meer und oben aus hellerem Himmel. Im Wasser gab es Muscheln und Seepferdchen, Quallen und Fische, und im Himmel flogen Möwen und Seeschwalben. Und ganz oben, an der Linie, die das dunklere Meer von dem hellen Himmelsglas trennte, war als größtes der dargestellten Lebewesen eindeutig auch der Töveree zu sehen, mit seinem charakteristischen langen Kiefer, der Rückenflosse und den seitlichen flügelähnlichen Flossen.

Jessieanna setzte sich in einen der Schaukelstühle. Die tiefstehende Sonne draußen schien durch die Scheiben, so dass die Bilder wandernde Schatten auf den Boden streuten und überall Farbflecken spielten, sogar in Rheas Gesicht und vermutlich auch in ihrem eigenen.

»Das ist mein Glücksort«, sagte Rhea. »Seit ich dieses Haus als Kind zum ersten Mal betreten habe, habe ich mir gewünscht, einmal darin zu wohnen. Damals schon bin ich bei jedem Problem, jeder Frage und jedem Anlass zur Freude hierhergekommen, um nachzudenken, um Kraft zu tanken und meine Gefühle zu sortieren.«

»Das kann ich mir vorstellen.« Jessieanna konnte das nur allzu gut verstehen. Sie fühlte sich gerade so leicht wie schon lange nicht mehr. Ihr war zumute, als ob alle diese Farben beim Einatmen in ihre Lungen strömten und die Schatten und die Enge daraus vertrieben. Hier schien auf einmal alles möglich, sogar, dass sie Skem sein Geheimnis entlockte und endlich das perfekte Rezept für ihre Wohlfühllotion finden würde.

Oder dass der Töveree noch lebte, dass Pinswin eine Spur von ihm finden könnte und sie ihn eines Tages zu Gesicht bekommen würden.

»Wer hat diese Fenster gemacht?«

Rhea setzte sich in den anderen Schaukelstuhl. »Weißt du etwas über Marta Gössling?«

Jessieanna dachte nach. »War das nicht die Frau, deren Grabstein Pinswin und Filine in der versunkenen Siedlung gefunden haben? Pinswin sagte, sie wäre eine Heilerin gewesen, eine Kräuterkundige. Und man hätte sie darum der Hexerei verdächtigt.«

»Ja. Sie und ihr Vater Willem müssen einiges von Pflanzen verstanden haben. Er war der Friedhofsgärtner, und angeblich blühten bei ihm alle Blumen größer und schöner als anderswo in der Gegend. Filine hatte immer das Gefühl, dass diese Marta etwas mit dem Töveree zu tun gehabt hat.« Rhea nahm einen Schluck Kakao, und Jessieanna tat es ihr nach. Himmlisch.

»Lentje jedenfalls, der dieses Haus gehörte, stammt von Marta Gössling ab. Und Lentjes Vater war es, der diese Fenster gemacht hat. Er wollte einst Kirchenfenster bauen, darum ist er Glaser geworden. Doch dann verlor er seinen Glauben und erschuf stattdessen diese Fenster, mit Motiven der Natur, die er liebte. Früher dachte ich, er hätte dem Töveree darin nur deswegen einen Platz gegeben, weil seine Tochter die Geschichte vom Zauberfisch geliebt hat, so wie wir alle.«

Rhea machte eine Pause. Sie zog, ohne es zu merken, die

Schuppe unter ihrem Pullover hervor und strich behutsam mit dem Finger darüber. »Aber dann bekam ich immer stärker das Gefühl, dass in diesem Bild ein Rätsel versteckt ist. Ein Hinweis auf etwas. Meiner Freundin Henny, der Künstlerin, kam unabhängig davon derselbe Gedanke. Mit Skems Hilfe sind wir schließlich auf die Lösung gestoßen. Und so habe ich hinter der Tapete einen Brief von Lentjes Vater gefunden und darin eingewickelt die Schuppe. In dem Brief stand, dass diese Schuppe schon ewig in Familienbesitz war. Doch Lentje wollte sie nicht und überließ sie mir. Sie sagte, sie hätte ihr Glück schon lange gefunden. Mein Leben lang hatte ich nach diesem kleinen Ding gesucht, und dabei war sie die ganze Zeit hier hinter der Tapete. Ist das nicht merkwürdig?«

»Vielleicht sollte es so sein, dass du die Schuppe genau zu diesem Zeitpunkt findest.« Irgendwie wunderte Jessieanna nichts, was in diesem lichterfüllten Raum geschah.

Rhea lächelte sie an. »Das habe ich auch schon gedacht. Es war ein Zeitpunkt, zu dem ich sehr traurig war und wirklich neuen Mut brauchte. Seit ich die Schuppe gefunden habe, bin ich mehr und mehr in meinem Leben angekommen. Alles fühlte sich immer richtiger an. Vielleicht war es Zufall. Aber wer weiß das schon! In dem Brief stand übrigens auch, dass Marta Gössling mit den Wesen der Tiefe gesprochen haben soll. Ich habe mich gefragt, ob damit vielleicht der Töveree gemeint war. Doch das werden wir wohl nie herausfinden. Eigentlich wollte ich dir etwas ganz anderes erklären.« Rhea steckte die Schuppe zurück unter ihren Pullover und wandte sich Jessieanna entschlossen zu. »Würdest du ... würdest du mir etwas auf deiner Ukulele vorspielen?«

Jessieanna tat ihr den Gefallen. Sie spielte eine leise, wehmütige Weise der amerikanischen Cowboys.

»*Oh, give me a home, where the buffalo roam, where the deer and the antelope play, where seldom is heard a discouraging word and the skies are not cloudy all day* ...«

Über Rheas Gesicht flogen verschiedene Ausdrücke. Erst Trauer, dann Wehmut, Zärtlichkeit, schließlich ein Lächeln. Als das Lied zu Ende war und Rhea nichts sagte, spielte Jessieanna noch ein heiteres hawaiianisches Volkslied. Dieser Raum war ein wunderbarer Ort zum Spielen. Die Schatten, die über Wände und Boden wanderten, und die Farben, die sich mit dem Sonnenstand änderten, wurden eins mit der Musik.

»Vielen Dank«, sagte Rhea schließlich, als der letzte Ton verklungen war und Jessieanna das Instrument beiseitestellte. »Es tut mir leid, dass ich gestern so merkwürdig war. Weißt du, ich habe viele Jahre mit einem Mann zusammengelebt. Julian. Wir waren verlobt, aber zu einer Heirat ist es nie gekommen. Er spielte Ukulele. Wir haben oft hier zusammengesessen, und ich habe ihm dabei zugehört. Eines Tages hat er mich von heute auf morgen verlassen, ohne sich zu verabschieden. Er hat mir nur einen Brief hinterlassen.«

Erschrocken setzte sich Jessieanna kerzengerade. »Wie abscheulich! Kein Wunder, dass es dir schlechtging.«

Rhea lächelte. »Ich hätte es kommen sehen müssen. Es war ebenso meine Schuld wie seine. Er schrieb damals, die Insel und meine Vorstellung von Glück seien ihm zu klein. Für ihn galt das wohl so. Für mich aber ist gerade hier alles so groß. Die Weite, die Freiheit. So viel Himmel, Wind, Sand und Meer findest du nirgendwo anders. Mir war immer klar, dass man das Glück nie woanders finden kann, als dort, wo man gerade ist, immer nur in sich selbst. Julian hat das nie verstanden. Doch er hat mir damals einen großen Gefallen getan, ich wusste es nur noch nicht. Ich hätte nie den Mut gehabt, einen Schnitt zu machen. Aber nur dadurch, dass er gegangen ist, konnte ich mein Glück mit Kalle finden.« An dem Leuchten in ihren Augen sah Jessieanna unzweifelhaft, dass Rhea die Wahrheit sagte und nichts beschönigte.

»Aber dass ich gestern Ukulele gespielt habe, hat dir trotzdem weh getan.«

»Ja. Ich war nicht darauf vorbereitet. Es zeigt, dass von jeder Liebe etwas bleibt, auch wenn sie vorbei ist. Darum wollte ich es jetzt noch einmal wissen. Je länger du gespielt hast, desto besser wurde mein Gefühl. Ich denke gern an die Jahre mit Julian zurück. Deswegen wird die Wehmut auch immer bleiben. Aber ebenso die Dankbarkeit, dass alles ein Stück des Weges zu Kalle hin war. Auch dass ich noch immer an diesem Ort sein darf, an den ich gehöre.«

»Und dann noch in diesem Haus«, ergänzte Jessieanna.

»Ja. Ich bin ein Glückspilz. Und durch dich habe ich jetzt endgültig Frieden mit Julian geschlossen und Abschied genommen. Komm, ich zeige dir noch etwas.« Rhea stand auf, ging zu dem mittleren großen Fenster und öffnete es. Zu Jessieannas Verblüffung stellte sich heraus, dass es eine Flügeltür zu einem Garten hin war. Sie folgte Rhea hinaus und blieb stehen, zum zweiten Mal überwältigt. Ein goldgelber Duft schlug ihr entgegen, der einem Meer aus Osterglocken entsprang, die im Wind tanzten, leuchtend im Abendlicht.

»Lentjes Vater hat sie für seine Frau gepflanzt, es waren ihre

Lieblingsblumen. Deswegen tauchen sie auch in den Fenster-bildern auf«, sagte Rhea. »Es ist, als ob sich die Bilder im Garten fortsetzen. Lentje nannte es den Garten der tausend Oster-glocken. Obwohl es inzwischen mehr als tausend sind.«

»Märchenhaft«, flüsterte Jessieanna. Rhea führte sie einen schmalen Graspfad entlang. Dort, mitten in den Osterglocken, befand sich ein flaches Wasserbecken. Es war blau gefliest, und zwischen den Fliesen befanden sich wie ein Echo des Glas-fensters Mosaiken, die Schildkröten und Fische und Quallen darstellten.

Rhea zog Schuhe und Socken aus und setzte sich auf die Steine am Rand, um die Füße im Wasser baumeln zu lassen. Einladend klopfte sie neben sich. Jessieanna setzte sich dazu. Die Steine waren sonnenwarm, das Wasser eiskalt.

»Das macht munter«, sagte Rhea. »Auch einer meiner Lieb-lingsplätze zum Nachdenken.«

O ja, das machte munter. Jessieannas Beine prickelten. Ein-trächtig planschten die beiden Frauen mit den Füßen. Jessieanna fühlte sich um einiges leichter. Heute war sie ihrer unbekannten Cousine ein großes Stück nähergekommen. Und man konnte sogar mit ihr schweigen.

Jessieanna versuchte, sich vorzustellen, wie es wäre, wenn Ryan sie verließe. Einfach so. Es musste schrecklich sein. Nein, das konnte sie sich nicht vorstellen.

»Wer ist eigentlich dieser Lian, der Skem hilft?«, fragte sie.

Rhea blickte überrascht auf. »Du warst bei Skem? Ich hoffe, er war nicht so brummig wie ich gestern.«

»Doch. Noch viel brummiger. Aber gleichzeitig war er auch sehr nett zu mir.«

Rhea lachte. »Das ist typisch Skem. Wenn es darauf ankommt, kann man sich immer auf ihn verlassen. Aber rechne lieber nicht mit Höflichkeiten. Wie ist dein Vater eigentlich so?«

Jessieanna überlegte. »Unbeschreiblich. Manchmal der typisch zerstreute Wissenschaftler, wie er im Buche steht. Aber oft begeisterungsfähig und ausgelassen wie ein Kind. Störrisch wie ein Ziegenbock, sagt meine Mutter. Und der wunderbarste Vater der Welt.«

»Du liebst ihn sehr. Das ist schön. Ich habe meinen Vater nie kennengelernt.« Rhea blickte traurig, doch dann heiterte sich ihre Miene auf. »Aber ich habe einen Bruder, Oluf.«

»Ich habe mir immer Geschwister gewünscht. Deswegen finde ich es prima, dass ich jetzt meine Cousine kennenlernen kann.«

»Das freut mich auch sehr.« Rhea legte kurz ihre Hand auf Jessieannas. »Ich hoffe so, dass du dich hier wohl fühlen wirst und wieder ganz gesund wirst. Vielleicht hilft es ja, dass du auch eine Tövereeschuppe hast. Erzählst du mir jetzt, wo ihr sie gefunden habt?«

Jessieanna berichtete.

»Das ist ja toll. Da hing sie öffentlich sichtbar an einem Windspiel, und niemand hat das bemerkt außer Pinswin!« Rhea war fasziniert. »Man muss natürlich die Geschichte kennen. Und es stimmt, sie leuchten nur, wenn sie zumindest der Feuchtigkeit der Haut ausgesetzt sind. Du musst mal nachts damit schwimmen gehen, dann siehst du, wie hell sie werden können.«

Wieder schwiegen sie eine Weile, während die Dämmerung sich in den Garten senkte, und dachten an den Töveree.

Nach diesem Lian wollte Jessieanna kein zweites Mal fragen.

»Hast du zufällig Stoffreste, die du entbehren könntest, und vielleicht Nägel und Holzstangen und dergleichen Bastelmaterial?«, erkundigte sie sich stattdessen. »Ich möchte gern ein Windrad bauen.«

»So wie auf deiner Internetseite? Oh, das wäre schön. Ich würde mir eins für diesen Garten wünschen.« Rhea sprang auf. »Komm, ich zeige dir, was da ist. Es wird sowieso kühl hier draußen. Stoffreste habe ich jede Menge. Wegen der anderen Dinge fragst du besser Elvar. Er hat eine Werkstatt, dort kannst du bestimmt wunderbar arbeiten. Er freut sich immer über Gesellschaft.«

Mit einer großen Tüte Stoffreste stieg Jessieanna abends die Treppe hinauf. Sie war auf einmal unerklärlich müde. »Sicher noch der Jetlag«, vermutete sie.

»Vor allem ist es die Luft hier«, sagte Rhea. »Das ist eine gesunde Müdigkeit. Du wirst sehen, wie gut du schläfst. Ach, und Jessieanna«, rief sie ihr nach, »bitte spiele Ukulele, wann immer du möchtest. Es ist jetzt völlig o.k. für mich.«

»Vielen Dank! Gute Nacht, Rhea.«

Oben breitete Jessieanna ihre Beute auf dem Bett aus. Sie sah schon ein Windrad vor sich. Leicht und heiter sollte es werden, nicht zu groß natürlich, aber so, dass es dieses weiten Himmels würdig war. Auch diesem ganz besonderen Wind, der über der Insel wehte, sollte es gerecht werden.

»Filine würde sich bestimmt über eins freuen«, hatte Rhea gesagt. »Auf der Minigolfanlage würde das wunderbar aussehen. Den Kunden würde es gefallen. Wir könnten es sogar in eine Spielbahn integrieren.«

Ja, und in Skems Garten würde auch eins passen, dachte Jessieanna jetzt. Es müsste ein bisschen bizarr sein, schrullig, so wie Skem selbst. Was er wohl dazu sagen mochte? Vielleicht konnte sie ihm damit sein Geheimnis entlocken? Aber wahrscheinlich hielt er nichts von solchen Spielereien. Doch vielleicht würde es Lian gefallen?

Sie schüttelte den Kopf über ihre eigenen Gedanken. Was interessierte sie das?

Entschlossen öffnete sie ihren Laptop und fing an zu schreiben. »*Liebster Ryan, ehe ich vor Müdigkeit einschlafe, will ich dir noch schnell von meinem Tag berichten, damit du weißt, dass es mir gutgeht.*« Sie zögerte. Wie sollte sie Ryan das bloß alles erzählen – von Skem und dem Glasbilderzimmer und dem Garten der tausend Osterglocken? Das passte doch niemals in ein paar Zeilen.

Der Monitor blieb anklagend leer, wurde dunkel und schaltete sich schließlich ab.

Während Jessieanna noch immer nach den richtigen Worten suchte, in denen das Licht, die Farben, der Wind und die Gerüche lebendig werden konnten, schlief sie ein. Das Letzte, was sie wahrnahm, war der Mond, der sich über die Dachluke schlich und die Schatten der in der Glasscheibe abgebildeten Muscheln auf ihre Bettdecke streute.

16

Filines Sturmglas

Jessieanna wanderte am Strand entlang, die Augen auf den Boden gerichtet. Sie suchte Treibholz für ihre Windräder und fand dabei auch anderes, das sie gebrauchen konnte. Muscheln mit Löchern darin, seltsame ovale weiße Platten, die rau waren wie Sandpapier, und kleine schwarze Kissen, die an den Enden spitz zuliefen und einen leichten Fischgeruch verströmten. Schließlich fand sie einen von Wind und Wellen glattgeschliffenen Ast, der ihr gefiel, und zeichnete damit im Sand, um seine Festigkeit zu prüfen. Sie lächelte über sich selbst, als sie feststellte, dass sie ein Herz mit den Buchstaben R und J darin gemalt hatte. Hoffentlich wartete zu Hause eine Mail von Ryan auf sie. Als sie ihren Laptop aufklappte, machte ihr Herz einen Hüpfer. Auf Ryan war Verlass.

Liebste Windy, es klingt alles so schön, was du beschreibst, und die Menschen so interessant, dass ich am liebsten mit dem nächsten Flieger zu dir kommen würde. Aber ich habe nun einmal den Vertrag mit der Mannschaft und muss spielen, und außerdem soll ich ja auf Pinswin aufpassen. Er wäre tatsächlich in die Höhle getaucht, wenn ich ihn nicht daran gehindert hätte. So habe ich das übernommen, wie ich es dir versprochen habe. Du weißt, er bedeutet mir so viel, als wäre er auch mein Vater. Und stell dir vor, ich habe tatsächlich noch einen Wirbelsäulenknochen gefunden, der im Dunkeln leuchtet. Mehr allerdings nicht. Pinswin hat ihn jetzt auf seinem Schreibtisch und grübelt. Ich glaube, er wird nicht lockerlas-

sen, bis er mehr herausfindet. Wer weiß, was ihm dabei noch einfällt! Es wird dir lieber sein, wenn ich in seiner Nähe bleibe. Außerdem hatten wir gerade einen großen Erfolg in Cincinnati, und bald ist das Rückspiel bei uns. Die Jungs brauchen mich. Du kannst stolz auf mich sein, ich habe die Punkte geholt, die uns zum Sieg verholfen haben! Es war sehr knapp und spannend. Schade, dass du nicht dabei warst. Es sieht so aus, als könnten wir die Meisterschaft holen, stell dir vor!

Du bist ja dort gut aufgehoben bei deiner anderen Familie. Nur, ich habe so große Sehnsucht nach dir! Gut, dass wir für die Meisterschaft so hart trainieren müssen und ich abends so müde bin. Pass bitte auf dich auf. Du solltest deinen Onkel wirklich fragen, wie man diese Limonade macht, die dir so gutgetan hat. Sicher kann er dir nicht lange widerstehen und wird dir sein Geheimnis verraten.

Love, Ryan

Jessieanna antwortete ihm sofort, erzählte von dem Herz im Sand und wie sehr sie sich über seinen Erfolg freute und mit ihm im Herbst die Meisterschaft feiern würde.

Dann klappte sie den Laptop zu. Ryan hatte recht. Sie musste unbedingt mit Skem reden. Geruch und Geschmack seiner Limonade gingen ihr nicht aus dem Sinn. Darum wollte sie sofort ein Windrad bauen, mit dem sie ihn bestechen konnte. Bestimmt hatte sie jetzt genug Holz beisammen. Nun musste sie Elvars Werkstatt finden. Sie sah sich um. Wo, hatte Rhea noch einmal gesagt, befand sich diese umgebaute Scheune? Die Insel war zwar nicht groß, aber manchmal sah die Landschaft in allen Richtungen gleich aus. Sand und Dünen. Es war nicht so einfach, sich zurechtzufinden, wie sie gedacht hatte.

Kaltes Wasser schwappte über ihre Füße. Sie sprang instinktiv zurück, blickte hinunter und stellte fest, dass eine Welle höher auf den Strand gerollt war als die anderen und das Herz vollkommen weggewischt hatte. Glatt lag der Sand, als hätte sie nie eine Spur darauf hinterlassen.

Natürlich, so war das am Strand, hier wie zu Hause. Warum fühlte es sich also gerade unheimlich an?

»Du siehst ratlos aus. Kann ich vielleicht heute helfen?«

Dieser Lian. Er schien immer aus dem Nichts aufzutauchen! Seine grünen Augen waren genau auf ihrer Augenhöhe. Völlig verdattert sah sie den Fremden an, der gar nicht so fremd schien, warum auch immer. Irrtümlich schloss er daraus anscheinend, dass sie sich nicht an ihn erinnern konnte.

»Ich bin Lian. Lian Tenig. Wir haben uns gestern schon einmal getroffen.«

»Tenig?« Wo hatte sie diesen Namen gehört? Ach ja. »Gehörst du zu der Familie, die die alte Pension der Jessens gepachtet hat?«

»Stimmt. Das sind meine Eltern. Aber ich arbeite kaum dort, sondern als Pfleger in der Rehaklinik. Und ich kümmere mich um Skem.«

»Dienstlich?«

»Nein. Weil ich ihn mag. Ursprünglich hat Filine das organisiert. Kann ich dir tragen helfen? Wohin willst du mit dem ganzen Zeug?«

»Ich suche die Scheune von Elvar von Sommerreich. Aber vielleicht kannst du mir sagen, was das hier ist?« Sie wedelte mit einer der weißen Platten.

»Der Schulp eines Tintenfisches. Eine Art Rückenknochen mit der Funktion eines Auftriebskörpers.«

»Oh. Und das hier?« Sie deutete auf die schwarzen Kissen mit den Zipfeln.

»Das sind Eihüllen eines Nagelrochens.«

»Du kennst dich gut aus. Stammst du von hier?«

Er nahm ihr das Bündel Treibholz ab. »Nein. Aber ich habe mich entschlossen, eine Weile hier zu arbeiten und meinen Eltern nebenbei ein bisschen unter die Arme zu greifen. Ist mal eine Abwechslung.« Er grinste sie an. »Ich weiß nur deshalb so viel, weil ich chronisch neugierig bin.«

»Dann staune ich, dass Skem dich mag. Er hat es offenbar nicht gern, wenn man Fragen stellt.«

»Das sind zwei verschiedene Dinge. Er findet es gut, wenn man neugierig ist. Aber er findet es besser, wenn man seine Fragen nicht ihm stellt, sondern die Antworten woanders herausfindet. Bei Elvar zum Beispiel hast du dazu jede Menge Gelegenheit. Er hat eine umfangreiche Bibliothek, und die Hälfte davon besteht aus Lexika. Wir müssen hier entlang.«

»Du musst mich nicht hinbringen. Zeig mir einfach den Weg.«

»Ich habe genug Zeit, keine Sorge. Skem hat mir verraten, dass du auch eine Jessen bist und deine Lungen auskurieren sollst. Da bist du hier richtig. In der Klinik habe ich nun schon oft miterlebt, was für Wunder diese Luft bewirken kann.«

»Die Luft und Skems Zaubertrank. Du weißt nicht zufällig, aus was der besteht?«

»Ich glaube, nichts außer dem Saft seiner eigenen Zitronen. Vielleicht auch ein klein wenig von dem Meersalz, das er selbst herstellt.«

»Dass es mit den Zitronen zusammenhängt, dachte ich mir

schon. Aber das sind keine normalen Zitronen. Wie kann es überhaupt sein, dass sie in diesem Klima wachsen?«

»Das wissen nur der Himmel und Skem. Ich jedenfalls nicht. Darüber habe ich mir aber auch noch keine Gedanken gemacht. Es ist schwierig genug, Skem dazu zu bekommen, dass er seinen Verband wechseln lässt und seine Krankengymnastik macht.«

Er lief so schnell in dem tiefen Sand, dass sie Mühe hatte, ihm zu folgen. Sie war dankbar, als sie einen Bohlenweg erreichten, der durch die Dünen führte. »Was für einen Verband? Was fehlt ihm denn?« Das letzte Wort brachte sie kaum heraus, denn wie aus dem Nichts überfiel sie ein Hustenanfall. Sie versuchte, ihn zu unterdrücken.

Lian reichte ihr ein Taschentuch. »Das ist ganz normal. Mach dir keine Sorgen. Erst wird es ein bisschen schlimmer, dann wird es besser. Deshalb heißt das hier Reizklima. Am Anfang reizt es eben. Nur darum kann es nachher so gut wirken.«

»Na, vielen Dank auch.« Jessieanna atmete tief durch. Es ging wieder. Lians gelassene Sachlichkeit hatte dabei geholfen, dass sie nicht verkrampfte.

Er ging langsamer weiter. »Du hattest nach Skem gefragt«, sagte er, als wäre nichts gewesen. »Es ist eine alte Kriegsverletzung am Bein. Manchmal bricht sie auf und infiziert sich. Mit fünfundachtzig heilt nicht mehr alles so gut. Auch das Kniegelenk ist beschädigt. Seit er so alt geworden ist, macht es ihm sehr zu schaffen, denn früher hat er den Sommer über in einer Hütte weit draußen auf dem Kniepsand gewohnt. Von Natur aus ist er ein Einsiedler. Es quält ihn sehr, dass das nun nicht mehr geht. Dabei hat er es so schön in seinem Haus.«

»Der Garten ist ein Traum.«

»O ja. Der schönste auf der Insel. Meine Eltern gäben viel darum, wenn der Pensionsgarten auch so gelingen würde. Dann hätten wir vielleicht sogar Stammgäste.«

»Dann stimmt das also? Meine Cousine hat so etwas angedeutet. Dass die Pension kein glückliches Haus sei und kein Gast ein zweites Mal wiederkäme.«

»Ja. Wirtschaftlich ist es kein großes Problem. Es gibt hier genug Laufkundschaft. Die Insel ist fast jeden Sommer ausgebucht. Aber es ist kein gutes Gefühl. Meine Eltern haben ständig den Eindruck, etwas falsch zu machen, sie wissen nur nicht, was. Niemand kann es erklären. Ein Architekt meinte einmal, es könnte daran liegen, dass das optische Gleichgewicht nicht stimmt. Die Statik ist in Ordnung, aber es sieht aus, als könnte das Gebäude einstürzen. Es wurde wohl nicht ganz professionell gebaut.«

»Langsam werde ich neugierig auf dieses Haus.«

»Ich kann es dir gern einmal zeigen. Aber ich muss jetzt zum Dienst. Um die nächste Ecke ist die Scheune. Du kannst von hier aus schon das Dach sehen.«

»Vielen Dank, Lian.«

»Wir sehen uns bestimmt einmal bei Skem wieder.« Er lächelte, winkte lässig und verschwand im Laufschritt um eine Düne herum.

Die Sonne geriet hinter eine Wolke. Auf einmal wirkten die endlosen Dünen einsam und grau.

»Herein!«, antwortete Elvars warme Stimme auf ihr Klopfen an dem beeindruckend großen Scheunentor. Das Tor war jedoch nicht so schwer, wie es aussah. Es schwang leise auf. Die alten

Scharniere schienen gut geölt. Drinnen war es viel heller, als sie erwartet hatte. Zwei große Fenster hoch oben in der Dachschräge ließen die Sonne hinein. An den Wänden befand sich eine Ansammlung von Bücherregalen, die bis in die letzten Winkel gefüllt waren. Eine ebenso abenteuerliche Mischung von Sesseln, Tischen und Werkbänken war in dem riesigen Raum verteilt. Es roch nach Druckerschwärze und Sägespänen, Farbe und Kräutern. Auch hier schoss Jessieanna ein Regenbogen aus Gerüchen durch das Gehirn, und auch hier war ein Ort, an dem sie sich sofort auf besondere Weise wohl fühlte, genau wie im Glasbilderzimmer.

Langsam begann sie, sich für diese Insel zu erwärmen.

»Sei gegrüßt, Jessieanna.« Elvar schüttelte ihr förmlich die Hand. »Ich bin hocherfreut, dich zu sehen. Wie kann ich dir behilflich sein?«

Sie mochte seine etwas gestelzte, altmodische Ausdrucksweise, die nicht recht zu seinem weise-verschmitzten Lächeln passen wollte.

»Ich möchte etwas basteln. Rhea sagte, du hättest das richtige Werkzeug.«

»O ja. Leim, Säge, Hammer, Nägel, was immer du brauchst. Dort drüben ist eine Werkbank, und hier in einem dieser Schränke findest du gewiss, was du benötigst.« Er wies auf eine Ecke. Vor den Schränken kniete auf ausgebreiteten Zeitungen ein etwa zehnjähriger Junge, der konzentriert an einem Hund herumhantierte. Nein, es war kein Hund, stellte Jessieanna fest. Der hätte nie so still gesessen.

Der Junge blickte auf und schenkte ihr ein strahlendes Lächeln. »Ich baue einen Drachen. Aus Wellhornschneckeneiern.«

»Aus leeren Gelegen«, korrigierte Elvar. »Sie bestehen aus einer chitinhaltigen Substanz.« Die honiggelben Gebilde waren leicht und locker und wirkten ein wenig wie kleine Schwämme. Der Junge war dabei, sie zusammenzukleben. Sie hockte sich zu ihm. Jetzt konnte Jessieanna den Drachen erkennen. »Das sieht ja toll aus. Schau mal, ich habe gerade zwei Muscheln gefunden, die sich gut als Augen eignen würden.«

»Au ja. Das sind Napfschnecken. Darf ich sie haben?«

»Klar. Bei uns zu Hause nennen wir sie Chinesenhütchen, weil sie so aussehen.«

Der Junge kicherte. »Stimmt.« Sorgfältig brachte er die Muscheln an den richtigen Stellen an. »Jetzt sieht er schon lebendig aus, findest du nicht? Er bekommt aber noch Flügel aus Federn. Ich heiße übrigens Fritz. Was machst du hier?«

»Ich möchte ein Windrad bauen.« Sie breitete ihre Funde auf der Werkbank aus und begann, Stoffstücke zuzuschneiden.

»Darf ich dir helfen? Der Drache muss sowieso trocknen.«

»Das wäre prima, dann bin ich schneller fertig. Du kannst mir sagen, welche Muster ich nehmen soll. Und wie ich am besten diese Tintenfischknochen festmachen könnte.«

Wie gut es tat, wieder etwas mit ihren Händen tun zu können, etwas zu erschaffen, eine Gestalt, die es vorher nicht gegeben hatte. Sie spürte, wie wieder Energie durch sie floss. Fritz schob eifrig mit ihr die Materialien hin und her, ordnete sie neu und reichte sie ihr schließlich zu. Er war geschickt, wusste, welcher Nagel wohin passte, und hielt ihr Dinge fest, für die ihr sonst eine dritte Hand gefehlt hätte. Seine kleinen Finger konnten auch ganz hervorragend Knoten binden.

»So, jetzt versuch mal, ob du der Wind sein kannst. Du drehst es, und ich gucke, ob es rund läuft.« Jessieanna trat einen kritischen Schritt zurück. Fritz drehte voller Vergnügen.

»Wunderbar. Wenn Sturm ist, funktioniert es.« Jessieanna musste lachen. »Jetzt bitte noch mal sanft. Es soll ja auch bei einer lauen Brise klappen.«

»Hier ist meistens ganz schön viel Wind.« Aber Fritz drehte jetzt nur noch sacht. Das Rad quietschte. »Da muss noch Öl ran«, sagte er fachmännisch und fischte ein Fläschchen aus Elvars Schrank. »So. Fertig.«

»Wunderbar. Du hast mir sehr geholfen, Fritz. Meinst du, das Windrad würde Skem gefallen?«, fragte sie Elvar.

»Nein«, sagte Fritz entschieden. »Für Skem müsste es ganz anders aussehen. Da machen wir ein neues. Das hier würde Filine gefallen.«

»Wo er recht hat, hat er recht«, sagte Elvar.

Jessieanna musste es zugeben. Sie hatte beim Zusammenstellen der Materialien so viel Freude gehabt, dass sie ihre Absicht ganz vergessen hatte. Bizarr und schrullig war dieses Windrad nicht geworden. Es war schon sehr individuell, aber leicht und fröhlich. Voller Energie und auch ein bisschen trotzig.

»Na gut, dann schenke ich es Filine«, sagte sie. Im Grunde war es ihr ganz recht, das Gespräch mit Skem noch ein wenig aufzuschieben. Es würde wahrscheinlich einiges an Kraft kosten. »Könnt ihr mir sagen, wie ich zu der Minigolfanlage komme?«

»Ich bring dich einfach hin«, sagte Fritz. »Dann kann ich gleich eine Runde spielen.«

»Fein. Danke. Auf Wiedersehen, Elvar. Deine Werkstatt ist ein Paradies.«

»Für Kreative wie dich, ja. Jederzeit gerne.«

»Mein Opa hat seine Minigolfbahn an Filine verpachtet und sie ihr später verkauft«, erzählte Fritz. »Er heißt Rudi Malteson. Aber Rhea hat alles anders gemacht. Jede Bahn erzählt eine wahre Geschichte. Zum Beispiel die von Hark Olufs. Er wurde mal von Piraten entführt. Man muss den Ball an Segelschiffen vorbeischießen und über Inseln und Leuchttürme und so was.«

Filine saß am Eingang und verkaufte gerade Eintrittskarten an eine Familie mit drei Kindern.

»Hallo, Filine, darf ich eine Runde spielen?«, fragte Fritz und betrachtete sehnsuchtsvoll ein Glas mit Bonbons, das auf dem Fensterbrett stand.

»Aber sicher. Und nimm dir ein paar Bonbons.« Filine winkte ihn durch. »Fritz muss natürlich nichts bezahlen«, sagte sie zu Jessieanna. »Wie schön, dass du mich besuchst. Ich wollte mich nicht aufdrängen.«

»Ich soll dich übrigens von Großtante Birke herzlich grüßen. Und das habe ich mit Fritz gerade für dich gemacht. Rhea meinte, du hättest hier Platz dafür.« Der Wind drehte das Rad nun ohne Quietschen. Filine betrachtete es bewundernd.

»Oh, wie schön! Pinswin schrieb schon davon, dass du so etwas machst.« Sie sah sich suchend um. »Guck mal, bei der Bahn fünf, könntest du es bitte dort in den Sand stecken? Da sieht man es von überall. Ja, so ist es gut. Ich danke dir sehr! Das wird mir viel Freude machen. Komm setz dich zu mir.«

Jessieanna zog sich einen Stuhl heran. Erst jetzt merkte sie, wie müde sie war.

Filine warf ihr einen scharfen Blick zu. »Wie geht es dir? Kommst du mit dem Reizklima zurecht? Es kann anstrengend sein, wenn man es nicht gewohnt ist.«

»Allerdings.« Jessieanna stieß einen Seufzer aus. »Aber es riecht interessant.«

Filine lächelte. »Manche sagen auch, es stinkt. Wenn du es interessant findest, ist es ein guter Anfang. Aber mach mir nichts vor. Ich sehe Trotz, Ärger und ein bisschen Wut in deinen Augen.« Sie goss mühsam mit beiden Händen etwas aus einer Thermoskanne in eine Tasse und schob sie über den Tisch.

Jessieanna sah Filine verblüfft an. Sie fühlte sich ertappt.

»Auch wenn du Pinswin nicht ähnlich siehst, dein Blick ist derselbe«, sagte Filine belustigt. »Ich habe ihn zwar ewig nicht gesehen, aber wir sind immerhin Zwillinge und zusammen aufgewachsen. Außerdem weiß ich nur zu gut, wie es dir geht. Du regst dich über deine Krankheit auf. Du fühlst dich von ihr beleidigt. Du bist jung, voller Pläne und Aufbruchstimmung. Aber da ist die Krankheit, die dir die Energie raubt. Alle sind um dich besorgt und wissen alles besser als du. Du fühlst dich eingeengt und ausgebremst und findest es ungerecht, und wenn es ein Außenstehender mitbekommt, dann ist es dir peinlich. Es passt nicht in deine Lebensplanung, und darum regt es dich auf. Du hast das Gefühl, du kannst nichts dagegen tun, und es macht dich wütend, dass du nicht Herr oder vielmehr Frau der Lage bist.«

Jessieanna biss sich auf die Unterlippe. Sie wusste nicht, ob sie lachen oder weinen sollte. Da saß seelenruhig diese bislang unbekannte Tante und las in ihr wie in einem Buch. Es war unheimlich, und trotzdem tat es gut, sich verstanden zu fühlen. Hier brauchte sie sich nicht zu verstecken und nicht zusammenzureißen.

»Du triffst den Nagel auf den Kopf«, sagte sie schließlich. Der warme Tee tat gut und beruhigte sie.

»Ich habe da etwas, das ich dir schenken möchte. Gehst du bitte in den Schuppen und bringst mir das kleine Päckchen, das auf dem Tisch liegt? Es ist in blaues Papier eingewickelt.«

Neugierig folgte Jessieanna ihrer Bitte und wollte Filine das kleine, schwere Päckchen reichen.

»Mach es auf«, forderte Filine sie auf. »Es ist für dich.«

Zum Vorschein kam ein zylinderförmiges Glas in einer Fassung aus Messing. Es war mit einer durchsichtigen Flüssigkeit gefüllt, in der weiße Kristalle schwammen. Jessieanna drehte es hin und her. »Es ist wunderschön, aber ich weiß nicht, was es ist.«

»Das ist ein Sturmglas«, sagte Filine. »Es wurde irgendwann im 17. Jahrhundert erfunden. Die Seeleute glaubten daran, dass es vorhersagen kann, wie das Wetter wird. Wissenschaftlich belegt ist das nicht, aber es schwören immer noch viele darauf. Es ist gefüllt mit einer Mischung aus Wasser, Ethanol, Kampfer, Kaliumnitrat und Ammoniumchlorid. Wenn die Flüssigkeit im Glas klar ist, wird das Wetter sonnig. Ist die Flüssigkeit flockig, gibt es Wolken und vielleicht Regen. Bei großen Flocken bleibt es bedeckt. Bei kleinen schwebenden Flocken wird es feucht und neblig. Wird die Flüssigkeit trüb, gibt es Gewitter. Schnee kündigt sich durch Sternchen an. Viele Kristalle am Boden warnen vor Frost und wenn sie an der Oberfläche sind, vor Sturm.«

»Das ist ja toll!« Jessieanna drehte das Glas bewundernd hin und her. »Dann müsste es jetzt wolkig sein.« Das stimmte aber nicht mehr. Die Sonne war längst wieder herausgekommen.

»Deswegen möchte ich es ja gerade dir schenken. Ich habe festgestellt, dass es bei der Wettervorhersage nicht besonders zuverlässig ist. Dagegen zeigt es immer meine Stimmung an. Das ist seltsam, aber es gibt nun mal seltsame Dinge. Das habe ich längst zu akzeptieren gelernt und freue mich einfach daran. Dieses Sturmglas spiegelt meine Stimmungen wider, und manchmal hilft mir das, mir über etwas klarzuwerden. Doch ich brauche es nicht mehr. Ich glaube, bei dir ist es jetzt genau richtig.«

»Wolkig. Bedeckt. Ja, das kommt hin.« Jessieanna musste lächeln. Bildete sie sich das ein, oder lösten sich gerade einige der Kristalle auf? »Vielen Dank, was für ein wunderbares Geschenk. Wo hast du es her?«

»Ich habe es früher einmal in einer alten Truhe gefunden. Sie gehörte Urgroßvater Garrelf. Deinem Ururgroßvater. Sie steht nun bei Rhea im Flur. Lass sie dir ruhig einmal zeigen. Das lohnt sich. Jedenfalls freue ich mich, das Glas in deinen Händen zu wissen.« Filine legte mit Mühe kurz ihre Hand auf Jessieannas Arm und drückte ihn ermutigend. »Glaub mir, wenn dich einer verstehen kann, dann ich. Ich weiß genau, wie dir zumute ist, denn mir ging es ebenso. Ich war zwar ein wenig älter als du, als mich die Muskelkrankheit in den Rollstuhl zwang, aber ich fühlte mich jung. Genau genommen fühle ich mich immer noch jung. Nein, anders. Ich fühle mich *wieder* jung«, korrigierte Filine sich. »Du bist nämlich nicht so hilflos, wie du denkst. Man hat immer eine Wahl. Man hat eine Wahl, wie man damit umgeht. Du bist hier, also hast du dich entschieden, etwas zu unternehmen, auch wenn es dir nicht passt. Das imponiert mir. Du packst die Probleme an. Bist ja auch eine Jessen.«

»Du klingst ein bisschen wie meine Freundin Katriona. Die sagt immer: Solange du etwas bewegst, lebst du.«

»Daher die Windräder«, stellte Filine fest. »Das gefällt mir.

Mir selbst haben die Minigolfbahnen geholfen. Man trainiert da, Hindernisse zu überwinden und trotz allem ans Ziel zu kommen. Es wird einem bewusst, dass jeder Weg Hindernisse hat. Nicht nur der eigene und nicht nur der, für den man sich entscheidet.«

»Ich wünschte, ich könnte Skem dazu bewegen, mir zu verraten, wie er seine Zitronen züchtet«, sagte Jessieanna.

»Oh. Skem Geheimnisse zu entlocken ist eine wahre Herausforderung. Über dieses Hindernis kommst du nicht so leicht hinweg. Mir ist es noch immer nicht gelungen. Er behauptet, er wüsste mit Sicherheit, dass der Töveree nicht mehr lebt. Aber woher er das weiß, ist um nichts in der Welt aus ihm herauszubekommen.«

»Warum? Meinst du, er hat etwas damit zu tun?«

Filine schüttelte den Kopf. »Bestimmt nicht. Skem kann nicht einmal Stechmücken erschlagen. Er liebt alle Lebewesen im Meer und Watt und auf der Insel. Nur nicht alle Menschen. Er behält vieles für sich. Aber als er aus dem Krieg kam, deutete er einmal an, er habe in seiner Jugend seine Heimat verraten. Nicht einmal Elvar weiß, was Skem damit gemeint hat. Ich glaube, er trägt schwer an etwas, das er für seine Schuld hält. Aber wenn er nicht darüber spricht, können wir ihm nicht helfen.«

Eine Herausforderung also. Jessieanna liebte Herausforderungen. Sie würde diese Insel nicht verlassen, ohne herausgefunden zu haben, wie sie den Duft und die Wirkung dieser Zitronen nutzbar machen konnte. Sie war mit Skem verwandt. Sie konnte ebenso starrsinnig sein wie er! Das würde er noch merken.

Filine lächelte. »Gut so. Du wirst es schon schaffen.«

Jessieanna wunderte sich, dass es sie gar nicht störte, dass ihre Tante sie dermaßen durchschaute.

»Ich habe ja noch etwas für dich«, fiel ihr ein. Sie wühlte in ihrer Jackentasche und fand zwischen Muscheln, Schrauben und Stoffschnipseln die gesuchte Dose Lotion.

»Das ist ein Prototyp von meinem Projekt. Ich nenne sie momentan Zuversichtslotion. Wenn sie fertig entwickelt ist, möchte ich, dass sie neue Lebenskraft und Optimismus weckt. Eben das, wofür der Duft steht, der Petrichor. Erneuern, Wachsen, Energie, wie Regen, der auf trockene Erde fällt. Ich bin schon halb zufrieden damit, aber eine Komponente fehlt noch. Ich vermute sie in Skems Zitronen.«

»Aha. Deswegen. Ich bin gespannt. Danke! Magst du mir die rechte Schulter damit einreiben? Die schmerzt seit gestern.« Filine versuchte, den Arm aus ihrer Jacke zu bekommen. »Du musst mir bitte helfen. Das geht nicht mehr so richtig.«

Jessieanna massierte die Lotion in Filines braungebrannte Schulter und erfreute sich an dem Geruch vom Petrichor. Hier in der Nordseeluft kam er gut zur Geltung.

»Oh, das fühlt sich wirklich wunderbar an! Sag mal, welche Farbe hat dieser Geruch vom Watt, den du so interessant findest, für dich?«, fragte Filine. »Schau nicht so überrascht. Pinswin hat mir erzählt, dass du Farben riechen und Gerüche sehen kannst. Ich finde das beneidenswert. Ich stelle es mir wunderbar, aber auch manchmal anstrengend vor. Mit all den Eindrücken um mich herum komme ich selbst nicht immer zurecht. Jeden Tag sind das Meer und der Himmel und das Watt so anders, jeden Tag gibt es neue Geräusche, Gerüche, Bilder, neue Lebewesen, die man trifft und entdeckt. Ich sehe Dinge, die kein anderer bemerkt.« Filine lehnte sich entspannt zurück. Sie sah aus wie jemand, der mit seinem Leben vollkommen zufrieden ist, stellte

Jessieanna fest. »Deswegen musste ich auch nicht reisen. Ich hatte nie das Verlangen, die Insel zu verlassen, weil ich nie damit fertig werde, die Dinge um mich herum zu entdecken. Da bin ich anders als meine Eltern und Pinswin, die es in die Ferne zog. Aber Rhea, die ist wie ich. Bei ihr ist das sogar noch stärker.«

»Mir geht es ähnlich«, gab Jessieanna zu. Es tat gut, so offen darüber reden zu können. Mit jemandem, der sie verstand. »Ich wollte nicht von zu Hause weg. Es ist schön, Tante Birke zu besuchen oder Pinswin auf eine Vortragsreise zu begleiten oder Ryan zu einem Wettkampf. Aber ich bin am liebsten da, wo ich mit allen Felsen und Bäumen befreundet bin.«

»Dann lass dir deswegen bloß kein schlechtes Gewissen einreden«, sagte Filine. »Und wie ist das nun mit dem Geruch? Welche Farbe hat der Duft des Watts?«

»Ich war noch gar nicht richtig im Watt. Es war immer Flut, wenn ich am Strand war. Aber das, was ich gerochen habe, kann ich nicht einordnen. Dunkelbraun und golden, und kleine glitzernde Funken dazwischen von Blau und Silber und Grün. Aber auch von allen anderen Farben sind Spuren darin. Es verändert sich ständig.«

»Ja, das trifft es ziemlich genau. Erzähl mir doch noch etwas von deiner Freundin Katriona. Und von deinem Verlobten und deinem Leben und deiner Mutter und Pinswin.« Filine beobachtete die Familie mit den Kindern, die inzwischen auf Bahn acht angekommen waren. Sie lachten miteinander, und die Eltern standen Hand in Hand daneben. »Ich bin so froh, dass Pinswin schließlich deine Mutter kennengelernt hat und so spät noch glücklich geworden ist. Ich habe damals wirklich befürchtet, dass er sich nach der Sache mit Leni nie wieder würde verlieben können. Du, deine Zuversichtslotion ist sehr fein. Die geht durch die Haut bis in die Seele. Ich begreife jetzt, was du damit erreichen möchtest.«

Leni. Schon wieder dieser Name. Jessieanna erinnerte sich, dass Tante Birke auch von Leni gesprochen hatte. Pinswin hatte Leni sogar selbst erwähnt, als er in der Klinik aufgewacht war, nach seinem Unfall. Aber sie hatte das nicht für so wichtig gehalten.

Filine schien das anders zu sehen.

Was war das für ein Kapitel im Leben ihres Vaters, das sie nicht kannte? Hatte er etwa auch ein dunkles Geheimnis, wie Skem? War Savannah gar nicht seine große Liebe?

Nachdenklich starrte sie in das Sturmglas.

Im Inneren trübte sich die Flüssigkeit.

Pinswin

1944

Amrum

17

Leni

Pinswin las in seinem Lexikon. Das half ihm immer, wenn ihn etwas aufregte, ärgerte, verstörte oder zu sehr begeisterte. Das Lexikon beruhigte ihn. Es handelte von Dingen, nicht von Gefühlen. Gefühle kamen gar nicht darin vor, es sei denn man schlug sie nach.

Die Trilobiten sind eine ausgestorbene Klasse meeresbewohnender Gliederfüßer. Sie lebten während des Erdaltertums bis zum Massenaussterben vor etwa 251 Millionen Jahren ...

Es half nichts. Absolut nichts! Pinswin klappte das Buch zu und legte es beiseite. Er gehörte nicht zu den Jungen, die nichts mit Mädchen anfangen konnten. Vielleicht lag es daran, dass er eine Zwillingsschwester hatte, auf jeden Fall unterhielt er sich gern mit Mädchen. Man konnte mit ihnen über intelligentere Dinge sprechen, hatte er festgestellt. Sie hielten alte Tonscherben nicht für eine langweilige Sache, für die sich »richtige« neunjährige Jungen nicht interessieren sollten. Aber noch nie war es ihm passiert, dass ihm ein Mädchen einfach nicht aus dem Kopf gehen wollte.

Lenis klare blaue Augen verfolgten ihn, seit er ihren Fuß aus dem Schlamm gezogen hatte. Wie ruhig und vertrauensvoll sie ihn angesehen hatte, als gäbe es keinen Zweifel daran, dass er alles in Ordnung bringen würde! Er hatte das Gefühl, er sei aus Glas und sie könnte ganz tief in seine innersten Gedanken schauen. Und sie hatte nicht darüber gelacht. Mit ihr könnte er vielleicht über alles sprechen, auch darüber, dass ihn diese alten Dinge, die er fand, in eine andere Welt versetzten.

Wenn er ein altes Keramikgefäß berührte, dann sah und hörte er die Menschen, die es vor Jahrhunderten benutzt oder verkauft oder hergestellt hatten. Jene Menschen, von denen man immer noch die Fingerabdrücke im Ton sehen konnte.

Wenn er einen versteinerten Seeigel aufhob, dann hörte er das Gluckern eines uralten Meeres um sich herum und sah die seltsamen Wesen, die sich darin bewegten, bizarr und riesig, manche auch winzig. Alle hätten ihm fremd sein sollen und waren es doch nicht.

Manchmal machte ihm das Angst, aber es faszinierte ihn auch so sehr, dass er die Finger nicht von den alten Dingen lassen konnte.

Nicht einmal Filine wollte er das anvertrauen. Warum nur hatte er das Gefühl, dass Leni all dies nicht nur in ihm sah, sondern auch verstehen würde? Er war doch nur einen Augenblick mit ihr zusammen gewesen, da draußen an der Buhne und dann auf dem kurzen Weg, auf dem er sie nach Hause begleitet hatte.

Pinswin lehnte sich aus dem Fenster. Der sanfte Frühlingsregen hatte aufgehört. Es duftete nach einem langen Sommer voller Abenteuer. Wenn nur die Stimmung nicht so bedrückt wäre, weil draußen in der Welt ein dummer, ferner Krieg stattfand. Zum Glück merkte man hier nicht allzu viel davon, nicht so viel wie woanders.

Er kannte Lenis Tante Ida. Sie war die Frau vom Bauern Prenderney. Bauer Prenderney war auch im Krieg, und alle hatten

Angst, dass er nie wiederkommen würde. Der Bauernhof war nicht weit weg. Pinswin beschloss, einen Spaziergang zu machen und seiner eigenen Tante einen Besuch abzustatten. Vielleicht traf er dort auf Leni? Tante Birke war die Nichte von Ida. Und wenn man sie besuchte, gab es immer etwas zu essen, das er nach Hause mitnehmen durfte. Ein Stück Schinken, ein paar Mohrrüben oder sogar etwas Butter. Früher hatten sie genug davon gehabt, aber jetzt im Krieg war es ein großes Glück, wenn man einen Bauernhof hatte.

Birke war damit beschäftigt, im Gemüsegarten Unkraut zu jäten. »Hallo, Pinswin, nett, dich zu sehen. Magst du mir helfen? Du könntest die Radieschen ziehen. Dann darfst du auch welche mitnehmen.«

Das hatte er nun davon. Gartenarbeit, und alles nur wegen Leni. Na ja, eigentlich konnte sie ja nichts dafür. Er war selber schuld. Radieschen mochte er nicht, aber seine Mutter würde sich darüber freuen.

Die Erde roch gut und fühlte sich schön weich an. Es machte mehr Spaß, als er dachte. »Birke, stimmt es, dass bei euch eine Leni zu Besuch ist, die so alt ist wie ich?« Er beugte sich eifrig über seine Reihe Radieschen, damit sie nicht merkte, wie wichtig ihm die Frage war.

Birke antwortete nicht gleich. Als er aufsah, hatte sie sich ihm gegenüber hingehockt und sah ihn ernst an. Birke hielt nichts davon, auf Kinder hinunterzusehen. Sie begab sich gern auf ihre Augenhöhe.

»Ja, das stimmt. Nur, Pinswin …« Anscheinend wusste sie nicht genau, was sie sagen wollte. Das passte gar nicht zu ihr.

»Was ist denn?« Seine Neugier stieg. Aber auf einmal war es ihm doch peinlich, dass er sich so für ein Mädchen interessierte. Birke musste das nicht unbedingt merken.

»Bitte sprich nicht unnötig darüber«, sagte Birke schließlich. »Wenn du möchtest, kannst du dich gern ein bisschen um sie kümmern. Sie kennt ja keinen hier. Das würde ihr bestimmt guttun. Aber wenn dich jemand nach ihr fragt, dann sag einfach nur, sie ist eine Freundin. Erwähne nicht, dass sie nur zu Besuch ist. Das Beste ist, wenn die Leute denken, dass sie schon immer hier war. Es hat mit dem Krieg zu tun, weißt du. Es ist zu kompliziert, das zu erklären.«

»Kompliziert kann ich gut«, sagte Pinswin empört. Er hatte es satt, dass man ihn für alles zu jung und dumm hielt. Schließlich war er Klassenbester.

»Ich weiß, ich weiß«, sagte Birke hastig. »Mir ist auch klar, dass das furchtbar erwachsen und eingebildet klingt, aber manchmal ist es trotzdem besser, wenn man über etwas nicht zu viel weiß. Bitte, vertrau mir einfach.«

»Na gut.« Schließlich war es ihm nur darum gegangen, ob er Leni vielleicht einmal die Vogelkoje zeigen könnte oder den Wriakhörnsee.

Mit einem Bündel Radieschen in der Hand würde er Leni aber jetzt nicht abholen. Besser, er kam morgen wieder.

»Ich sage Ida Bescheid, dass sie dir vertrauen kann und du dich ein bisschen um Leni kümmerst«, sagte Birke. »Danke für deine Hilfe mit der Ernte.«

Pinswin beschloss, den Heimweg über den Trampelpfad hinter dem Hof abzukürzen.

Als er um die Hausecke bog, hörte er Stimmen aus dem offenen Fenster. Er wusste, dass es sich nicht gehörte zu lauschen, aber er konnte gar nicht anders. Als Lenis Name fiel, blieb er stehen und duckte sich an die Wand.

»Hoffentlich geht das gut! Ida, weißt du, was du da riskierst, indem du dir die Leni aufgeladen hast?«

Pinswin musste überlegen, ehe er die Stimme einordnen konnte. Eine andere Bauersfrau vom angrenzenden Hof. Nett, aber sie sagte oft Dinge, die andere nicht aussprachen, weil es unhöflich sein könnte.

»Ich habe sie mir nicht aufgeladen. Leni ist ein Geschenk. Ich bin ihre Patentante. Meine Freundin ist samt ihrer Familie ermordet worden, und Leni ist die Einzige, die übrig ist. Da ist es ja wohl selbstverständlich, dass sie hier ein Zuhause hat.« Ida Prenderneys Stimme war gedämpft, aber man konnte die hilflose Wut darin trotzdem ganz laut hören. »Ich kann nur hoffen, dass jemand anderes vielleicht ebenso meinem Siegfried hilft, wenn er in diesem Wahnsinn da draußen in Not gerät.«

»Ein Glück, dass sie diese blauen Augen hat. Wie ist sie überhaupt aus dem Lager herausgekommen?«

»Noch Tee?« Pinswin hörte Geschirr klappern. »Wahrscheinlich waren es gerade diese blauen Augen. Der Doktor, der Leni auf die Fähre gesetzt hat, gab ihr einen Brief für mich mit. Anscheinend hat Leni unbeabsichtigt das Herz eines Elektrikers gewonnen, der im Lager arbeitete. Er hat sie im allerletzten Moment in seinem Lastwagen herausgeschmuggelt und einem Arzt anvertraut, der sie dann an einen Bauern weiterreichte, der sie wieder einem anderen Doktor in Obhut gab. Sie konnte sich zum Glück erinnern, dass sie eine Patentante auf Amrum hat.«

»Und die anderen sind wirklich alle umgekommen?«

»Zweifelsfrei. Das stand auch in dem Brief.«

»Was soll denn jetzt werden? Hast du keine Angst, verraten zu werden?«

»Sie bleibt hier! Sie ist eine Verwandte, die wie viele andere Kinder aus der Stadt hierhergeschickt wurde, um vor den Bomben in Sicherheit zu sein. Fertig. Mehr geht niemanden etwas an. Und irgendwann wird dieser unselige Krieg zu Ende sein. Mein Vater behauptet, es dauere nicht mehr lange.«

»Wie soll das Kind das jemals verarbeiten?«

»Sie wird es schaffen. Sie hat es bis hierher geschafft. Wir sind alle für sie da. Und wenn es einen Ort gibt, der heilt, dann ist es diese Insel. Ich hoffe nur, dass mein Siegfried auch ...« An dieser Stelle schloss Ida das Fenster.

Pinswin blieb noch eine Weile stehen, damit sie ihn nicht doch noch entdeckte. Er begriff nicht alles, was er gehört hatte, merkte es sich aber für später. Irgendjemand würde es ihm erklären. Schade, dass auch Skem noch immer im Krieg war. Vielleicht konnte er Drees fragen. Fest stand, dass Leni Schreckliches erlebt haben musste und nun ganz alleine war. Pinswin konnte sich nicht vorstellen, wie es war, wenn man seine ganze Familie verlor. Sicher meinte Ida, dass eine Bombe auf Lenis Zuhause gefallen und ihre Familie getötet hatte. Die Nichte vom Kutter-Karl war auch aus einer Stadt hierhergekommen, nachdem dort eine ganze Straße zerstört worden war. Jedenfalls verstand Pinswin nun, warum Birke meinte, dass es gut wäre, wenn er sich um Leni kümmerte.

Der nächste Tag war ein sanfter Frühlingstag mit blankgeputztem Himmel und viel Hellgrün, mit gelben, rosa und weißen Blüten überall in den Gärten und auf den Feldern und Wäldern. Ein Tag, an dem es ausgeschlossen schien, dass es irgendwo auf der Welt etwas Schlechtes gab.

»Hallo, Pinswin«, begrüßte Ida Prenderney ihn, als er an der Tür klopfte. »Birke hat mir schon erzählt, dass du der Leni die Insel zeigen möchtest. Das ist sehr nett von dir. Sie freut sich bestimmt.« Ida runzelte die Stirn dabei, als ob sie nicht ganz sicher war. »Aber, Pinswin ...«

»Ich weiß. Birke hat gesagt, wenn jemand Fragen stellt, soll ich sagen, sie ist eine alte Freundin. Als ob ich sie schon immer kenne. Geht in Ordnung.«

»Bist ein feines Kerlchen, Pinswin.« Ida sah erleichtert aus.

Es gefiel Pinswin gar nicht, dass sie ihn Kerlchen nannte. Es klang, als wäre er höchstens drei Jahre alt.

»Leni!«, rief Ida in den Flur. »Pinswin ist hier. Er fragt, ob du Lust hast, ein wenig mit ihm rauszugehen.«

Wie ein Schatten erschien sie, geräuschlos und kaum wahrnehmbar zwischen den schweren alten Möbeln. Doch er sah nur ihre Augen, aus denen ihn wieder dieser Blick traf, hell und klar wie das Meerwasser auf dem Sand an einem Frühlingsmorgen wie diesem.

»Wer macht solche Geräusche? Es klingt, als ob jemand ruft.« Oben auf den Dünen blieb Leni stehen, legte eine kleine Hand auf Pinswins Arm und sah sich suchend um. »Es hört sich so traurig an.«

»Was meinst du? Ach so.« Die Geräusche waren Pinswin so vertraut, dass er sie kaum noch wahrgenommen hatte. »Ja, da ruft jemand. Es sind die Eiderenten auf dem Wriakhörnsee. Sie sind nicht traurig. Sie rufen nach ihren Partnern. Siehst du dort, es sind die, die so schwarzweiß sind.«

Der See schimmerte blau zwischen den Dünen, und jede Menge Vogelvolk war darauf unterwegs. Da wurde gebrütet und gebalzt, gestritten, geschnattert, gefischt und gejagt. Pinswin dachte, wie gut es war, dass außer den Menschen kein Lebewesen von dem Krieg wusste. Sie lebten einfach ihr Leben weiter, wie es sich gehörte und wie es immer schon gewesen war. Auch Leni blickte auf das Treiben, und Pinswin sah, wie sich ein Lächeln in ihre Mundwinkel stahl. Er wünschte sich, dass es dort lange bleiben würde.

»Komm, ich zeige dir meinen Lieblingsplatz.« Er wunderte sich über sich selbst, als er sie dort hinführte Dieser Platz war eigentlich geheim. Nicht einmal Filine kannte ihn. Pinswin hatte viele Lieblingsplätze, aber dieser war der, wo er hinging, wenn er alleine nachdenken wollte. Das Alleinsein schien aber auf einmal nicht mehr so verlockend. Jetzt gerade wollte er diesen Platz mit Leni teilen. Er war sich ziemlich sicher, dass sie ein Geheimnis gut für sich behalten konnte.

Schließlich erreichten sie die Stelle. Von hier aus konnte man gerade noch den See glitzern sehen, und in noch weiterer Ferne ein Stück vom Meer und vom Horizont. Es war ein Flecken Heide, geschützt von Dünen, und drei kleine, windzerzauste Birken standen auch dort. Zwei Findlinge lugten aus dem Sand. Dazwischen hatte Pinswin ein Stück eines Baumstamms gerollt, den er in der Nähe gefunden hatte. Merkwürdige Zeichen waren mit Kreide auf den einen Stein gezeichnet, die wie Schalter oder Knöpfe aussahen. Der letzte Regen hatte einiges abgewaschen, aber man konnte sie noch erkennen. Rechts und links vom

Baumstamm ragten aus weißen Herzmuscheln gelegte Formen in den Sand.

Leni betrachtete sein Werk nachdenklich. »Sind das Flügel? Hast du ein Flugzeug gebaut?«

Verblüfft und erfreut starrte er sie an. Dass sie das erkannte! »Nicht ganz.« Er zögerte.

»Du kannst mir ruhig sagen, was es ist. Ich lache dich nicht aus«, ermunterte ihn Leni und sah ihn abwartend an.

Vor diesen Augen brauchte er keine Geheimnisse zu haben.

»Ich habe mal ein Buch gelesen von einem Mann, der eine Zeitmaschine gebaut hat. Es ist ein Erwachsenenbuch, und ich habe es nicht ganz verstanden. Es ist nur eine Geschichte. Die Maschine gibt es noch nicht. Aber es wäre doch toll, wenn es sie geben würde! Dieser Mann konnte damit in der Zeit reisen. In die Zukunft. Aber ich würde lieber in die Vergangenheit reisen.«

»Und wenn du hier bist, spielst du, dass es geht und wie es wäre?«

»Ja, aber für mich ist es nicht nur ein Spiel, weißt du.« Er hockte sich hin und malte mit dem Finger Muster auf den Flügel. »Setz dich doch.«

»Warum möchtest du nicht in die Zukunft reisen?« Leni setzte sich rittlings auf den Baumstamm und hörte aufmerksam zu.

»Da weiß man ja nicht, was passiert«, erklärte er. »Es könnte gefährlich sein. Vielleicht ist noch Krieg. Aber von früher weiß man, was da gewesen ist. Man weiß eben nur noch nicht alles. Ich möchte viel mehr davon entdecken.« Pinswin erzählte ihr von dem Buch der Erde und wie man alte Dinge darin finden konnte. Dass Spuren darin von den Dinosauriern und den Wäldern vor Millionen Jahren erzählten und von den Menschen, die vor zweitausend oder tausend oder fünfhundert Jahren gelebt hatten. »Wenn ich groß bin, will ich ganz viele davon finden und den anderen Leuten zeigen und alles in Museen stellen, damit es nicht wieder vergessen oder verloren wird. So wie Professor Westerberg, der mir Bücher geliehen und Dinge erklärt hat.«

Leni zeichnete mit ihrem kleinen Zeigefinger die Muster in der Rinde nach. »Glaubst du, dass von uns auch mal so Spuren in der Erde bleiben und später gefunden werden?«

Pinswin nickte ernsthaft. Er freute sich, dass sein Gefühl richtig gewesen war. Mit Leni konnte man sich gut unterhalten. Sogar über die Dinge, die ihm wichtig waren.

»Das glaube ich bestimmt! Von unserem Leben wird auch etwas in der Erde bleiben, so wie von den alten Römern und den Wikingern. Vielleicht finden sie mal unsere Zahnbürsten. Das stelle ich mir manchmal morgens beim Zähneputzen vor. Und dann überlege ich, ob so eine römische Frau, von der man einen Kamm gefunden hat, darüber vor zweitausend Jahren auch schon nachgedacht hat. Ob sie sich vorgestellt hat, wie die Menschen wohl sind, die das eines Tages ausbuddeln.«

»Glaubst du, dass es eines Tages eine richtige Zeitmaschine geben wird?«, fragte Leni.

»Ich weiß nicht. Ich glaube, man braucht vielleicht eher so eine Art Fernglas. Weißt du, ich stelle mir das mit der Zeit anders vor als andere Menschen.« Pinswin lief jetzt im Sand auf und ab und bewegte die Arme in seinem Eifer, ihr klarzumachen, was er meinte. Noch nie hatte ihm jemand so zugehört wie dieses Mädchen. »In den Büchern wird die Zeit immer als eine Linie gezeichnet. Die Jahre werden aneinandergereiht wie die Zentimeter auf einem Lineal. Am Anfang waren die Einzeller, später gab es Fische und Pflanzen und Dinosaurier und dann kleine Säugetiere und später Affen und irgendwann Menschen. Steinzeitmenschen und Mittelaltermenschen und moderne Menschen. Aber ich glaube nicht, dass es eine Linie ist. Ich glaube, dass die Zeit wie ein riesengroßes Bild ist. Wenn man davorsteht, kann man immer nur eine Stelle auf einmal sehen. Aber die anderen Stellen sind trotzdem alle da, alle gleichzeitig, weil sie alle wahr sind. Die Dinosaurier waren ja mal wirklich lebendig, also sind sie immer noch eine Stelle auf dem Bild. Sie werden nicht unwahr, nur weil sie jetzt an genau dieser Stelle, die wir gerade sehen, nicht da sind.«

»Dann fährt man mit der Zeitmaschine nicht vor und zurück, sondern einfach nur zu einer anderen Stelle auf dem Bild«, sagte Leni. »Darf ich mal probieren?«

»Klar.«

Sie tippte mit dem Finger auf den größten der Schalter, den er gezeichnet hatte. »Ist das der Startknopf?«

»Ja.«

Sie sah zu ihm auf. »Kommst du mit?«

»Wenn du willst.« Er setzte sich rittlings hinter sie auf den Baumstamm. In diesem Augenblick wäre er ihr überallhin gefolgt. Entschieden drückte sie auf den Knopf. »Bsssss.« Sie machte ein leises summendes Geräusch und schloss die Augen.

Nach einer Weile hörte er ihre Stimme, wie sie leise, aber klar vor sich hin sprach. Sie tat es für sich, aber er durfte zuhören. Er schloss auch die Augen, und sie nahm ihn mit in ihre Zeit.

»Bald komme ich in die Schule. Aber jetzt blüht erst mal mein Kirschbaum. Ich bin die Kirschbaumkönigin. Jonah hat mir gezeigt, wie ich hineinklettern kann. Er wollte mich nicht hochheben. Er hat gesagt, ich muss lernen, allein raufzuklettern. Aber er ist mein großer Bruder, und ich weiß, wenn ich abrutsche, dann hilft er mir doch. Der Baum ist alt, aber er ist nicht sehr hoch. Trotzdem, wenn ich runterfalle, wird Jonah mich auffangen. Aber ich falle nicht. Um mich herum sind weiße Blüten, und sie duften. Nicht nach Honig. So wie eben nur mein Kirschbaum duftet. Die Bienen summen drin herum, und ich habe ein bisschen Angst, dass sie mich stechen könnten. Viele Blüten sind auf mein Haar gefallen, und deswegen bin ich die Kirschbaumkönigin.«

Königin. Nicht Prinzessin. Das fiel Pinswin auf, während er lauschte. Er sah alles genau vor sich. Die Zeitmaschine musste drei Jahre zurückgefahren sein. Wenn sie bald in die Schule kam, war Leni jetzt sechs. Da hätte Prinzessin besser gepasst. Aber sie sagte Königin. Pinswin gefiel es. Er hätte gern mit ihr in dem Kirschbaum gesessen.

»Mama deckt den Kaffeetisch auf dem Rasen. Ich kann es von oben sehen. Papa holt die Stühle. Das Gras duftet auch, weil Papa es heute Morgen gemäht hat. In dem Kuchen ist die Kirschmarmelade vom letzten Jahr. Die kann ich auch riechen. Amelie und Judith spielen mit dem Springseil, obwohl Mama sagt, sie wären zu alt dafür und sollen sich mehr wie Damen benehmen. David räumt die Schachfiguren ein. Er hat mit Papa vorher Schach gespielt. Er wünscht sich, dass er in diesem Jahr endlich einmal gegen Papa gewinnen wird. Auf dem Gras wachsen Gänseblümchen. Papa hat extra für mich um ein paar drumrum gemäht, weil ich sie so gerne mag. Ich durfte zum ersten Mal im Jahr barfuß gehen. Papa stellt die Stühle ab und küsst Mama. Sie lacht und ruft uns, wir sollen an den Tisch kommen. Am liebsten würde ich aber hier sitzen bleiben und mir alles von oben anschauen. Jemand könnte mir ein Stück Kuchen nach oben reichen. Aber Jonah soll mich holen. Jonah sagt, komm runter. Ich bin hier und passe auf. Aber du schaffst auch das alleine. Die Rinde des Kirschbaums fühlt sich an meinen Händen und Füßen gut an. Ich rutsche nicht ab. Ich schaffe es wirklich alleine und springe in das Gras. Es ist schön kühl. Der Gartenstuhl ist zu hoch für mich. Ich kann mit den Beinen baumeln. Der Kuchen schmeckt nach Sommer. Bald ist wieder Sommer, und dann können wir die Kirschen pflücken, die aus den weißen Blüten entstanden sind. Alle werden beim Pflücken helfen, Mama und Papa, Amelie und Judith, David und Jonah. Wir werden wieder Kerne spucken üben, und diesmal kann ich es bestimmt besser, auch wenn ich die Kleinste bin. Es wird viele Kirschen geben in diesem Sommer, denn ich bin die Kirschbaumkönigin, und ich habe noch nie so viele Blüten am Baum gesehen.«

Lenis Stimme war immer leiser geworden. Jetzt verstummte sie. Alles war still. Der Wind hatte aufgehört, die Zweige der Birken rührten sich nicht mehr, und in der Heide hatten die Bienen aufgehört zu summen. Selbst die Möwen waren verschwunden, die hinter den Dünen am Strand gerufen hatten.

»Bsssss«, machte Leni schließlich wieder. Pinswin öffnete die Augen und sah, wie sie den Schalter drückte. »Meinst du, dass Kirschkerne auch für beinahe immer in der Erde bleiben können wie die Knochen von den Dinosauriern? Die Kirschkerne, aus denen kein Baum werden konnte, meine ich.«

Pinswin schluckte. Ihre Augen waren ebenso klar wie vorher. Keine Träne stand darin, und trotzdem konnte er fühlen, wie traurig sie war. Er hätte selber gern geweint. Er dachte an Ida

Prenderneys Stimme hinter dem Fenster. *Leni ist die Einzige, die übrig ist …*

Pinswin räusperte sich. »Ja. Das weiß ich sogar ganz sicher. Man hat in den Gräbern der alten Ägypter Samen gefunden, aus denen nach über zweitausend Jahren noch Pflanzen geworden sind. Die waren noch lebendig.«

»Das ist schön. Pinswin, ich glaube mit dem Bild hast du recht. Ich war gerade an einer anderen Stelle vom Bild als jetzt, und es hat sich ganz wirklich angefühlt.«

»Möchtest du noch mal woandershin fahren? Ich will dir etwas zeigen.« Er wollte sie unbedingt trösten oder wenigstens ablenken.

Leni stand auf. »Ja, aber dann musst du vorne sitzen und der Kapitän sein. Oder heißt das Pilot?«

Und so flog er mit ihr in eine alte, alte Zeit, in der es noch keine Menschen und Kriege gab. Pinswin reiste mit Leni weit zurück in einen Wald, in dem seltsame Palmen wuchsen und fremde Nadelbäume, die goldenes Harz in die Zeit tropfen ließen. Viel, viel später würde es als Bernstein mitsamt den darin für immer erhaltenen Lebewesen vom Meer angeschwemmt werden und noch immer nach diesem alten Wald duften. Neben einem Sumpf, aus dem Dampf aufstieg, saß Pinswin mit Leni auf einer Wiese unter einer jüngeren Sonne und beobachtete Libellen, die größer waren als ein ganzer Kinderarm. Auf den Flügeln der Urlibellen glitzerte das Licht silbern. Sie flogen über riesige Farne hinweg, und ihre Flügel waren so groß, dass man durch sie den Himmel sehen konnte wie durch Fenster, wenn sie direkt über Pinswin und Leni schwebten oder sich auf einem Blatt ausruhten. Das Surren ihres Flügelschlags zusammen mit den Rufen fremder Tiere erzählten davon, dass im Leben nichts verlorengeht, sondern sich alles immer wieder wandelt und in neue Höhen aufschwingt, egal, wie tief es gefallen ist. Pinswin hatte nicht alle Worte dafür, aber er wusste einfach, dass Leni auch so verstand, was er ihr sagen wollte.

Als Pinswin durch seine geschlossenen Lider blinzelte, sah er, dass Leni wieder lächelte. Und er schwor sich, dass es genauso sein sollte, wenn er groß war. Er wollte allen Menschen zeigen, dass es immer Stellen irgendwo in der Zeit gab, die schön waren.

Er sah, wie sie die Hand ausstreckte, als könne sie einen solchen Flügel berühren. »Ich höre sie!«, flüsterte Leni. »Ich höre die Libellen, und sie machen Zeitmusik beim Fliegen.«

Kirschmarmelade von Lenis Mama

3 kg entsteinte Kirschen
2 Tüten Gelierzucker 3:1 à 500 g
3 Vanilleschoten, Mark herausgekratzt
1 Zimtstange
einige Nelken

Kirschen in einem großen Topf mit Gelierzucker etwa eine Stunde Saft ziehen lassen. Dann langsam erhitzen. Mit einem Pürierstab leicht anpürieren, dann Vanillemark, Vanilleschoten, Zimtstange und Nelken dazugeben.

Unter Rühren bei starker Hitze aufkochen lassen, ca. fünf Minuten sprudelnd kochen, dann die Gelierprobe machen.

Marmelade vom Herd nehmen, in Gläser füllen, fest verschließen und für ca. fünf Minuten auf den Deckel stellen.

Die Gewürze kann man – nach Wunsch – mit in die Gläser füllen. Das gibt Aroma und sieht dekorativ aus.

Jessieanna

2005

Amrum

18

Flugsand

Wie gerne würde ich jetzt mit dir in der sagenhaften Scheune dieses Elvar von Sommerreich sitzen und an etwas Verrücktem, Wunderbarem arbeiten!, schrieb Katriona. *Dieser Raum klingt wie für mich gemacht. Ich habe absolut genug von Therapien! Sie kosten zu viel Kraft. Einfach alles vergessen und ganz woanders sein, das wäre jetzt perfekt für mich. Berichte mir bitte noch viel mehr davon, es tut mir so gut. Und dir gibt die Reise auch etwas, glaube ich …*

Jessieanna schob den Laptop beiseite. Ja, heute Abend würde sie Katriona wieder schreiben. Zum Beispiel, wie Skem das Windrad gefiel, das sie gestern konstruiert hatte, diesmal passend für ihn. Hoffentlich.

Falls sie heute den Mut hatte, es ihm zu bringen.

Sie lag auf dem Rücken im Bett und lauschte dem Regen, der auf das bunte Glas der Dachluke platschte und die Bilder darin verfremdete. Sie fühlte sich ungewöhnlich entspannt und ausgeruht. Die Flüssigkeit in dem Sturmglas auf ihrem Nachttisch war klar.

Die Luft reizte ihre Lungen noch immer, aber Jessieanna bekam Appetit davon und schlief nachts so tief wie schon lange nicht mehr. Schon gestern hatte es den ganzen Tag geregnet. Sie hatte die Zeit bei Elvar verbracht, wo sie glücklich sägte, strich und hämmerte. Dabei hatte sie alles um sich herum vergessen:

ihre Krankheit, wie sehr sie Ryan vermisste, die Sorge um Katriona und dass sie nicht wusste, wie sie aus Skem Informationen herausbekommen sollte. Der kleine Fritz war nicht da, und Elvar saß über seine Bücher gebeugt. Es herrschte behagliche Stille, bis auf den Regen auf dem Dach, der dunkelblaugrüngolden durch die hölzernen Wände duftete, und ihr eigenes Klopfen, wenn sie Segeltuch auf die Flügelräder spannte. Wie wundervoll es sich anfühlte, etwas zu erschaffen! Jessieanna fühlte sich frei. Ja, Katriona hatte recht, das alles hier tat ihr gut. Manchmal war es wohl doch richtig, für eine Weile den Ort und die Perspektive zu wechseln.

Jetzt stand sie in aller Ruhe auf und trödelte, bis die frische Farbe auf ihren Fußnägeln getrocknet war. Eingedenk ihrer Mission bei Skem hatte sie sich für »Hopeful Citrus« entschieden. Vielleicht lag es an diesem frechen, knalligen Gelb, dass es schließlich aufhörte zu regnen und sogar die Sonne durch die bunte Fensteruhr im Treppenhaus schien, als Jessieanna in die Küche hinunterging. Ein Zettel lag auf dem Tisch.

Ich bin bei der Arbeit und Kalle auf dem Campingplatz. Mach dir einen schönen Tag, wir sehen uns heute Abend.
Liebe Grüße, Rhea

Jessieanna überlegte, ob sie sich sofort mit dem Windrad auf den Weg zu Skem machen sollte. Aber es erschien ihr zu früh. Skem war alt, er brauchte morgens bestimmt mehr Zeit. Sicher war der Nachmittag günstiger.

Stattdessen beschloss sie, einen Erkundungsspaziergang zu

machen. Gestern hatte sie zu wenig Bewegung gehabt. Die Luft würde ihr kaum helfen, wenn sie sich nur drinnen aufhielt. Also erklomm sie die Dünen. Einmal aus deren Schutz herausgetreten, traf sie der Wind mit voller Wucht. Solch einen Wind kannte Jessieanna von zu Hause nicht. Aber jetzt würde sie ihn kennenlernen. Tapfer stapfte sie hinaus auf den einschüchternd breiten Strand. Sie zog sich die Kapuze ins Gesicht und musste den Kopf dennoch gesenkt halten, um überhaupt etwas sehen zu können, sonst tränten ihre Augen. Kleine Steine gerieten in ihre Schuhe, also zog sie diese samt Socken kurzerhand aus. Der Sand war angenehm unter ihren nackten Füßen, doch jetzt stach sie etwas in die Knöchel wie tausend kleine Nadeln.

Erstaunt stellte sie fest, dass der Boden gar nicht fest war, sondern wanderte, und zwar mit hoher Geschwindigkeit. Einem Sandstrahlgebläse gleich knallte ihr der Wind die Sandkörner gegen die Haut. Wie ein Fluss wirkte der gesamte Strand, weil der Sand in hellen fließenden Mustern eine Handbreit darüber entlangwehte. So hatte es Lucas in seinem Buch beschrieben, aber Jessieanna hatte sich nicht vorstellen können, was er meinte. Sie war damit beschäftigt, dieses Phänomen eingehend zu betrachten, und zuckte erschrocken zusammen, als eine Stimme an ihrem Ohr sagte: »Dieser verblüffte Gesichtsausdruck steht dir gut!«

Lian. Sie hatte ihn nicht kommen sehen. War der eigentlich überall?

»Ich habe noch nie erlebt, dass der Boden schneller unterwegs ist als ich.«

»Das hat mich zuerst auch überrascht«, gab Lian zu. »Ich könnte ihm stundenlang zusehen. Es hat etwas zugleich Beruhigendes und Unheimliches.«

»Finde ich auch. Wenn man stehen bleibt und auf den Boden blickt, hat man trotzdem den Eindruck, dass man sich bewegt. Man merkt, dass man ein Teil eines großen veränderlichen Ganzen ist, und hat dabei das zugleich angenehme und erschreckende Gefühl, nichts unter Kontrolle zu haben. Ich kann gar nicht wieder wegsehen. Es ist hypnotisch.«

»Es könnte trotzdem kühl werden, wenn wir hier stehen bleiben. Wo möchtest du denn hin?«, fragte Lian.

»Ich wollte endlich das Watt sehen. Aber hier ist überall nur trockener Sand, Sand, Sand, so weit ich gucken kann.«

»Wir müssen mehr in diese Richtung. Ich zeige es dir.« Lian stapfte einfach los.

»Ich will dich nicht aufhalten. Was war denn dein Ziel?«

»Eigentlich wollte ich zu Skem. Aber wir haben nie genaue Termine. Da kann ich auch später noch aufkreuzen.«

»Hmmm.« Jessieanna überlegte, ob es wohl besser oder schlechter war, in Lians Gegenwart mit Skem zu reden.

Ehe sie zu einem Schluss gekommen war, spürte sie, wie ihr linker Fuß plötzlich wegsackte. »Oh!«

»Hoppla!« Lian stützte ihren Ellenbogen, bis sie wieder Halt fand. »Ich glaube, du hast das Watt gefunden. Da gibt es nämlich solche Löcher. Jetzt müsstest du nur einmal den Kopf heben. Keine Angst wegen der Augen. Hier fliegt nicht mehr so viel trockener Sand. Hier ist es zu nass. Außerdem hat der Wind nachgelassen.«

Tatsächlich. Das Stechen an ihren Knöcheln hatte aufgehört. Sie streifte die Kapuze ab, blickte auf und spürte, wie sich ein Lächeln auf ihrem Gesicht ausbreitete.

Das Land der Spiegel lag vor ihr.

In diesem einen Augenblick wusste sie, warum Pinswin mit so viel Liebe und Sehnsucht in den Augen von seiner Heimat sprach und warum er nicht hierher zurückkehren konnte, weil er sich dann nie wieder hätte losreißen können.

Einzelne Wolkenschatten wanderten über die weite Fläche, doch die Sonne füllte gleichzeitig alles mit Licht. Tiefe und flache Tümpel und Ströme, alle glasklar, leuchteten silbern. Muschelschalen blinkten weiß auf dunklem Sand, und durchscheinende Blätter von Seetang glühten knallgrün. Eine Krabbe mit roten Beinen huschte vorbei. Quallen mit einem feinen rosa und grünen Muster schwammen gemächlich pulsierend in einem tieferen Fluttümpel. Der Geruch nach Jod und Schlamm und Salz, nach Tang und Fisch und anderen geheimnisvollen Dingen füllte ihre Lungen. Sie atmete ihn tief ein, begierig nach mehr davon, fühlte, wie sie die Farben einatmete, Grün und Blau und Kupferrot und ein warmes Dunkelbraun wie Tannenhonig. Ganz hinten wurde das Leuchten auf den unendlich vielen Wasserflächen stetig heller, bis in der Ferne das Meer zu sehen war und mit dem Himmel verschmolz. Noch nie hatte sie so viel lichterfüllte Weite um sich herum gehabt, noch nie so viel Luft zum Atmen und so viel Himmel über sich. Nicht in Florida, nicht in den Bergen, nicht in der kalifornischen Wüste. Sie fühlte sich winzig und groß zugleich.

So sah Freiheit aus, nicht nur die äußere, sondern auch die innere. Hier war Platz für alles, was in einer Seele stattfinden kann, ein riesiger, überschwänglicher, grenzenloser Raum, um einfach nur darin lebendig zu sein.

Nicht zu fassen, dass sie hier auf dem Meeresboden stand, nur das Meer war gerade nicht da. Es hatte sich zurückgezogen, vielleicht, um ein wenig allein zu sein, fern der Menschen. So wie sie es selbst gern tat. Sie musste schmunzeln über diesen Gedanken. Es war ein freundliches Meer, das einen in sich hineinließ, ohne dass man den Boden unter den Füßen verlor. Ohne dass in der Tiefe eine Strömung lauerte, die einen fortriss. Die Strömungen würden wiederkommen, mit der Flut, doch jetzt war hier Frieden, und alles war offen, voller Möglichkeiten und Ruhe.

Sie horchte in sich hinein. In ihren Lungen war auch Ruhe. »Ich muss gar nicht mehr husten«, sagte sie erstaunt, mehr zu sich selbst.

Sie sah auf und stellte fest, dass Lian sie beobachtete. »Das Lächeln steht dir gut«, stellte er fest. »Die Sommersprossen auch. Es sind mehr geworden.«

»Ich weiß.« Sie seufzte. »Das lässt sich nicht verhindern. In dieser Sonne schon gar nicht. Zum Glück mag Ryan meine Sommersprossen.«

»Wer ist Ryan?«

»Mein Verlobter.« Es tat gut, Ryan zu erwähnen. Es gab ihr Sicherheit. Lians grüner Blick, der nach Basilikum und Klee duftete, die Heiterkeit um seine Mundwinkel, die Art, wie er dort im Licht stand, als wäre er ein Teil von Wind und Himmel, brachte sie durcheinander. Aber Ryan war der feste Punkt in ihrem Leben, an dem sie sich festhalten konnte.

»Aha.« Lians Ton war neutral. »Nun, da du das Watt jetzt gesehen hast, kommst du mit zu Skem? Wir sollten hier weg. Das Wasser wird bald steigen.«

»Ja, aber ich muss noch etwas bei Elvar holen. Du könntest mir tragen helfen.«

Elvar war nicht zu Hause, aber er hatte Jessieanna gezeigt, wo der Schlüssel lag.

»Ui.« Lian pfiff anerkennend durch die Zähne, als er das Windrad erblickte, das in einer Ecke der Scheune lehnte.

Es war größer geworden, als Jessieanna ursprünglich geplant hatte. Das lag daran, dass es rustikal und eigenartig sein sollte, so wie es zu Skem passte. Sie hatte Treibholz verwendet, in das Bohrmuscheln dekorative Löcher gefressen hatten, große bläuliche Miesmuschelschalen, auf denen Seepocken saßen, bizarre Austern ebenso wie Sepiaschalen und Rocheneier. Die Flügel waren diesmal nicht mit buntem Stoff bespannt, sondern mit Segeltuch in Grün- und Brauntönen.

»Das wird Skem gefallen«, sagte Lian. »Mir übrigens auch.«

»Meinst du, ich kann ihn damit gnädig stimmen? Ich möchte ihm ein paar Zitronen abschwatzen, um Bonbons damit zu machen.«

»Warum?«

»Seine Zitronenlimonade hat meinem Hals unheimlich gutgetan. Ich möchte ausprobieren, ob man daraus nicht wohltuend wirkende Bonbons machen kann. Notapotheke für die Hosentasche sozusagen.«

»Weißt du denn, wie das geht?«

»Ja, ich habe meine Oma Inga angerufen. Sie hat eine Konditorei und macht selbst jede Menge Süßigkeiten. Sie hat mir ein einfaches Rezept verraten.«

Lian wuchtete das Windrad auf seine Schultern. »Wir könnten das doch gleich bei Skem in der Küche ausprobieren. Dann fühlt er sich mit einbezogen. Ich weiß allerdings nicht, ob er Lust darauf hat. Aber es wäre einen Versuch wert.«

»Du würdest mir helfen, Bonbons zu machen?« Der Gedanke verblüffte Jessieanna. Weder Pinswin noch Ryan interessierten sich für Dinge, die in der Küche geschahen.

»Klar. Ich bin neugierig. Und ich mag Süßes.«

»Müssen wir nicht klingeln oder klopfen?«, fragte Jessieanna, da Lian das Gartentor aufstieß, als sei er zu Hause.

»Nein. Er würde uns ohnehin nicht hören.« Lian spazierte wie selbstverständlich die steile Treppe hinunter in den tiefliegenden Garten, das Windrad auf der Schulter, als wöge es nichts. »Willst du dein Werk hier einfach im Garten aufstellen und ihn damit überraschen, oder wollen wir ihn erst fragen, wo er es haben möchte?«

Jessieanna sah sich um. Es blühten noch mehr Blumen als zuvor. Sie konnte ihren Blick nicht von einem Büschel wilder Margeriten lösen, die im Wind tanzten, das Gesicht zum Himmel erhoben. Sie klammerten sich mit ihren Wurzeln an eine sandige Stelle und ließen sich von keinem Wetter beeindrucken. Manche hatten ihre Blütenblätter schon verloren und trugen eine Glatze, so dass Jessieanna an Katriona denken musste und an die goldenen Bilder auf ihrem kahlen Kopf.

»Jessieanna?«

»Oh. Entschuldigung.« Sie sah sich um. »Es ist bestimmt besser, wenn wir ihn fragen. Lehne es doch an die Kiefer dort, bis wir ihn gefunden haben.«

»Meint ihr mich?« Skem kam hinter der Hecke hervorgehumpelt, schwer auf seinen Stock gestützt.

»Oh, hallo, Skem! Jessieanna hat dir etwas mitgebracht«, sagte Lian fröhlich.

»Nur, wenn du es haben möchtest«, sagte Jessieanna hastig. »Das ist so eine Macke von mir, Windräder bauen.« In Skems Gegenwart brauchte man sich seiner Macken nicht zu schämen, fand sie. Wer selbst zu seinen Spleens stand, respektierte diese meist auch bei anderen. Zumindest schätzte sie Skem so ein.

Lian richtete das Windrad auf. In diesem Augenblick fuhr eine Böe hinein und setzte es in Gang. Lian hatte Mühe, es festzuhalten.

Skem legte den Kopf schief und blickte amüsiert. Aufmerksam musterte er die Details. Jessieanna stellte erleichtert fest, dass seine Augen aufleuchteten. Der übliche grimmige Ausdruck verschwand aus seinem Gesicht. Plötzlich sah er sympathisch aus.

»Das erinnert mich an meine Hütte draußen auf dem Kniep«, sagte er, und sie hörte die Sehnsucht und das Bedauern in seiner Stimme. Zum ersten Mal sah er sie wirklich an. »Das gefällt mir tatsächlich, Pinswins Tochter. Ein feines Werk. Es scheint, dass du unsere Natur hier ziemlich gut begreifst, ehe du sie überhaupt kennst.«

»Wie schön, dass du es magst.« Jessieanna war gerührt. »Wo sollen wir es dir aufstellen?«

Skem sah sich sorgfältig um und wies schließlich mit der Krücke auf einen Platz links unten an der Treppe. Fast wäre er dabei umgefallen. Jessieanna sprang schnell an seine Seite. »Da! Dort fegt der Wind zwischen den Dünen die Treppe herunter und nichts wächst. Dort wird es gut funktionieren. Es könnte allerdings schwierig sein, tief genug in den Boden zu kommen. Er ist an dieser Stelle sehr fest.«

»Umso besser. Dann hält es wenigstens.« Lian lehnte das Windrad an die Kiefer und holte sich einen Spaten aus dem

Schuppen. Jessieanna führte Skem inzwischen zu seinem Stuhl. Sie setzte sich zu seinen Füßen ins Gras. Gemeinsam sahen sie zu, wie Lian energisch schaufelte. Jetzt war sicher ein guter Zeitpunkt, um Skem nach einer Zitrone zu fragen. Aber Jessieanna zögerte. Es war so behaglich hier in der Sonne, geschützt an diesem magischen Ort des Wachsens, mit dem alten Mann, der ihr so lange unbekannter Onkel war. Und mit Lian, in dessen Gegenwart alles so sorglos schien. Am liebsten hätte sie nur hier gesessen und den Margeriten bei ihrem Tanz im Wind zugesehen und all die Farben der verschiedenen Blumendüfte betrachtet, die durch den Garten wehten.

»Raus damit, Pinswins Tochter. Du willst mich doch etwas fragen! Alle wollen immer etwas fragen.« Doch Skems Stimme war freundlich. »Verzeihung, aber ich kann mir deinen Namen nicht merken. In meinem Gedächtnis herrscht oft Ebbe.«

»Macht nichts. Pinswins Tochter hört sich gut an. Ich vermisse ihn. Es ist schön, seinen Namen zu hören. Mochtest du ihn?«

»Ja, er war ein feiner Kerl. Besser als die meisten Jungs. Grundanständig und ewig wissbegierig. Er stellte immer die richtigen Fragen, und er vergaß nie eine Antwort. Aber um Pinswin geht es jetzt nicht. Wie ist deine Frage?«

»Deine Zitronenlimonade hat meinem Husten so gutgetan. Ich wollte dich fragen, ob du mir ein paar Zitronen schenkst und ich daraus Bonbons machen darf. Ich möchte gern wissen, ob sie auch so wohltuend wirken und ob man sie vielleicht für Notfälle in der Hosentasche haben kann.« Sie brach ab, verwundert. In Skems Gesicht lag auf einmal ein weicher, zärtlicher Ausdruck. Sein Blick ging ins Leere, sie konnte sehen, dass seine Gedanken meilenweit entfernt waren. »Ella«, murmelte er.

19

Der Geschmack von Gelb

Jessieanna wünschte, sie könnte malen. So gern hätte sie es festgehalten, dieses alte, wetterzerfurchte, erfahrene Gesicht mit Weisheit, Sehnsucht, Wehmut und Zärtlichkeit darin. Der blühende Garten um den alten Mann herum, seine großen nackten Füße und die knorrigen Hände, die er auf dem Knauf seines Stockes gefaltet hatte. Ein Foto hätte nichts genützt. Nur ein kundiger Pinsel hätte der Szene gerecht werden können.

Aber sie konnte nicht malen. Also wartete Jessieanna und schwieg. Das Bild verstaute sie sicher in ihrer Erinnerung. Lian buddelte.

Schließlich schreckte Skem aus seinen Gedanken auf. »Entschuldige. Wo waren wir?«

»Wer ist Ella?«, wagte Jessieanna zu fragen.

»Ella … Ella war eine Frau, die einmal hier in der Kurklinik war. Man hatte ihr ein Stück eines Lungenflügels entfernt. Sie hatte Angst. Sie hatte das Gefühl, ein Loch in sich zu haben und keine Luft mehr zu bekommen. Durch einen Zufall kam sie in meinen Garten. Meine Zitronen haben ihr geholfen. So wie dir. Sie sagte, dass Loch in ihr wäre jetzt nicht mehr schwarz, sondern voll wunderbar heiterer gelber Farbe. Und ihr Atmen fühle sich wieder frei, nachdem sie an den Zitronen gerochen und die Limonade getrunken hatte. In der ersten Zeit schlief sie mit einem Blatt von meinem Zitronenbaum unter dem Kissen und sagte, die Angst wäre fort und durch Zuversicht ersetzt.«

»Daher weißt du, dass die Zitronen eine heilende Wirkung haben können?«

»Ich weiß nicht, ob sie heilen. Ich glaube, sie tun dem Geist gut.«

»Was ist aus Ella geworden?«, wollte Jessieanna wissen.

»Ihre Kur war zu Ende, und sie fuhr zurück nach Berlin. Was sonst?«

»Habt ihr nie wieder Kontakt gehabt?«

»Nein, warum? Aber ich habe ihr einen kleinen Zitronenbaum zum Abschied geschenkt. Einen Ableger.«

»Wie schön.«

»Fertig!« Lian stellte den Spaten beiseite und klopfte sich die Hände an der Hose ab. »Jessieanna, komm her und halte bitte das Windrad fest, während ich die Erde wieder zuschütte. Ist es so richtig, Skem?«

Jessieanna bemühte sich, das Rad aufrecht zu halten.

»Ich beeile mich mit dem Zuschütten«, sagte Lian. »Sag Bescheid, wenn es zu schwer wird.«

»Bestens. Gefällt mir sehr.« Skem klang zwar wieder ein wenig brummig, aber das war wohl pure Gewohnheit. Unter der Brummigkeit konnte man die Freude heraushören. Jessieanna war hochzufrieden. Außerdem gefiel ihr das Windrad selbst, wie es sich unter dem blauen Himmel drehte, eingerahmt von den hellen Dünen und dem Gras darauf. Es passte hierher, und es passte auch tatsächlich zu Skem.

Zu dritt beobachteten sie eine Weile, wie es sich mal schneller, mal langsamer drehte und dann für einen Augenblick ein neugieriger Spatz darauf landete. Sie lachten, als er überrascht wieder aufflog, weil er mit der Drehbewegung nicht gerechnet hatte.

»Jetzt habt ihr euch eine Limonade verdient«, sagte Skem. »Und dann machen wir Bonbons.«

»Wirklich?« *Wir* hatte er gesagt! Das übertraf Jessieannas Hoffnung bei weitem. Skem zeigte auf einen der drei Zitronenbäume, die im Schutz der Düne standen. Diesmal griff Jessieanna schon instinktiv nach seinem Ellbogen, ehe er ins Straucheln kam. »Such dir Zitronen aus, Pinswins Tochter.« Jessieanna wartete, bis er sein Gleichgewicht wieder sicher hatte, und trat dann ehrfurchtsvoll an den mittleren Baum.

»Ich darf sie selbst pflücken?« Der Baum trug Blüten und Früchte in jedem Reifegrad. Kleine grüne, dicke gelbe. Sie fuhr mit dem Zeigefinger über die Schale. Steckte die Nase in die Blüten. Wie aus feinem Biskuitporzellan sahen sie aus. Jessieanna konnte sich sehr gut vorstellen, was jene Ella gemeint hatte, als sie sagte, das schwarze Loch wäre jetzt von Gelb erfüllt. Aber nicht nur Gelb löste der Duft in Jessieannas Gedanken aus. Auch tiefere Orangetöne, helles leuchtendes Grün und noch eine ganz andere Farbe, die sie überhaupt nicht kannte, spukten in ihrem Kopf. Sie berührte eine sonnenwarme Frucht, die ihr reif vorkam. Das stimmte wohl, denn die Zitrone fiel wie von selbst in ihre Hand. Sie ließ sich Zeit damit, weitere auszuwählen. Allein das Aussuchen und Pflücken hatte schon etwas Heilsames.

Skem ließ es sich nicht nehmen, die Zitronen selbst auszudrücken und ihnen die Limonade am Küchentisch zu servieren. »Das habe ich immer für meine Gäste gemacht, und das werde ich auch weiterhin tun«, sagte er barsch, als Lian ihm Hilfe anbot.

»Wenn du sie nicht vorher vergrault hast«, meinte Lian.

»Ja, wenn ich jemanden loswerden will, vergraule ich ihn. Was sonst?« Skem stellte das dritte Glas auf den Tisch und setzte sich. »Ich bin zu alt, um Zeit mit Menschen zu verbringen, die ich nicht mag.«

»Ich glaube, das warst du schon immer«, sagte Lian.

»So etwas Ähnliches hat mein Vater auch einmal gesagt«, sagte Jessieanna. »Er hat dich dafür immer bewundert, Skem. Er sagte, er kennt keinen Menschen, der weniger geheuchelt hätte als du, nämlich nie.«

»Es macht mich unbequem, aber warum soll immer alles bequem sein?«

Auf Skems Lächeln musste man ziemlich lange warten, aber wenn es kam, lohnte es sich, dachte Jessieanna.

»Wie geht das mit den Bonbons? Warum bin ich da nur nie darauf gekommen?«, fragte Skem. »Ich hätte Ella welche mitgeben können«, fügte er leise an.

Lian hob die Augenbrauen und sein Blick suchte Jessieanna. Sie schüttelte unmerklich den Kopf. So gut kannte sie Skem inzwischen schon, dass sie spürte, dass er zu Ella keine weiteren Fragen hören wollte. Es war zu persönlich.

»Du bleibst jetzt sitzen. Ich mache die Bonbons«, sagte sie. »Hast du eine Reibe? Ich muss die Schale abreiben. Du hast sie sicher nicht mit Gift gespritzt, oder?«

»Gift? In meinem Garten?« Tiefste Empörung lag in Skems Stimme. »Die Reibe ist da in der Schublade.«

»Ich hab ja nur gefragt. Deine Zitronen sehen so perfekt aus, und das in diesem Klima. Es ist kaum zu glauben, dass sie keinen Schimmel oder Ungeziefer oder sonst was bekommen, ohne dass du etwas Besonderes damit machst.«

Aber er ließ sich nicht dazu verleiten zu erzählen, was er Besonderes machte. Er brummte nur etwas Unverständliches vor sich hin und versteckte seine Nase im Limonadenglas. Nun, sie würde schon noch herausbekommen, wie er seine Pflanzen zum Gedeihen brachte. Jetzt waren erst die Bonbons dran.

»Hast du eine Marmorplatte oder so was?«

»Die Arbeitsplatte von dem alten Schrank da drüben ist aus Marmor. Geht das?«

»Sicher.« Lian und Skem sahen interessiert zu, als Jessieanna eine Packung Zucker, die sie mitgebracht hatte, in einen Topf schüttete, die abgeriebene Schale der Zitrone dazugab und eine Tasse Wasser. »O fein, du hast auch einen Mörser.«

»Was zerdrückst du da drin?«, wollte Lian wissen.

»Ein paar Safranfäden. Zum Glück habe ich welche in Rheas Küche gefunden.«

»Ich habe noch einen Vorschlag.« Skem nahm eine kleine Dose aus einem Regal. »In meine Limonade kommt immer etwas von meinem selbstgemachten Meersalz hinein. Nur ein, zwei Körner. Ich weiß, Bonbons müssen süß sein, aber ich finde, das Salz passt. Man merkt es nachher gar nicht, und trotzdem ist es wichtig.«

»Unbedingt. Wie machst du es?«

»Ich lasse das Meerwasser einfach in der Sonne in großen flachen Schalen verdampfen.«

»Die Essenz des Meeres also. Die Seele. Ja, die darf nicht fehlen.«

Jessieanna ließ die Mischung köcheln, bis der Zucker sich aufgelöst hatte. Inzwischen schrubbte sie die Marmorplatte sauber. Die Küche füllte sich langsam mit einem goldgrünblauen Duft wie über einem Weizenfeld im August. »Jetzt machen wir eine Probe.« Sie gab einen Tropfen der Mischung in ein Glas kaltes Wasser. Er erstarrte sofort. Sie fischte ihn heraus und zerbrach ihn. »Perfekt!« Nun rührte sie den Saft der Zitrone hinein. »Jetzt wird es spannend.« Sie schüttete den Inhalt des Topfes auf die Marmorplatte, wo die Masse sofort anfing zu erstarren. Eilig schnitt Jessieanna sie mit einem bereitgelegten langen Messer in kleine Stücke, bevor sie zu hart wurde.

»So. Wollt ihr kosten?«

Sie musste lächeln über den nachdenklichen Ausdruck von Skem und Lian, die die Bonbons im Mund bewegten und den Geschmack erforschten. Überraschung lag auf ihren Gesichtern. Wahrscheinlich sah sie selbst gerade genauso komisch aus.

Zuerst schmeckte sie gar nichts. Doch dann, so wie eine Meereswelle, die sanft heranrollt, sich dann auftürmt, rauschend bricht und den Strand heraufschießt, breitete sich das Aroma erst in ihrem Mund, dann im ganzen Körper aus. Aber nicht nur dort. Es war wie ein Funkeln, leicht wie der Sommerwind, das in ihr aufstieg, durch ihre Adern floss, in ihren Zehen und Fingerspitzen kribbelte und in ihrem Gehirn eine ferne Musik erklingen ließ, die zum Tanzen einlud.

Es war nicht wie ein Rausch. Es war mehr wie eine sanfte Berührung, ein Lächeln von innen. Man konnte es verpassen, aber wenn man darauf achtete, war es da. Jessieanna spürte den Farben darin nach. Jetzt verstand sie noch besser, was diese Ella gemeint hatte, als sie sagte, dass dieses Gelb das schwarze Loch in ihr füllte und heilte.

Oder lag diese funkelnde Freude in ihr gar nicht an den Bonbons, sondern an der Atmosphäre in der Küche? Das fröhliche Beisammensein mit Lian und Onkel Skem, das auf einmal so leicht und sorglos schien wie der fliegende Sand draußen? Warum tat ihr das so gut, warum fühlte sie sich auf einmal wie ein übermütiges Kind beim Spielen? Was war so anders hier? Jessieanna spürte dem Geschmack des Bonbons weiter nach, tief in Gedanken versunken und seltsam erschüttert.

Hatte sie sich verrannt in den letzten Jahren? Sie hatte studiert und nebenbei in der Firma gearbeitet und abends an ihrem Projekt getüftelt. Hatte sie zu wenig gelebt? Woher kamen diese Zweifel jetzt?

Sicher vermisste sie einfach nur Ryan. Er war stets ihre Kraftquelle, und nun war sie schon so lange weit weg von ihm. Auf einmal stiegen ihr Tränen in die Augen.

Skem sah es und sagte nichts, legte nur seine vom Leben gezeichnete Hand auf ihre Schulter und drückte sie kurz. Lian sah es und wischte mit einem Finger zärtlich eine Träne fort. Keiner von beiden stellte Fragen.

Sie war so froh, dass sie ihren Onkel noch kennenlernen durfte! Das war auf gar keinen Fall ein Grund zum Weinen. Sie schniefte und fand ihr Lächeln wieder.

»Wie findet ihr sie?« Jessieanna begann, die übrigen Bonbons in Pergamentpapier einzuwickeln. Sie wollte unbedingt Katriona welche schicken.

»Ich habe noch nie bessere gegessen. Ich meine damit nicht unbedingt den Geschmack. Es ist … irgendwie die Wirkung.«

Lian zuckte mit den Schultern. »Man kann es nicht beschreiben, aber ich weiß jetzt, was du meinst. Und auch, warum du diese Körperlotion entwickeln willst. Das Gefühl, das du anstrebst, steckt da drin.«

»Skem? Was sagst du? Skem?« Ihr Onkel hatte wie vorhin einen völlig entrückten Blick, als wäre er ganz woanders. Jetzt zuckte er zusammen. »Wie bitte?«

»Wie du die Bonbons findest. Spürst du auch diese Wirkung?«

»Wirkung. Ja. Auf meine Zitronen ist Verlass. Gute Idee mit den Bonbons.«

»Was ist das mit diesen Zitronen, Skem? Warum sind sie so besonders?«

Er machte eine abwehrende Handbewegung. Zuckte mit den Schultern. »Was weiß ich. Hier im Norden müssen sie sich das Leben erkämpfen. Daher wird diese Energie kommen. Der salzige Wind, das raue Klima.«

Jessieanna sah ihn durchdringend an. Das seltsame Schmunzeln lag noch immer in seinen Mundwinkeln. »Kann sein. Das spielt sicher eine Rolle. Aber da muss noch etwas anderes sein.«

»Nicht alle Rätsel lassen sich lüften, Pinswins Tochter.«

Jessieanna gab es auf. Für heute war sie zufrieden. Den Rest würde sie auch noch herausfinden. »Möchtest du nicht dieser Ella ein paar Bonbons schicken? Sie würde sich sicher freuen.«

Nun sah er verblüfft aus. »Ella? Warum? Das ist fast zehn Jahre her. Ich habe nicht einmal ihre Adresse.«

»Wie hieß sie denn mit Nachnamen?«

»Berger.«

»Oh. Nicht gerade ein seltener Name. Schade. Hör mal, Skem,

es ist sicher unverschämt, aber da deine Bäume so gut tragen, würdest du mir noch eine Zitrone überlassen? Ich möchte so gerne ausprobieren, wie sie in meiner Lotion wirkt.«

Skem sah auf einmal müde aus. »Sicher. Nimm dir einfach noch eine. Aber nur unter der Bedingung, dass ihr mich nun allein lasst. Für heute habe ich genug Gesellschaft gehabt.«

»Aber natürlich. Tut mir leid. Ich räume hier nur noch schnell ein bisschen auf.« Jessieanna spülte eilig die Schüsseln und wischte die Marmorplatte ab.

»Und ich wechsle noch deinen Verband, Skem, wenn du möchtest«, sagte Lian.

Auf dem Heimweg am Strand erwischte sich Jessieanna dabei, dass sie vor sich hin pfiff. Das hatte sie lange nicht mehr getan. Es war ein so schöner und erfolgreicher Tag gewesen. Oder lag es an den Bonbons, deren Geschmack noch immer in ihr prickelte wie das Meer an ihren Füßen? Vom Husten war nichts zu merken. Die Zitrone, die sie auf dem Weg nach draußen ganz oben von einem der Bäume gepflückt hatte, lag rund und schwer in ihrer Jackentasche.

Zu Hause würde sie sich gleich an den Laptop setzen und Ryan alles erzählen.

Bei diesem Gedanken lief sie langsamer. Sie wusste gar nicht, wie sie ihm diesen besonderen Nachmittag in Skems Küche erklären sollte. Ryan stand nicht auf Bonbons. Und überhaupt war das alles nicht so leicht in Worte zu fassen.

Vielleicht würde sie erst mal an Katriona schreiben. Das war leichter. In Gedanken sprudelten schon die Worte.

Liebe Katriona, ich schicke dir hiermit einige der ersten Bonbons, die wir heute in Skems Küche gemacht haben. Stell dir vor, es ist auf Anhieb gelungen! Bitte sag mir genau, was für Empfindungen sie in dir auslösen. Ich bin schrecklich gespannt! Es hat übrigens einen Riesenspaß gemacht. Skem ist viel netter als gedacht, jedenfalls manchmal, und Lian …

Lian? War der überhaupt wichtig genug, um erwähnt zu werden? Aber der Augenblick der Behaglichkeit in der Küche, die Leichtigkeit dabei – das wäre ohne Lian nicht vorstellbar gewesen und nie passiert.

Zu Hause angekommen, sah Jessieanna ein Bündel Briefe aus der Klappe des Briefkastens am Tor ragen. Anscheinend hatte Rhea vergessen, die Post mit hineinzunehmen. Jessieanna zog den Stapel vorsichtig heraus und schloss die Tür auf. Aus der Küche drang Geschirrklappern. Kalle und Rhea standen über einen dampfenden Topf gebeugt, der verlockend duftete.

»Hallo, ihr beiden. Rhea, ich habe die Post mit hereingebracht. Habt ihr Lust, selbstgemachte Bonbons zu kosten?«

»Unbedingt. Essen ist auch gleich fertig.« Rhea drehte sich zu ihr um, den Kochlöffel erhoben in der Hand. »Die Post habe ich ganz vergessen. Oh!«

»Was ist?«, fragte Kalle.

Jessieanna sah, wie Rhea nach einem Blick auf den obersten Umschlag erstarrte. Vom Kochlöffel tropfte Suppe auf den Boden, ohne dass ihre Cousine es bemerkte. Kalle nahm ihr den Löffel sanft ab. »Von wem ist der Brief, Liebes?«

Rhea nahm das Kuvert mit spitzen Fingern in die Hand wie etwas Giftiges und drehte es um. »Julian. Das ist Julians Schrift!«

Verwirrt sah sie auf, alten Schmerz in den Augen. »Es ist schon so viele Jahre her, dass er gegangen ist. Seitdem habe ich nichts von ihm gehört. Und jetzt schreibt er mir einen Brief! Aus Island. Was soll das? Ich will nichts mehr mit ihm zu tun haben.«

»Der Mann mit der Ukulele?«, fragte Jessieanna. Was hatte sie nun wieder angerichtet? Aber diesmal konnte sie nichts dafür.

»Ja.« Kalle schob Rhea einen Stuhl hin. »Setz dich und mach ihn auf. Dann weißt du es. Grübeln bringt gar nichts. Ich bin bei dir.«

Jessieanna fühlte sich hilflos. »Möchtest du eins von diesen Bonbons? Es sind besondere. Sie geben Energie.« Im selben Moment fand sie sich reichlich dumm. Wie sollte ein Bonbon gegen eine tiefsitzende Trauer helfen? Aber immerhin waren es ja nicht irgendwelche Bonbons.

Rhea lächelte sie an. »Gerne. Ihr seid toll. Warum sollte ich auch Angst vor einem Brief haben? Als er ging, tat mir Julian einen großen Gefallen. Sonst wären wir beide jetzt nicht zusammen.« Sie lehnte sich an Kalle. »Es war nur so überraschend. Seine Schrift ist immer noch so vertraut.« Sie wickelte das Bonbon mit gezwungener Ruhe aus und schob es sich in den Mund. »Du, die schmecken wirklich toll. Und kribbeln so schön.«

»Mach den Brief auf«, sagte Kalle streng. »Oder möchtest du ihn lieber im Glasbilderzimmer lesen? Hilft dir das?«

»Nein. Nein, in das Zimmer gehören nur schöne Angelegenheiten. Ich weiß ja nicht, was Julian will.«

Rhea schob zögernd den Finger unter die Lasche.

Jessieannas Zitronenbonbons

500 g weißer Rohrzucker
1 unbehandelte Zitrone, Schale davon abgerieben
einige Körner Meersalz
Saft von 1 Zitrone
ein paar Safranfäden, im Mörser zerstoßen
125 ml Wasser
Puderzucker

Zucker, Zitronenschalenabrieb, Salz, Safran und Wasser in einem Topf aufkochen. Vorsicht, die Zuckermasse wird sehr heiß und kann herausspritzen. Etwa zehn Minuten kochen lassen.

Zur Probe einen Tropfen der Masse in kaltes Wasser gießen, er muss sogleich erstarren.

Dann Zitronensaft zur Masse hinzugeben, vermengen. Masse auf einer mit Öl eingeriebenen Marmorplatte (man kann auch eine Fliese verwenden) ausgießen und in Würfel schneiden.

Variante: Mit einem Spatel die Zuckermasse auf der Platte durchkneten. Sobald man sie anfassen kann, Stängel ziehen und mit der Schere kissenförmige Bonbons abschneiden.

Abgekühlte Bonbons mit dem Puderzucker vermischen, damit sie nicht aneinanderkleben. Dann in Pergamentpapier wickeln, in Blechdosen verschlossen aufbewahren.

Pinswin

2005

Kalifornien

20

Nachrichten aus dem Norden

Pinswin saß in seinem Büro, die Füße auf dem Schreibtisch. Nachdenklich betrachtete er den versteinerten Schädel eines kleinen Säugetiers aus der Kreidezeit, der neben dem Computer stand. In den leeren Augenhöhlen und dem halbgeöffneten Maul hatte ein Mineral grünlich glitzernde durchsichtige Kristalle gebildet, wie es häufig an Fossilien geschah. Die Kombination war unheimlich.

Das Licht der Schreibtischlampe funkelte in den Kristallen, als wäre noch Leben in den Augen des Tieres. Für Pinswin war dieses Erinnerungsstück ein Symbol dafür, dass auf alten, manchmal hässlichen Überbleibseln Neues, ganz anderes und Schönes entstehen konnte. Doch das konnte nie ohne das Vorangegangene geschehen, auf dem es wuchs.

So ähnlich war es jetzt durch den Brief gekommen, den Julian nach all den Jahren an Rhea geschickt und von dem Jessieanna berichtet hatte. Er hatte es in liebevoller Absicht getan, also auf die alten Trümmer der kaputten Beziehung etwas Neues, Schönes gelegt.

Pinswin stellte den Schädel, den er versonnen in der Hand hin und her gedreht hatte, zurück an seinen Platz und widmete sich den Seiten auf seinem Schoß. Er hatte den Brief ausgedruckt, den Jessieanna ihm per E-Mail geschickt hatte. Zwar kam er gut mit dem Computer zurecht, doch Dinge, die er wirklich begreifen wollte und die ihm etwas bedeuteten, las er doch lieber auf Papier. Es brachte sie ihm näher.

Lieber Daddy, ich vermisse dich schrecklich, schrieb Jessieanna. Über diesen Brief wirst du dich freuen. Rhea und Filine haben gesagt, ich soll ihn dir sofort schicken. Rhea war ganz schön erstaunt, nach all der Zeit einen Brief von Julian zu bekommen! Sie hatte Angst davor, ihn zu öffnen, aber wie du sehen wirst, war das völlig unbegründet. Julian wollte ihr einen Gefallen tun.

Ich finde es toll, dass er nach all den Jahren daran gedacht hat, wie viel der Töveree Rhea und Filine bedeutet. Von uns wusste er ja nichts. Vielleicht hilft dir der Inhalt weiter. Du findest sicher mehr nützliche Hinweise darin als ich. Aber die Geschichte an sich hat mir sehr gut gefallen.

Ich umarme dich ganz doll und gebe zu, deine Idee, dass ich hierherkommen sollte, war gut. Aber das habe ich dir ja schon erzählt.

Den Brief habe ich mit Rheas Scanner kopiert, ich hoffe, du kannst ihn lesen. Viel Spaß damit. In Liebe, J.

PS: Aber mach bitte nichts Leichtsinniges!!!

Pinswin lächelte und schloss für einen Augenblick die Augen. Er stellte sich seine Tochter vor, ihre Sommersprossen, ihren Blick, der mal so nachdenklich, mal so übermütig war. Ihre Hartnäckigkeit und ihre Herzlichkeit. O ja, er vermisste sie schmerzlich! Doch es erfüllte ihn mit Zufriedenheit, dass sie dort war, wohin sein Herz gehörte, und nun ihrerseits dieses Land der Spiegel erleben durfte, von dem er jeden Quadratzentimeter kannte. Nein, gekannt *hatte*, denn er wusste ja, wie sehr es sich ständig veränderte, wie es immer im Fluss war, wie die Persönlichkeit eines Menschen. Und dennoch blieb es sich treu. Eines Tages würde auch er es wiedersehen. Nur noch nicht jetzt. Jetzt war sein Platz hier, bei Savannah, bei den Spuren der Vergangenheit und seinen Studenten.

Ja, und bei der Suche nach dem Töveree! Er setzte die Brille auf und begann zu lesen. Für einen Moment hatte er Schwierigkeiten mit Julians Handschrift, doch dann fesselte ihn die Geschichte.

Liebe Rhea,
ich weiß, dich und Filine wird sehr interessieren, was ich neulich gehört habe. Darum wollte ich es dir gern berichten, egal, was du nach all der Zeit von mir halten magst. Ich musste dabei so sehr an euch denken, dass ihr mir auf einmal wieder ganz nahe wart. Das ist doch der Effekt, den der Töveree haben soll, nicht wahr? Dass er ein wenig Licht ins Dunkel bringt? Vielleicht gilt das ja auch für Zwischenmenschliches und nicht nur für das Meer bei Sturm.

In unserem Hotel auf Island wohnte kürzlich ein Gast, der uns allen sehr sympathisch war. Er war an der Bar, als meine kleine Tochter Ilsa hinfiel und sich das Knie stieß. Ehe ich mich um sie kümmern konnte, hatte er sie aufgehoben, neben sich auf einen Barhocker gesetzt und gefragt: »Soll ich dir eine Geschichte erzählen?« Ilsa hörte auf zu weinen, sah ihn mit großen Augen an und fragte: »Kommt ein Tier darin vor?«

»O ja. Es kommt ein großes, ganz besonderes Tier darin vor. Ein Lebewesen der Meere. Aus einem Land noch weiter oben im Norden. Darf ich sie dir erzählen?«

»Ja, darfst du«, sagte Ilsa mit großem Ernst. »So weit im Norden wie der Weihnachtsmann wohnt?«

»Nicht ganz so weit im Norden. Aber ziemlich weit. Ich wette, der

Weihnachtsmann ist schon oft darübergeflogen, wenn er auf dem Weg zu dir war.«

Während der Gast seine Geschichte erzählte, klebte ich erst ein Pflaster auf Ilsas Knie und beschäftigte mich dann mit den Gläsern an der Bar, um unauffällig zuhören zu können.

»Mein Großvater hat mir diese Geschichte erzählt, als ich so alt war wie du, Ilsa. Wir gingen am Strand spazieren, und ich jammerte, dass mir kalt wäre. Es war Winter, und meine Füße waren wie Eisklumpen. Lieber hätte ich drinnen in der Wohnung gesessen mit einem heißen Kakao und mit meinem Großvater gespielt.

›Jammere nicht‹, sagte mein Großvater, ›stell dir vor, der blaue Eisfisch würde vorüberziehen und wir würden diesen Anblick versäumen! Es war immer genau solches Wetter wie heute, wenn ihn jemand gesichtet hat. Ich gebe zu, dass es nicht oft vorgekommen ist, aber man kann nie wissen!‹

Von einem blauen Eisfisch hatte ich noch nie gehört. Mein Großvater sah mir an, dass ich dachte, er wollte mich veräppeln. ›Du kannst mir gern glauben, dass es ihn gibt‹, versicherte er. ›Es waren weise und anerkannte Männer, die berichteten, ihn gesehen zu haben, keine angetrunkenen Matrosen! Der blaue Eisfisch besitzt die Größe eines kleinen Wals und einen langen spitzen Kiefer wie ein Schwertfisch. Er kann springen wie ein Delphin und hat einem Rochen gleich zwei große Seitenflossen, jedoch auch eine am Rücken. Das Außerordentliche an ihm ist, dass er trotz seines Gewichtes wie ein fliegender Fisch mit diesen Seitenflossen ein Stück segeln kann. Vor allem aber trägt er auf seiner Haut große kreisförmige Schuppen, von welchen ein blaues geheimnisvolles Leuchten ausgeht. Man hat ihn nur aus der Ferne gesehen, doch wer ihn erblickt hat, vergisst ihn niemals wieder und erzählt, es würde wie Medizin auf die Seele wirken. Ruhe und Frieden breiten sich in demjenigen aus, der sein Licht gewahrt. Ebenso die Zuversicht, dass er die Hindernisse bewältigen kann, die in seinem Leben noch vor ihm liegen. Wer eine solche Schuppe fände, sei ein Glückskind, sagte man, doch auf Island zumindest hatte niemand je eine gefunden. Denn an Island zieht der blaue Eisfisch auf seiner Reise in den Süden nur vorüber.‹ Mein Großvater sah geheimnisvoll in die Ferne. Bestimmt hätte er dieses Wesen allzu gern einmal selbst gesehen. So ging es mir nun auch. ›Aber wo kommt er denn her, Großvater, und wohin reist er?‹, wollte ich wissen.

›Nun ja‹, sagte er, ›ich habe einmal mit einem erfahrenen Kapitän gesprochen, der schwor, den blauen Eisfisch an einem Wintertag selbst erblickt zu haben. Er sagte, auf dem Schiff sei auch ein Eskimo gewesen, ein Inuit aus Nunavut im Norden Kanadas. Von dort käme der blaue Eisfisch, hätte dieser Mann erzählt. Er würde sich hin und wieder auf die Reise in ein Meer weiter im Süden machen, doch nur im Winter, denn er mag die Wärme nicht. Sie würde ihn krank machen. Die Inuit nahmen an, dass er auf dieser Reise eine bestimmte Nahrung suchte, die er vielleicht zur Fortpflanzung brauchte.‹ Mein Großvater nahm meine Hand. ›Lass uns nach Hause gehen.‹«

Der Gast spähte nachdenklich in sein Glas. »Ich glaube ganz sicher, kleine Ilsa, dass es diesen blauen Eisfisch gibt, auch wenn ich ihn nie gesehen habe. Denn mein Großvater zweifelte an vielen Dingen, aber nie daran. Ich hoffe immer noch, dass ich dieses Wesen eines Tages wenigstens aus der Ferne erblicken kann. Und damals, als ich selbst noch klein war, ging ich oft zum Strand, wenn ich traurig war oder mir ein Knie gestoßen hatte, und dann glaubte ich, ganz weit hinten am Horizont ein blaues Leuchten zu sehen und hoffte, dass vielleicht irgendwo dort in der Tiefe der blaue Eisfisch gerade vorbeischwamm und mir ein bisschen Trost und Glück mit den Wellen an Land schickte.«

Ilsa hatte mit großen Augen zugehört. »Aber wie kann denn ein Fisch leuchten, wenn er doch gar kein Elektrisch hat?«

»Ach, weißt du«, sagte der Gast, »Leuchten geht in der Natur auch ohne Elektrizität. Zum Beispiel mit Chemie. Im Meer gibt es auch winzig kleine Lebewesen, die sorgen dafür, dass in warmen Sommernächten die Wellen am Strand ganz blau schimmern, das nennt man Meeresleuchten. Und in Neuseeland leben Glühwürmchen, die im Wald Schnüre mit Tropfen daran aufhängen, die aussehen wie Vorhänge aus Glasperlenketten. So fangen sie ihre Nahrung, denn die vorbeifliegenden Insekten halten die vielen Glühwürmchen und ihre Perlenschnüre für den Sternenhimmel und bleiben daran kleben.«

»Oh«, sagte Ilsa, »leuchtet denn der blaue Eisfisch auch, damit sein Futter an ihm kleben bleibt?«

»Das ist eine gute Frage.« Der Gast rührte nachdenklich in seinem Rumtopf. »Ich glaube, das wäre unpraktisch. Vielleicht ist es wie bei den Korallen. In den Korallen wohnen viele kleine Algen. Das ist gut für die Algen, weil sie eine sichere Wohnung haben. Es ist aber auch gut für die Korallen, denn die Algen produzieren Nahrung für die Korallen. So was nennt man eine Symbiose, wenn sich zwei Lebewesen gegenseitig helfen. Die Algen in den Korallen leuchten auch manchmal.«

»Du meinst, in den Schuppen von dem Eisfisch wohnen auch Algen?«

»Das könnte doch sein. Vielleicht möchte er damit seine Feinde erschrecken.«

»Oder es ist doch einfach Zauberei«, meinte Ilsa. »Mein Knie tut nämlich gar nicht mehr weh.«

»Wer weiß?«, sagte der Gast. »Und jetzt hätte ich gern noch ein Glas von diesem wunderbaren Rumtopf.«

Ich schenkte ihm also nach, und dann schrieb ich auf, was er erzählt hatte, ehe ich die Einzelheiten vergessen würde.

Liebe Rhea, vielleicht ist es nur Seemannsgarn, aus sentimentalen Erinnerungen an einen alten Mann und einem guten Rumtopf geboren, um

ein Kind zu trösten. Aber das wäre doch ein sehr großer Zufall, diese
Ähnlichkeiten mit eurem Töveree! Darum drängte es mich, dir diese
Geschichte zukommen zu lassen.

Ich hoffe, du bist glücklich.

Alles Liebe, Julian

Pinswin ließ die Blätter sinken. Sein Herz klopfte. Der blaue Eisfisch! Als er ganz jung war, kurz bevor er Amrum verließ, hatte er im Museumsarchiv in Hamburg einen Hinweis darauf gefunden, dass zwei Wissenschaftler schon einmal einen blauen Eisfisch erwähnt hatten. Bereits damals hatte er eine Ahnung gehabt, dass es sich dabei vielleicht um den Töveree handeln könnte. Doch wie sehr er auch nachforschte, die Spur führte ins Leere. Es war nur die Rede von einem Fisch von annähernder Walfischgröße gewesen, der nur im Winter gesichtet wurde und dessen Haut bläulich schimmerte. Die Schuppen fanden keine Erwähnung und auch die Flossen nicht oder der spitze Kiefer.

Und jetzt das! Pinswin hatte nun keinen Zweifel mehr daran, dass es sich bei dem blauen Eisfisch und dem Töveree um ein und denselben Fisch handelte.

Eine Symbiose wie bei den Korallen. Pinswin dachte nach. Darauf hätte er selbst kommen müssen. Manchmal vergaß er über der Paläontologie die Biologie. Er hatte immer angenommen, dass der Fisch selbst einen chemischen Cocktail produzierte, der das Leuchten entstehen ließ, so wie die Glühwürmchen. Aber eine Symbiose wäre eine gute Erklärung dafür. Um Nahrung anzulocken, um Feinde abzuschrecken oder um Partner zu suchen – es gab jede Menge gute Gründe für so etwas. Doch wie war dann zu erklären, dass die Schuppen und die Knochen selbst nach Jahrzehnten noch leuchteten, wenn man sie befeuchtete? Es war durchaus möglich, dass sich entsprechende Mikroorganismen, die auf den Schuppen lebten, für eine Weile auch in der Mineralstruktur der Knochen ansiedelten, wenn das Wirtstier starb. Aber keine Algen und kein Plankton würden so lange nach dem Tod des Wirtstiers überleben. Oder doch? Pinswin dachte wieder an das Bärtierchen, ein Mikroorganismus, den man erst in letzter Zeit gründlicher erforscht hatte. Bärtierchen konnten jahrzehntelang in völliger Trockenheit oder sogar bei Minustemperaturen überleben und danach wiedererweckt werden. Sie verwandelten sich in der Zwischenzeit einfach in etwas Glasähnliches. Wenn das dem Bärtierchen gelang, warum sollte es nicht auch noch andere Mikroorganismen geben, denen dies möglich war?

Pinswin fuhr ins Institut und suchte Simon im Labor auf.

»Hey, Boss, was gibt's?«

»Ich soll dich von Jessieanna grüßen.« Pinswin rumorte in einem Regal mit Reagenzgläsern herum.

»Ich hoffe, dem Mädel geht es gut. Was suchst du?«

»Hab's schon gefunden. Ja, es geht ihr sehr gut.« Pinswin reichte Simon ein Reagenzglas. »Simon, hier drin sind kleine Bruchstücke der Schuppe des Töveree und der leuchtenden Knochen. Bitte tue mir den Gefallen und untersuche sie auf Mikroorganismen. Ich habe Informationen bekommen, die auf eine Symbiose wie bei Korallen hindeuten. Es ist nur eine Vermutung. Eine ziemlich wilde, zugegeben. Aber immerhin nicht unmöglich.«

Simon betrachtete das Reagenzglas nachdenklich.

»Du meinst, da lebt noch etwas?«

»Ich weiß nicht. Vielleicht ist es nur ein Chemiecocktail, der bei Berührung mit Wasser wieder reagiert. Aber du konntest beim ersten Mal nichts in dieser Hinsicht finden.«

»Stimmt. Und nach Mikroorganismen habe ich nicht weiter gesucht. Aber es wurden schon Mikroben zum Leben erweckt, die sechzig Millionen Jahre in Kristallen eingeschlossen waren. Und immerhin hat man inzwischen ja noch mehr Unglaubliches über das Bärtierchen herausgefunden.«

»Genau. Das Bärtierchen. Ich verlasse mich auf dich, Simon. Wenn es etwas zu finden gibt, dann findest du es. Aber du weißt schon ...«

»Zu keinem ein Wort außer zu dir. Alles klar, Boss.«

Zu Hause breitete Pinswin eine Landkarte aus. An Island schwamm der Fisch also angeblich nur vorbei. Schon früher hatte Pinswin vermutet, dass das Tier aus dem Norden kam, daher seine Vorliebe für den Winter. Aber er hatte tatsächlich dabei an Island oder Grönland gedacht. Laut Julians Brief kam der Fisch jedoch von viel weiter her, aus dem Norden Kanadas. Aus Nunavut, das bedeutete in der Sprache der Inuit »unser Land«.

Pinswin öffnete die untere Schublade seines Schreibtisches, in der er Adressen interessanter Leute sammelte, die er auf Kongressen und bei Projekten getroffen hatte. Es war schon Jahre her, aber irgendwo in diesem Zettelwust befand sich die Adresse zu einem Namen, der in seiner Erinnerung auftauchte. Ein Kongress in Toronto, ungefähr sieben Jahre her. Amaruq, der graue Wolf. So hieß der Begleiter eines Vortragenden, der selbst Inuit war und mit dem Pinswin einen ganzen Abend lang ein spannendes Gespräch geführt hatte. Schließlich fand er die Adresse und, welch ein Glück, auch eine dazugehörige E-Mail-Adresse. Hoffentlich war sie noch aktuell. Pinswin setzte sich an den Computer und schrieb, was ihm auf der Seele brannte. Nun, da er wieder eine heiße Spur hatte, packte ihn das alte Fieber. Wie damals, als er achtjährig mit seiner Zwillingsschwester Filine den uralten Pakt geschworen hatte, herauszufinden, was der Töveree war, woher er kam und warum er nicht mehr gesichtet wurde.

Nunavut. Das klang passend geheimnisvoll. Pinswin betrachtete die wilde Ansammlung weißer Inseln auf der Landkarte, das zerfurchte arktische Land. Amaruq hatte ihn seinerzeit spontan eingeladen, ihn einmal in seinem Heimatort Kangiqsujuaq in Quebec zu besuchen.

Wenn er Glück hatte, galt die Einladung noch.

»Tu nur nichts Leichtsinniges, Liebster. Du hast es Jessieanna versprochen. Und mir.« Savannah sah ihn bittend aus ihren großen dunklen Augen an. Packte ihn zärtlich bei den Ohren und hielt ihn dann ganz fest.

Wenn sich Pinswin etwas in den Kopf gesetzt hatte, verlor er keine Zeit. Es waren gerade zwei Wochen vergangen, seit Julians Brief ein Gedankenkarussell in seinem Kopf in Gang gesetzt hatte. Und eine neue Entschlossenheit. Wer wusste denn, wie viel Zeit er noch hatte?

Gut, dass du dich meldest, mein Freund, hatte Amaruq auf seine Mail geantwortet. *Im letzten Herbst habe ich etwas gefunden, was ich dir gern zeigen möchte. Doch ich konnte mich nicht an deinen Nachnamen erinnern und hatte deine Adresse verlegt. Dann ist es mir entfallen. Ich freue mich über deinen Besuch, wenn du kommen möchtest.*

Nun hatte Pinswin ein Ticket nach Quebec in der Tasche und einen gepackten Koffer im Auto. »Du kennst mich doch, Savvy. Ich passe schon auf. Die Inuit leben nicht mehr in Zelten. Sie wohnen in geheizten Häusern und fahren nicht mehr Hundeschlitten, sondern Schneemobil. Es wird total komfortabel. Außerdem gehe ich nicht auf Expedition. Wir machen keine Ausgrabung. Amaruq möchte mir nur etwas zeigen, und ich möchte mit ihm über die Sagen und die Kultur seines Landes plaudern und mir die Gegend ansehen.« Aber auch Pinswin hielt Savannah ganz fest. Er war so froh, dass sie sich hatten.

»O ja. Ich kenne dich! Genau das macht mir Sorgen.«

»Du könntest mitkommen und auf mich aufpassen.«

Sie schüttelte bedauernd den Kopf. »Ich muss den Auftrag für das Museum in Washington fertig machen. Nächstes Mal gern.«

Unterwegs sah Pinswin auf die Uhr. Es würde knapp werden, aber er konnte nicht anders und bog Richtung Institut ab. Er hatte sich die letzten beiden Wochen zurückgehalten, denn er wusste, dass Simon nicht gern gedrängt wurde. Jetzt aber, vor seiner Abreise, ließ sich seine Neugier nicht mehr bremsen.

»Ich gehe dir nicht lange auf die Nerven, Simon« sagte er atemlos, als er ins Labor stürmte. »Bitte sage mir nur kurz, ob du schon irgendetwas herausgefunden hast!«

Simon sagte nichts, sondern winkte Pinswin nur an den Tisch mit dem Elektronenmikroskop. Feierlich dunkelte er das grelle Neonlicht im Labor ab. »Sieh selbst«, sagte er. »Ich habe dich nicht angerufen, weil ich nicht schuld sein wollte, dass du hier tagelang herumhängst, deine Reise verpasst und mir alles durcheinanderbringst.«

Der Tisch war auf Simons Körpergröße eingestellt. Pinswin musste sich bücken, um in das Okular spähen zu können. »Oh!«, entfuhr es ihm, und dann war Stille. Andächtig betrachtete er, was die Technik und Simon sichtbar gemacht hatten.

Zwischen dunklen Körnchen, die wahrscheinlich Knochenmehl waren, leuchteten verhalten blau winzige kristalline Strukturen, in der Form Schneeflocken ähnlich, aber zweistöckig. Pinswin rüttelte ganz sachte an dem Objektträger mit dem Wassertropfen. Bei der Erschütterung begannen die kleinen Wesen, heller zu leuchten, und Pinswin glaubte, die Bewegung von feinen Flimmerhärchen zu erkennen. »Du hast es geschafft«, flüsterte Pinswin. Er wusste selbst nicht, warum er flüsterte, aber es schien ein so erhabener Moment.

»Sie leben tatsächlich in der Knochenstruktur des Töveree. Falls dies wirklich Knochen des Töveree sind. Und das wird wohl so sein, denn auch in dem Fragment der Schuppe habe ich sie gefunden. Sie scheinen wirklich in einer Art Starre überdauern zu können, in der sie ihren Stoffwechsel vollständig einstellen, genau wie das Bärtierchen. Ich habe sie in Anlehnung an die Zooxanthellen in den Korallen vorerst ›Miraxellen‹ genannt.«

»Ein Mirakel. Ein Wunder. Wie passend«, sagte Pinswin. Er war sich schon immer mit Simon einig gewesen, dass Wunder und Wissenschaft einander nicht widersprachen. Je mehr die Wissenschaft an erstaunlichen Einzelheiten herausfand, desto größer war das Wunder. »Simon, sie sind traumhaft schön. Hast du schon versucht, ob sie auch in einem anderen Stoff leben und sich vermehren können? In einem porösen Stein? Oder Holz? Oder Korallen?«

»Ich hatte noch viel zu wenig Zeit. Du weißt ja, wie lange so was dauert, vor allem bis man zuverlässige Ergebnisse hat. Aber einige erste kleine Versuche habe ich durchgeführt. Am besten geht es ihnen anscheinend, wenn tatsächlich Knochenmaterial anwesend ist, und mit verminderter Leuchtkraft können sie zumindest eine Weile in Sand überleben, wenn dieser Sand mit etwas Knochenmehl durchmischt ist. Das sind natürlich bisher alles nur Vermutungen, aber es sieht tatsächlich so aus, dass sie auf die Schuppen oder wenigstens die Knochen des Töveree angewiesen sind. Und zwar auf ein ganz bestimmtes Mineral, das in ihnen enthalten ist und das ich bisher noch nicht kannte. Ich glaube, dass es nirgendwo anders existiert. Nirgends habe ich in der Literatur etwas gefunden, das ihm ähnelt. Ich habe es ›Töverit‹ genannt. Es muss aus der Gegend stammen, aus der auch der Fisch stammt, oder aber aus einer bestimmten Nahrung, die er zu sich nimmt. Möglicherweise findest du auf deiner Reise etwas darüber heraus.« Simon räusperte sich. »Allerdings nicht, wenn du hier noch lange sitzt und die Miraxellen bestaunst. Dann verpasst du nämlich deinen Flieger.« Pinswin öffnete den Mund, doch Simon hob einen Finger. »Ich weiß, Boss. Zu niemandem ein Wort.«

»Genau. Denn wenn es so ist, dass man diese kleinen Wesen theoretisch in ein Glas füllen und in den Schrank stellen und bei Bedarf Jahre später wieder herausnehmen könnte und sie leuchten würden, und wenn das nur im Zusammenhang mit den Knochen des Töveree funktioniert, dann ...«

»… dann würde die ganze Welt den Töveree jagen«, vollendete Simon den Satz.

»Vielleicht nicht die ganze Welt, aber ein paar Leute, die Profit daraus schlagen wollen, mit Sicherheit.« Bei der Vorstellung fröstelte Pinswin.

Gedankenverloren blickte er wenig später auf die weißen Wolkenfelder in der Tiefe herab. Der Schatten des Flugzeugs unter ihm wirkte winzig, aber längst nicht so winzig wie die Miraxellen, die er noch immer vor Augen hatte. Die Entdeckung machte ihn glücklich. Einfach, weil sie so schön war. Weil er Filine davon erzählen konnte. Und weil sie den Zauber des Töveree, den Zauber seiner Kindheit, der bisher allein einer Geschichte entstammte, wirklich machte.

»Wir müssen warten, bis die Ebbe an einem späten Morgen kommt. Der Zeitpunkt muss stimmen, damit ich dir zeigen kann, was ich dir zeigen möchte«, sagte Amaruq, als sie abends neben einem gemütlich bullernden Kaminofen in seinem Haus saßen. Amaruq fuhr zwar ein Schneemobil, doch er besaß auch noch einen Schlittenhund, einen würdevollen Husky namens Siluk, der zu den Füßen der Männer lag und mit wissenden Augen zuhörte. Pinswin konnte sich des Eindrucks nicht erwehren, dass der Hund mit seinen uralten Instinkten sich den Menschen überlegen fühlte und ihren Theorien mit einer gewissen Belustigung lauschte.

Pinswin aß dabei mit Vergnügen den Pouding Chômeur, den ihm sein Gastgeber serviert hatte und der herrlich warm war und nach Ahornsirup und Abenteuern schmeckte.

»In der Zwischenzeit habe ich mich ein wenig umgehört und dir einige Bücher besorgt, die dich interessieren könnten.« Amaruq wies mit seiner Pfeife auf einen Stapel. »Viel habe ich über deinen angeblichen Fisch aus Nunavut nicht in Erfahrung bringen können. In ein paar alten Legenden wird immerhin ein Wesen erwähnt, bei dem es sich um diesen handeln könnte. Er wird dort ›Kavisiq‹ genannt, was so viel wie Fischschuppe bedeutet und auf die von dir beschriebene ungewöhnliche Schuppenform hinweisen könnte.«

»Wir haben herausgefunden, dass es sich nicht um reguläre Schuppen handelt, sondern dass sie eine feine Knochenstruktur besitzen. Es handelt sich offenbar um eine Art rudimentäres Exoskelett.« Von den Miraxellen wollte Pinswin nicht einmal Amaruq erzählen. Obwohl er sich sicher war, dass ein Geheimnis bei Amaruq und seinem Volk gut aufgehoben war. Die Inuit waren nicht auf Reichtümer und Ruhm aus. Sie lebten mit der Natur und respektierten sie. Doch der Wissenschaftler in Pinswin sträubte sich dagegen, einem Kollegen jetzt schon eine These weiterzugeben, die sich bisher nur auf Vermutungen und sehr wenige, viel zu kurze Experimente stützte.

Pinswin verbrachte die nächsten Tage damit, Land und Leute kennenzulernen und in den Büchern zu stöbern, die ihm nicht viel Neues verrieten, außer dass es Gerüchte von dem Fisch mit den ungewöhnlichen Schuppen auch hier schon seit alten Zeiten gegeben hatte. Seine Neugier auf Amaruqs Fund stieg. Und dann kam der Morgen, an dem Amaruq das Schneemobil startete. Siluk war mit aufgestiegen. Zwei Stunden fuhren sie, bis sie am Rande der Bucht ankamen.

»Es ist Tradition bei uns, unter dem Eis Muscheln zu ernten. Wenn Ebbe ist, fällt der Meeresspiegel um mehrere Meter, und unter dem Eis entsteht ein Hohlraum, in den man kriechen kann. Die Muscheln sind sehr schmackhaft. Du wirst sehen, dass es sich auch deswegen lohnt.« Amaruq lief prüfend über das Eis, untersuchte die Spalten und blieb schließlich an einer Stelle stehen, an der er in einem der Risse mit einem scharfen Beil ein größeres Loch zu hacken begann. »Es ist jedoch gefährlich. Man darf auf keinen Fall die Zeit vergessen, denn die Flut steigt erst so langsam, dass du es kaum bemerkst, und dann auf einmal fast dreißig Zentimeter in der Minute. Da kannst du sehr schnell in der Falle sitzen.« Mit Schwung warf er glitzernde Eisbrocken zur Seite. »Du solltest vielleicht doch oben bleiben und auf mich warten! Auch wenn das für dich nicht so spannend ist, wie das Objekt in seiner natürlichen Umgebung zu sehen, könnte ich es dir mit den Muscheln hinaufbringen.« Amaruq sah zu Pinswin auf, plötzlich zweifelnd. »Nimm es mir nicht übel, alter Freund, aber du bist nicht mehr der Jüngste.«

Pinswin dachte an Savannah und zögerte.

Auch war ihm, als höre er Jessieannas Stimme: *Mach bitte nichts Leichtsinniges!*

Aber zwei Meter unter dem Loch, das Amaruq geschlagen hatte, sah er nassen Boden, der völlig ungefährlich wirkte. Ein zugleich modriger und lebendiger Geruch, wärmer als die Kälte hier oben über dem Eis und Schnee, stieg Pinswin in die Nase. Seltsame Töne drangen lockend herauf.

Und über den Sand in der Tiefe huschte ein blauer Schimmer.

Pouding Chômeur

Der Pouding Chômeur ist ein Nachtisch, der während der Wirtschaftskrise in den 1930er Jahren in Quebec erfunden wurde und sehr einfach zuzubereiten ist. Es handelt sich im Prinzip um einen Kuchen mit eingebackener Ahornsoße.

Teig:
¼ Tasse Butter (geschmolzen)
1 Tasse Zucker
1 Tasse Milch
1,5 Tassen Mehl, vermischt mit
1 TL Backpulver

Ahornsoße:
2 Tassen Ahornsirup
1 Tasse brauner Zucker
1 Tasse kochendes Wasser
¼ Tasse Butter
¼ TL Vanilleextrakt

Die Butter und den Zucker in einer Schüssel vermengen und abwechselnd Milch und den Backpulver-Mehl-Mix hinzugeben. Anschließend das Ganze gut verrühren und den fertigen Teig in eine eingefettete Auflaufform (Maße 33 x 23 cm) gießen – aber nicht verteilen –, der Teig breitet sich von selbst aus.

Anschließend alle Zutaten der Soße in einem Topf zwei Minuten lang kochen lassen und dann in der Mitte der Auflaufform über den Teig gießen.

Die Auflaufform daraufhin in den vorgeheizten Backofen schieben und auf mittlerer Schiene bei 160°C für 45 Minuten backen – bis der Teig goldbraun ist.

Danach aus dem Ofen nehmen und etwas abkühlen lassen, aber am besten noch warm und je nach Wunsch auch mit einer Kugel Vanilleeis servieren. Fertig ist der Pouding Chômeur.

Jessieanna

2005

Amrum

21

Ein Stück Erde

Verflixt! Jessieannas Blick fiel auf das Sturmglas auf ihrem Nacht-tisch. Eben war es noch klar gewesen wie der wolkenlos blaue Himmel draußen vor dem Fenster. Jetzt auf einmal wucherten kreuz und quer Kristalle darin und trübten das Licht.

Mit dem Wetter konnte das nicht zusammenhängen. Jes-sieanna hatte schon längst festgestellt, dass Filine recht hatte. Das Glas reagierte nicht auf den Luftdruck, sondern auf die Stimmung des Betrachters, manchmal sogar, ehe sie einem selbst bewusst war. Das war so unheimlich, dass Jessieanna es schon zweimal in den Schrank verbannt hatte. Aber sie holte es immer wieder hervor.

Stirnrunzelnd beugte sie sich über ihren Zehennagel, den sie gerade mit der Farbe »Frühsommersmaragd« bepinselte.

Ehe sie auf das Glas sah, hatte sie gerade überlegt, was für einen Kommentar Lian wohl wieder zu dieser Farbe beisteuern würde. Er hatte zu jeder davon einen interessanten Gedanken. Und dann hatte sie gedacht: Nein. Heute konnte sie nicht schon wieder bei Skem mit Lian herumalbern. Ja, sie hatten in den letz-ten Tagen zusammen Skems Garten in Ordnung gebracht und dabei viel Spaß gehabt. Aber es wurde Zeit, auch mal einen Tag ohne Lian zu verbringen. Vor allem, da sie das alles nicht weiter-gebracht hatte. Immer wieder hatte sie versucht, Skem das Ge-heimnis seines Düngers, oder was auch immer er mit seinen

Pflanzen machte, zu entlocken. Er verriet es weder auf direkte noch auf indirekte Fragen hin. Es gab keine Falle, in die er tappte, und sein Augenzwinkern machte klar, dass das Spiel ihn amüsierte und er es nicht zu verlieren gedachte.

Jessieanna musste es auf anderen Wegen versuchen.

Sie spazierte in Rheas Garten und setzte sich an ihren Lieblingsplatz zwischen den letzten Narzissen, die Füße im Wasserbecken. Von dort betrachtete sie das Spiel der Sonnenstrahlen auf den bunten Glasscheiben. Das Bild des Töveree glitzerte, und wenn Schatten darüberliefen, sah es aus, als ob er sich bewegte. Die Narzissen tanzten im Wind und füllten den Garten mit ihrem honigduftenden Gelb. Auch weiße Blüten waren dabei, die ein Aroma von Vanilleeiscreme und Sahnetorte daruntermischten. Das kühle Wasser prickelte an ihren Füßen. Jessieanna sah sich um. Sie liebte diesen kleinen Garten, der so vollkommen war. Sie hatte Rhea um ein Beet bitten wollen, um eine Probepflanzung durchzuführen, doch das kam nicht in Frage. Stattdessen dachte sie an Filine. Vielleicht hatte diese einen Platz übrig, auf der Minigolfanlage oder an dem Gartenhaus der Pension Alriks Kwaas.

Jessieanna sprang auf. Sie hatte Filine ohnehin etwas anderes fragen wollen, und ihre Tante freute sich immer über Besuch auf dem Minigolfplatz. Der andere Vorteil war, dass sie dort bestimmt nicht Lian treffen würde.

Dein Vater ist nach Kanada geflogen, und ich hoffe, er unternimmt dort nichts Leichtsinniges, hatte Ryan heute Morgen geschrieben. *Ich konnte ihn nicht begleiten, denn ich habe ein Spiel in Boston, bei dem ich die Mannschaft nicht im Stich lassen kann. Aber er hat mir versichert,*

dass es sich dort nur um Gespräche und Einsicht in eine Bibliothek dreht.
Im Übrigen scheint er topfit zu sein. Ich glaube, es tut ihm gut zu wissen,
dass du auf Amrum bist und dir der Aufenthalt gesundheitlich weiter-
hilft. Ich freue mich auch darüber, aber mit jedem Tag vermisse ich dich
mehr! Drück uns die Daumen für das Spiel. Ich werde dabei an dich
denken, dann kann ich gar nicht anders, als zu treffen und die Mann-
schaft zum Sieg zu führen. Obwohl mir das alles nicht mehr so wichtig
erscheint, seit du fort bist.

O ja, sie vermisste ihn auch. Aber nun hatte sie ja schon einige
Wochen ihres Aufenthalts hinter sich gebracht, und der Rest der
Zeit würde auch noch vergehen.

»Jessieanna, wie schön! Ich wäre sonst heute Abend noch ins
Glasbilderhaus gekommen.« Aufgeregt rollte Filine ihr schon
am Eingang zum Minigolfplatz entgegen. »Du, diese letzte neue
Probe deiner Lotion, die du mir gegeben hast, die hat mir sehr
gutgetan! Ich glaube, sie bewirkt jetzt das, was du wolltest.
Zumindest wenn man wie ich über ausreichend Optimismus
und Vorstellungskraft verfügt. Es ist, als ob mein Arm sich wieder mehr zutraut. Alle Bewegungen sind unbekümmerter. Die
Lotion macht zuversichtlich, wenn man sich darauf einlässt. Verrätst du mir, was die neue Komponente ist?«

»Tja. Skems Zitronen. Kalt gepresstes Öl aus der Schale. Das
ist die Lösung und zugleich das Problem. Oh, Filine, ich freue
mich so! Ich hatte schon ein sehr gutes Gefühl, aber du bestätigst
mir, dass ich endlich am Ziel angekommen bin. Theoretisch
jedenfalls.« Jessieanna wusste nicht, ob sie lachen, tanzen oder
mit den Fäusten auf den Holztisch schlagen sollte. Nun hatte sie

die Komponente, das Tüpfelchen auf dem i, endlich entdeckt, ausgerechnet hier, wo sie es nie erwartet hätte – und nun wusste sie nicht, wie sie diese Komponente herstellen sollte. Skem würde ihr sicher nicht alle Zitronen zur Verfügung stellen, und selbst damit würde sie nicht weit kommen.

Sie hatte die Schale der Zitronen, die sie von seinem Baum hatte pflücken dürfen, sorgfältig abgerieben. Dann hatte sie aus dem kleinen Haufen, der dabei herauskam, wiederholt die Feuchtigkeit herausgepresst. Das Öl-Wasser-Gemisch, das dabei entstand, füllte sie in eine kleine Flasche. Nach einigen Tagen trennte sich das Öl vom Wasser. Es schwamm oben, so dass sie es mit einer Spritze abnehmen und in ihre Lotion einarbeiten konnte.

Da sie nach vielen hustenfreien Tagen zum ersten Mal wieder ein Kratzen im Hals gespürt hatte, rieb sie sich selbst die Brust mit einer kleinen Probe ein und merkte sofort, dass ihr Instinkt sie nicht getrogen hatte. Hier war eindeutig eine Wirkung zu spüren, wie sie schon in den Bonbons zu erahnen gewesen war und die sie sich gewünscht hatte, seit sie den Plan mit der Lotion hatte. Doch sie traute sich selbst nicht. Vielleicht bildete sie sich die Wirkung nur ein, weil sie es so sehr wollte.

Filine war deshalb die logische Testperson. Filine hatte eine Grunderkrankung, für die die Lotion wie gemacht war, und Filine sagte stets die Wahrheit und beschönigte nichts.

Und die Wahrheit war offensichtlich, dass Jessieanna sich nicht geirrt hatte! Kurzerhand umarmte sie Filine.

»Vorsicht, du schmeißt mir ja den Rolli um!« Aber Filine lachte. »Ich verstehe deine Freude. Alle Achtung, du hast etwas Wunderbares geschaffen.«

Ja. Genau. Es war wunderbar, denn sie würde Katriona nun auch ein Fläschchen schicken können. Dafür reichte es gerade. Es war höchste Zeit, denn Katriona hatte sich in ihrem letzten Brief sehr niedergeschlagen angehört. Endlich konnte Jessieanna etwas tun! Das allein war Grund genug, glücklich zu sein.

Für alles andere würde sich noch eine Lösung finden. Schließlich war sie Pinswins Tochter.

»Filine«, sagte sie, »hast du irgendwo Platz für ein Beet, das ich anlegen könnte? Ich möchte eine Probepflanzung machen mit dem Kraut, das ich mitgebracht habe, und noch ein paar anderen, und außerdem möchte ich gern einen Zitronenbaum kaufen und Skem eines seiner kleineren nachgezogenen Bäumchen abschwatzen und beide miteinander vergleichen.«

»Du bleibst also tatsächlich den Sommer über hier?« Filine hob die Augenbrauen. »Wolltest du nicht anfangs am liebsten gleich wieder nach Hause?«

»Ja. Wollte ich. Aber auch Pinswins Tochter mit Pinswins Dickschädel sieht manchmal ein, dass die anderen recht hatten. Und außerdem habe ich damals nicht geahnt, dass ich ausgerechnet hier die entscheidende Zutat finden würde, die ich so lange vergeblich gesucht habe. Also?«

Filine sah sich um. »Ich glaube, du brauchst mehr Platz. Und es würde hier vielleicht ein wenig komisch aussehen. Ich habe eine andere Idee. Komm mit.« Sie rollte auf den Eingang zu und über die Straße auf einen Sandweg, der durch eine Lücke in einer Hecke führte.

Dahinter lag eine leere Wiese. Brachland. Hier und da sah Jessieanna etwas, das eine Kartoffelpflanze zu sein schien, woanders wuchs eine Dillstaude, und an anderen Stellen blühten ein wenig Raps und Mohn.

»Das ist das letzte Feld, das noch den Jessens gehört. Mein Vater brachte es einst in die Ehe mit, und im Krieg sind wir dankbar dafür gewesen. Danach haben wir uns ganz auf die Familienpension konzentriert. Aber als meine Eltern sich dann urplötzlich auf ihre Weltreise machten, Pinswin auch verschwand und ich mit der Pension allein dastand, ging ich hier auf das Feld, um mir die Luft um die Ohren blasen zu lassen und nachzudenken. Und da traf ich Rudi Malteson, der gegenüber gerade seine Minigolfanlage gebaut hatte und sie mir zeigte. Er wollte sie verpachten, und so beschloss ich, mich von der Pension zu befreien und stattdessen die Anlage zu übernehmen.«

»Ich finde das ganz schön mutig. Du hast damals dein ganzes Leben umgeschmissen.« Jessieanna stellte sich die junge Filine vor, die auf zwei gesunden Beinen hier auf dem Feld stand und ganz allein mit der Zukunft klarkommen musste.

»Ja, und jetzt suchst du deinerseits nach einer Lösung, und ich stelle dir gern diesen Platz zur Verfügung. Hier kannst du experimentieren, wie du möchtest. Und ich rate dir, in Urgroßvater Garrelfs Truhe im Glasbilderhaus zu schauen. Dort könntest du etwas finden, was dir hilft.«

»Du meinst die Truhe, in der das Sturmglas war?«

»Ja, genau die. Funktioniert das Sturmglas eigentlich?«

Jessieanna seufzte. »O ja. Manchmal *zu* gut.«

Filine lächelte. »Das dachte ich mir. Versuche, es auszuhalten. Am Ende hilft es. Du wirst sehen.«

Ein langer Schatten fiel auf Filine. Lucas trat durch die Lücke in der Hecke und legte ihr von hinten die Hände auf die Schultern. »Da bist du! Auf dem Minigolfplatz sind Gäste. Ich habe ihnen Tickets verkauft. Hallo, Jessieanna.«

»Danke. Ich komme schon. Ich habe meiner Nichte gerade das Feld ihrer Vorfahren zur Verfügung gestellt. Im Krieg wuchsen Kartoffeln darauf, und nun ist es Zeit, dass Ideen darauf gedeihen.« Sie lächelte zu Lucas auf und lehnte ihren Kopf leicht an ihn.

Jessieanna betrachtete die beiden und fragte sich, ob sie mit Ryan jemals auch eine solche Vertrautheit und eine solche Zusammengehörigkeit erreichen würde. Dazu musste man viele Jahre zusammen leben und zusammen träumen. Eine Krankheit war offenbar kein Hindernis dafür, jedenfalls nicht für Filine. Spontan küsste sie ihre Tante auf die Wange. »Ihr seid toll, und ich bin so froh, dass ich hergekommen bin und euch kennenlernen durfte.«

»Geht mir auch so, Jessieanna. Nicht nur weil du mir eine Verbindung zu meinem Bruder bietest, sondern weil du erfrischend bist wie ein Aprilwind im Frühling, der von weit übers Meer kommt.« Mit Mühe bewegte Filine den Steuerhebel ihres Elektrorollstuhls nach vorn und wendete auf dem weichen Boden. Lucas stand geduldig daneben und wartete, bis sie so weit war. Er kannte sie zu gut, um ihr zu helfen.

»Ach, und Jessieanna«, sagte Filine über ihre Schulter, »Geheimnisse aus Skem herauszubekommen ist so gut wie unmöglich. Er hat einige davon, und auch uns ist es nie gelungen. Sei also nicht zu frustriert deswegen. Es liegt nicht an dir.«

Jessieanna sah ihr nach. Das war aber keineswegs ermutigend. Mit ganz normalen Zitronen würde sie nichts erreichen. Doch jetzt war sie ihrem Ziel so nahe, jetzt würde sie nicht aufgeben! Sie wanderte ein Stück zur Mitte des Feldes hin und warf sich zwischen dem verwilderten Raps auf den Rücken. Eine Biene brummte behaglich in den Blüten, und ein blauer Schmetterling tanzte vor ihrer Nase herum. Weit oben am Himmel flogen Schwalben. Die Erde war zugleich kühl und sonnenwarm unter ihrer Haut, und ein braungrüngoldener Geruch stieg ihr in die Nase. Es war eine karge Erde, aber für den Augenblick war es *ihre* Erde.

Sie schloss die Augen. Ihr Großvater Boje Jessen hatte also dieses Feld mit in die Ehe gebracht. Seit Generationen hatte es ihrer Familie gehört. Hier hatte sie Wurzeln, auch wenn sie sie jetzt erst kennenlernte. Es war ein gutes Gefühl. Wurzeln, die hier unter diesem Feld tief in die Erde reichten, Erde, in der Pinswin Werkzeug aus der Steinzeit gefunden hatte und Scherben aus dem Mittelalter. So viele Menschen, die vor ihr hier gelebt hatten und aus denen sie hervorgegangen war! Alle waren unter dieser Sonne und in diesem Wind ihren Geschäften nachgegangen, ihren Träumen und ihrem Kampf ums Überleben. Sie hatten nie aufgegeben, und nur darum war Jessieanna nun hier. Sie vergaß die Zeit und ließ sich auf diesem erhabenen, demütig machenden, großartigen Gefühl treiben. Dieses Feld war ihr fliegender Teppich, ein Ort der Freiheit und der Träume, und es trug sie in die Zukunft.

Irgendwann wachte sie auf, weil Abendkühle über das Feld wehte. Sie fühlte sich herrlich ausgeruht, auch wenn ihr Rücken von dem langen Liegen auf der Erde schmerzte. Sie rappelte sich auf und machte ein paar Tanzschritte. Dahinten könnte man ein kleines Gewächshaus bauen, dachte sie, oder einen Schuppen, für die Zitronenbäume im Winter. Er müsste gut isoliert sein, aber mit Lians Hilfe ...

Oder vielleicht besser mit Lucas' Hilfe.

Sie wusste jetzt, was Lucas mit seinem Buch *Das Land der Spiegel* gemeint hatte.

In den letzten Tagen war sie manchmal allein durch das Watt gelaufen, zwischen all den silbernen Spiegeln der Priele, war hindurchgewatet und hatte hineingesehen. Dabei konnte sie vor der Erkenntnis nicht weglaufen, dass dieses Land einen tiefen Instinkt in ihr ansprach. Vielleicht waren es Spuren der Erinnerungen all dieser Vorfahren, die hier gelebt hatten.

Sie würde zurück nach Kalifornien gehen und ihr Leben mit Ryan leben, aber ebenso wie es bei Pinswin war, würde dieses Land, das Watt und die Insel, für immer ein Stück von ihr bleiben. Eine Liebe und ein Schmerz, eine Stärke und eine Sehnsucht. Dieser Ort war genau richtig für sie. Im Süden, zum Beispiel bei Tante Birke auf den Bahamas, und sogar zu Hause in Kalifornien, waren ihr die Farben manchmal zu grell. Dann erstickte sie fast an der Intensität und an den Gerüchen, die dazugehörten. Hier waren die Farben verhalten, aber so voller Schattierungen und Leben, dass sie nie aufhören wollte, sie zu betrachten und zu entdecken. Das wechselhafte Mienenspiel des Himmels, das sich in all diesen Spiegeln wiederfand, erfüllte sie jeden Tag wieder mit einem ungläubigen, glücklichen Staunen. Sie konnte nicht genug davon bekommen.

Die Spiegel hatten ihr auch gesagt, wie sehr sie Ryan vermisste, das stille Einverständnis, die Geborgenheit, wenn sie sich an ihn lehnte, das gemeinsame Lachen und das gemeinsame Schweigen, die Liebe zu Pinswin und seinen Projekten, die Vorfreude auf die gemeinsame Zukunft. Die Seelenverwandtschaft, die vom ersten Blickkontakt an da gewesen war, und das gegenseitige blinde Vertrauen.

Sie hatte keinerlei Zweifel in Bezug auf Ryan. Und doch verwirrte es sie, dass sie so gern mit Lian zusammen war. Er war ihr Freund geworden. Was war falsch daran, wenn man gern mit Freunden zusammen war? Es war nichts vorgefallen. Keine Berührung, schon gar kein Kuss, noch nicht einmal ein verliebter Blick. Keinerlei Grund für ein schlechtes Gewissen. Und doch flirrte silbern und fein wie Spinnweben im Altweibersommer etwas unsichtbar zwischen ihnen in der Luft, wenn sie zusammen waren. Sein heiterer grüner Blick, der mehr zu sehen schien, als ihr manchmal lieb war, huschte allzu oft durch ihre Gedanken.

Jessieanna gönnte dem Feld einen letzten Blick und schlüpfte durch die Hecke. Es nützte alles nichts. Für die einzige Idee, die sie hatte, um an Skem heranzukommen, brauchte sie Lians Hilfe, ob sie wollte oder nicht.

Jetzt, da sie Platz für eine Probepflanzung hatte, war es umso dringender geworden, dass sie herausfand, was den Pflanzen diese Wirkung verlieh und sie in einem Klima gedeihen ließ, das vielleicht für Jessieannas Lungen gut war, aber normalerweise nicht für Zitronen.

Die Dämmerung senkte sich schon über die Dünen, und Jessieanna fröstelte. Doch auf einmal wollte sie nicht bis morgen warten, um Lian zu fragen. Um diese Zeit war er wahrscheinlich noch bei Skem, um den Verband zu wechseln und nachzusehen, ob für die Nacht alles in Ordnung war.

In Skems Haus brannte Licht. Jessieanna nahm den Garteneingang und sog beglückt den Duft der Zitronenblüten ein, der abends besonders intensiv war. Sie klopfte an die Terrassentür, die sofort aufgerissen wurde. Dort stand Lian und sah besorgt aus. »Oh, du bist es.«

Klang er enttäuscht? Er sah ihren überraschten Blick. »Tut mir leid«, sagte er hastig. »Hast du Skem heute schon gesehen?«

»Nein, ich war noch nicht hier.«

»Skem ist verschwunden! Es ist wahrscheinlich Unsinn, aber ich mache mir Sorgen.«

»Wie, verschwunden? Vielleicht ist er nur mal irgendwo einen trinken gegangen. Wäre doch normal.«

Lian schüttelte den Kopf. »Nicht bei Skem. Der ist am liebsten allein. Aber du hast nicht ganz unrecht.« Er runzelte die Stirn »Was für andere ein gemütliches Bier in der Eckkneipe ist, ist für Skem ...«, er brach ab und zeigte auf ein altes Foto, das über dem Waschbecken an die Wand gepinnt gewesen war. Jetzt lag es auf dem Küchentisch. »... hoffentlich nicht ein Spaziergang hinaus zu seiner alten Hütte auf dem Kniep! Das schafft er niemals. Und es wird gleich dunkel. Er hasst es, zu spät ins Bett zu gehen.« Lian verschwand im Flur und kam sofort zurück. »Verflixt. Seine Jacke und seine Gummistiefel sind fort. Dafür liegen aber seine Herzpillen noch in der Schachtel.« Er hielt Jessieanna das Plastikkästchen vor die Nase, das Fächer für alle Wochentage und für morgens, mittags, abends hatte. Bunte Pillen waren darin verteilt. Heute war Dienstag. Die Pillen für mittags und abends lagen noch darin.

Erschrocken sahen sie sich an. Bilder und Sorgen schossen durch Jessieannas Kopf, und ihr wurde blitzartig klar, wie lieb sie Skem Rossmonith in der kurzen Zeit gewonnen hatte. Gerade weil ihr schrulliger Onkel so schwierig war und gerade weil er seine Geheimnisse hütete wie ein Einsiedlerkrebs die Muschelschale, in der er lebte. Sie mochte das versteckte Augenzwinkern, das mehr Humor verriet, als er preisgeben wollte, die Zärtlichkeit seiner Hände, wenn er mit seinen Pflanzen umging, die Sehnsucht, wenn er von alten Zeiten draußen auf dem Kniepsand sprach. Wenn Skem etwas passieren würde, wäre es, als verlöre das Land der Spiegel ein Stück seiner Seele.

Sie sah auf und stellte fest, dass Lian sie beobachtete und wieder einmal mehr gesehen hatte, als eigentlich möglich war.

»Er ist alt, weißt du. Eines Tages müssen wir ihn loslassen. Neulich sprach er davon, dass er sich manchmal nach Freiheit sehnt, Freiheit von all den Jahren und seinem Körper mit den Schmerzen und Einschränkungen. Freiheit, um wieder Teil der Erde zu werden, die ihn geboren hat.«

Jessieanna schluckte die aufsteigenden Tränen herunter. »Ja. Aber noch nicht. Ich glaube, da gibt es Dinge, mit denen er noch nicht fertig ist. Geschichten, die er erzählen muss, eines Tages, bevor er seinen Frieden findet.«

»Wegen der Zitronen?«, fragte Lian.

»Das auch, aber das ist nicht so wichtig. Nein, es gibt irgendetwas in seiner Kindheit oder Jugend, das ihn quält. Und Dinge, die er über den Töveree weiß und nie verraten hat. Pinswin und Filine sagen beide, dass er schon immer dunkle Andeutungen gemacht hat, aber nichts aus ihm herauszubekommen war.«

»Dann soll es vielleicht so sein. Es ist seine Sache. Übrigens scheint es ihm besserzugehen, seit du da bist. Vielleicht fühlt er sich wieder nützlich, weil du eine Verwendung für seine Zitronen gefunden hast.«

»Wenn er sich nützlich machen will, kann er mir ja endlich verraten, wie er sie zum Wachsen bringt.« Der gespielte Ärger in ihrer Stimme täuschte nicht über ihre Angst hinweg.

Lian warf ihr einen verständnisvollen Blick zu. »Komm, wir

müssen ihn finden! Die Nacht wird kühl, und die Flut steigt. Hilf mir suchen. Hier muss irgendwo eine große Taschenlampe sein. Und zieh dir einen von Skems Pullovern an. Wir haben keine Zeit, bei dir zu Hause eine Jacke zu holen.«

Sein Ton hatte sich verändert. Die Heiterkeit und Lockerheit war verschwunden. Jetzt war er jemand, der es gewohnt war, im Notfall Anweisungen zu geben, und Jessieanna war dankbar dafür, denn es dämpfte ihre aufsteigende Panik. Sie hielt sich an dieser Stimme fest, während sie im Besenschrank fieberhaft nach der Lampe suchte. Lian wühlte währenddessen im Medizinschrank, und sie sah, wie er einen Verband, Pflaster, Wasser, eine kleine Flasche Cognac und die Pillen sowie eine Decke in seinen Rucksack stopfte.

»Sollten wir nicht lieber die Küstenwache benachrichtigen?«, fragte sie.

»Nein, das würde er uns übelnehmen. Wenn er da draußen ist, finden wir ihn. Dann können wir notfalls immer noch Hilfe rufen.«

Jessieanna fuhr mit der Hand in ihre Hosentasche. Ja, stellte sie erleichtert fest, dort waren noch drei von den Bonbons. Ihr eigener Beitrag für eine Notversorgung.

Und während sie hinter Lian wortlos durch das dunkle Watt stapfte, in dem sich die Priele langsam füllten und das Licht der Taschenlampe in verwirrender Vielfalt zurück in ihre Gesichter warf, zog sie die Schuppe des Töveree an einem Band unter ihrem Hemd hervor.

Ihr tröstliches Leuchten wurde jetzt gebraucht.

Pinswin

2005

Kanada

22

Unter dem Eis

Das Seil wäre nicht nötig gewesen. Pinswin traute sich durchaus zu hinunterzuspringen. Der Sand unten war weich, und die Höhe nicht allzu groß. Doch Amaruq bestand darauf, das Seil am Schneemobil zu befestigen und Pinswin zu sichern.

Siluk band er ebenfalls fest, weil der Husky den Männern sonst hinterhergesprungen wäre. Dann ließ er sich zu Pinswin hinunter.

»Wir haben etwa eine gute Stunde Zeit«, sagte Amaruq.

Pinswin sah sich neugierig um. Haufen von Seetang waren auf dem nassen Sand verstreut, hier und da lief eine Krabbe, und es gab Eigelege des Seeskorpions, eines Fisches, der im Winter brütete. Der Rogen war essbar, aber Amaruq war nur auf die dicken blauen Muscheln aus, die in Klumpen an den herumliegenden Steinen hingen.

»Heutzutage sind sie ein sehr vitaminreicher Leckerbissen«, sagte Amaruq, der sich eine Stirnlampe umband und Pinswin auch eine reichte. »Früher waren sie im Winter für die Menschen hier lebenswichtig.«

Der Raum unter dem Eis war knapp mannshoch, stellenweise auch niedriger. Die Luft war feucht, muffig und zehn Grad wärmer als draußen. Es roch nach Algen und Salz. Eine unheimliche, unwirkliche Atmosphäre herrschte hier, denn unsichtbares Wasser gluckerte, das Eis stöhnte und knirschte, und hin und wieder war in der Ferne ein dumpfer Knall zu hören. Weil das Tageslicht durch das dicke Eis fiel, war alles in ein blaues Leuchten getaucht, gespenstisch und doch wunderschön.

»Das, was ich dir zeigen möchte, liegt in dieser Richtung«, sagte Amaruq und wies vage nach links. »Das heißt, wenn es noch da ist. Wer weiß, was Ebbe und Flut damit gemacht haben.«

Pinswin folgte ihm und half dabei, den Eimer mit Muscheln zu füllen. Diese hafteten mit festen Eiweißfäden an den Steinen, und es bedurfte einiger Anstrengung, sie abzureißen.

»Wir essen sie am liebsten roh«, sagte Amaruq, »aber wenn es dir lieber ist, koche ich dir heute Abend welche. Du wirst erstaunt sein, wie gut sie schmecken.«

Pinswin war sich noch nicht sicher, ob er dieses Angebot annehmen wollte. Viel mehr interessierten ihn die Steine. Er fand einen ziemlich gut erhaltenen Ammoniten und zwei Donnerkeile. Auf einem anderen Stein war ein Stück eines fossilen Fischskeletts zu erkennen, das er als *Eusthenopteron* erkannte, ein Fisch, der ein Vorfahre der Tetrapoden war und in Kanada relativ oft gefunden wurde.

Jetzt wurde der Hohlraum niedriger, und sie mussten auf allen vieren kriechen. Gelegentlich hob Amaruq den Finger und lauschte. »Man hört es an den Geräuschen des Eises, wenn die Flut zurückkehrt.«

»Ich finde, es hört sich die ganze Zeit an, als würde es jeden Moment zusammenbrechen«, sagte Pinswin. Er vertraute Amaruq voll und ganz, aber bei den Ausgrabungen und in den Höhlen, in denen er bisher gewesen war, hatte er noch nie solch unheimliche Geräusche gehört. Das Eis im Watt in seiner Kinderzeit hatte zwar auch Töne von sich gegeben, aber freundlichere.

»Die Sprache des Eises versteht nur, wer hier aufgewachsen ist und das Wissen von Generationen in sich trägt«, sagte Amaruq. »Und trotzdem kann man sich nie sicher sein. Es bleibt unberechenbar. Wie das Meer, von dem es ein Teil ist.«

»Die Erde ist auch nicht verlässlicher«, sagte Pinswin und dachte an die Erdrutsche und Steinlawinen, die er schon miterlebt hatte.

Amaruq hielt an. Pinswin war froh darüber. Er stellte fest, dass Kriechen über lange Strecken tatsächlich nicht mehr seine Sache war. Seine Knie schmerzten. Aber er vergaß es, als Amaruq auf einen abgelegenen Winkel wies, wo auf einer ebenen Sandfläche etwas Helles schimmerte.

»Mach deine Lampe aus, dann siehst du es besser.« Amaruq schaltete seine eigene ab, und Pinswin folgte seinem Beispiel.

Doch es wurde kaum dunkler.

Von dem Gegenstand auf dem Sand ging ein eigenes blaues Leuchten aus, das nicht von dem Tageslicht draußen über dem Eis herrührte.

Pinswin vergaß Amaruq, das Mahlen des Eises und die nahende Flut und kroch mit angehaltenem Atem näher heran. Er bemerkte nicht einmal, dass er sich den Kopf am Eis stieß.

Dort, auf dunklem Kies, zwischen zerbrochenen Muschelschalen, einer toten Krabbe und vertrocknetem Tang, lag eine Handvoll Knochen. Drei davon waren Wirbel, die noch durch Knorpel miteinander verbunden waren. Das andere waren eindeutig Rippen, auch wenn eine davon in mehrere Teile zerbrochen war. Pinswin berührte sie andächtig mit seinem kalten, von Eissplittern zerschundenen Zeigefinger und entdeckte einen schwachen Widerschein des blauen Leuchtens auf seiner eigenen Haut. Natürlich, hier unten war es feucht. Die Miraxellen würden hier leben können, vor allem da ...

»Amaruq, diese Knochen sind nicht alt«, sagte er und erschrak fast über seine eigene Stimme, die hier in der Enge unter dem Eis seltsam hohl klang. Oder kam das von der Aufregung? »Da ist noch Knorpel dran, und sie sind weder verfärbt noch brüchig. Es muss sich um ein Jungtier gehandelt haben, etwa so groß wie ein Delphin. Es muss den Töveree noch geben! Er ist nicht ausgestorben!«

Diese Erkenntnis erschütterte ihn zutiefst.

»Ja, als ich sie im November entdeckte, waren sie noch frischer«, sagte Amaruq. »Ich denke, das Tier ist Opfer eines Herbststurms geworden. Oder eines Orcas. Aber bist du sicher, dass dies der Fisch ist, den du suchst, mein Freund?«

»Sicher kann man nie sein, aber alles spricht dafür. Gibt es einen Grund, warum du die Knochen nicht mitgenommen hast, damals, als du sie fandest? Soll ich sie hierlassen, oder könnte ich ...« Er verstummte. Die Bitte schien ihm irgendwie fehl am Platz. Vielleicht, weil er sich gierig vorkam angesichts dieses Wunders, vielleicht auch, weil der leuchtende Hohlraum unter dem Eis, kühl und voller Echos, sich anfühlte wie das Innere einer Kirche. Womöglich waren diese Knochen den Inuit heilig?

»Ich habe sie nicht mitgenommen, weil ich sie nicht brauchte. Wir Inuit müssen nicht alles besitzen. Doch wenn sie hierbleiben, werden sie beim Auftauen des Eises zermalmt oder von Raubtieren verschleppt. Wenn es dich glücklich macht, nimm sie ruhig mit. Du kannst sie vorerst hier auf die Muscheln in den Eimer legen, dann geschieht ihnen nichts, bis wir sie nach Hause bringen.«

Beglückt barg Pinswin die Knochen aus ihrem Sandbett, aber nicht bevor er ein Foto geschossen hatte. Ein lauteres Knallen drang in seine Ohren, und er zuckte zusammen. Ein zweiter leiserer Knall folgte und ein Knistern.

»Wir müssen dringend zurück«, rief Amaruq über die Geräusche hinweg. »In wenigen Minuten wird hier das Wasser steigen!«

Pinswin sah sich ein letztes Mal um. »Moment!« Ganz dort hinten, wo das Eis nur noch eine Handbreit über dem Boden war, entdeckte er noch ein Glimmen. Auf dem Bauch kroch er hin, ungeachtet dessen, dass die Nässe durch seine Kleidung sickerte.

Leise pfiff er durch die Zähne. Zwei lange gebogene Knochen lagen hier, dünner als die Rippen, noch mit einem Gelenk verbunden, das sich bewegen ließ, und an der Beuge befand sich ein Haken, der wie eine Kralle aussah. Er hatte jetzt keine Zeit, darüber nachzudenken, was das bedeutete. Aber er war sich in diesem Augenblick völlig sicher, dass diese Entdeckung ihn dem Töveree weit näherbringen würde.

»*Pinswin!*« Die Mischung aus Angst und Befehlston in Amaruqs Stimme drang zu ihm durch. Hastig nahm er die Knochen an sich und kroch rückwärts unter dem Eis hervor. Amaruq hatte wohl recht mit seiner Eile, denn Pinswin bewegte sich nun schon durch eine Handbreit kalten Wassers. Eilig deponierte er die Knochen in dem Eimer und folgte Amaruq, erst auf allen vieren, dann aufrecht, als der Raum wieder höher wurde. Mit dem Tragen des schweren Eimers wechselten sie sich ab. Pinswin staunte, wie weit sie in der kurzen Zeit unter das Eis vorgedrungen waren. Der Rückweg schien wesentlich länger. Das Knallen und Knirschen um sie her wurde stetig lauter und kam näher, und ein bedrohliches Gluckern schwoll an und erinnerte Pinswin an das ohrenbetäubende Konzert der Ochsenfrösche, das er nachts bei Reisen in den Süden gehört hatte.

Aber hier waren sie nicht im sanften Süden. Hier waren sie mitten im gnadenlosen arktischen Eis.

Oben hörte er schon Siluk bellen. Inzwischen konnten sie auch wieder völlig aufrecht gehen, die Eisplatte lag hoch über ihnen. Es konnte also nicht mehr weit sein bis zum Loch. Das war auch höchste Zeit, denn das Wasser umspülte nun auch hier schon ihre Füße. Dafür, dass es noch flach war, war der Sog beträchtlich, wie ein fester Griff um die Knöchel. Für einen Augenblick ahnte Pinswin, wie dem jungen, unerfahrenen Töveree zumute gewesen sein musste, als die eisige Brandung ihn gegen die Felsen der Küste zwang.

Dabei ging es Pinswin wie manchmal, wenn er eine alte Keramik fand und die Menschen um sich sah und hörte, die schon seit Jahrhunderten nicht mehr existierten und nur ihre Fingerabdrücke im feuchten Ton hinterlassen hatten. Damals mit Leni hatte er die Zeitmaschine nur gespielt, aber tief in seinem Inneren gab es eine, die funktionierte, ohne dass er es wollte.

Bis jetzt hatte er nur zu seinen Vorfahren diese merkwürdige Verbindung gehabt, doch jetzt war er für den Bruchteil eines Augenblicks dieser junge Fisch, der sich gegen den sicheren Tod stemmte, mit den Flossen schlug und auf der heranrollenden Schaumkrone einer gewaltigen Welle noch einmal den Absprung fand, mit ausgebreiteten Flossen ein Stück in den Himmel stieg, bevor ihn eine Sturmbö packte und gegen eine scharfkantige Eisscholle schleuderte. Er spürte seine Rippen brechen, spürte, wie ihm die Luft wegblieb und wie er stürzte und wieder eisiges Wasser um sich spürte, das ihm die Schmerzen nahm und schließlich auch alle anderen Empfindungen.

Ein lautes Stöhnen im Eis, gefolgt von ohrenbetäubendem Krachen, als die Platten über ihnen zerbarsten und in Bewegung gerieten, riss Pinswin unsanft in seinen eigenen Körper und die Gegenwart zurück. Der Boden erzitterte, nicht hinter ihm, sondern vor Amaruq, und er hörte einen unterdrückten Aufschrei von ihm.

Eben hatte er noch Amaruqs Rücken vor sich gehabt. Jetzt war da eine schräge Eisplatte, die im Boden steckte. Über ihnen klaffte ein Riss, durch den Pinswin den Himmel sah, unerreichbar hoch an dieser Stelle.

»Amaruq!« Pinswins Entsetzensschrei hallte dumpf durch die surreale Welt unter dem Eis. Mit Mühe drängte er sich an der Eisscholle vorbei und entdeckte dahinter Amaruq, der mit schmerzverzerrtem Gesicht auf dem Boden lag. Mit einer Hand hielt er den Eimer aufrecht. »Mein Bein ist eingeklemmt!«

Pinswin stellte energisch den Eimer auf einen hohen Stein, wo ihn das Wasser nicht umreißen würde, zog seine Jacke aus und schob sie unter Amaruqs Kopf. Dann untersuchte er das Bein. Amaruqs Bein war vom Knie abwärts fest unter der Eisscholle eingeklemmt. In Ermangelung eines anderen Werkzeugs riss sich Pinswin die Stirnlampe ab und begann fieberhaft, damit zu graben. Die Eisscholle anzuheben war völlig undenkbar. Der Boden unter Amaruqs Bein war zwar fest, aber nicht zu hart, um nicht mit etwas Zeit und Geduld den nötigen Spielraum zu schaffen, damit er den Fuß herausziehen konnte. Zumindest hoffte Pinswin dies. Es war die einzige Chance. Oben auf dem

Schneemobil lag zwar ein Funkgerät, doch jetzt Hilfe herbeizurufen, die noch rechtzeitig käme, war unmöglich.

»Wir haben keine Zeit, mein Freund«, sagte Amaruq, als hätte er Pinswins Gedanken gelesen. Er richtete sich auf seine Ellenbogen auf und sah Pinswin eindringlich an. »Es ist meine Schuld! Ich habe das Eis falsch eingeschätzt. Das Tauwetter ist schon zu weit fortgeschritten. Ich habe keine Familie, Pinswin. Geh und rette dich, du hast nur noch Minuten!«

Das Knallen und dumpfe Dröhnen im Eis gaben ihm recht, ebenso das steigende Wasser und das Gluckern, das zu einem Rauschen geworden war. Dieses Rauschen wurde zunehmend rhythmisch. Man hörte schon den Wellenschlag.

»Kommt nicht in Frage! Du glaubst doch nicht im Ernst, dass ich dich hier unten lasse? Außerdem bin *ich* schuld. Ich hätte nicht so lange bei den Knochen herumsuchen dürfen. Du bist überhaupt nur meinetwegen hier unten!« Pinswin grub wie wild. Seine Hände waren fast gefühllos, aber er ließ nicht locker. Das steigende Wasser war auch eine Hilfe, denn es unterspülte Amaruqs Fuß und machte den Sandboden weicher.

Amaruq griff nach seinem Arm. »Siluk wird dir den Weg nach Hause zeigen. Wie das Schneemobil funktioniert, weißt du ja. Bitte, Pinswin! Ich habe keine Angst vor dem Tod, aber ich habe Angst vor der Schuld an *deinem* Tod, die ich nicht wieder gutmachen könnte. Pinswin, denk verdammt nochmal an deine Frau und deine Tochter!«

»Ich wusste gar nicht, dass du fluchen kannst.« Pinswin grub verbissen weiter. Da, hatte sich das Bein nicht schon gelockert? Eine weitere kleinere Scholle stürzte neben die anderen, doch sie traf nur Sand.

»Ich kann noch viel besser fluchen, wenn du nicht sofort deinen Hintern in Bewegung setzt und hier verschwindest.« Dann wurde Amaruq Stimme sanft. »Es gibt nicht immer einen Weg, Pinswin. Nicht immer den, den man haben möchte. Gegen die Natur hier draußen kannst du nichts erzwingen. Es ist gut so.«

»Das weiß ich nur allzu genau, dass es nicht immer einen Weg gibt. Aber hier und heute gibt es einen!« Das Wasser reichte ihm kniend schon bis an die Hüfte und Amaruq bis zur Brust, aber Pinswin spürte, wie er jetzt weiter in den Boden unter das eingeklemmte Bein vordrang. Das Tageslicht, das sich oben so blau im Eis brach, machte ihm Mut.

Er hatte schließlich schon einmal ein eingeklemmtes Bein befreit, damals, vor so vielen Jahren. Ein Mädchenbein im Watt.

Während seine Kräfte ihn langsam verließen, dachte er an Leni. An den Tag, als er sie kennenlernte, und dann an einen lange zurückliegenden Winter, in dem das Eis ähnlich geleuchtet hatte. Auch wenn er nicht darunter gewesen war, sondern darauf. Das Stöhnen und Knirschen des Eises, diese dumpfe, langsame Musik, war fast dieselbe gewesen, nur nicht so gewaltig.

Damals hatte es wirklich keinen Weg gegeben. Keinen Weg in die Zukunft, wie er ihn sich gewünscht hätte. Aber den Weg, den man damals gebraucht und von ihm verlangt hatte, den hatte er gefunden.

Es war der Hungerwinter 1946/47 gewesen, der Eiswinter, der erste Winter nach dem Krieg, als es den Menschen ohnehin schlechtging. Monatelanger Dauerfrost hatte das Eis immer dicker werden lassen, bis es im Watt auf dem Sand lag, so dass man vom Festland aus bis Föhr und auch Amrum zu Fuß gehen und sogar mit dem Auto darauffahren konnte. Aber es war trügerisch, dieses Eis. Dadurch, dass es mehrfach aufgebrochen war, sich verschoben hatte, geschmolzen und wieder gefroren war mit Ebbe und Flut, gab es Risse und Spalten und richtige Eisberge, die man in der grellen glitzernden Weite nicht immer rechtzeitig sah.

Ein Mann war vom Festland gekommen und hatte mit Drees gesprochen. Drees kannte sich besonders gut im Watt aus. Er sollte dem Mann helfen, eine Route zu finden, auf der ein Hilfskonvoi aus Lastwagen mit Brennstoff und Lebensmitteln nach Amrum kommen konnte. Skem wäre der noch bessere Ansprechpartner gewesen, aber Skem war im Krieg, und niemand hatte mehr etwas von ihm gehört. Sie wussten nicht, ob er gefallen, verschollen oder gefangen genommen worden war oder ob er verletzt in irgendeinem Lazarett lag.

Aber Drees war nicht mehr so gut zu Fuß, und darum bat er den elfjährigen Pinswin, sich zu ihm in den Jeep zu setzen, mit dem er mit dem fremden Mann langsam über das Eis fuhr. Immer wieder hielten sie. Drees wies Pinswin an, auszusteigen, die Route genau auf Risse zu untersuchen und um die Eisberge herum zu markieren. Pinswin hatte ein gutes Auge und konnte einschätzen, wo ein Lastwagen noch durchpassen würde und wo nicht. Er hatte seinerseits darum gebeten, dass Leni mitkam, die sich ja nun, da der Krieg vorbei war, nicht mehr verstecken musste. Leni und er waren unzertrennlich. Nur wenn Pinswin mit seiner Schwester Filine und ihrem Freund Nathan unterwegs war, verschwand Leni meistens stillschweigend. Sie vertraute nur ihm. Und niemand verstand ihn so gut wie Leni. Sie allein fuhr mit ihm in seiner Zeitmaschine, wohin er wollte.

Auch sie dachte sich Abenteuer aus, in die er ihr blindlings folgte.

Er wollte nie wieder ohne ihre klaren blauen Augen sein, die ihn so vertrauensvoll anblickten, und ohne ihr Lachen, in dem immer ein wenig Traurigkeit mitschwang und das ihn doch über alles hinwegtröstete, was ihn bekümmerte und seine Träume größer machte. Es kümmerte ihn wenig, dass die anderen Jungs ihn auslachten, wegen seiner Freundin, wie sie abfällig sagten. Pinswin war ohnehin immer ein Außenseiter gewesen, durch sein Interesse für alte Dinge, Scherben und Knochen, die für seine Kameraden nur wertloser Müll waren. Was brauchte er die anderen, die so langweilig waren, wenn er Leni hatte und auch seine Zwillingsschwester Filine, die ihn nie enttäuschte!

Leni saß neben ihm im Jeep und stieg mit ihm aus, um über das Eis zu laufen und den Weg zu erkunden, der so wichtig war, denn sie froren und hungerten auf der Insel, und der Hilfskonvoi vom Festland wurde sehnsüchtig erwartet. Pinswin hatte keinen Zweifel daran, dass sie den richtigen Weg finden und markieren würden. Er wünschte sich nur, dass er mit Leni ewig so über das helle, glitzernde Eis auf den Horizont zulaufen könnte und dass es auch einen sicheren Weg in eine Zukunft geben würde, in der sie immer bei ihm war. Einen Weg auf diesem durchsichtigen und doch festen Zauber, der über alle Abgründe hinwegtrug.

Doch danach sah es nicht aus. Irgendwo in Süddeutschland hatte sich eine Verwandte von Leni gefunden, die das Konzentrationslager überlebt hatte und nun zu Lenis Vormund bestimmt werden sollte. Leni würde Amrum verlassen müssen, wenn nicht ein Wunder geschah. Als er davon erfuhr, hatte er Leni in einem Anfall der Verzweiflung und Angst gefragt, ob er sie dann wenigstens heiraten könnte, wenn sie groß wären. Er hatte furchtbare Angst, dass Leni ihn auslachen würde. Sie saßen gerade in der Zeitmaschine, doch sie hatten den Motor nicht eingeschaltet. Die Sache war zu ernst, um damit zu spielen. Doch Leni war Leni und lachte ihn natürlich nicht aus. Sie sah ihn nur mit ihren großen Augen an.

»Das geht nicht.« Wie immer redete sie nicht um die Sache herum, sondern sagte in einfachen Worten direkt, was sie dachte. Und sie sagte es so, dass man genau wusste, sie würde von diesem Standpunkt niemals abrücken. »Ich werde niemals heiraten. Ich möchte keine Familie haben.«

»Aber Leni, warum denn nicht?«

»Wenn ich keine Familie habe, kann sie mir keiner wegnehmen.« So wie sie es sagte, klang es ganz einfach und logisch, aber sie musste viel darüber nachgedacht haben. Leni sagte Dinge nicht einfach so.

Pinswin ballte die Fäuste in seinen Hosentaschen. »Aber Leni, ich würde doch dann immer auf dich aufpassen.«

»Wenn böse Menschen kommen, um dich zu holen, dann kann keiner aufpassen. Nicht mal mein Papa konnte das und Jonah auch nicht. Beim Kirschbaum konnte er aufpassen, aber da nicht.«

»Aber Leni ...«

Doch Leni schüttelte den Kopf. »Ich werde nie eine Familie haben. Das ist ein Beschluss.«

Das Wort *Beschluss* klang so erwachsen und merkwürdig aus ihrem Mund, dass Pinswin nicht wusste, ob er lachen oder weinen sollte, und darum tat er nichts von beidem. Nicht jetzt. Vielleicht später, wenn ihn niemand sah. Er schluckte die Tränen herunter, aber sie blieben irgendwo in seinem Hals stecken.

Denn er hatte es an ihrem Tonfall gehört. Dieser Beschluss, auch wenn das Wort noch zu groß und zu alt für sie war, der galt für alle Zeit.

Jetzt und heute, da sie über die helle Fläche liefen und rutschten und sich wichtig und gebraucht vorkamen, weil die Männer im Jeep und die Leute auf der Insel sich auf sie verließen, schob er die Zukunft beiseite. Noch war Leni hier, und diesen Tag unter der funkelnden Weite des Himmels würde er nie vergessen. Pinswin blieb stehen und blickte auf das Eis. »Schau mal, Leni.«

»Oh.« Auch Leni blickte auf den schwarzweißen Fleck unter ihren Füßen. Mitten im Eis war ein Vogel eingefroren, ein Austernfischer. Sein schwarzweißes Gefieder wirkte unberührt und lebendig, und auch sein Schnabel und seine Füße waren noch rot. Er hatte die Flügel ausgebreitet und wirkte, als würde er mitten im Eis fliegen.

»Wie schön und wie traurig«, flüsterte Leni. Sie hockte sich hin und strich mit der Hand über das Eis, als wollte sie den Vogel wieder zum Leben erwecken, doch die harte Schicht zwischen den weichen Federn und ihrer Hand war unerbittlich.

So wie die Zukunft, die mir Leni wegnimmt, dachte Pinswin.

Wenn das Eis taute, würde der Vogel vielleicht in den Sand absinken und irgendwann im Sediment versteinern und für alle Zeiten als Fossil erhalten bleiben. Eine weitere Seite im Buch der Erde. Pinswin fragte sich, ob auch von Leni und ihm etwas bleiben würde.

Vielleicht die Zeitmaschine. Doch niemand würde wissen, was sie war.

Jetzt, Jahrzehnte später, da er verzweifelt mit bloßen Händen grub, während das eisige Wasser stieg und das Dröhnen im Eis anschwoll, dachte er an diesen Tag zurück und wusste, dass er recht gehabt hatte. Wer wusste, ob die Menschheit so lange überlebte, dass jemand einmal den Vogel als Fossil ausgrub. Aber jener Tag, der war unzerstört erhalten geblieben. Denn er spürte gerade jetzt ganz deutlich Lenis Gegenwart und hörte ihre klare Stimme: *Du findest mich immer mit der Zeitmaschine, auch wenn wir nicht zusammen sind, Pinswin.*

Sie hatten keine Zukunft gehabt, aber sie war auch nach Jahrzehnten noch sein Schutzengel, sein guter Geist, seine Stärke und sein Trost. Pinswin liebte Savannah von Herzen, aber in Gefahrensituationen war es stets Leni, die ihn hielt.

Und der Gedanke an Leni war es, der ihm nun noch einmal Kraft gab. Mit einem Ruck und der Unterstützung einer Welle, die unter das Eis drückte, löste er das Bein und zog Amaruq heraus.

»So, jetzt nichts wie weg hier!« Seine eigenen Beine waren steif von der Kälte im Wasser, aber er schaffte es, sich aufzurichten. »Das Bein ist mit Sicherheit gebrochen. Entschuldige, aber es geht nicht anders.« Er legte sich den kleineren Inuit über die Schulter. »Ich hoffe, das macht die Schmerzen nicht noch schlimmer.«

»Das Bein ist viel zu kalt, um weh zu tun. Gib mir den Eimer!«, befahl Amaruq.

»Vergiss den Eimer. Dafür ist jetzt keine Zeit.«

»Den Eimer! Soll das alles umsonst gewesen sein?« Auffordernd streckte Amaruq den Arm aus. Pinswin blickte verwirrt um sich. Er hatte den Eimer komplett vergessen. Da! Unversehrt oben auf dem Stein! Er murmelte zwischen den Zähnen etwas, das Amaruq zum Glück nicht verstand, und drückte ihm den Henkel in die Hand. Dann kämpfte er sich durch Sand und Wasser dorthin, wo das Tageslicht nicht durch das Eis, sondern direkt auf den Boden fiel, und wo er Siluk von oben verzweifelt bellen hörte.

»Siluk meint, das Eis hält nicht mehr lange«, sagte Amaruq.

Pinswin sagte nichts. Er ließ Amaruq vorsichtig herunter. Hier war es noch trocken. Die Seilschlinge hing ordentlich dort über die Eiskante, wo sie sich heruntergelassen hatten. Was jetzt? Er betrachtete seine Hände, die nicht nur kalt und steif, sondern auch zerschnitten und blutig waren. Seine Arme waren vom Graben zittrig und gefühllos. Er wusste, er würde sich nicht hochziehen können.

»Meine Arme sind in Ordnung«, sagte Amaruq. »Setz du dich in die Schlinge. Ich klettere am Seil hoch, dazu brauche ich meine Füße nicht. Dann ziehe ich dich hoch. Schnell!«

Sie hatten keine andere Wahl. Pinswin fädelte sich in die Schlinge und hielt sich fest, so gut es ging. Wenn Amaruq es nach oben schaffte, brauchte er mit dem Schneemobil nur den Rückwärtsgang einzulegen und Pinswin damit hochzuziehen.

Wenn das Eis noch so lange hielt.

Behände zog sich Amaruq am Seil hoch und hatte schon fast die Kante erreicht, als er nach unten blickte. »Vergiss den Eimer nicht!«, sagte er streng.

Pinswin sah sich gereizt um, schob den Arm durch den Henkel des Eimers und bog dann mühsam seine Finger wieder um das Seil.

Oben hörte er Siluk, der Amaruq wie wild vor Freude begrüßte, hörte ein Kommando von Amaruq an den Hund und dann Amaruq, wie er einbeinig auf das Schneemobil zuhüpfte. Pinswin wartete darauf, dass der Motor startete. Die erste Welle schoss heran, umspülte ihn und zog sich wieder zurück.

Ein Knall wie ein Schuss betäubte seine Ohren. Eine Krabbe flüchtete eilig.

Leni, dachte Pinswin, *schalte die Zeitmaschine an. Lass uns eine Stunde zurückkreisen, als das Eis noch fest war!*

Er erinnerte sich an seine Gabe, sich nicht nur in vergangene Zeiten hineinzuversetzen, sondern sich auch in Dinge einzufühlen. Er versetzte sich in die Kristallstrukturen des Eises, versuchte, ihnen seine eigene Stärke zu verleihen, nur für einen Moment noch.

Oben heulte der Motor auf. Die Seilschlinge geriet in Bewegung, Pinswins Füße hoben sich aus dem Wasser, das an ihnen riss.

Im selben Augenblick folgte auf den Knall ein Knistern und Bersten. Wie in Zeitlupe sah er, wie sich der Spalt über ihm verbreiterte und das Seil ins Rutschen geriet.

Die Sonne stahl sich zwischen den Wolken hervor und ließ den gläsernen Himmel aus Eis noch blauer aufglühen, bevor er zerriss.

Jessieanna

2005

Amrum

23

Kniepsandnacht

Der Sonnenuntergang glomm noch kupferrot auf den Prielen, als Lian und Jessieanna die Wandelbahn verließen und hinunter ins Watt liefen. Da Ebbe war, konnte man an dieser Stelle zum Kniepsandarm abkürzen. Sie ließen die Schuhe am Strand.

Jetzt war es kein Land der Spiegel, es war ein Land aus flüssigem Feuer. Fast war Jessieanna überrascht, dass das Wasser an ihren Sohlen kalt war und nicht glühend heiß, wie es die Farbe vorgaukelte. Diese Farbe roch nach Aprikosenpunsch und Feuer. Der Sand dagegen wirkte tiefdunkel, und das gesamte Watt noch viel weiter und gewaltiger als bei Tag. Es war eigenartig windstill, als ob der Tag an seinem Ende den Atem anhielt und nicht vergehen wollte. Nur die verstreuten Herzmuscheln leuchteten weiß auf der Fläche, und ab und zu glühte ein Stück Meersalat im letzten Licht hellgrün. Möwen und Austernfischer kreischten durcheinander, und vom Land her rief ein Fasan. Weit hinten am Horizont fuhr ein beleuchtetes Schiff.

Jessieanna musste sich bemühen, mit Lian Schritt zu halten. »Du weißt anscheinend genau, wo du Skem suchen willst?«

»Er hat in letzter Zeit so oft von seiner Sommerhütte auf dem Kniep gesprochen, er will mit Sicherheit dorthin. Irgendwo auf dem Weg dahin werden wir ihn finden.«

Jessieanna war beruhigt, dass Lian so sicher klang. »Aber Sorgen machst du dir trotzdem.«

»Schon. Er kennt das Watt wie kein anderer, aber wenn es ihm nicht gutgeht, kann es trotzdem passieren, dass er von der Flut überrascht wird.« Er drehte sich zu ihr um. »Immerhin ist es eine gute Gelegenheit, dir das Watt bei Nacht zu zeigen.«

»Gehst du oft im Dunkeln spazieren?«

»Eigentlich nur am Strand, wenn ich Schichtdienst habe, auf dem Weg zur Arbeit oder zurück. Sonst habe ich kaum Zeit. Aber ich sollte es öfter tun. Ich mag es. Eine geheimnisvolle, einsame, melancholisch schöne Welt hier draußen.«

»Wenn du nicht hier wärest, würde ich mich fürchten«, gab Jessieanna zu. »Weil ich nie wüsste, ob ich gleich in ein Schlickloch oder einen zu tiefen Priel trete. Im Dunkeln auf festem Boden zu laufen ist eine Sache, aber das hier eine völlig andere.«

»Du solltest es auch nicht allein versuchen. Du kennst dich nicht gut genug aus. Aber man lernt wieder, seinen Instinkten zu vertrauen. Wir achten viel zu wenig auf sie.«

»Filine hat mir heute ein altes Feld ihrer Familie zur Verfügung gestellt«, fiel Jessieanna dabei ein. »Ich möchte darauf Kräuter ziehen und am liebsten auch Zitronen. Irgendwie macht mich das total glücklich. Da du gerade von Instinkten sprichst, es scheint eine Art Urinstinkt in mir zu befriedigen, von dem ich nicht wusste, dass ich ihn hatte. Ein eigenes Stück Erde! Erde, auf der meine Vorfahren gelebt und geerntet haben. Ich weiß nicht, warum mich das so sehr berührt.«

»Ich sag's ja. Instinkte. Ich freue mich für dich! Und ich kann das sehr gut verstehen. Vorsicht!« Lian griff stützend nach ihrem Ellenbogen, als sie auf einem Stück Tang ausrutschte. »Das hört sich aber an, als ob du länger bleiben würdest. Ein Stück Land kann man nicht aus der Ferne bebauen, auch nicht, wenn es nur ein Kräutergarten ist.«

»Das ist das Problem. Ich weiß. Aber es sind genügsame Kräuter. Und vielleicht komme ich nächsten Sommer wieder. Ich müsste jemanden finden, der ab und zu nach dem Rechten sieht, ein bisschen Unkraut jätet und gießt. Vielleicht kann ich Fritz einstellen.« Der Gedanke war ihr gerade erst gekommen.

»Wenn du Zitronen ziehen möchtest, müssten die wie bei Skem im Winter in ein Gewächshaus«, gab Lian zu bedenken.

Sie kamen gut voran. Die Insel blieb hinter ihnen zurück, das Licht in den Prielen war erloschen, und nur noch ein leichtes Glimmen lag auf dem Horizont. Aber dem Ziel schienen sie nicht näher gekommen zu sein. Nur der Leuchtturm wurde immer kleiner. Zuverlässig warf er seinen kreisenden Lichtfinger in die Nacht.

»Ich weiß, daran habe ich auch schon gedacht.«

»Ich könnte dir helfen, eines zu bauen. Das ist nicht kompliziert. Da gibt es preiswert vorgefertigte Elemente. Jemand könnte sie vom Festland mitbringen.«

Jessieanna hätte dieses Angebot nur zu gern angenommen, doch die Antwort wollte ihr nicht über die Lippen. Es würde bedeuten, dass sie noch mehr Zeit mit Lian verbringen würde. Sie wusste nicht, ob das gut war, und wechselte das Thema.

»Wir müssen Ella finden«, sagte sie.

»Ella? Ich dachte, wir suchen Skem.« Lian leuchtete mit seiner Taschenlampe so weit voraus wie möglich. Nichts. Nur Sand, Wasser, Muscheln und ein paar nasse Steine, die im Lichtstrahl glitzerten. Hinter ihnen schob sich der Mond empor, über den schwarze Wolkenfetzen wanderten.

»Ella Berger. Seine Bekannte von vor einigen Jahren, der die Zitronen auch geholfen haben. Hast du nicht gemerkt, wie weich sein Gesicht wurde, als er von ihr sprach?«

»Ach so. *Die* Ella. Ich habe nicht darüber nachgedacht. Warum müssen wir sie finden?«

»Aus zwei Gründen, und einer davon ist egoistisch«, gab Jessieanna zu. »Offensichtlich hat sie ihm etwas bedeutet oder bedeutet ihm noch immer etwas. Vielleicht könnte sie ihm das Geheimnis seines grünen Daumens entlocken. Wenn überhaupt jemand, dann sie. Und außerdem glaube ich, es wäre gut für ihn. Es ist doch einen Versuch wert, findest du nicht?«

»Und wie willst du das anstellen? Autsch! Warte bitte.« Lian blieb stehen, stützte sich für einen Augenblick auf Jessieannas Schulter und zog den scharfen Splitter einer Muschelschale aus seiner Fußsohle. »Danke. Ella Bergers gibt es bestimmt in jeder Stadt mehrere, meinst du nicht?«

»Patientendaten werden doch meist zehn Jahre aufgehoben. Du könntest in der Klinik mal unauffällig in die Kartei gucken.«

Überrumpelt blieb er stehen. »Das geht nicht. Da habe ich keinen Zugang.«

»Vielleicht, wenn du Nachtdienst hast? Ich würde auch Schmiere stehen.«

Er lachte auf. »Das klingt nach einem schlechten Film. Sag mal, wenn du dir was in den Kopf gesetzt hast, kennst du keine Gnade, oder? Man merkt, dass du eine Jessen bist. Und eine Rossmonith. Der alte Alrik Rossmonith, dein Urgroßvater, soll ja ein legendärer Sturkopf gewesen sein und sein Vater Garrelf nicht minder.«

»Siehst du, dann hast du gar keine Chance gegen diese Gene«, sagte Jessieanna in gespieltem Triumph.

»Ich werde darüber nachdenken«, sagte Lian.

Sie hatten das Watt durchquert und befanden sich nun auf dem Kniepsandarm, der von der Flut nicht überspült wurde. Der Sand war warm, fein und trocken unter ihren Füßen. Jessieanna staunte wieder einmal darüber, wie unendlich hier die Sandflächen waren. Sie wanderten schon geraume Zeit, und doch war vom Meer auf der anderen Seite noch kaum etwas zu ahnen.

»Warum ist dir das dermaßen wichtig, wie Skem seine Zitronen zum Gedeihen bringt? Wegen deiner kranken Freundin?«

»Es geht Katriona nicht gut. Und Filine sagt, die Lotion wirkt. Die Bonbons hast du ja selbst gekostet. Hast du nichts gespürt?«

Er zögerte. »Doch. Schon. Aber ich habe es auf etwas anderes geschoben.«

Sie dachte an den seltsam glücklichen Abend zurück und fragte lieber nicht, auf was er es geschoben hatte.

»Aber meinst du nicht, dass Skem dir einfach noch ein paar Zitronen abgeben würde? Für deine Freundin brauchst du doch nicht viel. Willst du denn eines Tages diese Lotion in großem Stil herstellen?«, fragte Lian weiter.

Jessieanna schüttelte den Kopf. Dann fiel ihr ein, dass er das im Dunkeln nicht sehen konnte. »Nein, das nicht. Das würde wohl kaum gehen. Aber ich wüsste gern, wie es gemacht wird. Man weiß doch nie, wer die Wirkung als Nächstes unbedingt benötigen könnte. Selbst wenn es nur für den eigenen Gebrauch ist, im Familien- und Freundeskreis. Es wäre doch schade, wenn so eine Kraft verlorenginge!«, fügte sie hinzu, als er nichts sagte.

»Den Tod kannst du damit nicht besiegen, Jessieanna«, meinte er schließlich sanft. »Manchmal muss man loslassen können.«

»Darin bin ich nicht gut. Außerdem muss man doch wenigstens alles versuchen!«

»Ja, sicher. Es ist besser, wenn man sich nicht hilflos fühlt. Aber es ist nicht gut, es bis zu dem Punkt zu treiben, an dem du dem Kranken unerträglichen Druck machst. Auch er muss loslassen dürfen.«

Jessieanna dachte eine Weile darüber nach. »Ich glaube, du bist ein sehr guter Pfleger«, sagte sie schließlich. Sie hatte beinahe den Grund dafür vergessen, warum sie überhaupt hier im Dunkeln unterwegs waren. Jetzt fiel er ihr siedend heiß wieder ein. »Sag mal, wo sind wir? Wo stand denn Skems Hütte?«

»Das wäre noch ein ganzes Stück. Ich hoffe, wir haben Skem nicht verfehlt. Es scheint fast unmöglich, dass er es bis hierher geschafft haben soll. Oder ich habe mich geirrt, und er ist gar nicht hier draußen. Aber mein Gefühl sagt mir etwas anderes.« Sie konnte die wachsende Beunruhigung in seiner Stimme hören. So gut kannte sie ihn nun schon.

Schweigend liefen sie weiter. Es war anstrengend, in dem weichen Sand zu stapfen. Jessieanna staunte, als ihr bewusst wurde, wie gut sie Luft bekam und dass sie kein einziges Mal husten musste.

Schließlich blieb sie stehen. »Warte, leuchte mal dorthin. Nein, da vorne links! Unter der Kassiopeia.«

»Du kennst die Sternbilder?« Lian leuchtete das Himmels-W an und fuhr dann mit dem Lichtkegel in gerader Linie nach unten.

»Nur ein paar davon.«

»O ja, du hast recht! Da ist jemand.«

Etwa hundert Meter vor ihnen saß eine Gestalt auf etwas, das wie ein halbeingesunkenes Stück Treibholz aussah.

»Das ist er.« Jessieanna war sich sicher.

In dem lockeren Sand zu rennen war schwierig. Sie waren beide außer Atem, als sie ankamen. Lian blendete den grellen Strahl seiner Lampe mit der Hand ab und leuchtete behutsam in das Gesicht der zusammengesunkenen Gestalt.

Es war Skem. Er hatte mit halbgeschlossenen Augen ins Leere gestarrt, doch nun fuhr er zusammen und sah mühsam auf.

»Skem, Gott sei Dank!« Lian verlor keine Zeit mit Fragen oder Vorwürfen, sondern zog die Rettungsdecke aus seinem Rucksack und gab sie Jessieanna, die Skem sorgfältig darin einhüllte und seine kalten Hände rieb, während Lian die Wasserflasche und die Tabletten herausholte.

»Skem, wie geht es dir?«

Soweit es bei dieser Beleuchtung zu beurteilen war, war er kalkweiß im Gesicht und seine Lippen leicht bläulich verfärbt. Das Sprechen fiel ihm schwer. »Schwindelig«, brachte er hervor. »Schlecht Luft.«

Lian drückte Jessieanna die Tabletten in die Hand. »Halt das kurz.« Er förderte aus seinem Rucksack ein Pumpfläschchen zutage. »Mach den Mund auf, Skem, bitte.« Er sprühte Skem etwas unter die Zunge. »Gleich wird es besser.« Er nahm Skems Hand in seine und fühlte den Puls. »Ruhig atmen. So ist es gut. Und jetzt die Tablette, Jessieanna. Mit ausreichend Wasser.«

Der Mond war höher gestiegen. Er war fast voll. Die Wolken verschwanden mehr und mehr. Nun war der Kniepsand in silbernes Licht getaucht, und in der Ferne auch das Meer. Skem atmete jetzt ruhiger, und seine Stimme war wieder fester.

»Ich wollte euch keine Umstände machen. Es wäre auch nicht schlimm gewesen, wenn ihr mich nicht gesucht hättet. Hier ist ein guter Platz, um Abschied zu nehmen.«

»Wir haben dich aber vermisst«, sagte Jessieanna.

»So ist es. Außerdem wollte ich ihr das Watt bei Nacht zeigen«, sagte Lian. »Fehlt dir sonst noch etwas, Skem? Was ist passiert?«

»Ich wollte nur noch einmal zu meiner Hütte. Ich meine, dahin, wo sie gestanden hat«, sagte Skem trotzig. »Bin ziemlich weit gekommen, findet ihr nicht? Nur hat mein Knie auf einmal nachgegeben. Bin auf mein gesundes Bein gefallen. Da dachte ich, ich suche mir lieber hier einen Sitzplatz.«

»Zeig mal das Bein.« Lian schob die Decke beiseite und rollte Skems Hose hoch. »Autsch. Das blutet. Da bist du auf einen Stein gestürzt oder eine Muschel.«

»Nein. Eine Glasscherbe. Ich habe sie schon herausgezogen.«

»Mist. Es ist unerträglich, was diese Leute hier für Müll liegen lassen!«

Jessieanna hatte bereits das Verbandszeug herausgeholt. »Ich mach das schon. Aber wie kriegen wir dich jetzt nach Hause? Sollen wir jemanden anrufen?«

»Lasst uns noch ein wenig hier sitzen bleiben. Jetzt bin ich bis hierher gekommen und konnte es noch gar nicht genießen. Es ist eine so schöne Nacht«, bat Skem. »Wenn ich mich ein bisschen erholt habe, kann ich mit eurer Hilfe sicher laufen. Hast du außer Wasser nicht noch etwas Anständiges zu trinken mitgebracht, Lian? Bist doch sonst so ein vernünftiger Junge.«

»Ein Lob aus deinem Mund? Jetzt mache ich mir ernsthaft Sorgen.« Aber Lian lächelte. »Zufällig habe ich noch deinen Lieblingswhisky dabei.«

»Wie klug von dir. Dann lasst uns anstoßen auf meinen letzten großen Ausflug«, schlug Skem vor. »Aber nicht aus der Flasche! Ich habe vor langer Zeit jemandem versprochen, niemals aus einer Schnapsflasche zu trinken. Schon gar nicht in feierlichen Momenten. Und ich habe mich immer daran gehalten.« Jessieanna war glücklich darüber, dass sowohl die Brummigkeit in seiner Stimme als auch das amüsierte Zwinkern zurück in seinen Augen waren.

»Ich habe aber keine Schnapsgläser mit. Nur den Deckel von der Flasche. Ich konnte ja nicht ahnen, dass du hier draußen ein Gelage veranstalten willst.«

Jessieanna sah sich um. Dort! Eine aufgeklappte Muschel lag hell im Sand. Als sie sie aufhob, brachen die beiden Hälften auseinander und lagen als kleine feste Schalen in ihrer Hand. Die Außenseite war dunkel, die Innenseite wie Porzellan. Jessieanna rieb sie an ihrem T-Shirt sauber. »Hier. Das geht auch. Wie heißt diese Sorte Muscheln?«

»Du weißt dir zu helfen, Pinswins Tochter. Das sind Islandmuscheln«, sagte Skem.

Islandmuscheln? Wie passend. Der Töveree war in alten Zeiten angeblich nahe an Island vorbeigeschwommen, so stand es im Brief dieses Julian.

Jessieanna blickte auf das ferne Meer und wünschte sich brennend, der Töveree würde jetzt da draußen auftauchen. Möge er sich doch nur einmal aus dem Wasser erheben, damit ihn alle sehen konnten!

Für Skem.

Für Pinswin.

Für Katriona.

Und für sie selbst.

So wie in dem Schaukasten, der sie durch ihre Kinderzeit begleitet hatte, der sie getröstet hatte, wenn sie nachts aufwachte oder wenn sie nicht einschlafen konnte.

Nur diesmal in der Wirklichkeit.

Aber das Meer lag still und dunkel.

Lian schenkte den Whisky ein und reichte Skem den Deckel der Flasche, den er leichter in seiner zittrigen Hand halten konnte als eine Muschel.

»Nun lasst uns anstoßen«, sagte Skem.

»Auf was denn?«, erkundigte sich Lian.

»Auf alte Freunde und auf euch junge Leute, die die Zukunft sind«, sagte Skem. »Auf Erinnerungen und Abschiede und auf dieses zauberhafte geliebte Land der Spiegel, wie es dieser Lucas so treffend benannt hat. Ich hoffe, es bringt euch beiden Glück. Danke, dass ihr noch einmal frischen Wind in das Leben eines knurrigen alten Mannes gebracht habt!«

»Na dann, Prost, und auch auf das Wohl dieses knurrigen alten Mannes«, sagte Lian.

Als sie anstießen, fügten sich seine Hälfte der Muschel und Jessieannas so genau am Scharnier aneinander, als wäre die Muschel wieder ganz. Lians Blick begegnete ihrem. Für einen Augenblick konnte sich Jessieanna nicht rühren. Die Sekunde zog sich seltsam in die Länge. Sie hörten Skem seinen Whisky herunterschlucken, merkwürdig laut in der plötzlichen Stille. Auch das Knistern und Flüstern der Muscheln und Würmer im

Sand war kein bloßes Hintergrundgeräusch mehr. Es war die Stimme des Watts, die anschwoll, als ob sie etwas mitzuteilen hätte.

War der Mond noch heller geworden, oder war da gerade in ihrem Augenwinkel ein blaues Leuchten draußen auf dem Meer gewesen, als hätte sie es heraufbeschworen?

Oder war es nur die Spannung, die plötzlich zwischen Lian und ihr in der Luft lag?

24

Puzzleteile

Jessieanna zog rasch ihre Hand zurück und verschluckte sich fast an dem kleinen Schluck feurigen Whiskys.

»Skem, stimmt es, dass du als Kind einmal das blaue Licht des Töveree gesehen hast? Und dass man dich danach benannt hat? Heißt Skem wirklich Schimmer?« Sie redete hauptsächlich, um ihre Gefühle zu übertönen, die in ihrem Inneren durcheinandergeraten waren, als wäre die Flut viel zu früh gekommen und hätte alles aufgewirbelt.

Skem schien heute ungewöhnlich zugänglich. Vielleicht lag es daran, dass er hier an seinem Herzensort war. Oder jedenfalls beinahe. »Ja, Skem bedeutet Schimmer. Hier auf Amrum hat fast jeder seinen Spitznamen. Deinen Großvater nannte man Boje. Aber das weißt du ja.«

»Und wie heißt du wirklich, Skem?«, fragte Lian.

»Das tut nichts zur Sache. Es interessiert niemanden mehr. Den Jungen, der einmal anders hieß, den gibt es schon lange nicht mehr.« An seinem Tonfall merkten sie, dass es besser war, an dieser Stelle nicht nachzufragen.

»Wie war es denn, Skem? Was hast du gesehen? Bitte, erzähle es uns doch.« Jessieanna wusste von Pinswin und Filine, dass Skem nie darüber gesprochen hatte. Wenn er es hier und heute in dieser Stimmung und an diesem Ort nicht tat, dachte Jessieanna, dann wohl niemals.

Skem schwieg lange, und Jessieanna dachte schon, er wäre eingenickt. Doch als sie zu Lian hinüberblickte, legte er den Finger auf den Mund.

Und dann erzählte Skem.

Er hatte wohl nur etwas Zeit gebraucht, um sich zu erinnern. Um sich in jene Dezembernacht zurückzuversetzen, die ebenso klar und nahezu windstill gewesen war wie die heutige Juninacht. Nur frostig war es damals. Eisnadeln zierten die Muschelhaufen und die Steine im Watt, und der gefrorene Tang knirschte unter seinen Füßen.

Skem war zwölf Jahre alt.

Er konnte nicht schlafen, denn er machte sich Sorgen. Im März war der Frachter untergegangen, auf dem sein Vater angeheuert hatte. Keiner von der Mannschaft hatte überlebt.

Nur eine Woche zuvor hatte der deutsche Passagierdampfer *Bremen* einen neuen Rekord aufgestellt. In vier Tagen und siebzehn Stunden war er von Bremen nach New York gefahren, über den ganzen weiten Ozean. Aber dieser alte Frachter namens *Sieglinde* war noch nicht mal bis Holland gekommen. Sein Vater hatte gezögert, hatte weder dem Kapitän noch dem Schiff getraut, aber in diesen Zeiten konnte man sich die Arbeit nicht aussuchen und war froh, wenn man überhaupt welche bekam. Skems Mutter kochte und putzte in der Familienpension und auch noch anderswo, aber sie war kränklich. In diesem März endete mit dem Tod seines Vaters Skems Kindheit endgültig.

Er verdiente seitdem dazu, wo er konnte, im Hafen, beim Krabbenpulen, er trug Zeitungen aus und half auf dem Feld. Den ganzen Sommer über hatte er geschuftet. Er hätte eigentlich müde sein müssen, aber in dieser Nacht war er hellwach. Er stromerte durch das Watt, das ihm wie immer Trost gab, und als die Flut kam, konnte er sich noch immer nicht dazu entschließen, in seiner eisigen Dachkammer in das kalte Bett zu kriechen. Es war noch nicht so kalt, dass Eisschollen auf dem Meer trieben. Dunkel und ruhig lag das Wasser um den Steg. Skem stieg in sein Ruderboot mit dem behelfsmäßigen Segel und löste das Tau vom Poller. Vielleicht konnte er wenigstens einen Fisch für den nächsten Tag angeln. Auf jeden Fall zog es ihn hinaus, vielleicht aus dem Gefühl heraus, seinem Vater draußen auf dem Wasser näher zu sein. Das Ruderboot war Skems ganzer Stolz. Es war nach einem Sturm angeschwemmt worden, mit zwei Löchern in den Planken. Skem hatte es selbst wieder fahrtüchtig gemacht, und nun gehörte es ihm allein.

Draußen warf er seine Angel aus, an einer Stelle, an der er schon oft Glück gehabt hatte. Doch Wind kam auf und trieb ihn ab. Ärgerlich wollte er mit aller Kraft gegensteuern, als er überrascht die Ruder sinken ließ. Der Wind war so schnell wieder abgeflaut, wie er aufgekommen war.

Unter sich im Wasser gewahrte Skem ein schwaches blaues Leuchten. Er dachte an den Töveree Fisk, und sein Herz begann zu klopfen. In seinem Leben war es gerade dunkel und hoffnungslos, und war er nicht hier herausgefahren, um Trost zu finden? Er beugte sich vorsichtig über die Bootswand. Er wusste, wie leicht die Wellen ein kleines Ruderboot zum Spielball machten. Doch heute gab es keine Wellen. Wie ein riesiger Spiegel lag das Meer. Der Mond war nur eine Sichel, die Sterne aber hell.

Skem kniff die Augen zusammen und spähte in die Tiefe. Alles war trüb, das blaue Leuchten nur ein Fleck. Doch das Boot trieb weiter ab, und das Wasser klärte sich ein wenig. Vielleicht, weil es flacher wurde. Irgendwo hier war eine Sandbank, und der Boden stieg an. Noch war er zu tief, um ihn zu erkennen. Dann aber war es, als ob der blaue Fleck größer wurde, heller, schließlich zusammenzuckte wie eine riesige Qualle und sich wieder ausdehnte und erhob. Das Leuchten wurde so hell, dass Skem nun Sand und Steine auf dem Meeresboden erkennen konnte.

Doch es waren nicht nur Steine, nicht nur Muschelschalen.

Es waren Knochen.

Als er das Skelett entdeckte, wäre er vor Schreck nun doch fast über Bord gegangen. Da waren Rippen, und da war ein Schädel mit einem langen spitzen Kiefer. Der ganze Fisch, der dort unten lag, war mindestens so groß wie das Ruderboot. An der Wirbelsäule pickten kleine Fische, und ein Stück Flosse bewegte sich in der Strömung sanft hin und her.

Das blaue Leuchten aber ging nicht nur von den Knochen aus. Es war wie ein Schatten, der sich daraus erhob, wie ein Schwarm aus Milliarden kleiner blauer Punkte, der in die Höhe stieg, sich zusammenballte, ausbreitete und dann, als Skem eine unwillkürliche Bewegung machte, in die Tiefe davonstob. Für einen Augenblick, bevor er außer Sichtweite geriet, hatte er selbst die Form eines Fisches. Einen Moment noch sah Skem die Oberfläche des Meeres aufleuchten, doch das Leuchten entfernte sich und erlosch. Die Knochen unten glommen nur noch so schwach, dass Skem sie kaum erkennen konnte. Dann kam der Wind wieder auf, trieb Riffel über die Wasseroberfläche und machte alles undurchsichtig. Skem schrak auf, er war weit abgetrieben und musste sich nun mit aller Kraft bemühen, wieder Richtung Festland zu rudern.

Die Stelle aber merkte er sich, indem er sich die Position des Leuchtturms und das Ende des Kniepsandarmes in ihrer Position zueinander einprägte. Während er gegen die Wellen kämpfte, erfüllten ihn eine tiefe Traurigkeit und ein seltsames Glück zugleich.

Der Töveree war tot. Er war kein Wunder, er war sterblich wie alle Lebewesen, er hatte sich nicht einmal selbst helfen können, geschweige denn seinem Vater oder dessen Schiff. Und doch: Es hatte ihn gegeben. Er war wirklich. Und das Leuchten, das Skem tief berührt und seine Seele erwärmt hatte, war kein Märchen. Es war gewesen, als ob der Geist des Töveree sich aus den Knochen befreit und hinaus ins Meer geschwommen war.

Skem war so erfüllt von seinem Erlebnis, dass er im Dorf erzählte, was er gesehen hatte. Man lachte ihn aus. Doch weil der Junge sonst so ernst und zuverlässig war und weil er so seltsam überzeugt schien, folgten ihm einige Tage später schließlich zwei Männer in ihren Booten hinaus zu der Stelle, die er ihnen zeigte. Doch da war Skem schon sehr schweigsam geworden und mochte nichts mehr zu seinem Erlebnis sagen.

An der Stelle war nichts. Kein Leuchten. Keine Knochen auf dem Meeresgrund. Nur Muschelschalen und Steine.

Den jungen Skem nahm seither niemand mehr ganz ernst. Man glaubte, dass er durch den Tod seines Vaters verwirrt war und sich daher an ein Märchen klammerte. Er galt fortan als wunderlich.

Nie wieder wurde der Töveree in den Gewässern vor Amrum gesehen. Skem war überzeugt, dass der Töveree, den er gesehen hatte, wohl der Letzte seiner Art gewesen war.

Doch die Hoffnung und der helle Trost, die das Leuchten ihm

geschenkt hatte, blieben in seinem tiefsten Inneren erhalten und verließen ihn nie wieder ganz. Als er in den Krieg musste, hielt er sich in seinen dunkelsten Stunden daran fest, und diese helle Erinnerung war es, die ihn rettete und ihm am Ende die Kraft gab, wieder heimzukehren.

Jessieanna wusste nicht mehr, wann sie nach Lians Hand gefasst hatte, während Skem sprach. Jetzt erst bemerkte sie es und zog sie zurück. Stattdessen legte sie den Arm um Skems Schultern. »Vielen Dank für diese Geschichte, Skem«, sagte sie. »Sie ist traurig, und trotzdem macht sie mich glücklich.«

Lian räusperte sich. »Hast du deswegen so gern in deiner Hütte hier draußen gewohnt, um diesem Gefühl nahe zu sein und darauf zu warten, ob es nicht doch noch einen lebendigen Töveree gibt?«

»Darüber habe ich nie so genau nachgedacht.« Skem klang verwundert. »Mag sein, dass du recht hast. Ich habe mich hier einfach am wohlsten gefühlt.«

»Verständlich. Aber wenn du das nächste Mal so weit hinaus möchtest, dann sag uns Bescheid«, bat Lian. »Wir begleiten dich. Wir bringen dich auch bis zur Hütte. Und sorgen dafür, dass du deine Pillen nimmst.«

»Pillen! Was diese Luft nicht in Ordnung bringt, kriegen die auch nicht hin. Aber auf die paar hundert Meter kommt es in meinem Alter nicht mehr an. Ich muss nicht mehr ganz bis zu der Hütte. Es ist doch alles eins. Das Watt. Das Meer. Der Sand und der Himmel. Mir genügt es.« Skem klang müde.

Jessieanna grübelte noch über Skems Geschichte. Irgendetwas daran stimmte nicht! Sicher, die Strömungen und Wellen konnten Dinge rasch forttragen oder mit Sand zuspülen. Aber nicht so schnell. Einzelne Knochen, ja. Aber nicht ein ganzes, großes Skelett. Von Pinswin wusste sie, dass Walskelette oft jahrelang unverändert irgendwo am Meeresgrund lagen. Und ein Skelett, das auch noch leuchtete, hätten die Männer mit Sicherheit aufgespürt.

Skem Rossmonith aber war der Sohn eines Seemanns und hier aufgewachsen. Er hätte sich niemals in der Stelle geirrt.

Sie suchte Skems Blick, begegnete ihm mit einem Stirnrunzeln und einer Frage in ihren Augen, öffnete den Mund. Dann schloss sie ihn wieder.

Denn Skem sah so trotzig und finster zurück, dass er ebenso gut ein Schild hätte hochhalten können: *Bis hierhin und keinen Schritt weiter.*

»Ach, da seid ihr!«

Jessieanna zuckte zusammen, als sie hinter sich Stimmen hörte.

»Oluf! Rhea! Genau im richtigen Augenblick. Ich habe ihnen eine Nachricht geschickt«, sagte Lian zu Jessieanna. »Kennst du Oluf schon? Rheas Halbbruder?«

»Der Fotograf mit dem Bücherladen. Ja, Rhea hat ihn mir vorgestellt. Hallo, Oluf.« Jessieanna stand auf und bürstete sich den Sand von der Hose.

»Wir haben den Tragesitz mitgebracht.« Oluf und Rhea trugen Stirnlampen, in deren Licht Jessieanna erkannte, dass sie Stangen trugen, an denen eine Art Hängematte zum Sitzen befestigt war.

»Den haben wir mal für Filine gemacht«, erklärte Rhea. »Manchmal hat sie auch Sehnsucht nach hier draußen, dann bringen wir sie her und machen Picknick.«

Als Lian Jessieanna zeigte, wie sie die Tragestange am besten auf die Schultern nehmen und festhalten konnte, waren sie einander im Schutz der Dunkelheit für einen Augenblick noch einmal ganz nahe. Sie roch seinen orangegoldenen Duft nach Bienenwachs, Rasierwasser und sonnenwarmem Sand. Das schelmische Grün seiner Augen war bei diesem Licht nicht zu sehen. Jetzt wirkten sie dunkel, unergründlich, und trotzdem stand eine Frage darin. Jessieanna schüttelte fast unmerklich den Kopf. Er lächelte sie an und ließ die Stange los, um Skem in den Sitz zu helfen.

Inzwischen war die Flut aufgelaufen, so dass sie nicht mehr durchs Watt abkürzen konnten. Aber die Stützschlinge trug sich so bequem, dass sie Skems Gewicht kaum spürten, als sie den langen Weg über den Kniepsandarm nahmen.

In dem alten Haus am Deich blieben Lian und Oluf noch bei Skem, um sein Bein ordentlich zu verarzten, ihm etwas zu essen zu machen und ihm ins Bett zu helfen.

Rhea und Jessieanna liefen die Wandelbahn entlang nach Hause. Eine Ahnung vom neuen Tag lag schon silbern an den Rändern des Himmels.

»Ich wollte dir schon lange sagen, wie froh ich bin, dass du hier bist«, sagte Rhea. »Es ist so gut, dass es eine junge Generation gibt. Julian und ich haben keine Kinder bekommen. Und als ich Kalle kennenlernte, waren wir beide schon zu alt. Ich hatte fast vergessen, dass die Geschichte der Familie Jessen in dir weitergeht.«

»Und Rossmonith«, sagte Jessieanna. »Alle sagen, ich hätte den Sturkopf vom alten Alrik geerbt.«

»Das kann schon sein.« Jessieanna hörte das Schmunzeln in Rheas Stimme. Das Glasbilderhaus mit den bunten Flechten auf dem Dach lag friedlich in der Dämmerung. Jessieanna wunderte sich darüber, wie sehr es sich anfühlte, als käme sie nach Hause.

»Möchtest du noch etwas essen?«, fragte Rhea.

»Nein danke, ich bin so müde, ich gehe gleich hinauf.«

»Warte kurz. Filine hat mich gebeten, dir das hier zu geben.« Rhea trat zu der Eichentruhe, die im Flur stand.

»Ist das Urgroßvater Garrelfs Truhe?«

»Ja.« Rhea fuhr mit dem Finger an den eisernen Beschlägen entlang. »Siehst du, das Schloss hat die Form des Töveree, und die vordere Flosse ist der Griff des Schlüssels. Pinswin hat dir sicherlich erzählt, dass in Garrelfs Aufzeichnungen davon die Rede ist, dass er den Töveree einmal gesehen hat. Garrelf war ein sehr sachlicher Mann und im Zwiespalt mit sich selbst, ob er seinen Augen trauen konnte. Schließlich hat er seine Beobachtung doch in sein Logbuch eingetragen, zwischen all die genauen Notizen von Wetter, Fahrtrouten, Windrichtungen und Wassertiefen, Ladungen und Aufträgen.« Sie öffnete den Deckel und nahm eine flache Schachtel heraus, die sie Jessieanna reichte. »Das hier war immer in der Truhe. Filine hat schon als Kind damit gespielt und ich später auch. Filine meint, es würde dir vielleicht helfen, deinen Garten auf dem Feld zu planen. Außerdem kann man dabei gut seine Gedanken ordnen.«

Jessieanna fühlte sich durchschaut. Woher wusste Rhea, dass sie so viele Gedanken zu ordnen hatte? War ihr aufgefallen, dass Jessieanna vorhin eine dringende Nachricht von Ryan, die sich auf dem Display ihres Handys geöffnet hatte, hastig weggedrückt hatte? Sie würde sie später lesen. In dem Augenblick da draußen auf dem Kniep, als sie Skem im Gleichschritt mit Lian durch die schweigende Nacht nach Hause trugen, war ihr das zu viel gewesen.

Auf der abgewetzten Schachtel stand in altmodischer Schrift *Dresdner Garten-Bau-Kasten*. Neugierig hob Jessieanna den Deckel. Darin waren Miniaturpflanzen, Blumentöpfe, Teile von Beeteinfassungen, Beeterde, Rasenflächen und vieles andere aus Gips. Wie ein Puzzle, das man beliebig zusammenstellen konnte. Büsche und Bäume aus Holz waren offensichtlich selbst ergänzt worden.

Beglückt nahm Jessieanna die Schachtel mit nach oben. Als sie im Bett war, fiel schon das erste Tageslicht durch die bunte Dachluke auf die Schachtel, die offen auf ihrer Bettdecke lag. Jessieanna drehte die einzelnen Teile hin und her und begann, in dem Deckel einen Garten anzulegen. Tatsächlich beruhigte es ihre aufgewühlten Gefühle ein wenig. Das Sturmglas war voll dichter spitzer Kristalle, die wild durcheinanderwuchsen. Doch je mehr ihr Garten an Form gewann, desto mehr klärte sich die Flüssigkeit.

Wenn sie mit diesem alten Baukasten einen vernünftigen Weg entwerfen konnte, führte der vielleicht in eine Zukunft, in der nicht mehr alles durcheinandergeworfen war wie die Teile in der Schachtel.

Daran, die Nachricht von Ryan zu lesen, dachte sie nicht mehr, bevor sie einschlief.

25

Besuch

Die Morgensonne fiel auf das Gras im Garten, das sommergrün durch die Scheibe schimmerte. Die Bilder im Fenster lagen noch im Schatten. Jessieanna hatte sich in einem der alten Schaukelstühle im Glasbilderzimmer zusammengerollt und schaukelte. Vor und zurück. Vor und zurück. Es beruhigte sie. Sie hielt sich daran fest. Es war so zuverlässig. Nach dem Vor kam das Zurück und dann wieder das Vor.

»Jessieanna? Ist alles in Ordnung?« Kalle steckte den Kopf in das Zimmer und kam herein, als er sie sah. Er faltete seine lange Gestalt neben ihrem Stuhl zusammen und wischte ihr mit dem Zeigefinger sanft eine Träne ab. »Was ist denn, Kind? Kann ich dir helfen?«

Als sie es nicht fertigbrachte zu antworten, nahm er sie einfach in die Arme und wartete, bis sie sich ausgeweint hatte. Sie stellte fest, dass Kalles Schulter dafür sehr geeignet war.

Er spürte nach einer langen Weile sogar den richtigen Zeitpunkt, ihr ein Taschentuch zu reichen. Sie putzte sich heftig die Nase.

»Was ist passiert?«, fragte er geduldig.

Das war nicht einfach zu erklären. Sie war nach ihrer langen Nacht spät aufgewacht. Ryans Nachricht blinkte immer noch auf dem Display ihres Handys. Schuldbewusst klickte sie auf *Öffnen.*

Bitte lies deine E-Mail! Das ist zu lang für eine SMS, schrieb Ryan. Etwas an seinem Ton ließ Angst in Jessieanna aufkommen, und sie stürzte an ihr Notebook.

Ich soll dir schreiben, weil dein Vater nicht in der Lage dazu ist. Er ist im Krankenhaus, weil er sich die Hände zerschnitten hat. Sein Kollege hatte einen Unfall unter dem Eis, und Pinswin hat sich verletzt, als er ihn befreite. Außerdem hat er durch giftigen Fischschleim eine Blutvergiftung bekommen. Seine Hände sind verbunden, darum kann er nicht tippen. Aber er hat wie immer Glück gehabt! Gerade, als man ihn hochziehen wollte, brach das Eis ein, aber eine Scholle stürzte ihm schräg vor die Füße, so dass er über die schiefe Ebene hochgezogen werden konnte, ohne dass ihm noch mehr passiert ist.

Geliebte Windy, bitte nimm es mir nicht übel, dass ich ihn von diesem Leichtsinn nicht abhalten konnte! Es war nicht vorauszusehen, dass er eine solche Expedition unternehmen würde. Eigentlich wollte ich dich nicht beunruhigen, aber du würdest es sowieso herausfinden, und außerdem hat unser Pinswin das Ganze wenigstens nicht umsonst veranstaltet. Stell dir vor, er hat weitere leuchtende Knochen gefunden, und die Sensation ist – halt dich fest: Der Töveree ist nicht ausgestorben! Die Knochen, die Pinswin mit nach Hause gebracht hat, sind frisch! Es ist noch Knorpel daran und sogar ein wenig Haut. Und er hat eine interessante Entdeckung gemacht, von der er meint, dass sie uns weiterhelfen wird. Aber das wird er dir selbst berichten. Ich darf ihm nicht alles vorwegnehmen.

Vorerst soll ich dich ganz fest von ihm drücken und dir sagen, es tut ihm leid, dass du jetzt wahrscheinlich nachträglich einen Schreck bekommst.

Liebste Windy, ich würde dich jetzt so gerne in die Arme nehmen! Ich vermisse dich so sehr! Wenn es dir so gutgeht, wie du schreibst, vielleicht kannst du dann sogar eher nach Hause kommen? Das wäre wundervoll.

Love, Ryan

Den Teil über den Töveree verstand Jessieanna zuerst gar nicht. Ihre Knie zitterten. Sie stellte sich ihren Vater mit blutenden Händen vor und wie über ihm schwere Eisschollen zusammenbrachen.

Er hatte wieder einmal Glück gehabt und würde es als nichts Besonderes betrachten. Aber wie oft würde er dieses Glück noch haben? Ihr war schlecht. Sie stolperte hinunter in die Küche und wollte sich Tee machen, um ihren Magen zu beruhigen. Aber dann gab sie dieses Vorhaben auf und flüchtete sich in den Schaukelstuhl im Glasbilderzimmer, wo sich der Umriss des Töveree vor dem blauen Himmel abzeichnete. Dieser verflixte Töveree! Ohne ihn hätte Pinswin sich nicht in diese Gefahr begeben.

Andererseits war so etwas schon oft passiert, zum Beispiel im Steinbruch. Wenn es nicht um den Töveree ging, dann um Libellen, Quastenflosser, alte Keramik oder Steinzeitgräber. Es war Pinswins Wissensdurst, der ihn so verletzlich machte und so draufgängerisch. Dem Töveree durfte sie das nicht übelnehmen.

Irgendwann wusste sie nicht mehr, ob sie aus Erleichterung weinte, weil es wieder einmal gutgegangen war, oder aus Ärger darüber, dass Pinswin ihnen allen das immer wieder antat.

Am Ende überwog die unendliche Dankbarkeit, dass sie ihren Vater noch hatte.

»Ich kenne Pinswin leider nicht, aber von allem, was mir Filine über ihn erzählt hat, hat er offenbar die sprichwörtlichen sieben Leben«, sagte Kalle, als er all dies aus Jessieanna herausbekommen hatte. »Aber ich denke nicht, dass das nur Glück ist. Ich denke, er ist bei aller Risikofreudigkeit auch ein sehr weiser, erfahrener und vernünftiger Mann und kann mit Gefahrensituationen gut und besonnen umgehen.«

Jessieanna fühlte, wie es ruhiger in ihr wurde. Kalle hatte recht. Außerdem würden die Untersuchungen der Knochen, die Pinswin gefunden hatte, ihren Vater nun einige Zeit beschäftigen und von weiteren Wahnsinnstaten abhalten. Erst jetzt wurde ihr richtig bewusst, was noch in der Mail gestanden hatte. Sie sprang auf.

»Kalle, das wird mir jetzt erst klar: Er hat *frische* Knochen gefunden! Es gibt noch Exemplare des Töveree, stell dir das vor! Das muss ich unbedingt Skem erzählen. Es wird ihn riesig freuen.« Wie sehr, wusste sie seit letzter Nacht.

»O ja. Darf ich es derweil Rhea und Filine mitteilen?«, fragte Kalle. »Diese zwei werden auch sehr glücklich über diese Nachricht sein.«

»Ja, sehr gerne. Tu das. Aber Kalle, Simon sagt, wir sollen das erst einmal für uns behalten. Es gibt gute Gründe dafür.«

»Darüber würde ich mir keine Sorgen machen. Was den Töveree angeht, sind die beiden immer verschwiegen gewesen. Auch den Besitz der Schuppen behält man besser für sich.«

»Stimmt.«

»Ich mache dir einen Tee und Frühstück«, sagte Kalle und verschwand in der Küche.

Jessieanna öffnete die Glastür und setzte sich auf die Treppenstufen zum Garten.

Simon hatte ihr auch eine Mail geschrieben: *Eigentlich wollte dir Pinswin davon erzählen, aber Ryan hat dir ja schon mitgeteilt, dass Pins-*

win aufgrund seiner Verletzungen nicht schreiben kann … Er berichtete von der Entdeckung der Miraxellen und dass er es geschafft hatte, sie zu vermehren, wenn auch nur in Maßen und nur gedämpft leuchtend. Er schickte ein Foto mit, das er mit einem Aufsatz für das Elektronenmikroskop gemacht hatte. Staunend betrachtete Jessieanna die winzigen Wesen, die einer doppelten Schneeflocke ähnelten und so wunderschön waren, dass sie eine Gänsehaut bekam.

Kalle kam heraus und stellte ein Tablett neben sie. »Alles gut? Ich gehe jetzt einkaufen«, sagte er. »Es sei denn, ich kann noch etwas für dich tun.«

»Vielen Dank, Kalle. Alles gut!«

Jetzt, da sie im Kopf wieder klar wurde und den heißen Tee mit Ingwer trank, wurde ihr bewusst, was Skem als kleiner Junge da gesehen hatte. Was ihm wie die Seele des Töveree erschienen war, die dem toten Körper entwich, mussten die Miraxellen gewesen sein! Wahrscheinlich hatten sie sich von dem Fisch gelöst, weil die Symbiose nicht mehr funktionieren konnte. Sicherlich hatten sie sich auf die Suche nach einem lebendigen Wirtstier gemacht. Das musste sie unbedingt Simon schreiben, wenn es Skem recht war.

Jessieanna blieb lange sitzen und war so in Gedanken versunken, dass sie Rhea erst bemerkte, als diese sich neben ihr niederließ. »Störe ich? Ich wollte nach dir sehen.«

»Das ist aber lieb. Hat Kalle dich geschickt? Musst du nicht arbeiten?«

»Der Laden kommt auch mal ohne mich aus. Ich mache Mittagspause. Pinswin hat dir wieder einmal einen großen Schrecken versetzt, nicht wahr?«

»Ich müsste es längst gewohnt sein.« Jessieanna streckte die Beine aus. Rheas Gegenwart tat ihr gut. Das Gras war weich unter ihren Füßen. Dieser Garten hatte etwas so Wohltuendes.

»Das klappt nicht. An die Sorge um seine Liebsten gewöhnt man sich nie. Das muss so sein.« Rhea tat es Jessieanna nach und strich mit ihren Fußsohlen über das Gras. Es roch nach Sommer und Frieden und grünen Äpfeln.

»Ist es nicht unglaublich, dass er frische Knochen vom Töveree gefunden hat?«, sagte Jessieanna.

»O ja. Es gibt ihn also doch noch, unseren Zauberfisch. Du glaubst gar nicht, wie glücklich mich das macht. Ich bin selbst überrascht, wie viel mir das bedeutet.« Rheas Augen leuchteten. »Als ob unser liebstes Kindheitsmärchen wahr wird. Filine geht es genauso. Ich war eben bei ihr.«

»Und ich muss es unbedingt Skem erzählen. Es wird ihn freuen. Aber erst muss ich mich noch ein wenig abreagieren. Ich glaube, ich gehe auf das Feld und fange an, ein Stück umzugraben. Ich möchte ein Beet anlegen und die Kräuter darauf pflanzen, die in meine Lotion gehören. Ich habe Samen mitgebracht und inzwischen kleine Pflanzen in Töpfen auf meinem Fensterbrett vorgezogen. Die müssen dringend in die Erde. Ich bin so gespannt, ob sie hier gedeihen.«

»Das ist eine gute Idee. Ich begleite dich ein Stück. Ich muss ohnehin zurück in den Laden.«

»Danke, dass du hier warst, Rhea. Es ist schön, eine Cousine zu haben.«

»Das finde ich auch. Ich hole dir eine Schaufel aus dem Schuppen. Pack du deine Kräutertöpfchen ein. Wir treffen uns an der Tür.«

Sie wollten gerade das Haus verlassen, als es klingelte.

Draußen stand eine zierliche Frau mit schulterlangen rotbraunen Locken, fröhlichen Augen und einem sympathischen Lächeln. Jessieanna schätzte sie auf ungefähr dreißig. An der Hand hielt sie ein etwa dreijähriges Mädchen. »Guten Tag«, sagte die Frau. »Oh, es tut mir leid, wenn ich störe. Sie wollten gerade fortgehen. Darf ich später wiederkommen?«

»Kein Problem, so eilig haben wir es nicht. Was kann ich für Sie tun?«, erkundigte sich Rhea.

»Ich suche Rhea Jessen.«

»Das bin ich. Und das ist meine Cousine Jessieanna. Worum geht es?«

»Ich bin Carly Prevo. Sie waren mit meiner Tante Henny Badonin befreundet, ist das richtig?«

Jessieanna sah die Freude in Rheas Gesicht. »Sie sind Hennys Nichte? Das ist aber schön! O ja, Henny war eine sehr liebe Freundin von mir. Aber bitte, kommen Sie doch herein!«

»Setzt ihr euch doch ins Glasbilderzimmer. Ich bringe einen Tee und Saft«, sagte Jessieanna.

Als sie servierte, war Carly Prevo gerade dabei, bewundernd die bunten Fenster zu betrachten. Das kleine Mädchen schaukelte strahlend in dem einen Schaukelstuhl, Rhea im anderen.

»Henny Badonin war die Künstlerin, die das Bild vom Töveree im Flur gemalt hat«, sagte Rhea erklärend zu Jessieanna. »Ich lernte sie kennen, als ich ungefähr fünfzehn war, kurz bevor wir von Filines Krankheit erfuhren. Henny hat mir spontan geholfen, die Hinweisschilder für die Minigolfbahn zu bemalen. Und später war sie es, die mich dabei unterstützt hat, die Schuppe des Töveree zu finden.« Unwillkürlich fasste Rhea nach dem Amulett an ihrem Hals. »Ich konnte mit Henny über alles reden. Sie hat genau wie ich ihren Vater nicht kennengelernt, und ebenso wie ich wurde sie von ihrer ersten Liebe verlassen. Wir hatten einiges gemeinsam. Nur lebte sie an der Ostsee und war viel älter und weiser als ich. Aber ich wusste nicht, dass sie eine Nichte hat.«

»Unglaublich schön, diese Fenster. Ein Kunstwerk.« Carly setzte sich auf eines der Sitzkissen, schlang die Arme um die Knie und sah zu Rhea auf. »Seit ich davon in Hennys Tagebuch gelesen habe, wollte ich dieses Haus unbedingt sehen. Ich habe Henny leider nie kennengelernt. Wir wussten aufgrund von Familienverwicklungen durch den Krieg nichts voneinander, bis sie starb und ich auf Umwegen ihr Haus erbte. Aber ich hatte von Anfang an in ihrem Haus das Gefühl, dass ihre Persönlichkeit noch anwesend ist. Man sagt, wir sehen uns ähnlich. Ich glaube, wir hätten uns sehr gut verstanden. Vielleicht können Sie mir noch etwas über Henny erzählen? Erst kürzlich habe ich ihr Tagebuch gefunden, und darin hat sie viel von Ihnen geschrieben.« Carly Prevo pustete in den Dampf, der aus ihrer Teetasse stieg. »Ja, und dann wurde ich schwanger, und meine Tochter Kyana wird ihre Erkältung nicht los. Der Arzt empfahl uns einen Aufenthalt an der Nordsee. Und da mein Mann gerade einmal wieder beruflich auf Reisen ist, dachte ich mir, ich nutze die Gelegenheit, besuche Amrum und finde vielleicht Hennys liebe Freundin Rhea Jessen.«

»Sie sind schwanger? Herzlichen Glückwunsch!«, sagte Rhea. »Ich freue mich sehr darüber, dass Sie gekommen sind. Sie sehen Henny übrigens tatsächlich sehr ähnlich. Wo haben Sie denn so kurzfristig eine Unterkunft bekommen?«

»In einer alten Pension namens Alriks Kwaas. Das war das einzige Zimmer, was noch zu haben war.«

»Ich verstehe. Also, Carly, wir können uns doch duzen, oder? Ich muss leider zurück an die Arbeit, aber vielleicht hast du Lust, mit Jessieanna etwas zu unternehmen. Heute Abend würde ich dich gern zum Essen einladen, dann können wir in Ruhe über Henny reden.«

»Wunderbar. Aber du musst dich nicht um mich kümmern, Jessieanna, wenn du etwas vorhast.«

»Kein Problem. Eigentlich wollte ich gerade ein Beet anlegen gehen. Aber wir können auch gerne zum Strand oder was immer ihr möchtet.« Jessieanna lächelte Carly an. Die beiden waren ihr auf Anhieb sympathisch. »Ich bin auch zur Erholung hier. Ich wurde dazu verdonnert und musste sogar meine Hochzeit verschieben. Wir können also gern gemeinsam faulenzen.«

»Nein, Gartenarbeit ist prima. Ich verstehe wenig davon, aber ich mache es gerne. Und Kyana auch. Sie liebt es zu buddeln.«

»Au ja, buddeln«, sagte Kyana und rutschte bereitwillig vom Stuhl.

Das Feld lag frei und einsam in der heißen Sommersonne. Jessieanna sah sich zufrieden um. Kyana rannte sofort los, drehte sich im Kreis und fiel lachend zwischen Kamille und Butterblumen, als ihr schwindelig wurde.

»Ganz schön groß für ein Blumenbeet«, sagte Carly. »Herrlich, so viel Platz.«

»O ja!«, sagte Jessieanna. »Dieser Ort macht mich glücklich, ich weiß gar nicht genau, warum.«

»Ist es wichtig, warum?«, fragte Carly. »Ich kenne das. Mir ging es mit Hennys Haus genauso. Als ich es das erste Mal betrat, wusste ich: Das ist ein Ort, an dem ich glücklich werden kann. Wenn es so ist, ist es ein Geschenk. Es muss keinen Grund dafür geben.«

»Du hast recht. So habe ich es noch gar nicht gesehen.« Jessieanna stieß mit Schwung die Schaufel in die Erde.

Während Kyana Purzelbäume übte, harkte Carly die Erde glatt, die Jessieanna umgegraben hatte, und zupfte dabei den Wildwuchs heraus. »Kyana, Schatz, nimm doch mal hier den Eimer und sammle ein paar Steine für uns. Die können wir um das Blumenbeet legen.« Begeistert machte sich das kleine Mädchen an die neue Aufgabe. Bald war das Beet fertig.

»Toll, jetzt können wir die Pflanzen schon an Ort und Stelle setzen.« Jessieanna verteilte die Töpfchen. »Guck mal, Kyana, du bekommst drei, deine Mama bekommt drei, und ich pflanze auch drei. Dann haben wir gemeinsam einen Garten angelegt. Jedenfalls den Anfang. Das bringt bestimmt Glück.«

»Und was kommt noch?«, fragte Carly, während sie die Erde um die Setzlinge festklopfte.

»Ein Gewächshaus für Zitronen. Aber das hat Zeit, denn ich habe noch keine Zitronenbäume, und ich muss noch ein Geheimnis lüften, ehe sie überhaupt gedeihen können.«

»Das klingt spannend«, sagte Carly. »Wo kriegen wir jetzt Wasser zum Gießen her?«

»Da hinten ist ein Tümpel.«

»Ich hol Wasser«, sagte Kyana wichtig und schnappte sich den Eimer.

Die beiden Frauen schlenderten hinterher. Verträumt betrachtete Jessieanna die Mädchenfüße, die durch Klee und Butterblumen hüpften, während die Kleine falsch und fröhlich dazu sang. Der Eimer war viel zu groß für sie, aber davon ließ sie sich nicht beirren. Für einen Augenblick huschte ein merkwürdiges Bild durch Jessieannas Gedanken. Eine Vision, dass dieses Kind ihre Tochter sein könnte, die an der Hand ihres Vaters lief, hier auf ihrem Land. Eine neue Generation der Jessens, die alle von dem alten Garrelf abstammten, dessen Truhe das Sturmglas und den Gartenbaukasten beherbergt hatte.

Sie schüttelte den Kopf, um sich von der Szene zu befreien. Wie kam sie nur darauf? Über eigene Kinder hatte sie bis jetzt nie nachgedacht. So weit war sie noch lange nicht.

»Wann wirst du diesen Lian nun heiraten, nachdem du die Hochzeit verschieben musstest?«, fragte Carly interessiert.

Jessieanna stolperte über einen Stein, den sie zwischen dem Unkraut übersehen hatte, und stieß sich den Zeh. »Autsch! Lian heiraten? Wieso Lian?« Entgeistert sah sie Carly an.

»Du hast doch eben so viel von einem Lian erzählt.« Carly hob die Augenbrauen.

»Ich bin mit Ryan verlobt. Wir werden spätestens im Dezember heiraten, wenn ich zurück in Kalifornien bin.«

»Oha. Und wer ist Lian? Entschuldige, es geht mich ja nichts an.« Carly blickte reumütig. »Philip sagt immer, ich wäre zu neugierig. Es ist nur so, ich weiß, wie es ist, in zwei Männer verliebt zu sein. Und manchmal hilft es bei so was, mit einer Fremden darüber zu sprechen.«

Jessieanna stöhnte und riss sich das Haargummi aus ihrem halbaufgelösten Zopf, den der Wind ihr wieder einmal um die Ohren schlug. Sie rollte ihr Haar hastig zu einem unordentlichen

Knäuel zusammen und wickelte das Gummi schief darum. »Lian ist ein guter Freund. Ich habe ihn hier kennengelernt.« Entnervt breitete sie die Arme aus. »Er verwirrt mich. Wir sind merkwürdig seelenverwandt. Aber so ist es mit Ryan auch. Selbst ihre Namen klingen ähnlich! Was soll ich nur machen? Ich fühle mich schrecklich.«

»Und was unterscheidet die beiden außer den zwei Buchstaben?«, erkundigte sich Carly.

Jessieanna dachte darüber nach, während Carly mit einem festen Griff an den Hosenträgern verhinderte, dass Kyana beim Wasserschöpfen in den Tümpel fiel.

»Eine Menge. Aber das lässt sich nicht so einfach in einem Satz beantworten.«

»Das kann ich mir denken. Warte, Schatz, ich helfe dir tragen. Der Eimer ist jetzt zu schwer für dich. Pass auf, du fasst an dieser Seite an und ich an der anderen, ja?«

Vorsichtig gingen sie den Weg zurück, wobei einiges aus dem Eimer auf Kyanas Füße schwappte. Zum Glück brauchten sie für die kleinen Setzlinge nicht viel. Kyana war hochzufrieden mit sich.

»Lass dir Zeit«, sagte Carly zu Jessieanna. »Ich habe damals lange gebraucht, um mich zu sortieren. Aber aus der einen Liebe ist eine wundervolle Freundschaft geworden, die ich nicht anders haben möchte. Und mit der anderen bin ich äußerst glücklich verheiratet. Du wirst am Ende wissen, was richtig ist.«

Jessieanna atmete tief durch. »Das klingt so einfach.«

Carly schüttelte entschieden den Kopf. Ihre Locken hüpften. »Nein! Einfach war es auf gar keinen Fall. Aber es hat sich gelohnt.«

Hoffentlich hatte Carly recht, und sie würde am Ende das Richtige tun.

Lian hatte außerdem noch nie gesagt, was er für sie empfand.

Aber gespürt hatte sie es.

»Fühlst du dich wohl in Alriks Kwaas?«, fragte Jessieanna, um das Thema zu wechseln.

Carly zögerte einen Augenblick mit der Antwort. »Komisch, dass du das fragst. Es ist ein altes Haus. Eigentlich liebe ich alte Häuser. Häuser sind für mich etwas Besonderes, sie haben alle eine Persönlichkeit, finde ich. Hennys Haus war von Anfang an ein glückliches Haus, auch wenn es schwere Tage gesehen hat. Euer Glasbilderhaus ist zweifellos auch ein glückliches Haus. Aber in dieser Pension fühlt sich etwas merkwürdig an. Ein bisschen bedrückend. Fast unheimlich. Doch es macht mir nichts weiter aus. Ich wundere mich nur darüber.«

»Es gehört seit Generationen meiner Familie. Allerdings ist es seit langer Zeit verpachtet«, erklärte Jessieanna. »Aber ich habe es selbst noch nicht gesehen. Irgendwie bin ich nie dazu gekommen.«

»Dann komm doch mit uns dorthin«, schlug Carly vor. »Kyana braucht ihren Mittagsschlaf, und so wie sie aussieht, auch einen Kleiderwechsel. Ich danke dir für die schönen Stunden hier. Das hat richtig gutgetan. Ich kenne hier ja keinen.«

Wenig später stand Jessieanna vor dem dunklen, etwas ungelenk wirkenden Haus ihrer Vorfahren. »Mein Urgroßvater hat es gebaut. Gegen den Willen seines Vaters«, erzählte sie Carly. »Aber egal, wer es seitdem bewirtschaftet hat, die meisten Gäste kommen nicht wieder.«

»Und ihr habt nie herausgefunden, warum?«

»Nein. Ein Architekt meinte einmal, es wäre vielleicht einfach ungeschickt gebaut.«

»Das glaube ich nicht«, sagte Carly entschieden. »Da steckt etwas anderes dahinter. Etwas, das hier einmal geschehen ist.«

»Mama, hier ist Spuk. Wie das kleine Gespenst«, sagte Kyana. »Aber es ist nicht klein, es ist groß.«

»Meinst du, Schatz? Hast du es gesehen?«, fragte Carly ernsthaft.

»Nein, Mama, es ist doch unsichtbar. Aber es weint. Weil es traurig ist. Und manchmal ist es ärgerlich.«

Carly und Jessieanna sahen sich an. Kinderphantasien. Ganz natürlich. Oder?

»Sie liebt das Buch. *Das kleine Gespenst*«, sagte Carly. »Daher kommen wahrscheinlich diese Gedanken.« Aber sie klang unsicher. Jessieanna zögerte einen Augenblick, ob sie das Haus wirklich besichtigen wollte, aber dann setzte sie energisch den Fuß auf die Treppe.

»Wenn dies das Haus deiner Vorfahren ist, ist es aber merkwürdig, dass du es noch nicht besichtigt hast«, bemerkte Carly, während sie nach ihrem Zimmerschlüssel suchte.

Der Flur war lang und dunkel, die Holzdielen knackten, aber es roch nach Lavendel, das Deckchen auf einer alten Kommode war schneeweiß und gebügelt, frische Blumen standen darauf, und freundliche Bilder hingen an den Wänden. Die Wirtsleute gaben sich Mühe, die Atmosphäre heiter erscheinen zu lassen.

»Lian wollte es mir immer mal zeigen. Seine Eltern bewirtschaften zurzeit die Pension. Aber ich habe es hinausgeschoben. Es fühlte sich irgendwie falsch an, seine Eltern kennenzulernen.«

In Carlys Zimmer war es dasselbe wie auf dem Flur. Alles war hell gestrichen und freundlich eingerichtet, sauber und duftete nach etwas. Der Duft ließ die Luft grün schimmern, aber es war ein heiteres Grün.

Und doch, als Jessieanna sich umsah, spürte sie eine seltsame Kälte wie eine Last auf den Schultern. An den Rändern des heiteren Grüns bemerkte sie ein dunkelviolettes Glühen, das unheilvoll wirkte. Wo kam das nur her? Sie schnupperte und entdeckte unter dem Duft, der wahrscheinlich von einer Duftkerze oder einem Kräuterkissen stammte, einen unangenehmen Geruch nach altem, schimmligem Leder und rostigem Eisen.

An der Lampe saß ein schwarzer Nachtfalter, der langsam die Flügel öffnete und schloss. Auf den Flügeldecken war ein Muster, das zwei Augen nachahmte.

»Und? Wie findest du es hier?«, fragte Carly. »Ich habe heute Nacht schlecht geträumt. Dass passiert mir sehr selten. Ich hatte auf einmal Angst, dass mit dem Baby etwas schiefgehen könnte.«

Jessieanna zögerte, da sie Carly noch nichts von ihrer Gabe erzählt hatte, Gerüche als Farben und Formen als Gerüche wahrzunehmen. Das war nicht so einfach zu erklären.

Das Piepen ihres Handys befreite sie von der Notwendigkeit, antworten zu müssen.

Eine Nachricht blinkte auf.

»Lian?«, fragte Carly, die Jessieannas Gesichtsausdruck offensichtlich wieder richtig einordnete.

»Hm. Ja. Ich soll unbedingt kommen.« Jessieanna merkte selbst, dass sie beunruhigt klang. »Es geht um meinen Onkel Skem. Er ist alt und nicht gesund. Wir machen uns Sorgen um ihn.«

»Dann nichts wie hin. Ich muss mich um Kyana kümmern und bin ja später mit deiner Cousine verabredet. Wir sehen uns bestimmt bald wieder. Danke für den schönen Nachmittag.«

»Ich fand es auch sehr schön«, sagte Jessieanna. Tatsächlich hatte sie sich mit Carly fast so ungezwungen unterhalten können wie mit Katriona. Es hatte ihr gutgetan. »Tschüss, Kyana. Ach, und Carly, wenn du dich heute Nacht wieder nicht wohl fühlst, vielleicht magst du die hier mal ausprobieren.« Sie gab Carly ein kleines Glas ihrer Lotion, der neuesten mit dem Zitronenöl.

Eilig machte sie sich dann auf den Weg die Wandelbahn entlang, wo Lian ihr entgegenkommen wollte. Es war Lian gar nicht ähnlich, etwas dringlich zu machen. Was war wohl passiert? Ob er Ellas Adresse gefunden hatte?

Noch bedenklicher war, dass sie sich tief in ihrem Inneren so darüber freute, ihn zu sehen.

26

Enthüllungen

Als Jessieanna vor dem hellen Licht des Horizonts Lians Silhouette entdeckte, fühlte sie sich aus irgendeinem Grunde auf einmal besser. Pinswin war in Sicherheit, alles andere zählte jetzt nicht. Wenn etwas mit Skem war, würden Lian und sie sich zusammen darum kümmern. Die Anspannung in ihr verlor sich in einer merkwürdigen Ruhe, die sich in ihr ausbreitete, klar und friedlich wie das Wasser in den Fluttümpeln unten am Strand.

»Hallo, Jessieanna«, begrüßte er sie. »Ich habe ein Problem, das ich nicht alleine lösen kann«, sagte er. »Aber da du daran schuld bist, musst du mir sowieso dabei helfen.« Dieses Lächeln. Warum war es ihr nach wenigen Monaten schon so vertraut? Warum machte es die Erde fester unter ihren Füßen und die Sorgen leichter?

»Komm, wir setzen uns da hinter den Strandkorb.« Er drehte den Korb ein wenig, so dass sie windgeschützt saßen. Jessieanna hob eine Muschelschale auf, die wie ein Flügel geformt war. Eine Bohrmuschel, wusste sie. Sie fuhr mit dem Finger über die raue Oberfläche. »Was ist denn los?«

»Ich habe getan, wozu du mich angestiftet hast. Ich habe die Akte Ella Berger gesucht. Und wäre fast dabei erwischt worden! Du möchtest nicht wissen, was für eine wilde Geschichte ich der Oberschwester erzählen musste.«

»Und? Hast du Ella gefunden?«

»Zuerst nicht. Hast du eine Ahnung, wie viel Bergers es in all diesen Jahren in der Klinik gegeben hat? Aber eine Ella war nicht dabei. Aber dann bin ich, als ich schon aufgeben wollte, auf eine Mappe gestoßen, auf der *Vernichten* stand. Der Inhalt war zum Glück überschaubar. Und da habe ich sie tatsächlich gefunden.« Lian brach ab.

»Vernichten? Warum? Weil es so lange her ist?«

»Nein.« Lian blickte zu Boden. »Da war ein Stempel drauf. *Patient verstorben.*«

»Oh.« Das musste Jessieanna erst einmal verdauen. Lian legte seine Hand auf ihre und ließ sie einen Moment dort. »Sei nicht traurig. Schließlich war sie schon damals krank und hat offenbar noch lange gelebt.«

»Dann erwähnen wir sie Skem gegenüber wohl besser gar nicht mehr. Er hat ja nie danach gefragt und muss das nicht unbedingt wissen. Oder?«

Lian hob die Schultern. »Das ist ja das Problem. Im Grunde würde ich dir zustimmen. Aber ich habe nicht nur die Patientenakte gefunden. Darin lag ein Brief. Und auf dem Umschlag steht – ach, sieh selbst.« Er zog ein Kuvert aus seiner Hosentasche und gab es Jessieanna.

Für Herrn Rossmonith, las sie. Auf der Rückseite stand nur: *Absender: Ella Berger, 2004*

»Das ist ja merkwürdig. Hat sie ihn nicht beim Vornamen genannt? Es klingt, als wüsste sie gar nicht, wie er heißt. Und warum hat er den Brief nie bekommen?«

»Das Klinikpersonal hat sich wohl nicht die Mühe gemacht, ihn weiterzuleiten. Sie kommen oft von auswärts, kennen sich hier nicht aus und haben wenig Zeit. Wahrscheinlich dachten sie, Herr Rossmonith sei ein anderer Patient gewesen, der auch nicht mehr da ist.«

»Aber warum hat sie den Brief nicht direkt an ihn geschickt?«

»Vielleicht war es ihr Wunsch, dass er ihn erst nach ihrem Tod bekommt. Und dann ist er vergessen worden.«

»Du hast ihn also mitgehen lassen. Ein Glück.«

»Ja, ich denke, er wäre sonst bald in den Schredder gekommen. Niemand wird ihn vermissen. Es war mir zu umständlich, offiziell um Erlaubnis zu bitten. Trotzdem ist jetzt die Frage: Sollen wir ihn Skem geben? Meinst du, das ist gut für ihn? Aber da ich den Brief nun einmal gefunden habe, fühle ich mich dazu verpflichtet.«

Jessieanna betrachtete den Brief wieder von vorn. Die Handschrift war zittrig, aber die Buchstaben waren eindeutig mit Sorgfalt und Liebe gemalt. »Unbedingt. Wir sind ja bei ihm, wenn er das liest. Das heißt, wenn er möchte. Auf jeden Fall sollten wir in der Nähe bleiben.«

Lian stand auf und reichte ihr eine Hand, um sie hochzuziehen. »Dann lass es uns gleich tun. Manche Dinge soll man nicht aufschieben.«

»Ja. Der Brief hat schon viel zu lange herumgelegen. Dabei muss er dieser Ella doch wichtig gewesen sein. Ich bin sehr froh, dass du ihn gefunden hast.«

»Es tut mir leid, dass sie dir nun auch nicht mehr dabei helfen kann, Skem sein Geheimnis zu entlocken.« Lian sah sie mitfühlend an.

»Das ist doch jetzt egal. Gehen wir zu Skem.«

Sie nahmen wie gewohnt den Hintereingang, das Gartentor an der Wandelbahn. Das Windrad quietschte leicht, als sie die Treppe hinunterstiegen.

»Ich muss es ölen«, sagte Jessieanna.

»Bloß nicht«, sagte Skem, der gerade mit einer Gießkanne um die Ecke humpelte. »Ich mag das Geräusch. Dann weiß ich immer, wie stark der Wind ist, auch wenn ich es gerade nicht sehe.«

»Skem, setz dich mal bitte.« Lian zog einen Stuhl heran, während Jessieanna Skem die Gießkanne abnahm.

Skem ließ sich schwerfällig nieder und blickte von einem zum anderen. »Habt ihr wieder unbequeme Fragen für mich?«

»Nein. Diesmal ist es was anderes.« Lian hockte sich neben Skem, und Jessieanna setzte sich auf das Fußteil des Liegestuhls.

»Es ist meine Schuld«, sagte sie. »Ich habe mich mal wieder eingemischt. Ich habe Lian gebeten, in der Klinik nach der Adresse von Ella Berger zu suchen.«

Skem blickte erstaunt. »Wozu das denn?«

»Ich dachte, wenn wir sie finden, würde dir das vielleicht Freude machen.« Den anderen Grund verschwieg Jessieanna. Lian warf ihr einen amüsierten, aber verständnisvollen Blick zu.

Skem lehnte sich ergeben zurück. »Und? Habt ihr sie gefunden?«

»Nein. Sie ist leider verstorben«, sagte Lian sanft.

»Oh. Schon lange?«

»Nein. Im letzten Jahr. Und in der Akte haben wir das hier gefunden.« Lian reichte Skem den Brief.

Er betrachtete die Aufschrift. *Für Herrn Rossmonith.* Ein Lächeln flog über sein Gesicht. Dann reichte er den Brief weiter an

Jessieanna. »Bitte lies mir das vor, Pinswins Tochter. Meine Augen sind bei Handschriften nicht mehr so gut.«

Jessieanna zögerte. »Gern, aber ist das nicht zu persönlich?«

»Wenn es zu persönlich wäre, würde ich dich nicht darum bitten.«

Beruhigt, dass seine gewohnte Bissigkeit zurück war, schob Jessieanna den Finger unter die Lasche.

Lieber Herr Rossmonith, las sie. Ich muss lächeln bei dieser Anrede, aber Sie haben mir ja niemals Ihren Vornamen verraten. Mich haben Sie Ella genannt, aber das Du haben Sie mir nicht angeboten. Doch selbst wenn ich Ihren Vornamen gekannt hätte, Sie wären für mich immer der Herr Rossmonith geblieben. Nicht einmal Ihre Adresse kenne ich, daher schicke ich den Brief an die Klinik. Man war dort so reizend zu mir, sicher wird man ihn weiterleiten. Denn da ich immer nur Ihr hinteres Gartentor zum Strand hin benutzt habe, weiß ich nicht einmal, wie die Straße heißt, in der Sie wohnen!

Wissen Sie noch, wie wir uns kennenlernten? Oben auf der Wandelbahn hörte ich Ihre Hilferufe und stieg hinunter in den Garten. Sie lagen rücklings und barfuß im Gras und konnten nicht aufstehen, weil durch einen Windstoß einer Ihrer Zitronenbäume mitsamt Topf auf Sie gefallen war. Mit Ihrer Anweisung habe ich den Baum vorsichtig aufgerichtet und stand auf einmal mit der Nase mitten in den Blüten. Der Duft erfüllte mich sofort mit Zuversicht und Stärke und ließ mich unvermutet wieder hoffen, dass ich gesund werden könnte! Sie haben mir ein Blatt mit dem Duft mitgegeben, das von da an unter meinem Kissen lag und meine Ängste verscheuchte. Ich konnte wieder richtig atmen, vor allem nachdem ich einmal unter Ihrem Zitronenbaum eingeschlafen bin und die ganze Nacht den Duft eingeatmet habe.

Und dann diese wundervollen Tage während meiner Kur, als Sie mir die Insel zeigten und beibrachten, wie man Krabben pult. Auch zu den Seehundbänken sind Sie mit mir gefahren. Ich hatte noch nie zuvor so viel gelacht wie mit Ihnen.

Hier machte Jessieanna unwillkürlich eine kleine Pause, weil sie so verblüfft war über die Vorstellung eines Skem, der so viel lachte. Als es ihr bewusstwurde, las sie hastig weiter.

Sie schenkten mir damals zum Abschied einen kleinen Ableger Ihrer Zitronenbäume. Er ist wunderbar gediehen, im Sommer auf meinem Balkon und im Winter in der Wohnung. Und doch hatte ich immer das Gefühl, dass er die Nordseeluft vermisste und vielleicht auch Sie. Die Wirkung seines Duftes war nicht ganz so deutlich wie die von Ihren Zitronen damals, aber er hatte dafür eine andere Wirkung, denn er hat die Erinnerung an Sie immer wieder aufleben lassen und Sie mir ganz nahegebracht, wenn ich die Nase in die Blüten steckte. Das gab mir Kraft!

Ich habe noch viele gute Jahre gehabt und bin mir sicher, das habe ich Ihnen zu verdanken. Ein paarmal habe ich mit dem Gedanken gespielt, noch einmal nach Amrum zu fahren. Doch ich wusste, dass es nie wieder so werden würde wie in jenen Tagen. Auch habe ich damals gespürt, dass Sie etwas bedrückt, wobei ich Ihnen nicht helfen kann. Wahrscheinlich, weil Ihr Herz einer anderen Frau gehört, nicht wahr? Zumindest schließe ich das aus dem, was Sie mir erzählt haben.

Die Krankheit ist nun zurück, aber ich bin jetzt alt und gehe mit Dankbarkeit nach einem erfüllten Leben. Auf diesem Wege wollte ich Ihnen nur noch einmal ein großes Dankeschön sagen und Ihnen erzählen, wie lebendig ein kleiner Zitronenbaum Sie in meinem Herzen gehalten hat.

Alles Liebe, Ihre Ella Berger

Jessieanna räusperte sich und schluckte ein paar Tränen herunter. Vorsichtig sah sie zu Skem und stellte fest, dass ein zärtliches, nachdenkliches Lächeln in seinen Mundwinkeln lag und seine Augen ebenfalls feucht waren.

»Ich hätte nicht gedacht, dass sie mich so durchschaut hat«, sagte er.

Jessieanna faltete den Brief zusammen und gab ihn Skem zurück, der ihn sorgfältig in seine Jackentasche steckte. Sie schwiegen eine Weile. Schließlich stand Jessieanna auf und goss die Zitronen, während Lian in der Küche verschwand und mit drei Gläsern wiederkam. »Ich dachte, wir sollten vielleicht mit Zitronenlimonade auf Ella anstoßen«, sagte er.

Skem atmete tief durch und nahm ein Glas entgegen. »Ja. Das sollten wir. Auf dich, liebe Ella. Ich hoffe, es geht dir gut da draußen, wo immer dein Geist sich jetzt herumtreibt. Ich werde dir bald folgen. Oder jedenfalls eines Tages«, fügte er hastig hinzu, als er Jessieanna vorwurfsvollen Blick sah.

»Danke, dass ihr den Brief gefunden habt«, sagte er nach einer Weile. »Es tut doch gut zu wissen, wie es mit ihr weiterging.«

Ja, und es beweist, dass an Skems Zitronen etwas Besonderes ist, das aber nachlässt, wenn sie an einen anderen Ort gebracht werden, dachte Jessieanna. Aber es war gewiss nicht der Moment, ihn darauf hinzuweisen. Jessieanna seufzte innerlich und gab den Gedanken auf, dass wenigstens die Erinnerung an Ella Skem zu einer Aussage bewegen würde.

Wer war diese andere Frau, die Ella gemeint hatte?

Es war wohl aussichtslos, Skems Geheimnissen auf den Grund gehen zu wollen. Schließlich ging es sie auch nichts an.

»Da ist noch etwas anderes«, sagte sie. »Ich muss es dir unbedingt erzählen, aber diesmal sind es gute Nachrichten. Stell dir vor, der Töveree lebt!«

Diese erstaunliche Aussage riss Skem aus seiner Wehmut. Jessieanna hatte sofort seine volle Aufmerksamkeit. »Wie, der Töveree lebt? Hast du ihn gesehen?« Er klang völlig verdattert. Eine rührende Hoffnung schwang in der Frage mit. Lian sah genauso überrascht aus.

Jessieanna freute sich, dass sie diese ungläubige Freude in Skems Gesicht zaubern konnte. »Nein, leider nicht, aber Pinswin hat frische Knochen gefunden. Es waren noch Knorpel und Haut daran. Und es handelte sich um ein Jungtier.« Ausführlich erzählte sie alles, was sie von Pinswin und Simon wusste. »Und, Skem, was du gesehen hast, die blauen Lichter die davonschwammen, das waren sicherlich diese Miraxellen!«

»Dann sind Miraxellen wohl so was Ähnliches wie Dinoflagellaten, diese einzelligen Tierchen, die im Sommer das Meeresleuchten im Wasser verursachen«, sagte Lian. »Nur dass sie eben nicht die Wärme, sondern die Kälte lieben und außerdem nicht frei im Wasser, sondern in einer Symbiose leben.«

»Genau.«

Skem sah nicht nur erfreut, sondern auch erleichtert aus, was Jessieanna verblüffte. Es war, als wäre ihm eine Last von den Schultern genommen worden.

»Das bedeutet mir mehr, als du ahnst, Pinswins Tochter«, sagte er. »Du bringst mich mächtig durcheinander! Tauchst hier auf, benimmst dich wie Pinswin, nur aufdringlicher, und erinnerst mich an meine Jugend. Bringst mir einen Brief von Ella und weckst allerlei Erinnerungen. Und jetzt erzählst du mir, dass der Töveree so quicklebendig ist, dass er Jungtiere zur Welt bringt!

Das muss ich alles erst mal verarbeiten.« Er lehnte sich zurück. Lian goss stillschweigend ein Glas Wasser ein und reichte ihm eine Pille. Skem schob seine Hand beiseite.

»Willst du mir den Rest geben, Junge? Das Zeug brauche ich nicht.«

»Ihr habt mich genauso durcheinandergebracht«, erklärte Jessieanna, um ihn abzulenken. »Ich gebe zu, dass ich nicht hierherkommen wollte. Ich habe mich mit Händen und Füßen dagegen gesträubt. Und was passiert? Ich verliebe mich in die Insel und das Watt, finde eine wunderbare Familie vor, lerne Freunde kennen«, sie schluckte und redete hastig weiter, »entdecke die fehlende Komponente für meine Lotion, na ja, jedenfalls fast, und nun ...«

»Und nun bewirtschaftest du hier ein Feld«, endete Lian.

»Na ja, bewirtschaften ist mächtig übertrieben. Aber ich habe schon ein Beet angelegt.«

»Wenn du deswegen guckst wie die Katze vor dem Sahnetopf, dann macht dich das offenbar sehr zufrieden«, sagte Skem. »Was jammerst du dann darüber, dass du durcheinander bist? Für mich hört sich das alles sehr gesund an.«

»Gesund, ja, das bin ich auch geworden.« Jessieanna konnte ihm ja schlecht erzählen, was sie so sehr durcheinanderbrachte. Jedenfalls nicht in Lians Gegenwart.

»Wenn du dich gesund fühlst, warum klingst du dann traurig?«, wollte Lian wissen.

»Weil der Sommer so schnell fortschreitet und es eigentlich gar keinen Grund mehr gibt, dass ich noch hier bin. Ich habe Pinswin versprochen, so lange zu bleiben, bis ich gesund bin.«

Sie konnte sich jedoch beim besten Willen noch nicht vorstellen, hier wieder fortzugehen. Schon deswegen nicht, weil sie immer noch nicht wusste, was es mit den Zitronen auf sich hatte.

Dies Ryan zu erklären würde allerdings nicht einfach sein.

»Vielleicht solltest du dich mal gründlich untersuchen lassen, damit du dir ganz sicher bist«, sagte Lian. »Schließlich ist es nur dein eigenes Gefühl, dass du so gesund bist. Hustest du denn gar nicht mehr?« Er klang so absurd hoffnungsvoll, dass Jessieanna lachen musste.

»Wäre dir das lieber?«, erkundigte sich auch Skem erheitert.

Lian wurde rot. »Nein, natürlich nicht! Aber man kann doch nie wissen.« Er sprang auf. »Ich muss zum Dienst. Kommst du allein klar, Skem, oder brauchst du mich heute noch?«

»Geh nur. Ich mache Skem ein kleines Abendbrot«, sagte Jessieanna.

Lian verschwand eilig in Richtung Treppe. »Tschüss, ihr beiden.«

Skem sah ihm belustigt nach. »Den Jungen hat's erwischt.«

»Meinst du?« Jessieannas Herz machte einen kleinen Hüpfer, doch gleichzeitig stieg Angst in ihr auf. Wenn das so offensichtlich war, und nun, da Skem es ausgesprochen hatte, wurde es bedrückend wirklich.

Aber Skem war zum Glück Skem und drang nicht weiter in sie. Weder kommentierte er Lians Verhalten ein weiteres Mal, noch fragte er Jessieanna nach ihren Gefühlen. »Du könntest Eierkuchen machen«, sagte er stattdessen und lehnte sich zurück. »Ella machte wunderbare Eierkuchen. Du findest das Rezept innen an der Schranktür, wo die Teller stehen. Sie hat es damals dort hingeklebt, aber ich habe es nie ausprobiert.«

»Sehr gerne!« Ebenso eilig wie gerade noch Lian, verschwand sie in der Küche.

Das Eierkuchenessen mit Skem im dämmrigen Garten, während das Windrad leise quietschte, die Möwen am Strand riefen und die Eiderenten am Wriakhörnsee ihr melancholisches *Ahuo!* in den Abendwind streuten, brachte Jessieanna wieder ins Gleichgewicht. Sie fühlte sich seltsam zu Hause an diesem Abend in Skems Garten, als wäre sie hier aufgewachsen. Sie vergaß alle Sorgen und war mit sich im Reinen, als sie am Strand entlang nach Hause spazierte. Ob es vielleicht Seetang war, mit dem Skem seine Zitronen düngte? Sie hob ein Bündel auf und schnupperte daran. Der Duft war nicht nur dunkelgrün, sondern auch Blau und Türkis. Sie steckte ein Bündel in ihre Tasche. Sie würde ihn kleinhacken, in die Erde einarbeiten und ausprobieren, wie ihre Kräuter darauf reagierten. Es konnte sicher nicht schaden.

Als sie sich wieder aufrichtete, erstarrte sie. Eine große schlanke, scheinbar vertraute Gestalt kam am Flutsaum entlang auf sie zu, und wenn es nicht völlig unmöglich gewesen wäre, hätte sie schwören können ...

»Katriona?!«

27

Von Liebe und Gegenwart

»Katriona!« Ungläubig rannte Jessieanna die letzten Schritte auf ihre Freundin zu. »Ich dachte schon, wir hätten zu viel Rum über die Eierkuchen gegossen. Du bist es wirklich!«

Katriona umarmte sie fest. Lächelnd blickte sie auf Jessieanna herunter. »Siehst du aber gut aus! Ich freu mich wie ein Itsch!«

»Ich mich auch!« Jessieanna konnte es nicht fassen. Katriona wirkte noch dünner, als sie sie in Erinnerung hatte. Dünner und müde, aber trotzdem glücklich und irgendwie lebendiger. *Noch* lebendiger, falls das bei Katriona überhaupt möglich war.

»Komm, setzen wir uns!« Sie zog die Freundin in den Windschatten eines Strandkorbs. Der Sand war noch warm vom Tag. Sie sahen sich an und fingen an zu lachen, weil beiden so viele Worte auf der Zunge lagen, dass am Ende bei keinem von ihnen eines herausfand.

»Wie kommt es, dass du hier bist?«, fragte Jessieanna schließlich. »Hast du deine Behandlung unterbrochen? Warum hast du nichts gesagt?«

»Ich wollte dich überraschen.«

»Na, das ist dir gelungen!«

»Der eben erwähnte Itsch ist auch daran schuld«, sagte Katriona. »Der Itsch, der besonderer Freude ein Gesicht gibt. Weißt du noch, du hast ihn oft erwähnt und auch, dass ihn sich jeder anders vorstellt. Für dich war er immer ein grasgrüner, breit lächelnder Seehund. Aber für mich sah er anders aus.« Katriona malte verlegen mit einem Finger im Sand herum und blickte dann auf. »Du hast mir kurz nach deiner Ankunft hier eine Postkarte geschickt mit verschiedenen Fotos von Amrum darauf. Auf einem davon war ein Fasan. Und als ich diesen verrückten bunten Vogel gesehen habe, wie er in den Dünen im Abendlicht stand und mit den Flügeln flatterte, da fiel es mir wieder ein. Als du mir das erste Mal vom Itsch erzählt hast, damals im Krankenhaus, da habe ich ihn mir genau so vorgestellt! Wie diesen Vogel, nur noch größer und bunter. Ein Vogel, der vor Freude hüpft, knallbunt ist und einen langen Schwanz hat. Ja, und als ich jetzt diese Postkarte in der Hand hielt, da dachte ich mir: Auf dieser Insel also lebt mein Itsch. Da möchte ich hin!« Katriona hob eine Muschel auf und betrachtete sie eingehend. »Außerdem musste ich mal raus. Meine Therapie war zu Ende. Ich brauchte eine Veränderung. Wenn ich deine Mails gelesen habe, hörte sich alles so frisch und luftig und anders an, dass es mir schon beim Lesen besserging. Den letzten Ausschlag aber gab deine Lotion. Als ich sie benutzt habe, fühlte ich mich auf einmal stark und unternehmungslustig.«

»Das ist ja toll. Wenn sie dich hierhergebracht hat, dann hat sie schon mal einen sehr guten Zweck erfüllt.« Jessieanna fasste nach Katrionas Hand. Sie musste ihre Freundin einfach berühren, um glauben zu können, dass sie wirklich neben ihr saß. »Aber, Katriona, was haben denn die Ärzte gesagt? Hat die Therapie geholfen? Ist sie zu Ende, oder ist es nur eine Pause? Oder bist du etwa abgehauen?«

»Von allem etwas. Sie hat ein bisschen geholfen, aber Metastasen gibt es nach wie vor, auch wenn manche geschrumpft sind.

Eigentlich bin ich austherapiert, die Ärzte formulieren es nur höflicher. Tatsache ist, ich habe noch Zeit, auch wenn niemand weiß, wie viel. Ich fühle mich gut. Und ich möchte mit dieser Zeit etwas Vernünftiges anfangen.« Ein strahlendes Lächeln breitete sich auf ihrem Gesicht aus. »Falsch. Nichts Vernünftiges. Etwas ganz und gar Verrücktes! Und deswegen bin ich hier. Da ist nämlich noch etwas. Ein völlig anderer Grund.«

Jessieanna zielte mit einem Kieselstein auf einen benachbarten Strandkorb. »Ich weiß nicht, ob ich noch etwas verdauen kann. Ich hätte mir gewünscht, dass ...« Sie brach ab.

»Was? Dass wie durch ein Wunder der gesamte Krebs verschwunden ist? Dass ich dir erzähle, dass ich hundert werde? Liebe Jessieanna, du weißt, dass das unmöglich ist. Und es ist auch gar nicht wichtig. Weißt du, dein Itsch hat mich daran erinnert, dass es immer etwas gibt, über das man sich freuen kann, egal, wie schlecht die Situation ist. Er ist die personifizierte Freude, die Hoffnung gibt. Und diese unerklärliche Wirkung deiner Lotion hat mir klargemacht, was ich im Grunde weiß und nur vergessen hatte: dass es im Leben ausschließlich um die Gegenwart geht, um das Genießen jedes einzelnen Tages. Und wenn man nur wenige Tage hat, muss man die eben größer machen. Und weißt du, was? Genau das gelingt mir gerade. Darf ich dir nun endlich verraten, warum? Dann hörst du sicher auf zu weinen.«

»Okay.« Jessieanna lächelte unter Tränen und wischte sich die Augen mit dem Ärmel ab.

»Ja. Also, es ist so. Ich meine, hmm, das heißt, ich wollte sagen ...«

Jetzt wurde Jessieanna neugierig. Katriona hatte sich noch nie anders als präzise ausgedrückt.

»Raus damit! Wenn ich es nicht besser wüsste, würde ich behaupten, du hast dich verliebt.« Sie hatte es als Witz gemeint, doch als Katriona überrumpelt aufsah, weiteten sich ihre Augen. »Katriona, du wirst ja rot! Du bist noch nie rot geworden.«

»Ich war auch noch nie verliebt. Jedenfalls seit Ewigkeiten nicht. Und nie so. Ach, Jessieanna, wusstest du etwa davon? Ach nein, das kannst du ja gar nicht wissen.«

Jessieanna atmete tief durch. »Was kann ich nicht wissen?«, fragte sie geduldig.

»Dass Liebe immer schöner wird, je älter man ist. Ich weiß jetzt erst, was es wert ist. Wie wundervoll und kostbar und verblüffend und großartig es sein kann. Zart und flüchtig wie ein Tautropfen am Morgen und dennoch so fest wie die Felsen an der Küste.«

»Wow. Das muss ja ein toller Kerl sein. Wenn ich Angst vor dem Altern hätte, dann hättest du mir sie jetzt genommen.« Und die Angst vor dem Tod, die Angst dich zu verlieren macht es auch kleiner, dachte Jessieanna. »Aber wenn du so verliebt bist, warum um Himmels willen bist du dann hier und nicht bei ihm?«, fiel ihr ein.

»Na ja, weil er auch hier ist natürlich.«

Jetzt verstand Jessieanna gar nichts mehr.

Katriona sah ihr ratloses Gesicht und fing wieder an zu lachen. Sie wühlte in ihrem Rucksack und entnahm einer Schachtel etwas, das sie auf den Sand stellte. Es war etwa so groß wie ein Kaninchen. Als der Wind den Strand entlangfuhr, begann es, sich zu bewegen. Jessieanna beugte sich vor. »Eine Mini-Windskulptur! Ich wusste nicht, dass du sie auch in dieser Größe bauen kannst und sie trotzdem funktionieren!«

»Ich auch nicht.«

»Warte mal.« Jessieanna betrachtete das filigrane Werk genauer. »Dieses Papier kenne ich! Damit habe ich kürzlich ein Windrad gebaut. Es ist aus Elvars Werkstatt.«

»Genau. Dieses herrlich verrückte Ding habe ich gestern mit Elvar zusammen gebaut. In seiner Scheune.« Die Skulptur wanderte in Richtung des nächsten Strandkorbs. Katriona sah ihr zufrieden nach.

»Du bist schon seit gestern hier?«

»Ja, tut mir leid. Ich wollte natürlich sofort zu dir. Aber dann haben wir an diesem Ding herumgetüftelt und uns verquasselt und auf einmal war es Mitternacht. Und dann sind wir noch draußen im Watt spazieren gegangen.« Katriona blickte schuldbewusst, doch dann strahlte sie und warf beide Arme zum Himmel. »Jessieanna, wenn ich diese Luft atme, habe ich das Gefühl, es könnte sogar ein Wunder geschehen und ich könnte gesund davon werden. Ich weiß, dass das nicht stimmt, aber das zählt nicht. Es zählt, dass es sich so anfühlt!«

»Aber woher kennst du Elvar?« Jessieanna kam nicht ganz mit.

»Na ja, wie gesagt, es fing alles mit deiner Postkarte an und mit dem Itsch. Ich habe im Internet nach mehr Bildern von Amrum gesucht, weil ich etwas über die Fasane wissen wollte, die hier leben. Und wie es da überhaupt so ist, wo du bist. Eins führte zum anderen, und ich stieß auf die Website von einem gewissen Elvar von Sommerreich. Die, auf der er seine Stillekugeln vertreibt. Da war auch ein Bild von seiner Scheune, und mir fiel ein, was du von ihm erzählt hast. Es stand eine E-Mail-Adresse dabei. Ich habe ihm kurzerhand geschrieben. Ich habe ein Bild von meinen Strandskulpturen mitgeschickt. Ich glaube, du hast mir so sehr gefehlt, dass ich einen Gesprächspartner brauchte. Einen, der ebenso verrückt ist wie ich. Der etwas Neues in mein Leben bringt. Er hat sofort geantwortet, womit ich nicht gerechnet hatte. Tja, und auf einmal schrieben wir uns jeden Tag, und dann jeden Tag mehrmals. Es passte einfach, weißt du. Aber dieses ganze Schreiben hat meine Finger müde gemacht, und telefonieren wollten wir nicht, weil wir es beide hassen und weil es viel zu teuer ist.«

»Und da hast du dich kurzerhand in den Flieger gesetzt?«

»Ja. Weißt du noch? *Solange du etwas bewegst, lebst du.* Ich dachte mir, ich bewege mich am besten gleich selbst. Als ich feststellte, dass die Ärzte nichts mehr mit mir anzufangen wussten und dass ich die Nase gestrichen voll von Therapien habe, habe ich Elvar gefragt, ob es ihm recht ist, und mir ein Ticket gebucht. Und weißt du, was? Im Flieger hatte ich noch Zweifel, aber als ich auf dieser komischen kleinen Fähre war, die Nase im salzigen Wind, da wusste ich, ich habe es richtig gemacht! Alles hat sich auf einmal angefühlt, als sollte es so sein. Ein wunderbares Abenteuer, und wenn es mein letztes ist, so ist es bestimmt auch mein bestes. Bitte freu dich einfach mit mir!«

»Aber sicher freue ich mich. Ich freue mich wie ein Itsch. Weil du hier bist. Und weil du so glücklich bist.« Jessieanna sprang auf und rettete die kleine Skulptur davor, ins Meer zu geraten. »Und passt es denn mit Elvar, ich meine, versteht ihr euch so gut wie vorher in den E-Mails?«

»Davor hatte ich auch Angst, ob das nicht schiefgeht«, gab Katriona zu. »Ich dachte, so etwas kann doch gar nicht sein. Aber vom ersten Augenblick an haben wir uns verstanden, als wären wir zwei Hälften desselben Gehirns. Das klingt komisch und ein bisschen unheimlich, und so ist es auch, aber es ist beglückend und unfassbar. So erfüllend. Als ob ich auf einmal alle Winkel meiner Gedanken ausnutzen kann und in keinem mehr einsam sein muss. Wir haben tausendundsieben Ideen, und jeder regt den anderen zu neuen an. Wir können über alles reden, von Sandkörnern bis Sonnensystemen. Mit Elvar ist alles neu und interessant.«

»Wohnst du etwa auch bei ihm?«

»Ja. Er hat mir in der Scheune einfach eine Ecke abgeteilt. Es klappt prima. Erstaunt dich das?«

»Na ja, nach allem, was ich gehört habe, ist Elvar zeitlebens ein eingefleischter Junggeselle gewesen. Und so gastfreundlich er auch ist, eine Unterkunft hat er noch niemandem angeboten. Außerdem, ist er nicht …«

»Zu alt für mich, meinst du?« Katriona lächelte. »Ja, er ist alt. Aber nicht im Kopf und nicht im Herzen. Außerdem, was macht das schon? Ich habe keine Zeit mehr, mich mit Zweifeln aufzuhalten. Wahrscheinlich wird er länger leben als ich. Aber wenn ich gehen muss, dann hat er es auch nicht mehr so weit bis zum Ende. Das passt doch. Wenn die Tage, die wir zusammen haben, so sind wie jetzt, so voller Farben, voller Leben und Neugier und Musik, dann spielt das alles keine Rolle. Wenn ihm die Nähe zu viel wird, wird er es mir ehrlich sagen, und dann ziehe ich in euer komisches Spukhaus ein, in diese alte Pension. Da ich mich nicht mehr vor dem Tod fürchte, werde ich auch keine Angst vor irgendwelchen alten Gemäuern haben. Auf jeden Fall werde ich hier nicht wieder fortgehen.«

Katriona sah zum Horizont hinaus, wo zwei weiße Segel auf

dem Weg nach Westen waren, dort, wo die untergehende Sonne das Meer erst golden, dann orangerot glühen ließ.

Jessieanna betrachtete sie von der Seite. Dieses Leuchten in den Augen, dieses Glück, das Katriona ausstrahlte, in ihrer ganzen Körperspannung, in ihrem Lächeln und ihrer Stimme! Das kam tief aus dem Inneren.

War das bei ihr und Lian auch so, wie Katriona es beschrieb? Oder konnte es so werden? Zum ersten Mal stellte sie sich ehrlich diese Frage, ohne Angst vor der Antwort.

Nein! Es war anders. Lian verstand ebenfalls von Anfang an seltsam gut, was sie dachte und empfand. Es war, als hätten sie sich schon immer gekannt. Aber es war eher ein Gefühl von Sicherheit. Nicht diese vibrierende, glückstrahlende Lebendigkeit, von der Katriona sprach, diese Aufbruchstimmung, als wäre zusammen alles möglich, sogar, dem Tod mit Leben zu begegnen.

Doch gerade dieses Gefühl der Sicherheit und Heiterkeit mit Lian wollte sie nie wieder missen.

Und Ryan? Mit Ryan war es wieder ganz anders. Und ebenso unverzichtbar.

Die Sonne war fort, und nur ein violetter Streifen schimmerte noch am Horizont. Jessieanna rappelte sich auf und fing die Skulptur ein. »Es wird zu kühl für dich«, sagte sie. »Lass uns nach Hause gehen.«

»Ja, stimmt, Elvar wird auch schon auf mich warten.« Katriona stand ein wenig mühsam auf. »Euer sagenhaftes Glasbilderhaus kannst du mir morgen zeigen. Ich kann es kaum erwarten.«

»Ich auch nicht! Es wird dir gefallen. Es ist noch viel schöner, als man es beschreiben kann.«

»Ja, und ich möchte deinen Onkel Skem kennenlernen und seine Limonade trinken, ich plane, auf Rheas Minigolfanlage zu spielen, als gäbe es nichts Wichtigeres auf der Welt, und ich will abends an dem Wriakhörnsee sitzen, von dem du erzählt hast. Ich werde die Fasane suchen und den Eiderenten zuhören und bei Nacht auf den Leuchtturm steigen.«

»Ich glaube, mit Skem wirst du dich wunderbar verstehen«, sagte Jessieanna. Die Wellen schäumten weiß in der fallenden Dämmerung. Sie flüsterten geheimnisvoll von Wehmut und Abschied, Aufbruch und Neubeginn.

Eine große Traurigkeit befiel Jessieanna, als sie neben ihrer Freundin herschritt. Sie würde Katriona verlieren, an die Krankheit und an die Zeit. Es gab keinen Zweifel mehr daran. Aber je länger sie in schweigender Eintracht liefen, der Sand kühl und weich unter ihren Sohlen, desto mehr wich die Trauer einer Ruhe, die sich in ihr ausbreitete wie die Flut. Katriona hatte recht. Niemand wusste, wie viel Zeit sie hatte, aber die, die sie noch hatte, sollte sie genau hier verbringen.

Mit Elvar, der jeden so nahm, wie er war, niemals kritisierte, allen freundlich zugetan war, aber immer seinen Freiraum und seine Würde bewahrte. Dann die Scheune, der Platz darin, die Düfte, das Material für Kreativität. Das alles hier im Land der Spiegel, das voller Licht war und voller Luft, die Zuversicht und Leben schenkte. Wo es Raum gab für alle Gefühle und Freiheiten, so voller Möglichkeiten, dass die Zeit nichts bedeutete. Ja, hier war der richtige Ort für Katriona! Nichts anderes zählte als die Gegenwart.

Die Frage war nur, wie es sich mit Jessieannas eigener Gegenwart verhielt.

Und ihrer Zukunft?

Auf einmal überfiel sie heftige Sehnsucht nach ihren uralten, gewaltigen Mammutbäumen, die ihr so oft Trost und Kraft geschenkt hatten und unter denen sie stets einen Rat gefunden hatte.

Die Bäume auf Amrum waren so klein.

Später saß sie im Nachthemd auf ihrer Bettkante, sah auf das Sturmglas, in dem die Kristalle durcheinanderwucherten, und wusste, dass sie nicht würde schlafen können bei all den Fragen, die sie im Kopf hatte. Da klingelte ihr Handy.

Pinswin, sagte das Display.

Bei Pinswin fing der Tag jetzt erst an, so groß war die Zeitverschiebung. Warum rief er an? Sie hatten eigentlich verabredet, nicht zu telefonieren. Es war unnötig teuer. Und sie mochten es beide nicht. Ob es ihm schlechterging?

»Daddy?«

»Jessieanna, mein Schatz. Wie schön, deine Stimme zu hören. Gut klingst du!«

»Du auch, Daddy. Was ist denn los? Ist etwas passiert?«

Sie hörte ihn am anderen Ende belustigt schnauben. »Nein, keine Angst. Nicht schon wieder. Ich sitze hier noch in der Klinik fest, und es ist ja auch nicht so, dass ich jeden Tag etwas anstelle! Nein, ich wollte dir etwas sagen. Schreiben kann ich ja nicht, meine Hände sind noch verbunden. Wenigstens habe ich zwei Finger frei, mit denen ich den Hörer halten kann.« Er räusperte sich unnötig. »Als ich da unter dem Eis war und nicht wusste, ob ich heil herauskomme, da dachte ich: ›Jetzt hast du deiner Tochter nicht verraten, wo der versprochene Schatz liegt, und niemand wird es jemals erfahren, du alter Esel. Wie schade.‹ Aber da ich nun doch noch hier bin, möchte ich es dir jetzt verraten, schließlich hatte ich es dir versprochen, wenn du nach Amrum fährst. Und da du mir versichert hast, dass du so gut wie gesund bist, hast du deinen Teil der Abmachung erfüllt.«

Jetzt wurde sie neugierig. Sie kuschelte sich in ihre Bettdecke und lehnte sich zurück. »Nun bin ich aber gespannt. Was ist das für ein sogenannter Schatz?«

»Du brauchst nicht so skeptisch zu sein. Ich weiß, es klingt wie eine Abenteuergeschichte für Kinder. Aber ich war ja damals ein Kind. Und ich hatte sie alle gelesen, die Abenteuerbücher. Für mich ist es ein echter Schatz. Ich fand ihn im letzten Kriegsjahr, als ich neun Jahre alt war und einem kleinen Mädchen half, das von der Mole gerutscht und mit einem Fuß tief im Schlick hängen geblieben war. Sie hieß Leni. Ein jüdisches Mädchen, das man auf der Insel versteckt hatte. Ihre ganze Familie war im KZ umgekommen. Ich habe dir schon mal von ihr erzählt, damals in der Klinik, nachdem ich verschüttet war.«

In seiner Stimme schwang die lebendig gebliebene Zärtlichkeit für diese Leni mit. Jessieanna erinnerte sich. Er hatte erzählt, dass der Gedanke an diese Leni ihm Kraft gegeben hatte, als er unter den Steinen lag. Und auch, was er für das Mädchen empfunden hatte und offensichtlich auf eine Art und Weise noch immer empfand.

Jessieanna hatte zuerst Schwierigkeiten gehabt, damit umzugehen. Stellte dies Pinswins Liebe zu ihrer Mutter in Frage? Doch nein, daran gab es keinen Zweifel. Sie war dieser Leni schließlich sogar dankbar, dass sie Pinswin Kraft gegeben hatte und nach so langer Zeit offensichtlich immer noch so etwas wie ein guter Geist für ihn war. Zumal er versicherte, dass er keinen Kontakt mehr zu Leni gehabt hatte, seit er sie als Jugendlicher das letzte Mal sah.

Und doch war sie irgendwie ein Teil seines Lebens geblieben und hatte einen ewigen Platz in seinem Herzen.

Pinswin hatte also zwei Frauen geliebt. Und war irgendwie damit klargekommen. Das machte Jessieanna Mut. Aber sie waren nicht wie Ryan und Lian zur gleichen Zeit in seinem Leben gewesen.

Über diesen Gedanken hatte sie fast vergessen, dass er noch am anderen Ende der Leitung auf ihre Antwort wartete.

»Ja, Daddy, ich weiß«, sagte sie hastig.

»Gut«, fuhr er fort. »Als ich mit der Hand im Schlick grub und mich an Lenis Bein nach unten arbeitete, stellte ich fest, dass ihr Fuß unter einem länglichen Gegenstand festklemmte. Ich konnte den Fuß nicht befreien, also zog ich zuerst den Gegenstand aus dem Schlick. Zunächst legte ich ihn achtlos beiseite und kümmerte mich um ihr Bein, das ich nun problemlos herausziehen konnte. Aber dann sah ich, dass ich dieses Ding in einen Priel gelegt hatte. Das Wasser spülte ihn zum Teil sauber. Während Leni noch damit beschäftigt war, den Schlamm von ihrem Bein zu kratzen, untersuchte ich meinen Fund und wusste sofort, dass ich auf etwas Besonderes gestoßen war.

Ich hatte es ja nicht gesucht, also dachte ich mir, *es* hat *mich* gefunden! Ich spürte, dass es alt war. So viel hatte ich schon von Drees gelernt. Ich wusste auch, dass ich es hätte abgeben oder Drees jedenfalls zeigen müssen, und Drees hätte es bei Professor Westerberg melden müssen. Aber das konnte ich später immer noch tun. Ich mochte es nicht hergeben.

Es war eine Schaufel, aber nicht nur irgendeine Schaufel. Der Griff war kunstvoll aus einem hellen, nur leicht vergilbten Material geschnitzt, und darunter, wo Steine oder Muscheln die Patina abgekratzt hatten, glänzte das Metall silbern. Sie war länger als mein Arm, eine seltsame Größe, nichts, womit man Blumen eintopft, aber auch kein Spaten. Irgendwo dazwischen. Auf dem Griff waren die Initialen W. G. eingeritzt. Dieser Griff passte gut in meine Hand. Es fühlte sich an, als gäbe es eine Verbindung zwischen diesem alten Werkzeug und mir. Ich überlegte, was der Werkzeugmacher von damals, der es so kunstvoll hergestellt hatte, wohl gedacht hätte, wenn er wüsste, dass ein Junge der Neuzeit es einmal finden würde? Sicher hätte er sich gefreut. Kurzerhand steckte ich das Ding in meinen Rucksack und nahm es mit. Hörst du mich noch, Jessieanna?«

»Ja, Daddy.« Sie sah ihn vor sich, den kleinen, wissbegierigen, empfindsamen Jungen, seine Träume und Phantasien, und schluckte gerührt.

»Nicht einmal Leni verriet ich etwas davon. Nicht an jenem Tag und nicht später. Auch Filine sagte ich nichts. Das war mein Geheimnis. Eines Tages würde ich es vielleicht benötigen. Ich hatte immer ein etwas schlechtes Gewissen, aber andererseits dachte ich, wenn ich Leni nicht geholfen hätte, hätte wahrscheinlich niemals jemand das kleine Kunstwerk gefunden, und es würde noch immer im Schlick schlafen. Was machte es also für einen Unterschied?« Jessieanna hörte, wie Pinswin einen Schluck trank.

»Und hast du später herausgefunden, aus welcher Zeit diese Schaufel stammte oder ob sie irgendeine Bedeutung hatte?« Sie kannte ihren Vater. Er würde nicht lockergelassen haben, bevor er etwas herausfand.

»Zuerst nicht. Ich war zu jung und unerfahren, wusste nicht, wie man so etwas recherchiert, und konnte ja Drees nicht fragen. Aber dann erfuhr ich es doch. Als wir die versunkene Siedlung Greenjölk fanden und Drees sich darüber erkundigte, erwähnte er Marta Gösslings Vater Willem Gössling, der sich einen Namen als Gärtner gemacht hatte. Es gab Aufzeichnungen darüber, dass dieser Willem Gössling einen geradezu unheimlichen grünen Daumen hatte. Man unterstellte ihm Hexerei, wie später auch seiner Tochter Marta.

Willem also soll mit seinen Kräutern der Frau eines reichen Kaufmanns geholfen haben. Dieser machte ihm zum Dank ein Geschenk, und bei diesem Geschenk handelte es sich angeblich um eine Schaufel mit einem Griff aus Elfenbein und Silber. Diese Schaufel sollte aber nicht nur dem Gärtner bei seiner Arbeit helfen, sie hatte angeblich auch eine besondere Eigenschaft. Nämlich die, dass man mit ihr Schätze heben könne, die man mit keinem anderen Werkzeug findet.

Dies wurde natürlich als Legende abgetan, und auch Drees glaubte nicht an ihre Existenz. Doch in dem Augenblick, als er sie erwähnte und beschrieb, wusste ich: Diese Schaufel existiert! Ich hatte Willem Gösslings Schaufel gefunden!

Ich nahm es als ein gutes Omen. Vielleicht würde ich ein guter Paläontologe und Archäologe werden und Dinge finden, die kein anderer fand. Nicht mit der Schaufel, so weit ging mein Glaube an Magie nicht, sondern durch Wissen und Fleiß. Immer, wenn ich mich entmutigt fühlte, dachte ich an diesen Fund. Irgendeinen Grund musste es doch haben, dass ausgerechnet ich die Schaufel entdeckt hatte und ausgerechnet Leni die Ursache dafür war. Man könnte sagen, was die Schuppen des Töveree für

Filine, Rhea und jetzt dich sind, war für mich die Schaufel Willem Gösslings, die für immer mit dem Tag verbunden war, an dem ich Leni traf.« Pinswin klang erleichtert, nun, da die Geschichte heraus war.

»Auch wenn ich diesen Glücksbringer nie bei mir hatte, ich wusste ja, wo er ist. Aber ich brauche die Schaufel nicht. Du könntest sie verkaufen, wenn du möchtest, damit du Kapital für deine Pläne hast. Auf jeden Fall aber soll sie jetzt dir Glück bringen für deine Lotion oder für was immer du auch vorhast. Vielleicht gelingt es dir dann, einen ganz anderen Schatz zu heben, wie zum Beispiel die Antwort auf deine Frage nach dem Gedeihen der Zitronen in einem nördlichen Klima.« Pinswin schwieg.

»Und wo ist diese Schaufel jetzt?«, fragte Jessieanna schließlich in die Stille. »Wo war sie all die Jahre?«

Alriks Kwaas

»Darfst du dich so anstrengen, Jessieanna?« Carly, die selbst schnaufte, ließ ihre Schaufel ruhen und betrachtete Jessieanna skeptisch. »Rhea hat mir von deinen Lungenproblemen erzählt. Bist du nicht zur Erholung hier? Wir schaffen das auch alleine.«

»Kommt nicht in Frage. Das macht viel zu viel Spaß. Ich glaube, ich hatte einen Maulwurf unter meinen Vorfahren. Deshalb macht mir auch die Arbeit auf dem Feld so viel Freude.« Jessieanna sah sich zufrieden um. Sie hatten schon an der halben Westseite des Gartenhauses entlang einen Graben ausgehoben. Überall lagen Erdhaufen herum.

Jessieanna hob die Schaufel zum Himmel. »Ich fühle mich großartig! Ihr braucht euch alle keine Gedanken mehr machen.« Sie sah sich streng in der Runde um. Da war ihre Tante Filine im Rollstuhl. Lucas, der ebenfalls einen Spaten schwang. Cousine Rhea, die mit einer dünnen Metallstange hier und da suchend in der Erde bohrte. Carly, die lange Abende im Gespräch mit Rhea verbrachte und sich im Glasbilderhaus offenbar wie zu Hause fühlte. Jessieanna und sie waren rasch Freundinnen geworden, ähnlich wie damals Rhea und Henny. Die kleine Kyana grub mit einem Kinderschäufelchen kleine Löcher, wo es ihr gerade gefiel, weil sie auch helfen wollte. Alle hielten jetzt inne und sahen Jessieanna an. »Ich bin gesund!«, verkündete sie. »Lian hat mich zu dem Lungenarzt in der Kurklinik geschleppt. Der war sehr gründlich. Lungenfunktionstest, abgehört und so weiter. Die ganze Prozedur, die ich schon kenne. Vorher hat er mit meinem Doc in Kalifornien telefoniert. Und hinterher noch mal. Hat ihm die Ergebnisse gefaxt. Und die Herren waren sich einig: Mit mir ist alles in Ordnung!«

»Ach, wie schön!«, sagte Filine. Jessieanna hörte die Freude in ihrer Stimme. Ja, wie schön, dachte sie. Wie schön vor allem, dass es euch so viel bedeutet und ihr mir auch, nachdem ich euch endlich kennengelernt habe. Ich bin meiner Krankheit direkt dankbar, sonst wäre ich nie hierhergekommen. Dann hätte ich diesen wunderbaren Teil meiner Familie versäumt, und das Land der Spiegel auch. Und Katriona hätte ihren Elvar nicht gefunden. Wie doch alles zusammenhängt! Manchmal kann einem richtig angst und bange werden deswegen ... Jessieanna verscheuchte den Gedanken und setzte ihre Schaufel wieder an.

Das Gartenhaus gehörte zu Alriks Kwaas und stand etwa dreißig Meter davon entfernt auf demselben Grundstück. Filine wohnte darin, seit sie das Haus damals verpachtet und die Minigolfanlage eröffnet hatte. Nun lebte Lucas hier mit ihr. Es war klein, aber rollstuhlgerecht und gemütlich.

»Ich habe Willem Gösslings Schaufel noch an demselben Abend im Garten vergraben«, hatte Pinswin am Telefon erzählt. »Ich brachte Leni zu ihrer Tante nach Hause. Dann habe ich die Schaufel in einem Busch versteckt und bin ins Haus gegangen. Meine Eltern waren einkaufen, und Filine trieb sich irgendwo herum. Gäste hatten wir damals praktisch keine, es war ja Krieg. Ich war ausnahmsweise ganz alleine. So eine Gelegenheit gab es nicht oft. Ich holte mir also einen Spaten aus dem Gartenhaus und grub gleich dahinter ein tiefes Loch, in dem ich meinen

Schatz versenkte. Es fühlte sich irgendwie weniger verboten an, als wenn ich die Schaufel im Schrank in meinem Zimmer aufgehoben hätte. Dort würde sie meine Mutter ohnehin entdecken, dachte ich. Ich hatte sie in der Erde gefunden, und wenn sie jetzt wieder in der Erde ruhte, hatte sich doch eigentlich nichts geändert, außer dass ich sie vor dem Meer in Sicherheit gebracht hatte und wusste, wo sie war. Es war an der Westseite vom Gartenhaus, nicht ganz in der Mitte, ich glaube ein Stück nördlich von der Mitte. Ganz sicher bin ich mir nicht mehr, aber das Gartenhaus ist ja nicht groß; und wenn ihr in der Mitte an der Westseite anfangt zu graben, werdet ihr bestimmt schnell fündig.«

»Darf ich denn den anderen davon erzählen?«, wollte Jessieanna wissen. »Ich kann ja schlecht an Filines Haus anfangen zu graben, ohne ihr zu sagen, warum.«

»Natürlich. Der Zeitpunkt ist jetzt gekommen. Die Familie kann es wissen, du solltest nur sonst niemandem etwas davon sagen, weil der Fund ja sozusagen illegal ist. In seinem eigenen Garten darf man immerhin graben, wo man will. Ihr könnt neugierigen Gästen gegenüber behaupten, dass ihr eine Leitung verlegt.«

So hatten sie sich also für diesen Nachmittag verabredet. Lian hatte Dienst, aber das war gut so, denn er gehörte nicht zur Familie. Jessieanna vermisste ihn dennoch.

Filine hatte sofort eine Art Familienfeier daraus gemacht und Rhea gebeten, einen Kuchen zu backen. Sie war in ausgelassener Stimmung. »Meine Nichte ist gesund, und wir sind seit langer Zeit einmal wieder auf Schatzsuche! Das haben wir nicht mehr gemacht, seit Rhea die Schuppe gefunden hat. Ich hatte vergessen, wie viel Spaß es macht. Im Grunde ist es eine Familientradition. Pinswin macht sein Leben lang nichts anderes.«

»Da sagst du was.« Jessieanna ließ die Erde von ihrer Schaufel in unnötig hohem Bogen auf einen Haufen fliegen. »Manchmal wünschte ich mir, er würde nichts Gefährlicheres tun, als im Garten zu buddeln.«

»Das verstehe ich. Aber dann wäre Pinswin nicht Pinswin.« Filine schmunzelte verständnisvoll. Insgeheim gab Jessieanna ihr recht. Sie wollte ihren Daddy gar nicht anders haben, als er war. »Vielleicht hat sein Kopf aber mehr abbekommen, als wir dachten«, brummelte sie. »Hätten wir nicht längst etwas finden müssen? Vielleicht hat er sich geirrt. Vielleicht war es eine ganz andere Seite am Haus.«

»Pinswin irrt sich nie.« Filine klang sehr sicher.

»Was, wenn doch?«, fragte Rhea. »Schließlich war er damals noch ein Kind. Vielleicht meinte er die andere Seite, an die du damals den Anbau gemacht hast? Als du mir das Zimmer zum Geburtstag geschenkt hast? Dann wäre die Schaufel jetzt irgendwo unter dem Boden von Lucas' Arbeitszimmer.«

»Das wäre allerdings ungünstig«, sagte Lucas.

»Oder die Männer haben damals beim Bauen die Schaufel gefunden und es mir verschwiegen«, überlegte Filine. »Das wäre natürlich möglich.«

»Frag deinen Vater doch noch einmal, ob er sich sicher ist«, schlug Carly vor. »Wir haben jetzt die ganze Wand entlanggegraben. Hier ist bestimmt nichts.«

»Ich möchte ihn nicht beunruhigen«, sagte Jessieanna. »Schließlich ist er noch im Krankenhaus und muss sich ausruhen.«

»Dann lasst uns in den nächsten Tagen noch einmal auf der Ostseite graben. Die ist ja unverändert«, schlug Lucas vor.

»Gute Idee. Und weil ihr die Erde so schön dabei auflockert, bekomme ich endlich meine Blumenbeete auf jeder Seite des Hauses«, stellte Filine zufrieden fest. »Da sieht man mal wieder, dass keine Arbeit umsonst ist.«

»Ja, und da Jessieanna und ich gerade mit dem Gärtnern so eingespielt sind, könnten wir sie dir auch gleich bepflanzen«, meinte Carly. »Dann habe ich das Gefühl, mich nützlich zu machen und hier etwas Lebendiges zu hinterlassen, wenn ich abreise. Der Gedanke gefällt mir.«

»Das ist eine tolle Idee. Kyana kann die Pflanzung mit dem Gartenbaukasten entwerfen«, meinte Jessieanna. Der Gartenbaukasten war Kyanas liebstes Spielzeug geworden.

Doch Carly hörte nicht mehr zu. Sie betrachtete nachdenklich Alriks Kwaas. »Sagt mal, euer Pinswin kann nicht vielleicht die Wand von diesem alten Haus statt die des Gartenhauses gemeint haben?«

»Das glaube ich nicht«, sagte Filine. »So sehr kann er sich nicht geirrt haben. Wie kommst du darauf?«

»Ach, ist wahrscheinlich nur Einbildung.« Carly zögerte. Aber Jessieanna kannte sie nun schon gut genug, um zu sehen, dass sie etwas beschäftigte. Dass man auf Carlys Gesicht immer genau sah, was sie dachte, gehörte zu den Eigenschaften, die sie so sympathisch machten. Die Sonne ließ ihre kastanienfarbenen Locken rot aufleuchten, und das Grün in ihren Augen war deutlicher als sonst. Sie stand da wie ein Ausrufezeichen und starrte immer auf dieselbe Stelle: auf die alte Steinbank, die an der Seite des Hauses stand.

»Nun spuck es schon aus«, ermunterte Jessieanna sie.

»Na ja, es ist so«, sagte Carly zögernd. »Dieses eigenartige Gefühl im Haus, das irgendwie bedrückend ist. Ihr habt gesagt, die Gäste spüren es schon seit Generationen. Ich habe es auch gemerkt. Ich habe für alte Häuser mit Geschichte sowieso einen besonderen Instinkt. Die Sache hat mich beschäftigt, und ich bin durchs ganze Haus gegangen, mehrmals, und dann außen herum. Immer wieder spüre ich, dass das unbehagliche Gefühl von dieser Stelle ausgeht. Gar nicht von innen, sondern von hier draußen! Es kommt von außen durch die Wand ins Haus. Da ist etwas unter der Bank oder zwischen der Bank und der Wand oder in der Wand an der Stelle, wo die Bank steht. Keine Ahnung! Aber je näher ich dieser Stelle bin, desto unangenehmer wird mir das. Ich habe versucht, mich auf die Bank zu setzen, und es keine halbe Minute ausgehalten. Stand sie schon immer dort?«

Alle Blicke wandten sich zu Filine.

»Die Bank?«, sagte sie verwundert. »Ja, sicher. Die war schon immer da. Vermutlich, seit der alte Alrik das Haus erbauen ließ. Ich kann mich jedenfalls erinnern, dass ich schon als kleines Kind versucht habe hinaufzuklettern und sehr stolz war, als ich es endlich geschafft habe. Und sogar meine Mutter erzählte, dass sie als Mädchen auf der Rückenlehne ritt und sich vorstellte, die Bank wäre ein Pferd. Sie wünschte sich ein Schaukelpferd, aber ihr Vater Alrik hielt das für überflüssig.« Sie sah sich um. »Rhea, hol doch bitte mal das ganz alte Fotoalbum von drinnen. Da sind ein, zwei Bilder drin von Alrik und seinen Leuten beim Bau des Hauses. Sie sind vergilbt und nicht besonders scharf, aber möglicherweise können wir etwas darauf erkennen. Ich verstehe trotzdem nicht ganz, wie du das meinst, Carly. Was soll denn da sein, unter oder hinter der Bank? Die Schaufel? Das Skelett eines Mordopfers, das nachts spukt? Oder was?«

»Ich sagte ja, es klingt komisch. Keine Ahnung, was da ist. Es fühlt sich nur einfach nicht gut an.« Carly wurde rot.

»Mir gefällt die Theorie«, sagte Lucas.

»Ja, weil dein Schriftstellerhirn sofort eine Geschichte daraus spinnt«, sagte Filine und lehnte zärtlich ihren Kopf an ihn.

»Wenn er daraus ein Buch macht, wäre meine Spinnerei wenigstens zu etwas gut gewesen«, sagte Carly.

»Man merkt, dass du mit Henny verwandt bist«, sagte Filine. »Ich weiß noch genau, was Henny sagte, als Rhea sie damals bat, ein Bild von Alriks Kwaas zu malen. Das war, als Rhea und Julian die Pension neu eröffneten. Rhea wollte für den Werbeprospekt kein Foto, sondern unbedingt ein von Henny gemaltes Bild. Henny übernahm normalerweise keine Auftragsarbeiten, aber für Rhea machte sie eine Ausnahme. Sie stand also hier, malte das Haus und runzelte dabei die Stirn. Als sie anfing, vor sich hin zu murmeln, habe ich sie gefragt, ob etwas nicht stimmt. Sie sagte, der Garten und die Landschaft wären so heiter und hell und ließen sich wunderbar malen, aber mit dem Haus hätte sie Probleme. Als ob die Farben falsch wären oder ein Grauschleier darüberläge. Es hätte sicher mit etwas Traurigem zu tun, was hier einmal geschehen sei. Sie löste das Problem, indem sie die Farben der Landschaft über das Haus legte. So drückte sie sich aus. Das ist zwar gemogelt, sagte sie, aber anders geht es nicht für diesen Zweck.«

»Das ist ja interessant. Da fühle ich mich gleich besser, weil ich zumindest nicht die Einzige bin, die sich etwas einbildet«, sagte Carly.

»Da musst du dir wirklich keine Gedanken machen. Das Problem ist so alt wie das Haus selbst. Schon der alte Alrik hatte keine Stammgäste. Und das, obwohl das Essen immer gut war und nie jemand einen Grund zur Beschwerde hatte.« Filine sah auf, als Rhea zurückkehrte. »O ja, genau das Album meinte ich. Danke, Rhea. Schaut mal hier.« Sie nahm das Album auf die Knie und schlug mühsam eine Seite auf. »Das ist meine Mutter Beeke, die auf dem Bretterstapel spielt. Die Bretter stammten von der alten Hütte, die hier vorher stand. Sie war aus Findlingen und Holz gebaut und gehörte dem Strandvogt, der sie hauptsächlich als Lagerraum benutzte. Von ihm kaufte Großvater Alrik das Grundstück. Die Hütte war baufällig und wurde als Erstes abgerissen. Die Steine verbaute man, und auch das Holz benutzte man zum Teil. Und hier steht die Bank, seht ihr?« Filine tippte mit dem Zeigefinger darauf. Auch wenn das Bild eine verwaschene Sepiafarbe angenommen hatte, war die Form doch gut zu erkennen. »Sie steht immer noch an derselben Stelle. Man hat sie nicht bewegt. Wie auch? Sie ist viel zu groß. Ursprünglich muss sie aus einem Findling herausgehauen worden sein. Alriks Leute haben einfach die Ostwand von Alriks Kwaas danebengesetzt. Hier sieht man schon das Fundament.«

»Also gut«, sagte Lucas und nahm den Spaten wieder zur Hand. »Sollte unter der Bank die verhexte Leiche versteckt sein, die das generelle Unbehagen verursacht, dann müssen wir also von der Seite graben. Wo neben der Bank möchtest du ein weiteres Blumenbeet haben, liebste Filine?«

»Wollt ihr wirklich noch ein Loch buddeln, nur weil ich ein komisches Gefühl habe?« Carly sah zweifelnd von einem zum anderen.

»O ja. Jetzt, wo wir einmal dabei sind. Vielleicht inspiriert es mich ja wirklich zu einem neuen Buch.« Lucas marschierte entschlossen zur Bank. Kyana folgte ihm und bohrte ihre kleine Schaufel links vorne neben der Bank in die Erde. »Hier«, sagte sie bestimmt.

»Na gut, warum nicht?« Lucas folgte ihrem Beispiel. Rhea kam ihnen zu Hilfe, indem sie ihre dünne Metallstange mit dem Gummihammer hier und da schräg unter die Bank in die Erde trieb. Nicht lange, und sie stieß dabei tatsächlich auf ein Hindernis. »Da! Grabt einen Schacht in diese Richtung. Vielleicht ist es nur ein weiterer Stein im Boden. Aber ich finde, es klang anders.«

Jessieanna war gespannt. Man wusste wirklich nie, was auf dieser Insel passierte. Da machte man sich auf die Suche nach Pinswins Schatz, was verrückt genug war und leider vergeblich, und stattdessen fahndeten sie nun nach der Leiche im Keller von Alriks Kwaas. Sie hätte sich darüber amüsiert, wenn sie nicht selbst die merkwürdige Atmosphäre im Haus gespürt und diese eigenartigen Farben gesehen hätte. Um die Bank herum konnte sie keine Farbe erkennen, aber es roch auch nach nichts außer nach aufgeworfener Erde.

Abendstimmung legte sich schon über die Insel, die Möwenrufe wurden verschlafener, und ein warmes rötliches Licht füllte den Garten. Jemand hatte eine Flasche Weißwein geöffnet. In den halbvollen Gläsern spiegelten sich das Licht und das alte Haus.

Lucas kam ins Schnaufen. »Die Erde ist hier noch härter als am Gartenhaus! Aber was tut man nicht alles, um seine Neugier zu befriedigen. Ein Glück, dass der Sandanteil so hoch ist.«

»Kein Wunder, schließlich steht die schwere Bank da seit einer Ewigkeit drauf«, sagte Filine.

Carly, Rhea und Jessieanna hatten Lucas zwischendurch abgelöst, doch irgendwann war ihnen die Kraft ausgegangen. Lucas grub allein weiter, Kyana baute aus der ausgeworfenen sandigen Erde ein ziemlich schmutziges Schloss, das durch seine dunkle Farbe recht düster wirkte, und die Frauen standen oder saßen drumherum, tranken Wein und sahen gespannt zu.

Dann hörten sie es alle. Der Spaten traf auf etwas, das nicht wie ein Stein klang! Ähnlich, aber doch anders. »Kann ich mir mal deine kleine Schaufel ausleihen?«, fragte Lucas Kyana.

Vorsichtig befreite er seinen Fund. »Ich glaube, es ist ein Keramiktopf.«

Schwer atmend hob Lukas schließlich behutsam den Topf aus der Erde. Jessieanna hockte sich hin und wischte mit bloßen Händen die kühle, glatte Keramik sauber. Der Topf war bauchig mit zwei Henkeln an der Seite und von einer graublauen Farbe.

»Salzglasiertes Steinzeug. So viel weiß ich von Pinswin. 17. Jahrhundert vielleicht. Wir haben auch noch solche Töpfe in der Küche von Alriks Kwaas benutzt. Für Rumtopf oder zum Einlegen von Fleisch«, sagte Filine.

»Also keine römischen Goldmünzen«, stellte Lucas fest. »Und nach einer Leiche sieht es auch nicht aus. Obwohl, Asche oder Knochen wären natürlich trotzdem eine Möglichkeit.«

Plötzlich starrten sie alle den Topf an, der jetzt in ihrer Mitte auf dem Boden stand. Niemand sagte etwas. Schließlich wischte sich Lucas die Hände an der Hose sauber und hockte sich neben den Fund. »Jetzt habe ich mir so viel Mühe gegeben, ihn auszugraben, jetzt werden wir ihn auch öffnen!«

Filine rollte zu ihm hinüber und betrachtete den Topf genauer. »Der Deckel ist aus demselben Steinzeug. Es sieht aus, als wäre er mit Werg und Siegelwachs verschlossen. Kann sein, dass er noch ziemlich dicht ist.«

Rhea verschwand im Gartenhaus und kam mit einem stabilen Küchenmesser zurück.

»Lass mich mal.« Carly nahm es ihr aus der Hand. »Ich bin gut mit so was. Ich bin Töpferin und arbeite den ganzen Tag mit Messern an zerbrechlichen Sachen herum.«

Lucas ging zur Seite und ließ sich dankbar in einen Stuhl fallen. Behutsam setzte Carly das Messer an und fand instinktiv die Stelle, wo sie das Wachs absplittern musste, um die Ritze zu finden. Langsam arbeitete sie sich um den Deckel herum. Jessieanna hockte sich dazu. Sie beugte sich vor und schnüffelte. Es roch modrig. Wie es zu erwarten war. Nicht schlecht, nur alt und lange verschlossen. Doch die Farbe, die sie mit dem Geruch aus der Ritze steigen sah, löste Beklommenheit in ihr aus. Eine Mischung aus Grau und einem giftigen Grün, durchzogen von einem unangenehmen Violett und Schwefelgelb.

Schließlich begann der Deckel zu wackeln. »Jetzt kann ich ihn öffnen«, sagte Carly. Alle traten näher. Nur Kyana buddelte ungerührt weiter einen Graben um ihr dunkles Schloss.

Carly schob das Messer in die Ritze und hebelte den Deckel auf, legte ihn behutsam zur Seite. »Filine, das ist dein Grundstück. Möchtest du nicht …?«

Filine schüttelte den Kopf. »Meine Hand ist nicht mehr kräftig genug. Rhea, mach du das. Du hast am meisten unter der seltsamen Atmosphäre in Alriks Kwaas gelitten, als du mit Julian die Pension geführt hast.«

Rhea zögerte nur kurz, dann spähte sie in den Topf. »Ich sehe nichts. Es ist dunkel. Die Öffnung ist zu klein.« Entschlossen griff sie hinein. »Es ist kühl«, sagte sie verwundert.

»Das Ding hat ja auch seit einer Ewigkeit keine Sonne gesehen. Es ist sozusagen einem Grab entstiegen«, sagte Lucas.

»Lucas, kannst du nicht für einen Augenblick den Schriftsteller beiseitelassen?« Filine blickte ihn gleichzeitig strafend und zärtlich an.

Carly hob langsam einen bleichen Strauß Kräuter heraus, der mit einem einst schwarzen, nun grau gewordenen Band zusammengebunden war. Jessieanna schnüffelte daran. »Brennnesseln!«, sagte sie.

Carly legte das Bündel beiseite, doch ehe sie es loslassen konnte, fuhr ein Windstoß um die Ecke. Die uralten Stängel zerbröselten und flogen mit dem Wind davon. Nur das verschlissene Band blieb auf der Erde liegen. Rhea griff ein zweites Mal in den Topf und förderte etwas zutage, das etwa so groß wie zwei Männerfäuste und lose in Sackleinen gehüllt war. »Es wiegt fast nichts«, sagte sie.

»Mach es auf«, sagte Filine ruhig. »Jetzt gibt es kein Zurück mehr.«

Der grobe Stoff fiel fast allein von dem Gegenstand ab, als Rhea behutsam daran zog.

»Oh!« Nach dem ersten Blick ließ sie das Ding erschrocken fallen. Mit einem leisen Plumps landete es auf der sandigen Erde.

Alle starrten darauf. Es starrte zurück. Jessieanna und Carly traten unwillkürlich einen Schritt nach hinten. Kyana kam herbeigelaufen, legte den Kopf schief und rief: »Ein Gespenst!«

Lucas hob das Ding auf und wendete es hin und her. »Das ist

ein Tiefseeteufel!«, sagte er. »Interessant! Wer hat den wohl begraben und warum?«

»Mindestens so gut wie ein Skelett«, sagte Filine. »Nicht jeden Tag wird dir eine Geschichte in einem Topf serviert. Genau genommen ist es ja tatsächlich ein Skelett.«

»Und ziemlich fachmännisch präpariert«, sagte Lucas. »Gespannt und getrocknet. Er sieht fast noch lebendig aus.«

»Ein bisschen *zu* lebendig«, sagte Jessieanna. »Leben die denn hier?«

»Er gehört zu den Anglerfischen. Sie leben in allen Meeren unterhalb von dreihundert Metern. Ich gebe zu, dass er gruselig aussieht. Aber das hat einen guten Grund. Dieses große Maul mit den scharfen Fangzähnen ist nach oben gerichtet, weil er seine Beute mit einem leuchtenden Köder anlockt. So kann er gut danach schnappen.«

Der Fisch sah in der Tat gruselig aus. Ein dicker gedrungener Körper, Augenhöhlen, die alle anzusehen schienen, und ein riesiges Maul mit spitzen, gebogenen Fangzähnen. Dass die bräunlich getrocknete Haut fast durchscheinend war, machte die Sache nicht besser.

»Kein Wunder, dass er Teufel heißt«, meinte Carly »Ist noch mehr in dem Topf? Es muss doch einen Grund geben, dass ihn jemand vergraben hat.«

»Stroh«, sagte Rhea. Sie drehte den Topf um und schüttelte ihn. Mit dem Stroh fiel eine Rolle Pergamentpapier heraus, so klein, dass sie sie vorher nicht bemerkt hatte.

»Vorsicht«, warnte Lucas. »Es wird brüchig sein.«

»Mach du das lieber!« Rhea reichte ihm die Rolle, die mit demselben dunklen Band verschlossen war.

Ganz langsam und vorsichtig öffnete er sie.

»Hmmm. Die Schrift ist verblichen. Ich glaube auch nicht, dass es gute Tinte war, sie ist von fast demselben Braun wie das Papier. Aber die Handschrift ist sehr ordentlich.«

»Mach es nicht so spannend«, bat Filine. »Lies vor.«

Ich könnte es nicht, dachte Jessieanna, denn um das Papier herum war die dunkelviolette Farbe so intensiv für sie, dass sie die Schrift kaum hätte lesen können. Und doch zog das Dokument sie so sehr an, dass sie zu Lucas trat und ihm über die Schulter schaute.

»Ich, Marta Gössling, thue dieses für mein Wohl allein und nicht um irgendwelcher Person Schaden anzuthuen. In diesem Hause war ich gefangen mehrere Wochen durch ein übles Edict jener Leuthe, deren Wesen dem Christenthum entgegen leüffet. Der Hexerei angeklaget bin ich ohne ordenthliche Anhörung und verurteilet von Herren ohne Weisheit im Kopfe. Mein Vater befand sich zu jener Zeit auf Reisen. Der feige Pöbel hätte es andernfalls nicht so gewaget. So erging es mir böhse, bis der helle Fisch draußen das Volk ablenkte und ich mit lettzten Kreften mich selbständig auß meiner dunklen Lage befreyen konnte.

Danach grassierte das Fieber im Dorfe und man fürchtete sich, mich erneuten Males einzusperren. Mir ist nicht deutlich, ob aus Ängsten vor meiner behaupteten Hexerei, meinem gesegnethen Vater oder vor dem Fieber, denn sie sind gierig nach unserem heilenden Kräutersud.

Die Traurigkeit aber, die sich in diesem Verließ über meine Seele geleget hat, verblieb bei mir, bis ich dieses nicht mehr ertragen konnte. Nun vertraue ich diese üblen Gefühle dem Fisch an, den mir ein gichtkranker Reisender gab, um sich erkenntlich zu zeigen. Er ist so über alle Maßen anders in seiner Gestalt als der helle Fisch, das explicite Gegentheil. Es

passet zu seinem Antlitz, dass er meine Trauer verschlingen und für alle
Zeit hüten möge, dass sie mich niemals wieder belästigen kann.

Marta Gössling am letzten Tage des Juley Anno 1623.«

»Da war sie neunzehn«, sagte Filine leise. »Ich weiß es, weil wir ja ihren Grabstein gefunden haben. Darauf stand, dass sie 1604 geboren wurde. Das Sterbedatum war weggebrochen.«

»Ob es funktioniert hat?«, fragte Rhea. »Ob es ihr danach besserging?«

»Das werden wir wohl nie erfahren«, sagte Filine.

Ihre Traurigkeit muss so groß gewesen sein, dass etwas davon bis heute überdauert hat, dachte Jessieanna. Aber sie wagte nicht zu sagen, dass sie es sehen konnte. Auch löste sich der dunkelviolette Dunst mit dem widerlichen Grün darin gerade langsam auf, verflüchtigte sich wie befreit mit dem Wind. Sollte es doch ihr und Martas Geheimnis bleiben, dass der Fisch das, was Marta ihm anvertraut hatte, wohl viel länger gehütet hatte, als er sollte.

»Sie hat also den Töveree gesehen«, sagte Rhea. »Den hellen Fisch. Sie und alle, die hier damals lebten.«

»Und was machen wir jetzt mit unserem Fund?«, fragte Lucas. Für einen Augenblick herrschte ratloses Schweigen.

»Ich hätte gern den Brief«, sagte Rhea schließlich. »Ich habe mich mit Marta irgendwie immer verbunden gefühlt, seit mir erzählt wurde, wie ihr den Grabstein gefunden habt, und vor allem, weil ich im Hause ihrer Nachfahren wohne.«

»Und ich werde den Topf als Blumenvase für die großen dicken Wiesensträuße benutzen«, sagte Filine. »Das hätte Marta bestimmt gefallen und wird den letzten Rest Traurigkeit daraus vertreiben.«

Sie spürte es also auch.

»Und der Fisch?«, fragte Lucas. »Er ist sehr interessant. Wir könnten ihn der Schule für den Biologieunterricht spenden.«

Aber er klang nicht überzeugt. Niemand antwortete. Lucas sah von einem zum anderen. »Wir glauben doch nicht wirklich, dass von dieser kleinen trockenen Mumie noch die Gefühle einer Frau ausgehen, die seit fast vierhundert Jahren tot ist, oder?«

»Lasst ihn uns verbrennen«, sagte Filine. »Es fühlt sich richtiger an.«

Jessieanna sagte nichts. Sie schämte sich, wie erleichtert sie über diesen Vorschlag war.

Später sah sie mit den anderen zu, wie der Rauch des Feuers in die dunkelblaue Dämmerung aufstieg und sich in Richtung des Abendsterns verflüchtigte, zusammen mit den Resten der violetten Farbe, die ihr Übelkeit verursacht hatte.

»Nun? Fühlt sich im Haus etwas anders an?«, fragte Carly Rhea, die noch mehr Holz aus dem Keller geholt hatte.

»Ich weiß nicht. Ich habe da unten die Steine gesehen, die aus der alten Hütte des Strandvogts stammten und die man mit verbaut hat. Es sind Findlinge, die anders aussehen als der Rest der Wände. Ich bilde mir ein, dass sich nun alles etwas leichter anfühlt. Aber nur ein wenig.«

»Sicher ist es ähnlich wie mit schlechter Luft oder Farbgeruch. Sie verfliegen nur langsam«, meinte Filine.

»Oder es ist eben nur eine Geschichte«, sagte Lucas.

Aber er hat die Farbe nicht gesehen, dachte Jessieanna.

Ihr ging es wie Rhea. Sie fühlte sich Marta nahe. Und nun war es, als teilten sie ein Geheimnis.

29

Nachts im Dünental

Der Gedanke an Marta beschäftigte Jessieanna die nächsten Wochen immer wieder. Auch wenn sie die seltsame Farbe um den trockenen Fisch herum gesehen und die bedrückte Atmosphäre in Alriks Kwaas gespürt hatte, so glaubte sie doch nicht wirklich daran, dass Martas Traurigkeit in dem alten Topf erhalten geblieben war. Schließlich war Jessieanna Pinswins Tochter, und Pinswin war ein Wissenschaftler. Die Farbe war nur der Geruch nach Schimmel und Moder gewesen. Doch in Martas Brief, in der alten Handschrift, da war die Traurigkeit so lebendig, echt und greifbar. Was war sie wohl für ein Mensch gewesen? Hatte ihr die Sache mit dem Topf geholfen, so wie Jessieanna manchmal das Tagebuchschreiben half?

Nachdenklich stieß Jessieanna ihren Spaten in die Erde. Sie liebte das Arbeiten auf dem Feld. Die Spätsommersonne legte Wärme auf ihren Rücken und ließ die Erde duften. Ihre Kräuter waren einigermaßen gediehen. Grillen zirpten dort, wo das Gras noch wild und hoch stand. Eine leichte Ahnung von Frühherbst lag heute in der Luft und vor allem im Licht, und Jessieanna war wehmütig zumute. Der Sommer war schneller vergangen, als sie es jemals für möglich gehalten hatte. Sie hätte längst Entscheidungen treffen müssen und zögerte es doch immer wieder hinaus. Gesundheitsgründe konnte sie nicht mehr vorweisen. Sie schämte sich selbst dafür, dass sie das beinahe bedauerte.

Ich möchte wegen Katriona und auch aus geschäftlichen Gründen noch ein wenig bleiben, hatte sie Ryan erklärt. *Ich muss mein Versuchsfeld noch betreuen, jetzt, da ich endlich die richtigen Komponenten für die Lotion kenne und auch weiß, dass sie wirkt.* Gelogen war das nicht.

Ich verstehe das vollkommen, Windy, schrieb Ryan zurück. *Du fehlst mir nur so sehr! Aber ich muss selbst auf Tour. Die Mannschaft war so erfolgreich, dass wir noch um den Cup spielen. Ich wünsche dir viel Erfolg, my love.*

Ich dir auch! Sie umklammerte das Handy so krampfhaft, als könnte sie auf diese Weise alles festhalten, was sich so schnell veränderte.

Stirnrunzelnd betrachtete sie die beiden Zitronenbäume, die sie sich aus einer Gärtnerei auf dem Festland hatte schicken lassen. Seit Wochen hegte und pflegte sie sie nun, und trotzdem kümmerten sie in dem Nordseewind vor sich hin. Fast geduckt standen sie mit hängenden, gelblichen Blättern da. Wenn sich einmal eine zaghafte Knospe zeigte, war sie am nächsten Tag abgefallen, bevor sie sich öffnete. Nur wenn man ein Blatt sehr heftig rieb, war überhaupt eine Spur von Zitronenduft darin zu finden. Dabei hatte Lian mit einem Freund, der sich darauf spezialisiert hatte, Windschutzzäune gebaut, die aus Weide geflochten waren. Sie sahen nicht nur dekorativ aus, sondern hielten den Wind hervorragend ab und machten die Ecke des Feldes, die Jessieanna in einen Garten verwandelt hatte, richtig gemütlich.

Neben diesen beiden Zitronenbäumen stand ein dritter, den sie schließlich Skem abgeschwatzt hatte. Ein kleiner Ableger von seinen, wie er einst Ella einen geschenkt hatte. Doch der sah nur wenig besser aus als die beiden anderen. Jessieanna hatte die Hoffnung fast aufgegeben, dass auch nur einer von ihnen wenigstens eine kleine, grüne Zitrone ansetzen würde.

Es sei denn, sie kam endlich hinter Skems Geheimnis!

Schade, dass sie nicht über die Jahrhunderte hinweg Marta fragen konnte. Marta, die angebliche Kräuterhexe.

Jessieanna legte den Spaten beiseite und hockte sich hin, um an den Stellen, die sie gelockert hatte, das Unkraut herauszuziehen. Dabei rekapitulierte sie, was sie über Marta wusste.

Diese hatte also Anfang des 17. Jahrhunderts in der später untergegangenen Siedlung Greenjölk gelebt. Filine und Pinswin hatten als Jugendliche Spuren der Siedlung und dabei nach einem Sturm im Watt auch Marta Gösslings Grabstein gefunden. Professor Westerberg erzählte ihnen, dass es alten Dokumenten und der Überlieferung zufolge dort ein Kloster gegeben hatte. In dem Klostergarten und vor allem auf dem Friedhof bewies Martas Vater Willem Gössling, dass bei ihm sämtliche Pflanzen und Kräuter besser gediehen als anderswo in der Gegend. Niemand wusste, wie ihm das gelang. Er war nicht nur ein guter Gärtner, sondern auch ein Heilkundiger. Kaufleute kamen von weither, um ihre Toten auf diesem besonderen Friedhof bestatten zu lassen oder um Medizin zu bitten. Sie bezahlten Willem Gössling für seine Mittel und für die blütenreiche Grabpflege, was bei manchem Neid weckte. Dieser Neid war wahrscheinlich die Ursache dafür, dass Willem Gössling und seine Tochter, die alles von ihm gelernt hatte, der Hexerei beschuldigt wurden. Nachweisen konnte man es ihnen nie.

Jessieanna wischte sich den Schweiß von der Stirn und hielt inne.

Willem Gössling und seine Tochter hatten einen grünen Daumen gehabt!

Wie Skem!

War das nur Zufall? Oder hüteten sie vielleicht dasselbe Geheimnis? Besaßen dasselbe Wissen?

Hing es am Ende vielleicht mit der sagenhaften Schaufel zusammen, die Willem Gössling gehört hatte? Angeblich konnte man damit Schätze heben, die man mit keinem anderen Grabgerät zu bergen vermochte. Waren damit vielleicht keine materiellen Schätze gemeint, sondern dass die Pflanzen, die man damit einpflanzte und pflegte, besonders gut gediehen?

Jessieanna schüttelte den Kopf über sich selbst. Was für ein Blödsinn! Und dennoch blieb ein Zweifel in ihr. Auch in Bezug auf den Töveree waren noch viele Fragen offen. Vielleicht gab es eben doch nicht für alles eine Erklärung, Wissenschaft hin oder her.

Was, wenn Skem die Schaufel gefunden hatte? Es konnte doch sein. Er war Filines Cousin. Sicher hatte er ihr geholfen, als er noch gesünder war, das eine oder andere Mal auf dem Grundstück. Vielleicht hatte er ihr das Blumenbeet anlegen wollen, das sie sich schon so lange gewünscht hatte, und dabei die Schaufel Willem Gösslings gefunden, die Pinswin dort vergraben hatte. Doch das hätte er Filine sicher gesagt. Skem war niemand, der stahl. Er war der ehrlichste und direkteste Mensch, den sie kannte.

Andererseits war er voller Geheimnisse.

Ob sie ihn einfach danach fragen sollte?

Pinswin hatte die Nachricht von dem verschwundenen Schatz überraschend gelassen aufgenommen. »Hm. Merkwürdig. Ich bin mir sicher, dass ich mich nicht geirrt habe. Aber wer weiß, in wessen Hände sie gefallen ist. Mach dir keine Gedanken darüber, Liebes. Es tut mir leid, dass sie dir nun nicht zugutekommt, aber ich bin mir sicher, am Ende ergibt es einen Sinn, was mit ihr passiert ist. Manche Dinge neigen dazu, erst dann gefunden zu werden, wenn der richtige Zeitpunkt da ist, und auch nur von demjenigen, der der Richtige dafür ist.«

Jessieanna war erstaunt. »Ist das nicht ein bisschen weit hergeholt? Wie verbindest du diese Sichtweise mit deiner Wissenschaftlerehre?«

Sein herzliches Lachen am anderen Ende der Leitung, auf der anderen Seite des Meeres, tat ihr wohl. »Ach weißt du, ich bin zwar Wissenschaftler, aber gleichzeitig ein alternder Junge, der das Abenteuerbuch der Erde liest. Ein guter Wissenschaftler ist immer offen für alles.«

Jessieanna war auf einmal müde. Sie fing an, ihr Werkzeug in den kleinen Schuppen zu räumen, den sie ebenfalls mit Lian, seinem Freund und Carly zusammen gebaut hatte. Es war noch nichts Großes, aber ein Anfang. Carly war inzwischen leider wieder abgereist, aber sie war ihr eine gute Freundin geworden, und sie würden in Verbindung bleiben.

Sie beschloss, Skem bei Gelegenheit zu fragen, ob er jemals Filine auf ihrem Grundstück geholfen und vielleicht dabei etwas gefunden hatte. Oder anders, ob er etwas über Willem Gösslings Schaufel wusste. Etwas, das Katriona ihr am Abend zuvor gesagt hatte, bestärkte sie in ihrem festen Willen, nicht aufzugeben.

Katriona war wieder einmal zu Besuch im Glasbilderhaus. Sie hatten es sich zur Gewohnheit gemacht, abends dort ein Weilchen zusammenzusitzen, denn Katriona liebte es, in dem Schaukelstuhl ihren Gedanken nachzuhängen und das Spiel der Lichter an den Wänden und auf dem Boden zu beobachten, wenn die Sonne tief stand und durch die bunten Glasscheiben fiel. Jessieanna servierte dazu ihren Obstsalat, den sie so ausgetüftelt hatte, dass die Farben zu denen in den Glasscheiben passten. Er schmeckte frisch und sommerlich und sah auf den Tellern so schön aus, dass es glücklich machte, behauptete jedenfalls Katriona. Sie hatte nicht mehr viel Appetit, aber je länger sie auf Amrum war, desto öfter schmeckte ihr wieder etwas, und der Obstsalat bekam ihr besonders gut. »Weißt du, du musst unbedingt an der Sache mit deiner Lotion dranbleiben«, sagte sie. »Stell dir bloß vor, du hättest die Sache mit den Zitronen nicht entdeckt und mir nicht diese Bonbons und die Lotion geschickt!«

»Aber es hat ja doch nichts genützt«, sagte Jessieanna leise.

Katriona blickte überrascht auf. »Und wie es genützt hat! Das habe ich dir doch gleich geschrieben, wie wohl mir das getan hat.«

»Ja, schon. Das war mein erklärtes Ziel, dass es dir guttut und alles ein bisschen leichter macht.« Jessieanna blickte zu Boden. »Aber insgeheim, ganz tief in mir drin, habe ich wohl doch gehofft, dass meine Lotion zu deiner Heilung beitragen könnte.«

»Aber, Liebes, du weißt doch und hast immer gewusst, dass das damit nicht möglich ist. Und auch mit sonst nichts.«

»Sicher. Aber wissen und hoffen ist wohl doch nicht ganz dasselbe.«

Katriona beugte sich vor, so dass sich auch ihr Schaukelstuhl nach vorn neigte, und klopfte Jessieanna nachdrücklich auf das Knie. »Du hast etwas viel Tolleres geschafft. Dieses Gefühl, das in diesen Zitronen steckt, hat mir so gutgetan und mich so unternehmungslustig gemacht, dass ich hierhergekommen bin! Ich bin dem Ruf der Zitronen gefolgt, um meine große Liebe kennenzulernen. Die letzte und die größte Liebe meines Lebens. Etwas Besseres hättest du nicht für mich tun können. Das ist mehr wert, als ein paar Monate oder Jahre länger zu haben. Was sollte ich damit anfangen ohne Elvar? Er spricht sogar den ganzen Tag Englisch für mich! Aber ich lerne auch schon Deutsch. Jessieanna, ich bin so glücklich. Du glaubst nicht, wie leicht es sich anfühlt. Ich habe alles losgelassen und genieße nur noch die Gegenwart mit ihm. Das ist so groß.« Sie warf die Arme in die Höhe. »So groß, dass es egal ist, wie lange es dauert. Ohne dich hätte ich das nie erlebt. Ohne dich, deine Hartnäckigkeit und deine Zitronen.«

»Skems Zitronen«, korrigierte Jessieanna und schnäuzte sich heftig die Nase.

Später holte Elvar Katriona ab. Jessieanna sah ihnen nach, wie sie Hand in Hand die Wandelbahn entlangliefen, bis sich ihre Silhouetten in der Dämmerung auflösten. Selbst als sie schon ganz klein in der Ferne waren, sah sie die Zärtlichkeit in ihrer Haltung zueinander.

Sie war kurz davor gewesen, die Zitronen aus ihrem Leben zu streichen. Wenn Skem so stur war, sollte er doch sein Geheimnis für sich behalten. Aber nun dachte sie an Katriona und an ihre Worte vor langer Zeit zurück.

Solange du etwas bewegst, lebst du.

Jessieanna schloss den Schuppen ab. Es lohnte sich, etwas zu bewegen! Sie würde nicht aufgeben. Sie würde Skem ein letztes

Mal zur Rede stellen. Vielleicht konnte sie ja so anfangen, dass sie ihn fragte, ob er etwas über Willem Gösslings grünen Daumen wusste.

Am besten jetzt gleich.

»Hallo?« Sie kannte die Stimme nicht, die vom Gartentor her rief. Ein Mann stand dort, mit Kamera, sicher ein Feriengast, der nach dem Weg fragen wollte. Sie zog ihre Jacke an, die über dem Zaun hing, warf einen letzten Blick auf die Zitronenbäume und ging zum Tor.

»Ja, bitte?«

»Verkaufen Sie diese Windräder?« Der Mann wies über ihre Schulter. Überrascht drehte sich Jessieanna um. Hinter den Weidezäunen, dort, wo noch keine Beete entstanden waren, hatte sie in größeren Abständen die fünf Windräder aufgestellt, die sie in letzter Zeit gebaut hatte. Zwei davon mit Katriona und Elvar an Regentagen in der Scheune. Was hatten sie dabei gelacht und schöpferische Höhenflüge genossen! Niemand hatte dabei an Katrionas Krankheit gedacht. Die anderen Windräder hatte Jessieanna allein gestaltet, wenn sie die Scheune für sich hatte, weil Elvar mit Katriona zu den Seehundbänken gefahren oder um die Odde spaziert war. Sie unternahmen immer etwas, die beiden, es sei denn, Katriona hatte einen Tag, an dem ihre Kraft nicht ausreichte. Dann suchten sie sich einen Strandkorb und betrachteten den kostbaren Tag von dort aus.

»Das zweite von links, das würde ich so gern meiner Frau kaufen. Es wäre ein wunderbares Geschenk, wenn wir wieder abreisen müssen. Sie liebt die Insel und den Wind so sehr, es wird sie sicher daran erinnern. Verkaufen Sie es mir?« Der Mann war sympathisch und sah sie bittend an.

Jessieanna hatte in Kalifornien schon viele Windräder verkauft, nur hier hatte sie merkwürdigerweise noch nie darüber nachgedacht. Das Exemplar, auf das der Mann zeigte, war schlicht und heiter. Die Flügel waren mit Resten eines Kinderregenmantels bespannt, den Carly ihr geschenkt hatte. Der Stiel und die tragenden Stangen waren dezent mit weißen Herzmuscheln besetzt. Auf der Achse, um die sich alles drehte, saß ein Seestern.

»Sicher. Wenn Sie es so gern Ihrer Frau schenken möchten«, sagte Jessieanna und öffnete das Tor. »Aber behalten Sie es für sich. Das ist kein offizieller Laden hier. Jedenfalls noch nicht.«

»Keine Sorge. Was möchten Sie denn dafür?«

Sie handelten eine Weile hin und her. Jessieanna fand Spaß daran. Es fühlte sich so vertraut an, wie ein Stück Zuhause. Schließlich stapfte der Mann glücklich davon, das Rad über der Schulter.

Die Sonne war inzwischen untergegangen. Jessieanna erschrak nicht zum ersten Mal, wie viel kürzer die Tage schon geworden waren. Sie zögerte. Sollte sie besser morgen zu Skem gehen? Doch sie hatte ihn schon seit einer Woche nicht gesehen. Auf einmal wollte sie ihn unbedingt noch heute sprechen.

Sie hatte keine Lust, den Weg über die Wandelbahn zu wählen, auf dem jetzt kurz nach Sonnenuntergang noch viele Feriengäste unterwegs sein würden. Stattdessen entschied sie sich für den längeren Bohlenweg durch die Dünen. Hier war sie angenehm allein mit ihren Gedanken, bis auf die wilden Kaninchen, die unter den Brettern hindurchstoben oder am Dünenhang den Strandhafer mümmelten.

Es war so still, dass sie manchmal den Sand hören konnte, der in kleinen Rinnsalen ins Tal rieselte. Als wäre die ganze Landschaft eine Sanduhr, die anzeigte, wie Jessieannas Zeit hier zu Ende ging, und auch Katrionas Leben und irgendwann Skems. Diese Landschaft veränderte sich mit jeder Minute, genau wie ihr eigenes Leben.

Und doch hatte sie diese Landschaft lieben gelernt, die oft so karg war und so beängstigend weit und manchmal gnadenlos, wenn der Wind ihr den Sand nicht nur in die Augen blies, sondern auch tausend Nadeln gegen die Knöchel jagte, oder wenn sie draußen im Watt ohne Vorwarnung bis zum Knie im schwarzen Schlick einsank.

»Schhh!«

Jessieanna zuckte zusammen, als eine Gestalt hinter einer gedrungenen Kiefer auftauchte. Lian!

Er packte sie am Arm und zog sie vom Bohlenweg, fing sie auf, als sie stolperte, und zog sie mit sich hinter die Kiefer. »Duck dich, er kommt gleich«, flüsterte er. »Was für ein Glück, dass du hier bist. Ich wollte dich anrufen, aber es war keine Zeit.«

»Was soll das? Warum flüstern wir? Warum hocken wir hier wie Wegelagerer?« Gestern hatte es geregnet, der Sand war feucht, und sie spürte, wie die Feuchtigkeit in ihre Hosenbeine zog, auf denen sie kniete. Sie kam sich ausgesprochen albern vor. Andererseits wusste sie, dass Lian meistens einen guten Grund für die Dinge hatte, die er tat.

»Skem ist wieder unterwegs«, sagte er. »Ich wollte gerade zu ihm, als ich sah, wie er in Regenzeug und mit einem Eimer in der Hand aus dem Haus kam.«

»Und warum fragst du ihn nicht, ob du ihm helfen kannst, anstatt ihn zu verfolgen wie einen Verbrecher?«

Er zog sanft an ihrem Zopf. »Weil ich das deutliche Gefühl

hatte, dass er allein sein wollte. Er braucht immer noch seine Freiheiten, weißt du. Ich wollte nicht, dass er sich fühlt wie unter Aufsicht.«

»Aber du beaufsichtigst ihn trotzdem.« Es berührte sie, wie besorgt Lian um Skem war.

»Ich möchte einfach nicht, dass ihm wieder etwas passiert. Oder wenn, möchte ich wenigstens da sein. Er muss es ja nicht wissen. Ich bin schnell vorausgelaufen und habe mich hier versteckt. Wir folgen ihm unauffällig.« Sie wusste genau, wie spitzbübisch er sie jetzt angrinste, obwohl es zu dunkel war, um den Ausdruck in seinen Augen zu erkennen.

Skems Gestalt tauchte nun um die Ecke auf, eine dunkle Silhouette zwischen den helleren Dünen vor dem Himmel, an dem die ersten Sterne erkennbar waren. Eine Mücke summte in Jessieannas Ohr. Sie schlug hastig danach und musste ein Kichern unterdrücken, als sie dabei beinah umgefallen wäre.

Skem hinkte heftig. Jessieanna spürte gleichzeitig Mitleid und Bewunderung. Er hatte ein Ziel und ließ sich von seiner Behinderung und seinem Alter nicht aufhalten. Ihre Neugier stieg, was das wohl für ein Ziel sein mochte. Der Kniepsand war es dieses Mal nicht.

Als Skem um die nächste Ecke verschwand, kletterten sie auf den Bohlenweg und folgten ihm in größerem Abstand. Jessieanna freute sich darüber, wie gut man mit Lian schweigen konnte. Fast vergaß sie wieder einmal, warum sie hier waren, so angenehm war es, durch die Spätsommernacht zu laufen, die nach feuchtem Sand roch und nach Meer und in der die Grillen ein Lied von der Vergänglichkeit des Sommers und den nahenden Farben des Herbstes zirpten.

Dünental um Dünental durchquerten sie, bis Lian wieder die Hand um Jessieannas Arm legte und stehen blieb. Vor ihnen ließ sich Skem mühsam vom Bohlenweg herab. Jessieanna hielt den Atem an. Hoffentlich würde er nicht stürzen! Doch der Sand war ja zum Glück weich. Skem stapfte mühsam durch den feuchten Sand direkt in das Tal hinein. Jessieanna wusste, dass es nicht erlaubt war, sich abseits der Bohlenwege zu begeben. Die Dünen waren empfindlich und mussten vor vielen trampelnden Füßen geschützt werden. Doch Skem war hier aufgewachsen, er wusste, was er tat, und würde niemals etwas zerstören.

Lian zog Jessieanna unter den Bohlenweg, wo Skem sie in der Dunkelheit mit Sicherheit nicht bemerken würde, sollte er sich überhaupt einmal umdrehen. »Lass uns von hier aus beobachten, was er tut.«

Die Sterne waren verschwunden. Es fing leicht an zu nieseln, blieb aber windstill. Jessieanna schnupperte beglückt. Hier auf dem Sand roch der Petrichor etwas anders als auf Erde, aber ebenso wundervoll. Da es schon gestern geregnet hatte, war es nur ein leichter Duft, flüchtig und sanft wie eine zärtliche Berührung im Vorübergehen.

»Was tut er?«, fragte Lian. Skem hatte sich gebückt und machte sich am Fuß einer Düne zu schaffen. Jessieanna kniff die Augen zusammen. Ihr Herz schlug schneller. »Er gräbt! Er hat eine Schaufel mit!« War das womöglich Willem Gösslings Schaufel? Doch dann richtete sich Skem für einen Augenblick auf, und sie sah das Werkzeug in seiner Hand deutlicher. Es war nur eine kleine Handschaufel mit einem kurzen Stiel und entsprach nicht Pinswins Beschreibung von einem Gerät, das halb so groß war wie ein Spaten. Jessieanna war gleichzeitig enttäuscht und froh. Enttäuscht, weil die Schaufel verschwunden blieb, und froh, dass Skem sie wohl nicht heimlich an sich genommen hatte.

Skem bückte sich wieder, und sie erkannten nun beide, dass er etwas in den Eimer füllte.

»Was um Himmels willen treibt er da? Hier ist überall Sand, auch in seinem Garten. Warum macht er sich den weiten Weg und das auch noch bei Nacht, um einen Eimer Sand zu schleppen, der viel zu schwer für ihn ist?« Lian klang ratlos und ein wenig aufgebracht. »Glaubst du, er wird langsam ein wenig verwirrt?«

»Dement, meinst du?« Jessieanna war amüsiert. »Skem ist alles andere als senil, das weißt du auch. Er weiß sehr genau, was er tut.«

»Aber was ...?«, begann Lian und unterbrach sich dann selbst. »Sag mal, siehst du das auch, oder bilde ich mir das ein?«

»Was ... oh! Ich sehe es auch.«

Dort, wo Skem gegraben hatte, um ihn herum und auch in seinem Eimer, schimmerte der Sand! Nicht wie im letzten Tageslicht oder im Strahl einer Taschenlampe. Er leuchtete wie von innen heraus, mit einem feinen Perlmuttglanz. Nicht besonders hell und doch deutlich sichtbar in dieser dunklen, feuchten Nacht. Im Vorübergehen hätten sie es sicher nicht bemerkt, aber nun hockten sie schon lange hier, ihre Augen hatten sich an die Dunkelheit gewöhnt.

Jessieanna blickte sich um. Unwillkürlich griff sie nach Lians Hand. »Da ist noch mehr!« Die ganze Szene erschien so unwirklich. »Wir träumen doch nicht, oder?« Was für eine dumme Frage. In einem Traum hätte sie nie so deutlich Lians Wärme neben sich gespürt, seinen Atem gehört und seinen Duft nach Gras und Sand und Seife wahrgenommen, der sich frühlingsgrün und sonnengelb in ihre Gedanken mogelte.

»Nein, wir träumen nicht.« Lian hätte fast vergessen zu flüstern, und sie musste ihn warnend kneifen. »Guck, da ist es auch, und dort!« Jetzt entdeckten sie es an immer mehr Stellen, besonders dort, wo der Wind den Sand bewegte, an den Dünenkämmen und Abhängen.

»Wenn wir nicht an Land wären, würde ich sagen, das ist ein Gruß vom Töveree.« Lian flüsterte jetzt wieder. »Was meinst du, sind es Glühwürmchen oder so etwas Ähnliches? Meeresleuchten im Sand statt im Wasser? Oder was? Ein Streich von Skem?«

Jessieanna schüttelte den Kopf. »Nein. Keine Glühwürmchen. Aber Skems Geheimdünger!«

Sie wusste, wenn sie jetzt die Schuppe unter ihrer Bluse hervorziehen würde, wo sie auf ihrer schweißnassen Haut lag, würde diese dasselbe Schimmern in die Nacht werfen. Sie erinnerte sich daran, was Pinswin ihr erzählt hatte und dass Simon die Miraxellen in Sand vermehrt hatte.

Was hier den Sand erleuchtete, waren ganz sicher Miraxellen. Warum und wieso wusste sie nicht, aber sie würde es herausfinden!

»Das wirst du mir bestimmt noch erklären.« Lian klang verwirrt.

»Ja. Sobald ich es selbst verstanden habe.«

»Und was machen wir jetzt?«, fragte Lian. »Ich finde, wir warten bis Skem nach Hause geht und stellen nur sicher, dass er gut dort ankommt. Es ist seine Sache, was er hier tut, und ich möchte ihn nicht erschrecken. Wenn er vorhat, diesen Eimer nach Hause zu schleppen, dann wird er keine Umwege machen.«

»Ja, das ist das Beste.« Jessieanna hatte nichts dagegen, in diesem verzauberten Dünental noch einen Moment im Sand zu sitzen, in dem noch etwas von der Tageswärme verweilte. Es war vollkommen still, nur das geheimnisvolle Licht lag hier und da in der Nacht wie eine stumme Musik. Skems gebeugte Gestalt wirkte wie die Silhouette eines jener Vorfahren aus ferner Vergangenheit, deren Spuren Pinswin so oft gesucht und gefunden hatte.

Sie zuckte zusammen, als Lian die Stille unterbrach. »Jessieanna, die Sache mit deinem Verlobten …«, sprach er ihr leise ins Ohr.

»Ryan«, sagte sie schnell. Wie angenehm vertraut sich der Name anfühlte. Das Wort schwebte zwischen ihnen in der Dunkelheit wie eine unsichtbare Seifenblase, kostbar und zerbrechlich.

»Ja. Ryan. Der Mann mit genauso vielen Buchstaben im Namen wie ich. Hat sich da etwas geändert? Ich weiß, die Frage ist sehr persönlich. Aber es geht mich etwas an!«

Sie konnte das Ausrufezeichen hinter seinen Worten förmlich sehen. Es stand ein wenig gebeugt vor Verzweiflung. Ein Echo dieser Gefühle hörte sie in ihrer eigenen Stimme. »Nein! Da hat sich nichts geändert. Aber es ist etwas hinzugekommen.«

Er vergaß Skem, drehte sich zu ihr und fasste sie an den Schultern. »Deine Gefühle für mich?«

Sie saß ganz still. Am liebsten wäre ihr gewesen, das Licht wäre ein wirklicher Zauber und würde sie beide für alle Zeiten in diesem Augenblick bergen, so dass sie nie etwas entscheiden müsste, sich nie etwas ändern würde und der Rest der Welt einfach nicht mehr da wäre.

Doch nein. Sie würde den Rest der Welt vermissen und alle, die sie darin liebte.

»Ja. Sie sind da, sie sind schön, und sie verwirren mich. Ich kann sie nicht einordnen. Ich brauche Zeit!«

Er ließ sie los. »Der Sommer geht zu Ende. Die Zeit dreht sich weiter, nicht im Kreis wie deine Windräder.«

»Ich weiß! Vor Entscheidungen kann man nicht davonlaufen. Schon gar nicht im Land der Spiegel.« Sie schlang die Arme um die Knie. Auf einmal war ihr kalt.

»Könntest du hierbleiben, wenn du wolltest?«, fragte Lian nach einer Weile.

»Ja. Meine Mutter ist Amerikanerin und mein Vater Deutscher. Ich habe beide Staatsbürgerschaften.«

»Also, ich habe beschlossen, noch eine Weile auf der Insel zu bleiben. So oder so. Ich wollte es dir nur sagen. Aber mit dir wäre es …« Er fand keine Worte dafür.

»Lian, es ist auch für mich so besonders mit dir. Ich bin unendlich froh, dass wir uns begegnet sind. Das möchte ich nie wieder verlieren. Nur, im Moment weiß ich keine Antwort.«

»Schon gut, Jessieanna. Das verstehe ich ja. Ich will dich nicht drängen. Ich wollte nur, dass du weißt …« Er atmete tief durch. »Da ist noch etwas anderes, was ich dir sagen wollte.«

Lian konnte jetzt lauter sprechen. Skem hatte sich auf den Rückweg gemacht. Langsam durchquerte er das Dünental und erklomm den Bohlenweg südlich von der Stelle, an der sie sich versteckt hatten. Sie ließen ihm einen gehörigen Vorsprung.

»Falls du zurück nach Kalifornien gehst«, sagte Lian, »dann

solltest du wissen, dass ich mich um Katriona kümmern würde, wenn es ihr schlechtergeht. Wenn sie mehr Pflege braucht, als Elvar leisten kann. Ich wäre für sie da, ebenso, wie ich für Skem da bin.«

Sie war so gerührt, dass sie kaum sprechen konnte. Dass er daran dachte! Dass er sie so gut kannte und ihr größtes Problem einfach mal so mit einem Satz löste. »Das würdest du tun?«

Er rappelte sich auf und hielt ihr eine Hand hin, um sie hochzuziehen. »Selbstverständlich! Für dich. Und weil Elvar und Katriona wunderbare Menschen sind. Ich kann etwas von ihnen lernen. Genau wie von Skem. Und dann ist da diese anrührende Liebe zwischen Elvar und Katriona. Sie haben so wenig Zeit. Darum sollte es eine möglichst gute Zeit sein.«

Sie legte für einen Augenblick ihre Stirn an seine Schulter. »Lian ...«

Er umarmte sie sanft. »Sag nichts. Alles ist gut. Komm!«

Sie liefen noch eine Weile Hand in Hand, einfach weil es sich gut anfühlte und auch nicht falsch.

»Lass uns hinten herum gehen, dann erwischt Skem uns nicht«, sagte Jessieanna schließlich. »Außerdem möchte ich etwas überprüfen.«

Sie schlichen sich auf die Wandelbahn und von dort durchs Gartentor. Das Windrad stand still. Nichts regte sich. Doch in Skems Schlafzimmer brannte Licht, und sie sahen seinen Schatten, der sich hinter dem Vorhang bewegte.

»Er ist gut nach Hause gekommen«, sagte Jessieanna erleichtert.

»Sogar die Treppe hoch!«, stellte Lian befriedigt fest. »Was wolltest du nachsehen?«

»Mach die Taschenlampe aus, sonst sieht er uns noch.« Jessieanna kannte sich im Garten aus. Sie tastete sich zu den Zitronenbäumen, die am Rand eines gemähten Stückchens Wiese im Schutz der Dünen standen. Durch die Spätsommernacht schlich sich ihnen der Duft entgegen. Jessieanna sah ihn als gelbe Spuren über das Gras wehen. Doch das war es nicht, was sie suchte.

Sie kniete sich neben die Kübel, in denen die Zitronenbäume wuchsen, steckte den Zeigefinger in einen davon und rührte darin herum.

Sie wusste, was geschehen würde, bevor es anfing.

Die feuchte, sandige Erde um die Wurzeln herum begann zu leuchten.

Pinswin

2005

Kalifornien

30

Pinswins Theorien

Pinswin saß an seinem Schreibtisch und drehte das Modell bewundernd hin und her. Savannah hatte es nach seiner Zeichnung aus Modelliermasse für ihn angefertigt, Knochen für Knochen, und diese dann mit Draht so aneinandergefügt, dass der ganze Töveree entstanden war, in den Maßen eins zu fünf. Die fehlenden Knochen hatte Pinswin nach seiner Theorie ergänzt. Er hatte ja nun viele Hinweise durch die Wirbel, das Stück Kieferknochen, das Flossenteil mit dem merkwürdigen Haken und noch einige andere Stücke aus der Höhle unter dem Eis. Da war zum Beispiel der Skleralring, eine knöcherne Verstärkung um das Auge herum. So etwas fand man auch beim modernen Leguan und anderen Echsen, es hatte sie aber ebenso bei Dinosauriern gegeben wie dem Fischsaurier, dem Ichthyosaurus. Diese Verstärkung diente dazu, große lichtstarke Augen zu schützen, die beim Tauchen hohem Druck ausgesetzt waren. Der Töveree hatte also, dass wusste Pinswin nun, große Augen wie etwa ein Schwertfisch, dem er ja ohnehin ähnelte. Das passte auch zu den alten Geschichten. Pinswin ging davon aus, dass der Töveree und die Fischdinosaurier an irgendeiner Stelle in grauer Urzeit einen gemeinsamen Verwandten gehabt hatten. Andererseits glaubte er immer noch daran, dass der Töveree auch die Eigenschaften eines Lungenfisches besaß, also nicht nur unter Wasser, sondern auch an der Luft atmen konnte.

Weitere Schuppen hatten sie unter dem Eis nicht gefunden, aber Pinswin erklärte sich das damit, dass sie zu leicht waren. Ebbe und Flut würden sie längst fortgespült haben. Doch an dem Stück Haut waren noch ihre Abdrücke zu sehen gewesen. Da sie knöcherne Substanz enthielten, war sich Pinswin nun sicher, dass es sich bei ihnen um ein rudimentäres Exoskelett handelte, also Überbleibsel eines äußeren Skeletts. Das war bei Wirbeltieren allerdings sehr ungewöhnlich, man fand es eher bei Krebstieren. Es musste einen guten Grund dafür geben, dass die Evolution dies bei dem Töveree für wichtig befunden hatte. Hier war sich Pinswin noch nicht schlüssig, was dieser Grund war.

Und dann gab es da noch den Haken an den Seitenflossen. Ähnlich wie der Daumen am Flügel einer Fledermaus, mit dem diese Tiere klettern konnten. Beim Töveree war er kräftig und ausgeprägt. Doch warum hätte dieser Fisch klettern müssen, und wo? Wenn er allerdings tatsächlich kletterte oder kroch, dann wäre das Exoskelett ein guter Schutz für seine Haut gewesen.

Pinswin schob das Skelett beiseite und seufzte. Als er ein Kind war, rührte seine Besessenheit mit dem Töveree daher, dass man so wenig über den mysteriösen Zauberfisch wusste. Je mehr er nun aber über dieses merkwürdige Wesen herausfand, desto mehr faszinierte es ihn. Doch er hatte Zweifel, ob er jemals mehr erfahren würde. Pinswin war froh, dass er überhaupt so weit gekommen war. Manche Dinge musste man wohl ruhenlassen und sich auch an ungeklärten Wundern erfreuen.

Außerdem durfte er ohnehin nichts von dem, was er wusste, an die Öffentlichkeit gelangen lassen! Alle Welt würde sich auf die Jagd nach den leuchtenden Miraxellen machen. Vor allem nach dem, was Jessieanna oder vielmehr Skem entdeckt hatten.

Jessieanna hatte ihn angerufen. Sie hatte Pinswin von ihrer Entdeckung erzählt und bat ihn, mit den Miraxellen, die Simon im Sand vermehrt hatte, einen Versuch zu machen. Sie wollte wissen, ob er ihre Vermutung bestätigen konnte.

Pinswin stand auf und ging zu den drei Basilikumtöpfen auf dem Fensterbrett. Es war ein alter Familienwitz, dass Basilikum im Hause Jessen nicht gedieh. Im Garten wuchs alles, was Savannah pflanzte, nur Basilikum ging nach wenigen Tagen ein, egal, was für Bedingungen man ihm bot. Dabei liebte Pinswin Basilikum auf beinah allem, was er aß.

Er begann seinen Versuch sofort nach dem Telefongespräch. Er kaufte drei Töpfe Basilikum, platzierte einen unverändert auf dem Fensterbrett, stellte die beiden anderen daneben, füllte in einen davon eine kleine, in den anderen eine größere Portion von dem schwachleuchtenden Sand aus Simons Labor und mischte ihn unter die Erde.

Das Ergebnis war verblüffend. Nach wenigen Tagen war der erste Topf eingegangen, der zweite gedieh gut und der dritte war auffallend groß und kräftig. Jessieannas Theorie vom Dünger war nicht nur bestätigt, sondern hatte auch noch den schönen Nebeneffekt, dass dieses Basilikum das beste war, das Pinswin jemals gegessen hatte. Er hatte das Gefühl, dass es ihm mehr und vor allem eine bessere Energie gab als eine Tasse Kaffee. Genau wie die Zitronenbonbons. Jetzt erst war ihm klar, was seine Tochter die ganze Zeit gesucht hatte! Er war stolz auf sie.

Mit Genuss kaute er ein Blatt und kehrte zum Schreibtisch zurück, wo er wieder stirnrunzelnd das Modell des Töveree betrachtete. In den Knochen, vor allem aber in der porösen knöchernen Substanz der Schuppen lebten die Miraxellen. So viel wussten sie nun schon seit einiger Zeit. Pinswin vermutete außerdem, dass der Töveree durch einen elektrischen Impuls, den er wie zum Beispiel ein Zitteraal abgab, die Miraxellen zum Leuchten anregen konnte. So wie Pinswin früher als Kind, wenn im Sommer das Plankton das Meer zum Leuchten brachte, dieses Leuchten durch Spritzen und Planschen verstärkt hatte. Die Mikroorganismen reagierten auf Reize.

Aber was hatte der Töveree davon? Warum diese Art Schuppen und warum die Miraxellen? Und wie kam es, dass die Miraxellen in einer Art Starre jahrzehntelang im Trockenen überdauern konnten?

Wenn der Töveree ein Lungenfisch war, also gelegentlich Luft atmen konnte, und außerdem kletterte, dann wäre es für die Miraxellen natürlich notwendig gewesen, ebenfalls an der Luft überleben zu können. Das würde bedeuten, dass der Töveree zumindest zeitweise irgendwo an Land gegangen war, vielleicht um bestimmte Futtertiere zu jagen oder aber ein Gelege loszuwerden wie eine Wasserschildkröte. Doch nein, Pinswin war sich ziemlich sicher, dass der Töveree keine Eier legte, sondern lebendgebärend war wie alle seine Verwandten. Was also sollte ihn an Land getrieben haben?

Savannah kam mit einer duftenden Tasse Kaffee und mit einem Stück seines Lieblings-Apple-Pie ins Zimmer.

Sie legte ihm die Hand auf die Schulter und betrachtete das Modell ebenfalls. »Es lässt dir keine Ruhe, nicht wahr? Grübele nicht so sehr! Er ist schön, wie er ist, finde ich. Gerade, weil er noch einige Geheimnisse für sich behält.«

Er legte seine Hand auf ihre. »Ja, du hast es geschafft, dass er sogar als Skelett schön aussieht. Und würdevoll.« Der Kuchen duftete tröstlich, und der Kaffee breitete sich warm in seinem Magen aus.

Wie dankbar war er für seine Zweisamkeit mit Savannah! Es hatte so lange gedauert, bis er sie gefunden hatte. Oder sie ihn. Niemand vorher hatte das Loch und die Einsamkeit füllen können, die Leni in ihm hinterlassen hatte.

Er hatte Leni mit vierzehn noch einmal getroffen, als sie zwei kostbare Wochen Ferien bei ihrer Tante auf Amrum machte.

In dieser Zeit sprachen sie überhaupt nicht von der Zukunft, sondern genossen die Gegenwart mit einer Tiefe, die jeden Tag unvergesslich machte. Sie erforschten zusammen jeden Winkel der Insel, die sie längst kannten, als wäre dies für immer die Landkarte ihrer Liebe, die sie festschreiben mussten und die sich in ihnen niemals wieder verändern würde. Sie liefen oft Hand in Hand, und manchmal lehnte sich Leni an ihn, wenn sie Rast machten. Doch wenn sein Gesicht sich ihrem zu sehr näherte, und sei es nur im Gespräch, wandte sie sich ab.

Auch beim Abschied sprachen sie nicht von Zukunft. Pinswin wagte nicht zu fragen. Sie taten einfach so, als würden sie sich im nächsten Sommer wiedersehen. Pinswin hatte noch immer einen Rest Hoffnung, dass Leni nun, da sie erwachsen wurde, ihre Entscheidung aus der Kindheit, niemals einen Partner und Familie haben zu wollen, überdenken mochte. Tief im Inneren wusste er, dass dies nie geschehen würde. Doch er wollte sich selbst diese letzte Hoffnung nicht nehmen. Leni aber sagte nichts von Zukunft, weil für sie längst alles klar war, fürchtete Pinswin.

Mit zwanzig sah er sie das letzte Mal, als sie zur Beerdigung ihrer Tante für ein Wochenende auf die Insel kam. Zweieinhalb Tage nur, und sie fanden keine Gelegenheit, allein miteinander zu reden. Erst als Tante Ida unter der Erde lag, die dumpf aus Lenis und Pinswins und den vielen anderen Händen auf ihren Sarg gefallen war, ließen sie die dunkelgekleidete Gemeinschaft zum Leichenschmaus ins Dorf ziehen und blieben allein am Grab zurück. Pinswin half Leni, auf der Wiese einen Blumenkranz zu flechten. Dann zog er sich zurück und gab ihr die Zeit, sich allein von Tante Ida und den alten Zeiten zu verabschieden.

Hinterher spazierten sie zum Strand hinunter und blickten auf den Horizont. Pinswin wünschte sich, dahinter wäre nichts mehr, gar nichts, nur die Insel und das Meer ringsum. Keine Welt, die ihm Leni nehmen konnte.

Sie waren Kinder gewesen, als sie sich begegneten, doch in all der Zeit seither hatte sich für Pinswin nichts geändert. Nur die Gewissheit war größer geworden, dass er Leni bis ans Ende ihrer Tage beschützen wollte und dass ohne sie sein Leben niemals komplett sein würde.

»Leni«, sagte er, als die Sonne sich dem Horizont näherte und ihr Licht rot auf den Wellen brannte. Er hatte das Gefühl, wenn er jetzt nichts sagte, wäre der Moment unwiederbringlich verloren. Doch die Worte wollten nicht kommen. Wohl weil er im Grunde wusste, dass es vergeblich war. Stattdessen nahm er ihre Hand, dann auch die andere, drehte sie zu sich hin. »Leni …«

Leni erwiderte seinen Händedruck, warm und sicher, und blickte ihn mit ihren klaren Augen an. Er las die Antwort auf die Frage, die er ohne Worte gestellt hatte, so deutlich darin, dass er sich fügte. Sie spürte es und schenkte ihm ein halbes, trauriges Lächeln.

»Du weißt doch, es ist ein Beschluss«, sagte sie. »Es tut mir leid, Pinswin! Ich werde dich immer lieben, und das weißt du, aber es ist mir nicht möglich, mein Leben mit jemandem zu teilen. Du wirst eine andere finden. Da bin ich völlig sicher. In Gedanken werde ich aber immer bei dir sein, wenn du mich brauchst, und du bei mir. Das ist wie in der Zeitmaschine. Ich werde dein Schutzengel sein und du meiner.« Jetzt lächelte sie wirklich und sah an ihren bloßen Beinen herunter und an seinen, die von schwarzem Schlick verkrustet waren. Sie befreite ihre Hand und fuhr einmal zärtlich durch seine Haare, die ebenso windzerzaust waren wie ihre. »Auch wenn wir nicht so aussehen!«

Er hätte sie verzweifelt gern geküsst, nur ein Mal, doch sie bewahrte ihn davor, alles für immer noch schmerzlicher zu machen. Sie umarmte ihn, vergrub ihr Gesicht einen Augenblick an seiner Schulter und küsste ihn dann auf die Stirn. »Werde glücklich«, flüsterte sie in sein Ohr. »Ich weiß, du kannst es! Die Welt wartet auf dich. Lass uns genau hier und jetzt voneinander Abschied nehmen, unter dem Abendstern, dort, wo das Meer beginnt.«

Ja, die Welt hatte auf ihn gewartet, und wenig später zog er tatsächlich hinaus, um sie zu entdecken. Er hielt es nicht mehr aus auf der Insel, schon gar nicht ohne Leni. Und er wusste, sollte er sie suchen und drängen, würde er ihr nur noch mehr Schmerz zufügen.

Es kam, wie sie gesagt hatte. Er wusste nicht, wo sie war und wie es ihr ging. Sie hatten nie wieder Kontakt, so wie sie es verlangt hatte. Und doch blieb Leni sein Schutzengel, und der Gedanke an sie gab ihm Kraft, wann immer er in Bedrängnis kam. Er lebte ein aufregendes, buntes, erfüllendes Leben.

Nur lieben konnte er zunächst nicht mehr. Er hatte hier und da eine kurze Beziehung mit einer Frau, doch es gelang ihm nie, etwas Dauerhaftes daraus zu machen, und schließlich ließ er es ganz, denn er wollte keiner weh tun. Er war beliebt, der breitschultrige, freundliche Deutsche mit dem merkwürdigen Akzent, der Herzlichkeit und der wachen Neugier in den Augen. Aber er blieb auf Distanz.

Bis zu jenem Tag viele Jahre später, als das Institut, inzwischen längst etabliert, eine Weihnachtsparty veranstaltete.

Pinswin trug einen moosgrünen Pullover. Später fragte er sich, was wohl aus ihm geworden wäre, wenn er diesen Pullover an diesem Tag nicht getragen hätte. Denn der Pullover fusselte. Und während Pinswin mit seinem Weinglas ein wenig abseits der Menge stand und darüber sinnierte, was aus dem Institut in all der Zeit Wunderbares geworden war, seit er mit Professor Westerberg in der leeren alten Villa gestanden hatte, fragte plötzlich eine Stimme: »Darf ich?«

Draußen trieb der Wind Regen gegen die Scheiben, vermischt mit wässrigen Schneeflocken, doch diese Stimme klang nach Frühling. Er gewahrte eine schlanke Hand, die mit einer Pinzette Fusseln von seinen Pulloverärmeln zupfte und sorgfältig in einem Glas deponierte.

»Entschuldigung! Sie halten mich sicher für verrückt, aber Sie sind gerade meine Rettung.« Die Frau war zierlich und dunkelhaarig mit braungrünen Augen, die ihn verschmitzt anstrahlten, und einem Lächeln, bei dem es ihm unter dem Pullover zu warm wurde. Er konnte nicht anders, als zurückzulächeln.

»In diesem Institut gibt es eigentlich ausschließlich verrückte Leute. Es freut mich, wenn ich Ihnen behilflich sein kann.«

Sie lachte, und ihr Lachen hüpfte direkt in seine Seele und machte unversehens alles leichter. Es war, als ob es in die dunkle Leere kullerte, die Leni hinterlassen hatte, und diese wenn auch nicht heilte, so doch mit Licht füllte.

»Ich bin Savannah Denton. Ich mache Dioramen für Museen, wissen Sie. Diese beleuchteten Schaukästen mit Miniaturlandschaften aus Vergangenheit und Gegenwart, die den Kindern zeigen, wie der Rest der Welt aussieht, den sie niemals zu Gesicht bekommen. Na ja, nicht nur den Kindern.« Sorgfältig schraubte sie das Glas zu und verstaute es in ihrer Tasche. »Und jetzt habe ich für eine Szene aus der Urzeit gerade genau diese dunkelgrünen Fasern gebraucht, für einen Waldboden.«

Er nahm einem vorbeieilenden Kellner ein Weinglas ab und reichte es ihr. »Pinswin Jessen. Ich bin auch verrückt. Darf ich Ihre Werke mal betrachten? Wo kann man sie sehen? Urzeit ist genau mein Thema. Vielleicht kann ich zu dem Waldboden noch mehr beitragen als nur die Fusseln meines Pullovers.«

»Pinswin Jessen? O ja, ich habe schon von Ihnen gehört.« Sie stellte ihr Weinglas neben dem Skelett eines Dinosauriers ab, das über einem Tisch von der Decke hing, nahm ihm seines auch ab und stellte es dazu. »Finden Sie nicht auch, dass es hier viel zu laut und eng ist? Von weihnachtlich keine Spur.«

»Ich hatte auch gerade darüber nachgedacht, wie ich mich am besten höflich davonschleichen kann«, gab Pinswin zu.

Sie nahm ihn bei der Hand und zog ihn mit sich. »Kommen Sie. Meine Werkstatt ist nur zwei Blocks entfernt. Wein habe ich auch, und ich könnte Ihren Rat ausgesprochen gut gebrauchen!«

Sie war um einiges jünger als er und so wunderbar unbekümmert. Als er die Szenen sah, die Miniaturlandschaften, die sie wissenschaftsgetreu in ihren Kästen schuf, wusste er, dass er eine Seelenverwandte gefunden hatte.

Wenn er auf Fossilien traf oder auf archäologische Funde, war die Landschaft und Zeit, aus der sie stammten, immer um ihn herum lebendig geworden. Er sah sie vor seinem inneren Auge auferstehen und fühlte sich hineinversetzt. Doch hier war endlich jemand, der sie nicht nur genauso instinktiv erfühlte, sondern auch für alle anderen sichtbar machte. Unter ihren Händen wurde Modelliermasse zu lebendigen Dinosauriern, die so aussahen, als würden sie atmen und sich bewegen. Ganze Familienszenen entstanden, mit brütenden Eltern und Jungen, die ihre ersten Schritte über das Nest hinaus machten. Urzeitlibellen schwirrten über detailgetreuen Farnwäldern, und man glaubte, die Sonne scheinen zu spüren und das Harz tropfen zu hören, das sich später einmal in Bernstein verwandeln würde.

Pinswin half ihr von da an mit wissenschaftlichen Details, noch besser in ihrem Handwerk zu werden, und sie half ihm ihrerseits, die unzähligen Bilder, die durch sein Hirn tobten, ruhiger zu machen und begreifbar für alle. Es machte auch ihn ruhiger, und es machte ihn glücklich. Seit er Savannah kannte, fühlte er sich nicht mehr allein. Er war unendlich dankbar dafür, dass es ihr genauso ging.

Er erzählte ihr von Leni, bevor er sie fragte, ob sie ihn heiraten wollte. Pinswin fand, sie hatte ein Recht darauf, es zu wissen. Savannah verstand ihn viel besser, als er befürchtet hatte, denn auch sie hatte eine große Liebe verloren. Nicht wie er an das

Leben, sondern an den Tod. Sie hatten beide Raum für die alte und auch für die neue Liebe, ohne dass die eine die andere beeinträchtigte oder sie sich gegenseitig dadurch verletzten.

Nicht lange nach ihrer Hochzeit kauften sie das Haus in der Nähe des Instituts, mit Blick über die Bucht. Als sie den Garten anlegten, bat Pinswin darum, in einer stillen Ecke mit Blick über das Meer einen Kirschbaum pflanzen zu dürfen. Wenn Lenis Gedanken, die ihm sicherlich gelegentlich zuflogen, einen Platz zum Ausruhen brauchten, einen Platz, an dem sie glücklich sein und sich geborgen fühlen konnten, so sollten sie hier landen und verweilen können wie ein Vogel.

Jeden Frühling, wenn der Baum blühte und eine leichte Wolke aus Weiß und Duft war, spürte er Lenis Anwesenheit.

Savannah verstand, warum er sich diesen Baum wünschte, lächelte und legte den Arm um Pinswin, weil sie wusste, dass das seine Gefühle zu ihr selbst nur kostbarer und reifer machte und dass es ihn zu dem machte, den sie so liebte.

Als Jessieanna geboren wurde, schien seine Tochter für Pinswin der Höhepunkt der Evolution. Sie war das Ergebnis all der Seiten im Buch der Erde, die er gelesen hatte, vom allerersten Einzeller im Ozean über die ganze Lebenskette von Amphibien zu Dinosauriern und Säugetieren bis hin zum Menschen und zu allem, was die Menschheit erlebt hatte. Die Menschen, die die Tongefäße gemacht hatten und die Höhlenzeichnungen und die Wikingergräber, die er erforscht hatte, die Menschen, die in der Siedlung Greenjölk im Watt gelebt hatten, über die er in einer Sturmnacht gestolpert war: Sie alle waren für ihn die Vorfahren dieses Wunderwesens in seinem Arm. Jessieanna gab allem, was er sein Leben lang erforscht hatte, eine Überschrift, einen Sinn. Sie war das Bild auf dem Umschlag um das Buch der Erde.

Pinswin trank den Kaffee aus und lächelte Savannah an. »Es tut mir leid. Meine Gedanken waren gerade meilenweit weg.«

Sie legte von hinten die Arme um ihn. »Das macht nichts. Es waren gute Gedanken. Ich habe es gesehen.«

Er zog sie auf seinen Schoß. »Ich habe daran gedacht, wie es war, als Jessieanna geboren wurde. Und jetzt ist sie groß und gesund und so weit weg auf der Insel, auf der mein Leben anfing.«

»Ich bin so froh, dass sie gesund ist. Und du? Hast du nun nicht noch stärkere Sehnsucht nach dieser Insel?« Fragend sah sie ihn an.

»Immer. Eines Tages werde ich dorthin zurückkehren und sie dir zeigen. Aber für die nächsten Jahre ist mein Platz hier. Es gibt noch so viel zu entdecken. Ich bin da zu Hause, wo du bist.« Er ließ seinen Kopf an ihrer Schulter ruhen und fragte sich, wo Jessieanna wohl einmal ganz zu Hause sein würde. Doch das war allein ihre Entscheidung. Sie würde wie seine Schwester Filine und seine Nichte Rhea ihren Weg finden und glücklich werden. Schließlich trug sie eine Schuppe des Töveree um ihren Hals, und der Töveree war keine Legende mehr, auch wenn er einige Geheimnisse für sich behalten würde. Er hatte nicht nur wirklich gelebt. Er existierte immer noch, zumindest einige Exemplare! Der Zauberfisch kam aus Kanada, und früher einmal war er über Island bis in die Nordsee gezogen. Vielleicht tat er es noch immer, und es hatte ihn nur niemand gesehen.

Oder es konnte möglicherweise noch einmal geschehen, und

der Töveree würde sich eines Tages wieder vor Amrum in den Abendhimmel erheben.

Pinswin atmete tief durch. Zusammen mit Savannahs Duft nach Farbe, Honig und Orangenblüten breitete sich tiefer Frieden in ihm aus.

Jessieanna

2005

Amrum

31

Skems Geheimnis

Jessieanna schnupperte noch einmal hinein, bevor sie das Glas zuschraubte. Sie überlegte, ob sie es in Geschenkpapier wickeln sollte, entschied sich aber dagegen. Skem konnte mit solchem Firlefanz wenig anfangen. Am Ende band sie wenigstens eine Schleife darum. Auf das Etikett hatte sie sorgfältig den endgültigen Namen gemalt, der ihr angemessen schien.

Lebensfreudelotion

Katriona hatte ihr eine neue Flasche von der Petrichoressenz mitgebracht, die Simon hergestellt hatte. Er hatte sie inzwischen verbessert. Nun duftete sie verblüffend deutlich nach dem ersten Regen, der nach langen heißen Tagen auf ausgehungerte Erde und auf sonnenwarme Steine fällt. Nach Erneuerung und Hoffnung und Vorfreude auf den nächsten Tag.

Diese Essenz verarbeitete Jessieanna sofort in einer neuen Testportion ihrer Lotion, dazu die ersten auf Amrum gezogenen Kräuter, die einen intensiveren Duft hatten als in Kalifornien. Als Krönung kamen noch Saft und Schale ihrer allerersten Zitrone in die Mischung, auch wenn diese noch winzig und grün gewesen war. Zitronen brauchen nun einmal Zeit zum Wachsen. Aber es war ein Anfang, und sie war sich sicher, dass schon eine Spur von Wirkung darin enthalten war.

Hoffentlich würde Skem ihr Geschenk annehmen und diese Wirkung spüren! Und hoffentlich half es auch gegen ihr eigenes schlechtes Gewissen. Das Geschenk sollte ein Dank und eine Entschuldigung sein. Jessieanna plagten immer noch Gewissensbisse, dass sie Skem beobachtet hatten, auch wenn es in bester Absicht geschehen war.

Viel schlimmer aber war, dass sie heimlich an den Ort des schimmernden Sandes zurückgekehrt war und an derselben Stelle wie Skem einen Eimer voll entnommen hatte. Nicht einmal Lian war dabei gewesen. Sie wollte ihn nicht in Schwierigkeiten bringen. Den Sand hatte sie sorgfältig um die Wurzeln ihrer Bäume eingeharkt und auch zwischen den Kräutern verteilt.

Vielleicht war es Einbildung, aber schon am nächsten Tag fand sie, dass die Blätter mehr Spannung hatten und sich unternehmungslustig zum Himmel reckten. Eine Woche später war es ganz sicher keine Einbildung mehr. Was gelblich vor sich hin gekümmert hatte, wurde grün und saftig, und die Blüten setzten kleine grüne Zitronen an, anstatt abzufallen! In Jessieanna kribbelte alles vor Aufregung.

Doch nun musste sie Skem beichten, was geschehen war. Erstens, um ihr Gewissen zu erleichtern, und zweitens, weil sie unbedingt herausfinden musste, woher der schimmernde Sand kam. Dass es etwas mit dem Töveree zu tun haben musste, war klar, aber wie um Himmels willen kam der Sand, der doch ins Meer gehörte oder wenigstens an den Strand, mitten in ein Dünental? Diesmal würde Skem ihr antworten müssen. Da sie nun schon so viel wusste, konnte er nicht mehr ausweichen.

»Skem?«, rief sie oben am Gartentor. An einem solchen Tag um diese Zeit saß Skem meistens unten in seinem Stuhl auf der Wiese, lauschte den Möwen und leistete seinen Blumen Gesellschaft.

»Komm herein«, trieb denn auch der Wind seine Stimme zu ihr herauf. Sie drängte sich an üppiger Goldrute, Dahlien und späten Glockenblumen vorbei. Er saß, wo sie ihn vermutet hatte, sein schlimmes Bein hochgelegt, und blickte ihr spöttisch entgegen. »Ich habe mich schon gefragt, wann du kommst«, sagte er und zog mit dem Griff seiner Krücke den zweiten Stuhl näher heran. »Setz dich, Pinswins Tochter.«

»Ich habe dir etwas mitgebracht.« Sie reichte ihm das Glas mit der Lotion. Er betrachtete es kritisch, dann anerkennend mit einem kleinen Schmunzeln in den Mundwinkeln, öffnete es und schnupperte. »Hat er also funktioniert, der Sand, auch bei dir auf dem Feld?«

Verdattert starrte sie ihn an. Sie spürte förmlich, wie das Schuldbewusstsein auf ihrem Gesicht geschrieben stand. »Du hast gewusst, dass wir dich gesehen haben?«

Er lehnte sich zufrieden zurück. »Würdest du mir bitte das schlimme Knie mit deiner Salbe einreiben? Natürlich habe ich es gewusst. Zu diesem Zweck habe ich es ja gemacht. Mir war klar, dass ihr beiden Glucken mich im Auge behalten und mir folgen würdet. Es schien mir einfacher, als euch von meinem Geheimnis zu erzählen. Ich hatte keine Worte dafür.« Er rollte sein Hosenbein hoch. »Aber nachdem du mir Ellas Brief vorgelesen hast, da wurde mir auf einmal bewusst, warum dir die Sache mit den Zitronen so wichtig ist. Anfangs habe ich dich falsch eingeschätzt. Das tut mir leid. Ich dachte, du kommst aus Amerika und willst hier etwas finden, mit dem du Geld machen kannst. Dafür waren mir meine Zitronen zu kostbar und zu schade! Darum war ich so verstockt. Dabei hätte ich es besser wissen müssen. Ich werde wohl alt. Früher habe ich Menschen nichts unterstellt, sondern bin ihnen offen begegnet. Nach Ellas Brief und als ich deine Freundin Katriona kennengelernt habe, habe ich verstanden, was du wirklich möchtest.«

Jessieanna schossen die Tränen in die Augen, während sie mit kreisförmigen Bewegungen sanft die Lotion in Skems geschwollenes Knie massierte.

»Aber, Skem, wie konntest du so etwas denken! Mir geht es doch nicht ums Geld! Ich wollte Katriona helfen. Und anderen, denen es so geht wie ihr und wie mir früher, als ich dachte, dass ich an dieser verdammten Leukämie sterben müsste und niemals erwachsen werden würde. Ich habe nun mal diesen Kosmetikkram gelernt, wegen der Firma meiner Oma. Aber ich kann es nicht ausstehen, dass es immer nur um Schönheit geht. Ich möchte etwas herstellen, das nicht oberflächlich ist, etwas, das nützlich ist und sogar die Seele berührt. Und jetzt halte mir bitte keine Predigt, dass man mit einer Creme nicht heilen kann! Das weiß ich selbst.«

»Sie tut aber verdammt gut«, sagte Skem.

Jessieanna hielt inne. »Wirklich? Spürst du es? So schnell? Oder sagst du das jetzt nur aus Höflichkeit?«

Skem betrachtete sie belustigt »War ich jemals höflich? Ich dachte, du kennst mich inzwischen auch besser. Selbstverständlich ist der Schmerz nicht weg, wird er auch nie sein, aber es fühlt sich gut an. Leichter. Es hebt sogar *meine* Stimmung.«

»Deine Stimmung ist längst nicht so schlecht, wie du immer

tust. Verrätst du mir jetzt bitte auch noch, wie der schimmernde Sand in das Dünental kommt?«

»Sicher. Ich habe ja keine andere Wahl. Schließlich bist du Pinswins Tochter. Keiner von euch lässt jemals locker, bevor er eine Antwort hat.«

Jessieanna rollte das Hosenbein wieder herunter und deckte das Bein behutsam zu. Sie setzte sich erwartungsvoll in den zweiten Stuhl. In den Glockenblumen brummte eine Biene. Das Windrad knarrte leise.

»Ich erzählte euch ja schon, dass ich als Junge die Knochen des Töveree gesehen habe. Als ich den anderen die Stelle zeigen wollte, um zu beweisen, dass ich nicht gelogen habe, waren sie verschwunden. Ich bin aber einige Tage später noch einmal hinausgerudert, als das Meer ruhig und das Wasser flach war. Es war schon in der Dämmerung, denn ich wollte nicht, dass mich jemand sieht. Sie hielten mich ja ohnehin alle für verrückt.« Skem blickte in die Schatten unter den Büschen und vermied es, Jessieannas Blick zu begegnen. »Ich entdeckte, dass dort, wo meiner Meinung nach die Knochen gelegen hatten, hier und da der Sand schimmerte. Am nächsten Abend kehrte ich zurück, tauchte mit einigen alten Gläsern, die ich mitgebracht hatte, und füllte sie mit dem Sand. Ich stellte sie zu Hause in meine Stube unter dem Dach. Wenn man den Sand feuchter machte und ein wenig schüttelte, fing er an zu leuchten, und das Leuchten tröstete mich, wenn ich es brauchte.« Skem räusperte sich heftig. »Es waren schwere Zeiten damals. Mein Vater war tot und meine Mutter krank, und irgendwann kam mir der Gedanke, dass ich diesen Sand verkaufen und dafür Geld bekommen könnte. Ich fuhr also noch einmal hinaus und holte mehrere Eimer davon.

Eine Woche später kam ein Sturm und danach war an der Fundstelle nichts mehr übrig. Der Sand war von der Strömung fortgetragen worden, wer weiß, wohin. Die einzelnen leuchtenden Körner verloren sich in der Weite.« Skem schwieg.

»Und? Konntest du etwas davon verkaufen?«, fragte Jessieanna.

»Das hätte ich wohl gekonnt. Aber ich bekam ein schlechtes Gewissen. Es fühlte sich völlig falsch an. Wie Leichenfledderei, weißt du, was ich meine? Der Töveree und der leuchtende Sand, den er hinterlassen hatte, waren in jenen dunklen Tagen der einzige Zauber, den es gab. Ihn zu verkaufen hätte ihn entzaubert. Es erschien mir unmoralisch. Ich schlich mich also wieder nachts hinaus und kippte den Sand an den Fuß einer Düne, wo ich ihn vergrub, damit ihn niemand sah.«

»Den ganzen Sand? Und warum nicht ins Meer?«

»Ja, den ganzen Sand. Ich musste mehrmals gehen. Es war eine Kurzschlussreaktion. Ich hatte Albträume wegen dieser Sache und wollte den Sand sofort loswerden. Es war Ebbe, und ich konnte nicht den ganzen weiten Weg zum Wasser damit laufen. Außerdem hatte ich Angst, dass man mich dabei sehen würde. Bei Tag hätte man mir auch dumme Fragen gestellt. Und das Meer hätte ihn ja doch irgendwann an den Strand gespült. Ich dachte mir, der Wind würde die Düne abtragen, dabei den Sand immer dicker über den leuchtenden Sand schichten, und er würde niemals wieder auftauchen. Ich behielt recht. Die Dünen wanderten im Laufe der Jahrzehnte, wie sie es immer tun, und ich wusste schließlich auch nicht mehr, wo die Stelle gewesen war, denn alles sah völlig anders aus, und das war gut so.« Skem verfiel wieder in Schweigen.

Jessieanna ließ ihm Zeit und reichte ihm sein Glas Wasser. Er dachte nie daran, genug zu trinken. Ein Glück, dass Lian sich so gut um ihn kümmerte.

»Erst viel, viel später, wenige Jahre bevor Ella hier zur Kur war, entdeckte ich es«, sagte Skem. »Ich kam abends vom Kniepsand zurück. Es wurde schon dunkel. Kurz davor hatte ein Sturm gewütet und mal wieder Sand von hier nach dort verschoben. Da sah ich das Schimmern im Dünental erst an der einen Stelle, dann noch an einigen anderen. Es war nur schwach, doch ich wusste sofort, was es war! Die Zeit, der Wind und der Regen hatten den leuchtenden Sand verteilt und verdünnt, doch er leuchtete noch immer und war nun wieder an die Oberfläche gekommen. Er war so sehr verstreut, dass es unmöglich war, ihn wieder einzugraben. Ich ließ ihn also, wo er war, und vertraute darauf, dass er wieder im Boden verschwinden würde.«

»Warum hat niemand anderes das Leuchten entdeckt?«

»Na, was die Leute nicht erwarten, das sehen sie meist nicht. Außerdem ist das Schimmern nur bei Regen sichtbar, und die wenigsten gehen bei Regen spazieren. Zusätzlich muss er bewegt werden, um zu reagieren, entweder weil man gräbt oder weil der Wind darüberfegt. Wer buddelt schon nachts im Sand? Und wer wirklich im Dunkeln wandert, der hat meist eine Taschenlampe, die alles andere überstrahlt, oder sie denken, es ist das Mondlicht, das die Dünen erhellt. Was sollten sie auch sonst annehmen?«

»Und wie kamst du darauf, den Sand als Dünger zu verwenden?«

Skem veränderte die Lage seines Beins auf dem Stuhl und machte ein verwundertes Gesicht. »Deine Creme wirkt wirklich erstaunlich, weißt du? Ja, mit dem Dünger, das war so. Pinswin hat dir sicherlich erzählt, wie er und Filine die Siedlung Greenjölk im Watt entdeckten? Das heißt, die Spuren, die noch davon übrig waren?«

»Ja. Was hat das damit zu tun?«

»Jahre später kam noch einmal eine Sturmflut. Von Neugier getrieben, ging ich an die Stelle, die Pinswin mir beschrieben hatte, und fand tatsächlich Reste der Grundmauern des Klosters und der Kirche, in deren Nähe der Friedhof gewesen ist. Und dort fand ich noch mehr. Neben den schwarzen Umrissen der Mauern, die zum Teil aus Torf gewesen sind, fand ich hier und da auch Stellen mit schimmerndem Sand. Ich dachte daran, was man über Willem Gössling sagte, dass er ein begnadeter Gärtner gewesen sei und niemand wusste, wie er das anstellte. Und da fiel mir noch etwas ganz anderes ein. In jener Zeit, da ich als Junge den Sand entdeckt hatte, habe ich meiner Mutter einmal eine Blume in einem Topf ans Krankenbett gestellt. Und weil ich fand, dass es schön aussah, mischte ich ein wenig von dem Sand darunter. Sie war zu krank, um Fragen zu stellen. Ich dachte, es würde ihr ein wenig Trost schenken. Sie bemerkte das Leuchten nicht, aber sie erfreute sich sehr an der Pflanze, ich glaube, es war eine Begonie. Denn die blühte so dicht und riesig, wie noch nie zuvor eine Zimmerpflanze bei uns in der kühlen, engen Stube geblüht hatte.«

Jessieanna setzte sich kerzengerade auf und warf beinahe ihr Wasserglas um. »Du glaubst, dass Willem Gösslings Geheimnis der Sand mit den Miraxellen des Töveree war?«

»Die Schlussfolgerung lag nahe. Ich habe einen Eimer Sand aus Greenjölk mitgenommen, bevor das Meer die Siedlung wieder begrub. Ich testete meine Theorie an einem meiner Zitronenbäume, die ebenso mickrig waren wie deine bisher. Der Erfolg war verblüffend. Das Ergebnis eindeutig. Und als der Sand aus Greenjölk aufgebraucht war, machte ich mich auf die Suche nach meinem alten Sand im Dünental. Ich bemerkte, dass an den Stellen, wo besonders viel war, der Strandhafer und der Queller besonders üppig gediehen. Sogar Mohn wuchs da, wo er normalerweise nicht gedeiht. Mit der Zeit stellte ich fest, dass es reicht, wenn man nur ganz wenig davon in die Blumenerde mischt.« Skem richtete sich auch auf. »Aber eines verstehe ich immer noch nicht. Im Dünental ist viel mehr schimmernder Sand, als ich jemals dort hingebracht habe! Er taucht hier und da an einigen Stellen auf. Es sind keine großen Mengen, aber mit den wenigen Eimern, die ich als kleiner Junge dort hingeschleppt habe, ist das auf keinen Fall zu erklären.«

»Simon hat es geschafft, die Miraxellen in Sand zu vermehren«, erklärte Jessieanna. »Ihr Leuchten ist nicht so stark, wie wenn sie in den Schuppen leben, und sie leuchten bestimmt noch stärker, wenn diese Schuppen an einem lebendigen Töveree sind. Aber Simon sagt, in feuchtem Sand vermehren sie sich immerhin so, dass sie noch schimmern. Allerdings nur, wenn dem Sand ein wenig Töverit beigemengt ist.«

»Töverit?«

»Das ist ein bestimmtes Mineral, das Simon entdeckt hat, als er einen Bruchteil der Knochen des Töveree gemahlen und analysiert hat. Es war bisher unbekannt, deswegen hat er es Töverit genannt. Er vermutet, dass der Töveree es mit einer bestimmten Nahrung aufnimmt. Als ich den schimmernden Sand sah, wusste ich zwar nicht, wie er an Land gekommen ist, aber ich dachte mir schon, dass es mit dem Töveree zusammenhängen müsste. Ich habe darum einige kleine Sandproben an Simon geschickt, und er hat sie analysiert. Es sind tatsächlich Spuren von Töverit in manchen Proben enthalten.«

Skem sah sie nachdenklich an. »Das würde bedeuten, dass dieses Mineral vielleicht hier aus unserer Nordsee stammt. So könnte es in den kleinen Mengen in den Sand gekommen sein und hätte deinen Miraxellen ermöglicht, sich im Dünental zu vermehren, nachdem ich sie dort hingebracht habe. Das ist eine Erklärung, die zumindest sein könnte. Es macht die Sache weniger unheimlich. Danke dafür.«

»Es würde erklären, warum der Töveree den ganzen Weg aus Kanada bis in die Nordsee zieht. Weil er das Töverit benötigt. Er macht es wie die Gnus in Afrika, die der Nahrung hinterherziehen, oder wie Wale es tun, um im Süden ihre Jungen zu bekommen.«

»Nur schade, dass es ihm wohl seit langem nicht mehr gelingt«, sagte Skem. »Aber wenigstens hat er uns anscheinend diese Miraxellen hinterlassen. Spuren seines Lichts.«

»Ja, das hat er.« Jessieanna stand auf. »Danke, dass du mir alles erzählt hast! Das war mir wichtig. Skem, hast du etwas dagegen, wenn ich den schimmernden Sand auch für meine Pflanzen benutze?«

Skem schüttelte nachdrücklich den Kopf. Seine hochstehenden eisgrauen Locken, die geschnitten gehörten, schwankten dabei und unterstrichen seine Geste. »Überhaupt nicht. Seit Ellas Brief sehe ich das anders, und nachdem ich deine Absicht und das Ergebnis kenne, fühlt es sich alles nicht mehr falsch an. Im Gegenteil, vieles bekommt wenigstens rückwirkend dadurch einen Sinn.« Er fasste sich mit einem Lächeln ans Knie. »Wann wirst du nach Kalifornien zurückkehren?«

»Ich weiß noch nicht. Bald.« Das Windrad quietschte wie in lautem Protest, als Jessieanna die Treppe hinauf aus dem Garten stieg.

Sie war sich sicher, dass Skem ihr bei weitem nicht alles erzählt hatte, was damals geschehen war, als er ein Junge war. Schon die Art, wie er nur in die Schatten gesehen hatte und ihr nicht in die Augen sehen konnte, verriet, dass der sonst so ehrliche Skem hier einmal nicht ganz offen war. Doch er hatte ein Recht auf seine Geheimnisse. Sie hatte erfahren, was ihr so lange keine Ruhe gelassen hatte. Das genügte ihr. Nun wusste sie, was die Zitronen so besonders machte und Skems Garten so fruchtbar und widerstandsfähig und wie das Schimmern in die Dünen kam.

»Ich werde dich vermissen, Pinswins Tochter!«, rief Skem ihr nach, als sie das Tor hinter sich schloss.

Ich dich auch, Onkel Skem, dachte sie und wäre oben auf der Wandelbahn fast mit einer zierlichen alten Dame zusammen-gestoßen, als sie sich umwandte.

»Entschuldigen Sie! Ich habe Sie nicht gesehen. Habe ich Ihnen weh getan?«, fragte Jessieanna erschrocken.

Die Dame hob abwehrend die Hand und lächelte sie an. »Aber nein, nichts passiert! Meine Schuld. Verzeihen Sie, ich wollte nicht lauschen, aber ich habe gehört, wie jemand Sie ›Pinswins Tochter‹ nannte. Stimmt das? Sind Sie wirklich Pinswin Jessens Tochter?«

»Sie kennen meinen Vater?« Natürlich, warum auch nicht. Pinswin war hier aufgewachsen. Jede Menge Leute mussten ihn kennen.

»Es ist sehr lange her. Aber nur auf dem Papier. Für mich ist es nie Vergangenheit geworden.« Die zierliche alte Dame mit dem weißen Zopf und den klaren blauen Augen, die überraschend jung wirkten, reichte ihr die Hand. »Verzeihung, ich habe mich nicht vorgestellt. Helene Waldmann.«

In dem Augenblick, in dem Jessieanna die schmale Hand in ihrer spürte und in diese Augen sah, wusste sie es.

»Leni«, sagte sie leise. »Sie sind Leni!«

Eine Freude, die ganz aus dem Inneren kam, ließ das Gesicht der kleinen alten Dame hell werden und löschte für einen Augenblick Jahrzehnte daraus.

»Er hat Ihnen von mir erzählt?«

»Nicht nur mir. Auch meiner Mutter. Und in unserem Garten in Kalifornien steht ein Kirschbaum, den er für Sie gepflanzt hat.«

Leni wischte sich ohne jede Verlegenheit die Augen. »Was für ein Glück, dass ich Sie hier treffe. Ich muss Ihnen etwas erzählen. Können wir ein Stück zusammen gehen?«

»Sehr gerne. Wir können uns aber auch auf die Bank da vorne setzen.« In diesem Augenblick gab ihr Handy einen Klingelton von sich.

»Gehen Sie ruhig dran«, sagte Leni. »Ich habe viel Zeit.«

»Es ist nur eine Nachricht.« Jessieanna fischte das Handy aus der Tasche, drückte auf das kleine Briefumschlagsymbol und warf einen abwesenden Blick auf das Display. Im nächsten Augenblick stolperte sie und hätte Helene Waldmann fast zum zweiten Mal umgestoßen. »Oh!«

Liebste Windy, ich habe mir den Arm gebrochen. Es ist nicht schlimm, aber für mich ist die Saison zu Ende. Das kommt mir gerade recht! Ich habe beschlossen, dass ich keinen Augenblick länger warten kann, dich zu sehen, und werde dich mitsamt meinem Gips besuchen. Ich bin schon unterwegs und werde morgen auf deiner Insel eintreffen, wenn alles glattgeht. Ich kann es kaum noch erwarten! Wir sind schon viel zu lange so weit weg voneinander, und es fühlt sich falsch und unerträglich an.

Bis ganz bald, love you always,

Ryan

32

Unter der Birke

»Ist ein Problem aufgetaucht?«, fragte Leni sanft.

»Ja. Nein.« Jessieanna wusste nicht, was sie mit dem Strudel von Gefühlen, die in ihr wirbelten, anfangen sollte.

»Aha. Ich verstehe. Atmen Sie tief durch, Kind! Es gibt fast nichts, wobei die Nordseeluft nicht hilft. Wie heißen Sie eigentlich?«

»Oh, Verzeihung. Habe ich ganz vergessen. Mich vorzustellen, meine ich. Jessieanna.«

»Ein schöner Name. Jetzt geben Sie dem Problem mal eine halbe Stunde Zeit, sich zu setzen. Inzwischen erzähle ich Ihnen etwas, das Sie möglicherweise interessieren wird.« Leni legte ihr eine Hand auf die Schulter und schob sie nachdrücklich in Richtung Bank. »Und dann suchen Sie den Menschen auf, der in Ihnen alles ruhig macht, und fragen ihn um Rat.«

Kalle, dachte Jessieanna sofort. Kalle war der Name, der bei diesen Worten in ihrem Kopf aufblitzte wie eine Neonreklame. Kalle war so unkompliziert. Immer wenn sie sich mit ihm unterhalten hatte, war in ihr tatsächlich alles still und klar geworden. Zum einen, weil er so war, wie er eben war. Besonders. Und zum anderen, weil er keine Gefühle in ihr auslöste, die sie durcheinanderbrachten.

Leni setzte sich auf die Bank und klopfte auf den Sitz neben sich. »Sehen Sie auf den Horizont. Fixieren Sie einen Punkt.

Dort, die Möwe. Sehen Sie, wie sie mit dem Aufwind segelt? Sie bewegt nichts, sie lässt sich tragen. Sie vertraut dem Wind, der sie weiterbringt und nicht fallen lässt. So, und jetzt beantworten Sie mir eine Frage.«

Jessieanna fing an zu verstehen, warum Pinswin diese Frau nie vergessen und was er an ihr geliebt hatte. Sie war so warm und so klar wie ein Priel bei einem Sommersonnenaufgang.

»Ich war sehr lange nicht auf der Insel«, sagte Leni »doch in diesem Sommer überkam mich das dringliche Bedürfnis, noch einmal hierher zurückzukehren. Ich wohne seit einigen Tagen in Alriks Kwaas. Dabei habe ich bemerkt, dass um das frühere Gartenhaus herum kürzlich gegraben wurde. Sagen Sie, wissen Sie, ob dort etwas gesucht wurde oder ob es nur darum ging, Blumenbeete anzulegen?«

Jetzt war Jessieanna hellwach. Offen erwiderte sie Lenis Blick. »Es wurde tatsächlich nach etwas gesucht. Ihre Frage lässt mich vermuten, dass Sie wissen, um was es sich handelt.«

»Ja«, sagte Leni ruhig. »Ihr Vater hat dort etwas versteckt, an dem Tag, als ich ihn kennenlernte. Wir waren neun Jahre alt. Ich vermute, er hat Ihnen alles erzählt. Was er nicht weiß, ist, dass ich ihm gefolgt bin. Er hat mich zwar nach Hause gebracht zu meiner Tante, doch ich bin zum Hintereingang wieder hinausgeschlüpft, um ihm nachzugehen. Ich wollte gern wissen, wo er wohnt. Dabei sah ich, wie er eine Schaufel in einem Loch hinter dem Gartenhaus vergrub. Ich fand es lustig, dass er ausgerechnet eine Schaufel einbuddelte. Aber ich konnte sehen, dass es ihm ernst war; und auch wenn er dachte, ich hätte es nicht bemerkt, ich hatte durchaus gesehen, dass er diese alte Schaufel im Schlick gefunden hatte, als er meinen eingeklemmten Fuß herauszog. Dass er dieses Objekt wie einen Schatz behandelte, von dem niemand wissen durfte, beschäftigte meine Phantasie eine ganze Weile. Als ich älter wurde und erfuhr, was seine Interessen waren und dass er Archäologe und Paläontologe wurde, war mir klar, dass er damals schon wusste, was er tat, und seinen Fund nicht zum Spaß versteckt hatte.« Leni schlug die Beine übereinander. Sie war alt, aber sie war eine elegante Frau, stellte Jessieanna anerkennend fest.

»Viele Jahre später war ich noch einmal einige Wochen auf Amrum, um eine Erkältung auszukurieren. Auch damals wohnte ich in Alriks Kwaas. Filine lebte inzwischen mit ihrer kleinen Tochter im Gartenhaus. Sie erkannte mich nicht wieder, und ich sprach sie auch nicht an. So war es einfacher für mich.«

Leni schwieg einen Augenblick. »Ein paar Tage nach meiner Ankunft bemerkte ich, dass Arbeiter am Gartenhaus zu graben begannen. Es sollte ein Anbau gemacht werden, fand ich heraus. Ich befürchtete, dass sie Pinswins Schatz finden würden, falls er noch dort war. Das war sicher nicht in seinem Sinne, dachte ich. Also ging ich nachts hinunter und grub an der Stelle, die ich mir damals genau gemerkt hatte. Und tatsächlich, die Schaufel lag, sorgfältig in Tuch eingewickelt, noch immer dort. Ich nahm sie an mich und überlegte, ob ich sie Filine anvertrauen sollte. Doch dann dachte ich, wenn Pinswin seiner Schwester noch nichts davon erzählt hat, dann hat er sich gewiss etwas dabei gedacht. Also versteckte ich sie an einem sicheren Ort. Eigentlich hatte ich immer vorgehabt, Filine um seine Adresse zu bitten und ihn zu benachrichtigen. Das wäre das Richtige gewesen! Aber ich scheute davor zurück. Ich hatte mir doch vorgenommen, niemals in Erfahrung zu bringen, wo er ist. Außerdem wurde ich von meiner Firma eilig zurückgerufen und habe das dann im Laufe der Jahre verdrängt. Vielleicht war dies der Grund, warum ich in diesem Sommer unbedingt noch einmal hierherkommen musste, nämlich um mir darüber klarzuwerden, was mit Pinswins Schatz geschehen soll und wie ich ihm eine Nachricht zukommen lassen kann. Mein Gefühl hat mich offenbar nicht getrogen. Vielleicht sollte alles so sein.«

»Es scheint fast so«, sagte Jessieanna. »Mein Vater hat mir erst vor kurzer Zeit verraten, dass es diesen Schatz gibt und wo ich ihn suchen soll. Er wollte mich damit überraschen und dafür belohnen, dass ich hierhergekommen bin.«

Leni rutschte auf einmal unruhig auf der Bank hin und her. »Sagen Sie mir, ist er glücklich geworden?«, platzte es schließlich aus ihr heraus.

»Ja! Ja, das ist er. Er hat lange gebraucht, bis er wieder lieben konnte und bis er meine Mutter gefunden hat, aber er ist glücklich geworden.« Aus einem Impuls heraus legte Jessieanna ihre Hand auf Lenis. »Aber immer wenn er in Gefahr war, zum Beispiel, als er verschüttet war, hat er an Sie gedacht, und das hat ihm Trost und Kraft gegeben. Er hat es mir erzählt. Sie sind jedes Mal sein Schutzengel, wenn es darauf ankommt.«

Leni nickte. »So ist es mir auch stets gegangen. Dasselbe war er immer für mich.«

Jessieanna überlegte, ob sie das fragen konnte, aber sie musste es einfach wissen. »Haben Sie bereut, dass Sie nicht mit ihm zusammengekommen sind? Haben Sie wirklich niemals eine Familie gegründet?«

Leni blickte mit ruhiger Gewissheit über die Dünen hinweg, dorthin, wo eine Gruppe Schäfchenwolken von Süd nach Nord trieb. »Nein. Ich habe es nie bereut, auch wenn es mich manchmal traurig gemacht hat und ich oft voller Sehnsucht war. Der Verlust meiner Familie und die grauenvolle Art, wie es geschah, hat mir die Fähigkeit genommen, eine Partnerschaft einzugehen. Doch ich habe allein ein erfülltes Leben gelebt, für das ich sehr dankbar bin. Pinswin hat mir damals erzählt, dass von fast allem Leben Spuren in der Erde bleiben und dass man sogar Samen aus dem alten Ägypten wieder zum Wachsen gebracht hat. Das fiel mir nach dem Krieg ein. Als ich volljährig wurde, kehrte ich einmal in den Garten meines Elternhauses zurück. Das Grundstück gehörte Fremden, und das Haus war im Krieg den Bomben zum Opfer gefallen. Auch mein Kirschbaum stand nicht mehr. Aber als kleines Mädchen hatte auch ich einmal einen Schatz vergraben, so wie es Kinder tun. In einem Einmachglas hatte ich Murmeln, ein Schiff, das mir mein Bruder einmal schnitzte, Schneckenhäuser und vor allem Kirschkerne vergraben. Die Leute, die auf dem Grundstück wohnten, waren freundlich und ließen mich danach suchen. Es dauerte nicht lange, denn ich wusste ganz genau, wo es war.« Leni lächelte. »Pinswin hatte recht! Aus den Kernen konnte ich tatsächlich einige Kirschbäume ziehen. Später zog ich nach Italien und legte mit diesem Grundstock eine Kirschbaumplantage an. Kirschbäume müssen veredelt werden, damit sie tragen, wissen Sie. Auf die Grundlage gesunder Stämme pfropft man verschiedene Arten. So wurden auf den Stämmen meines Kirschbaumes viele Sorten gezüchtet. Ich zog sie so, dass sie einen Wuchs haben, der Kindern entgegenkommt, die darauf klettern wollen. Sie sind sehr beliebt, und ich verkaufe die Setzlinge in die ganze Welt. Auf diese Art hatte ich immer das Gefühl, dass von meinem Elternhaus und meiner

Familie doch etwas Lebendiges übrig geblieben ist und überall Wurzeln in die Erde treibt. Es klingt vielleicht merkwürdig und weit hergeholt, aber mich hat es erfüllt.«

»Das klingt keinesfalls merkwürdig«, sagte Jessieanna leise. »Das kann ich sehr gut verstehen!«

»Dort, wo ich wohne«, fuhr Leni fort, »habe ich eine Bank in meinen Garten gebaut. Sie ist aus einem Baumstamm gefertigt, der dem ähnelt, aus dem Pinswin seine Zeitmaschine gebaut hat, als wir Kinder waren. Wenn ich darauf sitze, ist es für mich auch eine Zeitmaschine. Jetzt funktioniert sie aufgrund meiner Lebenserfahrung noch besser. Ich habe zur Erinnerung an Pinswin sogar ein paar Knöpfe eingeritzt, wie er damals, und niemand weiß, was sie bedeuten. Immer, wenn ich Rat brauchte, bin ich zu ihm zurückgeflogen, und manchmal kam er zu mir in die Zukunft. Ich habe seine Gegenwart gespürt und seine Stimme gehört.«

»Genau wie er«, sagte Jessieanna nachdenklich. »Dann sind Sie beide doch irgendwie zusammengeblieben. Nur anders.«

Überrascht sah Leni sie an. »Da haben Sie wohl recht.«

»Darf ich ein Bild von Ihnen machen, für meinen Vater?«, fragte Jessieanna.

Leni überlegte kurz. Dann schüttelte sie entschieden den Kopf. »Lassen wir die Dinge lieber, wie sie sind. Aber grüßen Sie ihn sehr lieb von mir und sagen Sie ihm, wie riesig ich mich freue, dass er glücklich geworden ist. Und dass er das getan hat, wovon er immer träumte: das Buch der Erde lesen.«

»Darf ich Ihnen dann wenigstens etwas schenken?« Jessieanna suchte in ihrer Tasche und überreichte Leni eine kleine Dose. »Hier. Aus eigener Herstellung.« Die war eigentlich für

Filine bestimmt gewesen, aber sie konnte ja noch mehr davon machen.

»Lebensfreudelotion«, las Leni. »Wie schön. Herzlichen Dank!«

Eine Weile schwiegen sie zusammen, dann stand Leni auf. »Ich darf Sie nicht aufhalten. Sie müssen sich um Ihr Problem kümmern. Aber ich muss Ihnen noch sagen, wo Sie Ihren Schatz finden. Kennen Sie das alte Feld, das den Jessens gehörte? Als ich klein war, baute die Familie Kartoffeln und Rüben darauf an. Ich hoffe, es ist noch im Familienbesitz.«

»Ja, das ist es. Ich habe gerade einen Kräutergarten darauf angelegt.«

»Ach, Sie waren das. Ich habe es mir angesehen. Ein paar Meter entfernt, rechts innerhalb des Tores, steht eine Birke. Damals war sie nicht viel größer als ich. Jetzt ist sie recht stattlich. Wenn Sie genau in der Mitte zwischen dem Baum und dem Zaun graben, dann sollten Sie fündig werden. Ich dachte mir damals, da das Feld den Jessens gehörte, würde der Schatz auf keinen Fall in fremde Hände fallen, und so nahe am Zaun würde niemand den Boden umpflügen.«

Von der Birke rieselten gelbe Blätter und bedeckten den Boden wie Goldmünzen, als Jessieanna mit ihrem Spaten in der Hand darunterstand und anfing zu graben. Wie passend, dachte sie. Ich suche nach einem Schatz, und Gold fällt um mich herum. Ihre Hände waren trotz der kühlen Luft schweißnass vor Aufregung. Ihr lag nicht viel an dem Schatz selbst, den sie sich sowieso nicht recht vorstellen konnte. Eine Schaufel eben, auch wenn es eine sehr alte Schaufel war. Sie hatte schon viele Ausgrabungsgegenstände gesehen. Doch die Geschichte von Leni und Pinswin berührte sie tief, und sie wünschte sich brennend, dass das Symbol oder vielmehr der Anfang dieser Geschichte unversehrt war.

Der Wind wirbelte ihr mit den Blättern einen Zettel vor die Füße. Es war eines der Etiketten, die sie an die Windräder gehängt hatte, mit dem Namen ihrer Firma darauf. *Windfinder*. Wenn sie die Windräder schon verkaufte, dann richtig, hatte sie gedacht. Sie hob es auf, pustete den Sand fort und hängte es zurück an das Windrad, an das es gehörte, bevor sie weitergrub. Sie gönnte sich einen Schluck Wasser aus der mitgebrachten Flasche und erfreute sich daran, dass sie von der schweren Arbeit zwar ein wenig außer Atem war, aber nicht ein einziges Mal husten musste. Ihre Lebensfreudelotion vermochte vielleicht nicht zu heilen, aber die Amrumer Nordseeluft hatte ihre Lunge eindeutig rundum erneuert.

Sie war ihrem Vater so dankbar, dass er sie gegen ihren Widerstand hierhergeschickt hatte! Und auch ihre fiebrige Halluzination vom Blick des Töveree, der ihrem eigenen aus dem Teich im Wald heraus begegnet war, hatte ihr also tatsächlich etwas zu sagen gehabt. Sie mochte sich überhaupt nicht vorstellen, wie ihr Leben aussähe, wenn sie Amrum und seine Menschen nie kennengelernt hätte. Bei dem bloßen Gedanken wurde ihr so übel, dass sie eilig wieder anfing zu graben. Ein Fasan flog schwerfällig über den Zaun und betrachtete mit schiefgelegtem buntem Kopf, was sie da wohl trieb. Es dauerte nicht lange, bis unter der Erde etwas Blaues zum Vorschein kam. Sie holte sich eine kleinere Schaufel und grub das längliche Paket nun vorsichtiger aus. Es waren die Reste einer geblümten Wachstuchtischdecke. Brüchig geworden von den Jahren unter der Erde, zerfiel sie in Fetzen. Darunter kamen Fasern zum Vorschein, die wahrscheinlich einmal Teil einer Wolldecke gewesen waren, und Segeltuch. Die Größe entsprach Pinswins Beschreibung. Nicht so lang wie ein Spaten, aber auch nicht so klein wie eine Kinderschaufel. Ein bisschen kürzer als Jessieannas Arm.

Sie entfernte die Schichten und stopfte das Material sorgfältig in einen Beutel, ehe der Wind ihn davontrug.

Die Schaufel war unversehrt und trocken. Der Stiel und das ungewöhnlich geformte Schaufelblatt, das einer Muschel ähnelte, waren aus dunkel angelaufenem Metall, noch immer schwer und stabil. Der Griff, den Jessieanna sorgfältig mit dem Ärmel ihrer Jacke polierte, war eindeutig aus vergilbtem, etwas rissigem Elfenbein geschnitzt, eingefasst und verziert mit Beschlägen aus Silber und drei Bernsteinen. Das Silber war schwarz angelaufen, doch mit hartnäckigem Polieren brachte Jessieanna es an den meisten Stellen zum Glänzen. Sie würde Rhea nach einem Silbertuch fragen müssen.

Ganz unten im Elfenbein, bevor der Griff in den Stiel überging, waren deutlich die Initialen W. G. eingraviert.

Willem Gössling.

Jessieanna blickte auf die Buchstaben. Noch nie war ihr so deutlich gewesen, was Pinswin empfand, wenn er alte Dinge wieder ans Tageslicht brachte. Wie spürbar und lebendig ihm die Menschen in diesem Augenblick wurden, denen sie gehört hatten. Jetzt war ihr selbst, als stünde Willem Gössling hier vor ihr im Schatten der Birke und spräche: »Das ist ein gar wirkungsvolles und wertvolles Werkzeug, junge Frau, fangen Sie etwas Anständiges damit an, und werden Sie ihm gerecht!«

W. G.

Sie fuhr die Buchstaben mit dem Finger nach und dachte an das Etikett von vorhin. Ihre Firma. *Windfinder*. Dann sah sie sich um. Das Feld ihrer Vorfahren schimmerte in der tiefstehenden Herbstsonne, bedeckt von goldenen Blättern und sonnengebleichtem Gras, beinahe so, als wären auch hier Miraxellen am Werk. Die ersten Zitronen rundeten sich im Schutz der Weidenzäune. Die Windräder zeichneten bunte Kreise in den Himmel. Ein paar Dahlien, die sie aus einer Laune heraus nur um der Farben willen gepflanzt hatte, schwenkten ihre schweren Blütenköpfe. Dies fing an, ein richtiger Garten zu werden.

W. G.

Windfinder-Garten.

Sie blickte zum Tor auf und stellte sich darüber einen Bogen mit einem Schild vor. Ein Schild mit diesem Namen. *Windfinder-Garten.* Und darunter ein Symbol. Willem Gösslings Schaufel.

Die Schaufel, mit der man angeblich Schätze heben konnte, die man mit keinem anderen Werkzeug fand.

Vielleicht ist es Ihnen sogar bei Ihrem Problem nützlich, hatte Leni gesagt.

Jessieanna wog das Gerät in der Hand, machte damit einen behutsamen Stich in die Erde. Der Griff lag gut in ihrer Faust, als wäre er für sie gemacht.

Vielleicht konnte sie hiermit die Antwort auf ihre Zukunft heben.

Doch nun musste sie erst einmal ihrem Vater sagen, dass sie seinen Schatz gefunden hatte. Und auch, mit wessen Hilfe.

Sie kletterte auf das Dach des Schuppens, weil dort erfahrungsgemäß die einzige Stelle war, an der sie halbwegs guten

Empfang hatte. Dabei stach sie etwas in den Oberschenkel. Erstaunt griff sie in die Tasche ihrer langen Hose, die sie nach wochenlangem Tragen von Shorts aus ihrem Koffer gezogen hatte.

Es war die indianische Pfeilspitze, die Ryan ihr als Glücksbringer geschenkt hatte! Sie fuhr mit dem Daumen über die Kante. Ihr fiel ein, was er an jenem Tag gesagt hatte.

Windy, wir gehören so tief zusammen, wie es die Erde ist, aus der dein Vater seine Schätze gräbt.

Lange saß sie auf dem Dach, bevor sie schließlich Pinswins Nummer drückte.

»Wie schön«, sagte Pinswin am anderen Ende der Leitung, als sie geendet hatte. Sie hörte das Glück in seiner Stimme und wusste, es galt nicht der Tatsache, dass sie die Schaufel gefunden hatte, sondern, dass es Leni gutging. Und dass sie Pinswin nicht vergessen, sondern sogar seinen Schatz beschützt hatte.

»Aber, Jessieanna, bevor du mit der Schaufel irgendetwas anstellst, müssen wir noch etwas in Ordnung bringen«, sagte er dann. »Ich werde mit Professor Westerberg reden. Irgendwie müssen wir aus dem illegalen Fund einen legalen machen.«

»Soll ich ihn nicht von hier aus anrufen? Er lebt doch jetzt in Kiel, nicht wahr?«

Professor Westerberg war inzwischen über neunzig und irgendwann in seine alte Heimat zurückgekehrt. Er lebte in einem Altersheim, war aber geistig noch hochaktiv und in Sachen Archäologie stets auf dem Laufenden.

»Danke, aber ich glaube, das mache ich besser selbst. Schließlich geht es um *meine* alte Sünde. Er wird sich bei dir melden. Ich freue mich so, Jessieanna. Und grüße Ryan von mir, wenn er da ist!«

Ryan! Richtig. In nicht einmal vierundzwanzig Stunden würde Ryan mit der Fähre ankommen.

Suchen Sie den Rat des Menschen, der in Ihnen alles ruhig macht, hatte Leni gesagt. Jessieanna sprang auf. Sie wickelte die Schaufel in ihre Jacke, steckte sie in ihre Tasche, schloss das Tor hinter sich und machte sich auf den Weg. Wie vertraut die Geräusche der Wasservögel waren, die im Watt riefen, als sie die Wandelbahn entlanglief! Wie vertraut die Farben, welche die späte Sonne auf die Priele warf und so das Land der Spiegel bunt machte. Das Land der Spiegel, in dem man nicht vor sich selbst weglaufen konnte.

Sie fand Kalle vor dem Haus, wo er die Stockrosen goss.

»Hallo, Jessieanna«, begrüßte er sie. »Ich hoffe, du hattest einen schönen Tag.«

»Ja, vielen Dank. Kalle, was machst du, wenn du eine Entscheidung treffen musst?«

33

Ryan

Kalle betrachtete sie einen Augenblick und stellte dann die Gießkanne weg.

»Geh hinauf, pack deine Zahnbürste ein und einen Schlafanzug. Wir treffen uns gleich wieder hier unten.«

Jessieanna wunderte sich, war aber dankbar dafür, dass ihr jemand sagte, was sie zu tun hatte. Während sie einen sauberen Schlafanzug aus dem Schrank kramte, warf sie einen Blick auf das Sturmglas. Innen wuchsen die Kristalle vom Boden bis zum oberen Ende kreuz und quer durcheinander. Manche waren klar, andere weiß. Eine Ordnung war nicht zu erkennen.

Unten wartete Kalle schon mit einer Tasche.

»Wohin gehen wir?«, fragte Jessieanna.

»Da lang.« Er wies auf den Bohlenweg. Sie versuchte, ihre Schritte denen seiner langen Beine anzupassen. »Ich habe dir einmal erzählt, dass ich ein halbes Jahr lang mit meinem Fahrrad und einem Zelt unterwegs war. Damals wollte ich mein Leben ändern und war auf der Suche nach einer Antwort. Ich bin um ganz Dänemark geradelt und habe an den unterschiedlichsten Stellen gezeltet, unter anderem dort, wo sich Nord- und Ostsee treffen. Erst ganz am Ende, als ich beinahe schon auf dem Rückweg nach Hause war, bin ich auf Amrum und bei Rhea gelandet. So glücklich ich mit ihr bin, es gibt immer wieder einmal eine Nacht, die ich in meinem Zelt verbringe. Ich brauche das. Es gibt kein schöneres Gefühl, wenn man sich über Dinge klarwerden und Gedanken ordnen muss, als mit dem Schlafsack direkt auf der Haut der Erde zu liegen. Du spürst den Boden unter dir. Er fühlt sich lebendig an, und du weißt, dass dich oben nur ein dünner Stoff vom Himmel trennt. Du bist ganz allein mit dir und dieser Erde und diesem Himmel. Rundherum ist Stille, und die Stille findet ihren Weg in deine Gedanken. Du bist ganz nah an dir selbst und an der Lebendigkeit. Es ist pure Wirklichkeit, wenn du mit dem Wind und der Nacht und ihren Stimmen so allein bist. Du wirst sehen, wenn du eine Antwort suchst, dann findest du sie dort, irgendwann nach Mitternacht. Ehe die Sonne wieder Licht auf das Meer wirft, weißt du, was du wissen wolltest. Hier sind wir.«

Sie hatten den Campingplatz um den Leuchtturm herum erreicht, und Kalle führte sie zu einem Fleck Sand zwischen bewachsenen flachen Dünen. Das Zelt klebte dunkelgrün auf dem Sand, als wäre es dort gewachsen. Über dem Meer war der Himmel gerade flammend rot. Der Widerschein tauchte auch die Dünen in ein warmes rötliches Licht. Kalle rollte die Zeltklappe hoch und stellte seine Tasche in das Zelt. »Bitte sehr. Da drin findest du einen sauberen Schlafsack, eine Thermoskanne und Sandwiches für ein Abendbrot. Ich wünsche dir eine gute Nacht. Ach so, da ist noch etwas.«

Er zog ein zusammengefaltetes Blatt Papier aus seiner Hosentasche. »Das möchte ich dir schenken. Ich habe es mit einem Stück Grillkohle gezeichnet, an einem Strand in Dänemark, als für mich alle Fragen offen waren und ich nicht wusste, wie mein Leben weitergehen würde.«

Jessieanna betrachtete die Zeichnung. Darauf waren drei

Strichmännchen zu sehen. Das eine sah müde aus, das zweite nachdenklich, und das dritte reckte voller Freude die Arme zum Himmel. Aber es waren nicht nur einfach Strichmännchen. Sie waren so ausdrucksvoll und lebendig, dass es wie eine Begegnung war, sie zu betrachten.

»Sie stellten alle drei mich dar in diesem Augenblick. Ich wusste nicht, welches davon ich war, sie waren irgendwie alle ich«, sagte Kalle. »Alle wahr und voller Möglichkeiten. Es hat mir Glück gebracht, sie zu zeichnen. Jetzt möchte ich es dir schenken.«

»Danke, Kalle.« Sie lehnte sich kurz an ihn, als er sie umarmte.

»Für mich ist das Zelt wie ein Kokon, in dem man sich darauf vorbereiten kann, ein Schmetterling zu sein«, sagte er mit einem Lächeln. Dann ließ er sie allein mit dem Ende des Tages, dem Anfang der Nacht und ihren Gedanken.

Herbstlich kühl war es nun schon. Jessieanna hüllte sich in eine der Decken aus dem Zelt, trank heißen Tee aus der Thermoskanne, aß Kalles überaus leckere Sandwiches und beobachtete, wie das letzte Licht vom Himmel verschwand und zwischen den Wolken hin und wieder ein Stern aufblitzte. Obwohl ihre Fragen noch offen waren, breitete sich eine seltsame Ruhe in ihr aus. Wohl weil es hier nichts zu tun gab. Nichts zu gießen oder zu jäten oder zu pflanzen, nichts zu dosieren oder zu analysieren. Das Gefühl kannte sie gar nicht. Sie war völlig allein mit ihrer Zukunft und den Kaninchen, die gelegentlich vorbeihoppelten.

Wie aus einer anderen Welt klingelte ihr Telefon. Aufgeschreckt blickte sie sich suchend um und fand es schließlich in ihren Schlafanzug gewickelt.

»Jessieanna! Wie schön, dass ich Sie erreiche.« Professor Westerbergs Stimme war überraschend deutlich an ihrem Ohr. Man hörte, dass er alt war, aber von seiner Entschiedenheit hatte er nichts verloren. »Ihr Vater hat mir von Ihrem Problem erzählt oder vielmehr von seinem. Ja, der Pinswin war schon immer für eine Überraschung gut. Aber er braucht kein schlechtes Gewissen zu haben. Ich habe nie erwartet, dass er damals alles gemeldet hat, was er fand. Er war schließlich ein Junge. Ein besonders intelligenter Junge, aber trotzdem ein ganz normaler. An seiner Stelle hätte ich auch nicht alles abgegeben. Aber nun zum offiziellen Teil. Die Sache ist ganz einfach. Hören Sie mich?«

»Ja, ich höre.«

»Also, Sie wohnen doch bei Ihrer Cousine Rhea in dem sogenannten Glasbilderhaus, richtig? Nun, dann dürfte Ihnen bekannt sein, dass Rhea dieses Haus mit allem, was noch darin war, von einer gewissen Lentje erworben hat, und zwar auf deren ausdrücklichen Wunsch hin. Und auch, dass diese Lentje eine direkte Nachfahrin von Marta Gössling und damit auch von Willem Gössling war.«

»Ja, das ist mir bekannt.«

»Nun, dann ist es doch ganz selbstverständlich, dass Willem Gössling seine Schaufel weitervererbt hat. Es ist ein Familienerbstück. Diese Schaufel ging niemals verloren, sondern wurde von Generation zu Generation weitergereicht, bis sie an Lentje fiel. So kam sie mit dem Haus und dem Hausrat in den legalen Besitz Ihrer Cousine Rhea. Oder gibt es jemanden, der das Gegenteil bezeugen kann?«

»Meines Wissens nicht.« Außer Leni, dachte Jessieanna, aber die würde dieses Geheimnis zweifellos für sich behalten.

»Sehen Sie. Nun müssen Sie nur noch Ihre Cousine bitten, Ihnen diese Schaufel zum Geschenk zu machen. Ich kenne Rhea. Diesen Gefallen wird sie Ihnen und Ihrem Vater gewiss gerne tun. Somit steht dem nichts im Wege, dass Sie mit diesem schönen Stück offiziell tun und lassen können, was Sie möchten.«

Das klang wirklich logisch und einfach. Jessieanna war erleichtert, dass Professor Westerberg kein Dokument fälschen musste. Das war auch Pinswins Sorge gewesen. Sie wollten den alten Herrn auf keinen Fall in Schwierigkeiten bringen.

»Vielen Dank, Professor Westerberg!«

»Alles Gute, Jessieanna Jessen!«

Sie putzte sich die Zähne mit einem Schluck Tee aus der Thermoskanne und kroch ins Zelt. Es war ein seltsam befriedigendes Gefühl, den Reißverschluss hinter sich zuzuziehen. Nun war sie sicher in ihrem Kokon. Die Welt blieb draußen. Sie schlüpfte in den Schlafsack und streckte sich lang auf der dünnen Isomatte aus.

Es war, wie Kalle gesagt hatte. Sie spürte die Haut der Erde unter sich, die fest und tröstlich war. Oben trennte sie nur der dünne Stoff des Zeltes von dem schweigenden Himmel und seinen hellen Sternen. Der Herbstwind war abgeflaut, nur gelegentlich trieb er mit leisem Rascheln einige Sandkörner gegen die Zeltplane. Flache Wellen flüsterten am Strand.

Jessieanna zog die Schaufel aus ihrem Rucksack, wickelte sie aus und hielt sie im Dunkeln in der Hand, fuhr mit dem Finger die Buchstaben W und G nach und fühlte, wie gut der Griff in ihrer Hand lag. *Windfinder-Garten.* Jawohl, die Schaufel sollte ihr Geschäftslogo sein. Pinswins Fund konnte ein Symbol dafür werden, dass man nicht aufgeben durfte. Dafür, dass man die Lebensfreudelotion und die Zitronenbonbons und die Windräder genießen und damit neue Kräfte und Zuversicht in sich selbst heben und etwas in Bewegung bringen konnte. Das waren die Schätze, für die Willem Gösslings Schaufel stehen sollte!

Mit diesen Gedanken schlief sie ein, so fest, wie schon lange nicht mehr. Bis sie irgendwann aufschreckte. Sie wusste nicht, wovon. Vielleicht war es der verschlafene Ruf einer Möwe im Traum. Sie knipste ihre kleine Taschenlampe an und stellte fest, dass es 2.30 Uhr war. Dennoch fühlte sie sich hellwach und ausgeruht.

Das Meer hatte sich weit zurückgezogen. Kein Wellenrauschen flüsterte mehr in der Nacht. Tiefe Ruhe umfing das Zelt.

Jessieanna lag still, genoss die Wärme ihres Schlafsacks und den schlichten Schutz des Zeltes um sich herum. Es gab nichts zu tun, und niemand wollte etwas von ihr. Sie lauschte ihren Gefühlen und Gedanken, ließ sie auftauchen, wie sie kamen, betrachtete sie, bis sie vorübergetrieben waren wie die Herbstblätter, die der Wind draußen vom Land in die Priele jagte, wo sie wie winzige Boote auf der Oberfläche über die Muscheln hinwegsegelten.

Es waren wieder die Mammutbäume, die zuerst auftauchten. Wie sehr sie diese vermisste! Ihre gewaltigen alten Freunde waren doch ein Teil von ihr, sie war mit ihnen aufgewachsen und hatte ihnen alle ihre Sorgen anvertraut. Hatte sich Zuversicht aus den Wurzeln und den Stämmen geholt, die so viel älter waren als alle Menschen, die sie kannte. Die Bäume auf Amrum, die sich unter dem Wind duckten, waren so klein und so flüchtig dagegen. Tiefes Heimweh überkam Jessieanna. Auch das stete Donnern des Pazifiks, der wild gegen bizarre Felsen schäumte, fehlte ihr auf einmal schmerzlich. Dies und alle ihre Lieblingsplätze, die Landkarte ihrer Kindheit, ihrer Träume, ihrer Pläne und ihrer Liebe.

Ihrer Liebe zu Ryan.

Doch diese Landkarte hatte sich in diesem Sommer erweitert um eine kühle, windzerzauste Insel in der Nordsee. Diese war ebenso Teil von ihr geworden. Immerhin lag durch ihre Vorfahren die Hälfte ihrer Wurzeln hier.

Genau. Die Hälfte! Jessieanna stellte sich vor, sie wäre ein Mammutbaum, größer als alle anderen, und in der Mitte hohl wie ihr Lieblingsbaum in Kalifornien, in dessen Stamm sie sich so oft verkrochen hatte. Die Hälfte ihrer Wurzeln war hier verankert und die andere in Kalifornien, und dazwischen schäumte der Atlantik.

Weder auf die Mammutbäume wollte sie verzichten noch auf das Licht im Land der Spiegel.

Sie wollte alles!

Den Geruch von Petrichor hatte sie immer geliebt, weil er von Leben sprach, von neuem Erwachen, vom Wachsen, von Möglichkeiten. Warum sollte sie da nicht alle Möglichkeiten nutzen?

Mit einem Lächeln döste sie irgendwann ein. Ihre Gedanken waren ruhig geworden wie der Wriakhörnsee in den Dünen, auf dem die Enten schliefen, den Kopf unter den Flügeln.

Es war immer noch dunkel, als sie wieder aufwachte. Sie zog sich an, trank einen letzten Schluck aus der Thermoskanne, packte alles zusammen, ließ die Tasche im Zelt stehen und schloss sorgfältig den Reißverschluss hinter sich. Nur die Taschenlampe nahm sie mit.

Wo die Wandelbahn endete, begannen die Bohlenwege. Jessieannas Schritte klangen dumpf auf dem Holz und erschreckten ein Kaninchen, das auf dem Rand geschlafen hatte. Ein kaum erahnbarer heller Streifen am Horizont war das Einzige, was den Morgen ankündigte, als sie bei Alriks Kwaas ankam.

Zum Glück war sie gut im Werfen. Als sie mit Kieselsteinchen zielte, traf sie tatsächlich nur Lians Fenster und nicht das irgendwelcher Logiergäste. Es dauerte nicht lange, bis er seinen Kopf herausstreckte. Sie blinkte mit der Taschenlampe. Er schaltete im Zimmer das Licht an und winkte ihr zu. Bald tauchte er in einem hastig übergestreiften Jogginganzug neben ihr auf. Sie sah, dass er den Pullover verkehrt herum angezogen hatte, die Nähte nach außen. Aus irgendeinem Grunde berührte sie das zutiefst und machte noch schwerer, was sie ihm zu sagen hatte.

»Was ist los?«, fragte er leise. »Ist etwas mit Skem?«

»Nein, nein, alles in Ordnung! Ich wollte gern mit dir den Sonnenaufgang ansehen.«

»Und mir etwas sagen, vermute ich.«

»Ja, das auch.«

»Na, dann komm.« In einträchtigem Schweigen liefen sie zum Strand. Wie schon so oft setzten sie sich in den Windschatten eines der verschlossenen Strandkörbe, lehnten sich daran und sahen zu, wie das Licht langsam über den Rand der Welt in den Himmel stieg, die Höhe für sich eroberte und das Land der Spiegel mit blaugoldenem Glanz füllte.

»Ryan kommt heute Nachmittag«, sagte sie schließlich.

»Ich höre«, sagte er, als sie nicht weitersprach.

»Ich gehöre zu ihm.« Diese einfachen Worte waren am Ende alles, was es brauchte, stellte sie fest. Mehr war nicht nötig.

Lian verstand sie auch so. Er atmete tief durch, nahm ihre Hand, drückte sie fest und ließ sie wieder los.

»Ich weiß«, sagte er. »Ich habe es von Anfang an gespürt. Aber es war so schön mit dir, da habe ich ein wenig geträumt. Es ist alles in Ordnung.«

»Ich möchte dir etwas erzählen.« Während die Morgenwärme sich langsam um sie auf dem Sand ausbreitete und der Himmel seine Farben auf das Meer legte, berichtete sie ihm von Pinswin und Leni. Er hörte aufmerksam zu. »Und so wünsche ich mir, dass wir auch füreinander da sind, immer, in Wirklichkeit und in Gedanken. Vielleicht nicht als Schutzengel. Die kann ich mir nicht so gut vorstellen. Aber als eine Art Anker. Ein Hafen.«

»Das wünsche ich mir auch. So machen wir das. Versprochen.« Er lächelte ein wenig schief. »Ich werde noch eine Weile hier sein, solange ich gebraucht werde, aber ich will nicht ewig auf der Insel bleiben. Ich möchte noch an vielen Orten arbeiten. Aber ich bin mir sicher, dass wir einander nie wieder verlieren werden. So sicher wie Ebbe und Flut.«

Später dachte Jessieanna an Kalles Worte zurück. *Das Zelt ist wie ein Kokon, in dem du dich darauf vorbereiten kannst, ein Schmetterling zu sein*, hatte er gesagt. Er hatte recht gehabt. Genauso fühlte sie sich jetzt. Leicht wie ein Schmetterling, der eine große Verwandlung hinter sich hat und trotzdem dadurch erst ganz er selbst geworden ist.

Nachmittags wurde es noch einmal ungewöhnlich warm. Trockene Blätter kreiselten wispernd um Jessieannas Füße. Sie hatte ihre Nägel für dieses Wiedersehen in einer ihrer Lieblingsfarben lackiert, irgendwo zwischen Honiggelb und Apricot. *September Dance* stand auf dem Fläschchen. Regenwolken hingen tief, als sie am Hafen stand und gebannt zusah, wie nach einer gefühlten Ewigkeit die Fähre winzig in der Ferne auftauchte und quälend langsam größer wurde. Es war Jessieanna unmöglich, still zu stehen. Sie kletterte auf das Geländer, dann wieder herunter und wieder herauf, in der Hoffnung, Ryan schon von weitem in der Menge zu entdecken, die sich auf dem Boot an der Reling drängte.

Er stieg als einer der Letzten aus. So war er immer, er lief nicht gern mit der Masse, sondern wartete lieber geduldig, bis Platz und Ruhe war. Als sie seine große Gestalt oben an der Rampe auftauchen sah, wusste sie mit einer tiefen Gewissheit, dass das Sturmglas in ihrer Dachstube in diesem Augenblick keinen einzigen Kristall mehr aufwies.

Lian war der Freund, mit dem sie als Kind Sandburgen gebaut hätte und mit dem sie später in die Tanzstunde gegangen wäre. Mit dem sie den Führerschein hätte machen wollen und über ihre Berufswahl diskutieren. Mit Lian könnte sie einmal in ferner Zeit im Seniorenheim Tür an Tür wohnen, jeden Tag das gleiche Tortenstück essen und Witze über die Jugend reißen.

Ryan aber war der Mann, mit dem sie einschlafen und aufwachen und ihren Kindern beibringen wollte, Sonnenblumen zu pflanzen, von sich aus den Müll herunterzutragen und jubelnd einen grünen Abhang hinunterzurollen.

Als Ryan endlich vom Schiff herunter auf sie zueilte, mit

einem zärtlichen Lächeln und nur einem ausgestreckten Arm, weil der andere unförmig im Gips hing, begann es zu regnen.

Große Tropfen fielen auf die warmen, staubigen Steine. Und während sich Jessieanna in Ryans Arm warf, stellte sie fest, dass die Zukunft mit ihm sonnengelb, frühlingsgrün und meerblau nach Petrichor duftete.

Abends waren sie alle da, im Glasbilderzimmer versammelt. Jessieannas neue Hälfte ihrer Familie. Sie hatte darum gebeten, um ihnen Ryan vorzustellen. Draußen tröpfelte es noch leicht, aber der Himmel war wieder heller geworden. Durch die bunten Fenster warf die Dämmerung gedämpfte Farben in den Raum. Ryan saß in einem der Schaukelstühle und versuchte, sich die Namen der Menschen zu merken, die ihn so herzlich begrüßten.

Da war Filine in ihrem Rollstuhl, die Ryan interessiert betrachtete und Jessieanna dann mit einem Lächeln zunickte. Offenbar hatte er eine Prüfung bestanden. Da war Lucas, der neben Filine auf einem Kissen saß und ihre Hand hielt. Da war Kalle auf einem anderen der großen Kissen und Rhea, die auf seinem Schoß saß. Daneben Rheas Bruder Oluf und seine Frau Lilani, die stumm war, aber ein so ausdrucksvolles Gesicht hatte, dass Jessieanna deutlich darauf lesen konnte, wie sympathisch sie Ryan fand. Wenn Lilani etwas zu sagen hatte, hielt sie normalerweise eine kleine Schiefertafel hoch, aber in diesem Falle war das nicht nötig.

Sogar Skem war auf Jessieannas dringende Bitte gekommen und saß in dem anderen Schaukelstuhl.

Willem Gösslings Schaufel stand in eine Ecke gelehnt am

Fenster, nachdem sie von Hand zu Hand gegangen und ausgiebig bewundert worden war.

»Professor Westerbergs Lösung ist genial. Und ja, selbstverständlich schenke ich dir dieses Familienerbstück, liebe Cousine!«, sagte Rhea, als Jessieanna von ihrem Telefongespräch berichtet hatte. »Ich freue mich riesig, dass die vermisste Schaufel noch aufgetaucht ist.«

Sie waren alle froh, dass Pinswins Schatz in Sicherheit war. Das Silber am Griff schimmerte im Dämmerlicht.

»Wann werdet ihr denn nun heiraten?«, erkundigte sich Rhea später.

Jessieanna schob ihr Kissen näher an den Schaukelstuhl und lehnte sich an Ryan. Wie unfassbar gut es tat, ihn wieder zu spüren und seine Stimme zu hören!

»Auf jeden Fall noch vor Weihnachten!«, sagte sie.

»Ja, wir haben lange genug gewartet«, erklärte Ryan. »Dann gibt es auch keine Probleme mit meiner Aufenthaltsgenehmigung.«

»Aufenthaltsgenehmigung? Werdet ihr denn wiederkommen? Für längere Zeit, meine ich?«

Jessieanna war beglückt über die ehrliche Freude in Rheas Stimme. Sie erinnerte sich, wie sie anfangs daran gezweifelt hatte, bei ihrer Cousine willkommen zu sein.

»Ich bin doch auch hier zu Hause.« Sie lächelte Rhea an. »Ich habe einen Garten angelegt. Den kann ich doch nicht ganz allein lassen, oder? Ein Garten ist etwas mit Zukunft.«

»Sehr richtig«, sagte Filine. »Erzählst du uns deine Pläne? Hast du vor, deine Lebensfreudelotion in großem Stil herzustellen?«

Jessieanna setzte sich gerade hin und schlang die Arme um die Knie. Sie war so zufrieden mit sich selbst und ihrem Leben wie noch nie.

»Nein, diese Version nicht. Es ist viel zu kompliziert und aufwendig. Das mache ich nur für den Gebrauch innerhalb der Familie und für Freunde. Aber eine Version ohne die Miraxellen möchte ich in kleinen Mengen frei verkaufen. Mit den Lebensfreudebonbons wäre es einfacher, vielleicht kann ich davon irgendwann so viele herstellen, dass ich sie hier oder auch in Oma Ingas Konditorei in Hamburg anbieten könnte. Ich möchte auf jeden Fall den angefangenen Garten auf dem Feld beibehalten, wenn ich darf, Filine. Ich möchte weiter dort herumexperimentieren und Zitronen und andere Sachen züchten. Allerdings müsste ich jemanden finden, der sich darum kümmert, wenn ich gerade nicht da bin. Im Winter wäre es nicht allzu viel Arbeit, dann ginge es nur darum, die Zitronen im Gewächshaus ab und an zu gießen.«

Lilani schrieb etwas auf ihre Schiefertafel und hielt sie hoch. *Das würde ich gern machen. Habe genug Zeit und kann gut mit Pflanzen.*

»O ja. Sie ist sehr gut mit Pflanzen«, sagte Rhea. »Und ich bin ja auch noch da. Und Kalle.«

Kalle nickte bekräftigend.

Jessieanna lächelte in die Runde. »Ihr seid toll! Also, es ist so: Ich bin nicht wie Pinswin, der bis jetzt nie wieder nach Amrum gekommen ist, weil ihm dort manche Erinnerungen zu nahe gehen und weil er Angst hat, dass er sich sonst nie wieder losreißen könnte, um zu seinen Forschungen zurückzukehren. Ich bin aber auch nicht so wie meine Großeltern, die hier eines Tages alles hingeschmissen haben und auf Weltreise gegangen und nie wiedergekommen sind, weil sie für alle Zeit genug von der Insel hatten und die Welt interessanter fanden. Und obwohl wir vieles gemeinsam haben, liebe Filine«, sie lächelte ihrer Tante zu, »ich bin auch nicht so wie du. Ein ganzes Leben nur auf der Insel kann ich mir auch nicht vorstellen. Ich bin wie die Zugvögel da draußen im Watt, die im Frühling hierherkommen und im Herbst wieder in den Süden ziehen, Jahr für Jahr. Vielleicht habe ich das von meinen Großmüttern.«

»Das heißt, du wirst im Sommer hier sein und im Winter in Kalifornien?«, fragte Rhea erfreut. »Das wäre wunderbar. Aber funktioniert das auch für Ryan?«

Ryan, der gelassen zugehört hatte, räusperte sich. »Ich habe beschlossen, mit dem Sport aufzuhören, und meinen Vertrag vorzeitig aufgelöst. Es gab zu viele Verletzungen in der letzten Saison. Ich möchte nicht als Sportinvalide enden. Stattdessen habe ich über Professor Westerberg eine Empfehlung erhalten und Kontakt mit einem Institut in Flensburg aufgenommen. Die arbeiten mit mehreren Museen zusammen. Es gibt jede Menge Knochen, die darauf warten, dass jemand wie ich sie zusammensetzt, damit man sie einem Publikum zumuten kann. Ich könnte Werkverträge bekommen, die jeweils einige Monate dauern. Dabei müsste ich nicht ständig vor Ort sein. Und wenn wir in Kalifornien sind, gibt es ohnehin genug zu tun. Pinswin wird nicht jünger. Ich möchte ihm mehr und mehr abnehmen, auch einige Seminare am Institut. Er hat mich darum gebeten.«

»Wir würden aber, wenn wir monatelang auf Amrum sind, nicht hier bei dir im Glasbilderhaus wohnen, Rhea«, ergänzte Jessieanna. »Kalle und du, ihr braucht auch eure Privatsphäre. Wir würden uns in Alriks Kwaas einmieten.«

»Das fände ich schön«, sagte Filine. »Wieder Familie unter dem alten Dach. Ich vermute, du hast keine Angst vor den stillen Echos von Martas Gefühlen?«

»Nein. Ich mag Marta. Und ich glaube, die sind verflogen. Im Übrigen werde ich ihr Erbe antreten und versuchen, ebenso kräuterkundig zu werden und einen grünen Daumen zu entwickeln wie sie. In Kalifornien möchte ich mit Simon experimentieren, ob man die Miraxellen vielleicht auch in Erde und mit einem anderen Mineral als nur mit Töverit vermehren kann. In Oma Junipers Kosmetikfirma möchte ich darauf drängen, dass weniger in Richtung Chemie und Schönheit getan wird und mehr in Richtung Natur und Gesundheit. Dann kann ich dort in der Firma Testreihen machen, auch mit den Miraxellen, und sehen, was man damit anfangen kann. Mir schwebt zum Beispiel ein Pflaster vor. Ich glaube, mit ein bisschen Geduld kriege ich Oma Juniper rum.«

»Du meinst, mit Hartnäckigkeit«, sagte Ryan und zog sie zärtlich am Ohr.

Rhea schaltete eine gemütliche Stehlampe ein, deren Schirm sie selbst aus Stoff genäht hatte, in Farben, die zu den Fenstern passten. Die Lampe warf einen warmen Lichtkreis, der sie alle umfing. Zärtlich betrachtete Jessieanna Ryan. Wie hatte sie nur so lange ohne ihn leben können? Seit ihre Blicke sich damals über die Dinosaurierknochen hinweg getroffen hatten, war die besondere Verbindung zwischen ihnen doch niemals abgerissen. Und jetzt, gereift, auf die Probe gestellt und dabei noch stärker geworden, war es ein Geschenk, das sie nie wieder in Gefahr bringen wollte.

Sie stand auf und holte ein leicht gebogenes Brett aus dem

Winkel hinter der offenen Tür, wo sie es vorhin abgestellt hatte. »Ich möchte euch noch etwas zeigen. Ich habe es über Mittag bei Elvar in der Scheune gemacht. Zum Glück hat er mir geholfen, und Katriona auch. Im Schnitzen bin ich noch nicht so gut. Es war eine Planke eines alten Schiffes aus Elvars Vorrat. Jetzt aber ist es ein Schild, das über das Tor soll, wenn es dir recht ist, Filine.« Sie hielt das Schild so, dass das Licht der Lampe darauf fiel. Neugierig beugten sich alle vor.

Windfinder-Garten stand darauf in großen Buchstaben, die aus Muscheln geformt waren, und darunter war eindeutig ein Bild der Schaufel Willem Gösslings eingeschnitzt.

»Natürlich bin ich einverstanden! Das gefällt mir. Endlich hat das alte Feld der Jessens wieder eine richtige Verwendung und lebt auf«, sagte Filine zufrieden.

Jessieanna sah alles vor sich. Im Frühling würde sie mit Ryan als ihrem Ehemann nach Amrum zurückkehren, dann, wenn auch die Zugvögel kamen. Sie wollte das Schild aufhängen, während die Birke junge Blätter trieb, die hellgrün in der Sonne leuchteten. Der Wind würde den Garten finden und Regen über den Sand treiben. Es würde nach Petrichor duften und die Miraxellen die nötige Feuchtigkeit erhalten, um den Zitronen ihr Aroma zu geben. Die Besucher mochten dem Wind und dem Duft folgen und ebenfalls den Garten finden. Sie konnten dort Lebensfreudebonbons kaufen und die Windräder, die zwischen den Beeten standen, während ihre Kinder über das Feld tobten und vielleicht zum ersten Mal in ihrem Leben eine Zitrone pflücken durften. Oder auch Mandarinen mit einem salzigen, würzigen Aroma, das ihnen sonst nirgendwo auf der Welt eigen war.

Sie war so in ihrer Vorfreude gefangen, dass sie fast etwas vergessen hätte. Erst als Ryan sie auf die Schläfe küsste und ihr ins Ohr flüsterte, »Da war doch noch was«, bemerkte sie, dass es draußen jetzt ganz dunkel geworden war. Sie stand auf und öffnete die Tür zum Garten. Kühle Herbstluft strömte herein, die braun, golden und dunkelgrün nach Werden und Vergehen duftete, nach Meer und Falläpfeln und nach trockenen Blättern in feuchtem Gras.

»Liebe Rhea, lieber Kalle, dies ist mein Geschenk für euch!«

Draußen neben dem Wasserbecken stand ein Windrad. Es war groß, aber nicht zu groß für den Garten. Lian hatte ihr einen Freundschaftsdienst erwiesen und es heimlich von außen über die Mauer gehoben und fest in die Erde getrieben, während alle drinnen saßen. So hatten sie es verabredet. Es hatte ihrem Gespräch vom Morgen eine leichtere Note gegeben, zusammen etwas auszuhecken.

»Oooh!« Rhea fasste nach Kalles Hand und trat staunend näher.

Jessieanna hatte das Windrad aus jungen, leuchtend weißen Ästen der Birke gebaut, der Birke im Windfinder-Garten, die in der Erde der Familie Jessen wurzelte. Die Flügel waren mit Stoff in den Farben vom Meer, Sand und Himmel bespannt und mit weißen Möwenfedern und Muscheln dekoriert. Das Schönste aber war, dass sich entlang der Flügel unsichtbare Drähte mit winzigen Lämpchen zogen. Als der Wind das Rad drehte, zeichneten sie leuchtende Kreise in die Nacht, die sich unten im Wasserbecken spiegelten.

»Sie werden mit Solarenergie betrieben und brauchen keinen Stromanschluss«, erklärte Jessieanna. »Den Tipp hat mir Filine gegeben. Sie sagte, ihr Freund Nathan stellt so etwas her, und da habe ich ihn angeschrieben.«

»Ja, auf Nathan ist Verlass«, sagte Filine glücklich. »Wie bezaubernd das geworden ist, Jessieanna!«

Die Oberfläche im Wasserbecken fing die Lichtfunken auf und warf einige davon zurück über das taufeuchte Gras und in die lächelnden Gesichter.

Dieses Rad quietschte nicht. Doch als die Brise auffrischte und es sich schneller drehte, hörte Jessieanna, wie der Wind in den Flügeln flüsterte. Vielleicht wollte er eine Geschichte erzählen. Eine Geschichte von den alten Zeiten, als bei Willem und Marta Gössling im Sommer schönere Blumen blühten als in allen anderen Gärten der Gegend und der Töveree sich im Winter noch draußen vor dem Horizont in den Himmel erhob.

Epilog

Einen letzten Spaziergang wollte ich mir nicht entgehen lassen. Es war einer jener letzten milden Oktobertage, in denen wie ein goldener Nachklang noch alles in der Luft liegt, was in einem langen Sommer geschehen ist. Trotzdem schwang eine Ahnung von Frost darin mit und etwas von der Ruhe, die der Schnee irgendwann über die Insel legen würde. Am Horizont war ein weißes Schiff unterwegs. Möwen segelten im Aufwind an der Düne. Die meisten Strandkörbe waren schon fort, der Strand lag weit und verlassen. Nur ein einsamer Spaziergänger lief dort mit seinem Hund.

Jessieanna und Ryan saßen aneinandergekuschelt auf dem Bohlenweg, der an dem Dünental vorbeiführte, das Skems Geheimnis barg. Eigentlich wollte ich nur einen heimlichen Blick auf sie werfen, bevor sie morgen nach Kalifornien abreiste. Ich musste wissen, ob es ihr gutging und ich sie nun verlassen konnte.

Doch ich wäre fast über einen Fasan gestolpert, den ich übersehen hatte. Er stieß einen Warnruf aus und flatterte davon. Jessieanna sah sich um und entdeckte mich. Energisch winkte sie mich heran.

»Oh, die Autorin! Da bist du ja endlich!«, sagte sie. »Ich wollte dich schon lange einmal sehen. Setz dich zu uns.«

»Wirklich?« Nun konnte ich sie auch direkt fragen. »Geht es dir gut? Bist du glücklich?«

Sie schob ihre Hand in Ryans und strahlte mich an. »Glücklicher geht's nicht.« Ein Schatten flog über ihr Gesicht. »Nur schade, dass Katriona ... dass es ihr nicht gutgeht. Aber dafür ist sie ebenfalls glücklich.«

»Sie sind die Autorin?« Ryan wandte sich zu mir. »Ich hatte solche Angst, Jessieanna zu verlieren. Vielen Dank, dass das nicht geschehen ist.«

Jessieanna kuschelte sich noch dichter an ihn. »Du hast doch gesagt, dass du auch näher an meine Wohnungsgenossin Elaine gerückt bist, als ich fort war. Wenn man einsam ist, braucht man Freunde. Das ist gut so.« Sie holte einen Becher aus ihrem Rucksack und goss mir Tee aus einer Thermoskanne ein. »Da ist Miraxellenzucker drin«, sagte sie. »Mein neuester Versuch. Sag mal, glaubst du auch, dass Skem uns nicht alles erzählt hat?«

Ich pustete in den heißen Tee. »Ja, das glaube ich auch.«

»Wann schreibst du weiter? Wenn ihn jemand dazu bekommt, noch mehr zu verraten, dann doch wohl du!«

Ich zögerte. »Skem hat ein Recht auf seine Geheimnisse.«

»Ja, aber du könntest doch ein kleines bisschen bohren, meinst du nicht?«, bat Jessieanna. »Wenn du es nicht selbst tun möchtest, kannst du jemanden erfinden, der es tut. Jemanden, dem er es freiwillig erzählt, weil er denjenigen so mag. Das wäre eine Möglichkeit.«

Ich nahm einen Schluck. »Du kennst doch Skem. Ich glaube nicht, dass das bei ihm funktionieren würde.«

»Das kannst du nicht wissen, bevor du es nicht versucht hast! Außerdem wissen wir noch immer nicht, ob der Töveree eines Tages hierher zurückkehren wird. Und ob man etwas dafür tun kann, dass es geschieht.«

Ryan betrachtete sie mit einem Schmunzeln im Mundwinkel. »Sie haben sie so hartnäckig gemacht. Nun haben Sie ein Problem«, sagte er zu mir.

»Ich habe gerade eine sehr lange Geschichte erzählt und muss mich nun ausruhen«, sagte ich.

Jessieanna schüttelte den Kopf mit einem so betont weisen Gesichtsausdruck, dass ich lachen musste. Sie sah so jung aus, dass er überhaupt nicht zu ihr passte.

»Das wirst du nicht tun«, sagte sie. »Geschichten sind wie Windräder. Sie bewegen etwas, und sie drehen sich immer weiter, wenn sie einmal damit angefangen haben.«

Der Tee wärmte und kribbelte wunderbar von innen. Auf einmal war ich nicht mehr so erschöpft. Es musste wohl am Miraxellenzucker liegen. Alles fühlte sich leichter an.

Während ich die Schuhe auszog und meine Füße in den weichen, kühlen Sand schob, hörte ich ein Geräusch. Jessieanna und Ryan bemerkten es nicht, also befand es sich in meinem Kopf, am Anfang der nächsten Geschichte.

Es war das Geräusch, das die Kugel in einer Farbsprühdose macht, wenn man diese Dose heftig schüttelt. Ein Klappern, so nachdrücklich, als wollte diese Kugel nicht nur die Farbe aufmischen, sondern die ganze Welt bewegen.

Danksagung

Wie bei dem ersten Band der Nordsee-Trilogie möchte ich mich bei den Amrumern Ingeline Kanzler, geb. Quedens, und ihrem Mann Karl-Heinz bedanken, die unsere Familie ursprünglich nach Amrum lockten. Ich danke meinen Eltern, dass sie diesem Ruf folgten und mir viele Kindheitsferien auf der Insel schenkten, voller Staunen, Glück und Weite. Ich danke meiner Freundin Irina Taurit für die Tage, die wir dort im Zelt verbrachten, glücklich und frei zwischen Himmel und Erde.

Danke auch, liebe Ingeline Kanzler, für die interessanten Gespräche und die vielen hilfreichen Informationen, die mir beim Schreiben der Geschichte geholfen haben.

Ich danke meinem Mann Peter Schneider dafür, dass er der erste Leser meiner Geschichten ist, und für seine Fehlersuche, hilfreiche Kritik und liebevolle Unterstützung.

Ich danke Herrn Dr. Ronald Henss für seine schnellen und stetigen Korrekturen und Verbesserungsvorschläge.

Ich danke der »Patentante« dieser Trilogie, Heike Dewald, dafür, dass sie mir immer Mut gemacht und mich mit ihrem lebendigen und ausdauernden Interesse angespornt hat, und für ihre kreativen und äußerst hilfreichen Ideen, Fragen und Anmerkungen.

Ich danke meinen wunderbaren Lektorinnen. Susanne Kiesow für ihre Unterstützung, ihren Optimismus und die leckeren

Rezepte im Buch. Lexa Rost für den aufmerksamen, klugen und gründlichen Feinschliff und das einfühlsame Ohr für die Geschichte.

Vor allem danke ich allen Lesern, die ihre Freude über Band eins geäußert haben, und allen, die meinen Geschichten ihre Zeit schenken, denn Zeit ist das Kostbarste, was wir haben.

Leseprobe aus dem Roman

Was die Gezeiten flüstern

von
Patricia Koelle

1

Tagfarben

Das Geräusch weckte sofort alle ihre alten Instinkte. Sie hätte es überall erkannt.

Valerie hatte am Kanal gesessen und verträumt den Enten zugesehen, die auf dem Wasser laut streitend ihren Frühlingsgefühlen nachgingen. Aber als das verstohlene metallische Klappern an ihre Ohren drang, stand sie auf und spähte die Böschung hinauf. Im Schatten unter dem Brückenpfeiler sah sie das Mädchen. Sie mochte ungefähr dreizehn sein, dünn und mit einem unordentlichen dunklen Zopf. Es war genau, wie Valerie es geahnt hatte. Die Kleine hatte gerade eine Spraydose aus ihrer Schultasche geholt, sah noch einmal nach rechts und links und begann dann auf den Backsteinen eine wilde, trotzige Kritzelei. Valerie sah einen Moment zu, dann blickte sie auf die Uhr. Kopfschüttelnd stieg sie die Böschung hinauf. Das Mädchen war so in ihr Werk vertieft, dass sie vor Schreck die Dose fallen ließ, als sie Valerie schließlich bemerkte. Erst wollte sie die Flucht ergreifen, dann fiel ihr die Schultasche ein. Halb trotzig, halb schuldbewusst blieb sie stehen.

Valerie bückte sich nach der Dose. »Darf ich auch mal?«

Das Mädchen starrte sie nur verblüfft an.

Valerie hatte sich längst geschworen, dies nicht mehr zu tun, aber es gab Verführungen, denen man nicht widerstehen konnte. Die Farbdose fühlte sich so vertraut in ihrer Hand an. Schon war der ungebrochene Drang, ihre Stadt bunter zu machen, wieder da.

»Du machst es noch nicht ganz richtig«, sagte Valerie. »Erst musst du die Dose gründlich schütteln. Nicht nur so halbherzig.« Sie wies auf die matte Kritzelei. »Sonst ist deine Farbe viel zu wässerig. Ist doch schade drum. Eine Farbe muss leuchten. Siehst du, so! Ganz locker aus der Armbewegung heraus, aber kräftig. Das ist auch ein bisschen feierlich, wie eine Beschwörung. Gute Graffiti verlangen nach einer Zeremonie.« Wahrscheinlich interessierte das die Kleine überhaupt nicht, aber Valerie konnte nicht anders. Das Klappern der Mischkugel in der Spraydose war Musik in ihren Ohren. Als sie in dem Alter des Mädchens gewesen war, hatte ihr dieses Geräusch das Gefühl gegeben, mit dieser Kugel die ganze Welt bewegen zu können.

Sprayen hatte Leben in ihre Tage gebracht und das Gefühl, etwas verändern zu können. Die Macht über das Aussehen von Oberflächen, wenigstens an den grauen Stellen der Stadt. Man hatte so wenig Macht mit dreizehn. Da war diese kleine Macht aus den Farbdosen wie ein Rausch gewesen. Die Möglichkeit, eine Spur zu hinterlassen, wenn man an einem bestimmten Ort gewesen war. Ein Zeichen, dass man existierte und nicht völlig bedeutungslos war in diesem Gewirr von Menschen, Motoren und Mietshäusern.

»Außerdem macht man es nicht auf der Brücke, denn das ist Sachbeschädigung, sondern zum Beispiel hier«, fuhr Valerie fort und ging einige Schritte nach rechts, wo jemand Möbel an einem Bauzaun abgeladen hatte, darunter eine alte Matratze, in der sich Mäuse häuslich niedergelassen hatten. Hier war nichts mehr kaputt zu machen. Die Matratze lehnte aufrecht an den Brettern und gab eine prima Fläche für ein Bild ab. Valerie betrachtete die Dose in ihrer Hand. »Cadillac Pink«, las sie. »Nicht unbedingt meine Farbwahl, aber warum nicht.«

»Es war die billigste Farbe«, verteidigte sich das Mädchen, das ihr zögernd gefolgt war.

»Verstehe. Nun, es gibt keine Farbe, in der nicht eine Idee steckt. Gib ihr Raum! Du musst deine Hand mit Schwung bewegen, mit Mut, der aus dir herauskommt.« Sie zeichnete einen Flamingo auf die Matratze, während sie sprach, und dann noch einen. Die beiden Vögel sahen sich gegenseitig mit einem Lächeln im Winkel ihres Schnabels an. Ach, wie gut es sich anfühlte, mal wieder den alten Unfug zu treiben!

Valerie beobachtete aus dem Augenwinkel, wie das Mädchen sie erst verblüfft, dann mit zunehmender Bewunderung betrachtete. Verstohlen musterte sie die zarte grüne Ranke an Valeries linkem Ohr. Es war das einzige Tattoo, das sie jemals gewollt hatte, anders als die meisten ihrer Freunde, bei denen ständig eines dazukam.

»Hast du noch eine andere Can?«

»Eine was?«

»Eine andere Farbdose.«

Ohne Valerie aus den Augen zu lassen, bückte sich das Mädchen und fischte eine weitere Dose aus ihrer Schultasche.

»Manilagrün«, las Valerie. Sie schenkte den beiden Flamingos einen kleinen Wald aus Glücksklee und zwei Frösche als Zuschauer.

»Warum Klee? Warum nicht Palmen?«, wollte das Mädchen wissen.

»Wie heißt du eigentlich?«

»Tine.«

»Palmen hätte ich langweilig gefunden, Tine. Bei Flamingos denkt jeder an Palmen. Graffiti sollen überraschen. Und ausdrücken, was du denkst. Wenn ich Flamingos sehe, fühle ich mich ein bisschen glücklich, weil es so verrückte Vögel sind. Sieh sie dir an. Rosa! Der lange Hals, der komische Schnabel. Sie sind einfach wunderbar seltsam. Deswegen passt für mich der Klee dazu. Aber das kann jeder selbst entscheiden, der eine Farbdose in der Hand hat. Du hast die Macht über dein Werk. *Du* bist die Künstlerin. Nur denke um Himmels willen daran, deine Dosen richtig zu schütteln! Das bist du der Farbe schuldig. Und deiner Künstlerehre. Aber jetzt sollten wir uns schleunigst vom Acker machen. In ein paar Minuten kommen hier Leute vorbei. Die Schicht ist zu Ende, da vorne in der Fabrik.« Sie konnte nicht anders und signierte die Flamingos mit ihrem alten, geübten Schriftzug, bevor sie Tine die Dose zurückgab.

»Woher weißt du das?« Tine war im Begriff, die Dose in ihre Schultasche zu packen, als sie den Namen las, der da unter den Kleeblättern stand. »*Rimo*? Bist du etwa *die* Rimo?«

»Rimo war ich, als ich kaum älter war als du und in der Szene aktiv. Du musst dein Revier kennen, wenn du gut sein willst. Also, los jetzt, weg hier! Du bist zu jung, um dir unnötig Schwierigkeiten zu machen.«

Tine rührte sich nicht. Sie drückte Valerie die Dose wieder in die Hand und streckte ihr die Schultasche hin. »Gibst du mir da drauf ein Autogramm?«

Valerie, deren feine Ohren Schritte wahrgenommen hatten, schimpfte unterdrückt vor sich hin, packte Tine am Arm und zog sie unsanft in die Büsche hinter die Reste eines Bauzauns. »Schhhh!«, zischte sie. »Duck dich!«

Durch eine Lücke im Holz sahen sie zwei Männer vorbeischlendern, dann stehen bleiben.

»Da hat schon wieder ein Idiot Müll abgeladen«, schimpfte der eine. »Wart mal, ich ruf die Polizei.«

»Blödsinn, Franz. Mach dir nich so wichtig.«

»Aber die haben sogar auf die Brücke geschmiert!«

»Mensch, Franz. Die ham doch längst die Fliege gemacht. Außerdem sind die rosa Vögel echt schnieke. Muss ick an Malle denken bei. Saach ma, wat soll ick denn nu mit meene Berta machen? Meinste, det lohnt sich, die alte Karre noch ma flottzumachen?«

»Auf Malle leben keine Flamingos, Olli«, sagte sein Kollege, der sich offenkundig nicht allzu sehr für Berta und ihr Schicksal interessierte.

Die Gefahr war vorüber. Sie würden die Polizei nicht rufen.

Valerie liebte dieses Wetter. Der Wind roch nach Aufbruch und Wachstum. Ein sanfter Aprilregen fiel in ihren Kragen und in die aufkommende Dämmerung. Als die Männer um die Ecke verschwunden waren, stand sie auf. Tine folgte ihrem Beispiel. »Danke. Aber jetzt bin ich schmutzig«, sagte sie und betrachtete finster die schlammigen Knie ihrer Jeans.

»Du wirst es überleben«, sagte Valerie amüsiert.

»Gibst du mir jetzt ein Autogramm? Das glaubt mir sonst kein Mensch.«

»Du bist wirklich neu in der Szene, oder? Das heißt nicht Autogramm. Das heißt *Tag*.«

»Das lern' ich noch. Die andern quatschen alle so komisch, aber ich kapier das schon noch.«

»Das sind englische Begriffe. Die versteht man in der Szene auf der ganzen Welt. Mein Tag auf deiner Tasche bringt dir gar nichts. Ich bin längst ausgestiegen. Aber einen Rat gebe ich dir, davon hast du mehr.« Valerie sah Tine in die Augen. »Den willst du aber nicht hören, stimmt's?«

Tine schob die Unterlippe vor und klemmte sich die Tasche unter den Arm. »Doch«, sagte sie schließlich.

»Du brauchst kein Autogramm von anderen. Arbeite selbst daran, gute, phantasievolle Sachen zu machen, anstatt wütendes Gekritzel ohne Sinn. Das nennt man übrigens Bombing, wenn es dir nur um viele, schlechte Bilder geht. Dafür bekommst du keine Anerkennung, und es macht auch nicht zufrieden. Bemühe dich, Pieces zu schaffen oder, besser noch, Masterpieces. Bilder von Qualität. Entwickle einen guten Swing, also einen Schwung in deinen Bildern, und deinen persönlichen Style. Dann wird man dich in der Szene bald kennen. Du kannst dir einen eigenen Namen machen, auf den du stolz sein kannst, wenn du ihn unter deine Graffiti setzt. Das heißt, du signierst natürlich nicht mit deinem richtigen Namen, sondern mit deinem Tag, also deinem Künstlernamen. Denk dir einen guten aus.«

Tine sah zweifelnd zu ihr auf. Valerie klopfte ihr auf die Schulter. »Das schaffst du. Aber bring dich nicht in Gefahr dabei. Ich hatte Freunde, die das Sprayen ihr Leben gekostet hat. S-Bahngleise und Hochhäuser sind kein Beweis von Mut, sondern von Dummheit! Für Ärger mit der Polizei gilt das Gleiche. Verstanden?«

Tine nickte stumm.

»Ich werd' an dich denken, wenn ich gute Graffiti in einem neuen Style sehe. Tschüss, Tine!«

Es war beinahe gruselig gewesen, dachte Valerie auf dem Heimweg. Das Mädchen hatte sie so sehr an ihre Vergangenheit erinnert, dass es war, als wäre sie sich selbst begegnet. Nur allzu gut konnte sie sich daran erinnern, wie es war, dreizehn zu sein und sich wie ein Nichts zu fühlen. Sie war in Tines Alter gewesen, als der Name entstanden war, unter dem man sie in entsprechenden Kreisen seitdem kannte. Damals hatte niemand sie gewarnt. Eine Streife hatte sie beim Sprayen erwischt und mit auf die Wache genommen.

»Wie heißt du? Wie alt bist du?« Die Frau hinter dem Tresen trug nicht mal eine Uniform, aber ihre Stimme war streng und viel zu laut in ihren empfindlichen Ohren. Eingeschüchtert starrte Valerie auf den gebohnerten Fußboden, in dem sich das kalte Licht der Neonröhren spiegelte. Sie wagte nicht, den Kopf zu heben, als sie leise ihren Namen sagte.

»Wie bitte? Rimo? Ist das dein Vor- oder dein Nachname?«

Die Frau mit dem Notizblock hatte nur die letzte Silbe ihres Vornamens und die erste ihres Nachnamens verstanden.

»Valerie Mohagen«, sagte sie jetzt deutlicher.

»Aha.« Die Frau schrieb etwas auf. »Alter?«

»Dreizehn.«

»So. Dann gib mir mal die Telefonnummer von deiner Mutter. Hallo! Hörst du mir überhaupt zu? Du sollst mir die Telefonnummer von deiner Mutter geben.«

Sie hatte nicht zugehört. Sie war damit beschäftigt, über diesen neuen Namen nachzudenken. *Rimo.* Vor Freude darüber vergaß sie ihre Angst. Der Klang gefiel ihr. Sie fühlte sich wie eine Rimo. Sie stellte sich vor, in welchen Farben man den Namen zeichnen könnte und mit welchem Schwung. Aber jetzt musste sie erst einmal diese Frau loswerden, bevor sie es ausprobieren konnte.

»Meine Mutter ist tot.«

»Oh.« Die strenge Stimme wurde eine Spur freundlicher. »Dann muss ich mit deinem Vater sprechen.«

Sie nannte die Nummer. Die Frau wies ihr einen Platz auf einer Holzbank im Flur zu. Nach einer Weile kam sie und setzte sich neben Valerie. »Er kommt und holt dich ab«, sagte sie und reichte Valerie ein Bonbon. Anscheinend hatte sie beschlossen, nett zu sein. Vielleicht war es doch kein so schlimmes Verbrechen gewesen, die lila Schildkröte auf die Mülltonne zu sprühen.

»Ist deine Mutter schon lange tot?«, fragte die Frau.

»Schon ewig«, murmelt Valerie um das Bonbon in ihrem Mund herum. Es schmeckte nach Brombeeren. Ein bisschen wie die Marmelade, die ihre Mutter früher gekocht hatte.

»Kannst du dich noch an sie erinnern?«

»'n bisschen. Ja.«

»Woran ist sie denn gestorben?«

Warum dachten Erwachsene eigentlich immer, man fände es nett, wenn sie so neugierig waren? Valerie trommelte mit den Hacken ihrer lilabekleckusten Turnschuhe gegen die Bank. Aber es war wohl besser, höflich zu sein. Am Ende sperrten sie sie doch noch in eine Zelle.

Dabei hätte sie am liebsten ihren neuen Namen in die Holzbank gekratzt, nur um ihn geschrieben zu sehen.

»Eine Zecke hat sie gebissen. Dann ist sie krank geworden.«

»Das tut mir leid.« Im Zimmer rief jemand. Die Frau stand auf. Endlich. »Bleib hier brav sitzen«, sagte sie, als wäre Valerie ein Hund.

Valerie riss einen Zettel von einem Brett ab, das im Flur hing, und malte darauf mit einem Bleistiftstummel aus ihrer Tasche ihren neuen Namen in immer neuen Formen, bis ihr Vater kam. Wenn sie erst Farbe in der Hand hatte, würde sie dafür ein sanftes, aber leuchtendes Blau benutzen, mit einem Rand aus Apricot. Sie mochte diese beiden Farbtöne. Wie der Himmel am Abend eines klaren Tages, kurz nachdem die Sonne untergegangen war.

Der Name »Rimo« hatte noch einen anderen Vorteil. Wenn sie damit ihre Bilder signierte würde niemand wissen, dass sie ein Mädchen war. Es gab nur wenige Mädchen unter den Sprayern, und sie bekamen selten Anerkennung.

In den Jahren danach machte sie diesen Namen in der Szene bekannt.

Das war jetzt lange her. Nur für diesen Augenblick eben, mit der Dose in der Hand, war sie wieder die Rimo von damals gewesen, die bunte, stumme Botschaften in den grauen Tagen der Stadt hinterließ und damit ihre Unsicherheit, Unruhe und Einsamkeit bekämpfte. Die sich einen Platz in der Welt zeichnen wollte.

Jetzt studierte sie Deutsch und Kunstgeschichte und wunderte sich noch immer darüber. Es fühlte sich fremd an. Sie vermisste das geliebte Geräusch der Mischkugel, mit der man die Ordnung durcheinanderbringen konnte. Aber irgendwann war man eben zu vernünftig und erwachsen dafür. Valerie seufzte. Eigentlich hätte sie heute für eine Klausur lernen müssen. Der nasse Apriltag jedoch roch zu gut nach Frühling. Sie hatte einfach nicht stillsitzen können, bis sie am Wasser war. Wasser beruhigte sie stets.

Inzwischen war es zu dunkel für Wasserträumereien, obwohl hinter den Silhouetten der Hochhäuser noch eine Ahnung von Orange am Rand des Tages lag. Zeit, nach Hause zu gehen. Sie hatte eingekauft und wollte für ihren Vater kochen. Seit sie in ihre eigene Einzimmerbude gezogen war, machte sie sich ein wenig Sorgen, ob er sich gesund genug ernährte. Auch wenn die Wohnung im selben Haus war, nur viele Stockwerke höher, lebten sie nun doch jeder ihr eigenes Leben. Sie gab sich Mühe, wenigstens einmal die Woche mit ihm zu essen, damit er überhaupt Vitamine zu sich nahm.

Ein Umweg musste aber noch sein.

Das Lied der Amseln behauptete sich frühlingshaft neben dem Verkehrslärm. Sven stand mit seinem Instrument wie immer um diese Zeit in der Unterführung zum U-Bahnhof. In der Radkappe, die er für die Münzen der Vorübergehenden hingestellt hatte, lag nur eine Handvoll Cent. Seine Augen leuchteten auf, als er Valerie sah, aber er hörte nicht auf zu spielen, bis das Stück zu Ende war. Dann schloss er sie in die Arme und küsste sie lange. Sie lehnte sich in seine Umarmung und in das vertraute Gefühl, angekommen zu sein. Seit sie zusammen waren, war es nicht mehr so wichtig gewesen, Spuren in der Stadt zu hinterlassen und ihren Namen in staubige Ecken zu kritzeln, um zu wissen, dass sie am Leben war. Bei Sven fühlte sie sich geborgen. Er roch nach Stadt, nach Teer und Motoröl und Rauch und dem Frittenfett von der Currybude oben auf der Straße. Sven eben.

»Wie war es heute in der Uni?«, fragte er.

»Weiß nicht. Ich war nicht dort.« Kritisch musterte sie sein Instrument. »Du, hier ist Farbe abgegangen. Da muss ich nachlackieren.« Das Instrument hatte er selbst gebaut, aus alten Rohren, durch die er blies wie in ein Didgeridoo. Auch eine kleine Trommel war daran und eine Triangel und einige Saiten aus Draht. Er baute es ständig um. Kein Instrument in der Stadt klang wie dieses, das er »die Stadtröhre« nannte.

»Du, Rimo, ich hab da vielleicht was für dich. Wenn das mit der Uni doch nichts für dich ist. Ein Kumpel von mir, der hat einen Shop für Webdesign aufgemacht. Der braucht noch Hilfe.«

Sven nannte sie immer noch Rimo. Sie hatten sich in der Sprayerszene kennengelernt. Es fühlte sich gut an. Bei ihm konnte sie alles sein, was sie war, auch das trotzige, verlorene Mädchen von damals.

»Damit kenne ich mich nicht aus.« Trotzdem horchte sie auf. Sven kannte sie zu gut. Wenn er das sagte, hatte er einen Grund.

»Das würdest du fix lernen. Er braucht wen, der sich mit Farben auskennt und mit witziger Gestaltung. Frech, fröhlich, jung. Wie du.« Er lächelte sie so lieb an, dass sie sich wieder an ihn kuschelte. Mit fünfundzwanzig würden sie heiraten, hatten sie einmal ausgemacht. Nur so, um irgendwo in die Zukunft eine Markierung zu setzen.

»Kannst du mir ja mal zeigen, den Laden. Aber jetzt gehe ich nach Hause. Heute esse ich mit meinem Vater. Morgen kommst du zu mir, ja? Machst du noch lange?«

»Bisschen noch. Geht klar mit morgen. Tschüss, Süße.« Er blies wieder in das Mundstück. Ein kleiner Junge blieb bewundernd stehen.

Die etwas heiseren, leicht melancholischen Töne hallten im U-Bahn-Tunnel wider und folgten Valerie die Treppe hinauf noch ein Stück die Straße entlang. Sie dachte an Svens Vorschlag. In ihrem Magen kribbelte unterdrückte Aufregung. Der Uni entkommen! Etwas Neues machen. Aber sollte sie wirklich das Studium abbrechen? Nachdem sie es sich so hart erkämpft hatte?

Sie war zufrieden mit ihrem Tag, als sie die Haustür aufschloss. Statt Theorie, Grammatik und klassischer Dichtung endlich wieder einmal Farbgeruch und ein paar knallrosa Flamingos mitten im Gesicht des grauen Alltags.

Im Treppenhaus roch es nach Kohl und Katzen. Valerie drückte auf den Lichtschalter an der Wand mit den zweiundzwanzig Briefkästen, aber nichts passierte. Egal, die Treppe hätte sie auch blind laufen können. Im ersten Stock sprang die trübe Birne plötzlich doch an. Gerade rechtzeitig, sonst wäre sie über ihren Vater gefallen, der auf dem zweiten Treppenabsatz saß, einen Brief in der Hand.

»Pani? Was ist denn? Warum sitzt du hier?« Sie hockte sich neben ihn und beugte sich vor, um sein Gesicht sehen zu können. Er starrte nur auf das Kuvert.

»Ich weiß nicht. Ich meine, ich warte auf dich. Es ist was passiert. Oder nein, doch nicht. Nicht jetzt.«

Er hatte ihr einmal erzählt, wie es dazu kam, dass sie ihn Pani nannte. Er hieß eigentlich Kuno. Valeries Mutter hatte ihn »Kuni« gerufen. Ihrer kleinen Tochter hatte sie dagegen vorgesprochen: »Sag Papa. P-a-p-a!« Die kleine Valerie hatte schließlich »Pa-Ni« herausgebracht. Und das war hängengeblieben.

Pani neigte aber nicht dazu, konfus zu reden. Valerie war beunruhigt. »Was ist das für ein Brief? Soll ich den lesen?«

Aber er hielt ihn fest umklammert mit der Hand, an der ein Ringfinger fehlte. Seit damals.

»Valerie, es sieht aus, als ob meine Angelika … deine Mutter …« Er holte tief Luft, versuchte es noch einmal. »Anscheinend hat sie noch gelebt. Hier steht, sie ist erst im Sommer 2008 gestorben!« Jetzt hob er den Kopf, und sie sah Ungläubigkeit, Trauer und Verzweiflung in seinen Augen. Und noch etwas anderes. Was war das?

»Valerie, das ist nicht einmal ein Jahr her!«

Sie versuchte vergeblich zu verstehen, was er meinte. In ihrem Hirn war nur Nebel. »Mama ist gestorben, als ich sechs war. Im Krankenhaus Moabit. Kinder durften nicht auf die Station, deshalb hast du mir das Haus von außen gezeigt. Damals war es schmutzig. Jemand hatte Blumen und Katzen auf die Wand gemalt. Das war vor sechzehn Jahren. Inzwischen haben sie es neu verputzt.«

Wortlos schüttelte er den Kopf, als könnte er nicht mehr damit aufhören.

Im Treppenhaus ging das Licht aus.

›Was die Gezeiten flüstern‹ erscheint
2019 im FISCHER Taschenbuchverlag.

Die Spur führt
nach Amrum!